T0279817

Cosas que dejamos en el olvido

COSAS QUE DEJAMOS EN EL OLVIDO

Lucy Score

TRADUCCIÓN DE
Sonia Tanco Salazar

CHIC

Primera edición: marzo de 2024
Título original: *Things We Left Behind*

Diseño de cubierta: Kari March Designs
Corrección: Gemma Benavent, Lola Ortiz

Publicado por Chic Editorial
C/ Roger de Flor n.º 49, escalera B, entresuelo, despacho 10
08013, Barcelona
chic@chiceditorial.com
www.chiceditorial.com

ISBN: 978-84-19702-11-1
THEMA: FRD
Depósito Legal: B 2424-2024
Preimpresión: Taller de los Libros
Impresión y encuadernación: Liberdúplex
Impreso en España – *Printed in Spain*

A mi yo de doce, diecisiete, veintiuno y treinta años.
Nunca fuiste el fracaso que creías que eras.
Todo saldrá bien.

CAPÍTULO UNO

UN BURRITO DE FUNERAL

SLOANE

Me impulsé sobre las tablas del porche con un dedo del pie y el columpio crujió rítmicamente debajo de mí. Las garras frías de enero se colaban por debajo de la manta y entre las capas de ropa que llevaba. Sin embargo, por desgracia para ellas, yo ya estaba congelada por dentro.

La guirnalda de Navidad, que colgaba sobre la puerta principal de color morado, me llamó la atención.

Tenía que quitarla.

Tenía que volver al trabajo.

Tenía que subir al piso de arriba y ponerme el desodorante que había olvidado.

Al parecer, tenía que hacer muchas cosas. Todas me parecían colosales, como si volver a entrar y subir las escaleras hasta el dormitorio requiriera la misma cantidad de energía que escalar el Everest.

Lo siento, Knockemout. Os va a tocar soportar a una bibliotecaria con hedor corporal.

Tomé una bocanada de aire helado que me llenó los pulmones. Era irónico que tuviera que acordarme de hacer algo tan automático como respirar. El duelo se las arreglaba para infiltrarse en cualquier parte, incluso cuando estabas preparada para su llegada.

Levanté la taza de mi padre que decía «Lágrimas del abogado de la parte contraria» y di un trago fortificante al vino del desayuno.

9

Pasaría el resto del día en el calor empalagoso de Knockerrígidos, la funeraria de nombre irreverente de Knockemout. El termostato de la funeraria nunca bajaba de los veintitrés grados para adaptarse al público anciano y friolero que recibía normalmente.

El aliento que expulsé formó una nube plateada en el aire. Cuando se disipó, volví a mirar la casa de al lado.

Era una construcción sosa de dos plantas con revestimiento de color *beige* y un jardín de estilo funcional.

Para ser justos, mi extravagante casa victoriana, con el porche que la rodeaba y un torreón nada sutil, hacía que la mayoría de los hogares parecieran aburridos en comparación. Pero la casa de al lado tenía un aire de abandono que hacía que el contraste fuera todavía mayor. Desde hacía más de una década, las únicas señales de vida se limitaban al personal que acudía a mantener el jardín y a las visitas esporádicas del odioso propietario.

Me preguntaba por qué no la había vendido, o quemado hasta los cimientos. O lo que fuera que hicieran los hombres absurdamente ricos con aquellos sitios que guardaban un pasado oscuro y estaban llenos de secretos.

Me molestaba que aún la tuviera y que siguiera quedándose allí de vez en cuando. Ninguno de los dos quería cargar con los recuerdos ni compartir el límite de la propiedad.

La puerta principal de mi casa se abrió y mi madre salió al porche.

Karen Walton siempre me había parecido preciosa. Incluso en ese momento, con el dolor reciente dibujado en la cara, seguía siendo guapa.

—¿Qué te parece? ¿Es demasiado? —me preguntó, y giró despacio para que viera el vestido corto y negro que se había puesto. El cuello de barco y las mangas largas decorosas daban paso a una falda de fiesta de tul oscura que brillaba. Llevaba el pelo liso, rubio y corto recogido con una diadema de terciopelo.

Mi amiga Lina nos había llevado de compras unos días antes para ayudarnos a encontrar los conjuntos para el funeral. Mi vestido era corto, de punto y de color ébano con bolsillos ocultos en las costuras de la falda. Era precioso y no volvería a ponérmelo nunca.

—Estás muy guapa, es perfecto —le aseguré. Levanté un extremo de la manta a modo de invitación.

Se sentó y me dio unos golpecitos en la rodilla mientras yo nos tapaba a las dos.

El columpio siempre había formado parte de nuestra familia. Nos reuníamos en él después de las clases para picar algo de comer y cotillear. Mis padres se sentaban allí a beber cada semana. Después de fregar los platos de Acción de Gracias, holgazaneábamos con nuestros libros favoritos y unas mantas calentitas.

Yo había heredado la ridícula casa de tonos verde oliva, lila y azul marino hacía dos años, cuando mis padres se habían mudado a D. C. para estar más cerca de los médicos de papá. Siempre me había encantado. No había otro lugar en la tierra que me hiciera sentir tan en casa. Pero, en momentos como ese, me daba cuenta de que, en lugar de crecer, nuestra familia se hacía cada vez más pequeña.

Mamá suspiró.

—Esto es un asco.

—Por lo menos estamos guapas, aunque sea un asco —señalé.

—Es típico de los Walton —coincidió ella.

La puerta volvió a abrirse y mi hermana, Maeve, se unió a nosotras. Llevaba un pantalón de traje negro muy práctico, un abrigo de lana y sujetaba una taza de té humeante. Estaba tan guapa como siempre, pero parecía cansada. Tomé una nota mental de acosarla después del funeral para asegurarme de que no le pasaba nada más.

—¿Dónde está Chloe? —preguntó mamá.

Maeve puso los ojos en blanco.

—Ha reducido las opciones a dos modelitos y me ha dicho que necesita ponerse los dos durante un rato antes de tomar una decisión final —respondió, y se hizo un hueco en el cojín que había junto a nuestra madre.

Mi sobrina era una *fashionista* de gran categoría. O, por lo menos, toda la categoría que podía tener una adolescente de doce años con una paga limitada en la Virginia rural.

Nos columpiamos en silencio durante unos minutos, cada una perdida en sus propios recuerdos.

—¿Recordáis cuando vuestro padre compró aquel árbol de Navidad que era tan gordo que no cabía por la puerta principal? —preguntó mi madre con una sonrisa en el tono.

—Así comenzó la tradición de poner el árbol en el porche —recordó Maeve.

Sentí una punzada de culpabilidad. Esa Navidad no había colocado un árbol en el porche. Ni siquiera había puesto un árbol en el interior de la casa. Solo la guirnalda, ahora marchita, que había comprado en el evento de recaudación de fondos del colegio de Chloe. El cáncer tenía otros planes para nuestra familia.

Decidí que lo compensaría las próximas Navidades. Habría vida en la casa, habría ambiente familiar. Y risas y galletas, y alcohol y regalos mal envueltos.

Es lo que papá habría querido. Saber que la vida seguiría, aunque lo echáramos muchísimo de menos.

—Sé que vuestro padre era el de los discursos motivacionales —comenzó mamá—. Pero le prometí que lo haría lo mejor que pudiera. Así que esto es lo que vamos a hacer: entraremos en esa funeraria y le daremos el mejor funeral que este pueblo ha visto nunca. Vamos a reír y llorar y recordar lo afortunadas que hemos sido de tenerlo durante el tiempo que hemos podido.

Maeve y yo asentimos con lágrimas en los ojos. Pestañeé para contenerlas. Lo último que mi madre o mi hermana necesitaban era lidiar con un volcán de tristeza por mi parte.

—Quiero oíros decir «por supuesto» —dijo mamá.

—Por supuesto —respondimos con voces temblorosas.

Mamá pasó la mirada de la una a la otra.

—Ha sido patético.

—Por Dios, lamento que no estemos lo bastante alegres para el funeral de papá —le respondí con brusquedad.

Mamá rebuscó en el bolsillo de la falda del vestido y sacó una petaca de acero inoxidable de color rosa.

—Esto ayudará.

—Son las 9:32 —comentó Maeve.

—Yo estoy bebiendo vino —contraargumenté, y levanté la taza.

Mamá le entregó a mi hermana la petaca elegante.

—Como le gustaba decir a tu padre, no podemos estar bebiendo todo el día si no empezamos ya.

Maeve suspiró.

—Vale, pero si empezamos a beber ahora, cogeremos un taxi para ir al funeral.

—Brindo por eso —coincidí.

—Salud, papá —comentó. Le dio un trago a la petaca e hizo una mueca casi de inmediato.

Maeve le devolvió la petaca a mamá y ella la levantó en un brindis silencioso.

La puerta principal volvió a abrirse de golpe y Chloe saltó al porche. Mi sobrina llevaba unas medias estampadas, unos pantalones cortos de satén lilas y un jersey de cuello alto acanalado. Tenía el pelo recogido en dos moñitos en lo alto de la cabeza. Maeve debía de haber perdido la discusión del maquillaje, porque Chloe llevaba los párpados pintados de un tono lila oscuro.

—¿Creéis que esto le quitará mucha atención al abuelo? —preguntó, e hizo una pose con las manos en las caderas.

—Por el amor de Dios —murmuró mi hermana en voz baja, y volvió a robar la petaca.

—Estás preciosa, cariño —respondió mamá, sonriéndole a su única nieta.

Chloe giró sobre sí misma.

—Gracias y ya lo sé.

La gata rechoncha y cascarrabias que yo había heredado, junto a la casa, se paseó hasta el porche con el mismo aspecto crítico de siempre. Era un saco de pulgas medio salvaje y se llamaba *lady* Mildred Miauington. Con el tiempo, lo habíamos acortado a Milly Miau Miau. Hoy en día, cuando tenía que gritarle por decimoctava vez que no arañara la parte trasera del sofá, me refería a ella solo como «Miau Miau» u «Oye, chiflada».

—Vuelve dentro, Miau Miau, o te quedarás fuera todo el día —le advertí.

La gata no se dignó a contestar a mi advertencia. En su lugar, se frotó contra la parte trasera de las medias negras de Chloe y después se sentó a sus pies para centrar toda su atención en su ano felino.

—Qué asco —señaló Maeve.

—Genial. Ahora tengo que quitarme el pelo de las medias —se quejó Chloe, y golpeó el suelo con una bota.

—Voy a buscar el rodillo de las pelusas —me ofrecí, me levanté del columpio y le di un empujoncito a la gata con el pie hasta que se dejó caer de espaldas y dejó al descubierto la barriga rechoncha—. ¿Quién quiere vino?

—Ya conocéis el dicho —comentó mi madre, y tiró de mi hermana para ayudarla a ponerse en pie—. El *chardonnay* es la comida más importante del día.

El borrón cálido y confuso que me había causado el alcohol comenzó a disiparse más o menos durante la segunda hora de visitas. No quería estar allí, delante de una urna de acero inoxidable, en una sala con papel pintado de pavos reales bastante deprimente, aceptando condolencias y oyendo historias sobre lo fantástico que había sido Simon Walton.

Caí en la cuenta de que ya no habría historias nuevas. Mi dulce, brillante, bondadoso y torpe padre se había ido. Y lo único que nos quedaba de él eran recuerdos que nunca llenarían el vacío que había dejado su ausencia.

—No sé qué vamos a hacer sin el tío Simon —dijo mi prima Nessa, que sujetaba a la bebé regordeta sobre la cadera mientras su marido reñía a su hijo de tres años, al que le habían puesto una pajarita. Mi padre siempre había llevado pajaritas—. Él y tu madre venían una noche al mes a cuidar de los niños para que Will y yo saliéramos a cenar.

—Le encantaba pasar tiempo con tus hijos —le aseguré.

No era un secreto que mis padres querían una casa repleta de niños. Era el motivo por el que habían comprado una casa victoriana laberíntica de dieciocho habitaciones con un comedor formal lo bastante grande para sentar a veinte personas.

Maeve había cumplido con un nieto, pero un divorcio y una exitosa carrera en el ámbito legal habían acabado temporalmente con sus planes de tener el segundo.

Y después estaba yo. Era la responsable de la mejor biblioteca pública en un radio de tres condados y me dejaba el culo para expandir el catálogo, los programas y los servicios que ofrecíamos. Pero no estaba más cerca de casarme y tener hijos de lo que lo había estado al cumplir los treinta. De lo que hacía… Madre mía. Mucho tiempo.

La bebé de Nessa me hizo una pedorreta y pareció muy complacida consigo misma.

—Oh, no —dijo mi prima.

Seguí la dirección de su mirada hasta el niño, que evitaba a su padre corriendo en círculos alrededor del pedestal de la urna.

—Sujétame esto —comentó Nessa, y me entregó al bebé—. Mamá tiene que salvar el día en silencio y con elegancia.

—¿Sabes? —le pregunté a la bebé—. A mi padre le encantaría que tu hermano tirara sus cenizas por accidente. Le parecería divertidísimo.

Me miró con curiosidad con los ojos más grandes y azules que había visto nunca. No tenía casi pelo y llevaba los escasos mechones rubios recogidos con cuidado con un lazo rosa atrevido. Estiró el puño cubierto de babas y me pasó el dedo por la mejilla.

La sonrisa desdentada que esbozó me pilló por sorpresa, igual que la risita alegre que le brotó de alguna parte de la barriga rechoncha. Una felicidad efervescente borboteó en mi interior.

—Crisis evitada —dijo Nessa cuando reapareció—. Ah, ¡le caes bien!

Mi prima me quitó a su hija y me sorprendí cuando, al momento, eché en falta el peso cálido y risueño en mis brazos. Aturdida, observé cómo la pequeña familia avanzaba en la fila para saludar a mi madre y hermana.

Había oído que el reloj biológico de las mujeres se activaba con solo oler la cabecita de un bebé, pero ¿que la cuenta regresiva comenzara en un funeral? Tenía que ser la primera vez.

Claro que quería una familia. Siempre había dado por sentado que sacaría tiempo… después de la universidad, tras conseguir mi primer trabajo, después de tener el trabajo de mis sueños en mi pueblo natal, después de que trasladaran la biblioteca al edificio nuevo.

No me estaba haciendo más joven. Mis óvulos no se iban a regenerar por arte de magia. Si quería una familia, tenía que empezar ya.

«Vaya mierda».

Mis instintos evolutivos tomaron el mando y estudié a Bud Nickelbee de arriba abajo cuando se detuvo delante de mí y me ofreció sus condolencias. Bud, de cuerpo delgado y esbelto, siempre iba vestido con un mono. Como alguien que llevaba gafas, no me molestaban las suyas al estilo Lennon, pero la coleta larga y plateada y sus planes de jubilarse y construir un búnker alejado del mundo, en Montana, eran motivos suficientes para descartarlo.

Necesitaba un hombre que fuera lo bastante joven para tener bebés conmigo. Preferiblemente aquí, con un Costco y un Target cerca.

La llegada de Knox y Naomi Morgan interrumpió la epifanía de mi reloj biológico. El chico malo barbudo de Knockemout se había enamorado perdidamente de la novia a la fuga cuando esta se presentó en el pueblo el año pasado. Juntos se las habían arreglado para construir un final feliz romántico de los que yo había devorado en tantas páginas de adolescente… y de joven adulta… y hacía tan poco como la semana pasada.

Hablando de instintos evolutivos, era evidente que el gruñón de Knox, vestido de traje (con la corbata torcida como si le diera pereza anudársela correctamente), tenía madera de padre. Nash, su hermano de hombros anchos, apareció detrás de él con el uniforme de policía. Se aferraba posesivamente a la mano de su prometida, la preciosa y moderna Lina. Ambos hombres tenían una madera excelente de donantes de esperma.

Me obligué a salir de mi ensimismamiento reproductivo.

—Muchas gracias por venir —les dije.

Naomi tenía un aspecto femenino y delicado con su vestido de lana azul marino y el pelo peinado en ondas morenas y anchas. Su abrazo olía ligeramente a productos de limpieza de limón, lo cual me hizo sonreír. Cuando estaba estresada, o aburrida, o feliz, Naomi limpiaba. Era su lenguaje del amor. Desde que había empezado a trabajar como coordinadora de promoción sociocultural, la biblioteca había estado más limpia que nunca.

—Sentimos mucho lo de Simon. Era un hombre maravilloso —dijo ella—. Me alegro de haberlo conocido en Acción de Gracias.

—Yo también me alegro de que lo conocieras —respondí.

Había sido la última fiesta oficial de los Walton en el hogar familiar. La casa había estado abarrotada de amigos, familia y comida. Muchísima. Comida. A pesar de la enfermedad, papá había estado loco de contento.

El recuerdo hizo que me golpeara otra oleada de tristeza, y me esforcé por contener el feo sollozo y disimularlo como un ataque de hipo cuando me solté del abrazo de Naomi.

—Lo siento. He bebido demasiado vino en el desayuno —mentí.

Nuestra amiga Lina dio un paso al frente. Tenía las piernas largas y un aspecto atrevido incluso con un traje de chaqueta y pantalón y unos zapatos de tacón de aguja de los que hacían la boca agua. Puso una mueca y después se inclinó hacia mí para darme un abrazo incómodo. A Lina no le gustaba el contacto físico con nadie que no fuera Nash, y eso me hizo apreciar el gesto todavía más.

Aunque si la gente no dejaba de ser amable conmigo, la presa que contenía mi reserva infinita de tristeza se acabaría rompiendo.

—Qué mal —susurró antes de soltarme.

—Sí, la verdad es que sí —coincidí, y me aclaré la garganta para contener la emoción. Aceptaba la ira. La rabia era fácil, limpia y transformadora, incluso poderosa. Pero no me sentía cómoda compartiendo las emociones más complicadas con otras personas.

Lina dio un paso atrás y se deslizó perfectamente debajo del brazo de Nash.

—¿Qué vas a hacer después de este… jaleo? —me preguntó.

Sabía exactamente por qué me lo decía. Me harían compañía si se lo pedía. Incluso si no lo hacía. Si pensaban por un instante que necesitaba un hombre sobre el que llorar, un cóctel bien hecho o que me fregaran el suelo, Naomi y Lina acudirían.

—Mamá ha reservado una noche en un *spa* con unas amigas y Maeve va a preparar una cena familiar para los invitados que no viven en el pueblo —respondí. No era mentira. Mi hermana iba a invitar a mis tías, tíos y primos, pero yo ya había planeado decirle que tenía migraña y pasar la noche liberando el torrente de tristeza sentimentaloide en la privacidad de mi hogar.

—Quedemos pronto, pero no en el trabajo —añadió Naomi en tono severo—. Tómate el tiempo que necesites.

—Sí, por supuesto. Gracias —respondí.

Mis amigas avanzaron por la fila de recepción hasta mi madre y dejaron conmigo a los futuros papás de sus bebés.

—Esto es una puta mierda —comentó Knox con brusquedad y me abrazó.

Sonreí contra su pecho.

—No te equivocas.

—Si necesitas cualquier cosa, Sloaney Baloney... —dijo Nash cuando avanzó para abrazarme. No tuvo que terminar la frase. Habíamos crecido juntos, sabía que podía contar con él para lo que fuera. Igual que con Knox, aunque este no fuera a ofrecerse. Simplemente acudiría, cumpliría a regañadientes con un acto de servicio muy considerado y después se enfadaría si intentaba darle las gracias.

—Os lo agradezco, chicos.

Nash se apartó y recorrió con la mirada la multitud que salía de la sala hacia el vestíbulo. Hasta en un funeral, el jefe de policía era como el perro guardián que se aseguraba de que el rebaño estuviera a salvo.

—No hemos olvidado lo que tu padre hizo por Lucian —comentó.

Me puse tensa. Cada vez que alguien mencionaba ese nombre, sentía como si una campana me taladrara el cráneo y me resonara en los huesos, como si oírlo debiera significar algo para mí. Pero no lo hacía. Ya no. A menos que «odio a ese tipo» contara como «algo».

—Sí, bueno, papá ayudó a mucha gente a lo largo de su vida —respondí, incómoda.

Era cierto. Simon Walton había ayudado a muchas personas como abogado, entrenador, mentor y padre. Pensándolo mejor, lo más probable era que él y su grandeza fueran los culpables de que estuviera soltera y sin hijos. Después de todo, ¿cómo iba a encontrar pareja cuando nadie estaría a la altura de lo que mis padres habían supuesto el uno para el otro?

—Hablando del rey de Roma —dijo Knox.

Todos miramos hacia el umbral de la puerta al otro extremo de la sala, que de repente parecía haberse empequeñecido a causa del hombre inquietante con traje carísimo que lo ocupaba.

Lucian Rollins. Luce o Lucy para los amigos, aunque de esos tenía muy pocos. Lucifer para mí y para el resto de su legión de enemigos.

Odiaba cómo reaccionaba cada vez que entraba en una habitación. Ese hormigueo que sentía como si cada nervio de mi cuerpo recibiera el mismo mensaje a la vez.

Podía soportar esa advertencia biológica innata de que se acercaba el peligro. Después de todo, ese hombre no tenía nada de seguro. Lo que no soportaba era que el hormigueo se convirtiera de inmediato en un «ahí estás» cálido, feliz y reflexivo, como si hubiera estado conteniendo el aliento hasta su llegada.

Me consideraba una adulta de mente abierta, de las que viven y dejan vivir. Y, aun así, no soportaba a Lucian. Su mera existencia me sacaba de quicio. Esto era exactamente lo que me recordaba a mí misma cada puñetera vez que aparecía como si una parte estúpida y desesperada de mi mente lo hubiera conjurado. Hasta que pensaba que ya no era el chico guapo y atrevido de mis sueños de adolescente empollona.

Lucian, el chico encantador y optimista que llevaba una carga demasiado pesada para él, había desaparecido. En su lugar, había un hombre frío y despiadado que me odiaba tanto como yo a él.

«Confiaba en ti, Sloane. Y traicionaste mi confianza. Me hiciste más daño del que él podía haberme hecho».

Ahora éramos personas diferentes. Nuestras miradas se encontraron y sentí ese reconocimiento familiar e incómodo que surgía cada vez que nos veíamos.

Era muy raro tener un secreto con el chico al que había querido tiempo atrás y compartirlo con el hombre al que no soportaba. Todas nuestras interacciones tenían un subtexto. Un significado que solo nosotros dos podíamos descifrar. Y era posible que un rincón pequeño, estúpido y oscuro de mi interior se emocionara cada vez que nos mirábamos. Como si ese secreto hubiera establecido un vínculo entre nosotros que nunca se rompería.

Avanzaba hacia delante y la multitud se separaba a su paso como si el poder y la riqueza le abrieran camino.

Pero no vino hasta mí. Fue directo hacia mi madre.

—Mi dulce chico. —Mamá abrió los brazos, Lucian avanzó hacia ellos y le dio un abrazo que exhibía una familiaridad desconcertante.

¿Su dulce chico? Lucian era un megalómano de cuarenta tacos.

Los hermanos Morgan avanzaron para unirse a su amigo junto a mi madre.

—¿Cómo lo lleváis, Sloane? —me preguntó la señora Tweedy, la vecina anciana y deportista de Nash, al ocupar su lugar. Vestía un chándal negro de velvetón y tenía el pelo apartado de la cara con una banda elástica de aspecto sombrío.

—Estamos bien. Muchísimas gracias por venir —respondí, y le tomé la mano callosa.

Por el rabillo del ojo, vi que mi madre se alejaba un poco del abrazo de Lucian.

—No sé cómo agradecértelo, nunca podré devolverte lo que hiciste por Simon. Por mí. Y por nuestra familia —le dijo con los ojos llenos de lágrimas.

«Eh, ¿qué?». No tuve más remedio que clavar la mirada en el rostro endiabladamente atractivo de Lucian.

Vaya, era guapísimo. Como si lo hubieran esculpido los dioses. Iba a tener unos bebés demonios preciosos.

No. No. Ni de broma. Mi ida de olla biológica no me haría ver a Lucian Rollins como una posible pareja.

—Dicen que levantar pesas es bueno para el duelo, ¿sabes? Deberías venir al gimnasio esta semana. Mi equipo cuidará muy bien de ti —chillaba la señora Tweedy mientras yo me esforzaba por escuchar con disimulo a mi madre y Lucian.

—Yo soy quien os lo debe a los dos —respondió él con voz ronca.

¿De qué diablos hablaban? Vale, mis padres y Lucian habían estado muy unidos cuando era el adolescente rebelde de la casa de al lado, pero eso había sonado a algo más profundo, más reciente. ¿Qué pasaba y por qué no sabía nada al respecto?

Alguien me chasqueó los dedos en la cara y me sacó de mis pensamientos.

—¿Estás bien, niña? Te has puesto pálida. ¿Quieres algo de comer? Tengo una barrita de proteínas y una petaca —dijo la señora Tweedy, y rebuscó en la mochila del gimnasio.

—¿Te encuentras bien, Sloane? —me preguntó mi madre al notar la conmoción.

Ella y Lucian me estaban mirando.

—Estoy bien —le aseguré enseguida.

—Ha desconectado de todo —se chivó la señora Tweedy.

—Que estoy bien, de verdad —insistí, y me negué a devolverle la mirada a Lucian.

—Llevas aquí dos horas, ¿por qué no vas a tomar un poco el aire? —sugirió mamá. Estaba a punto de decirle que ella llevaba el mismo tiempo que yo cuando se volvió hacia Lucian—. ¿Te importa?

Él asintió, y de repente invadió mi espacio personal.

—Yo la acompaño.

—Estoy bien —repetí y, presa del pánico, di un paso hacia atrás. Un enorme arreglo floral funerario me bloqueaba la huida. Le di un golpe a la tribuna con el culo y las flores que había enviado el departamento de bomberos de Knockemout se tambalearon de manera precaria.

Lucian sujetó las flores y a continuación me colocó una mano grande y cálida en la parte baja de la espalda. Sentí como si un rayo me hubiera golpeado de lleno en la columna vertebral.

Siempre tenía mucho cuidado de no tener contacto físico con él. Cuando nos tocábamos, me ocurrían cosas muy raras por dentro. No tomé la decisión consciente de dejar que me sacara de la fila, pero ahí estaba, avanzando como un *golden retriever* obediente.

Naomi y Lina ya se estaban levantando de los asientos con gesto de preocupación, pero sacudí la cabeza. Podía encargarme de esto.

Me guio hacia la salida de la sala sofocante, me llevó al guardarropa y, en menos de un minuto, estaba de pie en la acera, enfrente de la funeraria y había dejado atrás la abrumadora aglomeración de cuerpos y el murmullo de la conversación. Era un miércoles lúgubre de invierno y se me empañaron las gafas con el cambio de temperatura. Las nubes cargadas, de color gris pizarra, se cernían sobre nosotros y prometían nieve antes de que terminara el día.

A papá le encantaba la nieve.

—Toma —espetó Lucian con tono irritado, y me tendió un abrigo.

Era alto, moreno y malvado.

Yo era bajita, pálida y maravillosa.

—No es mío —le respondí.

—Es mío. Póntelo antes de que mueras congelada.

—Si me lo pongo, ¿me dejarás en paz? —le pregunté.

Quería estar sola. Recobrar el aliento. Mirar hacia las nubes con furia, decirle a mi padre que lo echaba de menos, que odiaba al cáncer y que, si nevaba, me tumbaría sobre la nieve y haría un ángel. A lo mejor hasta tendría tiempo de derramar algunas de las lágrimas que reprimía.

—No. —Tomó las riendas y me puso el abrigo sobre los hombros.

Estaba hecho de un material grueso, oscuro y parecido a la cachemira con un forro suave de satén. Caro. *Sexy.* Era como llevar una manta pesada. Y olía… Divino no era la palabra correcta. Deliciosamente peligroso. El aroma de ese hombre era como un afrodisíaco.

—¿Has comido hoy?

Pestañeé.

—¿Qué?

—¿Has comido hoy? —pronunció cada palabra con irritación.

—Ni se te ocurra ponerte gruñón conmigo hoy, Lucifer. —Pero a mis palabras les faltaba el fuego habitual.

—Eso es un no.

—Discúlpanos por haber desayunado *whisky* y vino.

—Joder —murmuró. Y después alargó los brazos hacia mí.

En lugar de dar un salto hacia atrás o darle un golpe de karate en la garganta, me quedé ahí plantada, atónita. ¿Iba a hacer un intento torpe de abrazarme? ¿De meterme mano?

—¿Qué haces? —chillé.

—No te muevas —me ordenó. Introdujo las manos en los bolsillos del abrigo.

Me sacaba exactamente una cabeza. Lo sabía porque una vez lo medimos. La línea que había dibujado con el lápiz seguía en el marco de la puerta de mi cocina. Era parte de la historia que ambos nos negábamos a admitir.

Sacó un único cigarrillo y un mechero plateado y brillante.

Ni siquiera los malos hábitos eran capaces de controlar a Lucian Rollins. Se permitía fumarse solo un cigarrillo al día. Su autocontrol me irritaba.

—¿Estás seguro de que quieres malgastar el único cigarrillo del día ahora mismo? No es ni mediodía —señalé.

Me lanzó una mirada asesina, encendió el cigarro, se guardó el mechero en el bolsillo y después sacó el móvil. Deslizó los pulgares por la pantalla con rapidez antes de volver a guardárselo en la chaqueta. Se quitó el cigarrillo de la boca y exhaló el humo azulado mientras seguía fulminándome con la mirada.

Todos y cada uno de sus movimientos eran predatorios, moderados e irritantes.

—No tienes que hacerme de niñera. Ya has hecho acto de presencia, puedes irte. Estoy segura de que tienes cosas más importantes que hacer un miércoles que pasar el rato en Knockemout —le dije.

Me miró por encima del extremo del cigarrillo y no dijo nada. El hombre tenía el hábito de observarme como si fuera tan aborrecible que le resultara fascinante. Como yo miraba a las babosas de mi jardín.

Me crucé de brazos.

—Vale. Si estás tan empeñado en quedarte, ¿por qué ha dicho mi madre que te debe algo? —le pregunté.

Siguió mirándome fijamente en silencio.

—Lucian.

—Sloane —pronunció mi nombre con voz ronca y como si fuera una advertencia. A pesar de que las garras del frío me subían por la columna vertebral, sentí que algo cálido y peligroso se desataba dentro de mí.

—¿Siempre tienes que ser tan odioso? —le pregunté.

—No quiero discutir contigo hoy. Aquí no.

En un giro humillante de los acontecimientos, se me anegaron los ojos de lágrimas cálidas al instante.

Otra oleada mareante de dolor me golpeó y luché por hacerla retroceder.

—Ya no habrá historias nuevas —murmuré.

—¿Qué? —espetó.

Sacudí la cabeza.

—Nada.

—Has dicho que ya no habrá historias nuevas —apuntó Lucian.

—Hablaba conmigo misma. Nunca tendré recuerdos nuevos de mi padre. —Para mi vergüenza eterna, se me quebró la voz.

—Mierda —murmuró Lucian—. Siéntate.

Estaba tan ocupada intentando que mi peor enemigo no viera mis lágrimas ñoñas que apenas me di cuenta de que me empujaba hacia el bordillo sin mucha delicadeza. Rebuscó en los bolsillos del abrigo y un pañuelo se me apareció justo delante de la cara.

Vacilé.

—Si utilizas el abrigo para sonarte la nariz, haré que me compres uno nuevo y no te lo puedes permitir —me advirtió, y blandió el pañuelo.

Se lo arranqué de la mano.

Se sentó a mi lado, con cuidado de dejar varios centímetros de distancia entre nosotros.

—Después no quiero que te quejes de que te has ensuciado el traje elegante —protesté, luego me soné la nariz ruidosamente en su ridículo pañuelo. ¿Quién cargaba con trapos de mocos reutilizables hoy en día?

—Intentaré controlarme —respondió con suavidad.

Nos quedamos en silencio mientras yo hacía todo lo posible para recobrar el control. Incliné la cabeza hacia atrás y observé las nubes gruesas para intentar que se me secaran las lágrimas. Lucian era la última persona del planeta que quería que me viera vulnerable.

—Podrías haberme distraído con una discusión agradable y normal, ¿lo sabías? —le acusé.

Suspiró y, con el gesto, exhaló otra nube de humo.

—Vale. No comer nada esta mañana ha sido estúpido y egoísta por tu parte. Ahora tu madre está ahí dentro preocupada por ti, y has hecho que un día que ya era malo para ella sea todavía peor. A tu hermana y tus amigos les preocupa que no puedas con la situación. Y yo estoy aquí fuera para asegurarme de que no te desmayas para que ellos sigan con el duelo.

Erguí la columna vertebral.

—Muchas gracias por preocuparte.

—Hoy tu tarea es sostener a tu madre. Apoyarla. Compartir su dolor. Hacer lo que haga falta para ser lo que ella necesita. Has perdido a tu padre, pero ella ha perdido a su pareja. Tú puedes llorarle como quieras más tarde. Pero el día de hoy es para ella, y hacer que se preocupe por ti te convierte en una egoísta de cojones.

—Eres un cabrón, Lucifer. —Un cabrón astuto y que no se equivocaba del todo.

—Recompónte, duendecilla.

Me bastó con que utilizara ese apodo antiguo para que la tristeza implacable que sentía quedara bloqueada por un brote enérgico de ira.

—Eres una de las personas más arrogantes y tercas...

Una camioneta abollada con pegatinas del Knockemout Diner en las puertas se detuvo en seco delante de nosotros y Lucian me pasó el cigarro.

Se bajaron las ventanillas y él se puso en pie.

—Aquí tiene, señor Rollins. —Bean Taylor, el encargado flacucho y frenético de la cafetería, se asomó por la ventanilla y le entregó una bolsa de papel a Lucian. Bean se pasaba todo el día comiendo delicias fritas y nunca engordaba un gramo, pero, en el momento en que una ensalada le tocaba los labios, ganaba peso.

Lucian le entregó un billete de cincuenta dólares.

—Quédate el cambio.

—¡Gracias, tío! Siento mucho lo de tu padre, Sloane —gritó por la ventanilla.

Sonreí sin fuerzas.

—Gracias, Bean.

—Tengo que volver. He dejado a mi mujer al cargo y siempre quema las patatas.

Se alejó y Lucian me dejó la bolsa en el regazo.

—Come.

Con esa orden, giró sobre los talones y se dirigió a zancadas hacia la entrada de la funeraria.

—Supongo que eso significa que me quedo el abrigo —exclamé a sus espaldas.

Lo observé mientras se marchaba y, cuando estuve segura de que había entrado, abrí la bolsa y me encontré mi burrito de desayuno favorito envuelto en papel de aluminio. La cafetería no servía a domicilio. Y Lucian no debería haber sabido cuál era mi desayuno favorito.

—Es exasperante —murmuré en voz baja. Después me llevé el cigarrillo a los labios y casi noté su sabor.

CAPÍTULO DOS

QUÉDATE EL ABRIGO Y DÉJAME EN PAZ

LUCIAN

Cuando por fin aparqué en el acceso de la casa que tanto odiaba, hacía casi una hora que nevaba con fuerza. Exhalé lentamente y me dejé caer sobre el asiento calefactado de cuero del Range Rover. La voz de Shania Twain cantaba con suavidad por los altavoces, y los limpiaparabrisas chirriaban al deslizarse por el cristal para apartar la nieve.

Al parecer, tendría que pasar la noche aquí, me dije a mí mismo, como si ese no hubiera sido el plan desde el principio.

Como si no llevara una bolsa con ropa en el asiento trasero.

Como si no sintiera la necesidad empalagosa de quedarme cerca. Solo por si acaso.

Pulsé el botón del mando del garaje y, a la luz de los faros, vi que la puerta se abría sin hacer ruido. El funeral y la comida habían ocupado las últimas horas de luz. Los amigos y seres queridos se habían quedado a degustar los platos y bebidas favoritos de Simon y lo habían recordado mientras yo evitaba a Sloane. No me creía capaz de mantener la distancia necesaria cuando estaba tan dolida, así que había recurrido a la distancia física.

Ignoré todo pensamiento sobre la duendecilla rubia y me centré en otros asuntos más importantes y menos irritantes. Esa noche, Karen Walton y algunas de sus amigas estarían có-

27

modas y a salvo en sus *suites* en un *spa* a las afueras de D. C., donde al día siguiente disfrutarían de diversos tratamientos.

Era lo mínimo que podía hacer por los vecinos que me lo habían dado todo.

Me entró una llamada y la pantalla del salpicadero se iluminó. «Agente especial Idler».

—¿Diga? —Me pellizqué el puente de la nariz al responder.

—Pensaba que le interesaría saber que nadie ha visto u oído nada sobre Felix Metzer desde septiembre —comentó sin más preámbulos. A la agente del FBI le entusiasmaba todavía menos que a mí perder el tiempo con charlas innecesarias.

—Qué inconveniente. —Inconveniente y no del todo inesperado.

—Vayamos directos a la parte en la que me asegura que no ha tenido nada que ver con su desaparición —respondió sin rodeos.

—Pensaba que cooperar en la investigación me otorgaría el beneficio de la duda, como mínimo.

—Ambos sabemos que dispone de los medios para hacer desaparecer a cualquiera que le moleste.

Eché otro vistazo a la rocambolesca casa de al lado. Había excepciones.

Oí el clic de un mechero y una inhalación y deseé no haberme fumado ya el único cigarrillo del día. La culpa era de Sloane. Cuando estaba cerca de ella, me flaqueaba el autocontrol.

—Mire, sé que probablemente no ha descuartizado a Metzer y se lo ha dado de comer a su banco de pirañas adiestradas o a cualquiera de las mascotas acuáticas que se estilen entre los ricos. Solo estoy cabreada. El hijo inútil del jefe del crimen nos dio el nombre, hemos hecho todo el trabajo y vuelve a ser otra pista que no lleva a ninguna parte.

Cuanto más trabajaba mi equipo con el de Idler, menos irritante me resultaba. Admiraba su búsqueda decidida de justicia, aunque yo prefería la venganza.

—Puede que haya decidido ocultarse —sugerí.

—Esto me da mala espina —dijo Idler—. Alguien está limpiando su desastre. Si estos jueguecitos me impiden cerrarle la puerta de una celda en las narices a Anthony Hugo perso-

28

nalmente, me voy a enfadar. Las únicas dos personas vivas que pueden corroborar que Anthony ordenó a sus matones que asesinaran a una lista de personas son el delincuente idiota de su hijo y la exnovia delincuente del idiota de su hijo. Ninguno va a ganar puntos delante de un jurado.

—Conseguiré más información —le aseguré. No iba a dejar que un hombre como Anthony Hugo se fuera de rositas después de haber hecho daño a la gente a la que quería.

—Hasta que aparezcan Metzer o su cadáver, estamos en otro callejón sin salida.

—Mi equipo trabaja en desenmarañar las finanzas de Hugo. Encontraremos lo que necesita —le prometí. Hugo era bueno, pero yo era mejor y más obstinado.

—Está muy tranquilo para ser un civil que podría acabar formando parte del desastre que quieren limpiar —señaló.

—Si Hugo viene a por mí, no se lo pondré fácil —le prometí con seriedad.

—Sí, bueno, no haga nada estúpido. O, por lo menos, no antes de conseguirme algo que pueda usar para pillar a ese cabrón.

Mi equipo ya le había dado varias cosas, pero el FBI quería un caso sin fisuras y cargos que aseguraran que Hugo recibiera la perpetua. Y yo me ocuparía de que los tuvieran.

—Lo haré lo mejor que pueda. Siempre que no considere hacer tratos que afecten a las personas que me importan. —Volví a mirar la casa de al lado. Seguía a oscuras.

—Hugo es el pez gordo. No habrá tratos —prometió Idler.

Entré en el vestíbulo, un espacio organizativo perfecto para la familia que no vivía en el lugar. El mobiliario, los acabados, incluso la distribución de la casa, habían cambiado. Pero ni siquiera la pintura, la moqueta y los muebles nuevos habían bastado para hacer desaparecer los recuerdos.

Seguía odiando estar aquí.

Desde el punto de vista financiero, no tenía sentido aferrarse a este sitio dejado de la mano de Dios, a este recuerdo de un pasado que era mejor olvidar. Y, aun así, allí estaba. Otra vez durmiendo allí, como si, de algún modo, pasar el tiempo suficiente en esa casa fuera a debilitar el control que ejercía sobre mí.

Lo más inteligente en todos los aspectos era vender la casa y no volver jamás.

Por eso había vuelto el verano pasado. Pero había echado un vistazo a esos ojos verdes… Que no eran de un verde suave y musgoso. No, los ojos de Sloane Walton brillaban como llamas esmeralda. Un vistazo y hasta mis planes mejor elaborados se habían desintegrado.

No obstante, había llegado el momento. Tenía que librarme de la casa, de los recuerdos. De la debilidad que esos años simbolizaban. Lo había superado. Me había labrado una vida diferente. Y, aunque aún fuera un monstruo bajo los adornos de la riqueza y el poder, había hecho cosas buenas. ¿No era suficiente con eso?

Nunca sería lo bastante bueno. No con la sangre que me corría por las venas, y que me manchaba las manos.

Había tomado la decisión de pasar página con el calor sofocante del último agosto. El bochorno del verano me había hecho creer que había superado la dolorosa esperanza de la primavera. Y, aun así, ahí estaba, seis meses después, y los cabos que me habían anclado a este lugar me parecían más restrictivos que nunca. Era culpa de Sloane que contara los días que quedaban para la primavera.

Hasta que florecieran los árboles.

Odiaba pensar que el motivo por el que vivía en D. C. estaba ligado a algo tan patéticamente frágil, que yo fuera tan patéticamente frágil. Y, aun así, cada primavera, cuando se abrían esas flores rosas fragantes, se me aflojaba la presión del pecho. Relajaba la respiración. Y mi enemigo más antiguo asomaba la cabeza.

La esperanza. Muchos no teníamos el lujo de sentirla. Muchos no la merecíamos.

Pronto, me prometí a mí mismo. En cuanto supiera que alguien cuidaría de los Walton, cortaría los lazos que me unían a este lugar. Pasaría una última primavera allí y no regresaría más.

Encendí las luces de la cocina, un espacio limpio de tonos grises y blancos, y miré fijamente la silueta de acero inoxidable de la nevera.

No tenía hambre. La idea de comer me provocaba náuseas. Quería otro cigarrillo. Un trago. Pero si algo me caracterizaba, era ser disciplinado. Tomaba decisiones que me hacían más fuerte, más inteligente. Priorizaba la carrera de larga distancia en lugar de las dosis a corto plazo. Lo cual significaba ignorar mis instintos más básicos.

Abrí el congelador y saqué un recipiente aleatorio. Le arranqué la tapa a un envase de pollo con mostaza de Dijon y lo metí en el microondas a descongelar. Mientras el temporizador avanzaba hacia el cero, agaché la cabeza y dejé que la correa con la que había estado controlando el dolor se aflojara.

Quería luchar. Encolerizar. Destruir.

Un hombre bueno se había ido. Otro, uno malo, se había escapado sin recibir el castigo que le correspondía. Y no podía hacer nada para remediar ninguna de las dos cosas. A pesar de toda la riqueza y favores que había amasado, una vez más volvía a sentirme impotente.

Cerré los puños sobre la encimera hasta que los nudillos se me pusieron blancos y afloró un recuerdo.

—*Este sitio cada vez tiene mejor aspecto* —*me había dicho Simon al entrar por la puerta abierta del garaje.*

Yo estaba cubierto de sudor y de polvo, porque había estado derribando paneles de yeso y fantasmas con un mazo.

—*Ah, ¿sí?* —*le preguntó mi yo de veintitantos. Parecía que había explotado algo en la cocina.*

—*A veces, para reconstruir algo tienes que derribarlo hasta los cimientos. ¿Necesitas ayuda?*

Y, de repente, el hombre que me había salvado la vida tomó un martillo y me ayudó a arrasar con las partes más horribles de mi pasado.

Sonó el timbre y alcé la cabeza. La ira volvió obedientemente a su rincón. Me planteé ignorar a quienquiera que fuera, pero el timbre volvió a sonar una vez tras otra.

Irritado, abrí la puerta de un tirón y me trastabilló el corazón. Siempre me pasaba cuando la veía de forma inesperada.

Una parte de mí, una astilla débil y diminuta que tenía clavada muy adentro, la miraba y quería acercarse más a ella. Como si fuera una fogata que me atraía con la promesa del calor y la bondad en la noche oscura.

Pero era más sensato. Sloane no prometía calidez, sino quemaduras de tercer grado.

Todavía llevaba puesto el vestido negro y el cinturón brillante del funeral, pero en lugar de los tacones que hacían que me llegara unos centímetros más arriba del pecho, se había puesto unas botas de nieve. Y mi abrigo.

Me empujó a un lado con una bolsa de papel.

—¿Qué haces? —le exigí cuando comenzó a recorrer el pasillo—. Se supone que debes estar en casa de tu hermana.

—¿Me tienes vigilada, Lucifer? No me apetecía tener compañía esta noche —respondió por encima del hombro.

—¿Y entonces qué haces aquí? —le pregunté, y la seguí hasta el fondo de la casa. Odiaba que estuviera allí. Hacía que se me erizara la piel y se me revolviera el estómago. Pero una parte enferma y estúpida de mí anhelaba su proximidad.

—Tú no cuentas como compañía —respondió, y lanzó el abrigo sobre la encimera. Me pregunté si olería como ella o si, al haberlo llevado, ella olería a mí.

Sloane abrió un armario, después lo cerró y abrió el siguiente. Se puso de puntillas. El dobladillo del vestido se le subió unos centímetros por los muslos y me di cuenta de que también se había quitado las medias. Durante un segundo muy breve y estúpido me pregunté si se habría quitado algo más, pero después me obligué a alejar la atención de su piel.

No sabía exactamente cuándo había ocurrido. En qué momento la niña de la casa de al lado se había convertido en la mujer que no conseguía desalojar de mi cerebro.

Sloane encontró un plato y volcó el contenido de la bolsa marrón manchada de grasa en él con una floritura.

—Hala. Estamos en paz —anunció. Le brilló el diamante falso que llevaba en la nariz. Si fuera mía, la piedra habría sido de verdad.

—¿Qué es eso?

—La cena. Tú te has empeñado en traerme el burrito para desayunar. Así que aquí tienes la cena postfuneral. Ya no te debo nada.

Entre nosotros no existían los «gracias» ni los «de nada». No los diríamos en serio. Lo único que había era una obsesión por equilibrar la balanza, por no deberle nada al otro.

Bajé la mirada al plato.

—¿Qué es?

—¿En serio? ¿Cómo de rico tienes que ser para no reconocer una hamburguesa con patatas fritas? No sabía qué te gustaba, así que te he comprado lo que me gusta a mí —comentó. Robó una patata del plato y se la tragó en dos bocados limpios.

Parecía cansada y nerviosa al mismo tiempo.

—¿Cómo está Karen? —le pregunté.

—Resistiendo. Va a pasar la noche en un *spa* con unas amigas. Les van a hacer un tratamiento facial esta noche y todo lo demás mañana. Parece un espacio seguro en el que pueda sentirse triste y… —Sloane cerró los ojos un momento.

Eran más palabras y menos insultos de los que me tenía acostumbrado.

—¿Aliviada? —adiviné.

Abrió los ojos verdes y me atravesó con la mirada.

—Puede ser.

—Tu padre estaba sufriendo. Es natural alegrarse por el hecho de que esa parte haya acabado.

Se subió a la encimera de un salto y se plantó junto a mi cena de comida rápida.

—Sigue pareciéndome mal —comentó.

Le pasé el brazo por detrás y tomé una patata frita del plato. Solo era una excusa para acercarme a ella. Para ponerme a prueba.

—¿Para qué has venido, Sloane?

A pesar de que conspiraba para acercarme más, seguía alejándola de mí. Nuestra dinámica ya me parecía difícil en un buen día. En uno como el de hoy, era agotadora.

Tomó otra patata y me señaló con ella.

—Porque quiero saber por qué mi madre te ha saludado hoy como si fueras un Walton perdido. ¿Qué cree que te debe? ¿De qué hablabais?

33

No iba a empezar esa conversación. Si Sloane descubría algún indicio de lo que había hecho, nunca me dejaría en paz.

—Mira, es tarde y estoy cansado. Deberías irte.

—Son las cinco y media de la tarde, no seas un muermo.

—No te quiero aquí. —Se me escapó la verdad en un ataque desesperado.

Se irguió sobre la encimera, pero no hizo amago de largarse. Siempre había estado muy cómoda con mi mal genio. Era parte del problema. O bien sobreestimaba su invencibilidad o subestimaba la cólera que yo contenía bajo la superficie. Y no iba a dejar que se quedara lo bastante para descubrir cuál de las dos opciones era la correcta.

Ladeó la cabeza y el pelo rubio le cayó por encima del hombro. Se había cambiado el tono de las mechas, de un frambuesa apagado a un brillo plateado en las puntas.

—¿Sabes en qué no he dejado de pensar hoy durante el funeral?

Al igual que su madre y su hermana, había hablado delante de la multitud, había sido un discurso elocuente y emotivo. Pero había sido la lágrima que le había descendido a Sloane por la mejilla, y las que se había limpiado con el pañuelo que le había dejado, las que me habían atravesado y dejado en carne viva.

—¿En un montón de formas nuevas de hacerme enfadar, empezando por invadir mi privacidad?

—En lo feliz que habríamos hecho a mi padre si hubiéramos fingido llevarnos bien.

Entonces me tocó a mí cerrar los ojos. Había dado el golpe con precisión experta. La culpa era un arma muy afilada.

Nada habría hecho más feliz a Simon que ver cómo su hija y su «proyecto» volvían a ser amables el uno con el otro.

—Supongo que ya no tenemos motivos para empezar a llevarnos bien —continuó ella. Tenía la mirada clavada en la mía, pero no había ni rastro de amabilidad en ella. Solo un dolor y un duelo iguales a los que yo sentía, pero no lloraríamos la pérdida juntos.

—Supongo que no —coincidí.

Lanzó un suspiro y después bajó de la encimera de un salto.

—Genial. Ya sé dónde está la puerta.

—Llévate el abrigo —ofrecí—. Hace frío.

Sacudió la cabeza.

—Si me lo llevo, tendré que volver a traerlo y preferiría no tener que hacerlo. —Pasó la mirada por la estancia y supe que ella también tenía fantasmas allí.

—Llévate el puto abrigo, Sloane. —Tenía la voz ronca. Se lo metí entre los brazos para que no le quedara alternativa.

Durante un segundo, estuvimos conectados por la cachemira.

—¿Has venido por mí? —preguntó de repente.

—¿Qué?

—Ya me has oído. ¿Has venido por mí?

—He venido por respeto. Tu padre era un buen hombre y tu madre siempre ha sido amable conmigo.

—¿Por qué volviste este verano?

—Porque mis amigos se estaban comportando como unos críos.

—¿Y yo no tuve nada que ver con esas decisiones? —insistió.

—Nunca tienes nada que ver.

Asintió abruptamente. No había ni una pizca de emoción en su bonito rostro.

—Bien. —Me quitó el abrigo y pasó los brazos por las mangas, que eran demasiado largas para ella—. ¿Cuándo vas a vender esta casa? —preguntó mientras se sacaba el pelo rubio plateado del cuello de la prenda.

—En primavera —respondí.

—Bien —repitió—. Será agradable tener unos vecinos decentes para variar —comentó.

Tras decir eso, Sloane Walton salió de mi casa sin mirar atrás.

Me comí la hamburguesa y las patatas fritas en lugar del pollo, después lavé el plato y lo volví a guardar en el armario. Lo siguiente fueron las encimeras y los suelos, limpié cualquier rastro que la visita no deseada hubiera podido dejar a su paso.

Estaba cansado, eso no había sido mentira. Nada me apetecía más que darme una ducha caliente e irme a la cama con un libro. Pero no dormiría, no hasta que lo hiciera ella. Además, tenía trabajo que hacer. Subí las escaleras hacia mi antiguo dormitorio, un espacio que ahora utilizaba principalmente como despacho.

Me senté en el escritorio, bajo la enorme ventana saliente que daba al patio trasero y ofrecía vistas a la casa de Sloane. Me llegó un mensaje al móvil.

Karen: Nos lo estamos pasando de maravilla. Es justo lo que me pedía el alma. ¡Gracias otra vez por ser tan atento y generoso! P. D.: Mi amiga quiere que conozcas a su hija.

Incluyó un guiño y un selfi de ella y sus amigas en albornoces a juego, todas con un pringue verde en la cara. Tenían los ojos rojos e hinchados, pero las sonrisas parecían sinceras. Algunas personas podían soportar lo peor sin que les dañara el alma. Los Walton eran de esa clase de personas. Yo, por el contrario, había nacido dañado.

Yo: De nada. Y nada de hijas.

Rebusqué entre el resto de los mensajes de texto hasta que di con el hilo que buscaba.

Simon: Si pudiera haber elegido un hijo en esta vida, te habría elegido a ti. Cuida de mis chicas.

Era el último mensaje que recibiría del hombre al que tanto había admirado. Del hombre que había creído tontamente que yo podía ser salvado. Dejé caer el móvil, flexioné los dedos y, una vez más, deseé haber reservado el cigarrillo del día para ahora. En lugar de eso, me apreté los ojos con las palmas de las manos para librarme del escozor que sentía.

Lo empujé al fondo, volví a tomar el teléfono y rebusqué entre los contactos. Decidí que no debía estar sola.

Yo: Sloane no está en casa de su hermana. Está sola en casa.

Naomi: Gracias por el aviso. Imaginaba que intentaría quedarse sola. Lina y yo nos ocuparemos.

Una vez hube cumplido con mi deber, encendí el portátil y abrí el primero de los ocho informes que requerían mi atención. Apenas había conseguido echar un vistazo a las finanzas del primero cuando me vibró el móvil sobre el escritorio. Esta vez, era una llamada.

«Emry Sadik».

Decidí regodearme en la miseria en lugar de hablar con él de ella, por lo que dejé que saltara el buzón de voz.

Me llegó un mensaje unos segundos después.

Emry: Voy a seguir llamando. Será mejor que nos ahorres las molestias a los dos y contestes.

Ni siquiera me había dado tiempo a poner los ojos en blanco cuando entró la siguiente llamada.

—¿Diga? —respondí con brusquedad.

—Oh, genial. No has caído completamente en la conducta autodestructiva. —El doctor Emry Sadik era psicólogo, entrenador de rendimiento de élite y, lo peor de todo, un amigo accidental. El hombre conocía mis secretos más oscuros y profundos. Había dejado de intentar disuadirlo de que no merecía la pena salvarme.

—¿Has llamado por algún motivo en concreto o solo para tocarme las narices? —le pregunté.

Oí los «cracs» y «clincs» inconfundibles de las cáscaras de pistacho que comía antes de cenar al caer en el bol. Me lo imaginaba en la mesa de su estudio, con un partido de baloncesto silenciado y el crucigrama del día delante. Emry creía en la rutina y la eficiencia... Y en estar presente para sus amigos incluso cuando no querían.

—¿Cómo ha ido hoy?

—Bien. Ha sido deprimente. Triste.

«Crac. Clinc».

—¿Cómo te encuentras?

37

—Estoy furioso —le respondí—. Un hombre así debería poder hacer más obras buenas. Debería haber tenido más tiempo. Su familia lo necesita. —Yo lo necesitaba.

—Nada nos sacude tanto los cimientos como una muerte inesperada —empatizó Emry. Él lo sabía bien. Su mujer había fallecido en un accidente de coche hacía cuatro años—. Si el mundo fuera justo, ¿crees que tu padre habría tenido más tiempo?

«Crac. Clinc».

En un mundo justo, Ansel Rollins habría vivido para cumplir toda su condena y, el día en que lo soltaran, habría sufrido una muerte dolorosa y traumática. En lugar de eso, se había librado de su castigo gracias a un ictus que había acabado con su vida mientras dormía. La injusticia de la situación hizo que la ira que guardaba en esa caja de mi interior cerrada con llave traqueteara.

—Hace quince años que no eres mi psicólogo. Ya no tengo que hablar contigo sobre él.

—Como una de las pocas personas de este planeta a las que toleras, solo señalaba que perder a dos figuras paternas con solo seis meses de diferencia es demasiado para cualquier ser humano.

—Diría que ya hemos dejado claro que yo no soy humano —le recordé.

Emry rio, sin dejarse perturbar.

—Eres más humano de lo que crees, amigo mío.

—No hace falta que me insultes —resoplé.

«Crac. Clinc».

—¿Cómo ha ido con la hija de Simon?

—¿Cuál de ellas? —evadí la pregunta a propósito.

Emry rio por la nariz.

—No me hagas ir hasta allí en mitad de una tormenta de nieve.

Cerré los ojos para no sentirme obligado a echar un vistazo a la casa de Sloane.

—Ha ido… bien.

—¿Has conseguido ser cortés en el funeral?

—Yo casi siempre soy cortés —repliqué sin ganas.

Emry rio.

—Lo que daría por conocer a la infame Sloane Walton.

—Necesitarías más de una sesión si quisieras llegar al fondo de lo que le pasa —le dije.

—Me resulta fascinante que haya conseguido meterse con tanta firmeza en tu cabeza cuando eres un experto en eliminar quirúrgicamente las molestias de tu vida.

«Crac. Clinc».

—¿Qué tal el recital de piano de Sadie? —le pregunté, cambiando de tema a uno que mi amigo no sería capaz de ignorar: sus nietos.

—En mi humilde opinión, ha actuado mejor que todos los demás niños de cinco años con su emotiva interpretación de «Soy una tetera».

—Pues claro que ha sido la mejor —coincidí.

—Te enviaré el vídeo en cuanto aprenda a adjuntar diez minutos de vídeo tembloroso.

—Me muero de ganas —mentí—. ¿Te has atrevido ya a pedirle salir a tu vecina o sigues espiándola desde detrás de las cortinas?

Mi amigo se había enamorado de la divorciada elegante de enfrente y, según decía, solo era capaz de gruñir y asentir en su dirección.

—Todavía no se me ha presentado la oportunidad indicada —me explicó—. También me gustaría señalar la ironía de que seas tú quien me anime a empezar a salir con otras personas.

—El matrimonio es lo mejor para algunas personas. Personas como tú, que son incapaces de cocinar sin quemarlo todo y necesitan a una mujer amable que les obligue a dejar de vestir como la estrella de una comedia de los ochenta.

Los faros de un coche iluminaron la cerca que dividía mi patio del de Sloane. Me puse en pie y me asomé a la ventana de la otra pared, la que daba a la parte delantera de su casa. Parecía que Sloane iba a tener compañía tanto si quería como si no.

Emry rio.

—No metas a mis chaquetas de punto en esto. ¿Sigue en pie la cena de la semana que viene? Creo que por fin he descubierto un movimiento que conseguirá domar a tu caballo irritante.

Emry y yo habíamos pasado de las sesiones de terapia a una amistad que requería cenas y partidas de ajedrez cada dos semanas. Y se le daba bien. Pero yo siempre era mejor.

—Lo dudo, pero ahí estaré. Ahora, si me disculpas, tengo que trabajar.

—El diablo no descansa, ¿eh?

Pues no.

—Adiós, Emry.

—Buenas noches, Lucian.

Aparté la conversación de la mente de inmediato y justo acababa de abrir otro informe cuando sonó el timbre.

—¿Por qué no aprenderá la gente a dejarme en paz de una puta vez? —murmuré mientras abría la aplicación de seguridad y veía a los hermanos Morgan, con los hombros encorvados para protegerse del frío, en la puerta principal.

Con un gruñido, cerré el portátil de un golpe.

—¿Qué? —les espeté cuando abrí la puerta un minuto después.

Entraron a zancadas y dieron patadas a las baldosas de la entrada para quitarse la nieve de las botas. Me dije a mí mismo que limpiaría los charcos después. Waylon, el *basset hound,* entró en la casa, me dio un cabezazo en las rodillas y a continuación trotó hacia el salón.

Knox sujetaba un lote de seis cervezas. Nash cargaba una botella de *whisky* americano y una bolsa de patatas fritas. La cabeza blanca y peluda de su perra, Piper, asomaba por encima de la cremallera de la chaqueta.

—Las chicas están en la casa de al lado —comentó Knox, como si eso lo explicara todo, y se dirigió a la cocina—. Ya te he dicho que todavía seguiría llevando el traje —le dijo a su hermano.

Me pasé una mano por la corbata y me fijé en que los dos se habían puesto el uniforme de invierno habitual de Knockemout: vaqueros y ropa térmica y de franela.

—Hemos pensado en quedarnos por aquí para echarles un ojo y evitar que ocurra lo de la última vez —explicó Nash, que dejó a Piper en el suelo y siguió a su hermano. La perra llevaba un jersey rojo con copos de nieve blancos. Me lanzó una mirada nerviosa y trotó por el pasillo detrás de Nash.

Cerré la puerta y resistí la tentación de darme cabezazos contra ella. No quería compañía. Y no quería que me involucraran en las aventuras de borrachera en las que fueran a meterse Sloane y sus amigas. «La última vez» Naomi y Sloane se emborracharon monumentalmente y decidieron «ayudar» a Lina a atrapar a un prófugo con su ingenio. Bueno, con el ingenio de Naomi y las tetas espectaculares de Sloane.

Todavía seguía furioso por habérmelo perdido.

—Tengo mucho trabajo que hacer —expliqué.

—Pues veremos una película con explosiones en silencio mientras tú diriges el imperio malvado —replicó Nash con alegría.

Echaron mano a mis servilletas y vasos y vagaron hasta el salón. Se sentían más cómodos en la casa de lo que yo lo había estado nunca.

La habitación estaba distribuida con una familia en mente. Había un sofá modular grande y una otomana tapizada enfrente de un televisor de pantalla plana. Las estanterías blancas que cubrían una de las paredes tenían espacio de sobra para libros, juegos y fotografías.

No había habido ninguna fotografía familiar en ellas cuando yo era niño. O, por lo menos, ninguna después de la adolescencia, cuando todo se fue al garete.

—¿Las cámaras de seguridad tienen un buen ángulo de la casa de Sloane? —preguntó Knox.

—No lo sé —respondí con evasivas—. ¿Por qué?

—Porque no me sorprendería que se escabulleran para construir un ejército de muñecos de nieve en mitad de la carretera —explicó Nash.

—Veré qué puedo hacer.

Volví al piso de arriba y tomé el portátil, no sin antes echar un vistazo por la ventana a la noche gris e invernal. Las luces del dormitorio de Sloane estaban apagadas. Había pasado muchas noches preguntándome por qué había conservado la habitación en la que había crecido en lugar de cambiarse a la de sus padres. Odiaba tener tantas preguntas sobre una mujer que no quería que me importara.

Lancé un suspiro malhumorado y preparé la transmisión de seguridad que siempre me negaba con firmeza a abrir. La de la cámara que apuntaba al acceso y la puerta principal de Sloane. El hecho de no mirarla nunca, incluso cuando sentía nostalgia por un hogar que jamás había sido el mío, era motivo de orgullo para mí.

Con las bromas fraternales del salón de fondo, me puse unos pantalones de chándal y una camiseta de manga corta a regañadientes y después, las zapatillas de estar por casa que Karen me había regalado hacía dos Navidades. Volví al piso de abajo a zancadas y encontré a mis amigos y sus perros ganduleando cómodamente en el sofá.

—Es humano —observó Nash cuando entré.

—Solo por fuera —le aseguré.

Su nombre aparecía en la lista de obstáculos para el sindicato criminal de Anthony Hugo en el área de D. C. y, por ello, había recibido dos balazos ese verano. Después de unos meses complicados, Nash había conseguido salir del pozo en el que se encontraba con la ayuda de la despampanante y aversa a la monogamia Lina.

Aunque él la había convencido para que le dejara ponerle un anillo en el dedo, yo seguía intentando persuadirla para que trabajara para mí a jornada completa. Era inteligente, retorcida y se le daba mejor manejar a las personas de lo que ella misma creía. Al final la convencería. Siempre lo hacía.

Me dejé caer en el sofá y abrí la transmisión de la cámara en el portátil.

—Aquí lo tenéis —señalé e incliné la pantalla en dirección a los hermanos.

—Es perfecto —comentó Knox.

—¿Qué vamos a ver? —les pregunté.

—Estamos entre dos, *Cadena perpetua* o *Los elegidos*. Tú decides —dijo Nash.

—*Los elegidos* —respondí de forma automática.

Knox la preparó mientras Nash servía el *whisky*. Repartió las copas y levantó la suya.

—Por Simon. El hombre que todos deberíamos aspirar a ser.

—Por Simon —repetí y volví a sentir una punzada intensa de tristeza.

—¿Creéis que Sloane estará bien? —preguntó Nash.

Me crucé de brazos y fingí no sentir esa molesta sensación que notaba cada vez que alguien mencionaba su nombre en mi presencia.

Knox sacudió la cabeza.

—Es una pérdida muy difícil. Ha resistido bien hoy después de que nuestro amigo Luce la obligara a comerse su burrito.

Nash arqueó las cejas y me lanzó una mirada cargada de intención.

—No es un eufemismo. Era un burrito de verdad —le expliqué.

—Sloane le cortaría el burrito eufemístico por la mitad —predijo Knox con una sonrisa de satisfacción. La borró enseguida—. Naomi cree que lo va a pasar mal e intentará ocultárnoslo.

—Y Naomi suele tener razón —señaló Nash.

—Avisadme si necesita cualquier cosa —respondí de forma automática para distanciarme de la responsabilidad de cuidar de ella.

Knox volvió a sonreír con suficiencia.

—¿Como un burrito?

Lo fulminé con la mirada.

—Como apoyo moral o económico que pueda proporcionarse desde la distancia. Mi burrito no quiere tener nada que ver con Sloane Walton.

—Sí, tú sigue diciéndole eso a tu burrito —concluyó Nash, y tomó el móvil. Puso una mueca—. Genial, Lina me acaba de enviar un mensaje. Las chicas van a preparar unos margaritas.

Knox bajó el *whisky* que acababa de llevarse a la boca.

—Hostia puta.

CAPÍTULO TRES

UNA CHARLA CON MARGARITAS

SLOANE

Atajé por la entrada para coches de Lucian y después por la mía, pisoteando la nieve con fuerza. Como siempre, conversar con ese hombre tan exasperante me dejaba eternamente irritada. A lo largo de los años, habíamos hecho lo necesario para evitarnos. Y, sin embargo, justo hoy, había acabado sola con él no solo una vez, sino dos. Era increíble que los dos hubiéramos sobrevivido.

Entré en casa y me sacudí para quitarme el magnífico abrigo de Lucian. Lo colgué en el armario de la entrada y me deshice de las botas de una patada mientras pensaba en darme una ducha y ponerme el pijama. No quería compañía. Quería una noche tranquila para dejar salir todas las emociones complicadas que había conseguido confinar (en parte) durante el día.

Abrí las puertas de cristal del estudio que había justo al lado del recibidor. Durante años había sido el despacho de papá. Cuando me mudé, tuve la intención de convertirlo en una biblioteca o en una habitación de lectura, pero aún no había encontrado tiempo para hacerlo. Había muchas cosas que no había tenido tiempo de hacer.

Era un espacio acogedor con el techo artesonado y una ventana saliente que daba al porche frontal. Había un escritorio independiente y, justo detrás, una serie de estanterías desvencijadas como las de los grandes almacenes. La habitación seguía pareciendo suya. Todavía había un puñado de fotos y premios en las estanterías, además de una colección de diarios jurídicos llenos de polvo.

Me senté en la silla de detrás del escritorio y esbocé una sonrisa llorosa al oír el chirrido familiar que emitió. Siempre sabía si un caso le estaba dando problemas. Se encerraba allí dentro después de la cena para leer detenidamente los archivos y pensar mientras se balanceaba de un lado para otro, de aquí para allá.

Encendí la lamparita del escritorio. Era un objeto horroroso que había encontrado en un rastrillo: los hilos de la pantalla tejida desgastada se caían cada dos por tres y el pesado pie de latón tenía grabada una sirena con colmillos. Mi madre insistía en que era una burla a la iluminación de interiores. Papá, en que emitía una luz adecuada y, por lo tanto, era perfecta.

Así era mi padre. Siempre encontraba el lado bueno, incluso en los lugares más feos.

El resto del escritorio estaba despejado, salvo por un calendario obsoleto y un portaplumas vacío. El calendario estaba cubierto de notitas adhesivas de colores.

«Recoger la ropa de la tintorería».

«Encargar flores para el aniversario. ¡Este año tienen que ser más grandes que el pasado!».

«Contarle a Sloane lo del libro».

Pasé las yemas de los dedos por encima de su caligrafía irregular. El duelo hacía que me sintiera como si tuviera mil cuchillos diminutos clavados detrás de los ojos. Se me llenaron de lágrimas y, esa vez, en ese espacio seguro, no me resistí cuando empezaron a caer.

—Te echo de menos, papá —susurré.

Me dolía el corazón de pensar que mi padre nunca volvería a sentarse en esa silla. Nunca volvería a hacer una de esas bromas ridículas que hacían que mi madre estallara en carcajadas. No estaría aquí para ver a Chloe abrir los regalos la próxima Navidad. No iba a conocer a ningún miembro nuevo de la familia.

Si me casaba y tenía hijos, ¿cómo iba a explicarles lo que había significado para mí?

«Genial», pensé mientras sacaba el estúpido pañuelo, todavía húmedo, de Lucian del bolsillo del vestido. El corazón se me rompía en pedazos cada vez más pequeños y afilados y lo único que iluminaba mi miseria era esa lámpara tan horrible.

El sollozo que había contenido todo el día se me escapó con fuerza por la garganta. Me quité las gafas y dejé que la tristeza me brotara de dentro.

Había perdido al mejor hombre que había conocido nunca.

Todo el mundo necesitaba que fuera fuerte, que estuviera bien. Mi madre y mi hermana, mis amigos, el pueblo. No quería que se preocuparan por lo profundo que era el abismo de mi dolor. Pero esa noche, en ese instante, podía permitirme mostrarme como estaba. Devastada.

Lágrimas cálidas y rápidas me resbalaron por las mejillas. Me rodeé el cuerpo con los brazos y dejé que cayeran. Como el volcán que entra en erupción, lloré como si me estuviera partiendo en dos.

Se suponía que debía sentir algo de alivio. El sufrimiento de papá había terminado. Ya no le dolía nada. El cáncer y los medicamentos ya no le estaban robando la conciencia minuto a minuto. Él ya no sufría, pero yo no veía un fin a mi dolor. Porque iba a echar de menos a mi padre el resto de mi vida.

Me soné la nariz muy fuerte.

Solo me había sentido así una vez. Cuando perdí a otro hombre… a un chico, en realidad.

«Lucian».

Su nombre flotó hacia mí por encima de mis sollozos mocosos. A pesar de nuestras diferencias, hoy había acudido. Se había quedado durante el funeral y la comida y les había dicho a mi madre y a mi hermana lo que necesitaban oír. También me había obligado grotescamente a comerme un burrito, y después había iniciado una pelea. Más de una, me corregí.

Sonó el timbre.

—Mierda —murmuré.

Quería estar sola. A lo mejor se irían. Podía quedarme quieta en la oscuridad y esperar a que se marcharan.

Pero algo me lo impedía. A lo mejor alguien necesitaba algo. O quizá se estaba incendiando el garaje y alguien intentaba salvarme la vida, pero yo estaba demasiado ocupada llorando hasta la saciedad para darme cuenta.

Me soné la nariz otra vez y olisqueé el aire.

El timbre volvió a sonar y maldije en voz baja. Me pasé un pañuelo limpio por la cara manchada de maquillaje, me dirigí a la puerta y volví a ponerme las gafas.

Un desconocido me esperaba en el porche delantero con las manos en los bolsillos de los vaqueros. Llevaba un pendiente y una sudadera de la facultad de Derecho de la Universidad de Georgetown debajo de un abrigo de lana y esbozaba una media sonrisa de disculpa.

—Siento muchísimo molestarte. ¿Eres Sloane? —preguntó.

—Sí —respondí con voz ronca, después me aclaré la garganta para deshacerme de la emoción—. Sí.

—Tu padre me habló mucho de ti y tu hermana —contestó. Meneó la cabeza y tragó con fuerza—. Seguramente debería haber llamado antes de venir, pero tenía un examen que no me podía perder y he venido directo hasta aquí después. Me siento fatal por haberme perdido el funeral. —Se pasó una mano por los rizos cortos.

Lo miré fijamente, muda.

—¿Te conozco?

—Eh, no. No me conoces. Me llamo Allen, Allen Upshaw.

—¿Eras amigo de mi padre?

—No. Bueno, me gustaría pensar que podríamos haberlo sido. En realidad, era mi mentor. El motivo por el que entré en la facultad de Derecho… —Allen dejó el resto de la frase en el aire y pareció tan abatido como yo me sentía.

Me apiadé de él.

—¿Quieres pasar? Estaba a punto de preparar café o té.

—Claro, gracias.

Lo guie por el pasillo, el atrio y por delante del comedor hasta la cocina cavernosa. Los anteriores propietarios habían combinado la cocina principal con la de *catering* y habían construido una sala enorme con tantos armarios y encimeras que yo no sabía qué hacer con ellos. Las paredes estaban empapeladas con un estampado a cuadros con bodegones de comida enmarcados en oro, pasado de moda pero encantador.

—Está igual, aunque diferente al mismo tiempo —observó él—. Estuve aquí hace unos años, antes de que tus padres se mudaran a D. C.

—No estábamos listos para desprendernos de la casa, así que me mudé —le expliqué, y encendí la cafetera. Le hice un gesto para que tomara asiento en la barra de desayuno azul turquesa que mi hermana y yo habíamos ayudado a pintar un fin de semana de verano hacía mil años.

Allen sacudió la cabeza.

—No me creo que ya no esté. Quiero decir, me siento mal por sentirme mal, ya que tú debes de estar mil veces peor. Pero ha sido una parte muy importante de mi vida estos últimos años.

—Saber que le importaba a tanta gente me hace sentir mejor —le aseguré—. ¿Quieres leche? ¿Azúcar?

—Sí, por favor. ¿Está la señora Walton?

—Va a pasar la noche con unas amigas. —Puse una taza que rezaba «La literatura todo lo cura» debajo del surtidor y abrí la nevera.

Exhaló.

—Me pondré en contacto con ella la semana que viene. No me puedo creer que ya no esté. —Hizo una mueca—. Perdona. Me siento como si estuviera apropiándome de tu dolor.

—Es el dolor de los dos —le aseguré y le dejé el café delante antes de preparar uno para mí, que en realidad no me apetecía.

—No sé si lo sabes, pero llegó a mi vida cuando más lo necesitaba.

—¿Qué hizo? —le pregunté mientras la cafetera escupía otra taza de café.

—Antes quería ser arquitecto y, cuando cumplí los quince, hice algunas tonterías —comentó, sujetando la taza con ambas manos.

—Todos hemos hecho tonterías de adolescentes —le aseguré, y me senté en la silla que había justo delante de él. Yo también había hecho cosas realmente estúpidas.

Las comisuras de los labios se le curvaron hacia arriba.

—Eso es lo que me dijo tu padre. Pero mis tonterías acarrearon consecuencias que pagó mi madre. Fue entonces cuando decidí que sería abogado.

—Me alegro por ti —lo alabé.

—Conocí a tu padre en una feria de trabajos comunitarios. Después del instituto estaba solo, dormía en el sótano de mi tía y tenía dos empleos para intentar ahorrar para la facultad de Derecho. Simon me hizo sentir que era posible, que podía conseguirlo. Me dio su tarjeta y me dijo que lo llamara si necesitaba ayuda. Lo llamé esa misma noche. —Allen hizo una pausa y sonrió con ironía.

Se me encogió el corazón.

—Se lo solté todo. Que la había fastidiado, que mi madre había pagado los platos rotos y que quería solucionarlo. Simon escuchó la historia y no me juzgó. Ni una sola vez. Y cuando acabé de explicarle por qué estaba hecho un desastre, me dijo que podía ayudarme. Y lo hizo.

Era típico de mi padre. Volvía a notar el nudo de la garganta, así que le di un sorbo al café para aliviarlo.

—Vaya —le dije.

Allen se frotó los ojos con los dedos.

—Sí. Me cambió la vida. Me dedicó muchas horas, me ayudó a solicitar becas y subvenciones. Me presentó a su profesor favorito de Georgetown. Fue el primero a quien llamé cuando me aceptaron. Y, durante el primer año, cuando me quedé corto de dinero, a pesar de mis ahorros y todas esas becas y subsidios, tu padre marcó la diferencia. —Se detuvo y se le humedecieron los ojos.

El orgullo me invadió el pecho y me rodeó los pedazos de corazón roto. Mi padre no solo era un buen hombre, era el mejor.

—¿Cuándo te gradúas? —le pregunté.

—En mayo —dijo Allen con orgullo. Entonces se le torció el gesto— . Ya que mi madre no podría acompañarme, iban a venir tus padres.

Me dolía el corazón por él.

Por mi madre.

Por mí.

Desde ahora, habría un agujero del tamaño de mi padre en cada acontecimiento.

Alargué los brazos por encima de la mesa y le apreté la mano.

—Estoy segura de que mi madre irá de todos modos. Le encantan las graduaciones, las bodas y los *baby showers*. Todo lo que sea una fiesta.

—Mi madre también era así —respondió con una sonrisa triste—. Algún día le montaré una fiesta sorpresa enorme para agradecerle todo lo que ha hecho por mí.

Hablaba de su madre en una mezcla interesante de presente y pasado y me entró curiosidad.

—¿Tu madre sigue… en tu vida?

Bajó la mirada al café.

—Está en la cárcel.

—Lo siento mucho.

—Es culpa mía, pero lo voy a solucionar.

—Estoy segura de que está muy orgullosa de ti —le dije.

Esbozó una sonrisa mucho más segura.

—Sí, sí que lo está.

Sabía de primera mano lo bien que sentaba el orgullo parental y sentí otra punzada de dolor.

Allen se miró el reloj e hizo una mueca.

—Debería irme, tengo otro examen mañana por la mañana.

—¿Estás seguro? Parece que la nieve está empezando a cuajar.

—Las carreteras están despejadas y conduzco un todoterreno —me tranquilizó.

Lo acompañé a la puerta.

—Ha sido un placer conocerte, Allen.

—Lo mismo digo, Sloane.

Me despedí de Allen con la mano y apenas tuve el tiempo suficiente de limpiar las tazas de café y romper a llorar otra vez cuando volvió a sonar el timbre. La melodía todavía resonaba por la casa cuando comenzó a oírse un torrente de golpes contra la madera de la puerta principal.

—¿En serio? ¿Es que una no puede tener un colapso emocional en paz? —musité contra el pañuelo empapado.

—Déjanos pasar antes de que se nos congele el culo —gritó Lina a través de la puerta principal.

—Hemos traído abrazos y tequila —comentó Naomi.

—Naomi ha traído los abrazos y yo el tequila —corrigió Lina.

—Mierda —murmuré en voz baja antes de meter la cara debajo del grifo de la cocina para borrar cualquier indicio de mis ataques de llanto.

Entraron como dos torbellinos energéticos y preciosos, cargadas con bolsas de la compra y miradas compasivas. Lina estaba muy glamurosa en una parka azul marino y botas con el borde de pelo. Naomi estaba muy guapa en una chaqueta mullida y orejeras de color rosa.

—¿Qué hacéis aquí? —les pregunté mientras se quitaban las capas de invierno.

—Lucian se ha chivado y nos ha contado que ibas a pasar la noche sola en lugar de en casa de tu hermana —anunció Naomi con alegría, y le rebotó la coleta.

—Menudo cabrón entrometido.

—No te preocupes. Naomi ha contraatacado enviándole a los hermanos Morgan para que le arruinen su momento a solas —me aseguró Lina.

—No lo he hecho para arruinarle el momento de soledad, quería asegurarme de que tuviera el apoyo emocional que pueda necesitar —la corrigió Naomi.

—Tienes que sentir alguna emoción para requerir apoyo emocional —señalé yo.

—Lucian está bastante disgustado por la muerte de tu padre. Tenían buena relación —comentó Naomi.

Quería rebatírselo, ponerlo en duda, pero no me quedaban energías. En lugar de eso, decidí cambiar de tema.

—¿Dónde está Waylay?

—Mi pequeña genio de la tecnología se queda a dormir en casa de Liza J. porque tiene que volver a arreglarle la televisión —anunció Naomi.

Menuda mierda. Si había encontrado a una niñera para la noche, no me iba a librar de ellas tan fácilmente.

Naomi me rodeó los hombros con el brazo y me giró en dirección a la escalera.

—¿Por qué no subes a darte una ducha? Nosotras empezaremos a preparar la cena.

Como me habían echado a la fuerza, me escabullí por el pasillo de paneles de madera de la segunda planta en dirección a mi habitación, donde procedí a darme la ducha más larga de la historia de la fontanería. Pasé la primera parte de esta perdiendo el tiempo, en un intento pasivo agresivo de que mis amigas se aburrieran y se largaran. Gracias al olor a ajo que flotaba hasta el baño, me quedó claro que ese no iba a ser el caso, así que me pasé la segunda mitad llorando en silencio hasta que deduje que había derramado suficientes emociones por el desagüe para parecer normal durante un par de horas.

Me peiné el pelo mojado, entré en la habitación y trepé hasta el banco de la ventana. Fuera seguía cayendo la nieve. La camioneta de Knox estaba aparcada en el acceso de Lucian. Deseé que lo estuviera pasando de pena con la socialización obligada vengativa.

Me rugió el estómago y me di cuenta de que no había comido nada desde el burrito que él me había comprado esa mañana. Excepto las patatas fritas que le había robado del plato… y también de la bolsa en el coche.

Regresé al baño, me puse un poco de crema hidratante y bajé a la cocina a regañadientes.

Mis amigas habían cubierto las bases de *pizza* que habían comprado en el supermercado con salsa picante y pimientos banana, mis favoritos. Habían dejado dos paquetes de masa para galletas en la encimera, además de tres bolsas de patatas con varias salsas para mojar. Parecía que Naomi había traído todos los ingredientes para preparar los margaritas del Honky Tonk, y ahora estaba sirviendo la bebida en cinco copas del tamaño de cubos.

—No hay nada mejor para superar el duelo que beber margaritas después de un funeral —observé.

—El duelo se supera como te dé la gana —insistió Naomi. Se había cambiado la ropa y se había puesto unos pantalones cortos de pijama térmicos de color rojo con una camiseta de manga larga a juego y unos calcetines peludos hasta las rodillas.

—Puedes superarlo emborrachándote y lanzándote en trineo a la una de la mañana. O puedes intentarlo con *pizza*, galletas y un maratón de *Cougar Town* —añadió Lina. Ella también se había puesto el pijama, pero el suyo era negro y de seda. Las zapatillas de estar por casa que llevaba tenían borlas de pelo falso y Miau Miau las miraba con odio desde el centro de la barra de desayuno. Me acerqué a la gata y le acaricié el lomo. Se dejó caer de lado con un ronroneo malhumorado y aceptó el afecto de mala gana.

—No vais a dejar pasar la oportunidad de acostaros con vuestros hombres en mitad de una tormenta de nieve solo para pasar la noche conmigo, ¿verdad? —les pregunté a mis amigas.

—Esta noche no deberías estar sola —insistió Naomi, y empujó un margarita en mi dirección.

—Me gusta estar sola —protesté. Estar sola significaba no tener que fingir que estaba bien. Estar sola significaba no tener que estar hecha un desastre delante de testigos.

—Pues puedes estar sola, pero con nosotras —anunció Lina.

—Pensaba que tú estarías de mi parte.

Esbozó una sonrisa perspicaz y le brillaron los ojos.

—Tú tienes la culpa. Naomi y tú me habéis obligado a abandonar mis tendencias de loba solitaria.

—Técnicamente, el primer premio en ese esfuerzo es para Nash. Pero Sloane y yo nos llevamos la medalla de plata —coincidió Naomi.

—Así que estoy atrapada en este círculo codependiente, ¿no? —les pregunté, y acepté el margarita que me ofrecían.

Lina asintió.

—Básicamente. Será mejor que te rindas.

La verdad era que la *pizza* olía bien. Y seguramente iba a parecer una maleducada si no bebía al menos un poquito de tequila.

—Bueno, pues ya que estáis aquí…

Lina puso dos trozos de *pizza* en un plato de cartón y me lo ofreció. Lo tomé y le di un bocado al triángulo de queso caliente mientras mis amigas se llenaban los platos.

Volvió a sonar el timbre.

—Largo —comenté.

Pero la respuesta quedó ahogada por los gritos alegres de Naomi y Lina:

—¡Pasad!

Estábamos a medio camino de la puerta cuando se abrió y entraron el mejor amigo de Naomi, Stefan Liao, y su novio Jeremiah, el motero barbero. Con el jersey y la americana que llevaba, parecía que Stef acababa de terminar una sesión de fotos para una firma de moda adinerada de Nueva Inglaterra. Por otro lado, Jeremiah, que tenía aspecto de motero hípster, llevaba el pelo recogido en un moño, botas rayadas, vaqueros ajustados y una camiseta de David Bowie.

—Señoritas. Ya veo que habéis empezado sin nosotros —comentó Stef.

—Ya te he dicho que el código de vestimenta era informal —bromeó Naomi.

—Vas vestido como si tu tío rico Bartholomew tuviera un yate amarrado en Martha's Vineyard —observé.

—Ya conocéis a Stef, no le va lo informal —dijo Jeremiah con cariño mientras los dos se quitaban los abrigos.

—Tener buen aspecto no tiene nada de malo. Y ahora creo que se me había prometido un margarita del tamaño de mi cabeza —comentó Stef.

—Alguien tiene buen gusto —señaló Jeremiah, y sacó el abrigo de Lucian del armario.

—Vaya, vaya, vaya. ¿A quién pertenece esta preciosidad? —exigió saber Stef, y pasó una mano por la cachemira.

«Mierda».

—A nadie —respondí con rapidez.

—¿Es de Burberry? —preguntó Lina antes de echar mano a la etiqueta—. Por favor, dime que te estás acostando con alguien que tiene muy buen gusto.

Tendría que haberle dejado el puñetero abrigo encima de la puñetera encimera de la cocina.

Naomi enterró la cara en la tela.

—¡Es muy suave! Y huele de maravilla. —Levantó la cabeza y arrugó la comisura del labio—. Y familiar.

Stef, Jeremiah y Lina lo olfatearon.

—Lucian —respondieron al mismo tiempo.

Todas las miradas volvieron a posarse en mí.

Les di la espalda y me llevé el margarita y la *pizza* a la sala de estar, una habitación repleta de muebles que no combinaban, una chimenea de dos metros con unos ángeles de mármol que sujetaban el marco y un mueble empotrado abarrotado de pedazos de historia familiar.

Mis amigos me pisaron los talones como una bandada de patitos rábidos.

—Por favor, dime que me voy a encontrar sus calzoncillos debajo de tu cama —dijo Lina.

—Por favor, dime que apenas puedes andar porque ha desatado su reserva pura de testosterona masculina sobre ti —exigió Stef.

—Por favor, ¡dime que los dos os habéis dado cuenta por fin de lo que sentís el uno por el otro! —chilló Naomi.

Me dejé caer en un sillón orejero de rayas que se había quedado suave como un osito de peluche gracias a dos décadas de traseros de mi familia y coloqué la cena y la bebida sobre la mesita de latón.

—Madre mía, no seáis raritos. Me ha dejado su abrigo esta mañana porque hacía frío y quería que estuviera lo bastante calentita para oír cómo me chillaba.

Naomi ahogó un grito.

—¿Te ha chillado en el funeral de tu padre?

—Eso ya es más propio de él —comentó Jeremiah.

Lina hizo una mueca.

—Sí, en la oficina no se le conoce precisamente por ser muy cariñoso y agradable.

—Ese hombre me gritaría en su propio funeral —señalé.

—La historia ha dado un giro muy penoso y no tiene desnudos. Voy a por el margarita —anunció Stef, y se marchó en dirección a la cocina.

—¿Por qué te ha gritado? ¿Quieres que le dé una paliza mañana en el trabajo? —preguntó Lina.

Lina había dejado su trabajo como investigadora de seguros, un trabajo a menudo peligroso y que le exigía viajar siempre, y ahora trabajaba de consultora a media jornada en el equipo de Lucian mientras ella y Nash planeaban la boda.

—Puedo afeitarle la cabeza «por accidente» la próxima vez que venga a cortarse el pelo —se ofreció Jeremiah.

—Preferiría darle una paliza y raparle la cabeza yo misma. ¿Y qué es lo que investiga su equipo exactamente? ¿Las mejores maneras de torturar a crías de pandas? —le pregunté a Lina con la esperanza de cambiar de tema.

—Todavía no he conseguido entrar en el círculo íntimo, pero, de momento, no he visto indicios de torturas a crías de panda. —Se puso cómoda en la butaca azul con bolitas que había delante de la chimenea y dejó caer las piernas por encima de uno de los brazos.

Naomi se apoyó en el sofá y colocó los posavasos con cuidado en la tabla de madera de la mesita del café, entre las pilas de libros y las bandejas de velas.

Stef regresó con dos margaritas enormes y le entregó uno a Jeremiah. Se unieron a Naomi en el sofá y Jeremiah le pasó el brazo por los hombros a Stef cómodamente. Todo el mundo me miró con expectación.

Si querían que les contara una historia sobre Lucian, habían acudido a la mujer equivocada.

—¿Qué? —les pregunté con brusquedad.

—Te damos dos opciones. Puedes hablar de tu padre o puedes hablar del Buenorro Trajeado —dijo Stef.

—Creo que quiero formar una familia —solté las palabras, y me introduje media porción de *pizza* en la boca de inmediato para evitar volver a hablar.

Lina se atragantó con el margarita.

—Pues se ha decantado por la opción número tres —comentó Jeremiah, que arqueó mucho las cejas.

—¿Qué te ha hecho empezar a pensar en eso? —preguntó Naomi.

Me encogí de hombros y seguí masticando con agresividad.

—No contestes. Lo adivinaremos —se ofreció Stef—. Veamos. Sloane ha decidido que ha llegado el momento de formar una familia porque ya está embarazada de un multimillonario italiano que viaja en el tiempo.

—Veo que has decidido darle una oportunidad al audiolibro que te recomendé —le respondí con la boca llena de *pizza*.

—A lo mejor es solo porque está cerca de los cuarenta y una ginecóloga con buenas intenciones le ha dicho que es «ahora o nunca» —ofreció Naomi, y bajó la mirada al plato.

—Bingo —comentó Lina, y después señaló a Naomi con el borde de la *pizza*—. Mira, Stef. Tú y Jer tenéis penes que disparan esperma. El esperma no tiene la fecha de caducidad que tienen los óvulos. Nosotras, cuanto más esperamos para tener hijos, más difícil puede ser concebirlos. Si tuvieras tendencias heterosexuales, podrías disparar a toda máquina en las vaginas de veinteañeras en tu octogésimo cumpleaños.

Stef hizo una mueca y dio un sorbo dramático al margarita.

—Uf, qué asco.

—¿Quieres formar una familia o simplemente crees que deberías formarla? —me preguntó Naomi.

—Creo que quiero —respondí—. He sujetado al bebé de mi prima en brazos en el funeral y debe de haberme puesto los ovarios en marcha o algo por el estilo. Lo que más deseaban mamá y papá era tener una familia grande, desordenada e intergeneracional. Pero papá solo pudo disfrutar de una nieta antes de morir porque yo estaba demasiado ocupada siendo increíble en mi trabajo.

—La culpa no es un buen motivo para empezar una familia, mi pequeña y *sexy* bibliotecaria —señaló Stef.

Jeremiah asintió.

—Estoy de acuerdo con Stef. Y no solo porque estemos saliendo. La familia es muy importante.

Jeremiah lo sabía bien. Provenía de una familia libanesa numerosa y ruidosa.

—No quiero un bebé por culpa —resoplé—. Es solo que he dedicado muchísimo tiempo a construir la parte profesional de mi vida y me he olvidado de la personal. Quiero un marido atractivo que me masajee los pies en el sofá y sepa que le pongo salsa picante a la *pizza*. Quiero quejarme por tener que pasar los sábados por la mañana en los partidos de fútbol y hornear un montón de *cupcakes* a medianoche porque mi preadolescente egocéntrica se ha olvidado de decirme que me ha ofrecido como voluntaria para prepararlos.

—¿Y tienes algún candidato para que sea el padre de tus hijos? —quiso saber Lina.

—¿Vas a darle prioridad a la pareja o al bebé? —preguntó Naomi, siempre tan práctica, al mismo tiempo.

Le di un sorbo contemplativo al cóctel.

—Lo ideal sería dársela a la pareja, pero ¿de verdad tengo tiempo de conocer a alguien, obligarlo a que se enamore de mí y después quedarme preñada antes de que mis óvulos se conviertan en polvo? Por otro lado, si empiezo con los críos, puede que limite las opciones de ligues y deje pasar al marido perfecto. Pero, por otra parte, si a un tío le desagradan los niños, entonces no sería el tipo de marido que quiero.

Mi gimnasia mental era agotadora.

Las cosas serían mucho más sencillas si salía por la puerta y conocía al chico perfecto al día siguiente. Aunque, en realidad, si salía por la puerta, el único hombre al que me iba a encontrar era uno malhumorado y trajeado. El hombre al que me encantaba odiar.

—Vale, eso ha sido demasiado —comentó Lina—. Vamos a ir paso a paso. ¿Tienes cuenta en alguna aplicación de citas?

—No.

—¿Lo dices en serio? —preguntó Stef. Él y Jeremiah intercambiaron una mirada de pareja desconcertada.

—¿Y cómo conoces a hombres? —inquirió Jeremiah.

—No lo sé. ¿De forma natural? —evadí.

—Bueno, pues hacerlo de forma natural ya no sirve hoy en día —anunció Lina.

—Me gustaría señalar que tú conociste a tu prometido en cuanto llegaste al pueblo y besaste a su hermano. —Me volví hacia Naomi y Stef—. Y vosotros conocisteis a vuestros hombres entrando en una cafetería y en una barbería, respectivamente.

Stef inclinó la copa en mi dirección.

—Pues ya puedes empezar a entrar en todos los establecimientos y besar a todo ser humano con pene en un radio de ochenta kilómetros, o puedes descargarte una aplicación y elaborar un perfil de citas cojonudo.

Gruñí.

—¿Hay alguien del pueblo con quien te plantearías salir? —preguntó Naomi sujetando un bolígrafo sobre el papel.

—¿De dónde has sacado esa libreta? —le pregunté.

—La lleva en una pistolera en el muslo —bromeó Stef.

Me pasé las manos por la cara.

—Ni siquiera se me ocurre un hombre soltero del pueblo con el que me plantearía acostarme. A todos los que se acercan a mi edad los conozco desde la guardería. Sin ánimo de ofender, Jeremiah.

Me guiñó el ojo.

—Lo entiendo. Es difícil sentirte atraído por alguien cuando le has visto meterse el dedo en la nariz y limpiárselo en un pavo de Acción de Gracias de cartulina.

—¿Y qué me dices del Buenorro Trajeado? —preguntó Stef.

Abrí los dedos que tenía apoyados en los ojos para fulminarlo con la mirada a través de ellos.

—No va a pasar en la vida.

—Dame tres buenos motivos para negarte —me retó.

Dejé caer las manos.

—Es increíblemente maleducado. Es egoísta. Es tan testarudo y controlador que todo tiene que hacerse a su manera o pierde la maldita cabeza. Tiene aires de riqueza y poder, lo cual significa que es un corrupto. Está metido en política. Y no es de los que dicen que «quieren marcar la diferencia en el mundo», sino de los que quieren que otros imbéciles igual de ricos y poderosos les deban favores. No es capaz de conectar con otros seres humanos porque es un robot que solo busca ganar una buena montaña de dinero y amasarla como si fuera una especie de rey de los duendes.

Mi público me miró anonadado.

—¿Algo más? —preguntó Lina, que hacía todo lo posible por ocultar su diversión.

—Sí. Ese estúpido abrigo cuesta más que mi Jeep —le dije, señalando el abrigo que había en el armario—. Lo he buscado en Google.

Se hizo otro silencio muy largo.

—Entonces ponemos a Lucian en la columna del no —dijo Naomi antes de anotar algo en la libreta.

—Como queráis. Me descargaré una aplicación de citas —accedí.

—Esa es mi chica. Yo seré tu experto en deslizar hacia la derecha —se ofreció Stef.

—Y yo seré tu experta en deslizar a la derecha hetero —comentó Lina, y alzó la copa de margarita en mi dirección.

—No quiero hacer ninguna suposición, ¿es definitivo que el príncipe azul deba ser un príncipe? —me preguntó Stef.

—A pesar de que no tendría ningún reparo en enrollarme con Alicia Keys si me cantara una balada, no puedo vivir sin los penes.

—Un hombre con pene —dijo Naomi en voz alta mientras apuntaba otra cosa—. ¿Qué más buscas en un hombre?

—Eh, supongo que debería ser divertido, amable y generoso. Y estaría bien que le gustara la jardinería, así podría ayudarme a mantener el jardín. Y por supuesto deberían gustarle los niños… y los libros. —La gata entró en la habitación pavoneándose. Le di unos golpecitos al brazo de la butaca y Miau Miau me lanzó una mirada de burla y se largó haciendo aspavientos como si la hubiera insultado—. Y los gatos con mal carácter —añadí.

—¿Algo más? —preguntó Lina.

—Que sea bueno en la cama. Muy bueno —rectifiqué—. Ah, y me van un poco las gafas de lectura.

Stef lanzó un suspiro de aprobación.

—Los cerebritos *sexys* son muy atractivos.

—Tendréis unos bebés cerebritos preciosos —predijo Naomi, que abrazaba la libreta contra el pecho.

—Necesito más *pizza*.

—Yo necesito otro margarita —dijo Stef.

—Voy a preparar otra ronda y traeré la *pizza* —se ofreció Jeremiah.

Los cuatro le miramos el excelente trasero mientras salía de la habitación.

—Es muy buen partido —le dijo Lina a Stef.

Suspiró.

—Lo sé.

—Vale, creo que quiero hablar de algo relacionado con papá —anuncié.

—Espera, vamos a crear ambiente —añadió Lina, y me lanzó una manta a la cara.

Naomi pulsó el mando de la chimenea y después recorrió la habitación de puntillas para encender las velas que había colocado por todas partes. Stef empujó una caja de pañuelos en mi dirección. Todos volvieron a sentarse y me miraron con mucha atención.

—¿Sabes lo que habíamos hablado de crear una especie de fundación comunitaria con las ganancias de la venta de tu casa de Long Island? —le recordé a Naomi.

Ella asintió y sostuvo el bolígrafo encima de la libreta.

—Vale, pues papá nos ha dejado algo de dinero a Maeve y a mí, y estaba pensando en cómo utilizarlo. ¿Qué te parece si creáramos una especie de iniciativa de asesoramiento legal gratuito?

A Naomi le bailaron los ojos bajo la luz de la chimenea.

—¡Me encanta!

—Podríamos conseguir que los abogados locales ofrecieran servicios *pro bono*. La mayoría de los bufetes más importantes animan a los socios a que acepten casos gratuitos. Les encantará la publicidad positiva —señaló Lina.

Naomi y yo intercambiamos una mirada de complicidad.

—¿Qué? —preguntó Lina.

—Has dicho podríamos —comenté.

Hizo una mueca.

—Cállate. No hagáis que me arrepienta de haberme hecho amiga de unos incordios. Además, es vergonzoso lo alta que fue la última bonificación que conseguí. Supongo que no me parecería mal dedicar parte de ella a una buena causa.

—Genial. Ahora pareceré un agarrado si no aporto algo yo también —protestó Stef.

—No te juzgaremos —prometió Naomi.

—Sí que lo haremos —admití yo.

—Vale, apoquinaré. Pero espero que sepáis que por culpa de esto voy a tener que hacer recortes en mi presupuesto inmobiliario.

—¿Qué presupuesto inmobiliario? —quiso saber Lina.

Stef se encogió de hombros y se miró las botas de ante.

—Puede que tal vez esté empezando a considerar la idea de mencionarle algún día a Jeremiah el tema de mudarnos juntos.

A Naomi se le escapó un gritito agudo y Stef la mandó callar de inmediato.

Lanzó una mirada furtiva por encima del hombro hacia donde provenían los sonidos de la batidora.

—¡Cierra el pico, Witty!

—Lo siento —susurró con los ojos brillantes.

—Sabía que la cosa se estaba poniendo seria, porque ahora siempre estás por aquí —señaló Lina.

—Bueno, es serio para mí, pero no sé cómo de serio es para mi atractivo y barbudo novio barbero.

—Está loco por ti —insistió Naomi, todavía con voz chillona.

—Sois dos tíos muy atractivos y estáis enamorados perdidamente el uno del otro —le respondí en voz baja.

Stef parecía esperanzado y mareado al mismo tiempo.

—No hemos hablado mucho del futuro, pero quiero que tengamos uno. ¿Qué hago? ¿Preguntarle si puedo mudarme a su piso de soltero, que, por cierto, parece amueblado por una banda de moteros renegada y rebelde? En serio, ¿quién tiene una mesita hecha de chapa estriada? Ni siquiera puedes deslizar una copa de vino por la superficie. Además, ¿no pareceré un acosador loco si voy en plan «Hola, puedo mudarme contigo»?

—Voy a serte sincera. Todo eso de pasar quince días al mes aquí cuando técnicamente vives en Nueva York es mucho más de acosador loco que comprarte una propiedad en el pueblo —le señalé—. Sinceramente, no me creo que me hayas dejado hablar sin parar de mis ovarios y de mi padre muerto sin sacar el tema.

Stef resopló por la nariz.

—Lo sé. Jolín, Sloane. Deja ya de centrarlo todo en tu padre recién fallecido.

Seguíamos riéndonos cuando Jeremiah volvió con el vaso de la batidora y la *pizza*.

—¿Qué os hace tanta gracia? —nos preguntó, y luego me entregó la bandeja de *pizza*.

—Oh, solo les estaba explicando a todos lo que hizo Knox durante la última tormenta de nieve —dijo Naomi inocentemente.

CAPÍTULO CUATRO

EMBOSCADAS Y ÁNGELES

LUCIAN

—Comienza el espectáculo —comentó Nash conteniendo un bostezo mientras se libraba otra batalla armada en la televisión.

Desvié la mirada hacia el portátil que había puesto encima de la otomana. La puerta principal de Sloane se había abierto y parecía que cinco adultos muy abrigados bajaban los escalones del porche de puntillas.

Me llamó la atención la figura imprecisa más pequeña. Igual que siempre.

—Mi mujer insiste en que se están preparando para ir a la cama —explicó Knox, que levantó el móvil.

—Tu mujer y mi prometida son unas mentirosas preciosas —respondió Nash, que se había puesto en pie para estirarse.

Los perros notaron la actividad a su alrededor y se espabilaron.

—Son las once de la noche y hay una tormenta de nieve. ¿En cuántos problemas pueden meterse? —les pregunté.

—No me sorprendería que se las arreglaran para hackear un reactor nuclear —murmuró Knox antes de dirigirse al vestíbulo.

Nash lo siguió.

—Con ellas nunca te aburres —dijo con cariño.

Los observé mientras se tambaleaban y daban pisotones hacia la puerta trasera. Suspiré y me restregué las manos por los muslos. Waylon me miró desde debajo de una de las orejas largas y caídas, suplicándome con esos ojos marrones y tristes que me quedara en el sofá para que no se viera obligado a salir a la calle.

—Lo siento, Waylon —le dije al perro y me fui detrás de los Morgan.

—¿Te unes a la disputa de mujeres? —me preguntó Nash mientras se ponía las botas.

—Os superan en número —señalé—. Mis cosas están en el vestíbulo, nos vemos fuera.

—Espera un segundo —dijo Knox. Estaba mirando por la ventana lateral—. Están detrás de mi camioneta, no sé qué hacen.

—A mí me suena a emboscada —comentó Nash mientras se ponía el abrigo.

Se oyó un gruñido, un ruido sordo y después otro ruido similar más pequeño desde el salón. Aparecieron los dos perros. Waylon parecía enfadado porque le hubieran interrumpido la siesta. Piper parecía encantada de que se la incluyera en la reunión masculina.

—¿Una emboscada? —repetí.

—Puede que durante la última tormenta de nieve me escondiera en el tejado del porche, preparara un arsenal de bolas de nieve y arrasara con Naomi y Way cuando volvían a casa del centro comercial —explicó Knox.

El amor convertía a los hombres en idiotas.

A Knox se le iluminó el móvil en la mano. Puso los ojos en blanco y volvió la pantalla hacia nosotros.

Naomi: ¡Acabamos de ver un oso en la calle! ¡Iba en dirección a casa de Lucian! ¿Lo ves?

—Sin duda, es una emboscada —concluyó Nash, y se puso el gorro tejido de la policía de Knockemout.

—No puedo creer que Jer esté ahí fuera con ellos. Se supone que es mi amigo. —Knox lanzó un suspiro heroico—. Supongo que lo mejor es que me enfrente al pelotón de fusilamiento yo solo.

—No puedo quedarme aquí y ver cómo ocurre —insistió Nash, y le dio una palmada a su hermano en el hombro—. No quiero pasarme toda la semana que viene oyendo cómo me das el coñazo por tener la estúpida cara congelada.

Yo, por otro lado, no tenía ningún inconveniente en ver cómo tres mujeres vengativas, y Stef y Jeremiah, alimentaban a la fuerza a Knox con nieve. Pero al menos lo haría con un asiento en primera fila.

—Podemos utilizar la puerta lateral del garaje —ofrecí.

Knox se animó.

—¡Los flanquearemos! ¡Eso les dará una lección!

Entramos al vestíbulo en tropel, con los perros pisándonos los talones, y yo me puse la armadura.

En el garaje, Knox bajó la mirada hacia mis guantes y se rio por la nariz.

—No me creo que vayas a participar en una pelea de bolas de nieve con unos putos guantes de conducir de diseño.

Me quité uno de los dos y le pegué con él en la cara. Lo más seguro era que la abundante barba que llevaba absorbiera el golpe en su totalidad.

—No me hagas desafiarte a un duelo. Tengo el brazo más fuerte que tú —le advertí.

—Por mucho que disfrute de ver como alguien pega a mi hermano en la cara, si no salimos pronto de aquí, intentarán robarte la camioneta e irse a hacer trompos por ahí —interrumpió Nash, y señaló la puerta.

—Vale, este es el plan —comentó Knox—. Salimos, nos tomamos un minuto para fabricar un arsenal y luego atacamos.

—Me parece bien —coincidió Nash en un tono demasiado amigable.

Sospeché de inmediato. Los sentidos del amor y la lealtad estaban muy arraigados en los hermanos Morgan, pero seguían comportándose como coñazos preadolescentes con un chute de azúcar cuando dejabas que hicieran lo que les diera la gana.

Knox nos hizo un gesto para que nos calláramos y abrió la puerta lateral. Echó un vistazo al exterior y Nash se volvió hacia mí e hizo un gesto de rajarse el cuello. Entonces imitó la acción de hacer una bola de nieve y darle un golpe con ella a su hermano en la cabeza.

Levanté los dos pulgares.

—¿Ves algo? —le susurró Nash a Knox.

—Está oscuro y nevando, joder. Lo único que veo es un montón de mierda blanca —replicó Knox.

—Mira bien —le aconsejó Nash. Después se metió la mano en el bolsillo, sacó el teléfono y le escribió un mensaje a alguien. Era de suponer que a su prometida. Sonrió y se lo volvió a guardar en el bolsillo—. En marcha —dijo.

—Ya voy —insistió Knox.

—Pues mueve el culo para que, como mínimo, podamos empezar a preparar la nieve, inútil —le respondió su hermano, y lo empujó para que saliera.

Los seguí hacia la noche blanca. El suelo estaba cubierto por una capa de quince centímetros de nieve, pero no acababa de amortiguar las risitas que provenían de la parte delantera de la casa.

Waylon y Piper salieron al trote. El *basset hound* enterró el hocico en el suelo e inmediatamente comenzó a abrir un camino hasta la verja que separaba la propiedad de la de Sloane. Levantó una pata y casi se mea encima de la curiosa Piper, que lo había seguido.

Knox se arrodilló en la nieve y empezó a formar bolas de nieve con frenesí.

—Haced todas las que podáis llevar en brazos —nos ordenó.

Nash obedeció.

Yo, sin embargo, opté por algo más grande que un patético puñado de bolas de nieve. Volví a entrar en el garaje y saqué un cubo de plástico amarillo de la estantería. Una vez fuera, lo arrastré por el suelo y lo llené de una pasada.

—Waylon, ven aquí —le ordenó Knox.

El perro tenía el hocico lleno de nieve y una mirada de locura en los ojos.

Knox sujetó al perro por los carrillos.

—Ve a buscar a mamá.

Waylon estornudó y las risitas cesaron de repente.

—Salud —susurró el barítono grave de Jeremiah.

—Yo no he estornudado —respondió Naomi—. Pero gracias igualmente.

—Chicos, callaos o nos van a oír —susurró Lina todavía más alto.

—Ve, Waylon —le susurró Knox, y empujó al perro hacia la parte delantera de la casa—. Busca a mamá.

Nash bajó la mirada hacia Piper, que estaba justo delante de la punta de sus botas con aspecto de querer que la sujetaran en brazos y la salvaran de la humillación de la nieve.

—Ya has oído a tu tío. Ve a buscar a mamá.

Los dos perros se abrieron paso por la nieve y se dirigieron a la parte frontal de la casa ladrando eufóricos.

—Vamos allá —dijo Knox, muy serio.

—Nos vemos al otro lado —le prometí.

Knox dobló la esquina de la casa y recibió un bombardeo frontal de bolas de nieve antes siquiera de poder lanzar la primera ronda.

Se oyó un torrente de risas histéricas cuando Nash descargó su arsenal con mucho empeño en la espalda de Knox, poniendo especial atención en la cabeza y en el culo.

Me aproximé a Knox, le sujeté el cubo encima de la cabeza y vertí el contenido sobre él.

Naomi estaba de pie en la parte trasera de la camioneta de Knox con un montón de bolas de nieve apiladas a los pies. Jeremiah lo documentaba todo con el teléfono móvil y Stef estaba de pie a su lado sujetando el margarita más grande que había visto nunca. Sloane y Lina estaban tumbadas en la nieve y se reían mientras ambos perros les lamían el rostro frenéticamente.

Había algo terrenal y elemental en la risa ronca de Sloane. Cuando yo estaba cerca no reía así. Ya no.

Naomi emitió una risotada.

—Te pareces al abominable hombre de las nieves —le comentó a su marido. Era una evaluación justa, ya que Knox tenía la barba completamente cubierta de nieve.

Knox se descongeló, levantó los brazos y gruñó. Su mujer chilló e intentó echar a correr, pero él saltó a la parte trasera de la camioneta y la envolvió en un abrazo helado. Le frotó la cara contra el cuello desnudo y la hizo gritar todavía más.

—Estas serán dignas de enmarcar —afirmó Jeremiah mientras les hacía fotos.

Nash tiró de Lina, que seguía riéndose, para ayudarla a ponerse en pie.

—Hueles a tequila y a malas decisiones —le comentó.

Ella le rodeó el cuello con los brazos y le dio un beso sonoro en la boca.

—Y tú hueles a que deberíamos acostarnos.

Sloane fingió un ataque de arcadas desde el suelo.

Lancé el cubo a un lado y le ofrecí una mano. La miró durante mucho tiempo, así que alargué el brazo hacia el suelo y tiré de ella para ponerla en pie.

Se aferró a mis antebrazos con las manoplas para recuperar el equilibrio. Seguía riéndose y su bonita cara era la imagen de la alegría. De cerca, me fijé en la mancha oscura de color verde bosque que le rodeaba el iris izquierdo.

—¡Por la camiseta no! —gritó Naomi desde la parte trasera de la camioneta.

—Más vale que todo esto no me estropee las botas —protestó Stef, y se miró los pies.

Sloane sonreía y tenía los ojos verde esmeralda despejados y brillantes.

—No estás borracha —observé.

—Ninguno lo estamos. Es por la nieve. Nos ha convertido en críos de nueve años. Tú eres un ejemplo —comentó, y apuntó ambas manoplas magentas en mi dirección—. ¿Cuándo fue la última vez que hiciste algo tan poco digno como jugar en la nieve?

—Puedes sacar al hombre de Knockemout, pero no puedes sacar a Knockemout del hombre —bromeé.

Ella frunció el ceño.

—Espera. Me había olvidado, vuelvo a estar enfadada contigo.

—Cuando se trata de nosotros, creo que eso siempre se da por hecho —dije con sequedad.

Se agachó y alzó a la desaliñada Piper, que iba a necesitar un jersey nuevo porque el que llevaba estaba cubierto de pegotes de nieve.

—Estoy más que enfadada, porque te has chivado a Naomi cuando lo único que quería era una noche tranquila, sola en mi casa.

—Como puedes ver, yo también estoy sufriendo las consecuencias de mis actos —le respondí, y señalé en dirección a Knox y Nash.

Sloane enterró el rostro en el pelaje mojado y áspero de Piper.

—Por algún motivo ridículo, Naomi ha creído que el chivato tampoco debería estar solo esta noche. Mi sufrimiento casi ha valido la pena al saber que has tenido que aguantar a tus colegas en vez de averiguar cómo subir el coste de los medicamentos para la presión sanguínea o lo que sea que hagas para entretenerte.

—Me entretengo haciendo maratones de *Ted Lasso* y animando a Rupert, el antagonista.

Sloane intentó contener la risa, pero no lo consiguió.

—Maldita sea.

Sentí la emoción más embriagadora que recordaba haber notado últimamente. Era patético.

—Esperad un momento. ¿De verdad se están sonriendo el uno al otro? —preguntó Lina.

—Madre mía, es un milagro de la tormenta de nieve. —Stef se santiguó mientras Jeremiah le rodeaba la cintura con el brazo.

—Será mejor que llame a la comisaría y pregunte si está a punto de caernos encima una especie de asteroide —bromeó Nash.

—No me gusta —intervino Knox, y me lanzó una mirada malvada y nevada.

—A mí me encanta —insistió Naomi, y entrelazó el brazo con el de él.

—Ja, ja. Sois graciosísimos —saltó Sloane, y dio un paso prudente hacia atrás. Me dio la espalda y se llevó la sensación cálida que me había provocado con ella.

Knox y Nash insistieron en pasar la noche en mi casa después de que las chicas se hubieran apropiado de los perros y se los hubieran llevado a casa de Sloane.

Era medianoche. Knox estaba como un tronco en la cama infantil del dormitorio mientras que Nash dormía en el sofá cama de mi despacho.

A juzgar por las despedidas largas y pasionales que habían compartido con Naomi y Lina, cualquiera pensaría que se iban a la guerra.

¿Qué tenía el amor que hacía que los hombres se volvieran unos idiotas atontados?

Me consideré afortunado de, por lo menos, no tener que preocuparme por eso.

Volví a centrar mi atención en los documentos económicos que tenía delante. La plataforma de recaudación de fondos digital iba a ser una incorporación interesante a mi «imperio corporativo malvado». Guardé todas las anotaciones en la nube y le envié un correo a mi asistente para que añadiera una reunión con los socios de la plataforma en mi calendario.

Me quité las gafas y me froté los ojos soñolientos con ambas manos.

Quería irme a la cama. Quería caer, exhausto, en un sueño profundo. Pero no podía. Todavía no. No cuando las luces del dormitorio de Sloane seguían encendidas y brillaban cálidas y doradas como un faro mientras la nieve seguía cayendo.

En mi opinión, no irme a la cama hasta que Sloane hubiera apagado las luces era un hábito peor que fumar. Era una compulsión que no me hacía ningún favor, sobre todo si teníamos en cuenta que la mujer era un ratón de biblioteca y, la mayoría de las veces, leía hasta pasada la medianoche. Eché un vistazo a *La Biblioteca de la Medianoche,* que descansaba cerca de mi codo, y me pregunté si también renunciaría a ello cuando por fin vendiera la propiedad.

Era patético compartir la hora de acostarse en secreto, como si apagar las luces cuando lo hiciera ella me asegurara que estaría a salvo. Cuanto antes vendiera la casa y cortara lazos, antes seríamos libres los dos.

De repente, el foco del patio de Sloane iluminó la estampa invernal, por lo que me puse alerta y me incliné hacia delante para mirar por la ventana.

Ahí estaba.

Se había puesto otro pijama y lo había combinado con un abrigo oscuro y gordo y unas botas de nieve rojas. La observé mientras se dirigía penosamente hacia el patio y recé para que se detuviera antes de quedar oculta detrás de los abetos y las tuyas orientales.

Me levanté de la silla y contuve el aliento. Cuando se detuvo, seguía en mi campo de visión, así que me relajé.

Sloane inclinó la cabeza hacia el cielo y abrió los brazos. Entonces se dejó caer hacia atrás de espaldas. Se me encogieron los músculos en un acto reflejo y estaba dispuesto a correr hacia el piso de abajo y salir por la puerta, pero me di cuenta de que se movía. Extendió los brazos y las piernas y los movió horizontalmente. De dentro hacia afuera, de dentro hacia afuera.

Observé hipnotizado a Sloane Walton mientras dibujaba un ángel en la nieve.

Apreté la palma de la mano contra el cristal frío.

«Cuida de mis chicas». Oí las palabras de Simon tan claramente como si las hubiera dicho en voz alta.

No era culpa suya. No sabía el efecto que su hija tenía sobre mí. Lo peligrosa que era para mí. Y lo fatídico que yo podía ser para ella.

Sloane se había sentado con la cabeza inclinada hacia atrás. Me pregunté si ella también pensaba en Simon. Si era otro lazo que nos unía injustamente. En un instante de debilidad, llevé la mano hasta la ventana y tracé su contorno en el cristal con los dedos.

Vi la veta de luz naranja y distante que cruzó el cielo antes que ella. Una estrella fugaz.

Sloane se llevó una mano a la cara y se quedó allí sentada, en calma.

Después se movió de repente, como si se hubiera cansado de la tranquilidad. La miré cautivado mientras se ponía en pie con cuidado y se separaba de su creación en la nieve.

Se llevó las manos a las caderas, bajó la mirada y asintió. Entonces levantó la vista. Esta vez no lo hizo hacia el cielo, sino directamente hacia mí.

Tenía la luz del escritorio apagada. Era imposible que viera que estaba en la ventana, me dije a mí mismo mientras retiraba la mano del cristal. Me quedé muy quieto en la sombra y observé cómo miraba mi ventana fijamente.

Tras un minuto angustioso, apartó la mirada y volvió despacio hacia la casa.

No me di cuenta de algo hasta que no hubo desaparecido de mi vista y apagado por fin las luces del dormitorio.

Llevaba puesto mi abrigo.

CAPÍTULO CINCO

UN CHICO ATRACTIVO
EN MI DORMITORIO

SLOANE

Veintitrés años antes

Debería haber estado a punto de terminar los deberes de trigonometría o, por lo menos, duchándome después del entrenamiento de *softball.* Sin embargo, para ser sinceros, odiaba las mates y no me permitía ducharme hasta que hubiera acabado los deberes. Así que mi única opción era hacer una pausa para leer.

Había una remota posibilidad de que mis frustraciones estuvieran motivadas por el hecho de que estaba exactamente a un capítulo de la parte más interesante de mi ejemplar robado de *Shanna,* de Kathleen E. Woodiwiss.

Era la tercera vez que releía el ejemplar de tapa blanda destrozada de mamá y estaba loca por el volátil Ruark Beauchamp. A pesar de que su comportamiento (y el de Shanna) serían superproblemáticos en la vida real, me gustaba la idea subyacente de que una aventura secreta y tórrida pudiera proporcionarte de algún modo un espacio seguro en el que pudieras ser tú mismo.

Me senté sobre el asiento de la ventana y construí un montículo de cojines detrás de mí. Me subió un tufillo de las axilas. Hice una mueca y abrí la ventana del centro de golpe para que entrara el aire fresco de la primavera. Ese año, el equipo iba camino de entrar en las rondas clasificatorias y los entrenadores nos presionaban más con cada entrenamiento. Quería conseguirlo. Todo formaba parte del Plan de Vida Impresionante de Sloane, al cual estaba totalmente entregada. Pero, en ese momento, lo único que quería era perderme en una historia de amor caribeña *sexy*. En segundos, todas mis preocupaciones por el sudor seco y los deberes aburridos desaparecieron y me metí de lleno en el libro.

Estaba en mitad de la parte buena cuando mi vecino de al lado, el señor Rollins, dio marcha atrás demasiado rápido con la camioneta en el acceso de su casa y me hizo arrancar la atención de las páginas. Cambió la marcha, la camioneta salió despedida y las ruedas aceleraron hasta que desapareció de la vista.

Se me hizo un nudo en el estómago. Desde que el señor Rollins había perdido el trabajo hacía un año, las cosas no habían ido muy bien en la casa de al lado. Papá decía que era una especie de encargado en la planta química que había unos pueblos más allá. Pero esta había cerrado. Después de eso, el señor Rollins dejó de cortar el césped. Y tampoco cocinaba hamburguesas a la brasa. A veces, si tenía abierta la ventana de la habitación para que entrara el aire, lo oía gritar a altas horas de la noche.

Mi padre nunca gritaba. Suspiraba.

No se enfadaba conmigo y Maeve. Se decepcionaba.

Me pregunté qué hacía Lucian cuando su padre gritaba.

Me recorrió un pequeño escalofrío solo de pensar en él.

Lucian Rollins era estudiante de penúltimo año y primer *quarterback* del equipo de fútbol. Quería creer que el chico serio de pelo oscuro que sacaba la basura sin camiseta había sido el motivo de mi despertar sexual adolescente. Había pasado de pensar que los chicos daban asco (que a los doce y trece años era absolutamente normal) a preguntarme cómo sería besar al chico malo de la casa de al lado.

Lucian era guapo, atlético y popular.

Yo, por otro lado, era una cuatro ojos tetona de casi dieciséis años que prefería pasar un viernes por la noche acurrucada con un buen libro que bebiendo cerveza caliente junto a una hoguera en el campo al que todos llamaban el Huerto. No estaba a su nivel. Él se codeaba con animadoras, delegadas de clase y adolescentes preciosas que de alguna manera habían escapado a la desesperada falta de confianza en sí mismas que nos habían concedido a las demás.

Yo brillaba en un deporte que no era nada *sexy* y había pasado la última semana en la sala de castigo gracias a mi «fuerte oposición» a la imposición del código de vestimenta cuando habían castigado a mi amiga Sherry Salama Fiasco por llevar una falda que era un centímetro más corta de lo permitido.

«En lugar de vigilar la vestimenta de las niñas, ¿por qué no dedicáis esa energía a enseñar a los niños a controlarse?», había replicado. A pleno pulmón. Hasta me había ganado algunos aplausos entusiastas y gestos de aprobación de una de las animadoras de último año que había en la sala de estudio.

No me importó labrarme una reputación. Y mis padres se habían negado a castigarme por defender lo que era correcto.

Oí un crujido y un portazo en la casa de al lado. Se me cayó el libro del regazo y estiré el cuello para ver mejor.

Lo que más me gustaba de mi habitación, aparte del hecho de tener mi propio baño, estanterías dignas de una biblioteca y un banco de ventana maravilloso para leer, eran las vistas. Desde el asiento, veía todo el lateral de la casa de Lucian, incluida la ventana de su dormitorio.

Ahí estaba.

Lucian salió airado al jardín. Por desgracia, llevaba camiseta. Tenía los hombros encorvados y se frotaba el brazo derecho distraídamente con la mirada fija en el suelo.

Gracias a la buena mano con las plantas de mi padre, nuestro jardín era un paraíso cercado de flores, árboles y arbustos. Era finales de marzo y los cerezos estaban en flor, un anuncio oficial de que llegaba la primavera.

El jardín de Lucian se parecía más a un solar abandonado. El césped estaba seco en algunos puntos y su lado de la verja estaba cubierto por matas que llegaban a la altura de la rodilla. Había una parrilla oxidada abandonada contra el lateral del garaje. No pretendía juzgarlos, por supuesto que no. Muchas personas tenían cosas mejores que hacer que jugar con la tierra cada fin de semana.

Aunque a lo mejor Lucian debería plantearse ayudar en casa si su padre no iba a volver a cuidar del jardín. Había un cortacésped al lado de la parrilla, por el amor de dios. No quería estar coladita por un tipo vago y privilegiado.

Recé para que se acercara al cortacésped.

En lugar de eso, Lucian le dio una patada a una piedra de uno de los trozos secos del jardín y la hizo volar. Planeó por el aire y después chocó con nuestra verja con un crujido fuerte.

—¡Oye! —le grité.

Desvió la mirada de inmediato hacia mi ventana. Me tumbé sobre el cojín del asiento y me cubrí la cara con otro.

—Bueno, menuda estupidez, tonta del bote. Ya te ha visto —dije contra el cojín. Me volví a sentar, pero Lucian había desaparecido.

El cerezo que había junto a la ventana de mi habitación se estremeció y oí un resoplido.

—¿Qué narices…?

Había algo en el árbol. No, algo no. Alguien. Pestañeé varias veces y me pregunté si necesitaba unas gafas nuevas, porque me pareció ver que Lucian Rollins trepaba por él. Se contoneó por el tronco y puso a prueba la rama que pasaba por encima del techo del porche.

«Madre mía. Madre mía. Madre mía». Un estudiante de penúltimo curso atractivo y popular acababa de trepar el árbol de mi jardín porque le había gritado.

Lo observé escalar la rama y saltar ágilmente sobre el tejado con una mezcla excitante de horror y emoción.

Me deslicé por el cojín y retrocedí hasta el centro de mi habitación mientras Lucian Rollins pasaba una de sus largas piernas por el alféizar de la ventana y trepaba al interior.

«Madre mía. Madre mía. Madre mía». Lucian Rollins estaba en mi cuarto. ¡Mierda! ¡Lucian Rollins estaba en mi cuarto!

Eché un vistazo alrededor y esperé que la habitación no fuera un desastre total. Menos mal que mamá había insistido en reformarla para mi duodécimo cumpleaños. Habíamos sustituido la casa de muñecas y la hamaca llena de animales de peluche por las estanterías hasta al techo que mi padre había instalado. Habíamos cubierto el antiguo rosa pálido de las paredes con una pintura azul triste.

Sin embargo, acababa de volcar dos montañas desordenadas de colada limpia en el suelo delante del armario, porque mamá necesitaba el cesto. También había vaciado los contenidos de la mochila a los pies de la cama porque no encontraba mi subrayador rosa baya que reservaba solo para las anotaciones de clase más importantes.

Por Dios. Tenía un subrayador favorito y, el otoño pasado, Lucian había roto el récord de lanzamientos del colegio en el campo de fútbol.

Mi invitado inesperado no dijo nada mientras yo entraba en pánico en silencio.

Lucian tomó el libro, le dio la vuelta y leyó la contraportada. Arqueó una ceja en un gesto burlón.

Crucé la habitación hasta él y se lo arranqué de la mano.

—¿Qué haces en mi habitación? —le pregunté tras recobrar la voz por fin.

—Supongo que el motivo principal es disculparme por lo de la piedra —respondió con voz grave y suave.

—¿El motivo principal?

Se encogió de hombros y empezó a recorrer la habitación.

—Nunca había estado dentro de tu casa, quería ver cómo era.

—Podrías haber utilizado la puerta principal —señalé. Si fuera una animadora, sabría cómo coquetear. Me habría duchado y llevaría un pijama que combinara y brillo de labios. Me sacudiría el pelo sin hacerme daño en el cuello y él se sentiría obligado a besarme.

Pero no era animadora. Era yo, y no tenía ni idea de cómo hablar con el vecino atractivo que me gustaba.

Se detuvo delante del escritorio y echó un vistazo a mis discos. Se le curvaron los labios en una sonrisa.

—Las Destiny's Child y Enrique Iglesias.

—No puedes colarte en mi casa y juzgar mis gustos musicales.

—No te estoy juzgando, estoy… intrigado.

De cerca era todavía más mono.

Espera, no. Mono no. Guapísimo.

Tenía el pelo grueso y oscuro y se le rizaba un poco en las puntas. Tenía la nariz recta y los pómulos tan altos y marcados que la señora Clawser lo había escogido como modelo para el

77

dibujo de retratos en clase de arte. Becky Bunton me dijo que Lucian se había quitado la camiseta y la profesora había tenido que ponerse delante del ventilador durante diez minutos.

Aunque Becky también afirmaba que su tío había inventado las mochilas JanSport, así que no había que tomarse lo que decía al pie de la letra.

Lucian era alto, con una complexión atlética que llenaba los vaqueros gastados y la camiseta de manga larga del equipo de fútbol de Knockemout más como un hombre que como un chico.

¿Había subido la temperatura? ¿Necesitaba un ventilador?

Todavía no me había acostado con nadie. Quería que mi primera vez fuera con alguien que me hiciera sentir como la heroína de una novela. Alguien que me hiciera caer rendida a sus pies y me hiciera sentir especial y bien, no sudada e incómoda en el asiento trasero de un Toyota antiquísimo, como le había ocurrido a Becky la primera vez.

Lucian, con esos antebrazos musculosos y ese pelo romántico, haría que una chica se sintiera así. Especial. Importante.

¿Cómo se suponía que iba a salir con chicos que estuvieran a mi nivel cuando se me presentaba un espécimen como ese? Solo tenía la opción de salir con los chicos del nivel más bajo del instituto, como un miembro del club de teatro o uno de los chicos más lentos del equipo de atletismo.

Pero ninguno podía compararse con el guapísimo vecino de al lado.

Y no era solo su aspecto. Lucian se movía por los pasillos del instituto de Knockemout con tanta seguridad en sí mismo que la multitud le abría paso. Yo, por otro lado, me escabullía entre hueco y hueco y miraba fijamente las espaldas y hombros de todo el alumnado.

Lucian se aclaró la garganta y pestañeé.

Lo había mirado fijamente durante mucho rato. Tanto que se había sentado en el banquito que había al pie de mi cama y me devolvía la mirada. Era una mirada de expectación.

—Eh, ¿quieres un refresco o algo? —le pregunté, no muy segura de qué iba a hacer si respondía que sí. Mis padres estaban en la plata baja y se darían cuenta si colaba dos cervezas de raíz al piso de arriba. Al contrario que los padres de la televisión, a los míos no se les escapaba nada.

—No, gracias —respondió mientras echaba un vistazo a mis deberes de trigonometría. Tomó la primera hoja de papel del montón, en la que había garabateado «Esto es una estupidez. Odio las mates» por todas partes.

Se la arranqué de la mano y la arrugué a mis espaldas.

Era inteligente, era lo mío. Me ponías en una clase de lengua, historia o ciencias y tenía un excelente garantizado, pero las matemáticas eran otra cosa.

—Yo podría ayudarte —comentó, alargó el brazo detrás de mí y recuperó el papel.

—¿Se te dan bien las mates? —No pude ocultar la incredulidad en mi tono.

—¿Crees que como juego al fútbol no puedo ser listo?

En realidad, lo que pensaba era que, en este escenario, yo debería ser la tutora del atleta atractivo de la que no podía evitar enamorarse durante sus sesiones de estudio íntimas. Pero esto también me servía.

—Claro que no —resoplé.

—Pues dame un lápiz. —Alargó la mano y, durante un segundo, luché contra la idea de agarrarle la mano... y después saltar a su regazo y besarle.

Pero no estaba segura de tener el equilibrio necesario. ¿Y si le daba un rodillazo en la entrepierna o lo dejaba sin respiración?

Al final venció el buen juicio, tomé el lápiz de mina rosa de la alfombra y se lo pasé.

—Ven aquí —me dijo. Se deslizó hacia el suelo y dio unas palmaditas junto a él.

Me senté sin rechistar.

—Tenías bien la primera parte —explicó mientras repasaba con el lápiz todos los pasos que había seguido—. Pero aquí es donde te has equivocado.

Me quedé sentada a su lado y me fijé en la forma en que movía el lápiz rosa por el papel. Solo Lucian Rollins podía conseguir que las matemáticas fueran *sexys*.

—Vaya, sí que eres listo —exclamé cuando dibujó un círculo alrededor de la respuesta.

Se le curvaron levemente las comisuras de los labios.

—No se lo digas a nadie.

—Tu secreto está a salvo conmigo —le prometí.

—Te toca —dijo, y me entregó el lápiz.

Olía bien. Me puso paranoica pensar que él también pudiera olerme a mí.

Necesité tres intentos y una paciencia infinita por parte de Lucian, pero al final lo entendí. Resolví el siguiente problema al segundo intento. Y cuando clavé la respuesta correcta en el tercer problema a la primera, me levanté de un salto y lancé el lápiz al suelo como si fuera un balón de fútbol en la zona de anotación.

—¡Sí! ¡Chupaos esa, mates!

En mitad de mi danza de la victoria recordé que tenía un público de penúltimo curso muy atractivo y los sobacos sudados.

Lucian se había tumbado con los codos apoyados en la moqueta y me observaba con expresión divertida. Una sonrisa genuina le cubría el rostro. Una que yo había provocado. Algo cálido se expandió en mi interior, estaba casi segura de que era un sofocón.

Me metí el pelo por detrás de las orejas y volví a sentarme en el suelo.

—Eh, muchas gracias por la ayuda. Normalmente no me emociono tanto con los deberes de matemáticas.

La sonrisa seguía allí y me estaba convirtiendo en papilla por dentro.

—Deduzco que te gusta más leer que la trigonometría. —Señaló las estanterías con la cabeza.

—Oh, eh, sí. Me gustan los libros. Mucho.

—¿Vas a escribir alguno?

Sacudí la cabeza.

—No. La lectura solo es un pasatiempo. Voy a conseguir una beca de *softball* y a dedicarme a la medicina del deporte. —Lo tenía todo planeado. La entrenadora decía que era una «lanzadora entusiasta y con empuje».

—¿En serio? —me preguntó.

—¿No crees que pueda conseguirlo?

—Es solo que debe de ser agradable saber lo que quieres hacer.

—Estás a punto de empezar el último año —le señalé—. ¿A qué universidad vas a ir? ¿Qué vas a estudiar?

Él se encogió de hombros, después hizo una mueca y se frotó el brazo distraídamente.

—Todavía no lo sé.

Fruncí el ceño.

—¿Qué quieres ser?

—Rico.

Sonó a que lo decía de verdad y no de la forma poco seria en que respondería un adolescente cansado de que la tía Alice le preguntara qué quería ser de mayor.

—Ah, vale. ¿Y cómo vas a conseguirlo? —le pregunté.

—Ya encontraré la manera.

Me sentí decepcionada. Un chico como Lucian debía haber tenido sueños importantes y específicos. Debería querer innovar en audífonos para bebés o a lo mejor llevar una clínica dental guay, como mi madre. Caray, incluso aspirar a tener una carrera profesional de fútbol sería mejor que nada.

—¡Sloane! A cenar —me llamó mi madre desde abajo.

«Mierda, mierda, mierda».

—Eh, ¡vale! —le respondí.

—Supongo que debería irme —comentó Lucian.

No quería que se marchara, pero tampoco deseaba que mis padres descubrieran que un jugador de fútbol muy *sexy* había trepado por el árbol hasta mi habitación, por si quería hacerlo otra vez y yo me había duchado y llevaba un pijama que combinara con el brillo de labios cuando lo hiciera.

—¡Pregúntale al chico que se ha colado por la ventana si quiere quedarse a cenar, hay pastel de carne! —Mamá gritó la invitación.

—Madre mía —murmuré mientras me tapaba la cara, muerta de vergüenza.

Levanté la mirada hacia Lucian y él sonrió. Fue una sonrisa en toda regla, de las que hacen que te tiemblen las rodillas y que te dé un vuelco el corazón.

—Gracias, señora Walton, pero tengo que volver a casa —respondió.

—Si quieres, puedes usar la puerta principal —gritó ella.

Hice una mueca.

—Deberías hacerlo, si no van a subir.

—Vale —respondió, no parecía demasiado preocupado por mi humillación.

Me erguí y nos guie fuera de la habitación y por las escaleras, no muy segura de la reacción que iba a encontrarme. Desde el punto de vista de mis padres, defender los derechos de las mujeres era una cosa, pero colar chicos en mi dormitorio era un tipo de rebelión completamente diferente.

Mis padres nos recibieron a los pies de las escaleras, en la cocina. Papá vestía un jersey *beige* desaliñado que combinaba mucho con los pantalones caquis que llevaba. Mamá todavía llevaba la ropa quirúrgica del trabajo. Los dos sujetaban copas de vino.

—Mamá, papá, os presento a Lucian. Me ha, eh, ayudado con los deberes de trigonometría —lo presenté con torpeza.

—Es un placer conocerles, señor y señora Walton —dijo Lucian, y les estrechó la mano como si fuera un adulto. Lo imaginé en un traje elegante, presidiendo reuniones con ese rostro serio y un fuerte apretón de manos. A lo mejor «rico» no era un objetivo tan pobre, después de todo.

—Es un placer conocerte oficialmente, Lucian —le respondió mamá, y me lanzó una mirada que me indicó que hablaríamos de esto después.

—Siempre serás bienvenido aquí, en especial si evitas que Sloane arroje los libros de mates a la otra punta de la habitación —intervino mi padre.

Encogí los dedos de los pies por el bochorno.

—Papá —le dije entre dientes. Alargó el brazo y me revolvió el pelo, así que me seguí muriendo de la enfermedad fatal e incurable que era la vergüenza.

—¿Estás seguro de que no puedes quedarte a cenar? —ofreció mamá.

Lucian dudó durante un segundo y mis padres se abalanzaron sobre él como perros sobre la mantequilla de cacahuete.

—Acompáñanos —insistió papá—. Karen prepara un pastel de carne buenísimo y yo he cocinado las patatas al horno con crema agria de rábano picante.

Lucian me miró y después bajó la mirada a los pies antes de asentir.

—Eh, si no les importa…

—Para nada —insistió mamá, y nos guio hacia la isla de la cocina, donde estaban amontonados los platos.

Madre mía. Iba a cenar con Lucian Rollins. ¡Bien!

Y con mis padres. ¡Buu!

Si había carabinas presentes, no era una cita de verdad. Por lo menos no en este siglo.

—Venga —dijo mamá, y nos marcó el camino—. Vosotros dos podéis poner la mesa.

—Tus padres son majos —comentó Lucian mientras yo cerraba la puerta principal a nuestras espaldas. Se apreciaba el ligero aroma de las flores de cerezo en el aire fresco de la noche.

—Y ridículos —le respondí, avergonzada por algunos de los temas de conversación que habían sacado—. No hace falta que ayudes a mi padre a quitar la decoración de verano de las vigas del garaje este fin de semana.

Mi padre, a quien le daban miedo las escaleras y que solo medía metro cincuenta, se había puesto muy contento al ver lo alto que era Lucian. Y mi madre estaba encantada con su obvia incapacidad de decir que no.

—No me importa —me dijo, y se metió las manos en los bolsillos.

—Que no te oigan decir eso, o mamá te hará cargar las cajas de documentos de su despacho y papá te contratará para que podes las ramas más altas del jardín.

—Tu casa es genial —dijo Lucian. Casi sonó como una acusación.

—Te daría las gracias, pero en realidad yo no he tenido nada que ver con ella.

—La mía da asco —continuó, y señaló la casa *beige* de dos plantas con la barbilla. Me fijé en que su padre todavía no había vuelto.

—¿A lo mejor te parecería un poco mejor si cortaras el césped? —le sugerí amablemente.

Me volvió a mirar con expresión divertida.

—No creo que eso haga que las cosas mejoren.

Me crucé de brazos para protegerme del frío.

—Nunca se sabe. A veces hacer que las cosas tengan mejor aspecto en el exterior hace que sean mejores en general.

Era como cuando me despertaba lo bastante temprano para ponerme algo de máscara de pestañas y pintalabios antes de ir al colegio. Un pintalabios intenso y las pestañas largas me hacían sentir una versión más guapa y arreglada de mí misma.

—Ya veremos —respondió—. Gracias por la cena. Tengo que volver y hacer los deberes.

Comenzó a retroceder.

Desesperada por pasar un minuto más con él, la mente me iba a toda velocidad para buscar algo que decir.

—¡Oye! Siento tener que ser así, pero todavía no te has disculpado por lo de la piedra —le señalé.

Se detuvo con un pie en el porche y otro en el primer escalón y me obsequió con una de sus medias sonrisas.

—Supongo que tendré que hacerlo la próxima vez.

«La próxima vez».

El estómago volvió a darme un vuelco.

—Nos vemos por aquí —dijo.

—Sí, nos vemos —le respondí sin aliento. Me quedé ahí de pie como una idiota y lo observé mientras andaba sin prisa por el camino antes de cruzar el acceso hasta su casa.

—La próxima vez —susurré.

Esa noche me fui a la cama con una sonrisa y me olvidé temporalmente de Ruark y Shanna.

La mañana siguiente, cuando salí para ir a clase, no pude evitar fijarme en que la camioneta del padre de Lucian no estaba en el acceso, pero habían cortado el césped del jardín delantero.

CAPÍTULO SEIS

UNA EMBOSCADA EN EL DESAYUNO

SLOANE

—Gracias, Lou —murmuré con la goma del pelo entre los dientes.

Lou Witt, el padre de Naomi, me sujetó la puerta de la cafetería, ya que yo tenía las manos ocupadas porque intentaba domarme el pelo en algo parecido a un moño despeinado en lo alto de la cabeza.

—Pareces un poco hecha polvo esta mañana —señaló su mujer, Amanda, la nueva orientadora del distrito escolar a tiempo parcial.

Eché un vistazo a la sudadera demasiado grande con manchas de café recién hechas que llevaba puesta. Me la había ensuciado después de verterme media taza de café encima, cuando mi madre me había escrito para recordarme que había quedado con ella para desayunar.

Tenía un agujero en una de las rodillas de las mallas y me había olvidado de quitarme las zapatillas de estar por casa.

«Mierda».

—No estoy teniendo un buen día —le respondí mientras me ataba el moño.

En realidad, llevaba semanas así.

—Es de esperar, corazón —me aseguró Amanda con un apretón compasivo en el brazo—. Tienes que cuidarte.

—Lo haré —le prometí antes de despedirme de los Witt con la mano y entrar en el establecimiento. Vi a mi madre en uno de los reservados del fondo y fui a toda prisa hacia ella—. Siento llegar tarde, me ha llamado Naomi. Ella y Eric por fin han encontrado la culebra rayada que se escapó del zoo interactivo el miércoles por la noche. Estaba en la ventana, enredada en un potos…

Me paré en seco y me quedé mirando con la boca abierta al hombre que estaba sentado delante de mi madre.

Ella me sonrió como si no estuviera compartiendo mesa con mi enemigo mortal.

—Como seguía en el pueblo, le he pedido a Lucian que nos acompañe.

Él tampoco parecía muy contento con ese giro de los acontecimientos, pero, para ser sinceros, muy pocas veces tenía otra expresión que no fuera la de sufrir de estreñimiento agresivo.

—Siéntate —me pidió mamá, y señaló el lado que ocupaba Lucian en el reservado.

—¿Sabes una cosa? No recordaba que tengo una cita con alguien sobre algo…

—Sloane, planta el trasero en el asiento ahora mismo.

Había utilizado la voz de madre. Por desgracia, ser adulta no me había otorgado una inmunidad instantánea a ese tono.

Lucian se hizo a un lado a regañadientes. Genial. Ahora yo también tendría que seguirle el rollo o parecería la más antipática e inmadura de los dos. Me senté con cuidado, con una nalga en el vinilo y un pie en el pasillo por si tenía que largarme a toda prisa.

Mamá entrelazó los dedos sobre la mesa y nos miró con expectación. Parecía triste y cansada, lo cual me hizo sentir como una cría quisquillosa. Me acomodé mejor en el asiento y tomé uno de los menús.

—¿A qué viene la reunión de desayuno? —le pregunté.

—Me vuelvo a Washington hoy —anunció—. Ya me he despedido de tu hermana y Chloe esta mañana. Ahora te toca a ti.

Dejé el menú en la mesa e ignoré la forma en que la parte derecha de mi cuerpo parecía absorber el calor corporal de Lucian.

—Mamá, no hay prisa. Si necesitas paz y tranquilidad, sabes que puedes quedarte conmigo.

Había pasado el tiempo que llevaba en Knockemout entre mi casa y la de mi hermana mientras organizábamos el funeral. Me había gustado tenerla de compañera, hacía que la casa pareciera menos vacía. Además, compraba unos aperitivos muy buenos.

Sacudió la cabeza.

—Aprecio la oferta, pero es hora de que vuelva. Tu padre me dejó una lista muy explícita de todo de lo que tengo que ocuparme.

—Deja que te ayude. —De repente me sentía desesperada por que se quedara en el pueblo. No quería que tuviera que lidiar con todo ella sola. Tampoco quería que me abandonara.

—¿De qué cosas tienes que ocuparte? —preguntó Lucian.

Lo miré de reojo. No es que fuera asunto suyo, pero a mí también me interesaba la respuesta.

—Bueno, para empezar, quería que donara su ropa a una organización sin ánimo de lucro que se la da a los sintecho para que les resulte más fácil conseguir entrevistas de trabajo. También se supone que debo recoger y entregar todos los archivos de sus casos a Lee V. Coops, de Ellery y Hodges, para futuras apelaciones.

—Yo me ocupo de eso —se ofreció Lucian. Sacó el teléfono del bolsillo y abrió los mensajes de texto—. Haré que uno de mis empleados recoja los documentos en tu casa y los envíe al nuevo bufete.

¿Por qué narices Lucian «Soy el dueño de medio mundo» Rollins se había ofrecido voluntario para ayudar a mi madre con los recados? ¿Y por qué ella actuaba como si no fuera la primera vez que hacía algo de utilidad?

Me obligué a sustituir los dientes apretados por una sonrisa.

—Echaré un vistazo al despacho de papá en casa para asegurarme de que no haya ningún documento antiguo guardado.

—Perfecto. Puedes darle lo que encuentres a Lucian.

Lo miré y vi que él ya me estaba mirando a mí. A la vez, nos volvimos hacia mi madre.

—¿Qué pasa, Karen? —preguntó, al mismo tiempo que yo exclamaba:

—¿Qué pasa, mamá?

—Simon os quería mucho a los dos. Cuando volvió el cáncer, empezó a pensar mucho en lo que consideraba importante para tener una buena vida. Y el rencor que parece que os tenéis no es sano.

Me removí incómoda en el asiento. Pensar en que había hecho algo durante los últimos meses de vida de mi padre que lo hubiera hecho infeliz fue como echarle limón recién exprimido a los bordes en carne viva de mi dolor.

—¿Papá se sentía decepcionado? —le pregunté con voz ronca.

Mamá me tomó de la mano y me la apretó.

—Pues claro que no, cariño. Estaba muy orgulloso de ti. De los dos, por todo lo que habéis conseguido, lo que habéis construido y lo generosos que habéis sido. Pero la vida es insoportablemente corta. Esa animosidad que cargáis no sirve para otra cosa que para desperdiciar un tiempo muy valioso.

—Vale. Lo siento y, sin ánimo de ofender, pero ¿qué tiene que ver Lucian con nuestra familia?

Mamá y Lucian intercambiaron una larga mirada hasta que él sacudió la cabeza de forma sutil.

—¿Qué ha sido eso? —dije, y le señalé la cara—. ¿A qué narices viene ese gesto secreto con la cabeza?

—Lucian ha hecho más por esta familia de lo que me dejará admitir —respondió mamá al final.

—¿Como qué? —La pregunta me salió en tono agudo y alarmado.

—Lucian —lo animó mi madre.

—No.

Ella puso los ojos en blanco y después me miró a mí.

—Para empezar, nos invitó a mí y a mis amigas al *spa* después del funeral.

—Karen —contestó Lucian, exasperado.

Mamá le agarró la mano con la que tenía libre y nos conectó a través de ella.

—Lucian, cielo, en algún momento tendrás que dejar de negar…

—¿Qué les pongo? —Bean Taylor, en tirantes y un delantal con manchas del desayuno, apareció con la libreta sucia de grasa lista para apuntar. El hombre era un ángel de la parrilla, pero uno de los camareros más torpes del planeta.

—Hola, Bean. Me alegro de verte —le dijo mamá, que nos soltó las manos.

¿Qué tenía que dejar de negar Lucian?

¿Qué secretos compartían mi madre y él?

Los Walton éramos como un libro abierto. Lo sabíamos todo de los otros. Bueno, casi todo.

—Oíd, tengo que ponerme en marcha —comentó mamá, que recogió el bolso y dejó unos billetes sobre la mesa—. Pero me haría muy feliz que os quedarais y desayunarais. Y siento tener que valerme del chantaje emocional, pero ahora mismo tengo que aferrarme con ambas manos a todo lo que me haga feliz. —Se le llenaron los ojos de lágrimas.

Me puse en pie con ella y la rodeé con los brazos. A lo mejor, si la abrazaba con más fuerza, no se iría.

—Os daré otro minuto —dijo Bean, y se alejó del despliegue emocional.

—Mamá, no te vayas. —Se me quebró la voz y me abrazó con más fuerza.

—Tengo que irme, lo mejor es que sea productiva y empiece a pensar en lo que viene a continuación. Creo que también será bueno para ti. Tienes que volver al trabajo —susurró—. Además, solo estoy a una llamada de distancia.

Sorbí por la nariz.

—A una llamada y el peor tráfico del país.

—Pero por mí vale la pena soportar el tráfico.

Se me escapó una carcajada ahogada por la emoción.

—Sí, supongo que sí.

—Te quiero, Sloane —susurró mamá—. Sé feliz. Pórtate bien. No dejes que esto te afecte durante mucho tiempo, papá no lo querría.

—Vale —murmuré, y se me escapó una lágrima que se me deslizó por el puente de la nariz.

Mamá me soltó, me dio un apretón en los brazos y se volvió hacia Lucian, que salía del reservado. Se puso en pie, eclipsándonos a las dos con su altura, y se alisó la camisa de botones y seguramente bordada.

—Te quiero. —Oí que le decía mamá. Él respondió en voz tan baja que no lo escuché, pero me fijé en que la abrazaba con los puños cerrados y se le ponían los nudillos blancos.

—Quédate. Come —volvió a insistirle cuando la soltó.

Asintió.

—Adiós, mamá —grazné. Agitó los dedos en mi dirección con los ojos todavía brillantes y se dirigió a la puerta. Me quedé allí, mirándola mientras se iba, y me sentí como Ana de las Tejas Verdes antes de conocer a Marilla y Matthew Cuthbert.

—Siéntate.

La orden ronca de Lucian fue acompañada de una mano en la espalda que me volvió a guiar hacia el reservado. Me senté en el banco que mi madre había desocupado y miré fijamente el menú que tenía delante, pero sin ver nada.

—Estará bien, Sloane. —El gruñido áspero con el que pronunció mi nombre iba acompañado de irritación y de algo más.

—Pues claro que sí —respondí con rigidez.

—Y tú también.

No fui capaz de responderle con un comentario sarcástico. Centraba toda mi atención en obligar a mi cara a reabsorber las lágrimas. No iba a mostrarme débil delante de él. Otra vez no.

—No hace falta que te quedes —le comenté, y le miré a todas partes menos a la cara.

—Después de un chantaje emocional así, desayunaría hasta con Rasputín.

A pesar de tener la visión borrosa, vi cómo sacudía la cabeza enérgicamente.

—¿Qué es lo que no quieres que sepa? —exigí saber—. ¿Estabas extorsionando a mis padres? ¿Los engañaste para que se unieran a una secta o a una estafa piramidal?

—¿Son las únicas opciones que se te han ocurrido? —me preguntó.

—¡Eh! ¿Es seguro volver y tomaros nota? —preguntó Bean, que se acercó a la mesa de puntillas.

—Claro, Bean. —Conseguí dedicarle una sonrisa leve. No me iría nada bien que circularan rumores sobre que a la bibliotecaria del pueblo le había dado un ataque emocional en público. Tenía una reputación que mantener. Podía ser realmente aterradora si la situación lo requería. Llevaba la biblioteca y mi vida en Knockemout sin contratiempos.

—¿Sabes que tienes la camiseta llena de manchas? —Bean me señaló la sudadera con lo que le quedaba del lápiz.

—He tenido un altercado con una cafetera esta mañana. Tomaré lo de siempre y un chocolate caliente. —Necesitaba una bebida reconfortante.

—¿Con extra de nubecitas y nata? —clarificó Bean.

—Exacto.

—¿Y para usted, señor Rollins?

Resoplé por dentro. Estábamos en Knockemout, por el amor de Dios, y Bean era solo un año más pequeño que yo. Pero siempre se dirigía a él con «señor Rollins esto y señor Rollins aquello».

—Una tortilla de clara de huevo con espinacas y verduras —pidió Lucian.

Uf. Hasta lo que pedía para desayunar me irritaba. Y que no se molestara en pedir las cosas por favor o dar las gracias hacía que quisiera pegarle en la cara con el dispensador de servilletas. Lo miré con el ceño fruncido.

Lucian expulsó el aire por la nariz.

—Por favor —añadió antes de recoger las cartas y entregárselas.

—Marchando —dijo Bean.

—Gracias, Bean —le respondí antes de que volviera a toda prisa a la cocina. Cuando se hubo largado, volví a lanzarle una mirada asesina a Lucian.

—¿Es que te mueres si muestras algo de educación de vez en cuando? ¿O es que esos trajes te quitan toda la humanidad?

—Me sorprende que no hayas pedido las tortitas de purpurina del menú infantil además de la taza de azúcar granulado.

—¿Alguna vez has probado el chocolate caliente de aquí? —le pregunté—. Ah, espera. Se me olvidaba. Eres brutalmente alérgico a la diversión y a la felicidad. ¿Cuándo vas a revolotear de vuelta a tu guarida vampírica y deprimente de solemnidad?

—En cuanto sobreviva a este desayuno contigo.

Apareció otro camarero a rellenarle el café solo a Lucian y a servirme el chocolate caliente. Era una obra de arte. La taza de asa gruesa contenía una torre de nata. El remolino blanco estaba salpicado de nubecitas y Bean lo había cubierto todo de una capa generosa de chispitas rosas y brillantes.

Sentí un cosquilleo en la garganta y otro hormigueo detrás de los ojos. No iba a llorar por una taza de chocolate caliente, no importaba lo mucho que se notara que la habían preparado con cariño.

Por eso quería tanto a la gente de ese maldito pueblo. Por eso no quería vivir en ninguna otra parte. Todos formábamos parte íntimamente de la vida de los demás. Salías de tu casa y, si mirabas más allá del cuero, del humo de los tubos de escape, de los todoterrenos ligeros de lujo y de los conjuntos ecuestres de diseño, eras testigo de una docena de pequeños actos de amabilidad todos los días.

—Eres ridícula —espetó Lucian mientras yo atraía la taza hacia mí con ambas manos.

—Y tú estás celoso.

—No te lo vas a poder beber, te vas a manchar.

Resoplé y tomé una pajita.

—Eres un aficionado. —Inserté la pajita desde arriba con precisión para asegurarme de sorber la misma proporción de nata y chocolate—. Toma —dije, y deslicé la taza en su dirección.

Me miró como si le hubiera sugerido que removiera el café con el pene.

—¿Qué quieres que haga con eso?

—Quiero que lo pruebes, pongas mala cara y después me digas lo repugnante que está, a pesar de que en el fondo te gustará tanto que vas a empezar a tramar cómo pedirte uno sin que me dé cuenta.

—¿Por qué?

—Porque has mandado a mi madre a un *spa* con sus amigas cuando necesitaba que le recordaran que podía estar de luto y reír a la vez. Porque te has quedado a sufrir un desayuno que ninguno de los dos quería solo para hacerla feliz. Así que dale un trago, porque es lo único que estoy dispuesta a compartir, y después podemos volver a ignorarnos el uno al otro.

Para mi sorpresa, Lucian aceptó la taza. La levantó a la altura de los ojos y la examinó como si fuera un científico y el chocolate caliente, un miembro de la familia de los arácnidos por descubrir.

Intenté no centrarme en la forma en que rodeaba la punta de la pajita con los labios ni en cómo se le movía la garganta con el trago. Sin embargo, sí que me fijé en que puso una mueca un segundo más tarde de lo debido.

—Es repugnante —comentó, y volvió a deslizar la taza hacia mí—. ¿Ya estás contenta?

—Eufórica.

Agarró el café, pero no se lo bebió. A lo mejor, debajo de la chaqueta de traje de millones de dólares y esa barba de tipo rico, era un poco humano, al fin y al cabo.

Debería haber abierto otra pajita. Para que viera que evitaba poner la boca cerca de donde él había puesto la suya, pero no lo hice. En lugar de eso, la saqué de la bebida, la reinserté en el lado opuesto de la taza y cerré los labios sobre el punto que los suyos habían ocupado hacía meros instantes.

El manjar caliente y azucarado me golpeó la lengua y las chispitas crujieron levemente.

Rodeé la taza con las manos y cerré los ojos para prolongar el momentito de perfección.

Cuando volví a abrirlos, vi que Lucian me observaba fijamente con una expresión… complicada.

—¿Qué? —le pregunté cuando solté la pajita.

—Nada.

—No me miras como si no pasara nada.

—Te estoy mirando y contando los segundos que faltan para que se acabe el desayuno.

Y así, sin más, volvimos a las andadas.

—Que te den, Lucifer.

Sacó el teléfono móvil y me ignoró mientras yo escaneaba a la multitud del establecimiento.

La cafetería estaba muy animada, como era habitual a media mañana. Los clientes eran, en su mayoría, jubilados, pero también había algunos criadores de caballos y, por supuesto, para rematar, alguna que otra pandilla habitual de moteros.

Knockemout era un crisol único de familias ecuestres adineradas, forajidos que buscaban libertad y agotados bandidos de carretera de mediana edad.

Sentí el peso de la mirada de Lucian sobre mí y me negué a devolvérsela a propósito.

—No tienes por qué hacer esto, ¿sabes? Estoy segura de que tienes cosas más importantes que hacer —le dije al final.

—Pues sí, pero no seré yo quien decepcione a tu madre hoy —respondió mi compañero de mesa, malhumorado.

La mirada asesina que le lancé debería haberlo incinerado.

—¿Ser un capullo cada segundo del día te quita energía? Porque no consigo descifrar si es tu estado natural o si tienes que esforzarte expresamente.

—¿Acaso importa?

—Antes nos llevábamos bien. —No sé por qué lo dije. Teníamos un acuerdo tácito de no hablar nunca de esa época de nuestras vidas.

Desvió la mirada hacia mi muñeca izquierda, que asomaba por debajo de la manga. Quise esconder la mano en el regazo, pero decidí ser terca y mantenerla a plena vista sobre la mesa.

—Antes no éramos tan sensatos —respondió con voz ronca.

—Eres exasperante.

—Y tú, irritante —replicó.

Me aferré con fuerza a la pajita, como si fuera un arma con la que poder apuñalarlo.

—Ten cuidado, duendecilla. Tenemos público.

El apodo hizo que me estremeciera.

Me las arreglé para apartar la mirada de su rostro, tan atractivo que resultaba absurdo, y miré a nuestro alrededor. Había más de un par de ojos pegados a nuestra mesa. No podía culparlos. Que Lucian y yo no nos soportábamos formaba parte del saber popular. Lo más seguro era que vernos «disfrutar» de un desayuno juntos y solos ya hubiera desencadenado la cadena de cotilleos. Ninguna de esas personas dudaría en informar a mi madre de lo que ocurriera.

Volví a sumergir la pajita con cuidado en la nata montada.

—Mira, dado que eres demasiado terco para irte y no estás dispuesto a contarme por qué mi madre y tú sois amigos del alma, vamos a buscar un tema de conversación con el que los dos estemos cómodos para superar este desayuno interminable. ¿Qué te parece… el clima?

—¿El clima? —repitió él.

—Sí. ¿Estamos de acuerdo en que parece que hay clima fuera?

—Sí, Sloane. Estamos de acuerdo en que hay clima fuera.

El tono con el que respondió fue tan altivo que quise tomar el bote de kétchup de la bandeja de acero inoxidable y vaciárselo encima.

—Tu turno —le dije.

—Vale. Creo que los dos estamos de acuerdo en que vistes como una adolescente desquiciada.

—Es mejor que parecer un enterrador gruñón —repliqué.

Se le curvaron las comisuras de los labios y después suavizó la expresión para volver a sus gestos de aburrimiento e irritación habituales.

La campana de la puerta de la cafetería tintineó y Wylie Ogden entró a paso tranquilo.

La multitud interrumpió sus conversaciones y pasó la mirada de nosotros a Wylie.

Lucian no movió ni un músculo, pero, aun así, sentí que la inquietud descendía sobre la mesa.

No había visto mucho al antiguo jefe de policía desde el incidente en que Tate Dilton, un expolicía echado a perder, se había aliado con Duncan Hugo, el hijo del jefazo del crimen, para disparar a Nash Morgan. Wylie, cuyo largo reinado como jefe de policía había destacado por sus influencias y favoritismos, había sido amigo del policía deshonrado, pero se redimió cuando disparó y mató a Dilton. Mi opinión sobre Wylie había subido varios puntos después de aquello. Casi le había sonreído la vez que lo había visto en el supermercado.

El antiguo jefe de policía miró hacia nuestra mesa. Se quedó paralizado, excepto por el palillo que llevaba en la comisura de la boca, que se movía de arriba abajo, y después dio media vuelta para buscar un asiento al otro extremo de la barra de la cafetería.

Lucian siguió con la mirada fría clavada en el hombre.

Sentí algo. Algo que se parecía sospechosamente a la culpa, lo cual me hizo ponerme a la defensiva.

—¿Sabes? Si me lo hubieras contado todo, no habría...

—No —me interrumpió como si le estuviera pidiendo a una niña que dejara de meter el dedo en un enchufe.

—Solo digo que...

—Déjalo estar, Sloane.

Es lo que hacíamos. Dejábamos estar las cosas. Lo único que quedaba del pasado que compartíamos era el regusto agridulce que nos dejaba cada una de nuestras interacciones.

Ninguno de los dos íbamos a perdonar u olvidar. Seguiríamos fingiendo que no nos carcomía por dentro.

—Aquí tenéis el desayuno —anunció Bean en voz muy alta. Dejó los platos humeantes en la mesa con entusiasmo fingido y después, con aparente desinterés, se guardó ambos cuchillos de untar en el bolsillo del delantal.

CAPÍTULO SIETE

EL IMPERIO CORPORATIVO MALVADO

LUCIAN

Las oficinas de la Consultoría Rollins ocupaban la última planta de un edificio postmoderno de la calle G, en el distrito central de negocios de Washington D. C. La cercanía a la Casa Blanca suponía que la calle de enfrente del edificio estuviera cortada a menudo para que circularan los convoyes de dignatarios visitantes.

Las puertas del ascensor se abrieron y dieron paso al mármol brillante, a las majestuosas letras doradas y a un dragón.

Petula «No pasarás» Reubena se tomaba muy en serio su trabajo como portera. Nadie pasaba por delante de ella a menos que estuviera autorizado. Una vez la pillé registrándole las bolsas a mi propia madre, que había venido a verme para una de nuestras comidas poco frecuentes.

—Buenas tardes, señor —dijo Petula, que se levantó de la silla para ponerse firme. Había tenido una carrera militar larga y condecorada y, un mes después de jubilarse, había decidido que no estaba hecha para la vida ociosa.

Vestía como la abuela rica de alguien y, aunque sí tenía tres nietos, Petula pasaba el tiempo libre haciendo escalada. Conocía la información gracias a la extensa revisión del historial al que sometíamos a todos los empleados. Ella nunca había comentado nada de su vida privada y toleraba muy poco a cualquiera que lo hiciera.

—Buenas tardes, Petula. ¿Alguna emergencia mientras he estado fuera?

—Nada de lo que no haya podido encargarme —respondió de forma enérgica.

Le sujeté la puerta de cristal, Petula pasó delante de mí y comenzó a recitar del tirón la programación del día.

—Le esperan en una conferencia a las dos y cuarto. Tiene una reunión con Trip Armistead a las tres y con Sheila Chandra a las tres y cuarto. Supongo que forma parte de una de sus estrategias diabólicas, o por fin ha cometido su primer error.

Trip era un congresista de Georgia y un cliente que no iba a disfrutar de los quince minutos que tendríamos juntos.

—Yo nunca me equivoco —le respondí. Saludé con la cabeza al socio del traje gris cuyo nombre no recordaba.

Petula me lanzó una mirada de aburrimiento.

—Avisaré a seguridad. A los de la limpieza no les haría gracia tener que limpiar manchas de sangre de la moqueta otra vez.

—Haré lo que pueda para que el derramamiento de sangre sea el mínimo posible —le prometí.

Nos dirigimos al área concurrida de cubículos, en la que sonaban los teléfonos y los empleados hacían con diligencia lo que les pagaba por hacer. El salario base en la Consultoría Rollins era de 80 000 dólares al año. No es que fuera generoso, sino que no quería tener que perder el tiempo constantemente cubriendo puestos poco remunerados. El dinero también ayudaba a compensar el hecho de que fuera un jefe exigente, un cabrón, como seguramente me llamaban a susurros junto al dispensador de agua. Si pagara menos a los miembros de mi equipo, tendría que ser más amable. Y no me apetecía.

Pasamos entre los cubículos y por delante de tres salas de reuniones ocupadas. Lo que había empezado como una consultoría política de una sola persona, que estaba dispuesta a ensuciarse las manos por sus clientes, se había convertido en una organización con ciento quince trabajadores que metía y sacaba a la gente en el poder cuando hacía falta. Y a mí seguía sin importarme jugar sucio mientras se adaptara a mis objetivos.

Un silbido agudo me llamó la atención y vi al antiguo jefe de policía, Nolan Graham, detrás del escritorio en su despacho de cristal con el teléfono pegado a la oreja. Se había unido al equipo hacía unos meses, después de haber recibido un balazo por mi amigo. Le había hecho una oferta que habría sido una estupidez rechazar y le había dado un beso de despedida a su trabajo en el gobierno.

—Le dejo con el príncipe encantador —comentó Petula con un gesto que casi podría haberse comparado con una sonrisa dirigida a Nolan. Parecía que el encanto del hombre había conseguido abrir algunas grietas en la armadura de mi práctica centinela.

Me detuve en el umbral de la puerta de Nolan.

—¿Qué?

Colgó el teléfono y pulsó algunas teclas del teclado con aire triunfal.

—Los de ciberseguridad han encontrado más rastros sospechosos de dinero de ya sabes quién. Lo estamos intentando descifrar. Un par de pistas que parecen blanqueo de dinero. Estoy escribiendo el informe, por si tus colegas de la agencia quieren echarle un vistazo.

Era una línea muy fina. Mis analistas de ciberseguridad (conocidos coloquialmente como *hackers*) hacían su magia, que técnicamente no era legal, para encontrar hilos de los que tirar. Una vez sabíamos dónde mirar, el resto del equipo se ponía manos a la obra para confirmar y difundir la información de formas que no pudieran desestimar el caso en un juicio.

La agente especial Idler era lo bastante inteligente para no hacerme demasiadas preguntas sobre cómo conseguía la información.

—Necesitamos algo más grande. Un almacén clandestino, rutas de distribución. Un superior resentido al que podamos cambiar de bando. —Algo que desmantelara la organización desde dentro.

—¿Qué puedo decir? El tipo no es un puto idiota como su hijo. Si no te importa que te lo diga, ¿por qué no dejas que Lina intente sacar algo de información? Ha venido hoy. A lo mejor se le ocurre algún método que hayamos pasado por alto.

—Tiene un interés personal —insistí. No era de esos jefes que afirmaban que la puerta estaba siempre abierta o que te-

99

nían un buzón de sugerencias. No quería críticas. Quería decir a los demás lo que tenían que hacer y no tener que preocuparme por que lo hicieran.

Además, aparte de estar muy cabreada con la familia Hugo por secuestrarla y estar a punto de asesinar a su prometido, Lina se negaba a comprometerse con el trabajo. Al principio, su jugada de trabajar a media jornada me había parecido divertida. Ahora me resultaba irritante.

Petula, Nolan y Lina no me tenían ningún miedo, y me preocupaba que el resto de los empleados siguieran su ejemplo y empezaran a hacer cosas como llamar a la puerta de mi despacho para tener «charlas rápidas» o sugerirme que organizara una fiesta de empresa.

Nolan se puso cómodo en la silla.

—Vamos a ver, si Lina es el cazo, entonces tú eres la sartén.

—No tengo tiempo para tus tonterías esta tarde.

—Solo para que quede claro, tú eres la sartén que le dice los defectos al cazo cuando tiene los mismos —añadió.

—Yo no tengo ningún interés personal —mentí.

Nolan empezó a rebuscar en los cajones del escritorio con gesto dramático.

—¿Qué buscas? —le pregunté.

Se detuvo y después sonrió.

—Algo para tapar la mentira que acabas de soltar.

—Pensaba que te habías vuelto menos irritante desde que te afeitaste el bigote. Me equivocaba.

En realidad, se había vuelto considerablemente más agradable desde que había dejado de salir con Sloane, un requisito que le había impuesto si quería trabajar para mí.

Joder.

Eché un vistazo al reloj.

Ni siquiera me había dado tiempo de llegar a mi despacho antes de pensar en ella. Habíamos desayunado juntos, ¿por qué no podía dejarla a un lado y pasar a lo siguiente de lo que tuviera que ocuparme? Sloane Walton nunca hacía nada que yo quería que hiciera. Deseaba tener una vida en la que nada me hiciera sentir indefenso y fuera de control, y, hasta que encontrara la manera de librarme de ella, siempre sería vulnerable.

—Solo digo que parece que esperas a que ella te demuestre lealtad y ella espera a que demuestres que vale la pena serte leal. Si ninguno cede, nadie saldrá de ese maldito tiovivo de poder en el que os habéis metido.

Tardé un momento en darme cuenta de que hablaba de Lina, no de Sloane.

—No recuerdo haberte pedido opinión.

—Para eso están los amigos. Por cierto, ¿necesitas apoyo con los federales hoy? Puedo ponerme detrás de ti con gesto amenazador —se ofreció Nolan.

—No necesito un guardaespaldas. —Cuanta menos gente se involucrara directamente en la investigación de Anthony Hugo, mejor. Cuando Hugo se enterara de lo que estaba haciendo, quería que centrara toda su atención en mí—. Lo que quiero es que me des todo lo que has averiguado de los socios de Fund It en diez minutos —le ordené.

—Ya te lo he dejado en el escritorio —respondió, y se llevó un M&M's a la boca con aspecto engreído.

Mandonear a la gente era menos divertido cuando ya habían predicho lo que necesitabas y te lo habían entregado.

Gruñí y salí de su despacho para dirigirme al mío.

—De nada —gritó Nolan a mis espaldas.

A veces me preguntaba por qué me había molestado en contratar empleados. Todos eran muy pesados.

—Buenas tardes, señor Rollins —pio una pelirroja alegre que tenía más aspecto de estar estudiando para el examen del carné de conducir que de trabajar en una de las consultorías más despiadadas del país.

«Tendría que haber trabajado desde casa».

Holly tenía veintidós años, era madre de dos niños y se refería a este empleo como su primer trabajo «de adulta». Se mostraba extremadamente agradecida, como si el trabajo y el salario que le pagaba fueran favores personales.

Me hacía sentir incómodo y violento.

—Llevas un peinado… interesante —le comenté.

Se dio la vuelta y me ofreció un vistazo que no le había pedido a la parte trasera de la cabeza. Hoy llevaba el pelo recogido en dos trenzas gruesas y parecía que unos pájaros se las hubieran despeinado, como si hubieran intentado deshacérselas, pero sin conseguirlo.

—¿Le gustan? Se llaman trenzas burbuja. Tengo un canal de YouTube…

—Me da igual —le espeté.

Dejó escapar una risita afeminada.

—Es muy divertido, señor Rollins.

—No, no lo soy —insistí.

Hizo un gesto de desdén con la mano.

—Solo quería decirle que le he dejado una cosita en el escritorio. Ayer me preguntó por la comida, así que le he traído un poco para que la pruebe.

No le había preguntado por la comida, le había sugerido que no metiera la sopa de pescado en el microondas de la sala de personal porque hacía que toda la oficina oliera como el interior de un barco pesquero de arrastre.

—No tendrías que haberlo hecho.

—Era lo menos que podía hacer —respondió alegremente.

—Qué considerada —comentó Petula, que había aparecido a mi lado como una francotiradora de élite—. Estoy segura de que al señor Rollins le encantará comerse tu sopa para merendar.

Holly nos sonrió con alegría.

—¡Ya verá cuando le haga mi curri de tofu!

La observamos mientras se alejaba casi dando saltitos.

—Joder, ¿en qué estaba pensando cuando la contraté? —murmuré.

—Pensaba en que necesitaba desesperadamente un trabajo con el que mantener a dos niños. Cree que es un caballero de brillante armadura —me explicó Petula al abrir la puerta de mi despacho.

Yo no era el caballero. Era el dragón.

—Pues o está criminalmente desinformada o delira —murmuré mientras entraba al espacio. Estaba diseñado para intimidar e impresionar. El escritorio de cristal, el sofá blanco y la madera oscura no tenían nada de hogareño o acogedor. Era formal, frío. Me pegaba.

—Que los empleados no le teman no es lo peor del mundo —comentó Petula, que estaba atareada pulsando los mandos a distancia para abrir las persianas, encendiendo las pantallas del escritorio y organizando el papeleo según el orden de prioridad mientras yo colgaba el abrigo en el perchero que había detrás de la puerta.

—Entre Nolan y Holly, te estás volviendo una blandengue —protesté.

—Retire ese insulto ahora mismo o le contaré a todo el mundo que llora con los anuncios de protectoras de animales.

La pared de ventanales ofrecía una vista impresionante al distrito comercial de D. C. La mayoría seguía cubierta de una capa prístina de blanco, lo bastante gruesa para tapar las manchas y los pecados que ocurrían a puerta cerrada en la capital de la nación.

—Prefiero que me teman, así no intentan hablar conmigo de estupideces como las trenzas de burbuja, sean lo que sean. ¿Y por qué eres tan amable con ella? Eres mala con todo el mundo.

Petula resopló.

—No soy mala, soy eficiente. Los modales no son más que una pérdida de tiempo y energía.

—Estoy totalmente de acuerdo.

—¿Qué quiere que haga con esto? —me preguntó, y levantó el recipiente que contenía la sopa de pescado casera.

—Tírala por la ventana.

Me lanzó una mirada intimidante y esperó.

—Vale, métela en la nevera. —La tiraría cuando estuviera seguro de que no me pillarían.

—No tire el recipiente, querrá que se lo devuelva —me ordenó Petula.

Maldita sea.

—¿Algo más? —le pregunté, irritado.

Petula alineó las carpetas de mi mesa con un golpe seco.

—Estas son prioritarias. Tiene que ir a tomar algo con los dos vicepresidentes de Estrategias Democráticas a las siete de la tarde en el club Wellesley. Y lo más seguro es que esa detective llegue pronto. La he informado de que no estaba disponible esta tarde, pero ha sido grosera e insistente.

Mientras hablaba, me acerqué a la pared de ventanales y observé Washington. Me preguntaba qué pensaría Sloane de este lugar y de lo que había conseguido.

Me había convertido en alguien importante. Había construido un imperio. Era lo bastante fuerte, rico y poderoso para que ni una sola amenaza pudiera robarme lo que había conseguido. Había vencido a los fantasmas del pasado.

—Gracias, Petula. Eso es todo —dije. De repente estaba ansioso por hundirme de lleno en el trabajo.

—Eso ya lo sé, porque lo he organizado todo yo. —Me miró con superioridad—. Lo avisaré cuando llegue la detective. Y mandaré a Holly con el café entonces.

—No…

Pero salió por la puerta con porte engreído, e ignoró por completo lo que le decía.

Tuve que soportar tres minutos insoportables de parloteo sobre el tiempo y sobre el interés repentino de su hijo en ver a otros niños jugar a videojuegos en YouTube para arrancarle el café de las manos a Holly.

Iba solo por la segunda carpeta de prioridades, el historial de un candidato a gobernador de Pensilvania, cuando «esa detective» aporreó la puerta de cristal con los dos puños. Le hice un gesto para que pasara.

Nallana Jones era una investigadora privada que tenía los bolsillos llenos gracias a clientes como yo, que podían permitirse pagarle extra por hacerles el trabajo sucio. Ese día iba vestida como una madre suburbana de mediana edad que había salido a hacer marcha con unos pantalones de chándal anchos y una riñonera abultada. Llevaba una peluca corta y morena debajo de la gorra de béisbol de un concesionario. La sudadera rosa que vestía rezaba «Adoro a los *Maine Coon*».

—Estás ridícula —le espeté.

—Esa es la idea. Nadie se va a fijar en Maude la Madura cuando se suba a la cinta de correr en el gimnasio de la amante.

—¿Supongo que es para otro cliente?

—Sí. —Se sacó un USB de la riñonera y lo dejó encima del escritorio—. Mi chica de Atlanta consiguió esto ayer. Las copias de seguridad ya están en la nube. También he añadido unas imágenes muy jugosas de la llegada de tu tipo a la ciudad esta mañana. Estábamos en el lugar adecuado en el momento adecuado. Sea lo que sea lo que planees hacer con esta información, es sólida. Ni de broma va a conseguir escabullirse.

—Es impresionante, como siempre, Nallana.

—Sí, bueno, por eso me pagas una buena pasta —respondió, y se dio unas palmadas en las rodillas—. En fin, me tengo que largar. Hay cierta chica de veintidós años que está a punto de reunirse con su amante rico y casado de cincuenta y uno para una sesión de entrenamiento personal. No puedo llegar tarde.

—Te llamaré cuando te necesite de nuevo.

Me saludó con dos dedos y salió tranquilamente por la puerta.

Inserté la memoria externa en el portátil seguro y hojeé los archivos. Había más de dos docenas de fotografías y también un puñado de vídeos. Todos eran suficientes para destrozar la carrera de un hombre. Imprimí dos de las mejores fotos, copié los archivos a una nueva carpeta de mi disco duro y después formateé el USB. Tomé el teléfono y marqué la extensión de Lina.

—¿Qué pasa, jefe? —preguntó con un deje de sarcasmo tan sutil que no estaba seguro de si me lo había imaginado.

—Puede que tenga un trabajo para ti —le expliqué.

—¿Es uno de verdad u otra tarea de recadera?

—Haz el favor de venir.

Unos segundos más tarde, apareció en el umbral de la puerta. La invité a pasar y le hice un gesto para que tomara asiento.

Atravesó con esas piernas largas el espacio que había entre la puerta y el escritorio de una zancada. Se dejó caer en la silla y cruzó una por encima de la otra con cuidado.

—¿Cómo lo haces para no dejar las huellas marcadas por todo el cristal? —preguntó al ver la superficie impoluta del escritorio.

—Evito ser descuidado. Que es lo que necesitaré que hagas tú. —Deslicé las dos fotos por el escritorio en su dirección—. ¿Sabes quién es este hombre?

Lina estudió las imágenes.

—El tipo que parece que nació con la corbata incorporada es Trip Armistead, nuestro cliente y miembro actual de la

Cámara de Representantes. No tengo ni idea de quién es la bailarina en *topless,* pero me afeitaré la cabeza si tiene más de dieciocho años.

Eché un vistazo al reloj.

—Tienes veintitrés minutos para utilizar las fotos y la información y construir un soplo anónimo convincente que enviar al medio de comunicación reputado que elijas.

—¿Las vamos a enviar de verdad o solo vamos a usarlas para acojonar a nuestro coleguita Trip?

—Lo segundo.

El hombre tenía las agallas de un crustáceo. Con un empujoncito rápido sería más que suficiente.

—Qué divertido. Me apunto —dijo, y se puso en pie.

—¿Por qué no has aceptado el trabajo? —le pregunté.

Paró en seco y volvió a dejarse caer en la silla.

—¿Acaso importa? —preguntó con cautela.

—No lo sabré hasta que me lo digas. ¿Es por el sueldo? ¿A Nash le molesta que trabajes para mí?

—El sueldo es justo y el puesto parece interesante por lo que dejas entrever. Y Nash está encantado de que esté en casa todos los días.

—¿Y entonces cuál es el problema?

—Sloane.

Agarré el bolígrafo que tenía en la mano con más fuerza.

—No pareces de esa clase de mujeres que deja que los demás manejen su vida —le dije con serenidad.

Lina se rio.

—Sloane no me ha pedido que rechace el trabajo. Estoy dudando porque eres un capullo con una de mis únicas amigas por motivos confusos que ambos os negáis a explicar.

No dije nada y Lina continuó:

—A lo mejor os guardáis rencor por algo que pasó hace décadas, cuando prácticamente erais unos críos, lo cual sería patético. O a lo mejor tuvisteis un romance secreto muy tórrido que se fue a pique y ahora no la soportas, lo cual sería inmaduro. O a lo mejor atropelló a tu tarántula mascota cuando aprendía a conducir. Sinceramente, no me importa el motivo. La cuestión es que no quiero dedicar mi vida laboral a un hombre que trata mal a mi amiga. Ahora, si me disculpas, tengo un político al que chantajear.

Trip Armistead era un sureño rubio de ojos azules que se enorgullecía de su encanto y de su linaje.

También era un cabronazo que oficialmente había dejado de resultarnos de utilidad.

Entró en el despacho con los brazos extendidos y las palmas hacia arriba, era un hombre muy seguro de su importancia. Y yo deseaba arruinarla.

—Lucian, viejo amigo. Tendríamos que habernos reunido en Atlanta, hace dos días estaba en el campo de golf en manga corta —dijo Trip, que había ido directo al decantador de *whisky* americano que tenía en la mesilla. Se sirvió un vaso y me señaló con él—. ¿Quieres uno?

—No, gracias, Trip. Me temo que la reunión no va a durar lo suficiente para que te lo acabes.

—¿De qué va todo esto? —preguntó con afabilidad tras sentarse en una de las sillas frente al escritorio.

—No te vas a presentar como candidato al Senado. De hecho, no te presentarás a la reelección. Renunciarás a tu puesto y te alejarás del foco de atención como una cucaracha por el suelo de una cocina.

—¿Disculpa? —Los nudillos se le pusieron blancos contra el cristal del vaso.

Me levanté de la silla y rodeé el escritorio.

—Cuando comenzamos a trabajar juntos, me aseguraste que no habría ningún problema, ni ningún secretito. ¿Te acuerdas?

Trip tragó saliva instintivamente.

—Por supuesto que sí. Te di mi palabra. No sé qué habrás oído, pero no he sido más que…

—Voy a interrumpirte, Trip, porque si me mientes a la cara, las cosas se van a poner feas. Y no tengo tiempo para eso. —Le entregué la carpeta que Lina había preparado en tiempo récord.

A Trip se le resbaló el vaso de la mano. Lo atrapé antes de que chocara con el suelo y lo dejé en el escritorio con un golpe seco.

—Veo que he captado tu atención.

—¿Cómo…? ¿Por qué?

La fanfarronería y la seguridad en sí mismo de las que había hecho gala se desmoronaban cada vez más rápido.

—Sabes quién soy, ¿verdad, Trip? Entiendes que voy muy en serio a la hora de proteger a mis clientes mientras les allano el camino hacia la historia. ¿De verdad has sido tan estúpido de creer que iba a confiar en tu palabra? Protejo mis inversiones…, incluso de sí mismas.

—Tengo mujer e hijas.

—Pues deberías haber pensado en ellas antes de contratar a dos prostitutas en menos de veinticuatro horas.

Trip había empezado a temblar visiblemente.

—Te advertí de lo que ocurriría si me la jugabas —le recordé.

—No te la he jugado. Esto no es lo que parece —balbuceó él.

—La chica a la que has contratado esta mañana cumplió dieciocho años la semana pasada. Y tu hija mayor tiene ¿qué? ¿Dieciséis? —le pregunté.

—Soy… adicto al sexo. Buscaré ayuda —decidió Trip—. Lo mantendremos en secreto, recibiré tratamiento y todo irá bien.

Sacudí la cabeza.

—Veo que todavía no lo has entendido. Estás acabado. No conseguirás el perdón de la opinión pública, porque se te van a comer vivo. En especial si tenemos en cuenta que te has perdido la votación para las ayudas a los veteranos porque estabas pagando para que te chuparan la polla.

Tenía la frente salpicada de gotitas de sudor.

—Lo has tirado todo por la borda por ser incapaz de guardártela en los pantalones. Tu carrera, tu futuro. A tu familia. Tu mujer te dejará. Y tus hijas son lo bastante mayores para escuchar todos los detalles salaces de la vida sexual extracurricular de papá. No volverán a mirarte de la misma manera. —Con la cabeza señalé la carpeta que tenía apoyada en el regazo—. Ya he pedido que redacten un comunicado de prensa en el que afirmamos que la empresa se ha visto obligada a cortar lazos contigo después de descubrir tus explotaciones sexuales.

Cerró los ojos y tuve que darle la espalda cuando empezó a temblarle el labio.

—Por favor, no lo hagas. Haré lo que sea —suplicó.

No era más que otra incorporación débil y patética a la larga lista de hombres que lo habían puesto todo en riesgo solo para correrse.

—Te daré una opción. Renunciarás a tu puesto en el Congreso de inmediato. Te irás a casa y les contarás a tu mujer e hijas que has tenido una epifanía y te has dado cuenta de que vuestro tiempo juntos es muy valioso y que ya no quieres un trabajo que te mantenga alejado de ellas durante tanto tiempo. Irás a un puto psicólogo. O no. Salvarás tu matrimonio o no. Lo que no volverás a hacer es engañar a tu mujer. Porque si lo haces, les enviaré copias de todas las fotos y vídeos a ella, a tus padres, a tu iglesia y a cada trabajador de los medios de comunicación de aquí a Atlanta.

Trip enterró el rostro en las manos y dejó escapar un gemido entrecortado.

Casi deseé que hubiera protestado un poco más, pero lo dejé estar.

—Lárgate. Vete a casa y no vuelvas a darme un motivo para que comparta la información que he recabado.

—Puedo ser mejor, puedo hacerlo mejor —dijo mientras se levantaba de la silla como una marioneta de cuerdas.

—Me importa una mierda —le contesté mientras lo guiaba hasta la puerta.

Era débil. Y no se podían construir cimientos sobre la debilidad.

Abrí la puerta y la sujeté. Trip la cruzó con la mirada clavada en el suelo.

—He traído a la señora Chandra, señor —dijo Petula.

Trip levantó la cabeza y el peso de la derrota hizo que se le encorvaran los hombros.

—El mundo es un pañuelo, Trip —comentó Sheila Chandra con el acento suave de los habitantes de Georgia. Pasó la mirada entre mi excliente y yo.

—Sheila va a presentarse a candidata al escaño que vas a liberar tan amablemente, Trip —le expliqué—. Me alegra que podamos contar con tu apoyo.

Trip me lanzó una mirada de despedida con los ojos enrojecidos y salió airado del despacho sin decir nada más.

Sheila se volvió hacia mí con las cejas arqueadas.

—Creo que voy a necesitar una explicación… y una copa.

Un golpe en la puerta de mi despacho me sacó de la interminable bandeja de entrada. Levanté la cabeza y vi a Lina al otro lado del cristal. Eran más de las seis. Tras los ventanales, la ciudad iluminaba el cielo de la noche. La mayoría de los empleados se habían ido a casa, pero yo necesitaría horas para ponerme al día gracias al tiempo que había perdido en Knockemout.

Le hice un gesto para que entrara.

—¿Ya está hecho? —le pregunté mientras enviaba la respuesta y abría el siguiente mensaje.

—Sí.

—Bien, ahora lárgate. Estoy ocupado.

Ignoró la orden y se dejó caer en la silla que tenía delante.

—¿Cómo ha ido con Chandra?

Me quité las gafas de leer y me resigné a formar parte de una conversación que no deseaba.

—Bien. —La mujer me había acusado de ser un manipulador de niveles maquiavélicos y me lo había tomado como un cumplido. Después había insistido en tomarse algo de tiempo para considerar mi propuesta, la que haría que se quedara con el asiento de Trip antes de presentarse a un puesto mejor. El hecho de que no aceptara la oferta enseguida me aseguró que había tomado la decisión correcta. Obtendría más votos de los jóvenes, haría más por los constituyentes y no haría la imbécil con una oportunidad de oro así, como había hecho su predecesor.

Vería la oferta como lo que era: una oportunidad de hacer por fin la labor que siempre había querido.

—¿Qué pretendes? —me preguntó Lina.

—Es una pregunta muy personal que hacerme cuando todavía no trabajas para mí oficialmente.

—Tú sígueme el rollo. Hoy has obligado a uno de los clientes a renunciar al puesto que le conseguiste y a hacer el paseo de la vergüenza delante del reemplazo que le has escogido personalmente. Y luego me has hecho entregarle un sobre lleno de dinero a una prostituta que apenas parecía lo bastante mayor para votar y que me ha recibido en una casa muy cara y vallada de Georgetown.

—¿Cuál es la pregunta?

—He buscado la dirección —continuó, y se detuvo para admirar el anillo de compromiso que llevaba en la mano izquierda.

Pues claro que sí.

—¿Adónde quieres llegar?

—He tenido que indagar un poco, pero, al parecer, esa casa de ladrillo tan grande y bonita del vecindario agradable y tranquilo es un centro de reinserción para víctimas de violencia doméstica y tráfico sexual. También parece que pertenece a Yoshino Holdings, la filial de una filial de una filial de esta misma consultoría.

Resultaba molesto lo bien que se le daba su trabajo.

—Sigo esperando a que digas lo que quieres decir —le respondí.

—No sé si eres de los buenos o de los malos.

—¿Acaso importa?

Me miró fijamente a los ojos.

—Pues creo que nos importa a los dos. ¿Estás haciendo alardes de poder para recordarle a la gente que eres un hombre grande y fuerte al que deberían temer? ¿O estás moviendo las piezas del tablero de ajedrez más grande del mundo por el bien común?

—He intentado contratarte por tu cerebro, ¿por qué no lo utilizas y me dices lo que opinas tú?

Se inclinó hacia delante y apoyó los codos en las rodillas.

—Creo que estás poniendo a personas amables en puestos de poder y no solo porque te paguen por hacerlo. Sheila Chandra es directora de una escuela de primaria. No tiene

111

los bolsillos lo bastante grandes para pagar tus tarifas. No solo has echado a Trip y su cartera gigante, sino que le destrozas la carrera porque te ha mentido. Pero creo que es más que eso. Diría que no te gusta ver a hombres malos en posiciones de poder, cosa que va en contra de la reputación de ser aterrador, despiadado y quizá un poco malvado que te has labrado.

—¿Qué puedo decir? —Abrí las manos—. Soy un hombre complicado. Deberías irte a casa con Nash.

—Esta noche trabaja hasta tarde. Si voy a incorporarme a tu empresa, quiero saber cuál es tu objetivo. ¿Esperas meterte a un presidente de los Estados Unidos en el bolsillo?

—¿Eso es lo que crees?

—A primera vista es lo que parece, pero me pregunto si estás en plena misión solitaria para obligar al mundo a convertirse en un lugar mejor.

—No me confundas con una especie de héroe.

—Oh, no lo hago. No hay que olvidarse del rastro de vidas arruinadas que dejas a tu paso.

Me crucé de brazos.

—No arruino ninguna vida que no lo merezca. —O, por lo menos, eso intentaba.

—Pero disfrutas arruinando a las que lo merecen.

—Pues sí.

Lina ladeó la cabeza y sonrió.

—Supongo que me gusta eso de ti.

—Estoy encantado de que lo apruebes —le dije con sarcasmo.

Me lanzó otra larga mirada y después asintió.

—Vale, acepto el trabajo, pero quiero un diez por ciento más de lo que me ofreciste, dado que Nash y yo nos estamos construyendo la casa y quiero un vestidor del tamaño de una pista de baloncesto. Pero si empiezas a pasarte al lado oscuro o lo que sea, me largaré de aquí.

—Vale. Un diez por ciento y no me pasaré al lado oscuro. Hablaré con Recursos Humanos. Ahora vete para que pueda centrarme en arruinar más vidas.

—Hay otra cosa más que me interesa.

—¿Qué? —le pregunté, exasperado.

—Quiero formar parte de la investigación secreta de Hugo.

—¿Qué investigación secreta de Hugo? —disimulé.

—Esa de la que se supone que no debería saber nada. Casi pierdo a Nash por culpa de Hugo, y él casi me pierde a mí. Quiero que acabe en una celda o en una caja, no soy muy exigente. Pero sí que quiero ayudar a ponerlo allí.

—Trato hecho. Ahora déjame en paz.

—Una pregunta más: ¿por qué eres tan capullo con Sloane?

—Lárgate.

—¿Y por qué ella es tan capulla contigo? —preguntó, ladeando la cabeza.

—Adiós, Lina.

—Si ninguno de los dos me lo explica, tendré que empezar a indagar por mi cuenta.

—Entonces retiraré la oferta y te despediré.

Se puso en pie y esbozó una sonrisa.

—Creo que trabajar contigo va a ser divertido.

—¿Cómo está Nash? —le pregunté cuando se dirigía a la puerta.

Lina se volvió con la ceja arqueada.

—¿No deberías preguntárselo a él?

—Te lo estoy preguntando a ti.

Nash había pasado una mala racha después de que le dispararan, un trance del que Lina lo había ayudado a salir.

Se le suavizó la expresión, como le ocurría siempre que hablaba de su prometido. Dudaba que se diera cuenta de ello, y probablemente no querría que se lo hicieran notar.

—Está bien. El hombro ya casi se le ha recuperado al cien por cien y no ha vuelto a tener un ataque de pánico desde otoño.

—Bien.

—Hablando de Nash, voy a tener que empezar a trabajar a jornada completa a partir del martes, porque el lunes empiezo a buscar vestido de novia.

—Si pretendes que alguien te pregunte por qué hablas de comprar vestidos de novia como si fuera una tortura, has acudido al hombre equivocado.

Lina resopló.

113

—No hablo de comprar vestidos de novia como si fuera una tortura.

—A mí me da igual si lo haces o no.

—Es solo que no me va todo el tema nupcial, femenino y adorable, y Naomi y Sloane se han tomado el día libre para venir hasta aquí y ver cómo desfilo como una Barbie novia.

«Sloane». Se me aceleró el corazón.

Por mucho que me esforzara en evitarlo, mi cerebro catalogaba todas y cada una de las veces que se mencionaba su nombre en una conversación.

Sloane vendría a mi ciudad.

—Tráelas a la oficina —le dije.

Lina me miró como si hubiera perdido la cabeza.

—¿Por qué?

—Son tus amigas, seguro que les gustará ver dónde trabajas oficialmente desde hace dos minutos.

Entrecerró los ojos y se llevó una uña arreglada a la mandíbula.

—Mmm. Es casi como si quisieras que trajera a Sloane a tu santuario.

—Me estás fastidiando, vete a casa antes de que te despida.

—Sé más amable con ella —me ordenó.

—¿O qué?

—O haré que tu vida laboral sea lo más horrible posible, aunque siga haciendo bien mi trabajo. Y se me da muy muy bien ser horrible.

Emry: ¿Las dos entradas para la sinfonía que has enviado a mi casa son tu forma de pedirme una cita?

Yo: Llévalas a la acera de enfrente. Llama a la puerta. Y. PÍDELE. SALIR. Pero primero cámbiate la camisa. Tienes que parecer un «hombre con el que poder salir» y no un «abuelo adorable».

Emry: Ser adorable no tiene nada de malo.

CAPÍTULO OCHO

URTICARIA POR LOS VESTIDOS DE NOVIA

SLOANE

Por primera vez desde el fallecimiento de mi padre, me había levantado, duchado, vestido y arreglado para salir más pronto de lo necesario. Era el primer día de mi vuelta oficial. Mamá tenía razón, no podía regodearme en la tristeza para siempre. De todas formas, no se me daba bien. Así que iba a ponerme algo de pintalabios, sonreír e ir a comprar vestidos de novia. Y, al día siguiente, volvería oficialmente al trabajo.

Trasladé los platos del desayuno de la barra al fregadero e hice una mueca cuando vi que ya estaba hasta arriba de platos y boles sucios. El peso opresivo del pesimismo me cayó sobre los hombros.

La energía era un bien muy valioso y yo ya había malgastado toda la mía en hacerme una coleta alta.

Tenía que irme en treinta minutos. Podía fregar los platos, pero ¿de verdad tenía la suficiente energía mental para cargar el lavavajillas de forma estratégica? Eché un vistazo al interior del electrodoméstico y gruñí. Ya estaba lleno y, a juzgar por el olor, los platos que contenía no estaban limpios.

Abrí el armario de debajo del fregadero murmurando para mí misma y encontré la botella de detergente. Estaba vacía.

La arrojé al fregadero, irritada. El traqueteo y estruendo de la pila de platos al desmoronarse hicieron que la gata entrara en la habitación al galope, como un poni curioso.

—Podrías ayudar un poco en casa, ¿sabes? Así te ganarías el derecho a vivir aquí —le reproché.

Miau Miau estornudó con desdén y pasó de largo.

Eché un vistazo al reloj de tenedores y cuchillos que colgaba de la pared junto al cuadro de un bol de fruta. Si me iba ya, podría hacer una parada en una de esas cafeterías modernas de D. C. en las que los aficionados al café trajeados comenzaban el día y comprarme una bebida muy cara y con muchas calorías innecesarias.

O podía tachar algo sencillo de la lista de tareas.

Exhalé y me arreglé el pelo que me enmarcaba el rostro. Había una cosa que podía abordar ahora y me ahorraría un problema considerable: el perfil de las aplicaciones de citas. Si lo rellenaba ya, no tendría que mentirles a Lina y Naomi cuando me preguntaran por él.

Dejé el caos de la cocina a mis espaldas y me dirigí a la deriva hasta el comedor empapelado de color morado y repleto de muebles antiguos. Una vez allí, me dejé caer en el sillón orejero de terciopelo que había entre el armario empotrado para porcelana, que albergaba más licor que porcelana, y el vitral de colores.

Miau Miau se subió a la mesa y dejó caer su contorno regordete sobre el tapete.

Ya había un círculo de pelo de gato de un tamaño considerable sobre el mantel de color bermejo. Exhalé. Estar deprimida y apática no nos había hecho ningún favor ni a mí ni a la casa.

—Esta mañana me he puesto máscara de pestañas y ropa bonita. Es un comienzo. Esta noche limpiaré el polvo y pasaré la aspiradora —le comenté amablemente al gato mientras abría la aplicación que Stef me había obligado a descargarme—. Uf. Se llama Solteroz. Con Z.

Las fotos que aparecían en el apartado de «solteroz *sexys* cerca de mí» me espabilaron.

—¿Sabes? Hace tiempo que no me acuesto con nadie. A lo mejor me empareja con mi futuro marido perfecto de inmediato, echo un buen polvo y salgo de este pozo. —El buen sexo, ya fuera en una relación o en un flirteo que se convierte

116

en rollo de una noche, siempre había sido una buena forma de empezar de cero. Como un día de *spa,* solo que con más desnudez.

Miau Miau no parecía impresionada y siguió lamiéndose las patas delanteras con la lengua rosada.

Volví la atención a la pantalla. Usuario.

Lo más seguro era que no tuviera que ser demasiado creativa en este apartado. Al fin y al cabo, cuando entraba en un bar a la caza de presas, tenía un índice de éxito del cien por cien. No me resultaría tan difícil encontrar a alguien apropiado en una aplicación diseñada para emparejar a las personas.

Eché un vistazo a mi alrededor en busca de inspiración. Libros. Alcohol. Polvo. Gato.

Pasé los dedos por el teclado.

—Ya está —comenté—. BibliotecariaGatunaCuatroOjos no está pillado.

Miau Miau me lanzó una mirada contrariada, después me mostró los dientes al bostezar.

¿Intereses? Eso era fácil.

—Los gatos malhumorados, los libros y los pantalones cómodos —murmuré mientras escribía.

¿En busca de? Las opciones estándar no eran muy específicas. Había muchos kilómetros entre querer compañía y el matrimonio. Me decanté por la pestaña «Otros» y escribí la mejor aproximación que se me ocurrió.

—Vale. Ahora solo necesitamos un par de fotos y estará listo.

Rebusqué en la galería de fotos y seleccioné un puñado de selfis monas.

—¡Bum! Hecho —anuncié, y dejé caer el móvil en mi regazo como si fuera un micrófono.

Solo había tardado cuatro minutos y ahora ya no tendría que mentir a mis amigas. Poco a poco la antigua Sloane estaba de vuelta, y eso empezaba a impresionarme incluso a mí.

Eché un vistazo a la habitación en busca de otra tarea sencilla que pudiera tachar de la lista y recordé que le había prometido a mamá que recogería los expedientes antiguos de papá. Dado que iba a ver a Lina, podría dárselos a ella en lugar de hacerle una visita personal al Satán Trajeado.

Salí del comedor, pasé por el salón (madre mía, tenía que limpiar el polvo pero ya) y entré en el estudio. El armario que había detrás del escritorio guardaba una colección de bolígrafos, lápices rotos, monedas sueltas y gomas elásticas.

En el segundo cajón del escritorio, detrás de una pila de blocs de notas legales, encontré la reserva oculta de caramelos de papá. Le diagnosticaron prediabetes unos años antes del primer diagnóstico de cáncer, por lo que se racionaba las chucherías a una por día.

Me guardé en el bolsillo un Kit Kat mini, que seguramente estaría caducado, y pasé al cajón de abajo.

Era un cajón extraíble con carpetas flotantes etiquetadas. La mayoría estaban vacías, aunque todavía conservaban las etiquetas. «Impuestos de la propiedad. Ideas para regalos. Fútbol *fantasy*. Dibujos de los niños. Recetas».

Las hojeé y sonreí al ver el catálogo de páginas arrancadas que había clasificado como ideas para regalos y la pila de dibujos con ceras que había coleccionado durante los años como padre, tío, abuelo y favorito del barrio.

En el fondo del cajón había unas cuantas carpetas gruesas. Las saqué y las puse encima del escritorio justo cuando la gata entraba en el estudio dando saltos. Subió a la mesa de un brinco y apoyó las patas delanteras en la pila de carpetas.

—Perdona, ¿te importa?

Miau Miau me miró pestañeando y se echó encima de los papeles lentamente. Le revolví las orejas y me dirigí al pasillo para tomar el abrigo y la bolsa de tela.

Justo cuando cerraba la puerta del armario, oí el movimiento frenético de unas garras seguido de una serie de golpetazos que provenía del estudio. Se oyó un último aporreo más fuerte y Miau Miau salió corriendo al vestíbulo y al galope en dirección a la escalera.

En el estudio, descubrí que la pila ordenada de carpetas estaba esparcida por todas partes.

—Maldita gata —murmuré.

Me arrodillé en el suelo y empecé a recoger el revoltijo de papeleo. Decidí que el Señor «Si puedo ayudarte en algo» podía encargarse de ordenarlo todo.

Me llamaron la atención una serie de noticias impresas del periódico, ahora arrugadas.

«Upshaw sentenciada a veinte años en prisión por posesión de drogas».

«El juez castiga con dureza a una mujer en su primer delito de drogas».

«La familia de la defensa afirma que la sentencia de Upshaw es demasiado dura».

Leí los titulares por encima, pero lo que me llamó la atención fue la fotografía de un joven que salía devastado del juzgado. La imagen estaba muy granulada y arrugada por las patas de un gato, pero, aun así, lo reconocí. Era el estudiante de Derecho y protegido de mi padre, Allen.

Después de un rato interminable de sufrimiento atrapada en el tráfico del norte de Virginia, salí de detrás del volante del Jeep con el teléfono sujeto entre la oreja y el hombro.

—Sí, hola, Maeve. Tengo que preguntarte una cosa, es sobre papá. Llámame cuando puedas —le dije al buzón de voz de mi hermana antes de colgar. Si papá se había interesado en el caso de la madre de Allen, lo más seguro era que lo hubiera comentado en algún momento con mi hermana.

Volví a entrar en el coche para tirar de mi bolsa, que estaba por encima de la guantera.

Llegaba cinco minutos tarde, por lo que estaba molesta. Pero me puse en modo dama de honor y dejé la irritación a un lado, erguí los hombros y esbocé una sonrisa alegre.

Sincronicé la información de aparcamiento en la aplicación y recorrí a toda prisa las dos manzanas que había hasta la tienda de vestidos de novia. Cuando abrí la puerta principal, en lugar de oírse una campana, una música de arpa angelical anunció mi llegada. Encontré a Naomi, Lina y Stef sentados en una banqueta rosa de terciopelo. Todos sujetaban una copa de champán y estaban rodeados por una explosión de enaguas, encaje y todos los tonos de blanco que el ojo humano era capaz de identificar.

Naomi tenía aspecto de estar pasándoselo en grande.

Lina parecía a punto de vomitar.

—¿Y qué le parecería a la novia llevar un vestido para la ceremonia y otro para el banquete? —preguntó un hombre calvo que llevaba mocasines de terciopelo de color azul y unas gafas cobalto a juego.

Lina se atragantó con el champán.

—Con un vestido es más que suficiente —insistió. Clavó la mirada sobre mí—. ¡Ah! ¡Mirad! Ha llegado Sloane. Será mejor que vaya a saludarla. —Sus piernas largas envueltas en unos vaqueros de diseño recorrieron la moqueta rosa que nos separaba en segundos—. Ayúdame, creo que me estoy ahogando en tafetán —musitó, y me atrajo hacia ella para darme un abrazo incómodo e inesperado.

—Tienes que estar aterrada, me estás abrazando voluntariamente.

—Me enrollaré contigo voluntariamente si me ayudas a escoger un vestido en los próximos diez minutos para que podamos salir de aquí. Me está saliendo urticaria.

—Pensaba que la moda te gustaba.

—Me gusta la ropa que llevo todos los días. Me gustan los tacones de tía dura, los trajes de diseño y la ropa de deporte de lujo, pero, al parecer, no me gusta comprar vestidos de novia. Me recuerda que... —Miró por encima del hombro—. Me recuerda que me voy a casar.

Antes de la aparición del malhumorado y herido Nash Morgan, Lina había sido más de rollos de una noche que de las que se comprometían y construían una casa con alguien. Todavía intentaba acostumbrarse al hecho de que estaba a punto de casarse.

Le posé las manos en los hombros y apreté.

—Todavía quieres casarte con Nash, ¿no?

Puso los ojos en blanco.

—Pues claro que quiero, ¡pero no vestida como una princesita casta!

—Lina, ¿qué opinas de ponerte un velo? —la llamó Naomi desde el sofá afeminado, en el que Stef se estaba probando un velo de perlas pequeñas de dos metros y medio.

120

—Ay, Dios —chilló Lina—. Una de dos, o no sobrevivo o escojo un vestido que odie para terminar con esto.

—Ay, madre —susurré cuando me arrastró hacia nuestros amigos.

Ahmad, el dependiente de la tienda de vestidos de novia de excelentes zapatos y con un acento sureño sorprendentemente marcado, guio a Lina a un probador mientras unos asistentes muy serios desfilaban tras ellos con cinco vestidos que cada vez parecían más propios de una princesa.

Naomi se reclinó en el sofá y le dio un sorbo de satisfacción al champán.

—¿Por qué te lo tienes tan creído? Va a odiar todos y cada uno de los vestidos que han elegido —le comenté tras aceptar la copa que Stef me había servido.

—Lo sé —contestó Naomi con alegría.

—Aquí la Witty tiene un plan —explicó Stef.

—¿Qué clase de plan?

—La clase de plan que termina con nuestra amiga consiguiendo el vestido de boda perfecto —declaró Naomi.

—Estás siendo petulante o diabólica —medité—. Estoy deseando ver cuál de las dos.

—Bueno, ¿has encontrado ya al padre de tus bebés? —me preguntó Stef.

—Caray, acabo de crearme el perfil, literalmente. Dame un día o dos para encontrar al hombre perfecto. ¿Le has comentado ya a Jeremiah lo de mudaros juntos?

Naomi tosió con delicadeza para ocultar una sonrisa.

Stef la fulminó con la mirada por encima del borde de la copa de champán.

—Oh, venga, va —bromeó Naomi—. Cuéntale la última excusa.

—No es una excusa. Tener espacio en el armario es muy importante en una relación y él no tiene suficiente. No funcionaría. Mi ropa y yo hemos pasado por mucho juntos. Se merece estar en un sitio precioso y espacioso, no colgada de una serie de percheros con ruedas junto a una moto que Jeremiah haya desmontado en el salón —explicó con un escalofrío.

—Tienes razón —coincidí—. Tener espacio en el armario es mucho más importante que estar enamorado de alguien y compartir tu vida con él. Seguro que puedes acurrucarte por la noche con esos mocasines de ante con estampado de leopardo igual que haces con Jeremiah. Es posible que no notes la diferencia.

Naomi sonrió.

—¿Lo ves? Ya te lo he dicho.

—Comprar vestidos de novia os vuelve malvadas —resopló Stef.

—Aquí viene nuestra preciosa novia —comentó Ahmad.

—Que comience el espectáculo —dijo Naomi mientras daba palmas.

Pulsé el botón de videollamada en el móvil de Lina y su madre apareció en la pantalla de inmediato.

—¡Es la hora! —le expliqué.

Bonnie Solavita estaba sentada a un escritorio ejecutivo y sujetaba una mimosa.

—¡Estoy lista!

Lina salió con un vestido de gala de color marfil tan ancho que tuvo que pasar de lado entre dos maniquíes. Los tirantes finos brillaban con diamantes falsos y el corsé estaba anudado con un lazo rosa de satén. Tenía tantas capas de tul que tuve que fruncir los labios para no hacer una broma sobre Escarlata O'Hara.

No parecía que la novia estuviera de humor para bromas. Parecía sumamente abatida.

—¡Madre mía! Ese vestido está hecho para ti —canturreó Naomi.

—Estás… increíble —conseguí decirle.

—Me he quedado… mudo —dijo Stef, antes de volverse hacia mí y susurrar: «¿Qué cojones…?».

—¡Vaya! Menudo vestido, cariño —comentó Bonnie en la pantalla.

Ahmad apoyó la barbilla en los nudillos y observó a Lina mientras los asistentes revoloteaban a su alrededor y le ahuecaban la falda hasta que ocupó el doble de tamaño.

—¿Te gusta? —le preguntó.

—No hay palabras que puedan describir lo mucho que odio este vestido —respondió Lina con los dientes apretados.

Ahmad dio unas palmaditas.

—Volvamos al probador.

Lina se fue casi corriendo.

—Ese vestido era... diferente, ¿no? —preguntó Bonnie con nerviosismo.

Le di la vuelta al móvil para verla.

—Naomi dice que tiene un plan —le expliqué.

—¿Qué clase de plan?

—No lo sé, no me lo ha querido decir.

Naomi se inclinó por encima de Stef para ver a la madre de Lina.

—No te preocupes, Bonnie. Vamos a asegurarnos de que Lina se vaya a casa con el vestido perfecto, te lo prometo.

—Bueno, sin duda, ese no lo era —le respondió Bonnie, que le dio un sorbo a la mimosa—. Parecía un almiar blanco.

—Aquí viene otra vez —soltó Stef, y empujó a Naomi para que volviera a su sitio.

Repetimos el proceso cuatro veces y cada vestido era más espantoso que el anterior.

—Pareces un poco agobiada, cielo. A lo mejor deberías tomarte un descanso y respirar hondo —sugirió Bonnie desde la pantalla.

—Estoy bien, mamá —le respondió Lina, que sonó de todo menos bien—. El corazón está bien. Solo me está saliendo un sarpullido del cuello a los pies por culpa del encaje.

—Eso es muy común en las novias —intervino Ahmad—. Siempre les sugerimos que se unten en crema antihistamínica si van a llevar algo que irrite la piel.

—Estás preciosa —le aseguró Naomi.

—Irritada, pero preciosa —coincidí.

—¿Sabéis una cosa? Creo que ya me he probado suficientes vestidos por hoy —respondió Lina, y empezó a desabrocharse el cinturón de cristales que una de las asistentas le había atado alrededor de la cintura—. Que alguien me saque esta cosa antes de que se me caiga la piel.

—Ay, madre. Va a explotar —predijo Stef en voz baja.

Mientras Lina se agitaba en el sitio y uno de los asistentes comenzaba a desabrocharle uno de los setenta mil botones de la espalda, Naomi le hizo un gesto a Ahmad con la cabeza. Este se volvió hacia la parte trasera de la tienda e hizo una serie de gestos elaborados.

Aparecieron dos empleadas que arrastraban un maniquí entre ellas. El maniquí llevaba puesto un vestido sin tirantes con apliques florales negros que empezaban en el corsé ajustado y le caían por la cola.

—Ese va en el escaparate, señoritas —le dijo Ahmad a las mujeres.

Lina miró por el espejo y se quedó inmóvil.

—¿Qué está mirando? —preguntó Bonnie desde el móvil. Cambié el ángulo de la cámara para que viera el vestido.

—Ese —dijo Lina, señalándolo.

—¿Este? Ha llegado esta mañana. No se lo ha probado nadie todavía —comentó Ahmad con falsa modestia.

—Es un vestido precioso —la animó Bonnie.

—No sé —musitó Stef—. ¿Cuántas novias podrían llevar algo negro el día de su boda y salirse con la suya?

—Me lo voy a probar, pero después nos iremos —anunció Lina, que se sacó el otro vestido de un tirón. Se alejó del espejo de tres caras contoneándose en un sujetador sin tirantes y ropa interior.

Ahmad chasqueó los dedos en dirección a las mujeres, que se apresuraron a desvestir el maniquí.

—Madre mía, es el vestido —exclamé.

—Lo sé —coincidió Naomi.

—Es superfabuloso —dijo Stef.

—Lo sé —repitió Naomi con una sonrisa de satisfacción.

—Y Lina también lo es —coincidió Bonnie.

—Exacto —respondió Naomi, que se posó en el filo del cojín y observó la entrada del probador con impaciencia.

—Eres diabólica —le espeté.

—Solo utilizo mis poderes para hacer el bien —se justificó.

—Aquí viene —intervino Stef, que sonó entusiasmado por primera vez.

Lina apareció en nuestro campo de visión como una reina. Se me escapó un suspiro, Naomi ya se estaba abanicando la cara con las manos para mantener las lágrimas a raya y Stef nos apretó las rodillas a Naomi y a mí.

Lina subió al pedestal, se soltó la falda e hizo una pose majestuosa.

—Me he quedado muerto —exclamó Ahmad, y se sujetó el pecho con teatralidad.

—Así se va a quedar Nash cuando la vea —predije.

Bonnie emitió un sollozo desde el teléfono.

Lina se giró de golpe y la falda flotó a su alrededor como si tuviera vida propia.

—¡Mamá! No llores, tienes una reunión en veinte minutos —insistió ella.

—No puedo evitarlo. Es perfecto para ti, igual que Nash. Me hace tan… feliz —lloró Bonnie.

Durante el más breve de los segundos, me pregunté qué se sentiría al estar allí de pie, con un vestido precioso y sabiendo que ibas a casarte con el hombre de tus sueños. ¿Tendría yo ese momento? Y, si lo tenía, ¿sería menos alegre porque sabría que mi padre no estaría ahí para llevarme al altar?

Se me llenaron los ojos de lágrimas. ¡Maldita sea! Nada de llorar. Nada de sentir lástima por mí misma. La Sloane de antes había vuelto, sería una dama de honor excelente. No una aguafiestas negativa.

—Es precioso y es muy de mi estilo —admitió Lina—. Pero ¿con qué zapatos me lo pondría?

—Con tus botas Jimmy Choo negras con cordones y tiras de cristales —dijo Stef.

—Ooooh, son modernas, cómodas y majestuosas —le dije.

—Joder. Quedarían perfectas con esto —añadió Lina, que acarició una de las flores negras con un dedo.

—El vestido está hecho para ti —decidió Ahmad—. Sería una farsa absoluta dejar que otra persona se lo probara siquiera. —Los compinches asintieron para indicar que estaban de acuerdo con él.

Lina volvió a darse la vuelta para observarse en el espejo. Su mirada se topó con la mía.

—¿Tú qué opinas, Sloane?

—Es tan perfecto que apenas puedo mirarte —admití.

—Lo es, ¿verdad? —Se llevó una mano al pecho.

—¿Estás teniendo una contracción ventricular prematura? —le preguntó Bonnie.

Lina puso los ojos en blanco.

—No, mamá. Me estoy enamorando de un maldito vestido de novia.

Todos los ocupantes del pequeño sofá rosa irrumpieron en vítores.

—Ahora vamos a por los vestidos de las damas de honor —anunció la novia.

—No me creo que haya encontrado el vestido. —Lina apartó el plato con un suspiro entrecortado y satisfecho—. Y nadie más se lo había probado. Parece cosa del destino, o de lo que sea en que creáis los raritos de los románticos.

Estábamos apretujados en un reservado pequeño en la parte trasera de un restaurante moderno. Stef se había saltado la comida con la excusa de que tenía una reunión por videollamada. En realidad, yo suponía que solo quería evitar que lo acosáramos a preguntas sobre su falta de iniciativa en lo de mudarse con Jeremiah.

Lancé una mirada a Naomi por encima de mi sándwich de queso fundido sofisticado. Sonreía de oreja a oreja y le transmitía la energía de recién casada feliz a Lina mientras comentaban minuciosamente cada detalle del vestido.

Una buena amiga llamaba a la tienda de vestidos de novia y reservaba el ideal. Una amiga maravillosa fingía que el verdadero héroe había sido el destino.

Me vibró el teléfono en la mesa y lo tomé. Era una llamada de mi hermana.

—Hola, Maeve —respondí, y me tapé una oreja con el dedo mientras salía del reservado.

—Hola, he recibido tu mensaje, pero estaba en el juzgado. ¿Qué pasa? —me preguntó.

Me agaché detrás de una planta enorme que había junto al atril de la entrada del restaurante.

—¿Papá mencionó alguna vez a una tal Mary Louise Upshaw?

—Papá me habló de muchas personas. ¿Es de Knockemout?

—Más o menos. Trabajaba en la oficina de correos. No he tenido mucho tiempo para indagar, pero, al parecer, la condenaron por posesión de drogas. Creo que es la madre del protegido de papá en la Facultad de Derecho, Allen.

—Me suena de algo, pero seguramente fue hace algunos años. Antes del cáncer y la mudanza —explicó Maeve.

Antes del principio del fin.

—Sí, lo más seguro es que fuera por aquel entonces —coincidí.

—Él no era su abogado, ¿no? —preguntó Maeve.

—No, creo que tenía un abogado de oficio. Le cayeron veinte años. Era la primera vez que cometía una infracción.

—¿Por posesión? Es excesivo hasta en Virginia.

—Eso me ha parecido a mí también. Resulta que el caso de su madre fue el motivo por el que Allen se matriculó en la Facultad de Derecho. ¿Te importaría investigarlo un poco? Ya sabes, durante el tiempo libre que no tienes.

—Sí, indagaré un poco y te llamaré.

—A cambio, llevaré a Chloe al ensayo de la obra durante las próximas dos noches —me ofrecí.

—Eres la mejor tía del mundo —respondió Maeve con la voz cargada de afecto—. ¿Qué voy a hacer cuando tengas tus propios hijos?

—Ja. De momento solo somos la gata y yo. Tengo que colgar, estoy con Lina y Naomi. Recogeré a Chloe esta noche. Te quiero.

—Y yo a ti. Adiós.

Colgué.

—¿De qué iba eso? —me preguntó Lina cuando volví a la mesa.

—De unos papeles de papá que he encontrado. ¿Sabéis qué? Mi madre quiere que se los dé a Lucian.

Naomi arqueó las cejas a modo de sorpresa.

127

—¿Es que tu madre no tiene ni idea del rencor mutuo que os tenéis?

—Oh, sí que lo sabe. Creo que solo quiere que encontremos la forma de ser amigos, pero no podemos estar en la misma habitación sin querer arrancarnos las extremidades una a una, así que he tomado la decisión de cargárselos a Lina, ya que es la que tiene más probabilidades de ver a Lucifer.

—Hablando del Buenorro Trajeado —comentó Lina mientras pasaba el dedo por el filo de la copa de *whisky* escocés—. He aceptado oficialmente la oferta de trabajo después de exigirle más dinero y otras ventajas.

—Qué noticia tan maravillosa —exclamó Naomi.

—¿Felicidades? —le dije. No pretendía que sonara como una pregunta, pero me salió así.

Lina se rio.

—Gracias, estoy emocionada. Por fin podré descorrer el telón y ensuciarme las manos.

—¿Qué otras ventajas le has pedido? —le pregunté.

—Tiene que ser más amable contigo.

—Madre mía. No serás capaz de usarme para negociar tu contrato de trabajo, ¿no? —No quería que Lucian Rollins pensara que necesitaba que otra persona me defendiera.

—Fue más un comentario de pasada que una exigencia —me aseguró Lina—. Y, como curiosidad, cuando descubrió que las dos ibais a estar hoy en la ciudad, me dijo que podía invitaros a la oficina.

Naomi se volvió hacia mí con aspecto de estar a punto de implosionar de felicidad.

—¿Qué? —le pregunté a la defensiva.

—Se entera de que vas a estar en la ciudad con Lina y te invita a su oficina. ¿No crees que es justo lo contrario a lo que haría un hombre por su enemiga mortal? —comentó a propósito.

—Enemiga mortal es un poco exagerado —le dije, acordándome del burrito de desayuno y del día de *spa* de mi madre—. Y nos ha invitado a las dos, no solo a mí.

—No sé. El instinto me dice que quiere que vayas tú —insistió Lina.

—No quiere. A lo mejor solo fingía que es humano delante de su nueva empleada. O tal vez le gusta Naomi, como a todos los hombres con pene y medio cerebro.

Naomi se revolvió el pelo y puso morritos como una supermodelo.

—Es cierto. Hoy han caído seis hombres en mis redes —dijo con un suspiro.

Reí por la nariz y Lina levantó las manos.

—Bueno, lo que tú digas. Que sepas que se supone que no estará en la oficina esta tarde, así que a lo mejor lo ofreció sabiendo que no estaría allí para discutir contigo.

No iba a pararme a pensar en la pequeña oleada de decepción que sentí al oír aquella noticia.

Naomi, por otro lado, quedó completamente desalentada.

—Ahora en serio. ¿De verdad no sientes ni la más ligera curiosidad por saber por qué os ha invitado? —me presionó Lina.

—No —mentí.

—Bueno, pues yo siempre he querido saber dónde trabaja. ¿De verdad tiene un trono hecho con los huesos de sus enemigos? —preguntó Naomi.

—Yo solo iba a darte los documentos para que se los entregaras la próxima vez que fueras a la oficina —le dije a Lina.

—Ya, pero ¿no sientes algo de curiosidad por ver qué se esconde detrás de esa fachada de rico y malhumorado? Debo admitir que es bastante impresionante —insistió—. Podrías dejarle los documentos encima de ese escritorio tan caro que tiene, y así podrías decirle a tu madre que has intentado dárselos en persona. Hasta podríamos utilizar la máquina de expreso de la oficina.

Naomi dio palmadas.

—¡Ooooh! ¡Expreso! Por favor, por favor, por favor, Sloane.

No era muy inteligente, pero una parte de mí se moría de ganas por ver desde dónde dirigía Lucian Rollins su imperio malvado.

Además, cuanto más tiempo pasara allí, más posibilidades tendría de que un tipo local y atractivo de la aplicación me enviara un mensaje. Cabía la posibilidad de que pudiera ayudar a Lina a encontrar el vestido perfecto, hacer una visita guiada por el imperio malvado de Lucian y echar un polvo todo en un mismo día.

—Supongo que podríamos pasarnos e ir a ver tu nueva oficina —musité—. Ya que estamos aquí y esas cosas.

Naomi y Lina intercambiaron una mirada triunfal de casamenteras.

—Dejad de poner esa cara o cambiaré de opinión.

CAPÍTULO NUEVE

BESUQUEÁNDOME CON EL DIABLO

SLOANE

Las oficinas de la Consultoría Rollins ocupaban toda la decimocuarta planta de un edificio de aspecto caro con vistas caras. Todo transmitía riqueza y poder, desde los suelos de mármol del área de recepción hasta las paredes revestidas de madera oscura. Había cuadros elegantes colgados en las paredes y plantas de verdad en maceteros de oro.

—Necesito ver sus carnés —dijo la mujer que había detrás del mostrador de recepción.

Tendría entre cincuenta y cinco y sesenta y pocos años y la postura erguida de una mujer que había cultivado una carrera militar. Nos miraba a Naomi y a mí como si pensara que íbamos a intentar robar un cuadro de la pared o a llenarnos los bolsos hasta arriba de cápsulas de café expreso. La placa de identificación que llevaba en la ropa indicaba que se llamaba Petula.

Me pareció aterradora y fascinante a partes iguales.

—Son amigas mías y de Lucian —insistió Lina.

Bueno, eso era una mentira muy descarada. Petula no pareció impresionada.

—Solo porque sean amigas ahora no significa que no vayan a ser enemigas después —explicó—. También aceptamos el carné de conducir, carné militar o pasaporte.

Naomi se dio prisa en acatar lo que nos pedían y rebuscó en el bolso como si estuviera en una yincana.

Yo saqué el carné de conducir del monedero, y estaba entregándoselo cuando Nolan Graham entró en el vestíbulo por un par de puertas de cristal ahumado.

—¡Rubia!

—¡Nolan!

Tenía buen aspecto. Se lo veía sano y feliz, y eso me hizo feliz a mí.

Abrí los brazos para darle un abrazo. Él me rodeó con los suyos y me levantó hasta que los pies dejaron de tocarme el suelo. Habíamos salido. Brevemente. Ni siquiera habíamos salido lo bastante como para darnos más de uno o dos besos muy buenos antes de que su heroica lesión cambiara la trayectoria de su carrera y de su vida personal.

Por motivos que seguían siendo un misterio, Lucian le había ofrecido un puesto en su empresa a Nolan. Un puesto que le había permitido recuperar a su exmujer, Callie.

Puede que no hubiera acabado con un novio jefe de policía atractivo, pero, al menos, había sacado un nuevo amigo del asunto.

—¿Qué tal el balazo? —La pregunta acabó en una risita ahogada cuando me apretó con fuerza antes de volver a dejarme en el suelo.

Su respuesta quedó interrumpida por el sonido de varias gargantas que se aclaraban a la vez. Eché un vistazo a mi alrededor y vi que Lina, Naomi e incluso Petula nos miraban con los ojos tan abiertos como los espectadores de primera fila en un concierto de Taylor Swift.

—Ah, hola, jefe —comentó Nolan, que tardó lo suyo en soltarme.

«Mierda».

Una oleada de calor familiar me recorrió la espalda de la cabeza a los pies. Siempre me preguntaba si ese hombre controlaba el poder del fuego infernal.

—¿Cómo te encuentras? —volví a preguntar a Nolan, decidida a no dirigirme a la amenaza que tenía a mis espaldas.

—Ya estoy completamente curado —respondió.

—No le hagas caso, el muy bebé se quejaba el viernes de que el viento helado hacía que le doliera el balazo —lo interrumpió Lina.

—Soy un héroe. Los héroes tenemos permitido quejarnos —insistió Nolan con una sonrisa.

—¿Cómo está tu futura esposa? He oído que os vais a fugar para casaros —le dije, e ignoré el hecho de que tenía la espalda bañada en llamas.

Nolan enseñó todos los dientes al sonreír.

—Está genial. Estamos genial. Vamos a ir a St. Croix en unas semanas para hacerlo oficial... otra vez.

Su felicidad era evidente. Le apreté el brazo.

—Felicidades. Me alegro muchísimo por los dos.

Me alegraba de verdad. Todas las personas de mi alrededor se estaban enamorando, casando y formando (o aumentando) una familia. Eso hacía que fuera plenamente consciente de mi estado de soltería actual.

—Señoritas.

El gruñido grave de la voz de Lucian me recorrió la espalda de abajo arriba.

Me volví lentamente y me empapé del atractivo divino del mismísimo Lucifer. Era imposible no hacerlo, era como estar en una habitación con una obra maestra del arte e intentar no memorizar todas y cada una de las pinceladas expertas.

Lucian estaba tan atractivo en otro de sus trajes oscuros impecables y con la corbata Oxford de rayas grises y azules que resultaba irritante. Quería agarrarlo por ella y tirar hasta que esa fachada perfecta se rompiera. Se había apartado el pelo grueso y oscuro de la cara con un peinado demasiado inmaculado que suplicaba que alguien se lo deshiciera. Era tan perfecto que resultaba antinatural.

Me examinó con la mirada, como siempre hacía, y, por una vez, me pregunté qué veía. En contraste con su exterior perfectamente refinado, yo llevaba un pantalón ajustado de color verde militar y un suéter ligero de cuello alto violeta. Llevaba el pelo recogido en una coleta alta y me había pintado los labios en un tono rojo feroz.

¿Eran imaginaciones mías o había posado la mirada en mi boca durante más tiempo del necesario?

¿Por qué narices me sentía tan viva cuando nuestras miradas se encontraban?

¿Alguien iba a decir algo o nos íbamos a prender fuego el uno al otro con la mirada?

—Espero que no te importe que hayamos venido —comentó Naomi, que por fin interrumpió nuestro duelo de miradas con su costumbre de complacer a los demás.

Aparté la mirada cuando lo saludó con un abrazo amigable. Me fijé en que Petula me observaba con expresión calculadora.

—Lina nos ha contado las buenas noticias y queríamos venir a ver dónde va a trabajar oficialmente —continuó Naomi, como si fuera tarea suya suavizar la incomodidad que había entre Lucian y yo cada vez que teníamos la desgracia de estar en la misma habitación.

Lina entrecerró los ojos.

—Creía que estarías fuera toda la tarde —le dijo a su jefe nuevo y oficial.

—Iba a estarlo —la cortó Lucian con brusquedad—. Mi agenda ha cambiado debido a un imprevisto. —Volvió a posar la mirada férrea sobre mí.

Seguro que los de seguridad le habían alertado en cuanto había puesto un pie en el edificio. Y había vuelto… ¿Para qué? ¿Para asegurarse de que no le prendía fuego a su despacho?

—Se supone que debe avisarme de todos y cada uno de los cambios en su agenda cuando ocurren —le recordó Petula.

Sonreí con suficiencia, entretenida por el hecho de que la práctica administrativa reprendiera al poderoso ególatra.

—Intentaré recordarlo en el futuro, Petula —le respondió con ironía.

Lucian seguía mirándome, y me sentí incapaz de hacer otra cosa que no fuera sostenerle la mirada.

Lina chasqueó los dedos y movió la cabeza de arriba abajo.

—Bueno…

Parecía que habíamos vuelto a la incomodidad.

—¿Has encontrado un vestido? —le preguntó Nolan.

Lina se dispuso a sacar el móvil con tanta rapidez que casi se tuerce el codo.

—Pues sí. Y vestidos para las damas de honor. ¿Qué se va a poner Callie para vuestra ceremonia en la playa?

Nolan sacó el móvil y los dos se pusieron a mostrarse vestidos de novia.

—Estáis haciendo que me arrepienta de haberos contratado —comentó Lucian con irritación.

Lina miró a Nolan.

—Creo que se siente excluido.

—Tienes razón —coincidió Nolan.

Apretujaron al jefe malhumorado entre ellos y empezaron a enseñarle las fotos y a explicárselas al mínimo detalle.

—Estáis despedidos —les espetó mientras se liberaba de ellos—. Que disfrutes de la visita —le dijo a Naomi. Después se dirigió hacia las puertas de cristal sin ni siquiera volver a mirarme.

—Ha sido divertido. —Lina emitió un suspiro de satisfacción.

—Vuestras visitas tienen vía libre —dijo Petula, y nos devolvió los carnés. Parecía decepcionada, como si hubiera esperado un fallo de seguridad.

—¿Nos acaba de revisar los antecedentes? —le pregunté a Nolan en un susurro.

—Sí, y el crédito.

—Vaya.

—Que disfrutéis de la visita. Tengo que ir a reunirme con una fuente anónima sobre un asunto ultrasecreto —comentó.

No sabía si lo decía en broma o no. Conociendo los negocios turbios de Lucian, todo era posible.

—Me alegro de verte, Nolan.

—Lo mismo digo, rubia. No desaparezcas.

Lina abrió las puertas de cristal dobles con una tarjeta magnética. Pestañeé por la sorpresa.

Durante años había fantascado con que Lucian llevaba su imperio del mal desde una guarida parecida a una mazmorra con paredes de piedra humedecidas y envuelto en una neblina con aroma a azufre, pero ese lugar no era así. Era un espacio de cubículos modernos habitados por decenas de empleados y ninguno de ellos parecía estar allí en contra de su voluntad. Había trabajadores de todas las edades, razas y estilos de moda congregados alrededor de mesas comunes y en salas de reuniones con paredes de cristal.

Era un espacio concurrido, pero no caótico. Hasta había personas que se reían.

—Vaya —exclamó Naomi.

—¿Dónde están los instrumentos de tortura? —pregunté.

—Los guarda en un lugar aparte. Tiene la moqueta manchada de sangre y todo —respondió Lina de forma despreocupada.

—Espera, Lina. —A una pelirroja pecosa que parecía una combinación perfecta entre aturdida y feliz le chirriaron los zapatos cuando se detuvo delante de nosotras—. Petula me ha enviado a preguntaros si queríais un café, agua o té.

Llevaba el pelo peinado en un medio recogido intrincado y pegatinas en las uñas. Y, debajo de la americana de cuadros, vestía una camiseta de Selena Gomez.

—Esta es Holly. Es nueva, como yo. —Lina nos presentó a la mujer.

A Holly le brotaron dos manchas rojas en las mejillas y parecía que iba a romper a llorar o a cantar.

—Este trabajo es un sueño hecho realidad. El señor Rollins me ha contratado como asistenta administrativa. Es mi primer trabajo de verdad. Mis hijos están tan orgullosos de mí que me preparan el almuerzo cada mañana y tengo que esperar a que estén en el colegio y en la guardería antes de prepararme algo más que galletas saladas de animales y tiras de queso —nos explicó de golpe.

—Qué dulce por su parte —comentó Naomi.

—Felicidades —le dije, y deseé que Lucian no apuntara a la pobre chica con su fuego de dragón y la redujera a cenizas.

—¿Has dicho algo sobre un café? —preguntó Naomi, esperanzada—. Porque me encantaría tomarme uno.

Habían pasado casi treinta minutos desde su último chute de cafeína.

—¿Cómo lo tomas? —le preguntó Holly con una sonrisa entusiasta.

—De cualquier manera —bromeó Naomi.

—Entonces te traeré mi especialidad. ¿A ti te apetece algo? —Holly se volvió hacia mí.

—Estoy bien, gracias. —Con la suerte que tenía, derramaría una taza entera de café por toda la oficina lujosa de Lucian y me demandaría por daños y perjuicios.

—Ya os alcanzaré durante el resto de la visita —nos prometió antes de irse a toda velocidad.

—Es dulce —comenté.

—Sí que lo es. Hace dos semanas, ella y sus hijos estaban en la calle. Escaparon de un hogar violento y acabaron en un refugio. Se dice que Lucian la contrató al instante. Empezó al día siguiente y se mudó a un apartamento la semana pasada.

—Es asombroso —exclamó Naomi, que se llevó las manos al pecho.

—¿Y por qué estaba allí para contratarla?

—Al parecer, tu archienemigo es un patrocinador muy importante del programa —explicó Lina.

—Sí, bueno, supongo que hasta los ogros hacen el bien para desgravar impuestos —murmuré.

No me gustaba encontrar pruebas que contradijeran todo lo que creía sobre ese hombre. Me gustaba tenerlo bien definido. Durante años, qué narices, durante décadas, para mí, no había sido más que una caricatura bidimensional de un villano. Ahora, sin embargo, empezaba a preguntarme qué otros signos de humanidad había pasado por alto debajo de esos trajes a medida y los pómulos de rompecorazones.

Si, en un caso hipotético, tenía un corazón que latía debajo de ese pecho ancho y rico, ¿qué significaba que siguiera odiándome?

Lina continuó con la visita y nos enseñó un despliegue impresionante de salas de descanso, salas de reuniones y despachos. El suyo era un espacio minimalista muy bien iluminado con un escritorio, un sofá y unas vistas impresionantes. Sobre la mesa tenía una fotografía de ella y Nash atados a un paracaídas.

—¿Y qué haces aquí exactamente? —le pregunté mientras probaba el sofá.

—El objetivo principal de la empresa es apoyar a los candidatos mientras se presentan a las elecciones y desempeñan el cargo.

—¿Así que sacáis los trapos sucios de los rivales políticos a la luz, los chantajeáis y, si con eso no basta, hacéis que «desaparezcan»? —adiviné—. ¿Tú te encargas de deshacerte de los cuerpos o estás más arriba en la cadena de mando?

—Sloane —dijo Naomi entre dientes.

—Hay un armario de suministros dedicado al deshecho de cadáveres al final del pasillo —bromeó Lina, y comenzó a dar vueltas en la silla de escritorio ergonómica.

—Todo el mundo parece muy feliz aquí —comentó Naomi, en un esfuerzo por cambiar a un tema más positivo.

—Es difícil no estarlo —respondió Lina—. El sueldo es más que justo. Los beneficios son muy generosos. Y el jefe es un ejemplar excelente de hombre al que nadie quiere decepcionar.

Resollé.

—Supongo que si te van el fuego eterno y el apocalipsis...

Las dos mujeres se me quedaron mirando.

—Hasta tú tienes que admitir que Lucian tiene una belleza sobrenatural —insistió Naomi.

—¿Guapo? —Lina resopló por la nariz—. Es como si los dioses más atractivos del universo se hubieran acostado y hubieran hecho al bebé más atractivo del universo. No estoy del todo convencida de que sea mortal. ¿Alguien le ha visto dormir alguna vez?

Yo sí.

El contraste de las pestañas oscuras contra la piel bronceada. El ciclo lento y constante de la respiración que hacía que el pecho le subiera y bajara. Pero ni el sueño podía eliminar la tensión de esa mandíbula de mármol.

Odiaba tener esos recuerdos en la cabeza, como si esperaran a entrar a hurtadillas en mi mente y darme un puñetazo directo a los sentimientos. Culpa. Miedo. Una ira abrasadora y justificada.

—Los vampiros no duermen —comenté—. ¿Dónde está el baño?

El servicio era como el resto de la oficina, serenamente fabuloso y lujoso hasta la estupidez. Sobre los tocadores retroiluminados de granito había cestas con cremas de manos de lujo, limpiadores para gafas y una selección ordenada de productos femeninos.

Hasta había un espejo de maquillaje y un tocador construido en un rincón.

Humedecí una toalla tan suave que debía de ser de cachemira y me la sujeté contra las mejillas.

Las últimas semanas me habían hecho cuestionarme todo de lo que siempre había estado tan segura. Cosas en las que creía como si fueran leyes inmutables de la naturaleza.

«Siempre podría contar con mis padres».

«No había prisa por formar una familia».

«Lucian Rollins era un ser humano horrible».

Ahora me sentía... perdida. Como si de algún modo hubiera entrado en una dimensión alternativa en la que arriba era abajo y abajo era lila. Por el momento, no podía lidiar con más cambios.

Me sequé la cara. Y después, dado que había suministros, limpié las gafas.

—Todo esto no es más que una parte del proceso de duelo —le dije a mi reflejo—. En realidad, no te importa si Lucian es humano o no. Es solo que tu cerebro intenta encontrar otra cosa con la que obsesionarse. Las cosas mejorarán. Con el tiempo. Seguramente.

Cuando terminé de darme aquel discurso motivacional tan poco entusiasta, salí del servicio y me choqué de lleno con un pecho duro y cálido.

Se me cayó la bolsa de tela al suelo con un golpe seco y unas manos grandes y cálidas me ayudaron a no perder el equilibrio.

Supe quién era sin necesidad de mirarle a la cara. Lo supe por la corriente eléctrica que me recorrió el cuerpo.

—¿Es mucho pedir que mires por dónde vas? —me espetó Lucian con brusquedad.

—Tú eres el que ha pasado por delante del baño de mujeres a cien kilómetros por hora —repliqué, y le di un empujón. Me irritó que no se moviera ni un milímetro.

Al final fui yo la que cedí y di un paso atrás. Extendí el brazo hacia el suelo para recoger las tiras de la bolsa, pero él se me adelantó.

—Madre mía, ¿qué llevas aquí dentro? ¿Un cadáver descuartizado?

—¿Por qué los hombres siempre sentís la necesidad de mencionar el peso y el contenido del bolso de una mujer? —le pregunté, y me lancé a por las tiras.

Apartó la bolsa lejos de mi alcance.

—Por curiosidad. Solo podemos llevar lo que nos cabe en la cartera o en un maletín. Y tú parece que llevas una colección completa de enciclopedias.

—Pues para que lo sepas, son los documentos de papá. Los he encontrado esta mañana e iba a dárselos a Lina para que ella te los entregara a ti.

—Ibas a dárselos a Lina —repitió con la voz peligrosamente calmada.

—Sí —le confirmé.

—En lugar de dármelos a mí.

Noté una especie de cosquilleo en la nuca. Peligro. Cuidado. Procede con precaución.

Ignoré la advertencia.

—Sí.

—¿Por qué?

—¿Por qué? —Al parecer era mi turno de parecer un loro—. Ya sabes por qué.

—Explícamelo —insistió.

—No.

Me lanzó una mirada asesina, después giró sobre los talones de los mocasines carísimos y se largó por el pasillo con mi bolsa.

—¡Oye! —Tuve que correr para seguir el ritmo de sus piernas largas y bien vestidas. La bolsa no solo tenía los documentos, sino todo lo imprescindible, como las llaves del coche, el pintalabios, la tableta, un espray de pimienta y aperitivos. Cruzó una puerta y yo lo seguí al interior de la habitación. No me di cuenta hasta que cerró la puerta de cristal detrás de mí de que acababa de entrar por voluntad propia en la guarida del diablo.

El despacho de Lucian.

Por supuesto que era esquinero. Y, por supuesto, era enorme y con unas vistas asombrosas. Era frío, formal, impresionante. Pensé en mi despacho, acogedor y caótico.

—Qué raro. Esperaba que oliera a azufre, pero me viene olor a… pescado —le comenté mientras olfateaba el aire.

Lucian maldijo en voz baja.

—Vale, ¿qué mosca te ha picado, Lucifer? —le pregunté.

—Tú. Una vez más, eres tú.

—Devuélveme la bolsa.

En lugar de entregármela como una persona adulta, la dejó en la mesita de café con aspecto de ser cara, delante de un sofá blanco, también de aspecto caro. ¿Es que nunca había oído hablar de IKEA?

—Dame los documentos. —Señaló la bolsa.

Me senté en el sofá tapizado de seda con un resoplido y arrastré la bolsa por la superficie de mármol de la mesita.

—No sé por qué te cabreas tanto, si me estás demostrando que tengo razón. Este es precisamente el motivo por el que iba a darle los papeles a Lina —refunfuñé.

—¿Crees que quiero odiarte?

Levanté la mirada, sorprendida por la intensidad del tono que había empleado. Se estaba pasando una mano por las ondas oscuras y bien peinadas mientras se palpaba los bolsillos con la otra.

—Si se te ocurre encenderte un cigarro aquí…

—No finjas que no le diste una calada al último que me fumé en tu presencia —respondió.

Noté que me ruborizaba.

—Oh, cállate. —Saqué los documentos de un tirón y con ellos arrastré dos libros de la biblioteca, el neceser de maquillaje y la mitad de los aperitivos que había traído—. Y sí. Creo que quieres odiarme. Creo que te encanta hacerlo.

Estaba de pie, con las piernas separadas y las manos en las caderas, como si estuviera preparándose para la batalla. Fingí que no me daba cuenta de que apretaba la mandíbula bien definida debajo de la perfección de la barba.

Había sido guapísimo de adolescente y Lina tenía razón, con los años se había convertido en un puñetero dios. A veces la vida no era justa.

—Aquí tienes los malditos documentos. Ya puedes dárselos al maldito abogado para que puedas seguir quedando como un maldito héroe con mi madre.

Empujé la pila de papeles en su dirección, entonces vi los recortes de las noticias sobre Mary Louise Upshaw y los arranqué de un tirón.

Rápidamente, me guardé los recortes y el resto de los objetos que se me habían caído en la bolsa y me puse en pie. Me colgué las tiras del hombro y avancé hasta la puerta.

—No me encanta odiarte.

Las palabras, que había dicho con suavidad, me hicieron pararme en seco.

Me di la vuelta para mirarlo y después, como me sentía temperamental, recorté la distancia que nos separaba.

—¿Qué quieres, Lucian? —le pregunté, levantando la cabeza hacia él.

No dijo nada. Sabía que bajo esa superficie atractiva había sentimientos, ideas y una puñetera personalidad, pero a mí me los ocultaba.

—Me tratas como si fuera la peor persona del planeta y después haces cosas bonitas por mis padres a escondidas. Contratas a madres solteras sin hogar. Te peleas conmigo y después haces que me traigan mi burrito preferido. ¿Y cómo diablos sabes cuál es mi burrito preferido?

Dio un paso hacia mí, pero levanté una mano antes de que respondiera.

—¿Sabes qué? Da igual, no quiero saberlo. Lo único que quiero saber es ¿qué quieres de mí?

Durante un brevísimo instante, el hombre que se cernía sobre mí como un vampiro cabreado a punto de asestar un bocado pareció tan abatido como yo me sentía.

—Quiero que no me importes —respondió. Lo hizo en tono calmado, pero en sus ojos grises había calor, un fuego plateado.

Había sido grosero, no lo iba a negar. Pero me pareció una maldita victoria. Una estimulante. Estaba harta de ser la temperamental, de sentir que era la única que se distraía con nuestras peleas malintencionadas.

Yo le importaba y eso no le gustaba.

—Lo mismo digo, grandullón.

142

—Deberías irte —comentó de repente.

—¿Por qué? ¿No te gusta tenerme aquí, en este despacho tan bonito? —Caminé hasta el escritorio. Era un panel de cristal enorme de esquinas afiladas y estaba vacío salvo por un teclado, un ratón y dos monitores.

Me pregunté si le gustaba el orden o, más bien, odiaba el caos. Pasé los dedos por el filo biselado. Sabía perfectamente que estaba dejando manchas.

—Pareces disgustado —comenté. Dejé de moverme y crucé la mirada con la de él—. ¿Quieres hablar de ello? —le ofrecí, y me subí de un salto a la superficie de cristal.

Se le ensombreció la mirada de forma peligrosa y dio unos pasos en mi dirección antes de parar en seco. Se me aceleró el corazón.

—No me gusta en quiénes nos convertimos cuando estamos juntos —explicó.

Resoplé.

—¿Te crees que a mí sí?

—Diría que te encanta.

¿Se había acercado más? ¿O era yo la que me había inclinado hacia él? Tenía las rodillas tan cerca de él que casi le rozaban las rayas marcadas de los pantalones. Había una fuerza magnética entre nosotros. Enemigos que se atraían una y otra vez.

Estaba cansadísima de sentirme así.

Una tensión eléctrica comenzó a brotar en el espacio que nos separaba, como cuando se te eriza el vello de los brazos antes de que caiga un rayo.

—Pues no —insistí de mal humor.

Entonces le rocé las piernas con las rodillas y él dio un paso para colocarse entre ellas, separándome los muslos mientras yo estiraba el cuello para mirarlo.

Me quedé sin respiración.

Flexionó los dedos a los costados, los situó en la parte de arriba de mis muslos sin tocarlos, pero al final se decantó por colocarme ambas manos en las caderas. Madre mía. Hasta su olor era atractivo.

Lucian me dominaba los sentidos. Las sutiles rayas grises de la corbata tenían el tono exacto de sus ojos. El calor que emanaba de su cuerpo me hizo sentir como si hubiera entrado en una sauna. Su aroma era fresco, limpio, mortal. Oía los latidos de un corazón, y eran tan fuertes que probablemente pertenecieran a los dos.

—Sí que te encanta. Crees que uno de estos días darás con el insulto indicado y verás lo que escondo bajo la superficie.

Su voz era apenas un susurro amenazante. Tenía la mirada clavada en la mía y sus ojos creaban una gravedad extraña. Como si yo no pudiera apartar la mirada de él a menos que quisiera salir flotando sin un ancla.

No sabía qué estaba pasando, pero tenía muy claro que no quería que dejara de hablar. No quería que se apartara de mí.

—¿Y qué es lo que vería bajo la superficie? —le pregunté.

Cerró los ojos y sacudió la cabeza, como si tratara de romper el momento. Pero no iba a permitírselo. Esta vez no. Estiré el brazo e hice lo que había fantaseado durante años. Le agarré de la corbata perfecta y lo atraje más hacia mí.

—No juegues conmigo, duendecilla —gruñó. Las palabras fueron una advertencia, pero tenía los ojos abiertos y vi algo más en ellos. Algo intenso.

Era como si mis instintos biológicos estuvieran confundidos. En lugar de luchar o huir, parecía que mi cuerpo había añadido una tercera opción: follar.

—No me llames así —resollé.

—Pues deja de mirarme así.

—¿Así, cómo? —susurré. Me rozó la curva del trasero, justo donde me apoyaba en el escritorio, con los dos pulgares al mismo tiempo, y casi pierdo el conocimiento.

Lo que sentíamos no parecía odio, sino algo mucho más peligroso.

—Como si quisieras que... —El imperturbable Lucian Rollins perdió el hilo de los pensamientos al mirarme la boca. La crudeza que vi en su bonita cara me asustó y fascinó a partes iguales.

Por un momento, me pregunté si el problema de corazón de Lina era contagioso, porque sentía como si el corazón me cojeara, como si no supiera latir correctamente.

—Esto es una idea terrible —dije casi en un susurro.

—La peor que he tenido —coincidió.

Ninguno de los dos se movió. Ninguno de los dos entró en razón.

—Estoy harta de nosotros —admití.

—Nos odio —replicó él.

Empezaron a dolerme los dedos y me di cuenta de que seguía aferrándome a su corbata.

Sus labios se cernieron sobre los míos, pero sin llegar a tocarlos. Respirábamos el mismo aire mientras nuestros cuerpos se incendiaban. La cabeza me daba vueltas y rechazaba toda lógica mientras me aferraba a lo único que me hacía sentir bien. A él. Quería que pasara. Lo deseaba.

—Disculpe, señor.

Lucian no se movió. Pero yo sí.

—Es hora de soltar a la bibliotecaria. Sus amigas la están esperando y usted tiene una llamada de emergencia de Boston en espera —anunció Petula de golpe desde algún punto detrás del ancho pecho de Lucian.

Con un grito, me lancé hacia delante en un intento aterrador de bajarme del escritorio. Sin embargo, en lugar de apartarme, solo conseguí chocar la entrepierna contra la de Lucian.

Estaba atrapada, suspendida en el espacio que había entre el filo del escritorio y lo que solo podía describirse como una megaerección. Tenía las piernas posadas sobre sus muslos en la que habría sido la postura perfecta para que me embistiera.

—Madre mía —chillé.

Si yo notaba lo dura que la tenía, ¿significaba eso que él sentía lo mojada que estaba yo? Era información que ninguno de los dos quería que el otro tuviera.

A Lucian se le dilataron las fosas nasales y me agarró por las caderas. Con mucha fuerza.

—Largo —espetó sin apartar la mirada de mí.

—No —decretó Petula—. Me paga para que mantenga el orden, no para que tolere su evidente desconsideración de la agenda establecida. No tiene tiempo de besuquearse con la señorita Walton. Tendrá que esperar.

—¿Besuquearme? —Había un deje de histeria en mi tono y, por un fugaz instante, me pareció ver un destello de diversión en el rostro de Lucian, pero desapareció con la misma rapidez que había llegado.

—La señorita Walton ya se iba —dijo Lucian con frialdad. Me agarró por las caderas con dedos poderosos y me dejó con firmeza en el suelo. Apretó los dientes y dio un paso atrás. La seda de la corbata, lo único que nos unía el uno al otro, resbaló entre mis dedos.

En un arranque de maldad, agarré el extremo de la corbata y se la tiré con descaro por encima del hombro.

—Nos vemos, Lucifer.

CAPÍTULO DIEZ

MOLESTO Y HAMBRIENTO

LUCIAN

—Pareces tenso —observó Emry.

—¿Tenso? ¿Por qué iba a estar tenso? Solo porque tenga clientes con los que lidiar, el FBI se mueva a paso de tortuga, una mujer irritante me haya interrumpido mi planificación del día o tenga una sombra que parece formar parte de la organización criminal de Hugo no quiere decir que tenga motivos para estar tenso —espeté.

Las calles de la ciudad siempre estaban abarrotadas de deportivos de lujo negros. Pero, aun así, me había dado cuenta de que me seguían antes de que me alertaran de la llegada de Sloane.

No había podido encargarme de la brecha de seguridad porque tenía que verla. Me había visto obligado a ignorar una situación de la que podría haberme encargado fácilmente porque quería estar con ella en la oficina. Quería estar presente cuando viera lo que había construido.

Y después había perdido todo atisbo de disciplina. Me había olvidado de una de las lecciones más básicas: si Sloane se acercaba a mí, estaría demasiado cerca del peligro. Siempre había sido así.

Mi amigo juntó los dedos sobre la barriga redonda y esperó con expectación.

Me di cuenta de que ni siquiera me había sentado. Había caminado de un lado al otro delante de la chimenea desde que había llegado. Se suponía que íbamos a cenar, pero, nada más verme al abrir la puerta, se había quitado el delantal y me había guiado hasta el despacho.

Me llevé los dedos a la frente.

—Lo siento, Emry. Estoy fastidiando la cena.

Hacía mucho tiempo que no me sentía tan fuera de control. Tenía que confinar mis sentimientos para frenar las imágenes que me invadían la mente sin cesar. Esos ojos verdes entrecerrados. Y los labios rojos entreabiertos.

Le restó importancia a la disculpa con un gesto de la mano.

—Es un guiso, aguantará.

—Lo has quemado, ¿no?

Esbozó una sonrisa arrepentida.

—Me sorprende que no hayas notado el olor a carbón.

No había notado nada. Tenía que calmarme de una puta vez.

—Es exasperante —comenté, y volví a caminar de un lado al otro.

—¿La agente del FBI?

—¡No! Sloane.

Soltó una carcajada, se levantó con dificultad del sillón reclinable de cuero y caminó hasta el carrito bar de latón que había puesto debajo de un cuadro que representaba un barco de madera desafiando un mar tempestuoso.

Me apoyé en la repisa de la chimenea e intenté dejar de pensar en cómo me había sentido al tener a Sloane sujeta entre el escritorio y yo.

Emry sirvió dos copas de vino de un decantador con forma curiosa. Llevaba un jersey de lana negra con peces de neón sobre una camisa de cuadros.

—Ese jersey se merece que le prendas fuego —observé cuando me entregó una de las copas. Parecía el abuelo bondadoso y desafortunado de alguien.

Por un instante, me pregunté qué pensaba él cuando me miraba a mí. ¿Parecía el director ejecutivo de una empresa multimillonaria? ¿Tenía aspecto de poder ser el marido o padre de alguien? ¿O parecía el villano que era?

—Vamos a dejar a un lado, temporalmente, el tema de Sloane la exasperante y volvamos a la parte en que me has dicho que te seguía un sindicato del crimen organizado —sugirió, y señaló la otra silla.

—No me han seguido hasta aquí, si es lo que te preocupa —le respondí mientras me sentaba de mala gana.

—Mmm —respondió en tono mordaz.

Exhalé. Estaba, como me habría dicho Emry en nuestros días de terapia, «dando a las palabras de otros el sentido que mi ego quería». Hoy en día, le bastaba con un ruidito para que captara el mensaje.

—Te conozco lo suficiente para entender que tomas todas las precauciones posibles para proteger a aquellos que te importan. Pero me preocupas tú. ¿Te proteges a ti mismo de la misma manera?

—¿No puedes decirme cómo dejar de sentir lo que siento para que pueda centrarme en lo que debo conseguir? —le dije mirando fijamente la copa.

—Si estuviéramos en una de nuestras sesiones, te diría algo que te diera que pensar sobre como a veces los sentimientos a los que más nos resistimos son los que tienen más que enseñarnos. Entonces podríamos discutir por qué, en una lista detallada de situaciones que a todo el mundo le resultarían difíciles, lo que más te preocupa es una mujer de tu pasado. Una por la que afirmas no sentir nada más que hostilidad. Pero solo somos dos amigos a punto de pedir una *pizza* para no tener que comernos el meteoro humeante que tengo en la cocina. Y, como amigo, te voy a preguntar una cosa. ¿Por qué te desconcierta más la visita de una bibliotecaria pública que el hecho de que un jefe de la mafia pueda haber descubierto que estás ayudando al FBI a construir un caso contra él?

Porque la situación de Anthony Hugo la tenía controlada.

Porque sabía cómo tratar con hombres como él.

Porque disfrutaba de su ruina.

—Porque me recuerda a un pasado que preferiría olvidar —respondí en voz alta—. Me traicionó en mi momento más vulnerable.

Y hoy se había abierto de piernas para mí, se había apoyado en mi escritorio como si ese fuera su sitio. Como si quisiera estar allí. Como si quisiera que yo estuviera allí con ella.

Me saqué las imágenes de la cabeza y las sustituí por otro recuerdo más antiguo y oscuro.

Sloane, con aspecto abatido y valiente, el brazo en cabestrillo y los ojos verdes brillando con lágrimas desafiantes.

«¿Qué has hecho?», le había gritado. Lo que había querido decir, pero no había dicho, era «¿Qué te ha hecho?».

—Lucian, eres un hombre inteligente —declaró Emry, que me observaba por encima del borde de la copa.

No me gustaba la dirección que estaba tomando la conversación.

—¿Adónde quieres llegar?

—Como hombre bastante inteligente, voy a suponer que sabes que no puedes olvidar el pasado o fingir que no existe. Como has pasado bastante tiempo en terapia con un psicólogo fantástico, te recordaré que la única forma de superarlo es afrontarlo. No puedes seguir guardando las emociones en una caja cerrada y esperar que se queden ahí. Los sentimientos no funcionan así.

—Entonces yo te recordaré que ambos sabemos por qué es peligroso dejar que las emociones salgan de la caja.

—Tienes mucho más autocontrol del que crees —señaló.

—Ese autocontrol se basa en no dejarme vencer por las emociones.

—Hay diferencia entre reprimir los impulsos que todos tenemos y negarse a admitir que tienes sentimientos.

Resoplé.

—Hay sentimientos que siempre admito que tengo.

—Ponme un ejemplo —apuntó Emry.

—Por ejemplo, ahora mismo tengo hambre y estoy molesto.

Mi amigo rio.

—¿La pido de *peperoni* y salchichas?

—Como quieras.

—Lucian, no me compadezco de lo que pasaste de pequeño igual que no te eximo de trabajar duro para darte cuenta de que eres un hombre completo y complicado capaz no solo de experimentar la felicidad, sino también de conservarla.

—¿Por qué todo el mundo está tan obsesionado con la felicidad? Hay otros objetivos mucho más nobles que ir por ahí con una sonrisa de idiota en la cara.

—Deja que te diga algo. Eres un hombre adulto que ha conseguido éxitos increíbles, lo cual ya de por sí es impresionante. Pero si tienes en cuenta cómo creciste, es realmente un milagro. Eres capaz de manejar sentimientos, incluso los que te resultan incómodos.

Confiaba demasiado en mí, porque no sabía de qué era capaz. Pero yo sí.

Exhalé lentamente.

—Por curiosidad, ¿qué ha hecho esta vez para sacarte de quicio? —me preguntó Emry. Le brillaban los ojos detrás de las gafas de medialuna.

—Me ha llenado el escritorio de huellas —respondí malhumorado.

Nuestras disputas siempre me habían puesto cachondo. Era una debilidad que me hacía sentir patético, pero hoy me había provocado en mi propio terreno y la entrepierna me había respondido acorde a las circunstancias con tanta rapidez que me había quedado aturdido.

La había deseado. La había ansiado. Y la habría poseído allí mismo, en el escritorio.

A lo mejor esa era la respuesta. A lo mejor la tensión tortuosa que había entre los dos se desvanecería por fin si caíamos en la tentación, solo una vez.

Emry rio.

—Tarde o temprano, amigo mío, descubrirás que cuando aceptamos el desorden de la vida, encontramos los mejores tesoros.

—Prefiero mis montones de dinero ordenados, gracias.

—Pero no pensaba en el saldo del banco. Pensaba en Sloane, con las piernas abiertas y los labios entornados cuando por fin me introdujera en ella.

—Venga. Vamos a pedir la cena y después dejaré que me des una paliza al ajedrez.

CAPÍTULO ONCE

SHANIA TWAIN ES UNA GENIA MARAVILLOSA

LUCIAN

Veintitrés años antes

—Aquí tienes —dijo Simon Walton mientras me dejaba una taza de Garfield que rezaba «Ojalá fuera lasaña» al lado.

Estábamos sentados uno frente al otro en la barra de desayuno de la cocina de los Walton, una habitación que era casi del mismo tamaño que toda la primera planta de mi casa. Las hojas de color naranja y óxido de los árboles susurraban al otro lado de las ventanas angulares, sobre la banqueta.

En la mesa que había entre nosotros, recién pintada de turquesa, se encontraba un tablero de ajedrez antiguo en mitad de una partida.

—Gracias —comenté, sin apartar el ceño fruncido del tablero. Me gustó que no me cuestionara ni se riera de mí por haberle pedido un café. Los hombres bebían café. Ya me estaba acostumbrando al sabor.

Cerré los dedos alrededor de la cabeza del caballo y lo hice adentrarse todavía más en territorio enemigo.

—Recuerda, no puedes atacar de cualquier manera —me explicó el señor Walton—. Debes tener un plan. Una estrategia. No solo debes pensar en lo que vas a hacer, tienes que prever lo que va a hacer tu oponente.

Tras el consejo, su alfil acabó con el caballo con facilidad.

—Mierda —murmuré, y eché mano al café.

El señor Walton sonrió de oreja a oreja.

—No vale rendirse. Termina la partida.

Molesto, sacrifiqué un peón.

—Jaque mate —dijo el señor Walton, y se subió las gafas por la nariz.

—Creo que no me gusta este juego. —Me dejé caer contra el cojín amarillo estampado.

—Tengo el presentimiento de que con un poquito más de práctica le pillarás el truco. Es igual que lo que haces en el campo de fútbol, pero en miniatura.

Era una tarde de domingo de noviembre, por lo que no había partido, ni entrenamiento, ninguna forma de escapar del infierno que vivía en la casa de al lado.

Papá había salido a pescar con unos amigos. Y mamá se encontraba donde pasaba la mayor parte del tiempo libre cuando mi padre no estaba: sola en su habitación. Había visto al señor Walton en el jardín podando las flores muertas y me había ofrecido voluntario para ayudarlo.

—¿Cómo van las clases de ajedrez? —preguntó Karen Walton cuando entró en la habitación con dos bolsas de la compra.

—Genial —insistió el señor Walton.

—Fatal —respondí yo.

Los dos nos levantamos de la mesa y le quitamos una bolsa de cada mano. Mientras el señor Walton le plantaba un beso sonoro a su mujer, yo me ocupé de llevar la bolsa a la enorme isla del centro. Había desorden y caos en ella. Había una pila de libros de cocina y algo de harina derramada junto al recipiente de porcelana que nadie había limpiado todavía. El bol de las manzanas estaba sobre una revista abierta por la página de un artículo sobre enviar a tus hijos a la universidad.

En mi casa no se toleraba el desorden. Debíamos evitar a toda costa cualquier posible desencadenante.

—Hay más en el coche —anunció la señora Walton, y le dio al señor Walton una palmadita embarazosa en el trasero. El afecto era otra de las cosas que no existía en mi casa.

—Nosotros nos encargamos —insistió el señor Walton—. Prepárate una taza de café mientras mi protegido y yo lo descargamos.

—¿Qué haría yo sin vosotros? Y creo que mejor me tomaré una copa de vino —respondió la señora Walton, que me dio una palmadita cariñosa en el brazo de camino al armario empotrado de la porcelana, que contenía una colección de vasos desparejados.

No conseguí ocultar la mueca cuando hizo contacto por accidente con el último moretón que me había ganado. Los Walton bebían. Había vino en la mesa del comedor y alguna vez había visto al señor y la señora Walton tomar cócteles en el porche delantero. Pero nunca los había visto borrachos.

Esa era la diferencia entre el señor Walton y mi padre. El autocontrol.

A lo mejor eso era lo que trataba de enseñarme sobre el tablero de ajedrez.

—¿Es una lesión de fútbol? —me preguntó el señor Walton mirándome el brazo.

—Sí —contesté, y tiré de la manga de la camiseta hacia abajo para tapar el moretón. Noté que la mentira se me atascaba en la garganta.

La señora Walton me hizo un gesto con el índice para que me acercara y señaló hacia arriba. Contuve la sonrisa. Me gustaba que me necesitaran, aunque solo fuera por la altura. Encontré su copa de vino de tallo largo y con flores en la estantería de arriba y se la entregué. La agitó en dirección a su marido en una pregunta silenciosa. El señor Walton levantó los pulgares en un gesto ñoño y saqué una segunda copa de la estantería.

—Lucian, no me gusta que practiques ese deporte —me sermoneó la señora Walton. Tomó la segunda copa y se dirigió a la encimera. Dejó ambas copas, rebuscó en una de las bolsas y sacó una botella de vino—. Te puedes hacer daño de muchas maneras. Y sí, los jóvenes os curáis más rápido, pero no sabes lo que pueden significar esa clase de daños en el futuro.

—El chico es el primer *quarterback* de último año, querida —señaló el señor Walton—. No va a dejar el equipo y empezar a hacer punto.

—Nadie ha dicho que tenga que hacer punto —respondió ella—. ¿Por qué no juegas al *softball*? Sloane no se hace daño casi nunca. ¿Dónde está nuestra hija, por cierto?

Yo también había querido saberlo durante las últimas dos horas, pero me había negado a preguntar.

—Tenía una cita con el hijo de los Bluth —respondió el señor Walton con una sacudida exagerada de las cejas.

Me puse tenso. Primera noticia que tenía. Habíamos hablado del tema, aunque no en el instituto, porque allí nunca hablábamos. Era un acuerdo sobreentendido entre nosotros. Seguramente pensaba que era un capullo. El *quarterback* popular que creía que era demasiado bueno para que lo vieran con la empollona de segundo año.

—Me he olvidado. ¿Nos cae bien o no? —preguntó la señora Walton al insertar el sacacorchos.

Jonah Bluth era un idiota de tercer curso que jugaba como defensa y había cometido el error de mencionar algo en el vestuario sobre las tetas de Sloane Walton y sobre cómo iba a ponerles las manos encima. Había esperado hasta que salimos del campo de entrenamiento para darle una paliza e intentar que entrara en razón. Por desgracia para él, el sentido común no le había impedido que se levantara y Nash había tenido que separarnos.

Le había dicho a Sloane muy claramente que lo dejara. Había exigido saber por qué. Por algún motivo, sentía que tenía derecho a saberlo todo sobre absolutamente todo. Era irritante y adorable al mismo tiempo.

Le dije que era un capullo y que merecía algo mejor. Las dos cosas eran ciertas.

Me respondió que se lo pensaría, lo cual, al parecer, significaba que iba a hacer lo que le diera la gana pasara lo que pasara.

—Creo que estamos esperando a saber si a ella le gusta —respondió el señor Walton. Después me hizo un gesto para que lo acompañara—. Venga, Lucian. Te explicaré la defensa escandinava mientras entramos la compra.

—Voy a preparar tu segundo plato favorito para cenar, Lucian. Raviolis congelados con salsa de supermercado —comentó la señora Walton a nuestras espaldas.

No reconocí la sensación de calidez que me recorrió el pecho, pero me gustó.

El sabor metálico de la sangre me llenó la boca. Tenía los brazos y los hombros entumecidos por culpa del montón de moretones que tendría que ocultar. Me dolía la mandíbula por los puñetazos que había recibido. Y, por primera vez, tenía los nudillos de la mano derecha llenos de moretones y cortes.

El golpe nos había sorprendido a los dos.

Era cada vez peor.

Él había empeorado.

Y yo también.

—Tu padre no quería hacerlo —dijo mamá en un susurro. Siempre susurraba—. Tiene demasiadas cosas en la cabeza.

Estábamos sentados uno al lado del otro sobre el linóleo desgastado del suelo de la cocina, en mitad de todo el desastre, como si fuéramos dos desperdicios que esperaban a que los recogieran y los tiraran a la papelera.

—Joder, mamá. Eso no es una excusa. El señor Walton, el vecino de al lado…

Se estremeció. Ese había sido el motivo por el que papá había estallado después de llegar a casa apestando a alcohol.

Siempre había algo. La cena estaba fría. Había aparcado mal el viejo coche. El tono de voz que había empleado no había sido lo bastante respetuoso. Esa noche, el desencadenante había sido el libro de ajedrez que me había dado Simon Walton.

—¿Te crees que eres mejor que yo? —había rugido papá—. ¿Crees que ese nenaza de al lado es mejor que yo? ¿Crees que por leerte un puto libro puedes olvidar de dónde vienes?

Había noches en las que rezaba a una deidad en la que no creía del todo, suplicaba a lo divino que lo arrestaran por conducir ebrio, o algo peor.

Era la única manera de que sobreviviéramos.

Sin embargo, a una parte de mí le preocupaba que ya fuera demasiado tarde. Me había invadido esa clase de ira que se enconaba en lo más profundo del ser, esa que nunca liberabas y que te cambiaba como persona.

Por mucho que lo intentara, era incapaz de abrir los puños.

Esto me lo había hecho él.

No era tanto por el dolor, por lo menos ya no. Era por la humillación. Que exigiera que mamá y yo accediéramos a todos sus caprichos. Que creyera que él era el centro de nuestro universo. Que nuestras necesidades eran secundarias a las suyas.

Era lo bastante grande y fuerte para enfrentarme a él si era necesario. Ya se había dado cuenta. Lo había visto y me odiaba todavía más por contenerme para no hacerlo.

No quería ser como él, y él lo sabía. Así que iba a hacer todo lo posible para que cediera. Y si yo no estaba presente, seguiría pagándola con mi madre.

«Los hombres rotos hacen daño a las mujeres».

Esas palabras no dejaban de resonarme en la cabeza mientras me ponía en pie, ayudaba a mi madre a levantarse y me escapaba al jardín.

El frío del otoño me refrescó la piel y las hojas secas crujieron con suavidad bajo mis pies.

Quería echar a correr. Dejar este sitio y no mirar atrás. Pero si yo no estaba, sería cuestión de tiempo que la matara. Se pasaría de la raya o perdería el control y sería incapaz de dejar de golpearla.

Yo era lo único que la mantenía con vida.

No sabía por qué los tres seguíamos fingiendo que existía la posibilidad de que me fuera a la universidad. Que aceptaría la beca de fútbol por la que me había dejado la piel. Todos sabíamos lo que pasaría si me iba. Y, aun así, nunca hablábamos del tema. Nunca hablábamos del secretito que compartíamos.

Escupí la sangre y la amargura en la oscuridad y empecé a mover el brazo en círculos para tratar de aliviar el dolor del hombro derecho. Siempre sabía dónde hacerme daño. En un sitio en el que me doliera lo bastante para recordarme que podía hacerme daño, pero no lo suficiente para que alguien más se diera cuenta.

Hasta esta noche, me dije a mí mismo tensando la mandíbula. No habría forma de ocultar el moretón que iba a salirme en la cara.

—¡Oye!

Dejé de mover el brazo en círculos y me asomé al lateral de la casa para echar un vistazo más allá del revestimiento *beige* deslustrado y los parches de malas hierbas, hacia la verja que dividía la parte buena de mi vida de la mala.

Y ahí estaba, en la ventana que había junto al cerezo. La parte buena.

—¿Qué haces despierta? Es muy tarde —la reñí en un susurro.

—No podía dormir —respondió Sloane.

Yo tampoco podría. Mi padre no iba a volver, esa noche no. Iría a casa de un colega y bebería hasta perder el conocimiento. Yo, por otro lado, me quedaría despierto, con la mirada fija en el techo, deseando que nunca regresara. Que condujera la camioneta hasta el borde de un puente y terminara con nuestro sufrimiento.

Miré hacia mi casa. Las luces del dormitorio de mamá estaban encendidas. Se habría hecho un ovillo muy apretado, como hacía siempre después. Antes se acurrucaba conmigo. Cuando la cosa no estaba tan mal. Cuando mi padre no era tan violento. Pero, en algún momento, había empezado a hacerse un ovillo ella sola y yo me había convertido en su protector.

Debería quedarme. No debería corromper la vida de Sloane con la fealdad de la mía.

—Me he comprado un CD nuevo, ¿quieres escucharlo? —susurró en la oscuridad.

—A la mierda —murmuré para mí mismo, y me colé en su jardín.

La corteza nudosa del cerezo me raspó las manos cuando trepé hasta ella.

—Hola —me dijo Sloane, que estaba muy guapa y alegre en unos pantalones de pijama y una camiseta de tirantes de David Bowie, cuando entré por la ventana.

—Hola —le respondí mientras pasaba con cuidado por encima de los libros que cubrían el asiento de la ventana.

Tenía una marca de la almohada en la mejilla, debajo de las gafas. Se había recogido el pelo en un moño alto que estaba tan despeinado que era evidente que se había quedado dormida en algún momento.

Era... mona. Incluso adorable. Me atraía, pero de un modo al que no estaba acostumbrado.

—¿Qué te ha despertado? —le pregunté con inquietud.

Desvió la mirada rápidamente hacia la ventana y después hacia mí otra vez. Levantó la barbilla.

—No lo sé.

Se le daba bien mentir, pero, aun así, me di cuenta.

—¿Has oído algo? —insistí.

—Estás sangrando —respondió, ignorando la pregunta y saltando a la acción.

Me llevé los dedos a la comisura del labio y cuando los aparté estaban manchados de rojo.

—Mierda.

—Ven, siéntate. —Tomó una caja de pañuelos y arrancó un montón de golpe.

—No, déjalo. Tengo que irme —le dije, y me alejé a toda prisa hacia la ventana. Debería haber sabido que no debía traer mis problemas aquí. Sentirme mal por mí mismo no me daba derecho a sangrar por toda su habitación.

—Oye, no puedes irte. Todavía no te has disculpado por lo de la piedra en primavera.

—La próxima vez —le respondí abruptamente. Era nuestro dicho. Nuestra promesa de que volvería. Una promesa que debía plantearme muy seriamente romper.

Tenía un pie en el asiento de la ventana cuando me agarró por la parte trasera de los pantalones de chándal.

—¿En serio, Sloane?

—Deja que te mire la boca. Quiero decir, deja que te mire la sangre —insistió.

Se aferraba a mí como una de esas putas bolitas con pinchos que se te pegan a los calcetines tras una caminata por el bosque.

—Vale —respondí entre dientes. Me senté en el cojín, entre un libro de John Grisham y otro de Octavia Butler.

—Quédate quieto —me ordenó ella.

159

—Eres muy mandona para ser una duendecilla —protesté.

Se rio por la nariz mientras tomaba el puñado de pañuelos y un vaso de agua de la mesita de noche. Sus ojos de color verde botella me miraron serios cuando se acercó a mí. Entonces supe que lo sabía.

Lo sabía y sentía lástima por mí. Volví a cerrar los puños.

—¿Estás listo para el examen de química de mañana? —me preguntó.

Conocía mi secreto y sabía que no quería hablar del tema, así que me limpiaría la herida y fingiría que todo era normal. No la merecía.

—Siento mucho no... Ya sabes... —Hice un gesto de impotencia.

—¿No saludarme en el instituto? —adivinó Sloane, que acabó la frase por mí. Tenía el don extraordinario de saber lo que quería decir incluso cuando yo no sabía cómo formularlo.

—Sí.

Encogió los hombros delicados y me obsequió con una sonrisa.

—Eh, no pasa nada. Que el capitán del equipo de fútbol empezara a prestarme atención solo serviría para arruinarme la reputación.

—¿La reputación? —me burlé.

Mojó los pañuelos en el agua y empezó a darme toquecitos suaves en la comisura de la boca. Era... agradable que alguien se preocupara por mí.

—La gente empezaría a esperar que hiciera la prueba para el equipo de animadoras y que fuera a las hogueras en el Huerto. Me quitaría tiempo para leer. Además, tendría que renunciar a mi obsesión secreta por Philip.

—¿Te gusta Phil el Técnico del Teatro? —le tomé el pelo.

A Phil, el Técnico del Teatro, se le conocía por sus notas perfectas en cálculo y por los auriculares que llevaba entre bastidores durante las obras del instituto, porque estaba a cargo del telón. Le importaba una mierda lo que la gente pensara de él e iba al instituto con los mismos vaqueros y camiseta de manga corta negra todos los días. Excepto el día de la foto, en el que llevaba una pajarita encima de la camiseta.

—No puedo evitarlo. Me vuelven loca los tipos con poder. Cada vez que pienso en él diciendo «subid el telón», me tiemblan las rodillas.

Me hizo sonreír a pesar de... todo. Era el efecto que tenía sobre mí. Era buena. Todo en ella parecía brillar. A la gente buena le ocurrían cosas buenas.

Entonces me acordé de Jonah.

—Tu padre me ha dicho que tenías una cita esta noche. —Sonó en tono acusatorio, pero no pude evitarlo.

—Tranquilo. He salido con Jonah para dejarlo en persona. Me erguí.

—¿Habéis roto?

—Ajá —respondió con la mirada todavía posada en mi boca—. Era un poco imbécil. Tenías razón.

—Repite eso último —insistí.

Las comisuras de la boca se le curvaron hacia arriba mientras trabajaba.

—No.

—Venga —intenté sonsacárselo.

—No. Y cállate. Pero ahora en serio —continuó mientras seguía apretándome el taco mojado de pañuelos contra la comisura del labio—. Lo entiendo.

—¿Qué entiendes?

—Que no pueden verte ser amistoso con una cuatro ojos friki de segundo. Se crearía un agujero en el continuo espacio-tiempo de la sociedad del instituto.

No sabía el verdadero motivo por el que no quería que nadie supiera que nos hablábamos. Si mi padre sospechaba que algo me importaba, lo destruía o arruinaba como pudiera. Lo único que me «permitía» tener era el fútbol, porque tener un hijo que destacara en el campo significaba algo para él.

Pero a la menor señal de que Sloane significara algo para mí, de que la valorara, él querría infligirle daño. Y si lo hacía, si se las arreglaba para hacerle daño de algún modo, no creía que pudiera vivir con ello... o dejar que él lo hiciera.

—Friki —le dije a la ligera.

—¿Te duele? —me preguntó, volviendo a cambiar de tema. Tenía la voz ronca y seria.

—No es nada —mentí.

—Lucian…

—Déjalo —le espeté.

—Ni siquiera sabes lo que iba a decir.

—Sí, sí que lo sé. Y no es asunto tuyo.

—Pero…

—No todo el mundo tiene una familia como la tuya, ¿vale? —No tenía ni idea de con lo que tenía que lidiar a diario. No cuando la habían criado Simon y Karen Walton.

—Pero ¿por qué no podemos denunciarlo a la policía? —me presionó.

La idea de coger el teléfono y llamar a la policía por mi padre me parecía ridícula.

El jefe de policía, Wylie Ogden, era uno de los mejores amigos de papá. Cuando tenía diez años, Wylie había parado a mi padre por superar el límite de velocidad e invadir el otro carril. Iba borracho. Me dio a mí la cerveza cuando se apartó al arcén.

Los nervios que sentía en el estómago empezaron a aflojarse. La policía nos ayudaría. Habíamos visto vídeos sobre el tema en el colegio. No se debía conducir si habías bebido. Pero mi padre lo hacía.

Pensé que la policía impediría que mi padre volviera a cometer ese error, que impediría que siguiera asustándome e hiciera daño a alguien.

«Parece que alguien ha empezado pronto hoy», se había reído Wylie cuando llegó a la ventanilla de mi padre.

El jefe había dejado que se fuera sin ni siquiera una advertencia. Habían charlado sobre un barco de pesca y hecho planes para quedar en el bar esa misma noche. Y después, Wylie había dejado que mi padre se incorporara de nuevo a la carretera como si le otorgara una especie de privilegio por ser él.

—No puedo —repliqué con firmeza.

—Sí que podemos —insistió.

No dejaba de hablar en plural. Como si ella también estuviera metida en todo esto, cuando era lo último que yo quería. Si se acercaba demasiado… Si resultaba herida… No podría contenerme. No iba a conformarme con defenderme. Acabaría con él y, al hacerlo, me convertiría en él.

—Si te está haciendo daño, Lucian… —A Sloane se le quebró la voz y, con ella, un pedazo de mi corazón.

—Para —susurré. Me puse en pie y la estreché entre mis brazos.

Me rodeó la cintura con los brazos y se aferró a mí con fuerza. Me apretó el rostro contra el pecho y yo odié lo bien que me sentía con su afecto físico.

No era así como me había sentido con respecto a Brandy Kleinbauer cuando había perdido la virginidad con ella con apenas dieciséis años. Ni tenía nada que ver con el anhelo hormonal que había sentido por Cindy Crawford durante toda la secundaria. Ni con lo que sentía por Addie, mi rollo ocasional de los fines de semana.

Era… mucho más complicado. Sloane me gustaba. Quería mantenerla a salvo. Y cada vez que nos tocábamos, sin importar lo inocente que fuera el contacto, una parte de mí deseaba más. Pero no era una opción. Yo estaba roto y ella era preciosa.

No sabía lo que éramos el uno para el otro más allá del hecho de que era importante para mí. Más importante que nadie.

—¿Qué CD te has comprado? —le pregunté.

Deshizo el abrazo y me sentí aliviado y arrepentido al mismo tiempo. Tenía las gafas torcidas y el pelo todavía más despeinado. Sentí que algo cálido y tierno me recorría el pecho. Como si estuviera absorbiendo su bondad. Pero no me correspondía a mí hacerlo.

—El de Shania Twain.

Sonreí con suficiencia.

—Es broma, ¿no?

—¿Qué pasa? ¿No eres lo bastante hombre para escuchar *country* de chicas? —Se acercó a la cama dando brincos y cogió los auriculares con mirada desafiante—. Shania Twain es una genia maravillosa. ¿Quieres escucharla?

Tenía un aspecto dulce y optimista, con el pelo despeinado y los ojos muy abiertos. Nada me apetecía más que tumbarme con ella en esa cama tan suave, en esa habitación tan agradable, en aquella casa tan grande, y formar parte de todo. Y por eso precisamente no podía hacerlo.

Llevaba la oscuridad conmigo. Los moretones eran contagiosos.

—Debería volver y… —¿Y qué? ¿Qué me quedaba en casa?

Sloane ladeó la cabeza.

—¿Por favor?

—No es buena idea, duendecilla. ¿Qué pasa si entran tus padres? No debería estar aquí. —No debería estar cerca de ella.

—Están dormidos al otro lado de la casa. Y, sinceramente, si te vas ahora, voy a pasar toda la noche preocupada por ti. No seré capaz de dormir. Y mañana estaré tan cansada que suspenderé el examen de trigonometría. Venga, grandullón. ¿De verdad quieres que caiga sobre tu conciencia?

—Eres ridícula.

—Tres canciones —negoció Sloane, que saltó sobre la cama y dio unas palmaditas en el colchón a su lado.

Suspiré. Intuyó la victoria y sonrió.

—Una canción —contraargumenté.

—Dos —insistió ella.

Era egoísta y una completa estupidez, pensé mientras me quitaba los zapatos pisándolos por los talones. Si el padre de Sloane entraba y me veía en la cama de su hija, jamás me lo perdonaría. Ni siquiera aunque intentara explicárselo. Sabía lo especial que era ella y lo roto que estaba yo. Por eso eran tan amables conmigo, porque sentían lástima por mí.

—Es solo escuchar «Come on Over», no cálculo avanzado —bromeó Sloane.

Me senté en la cama junto a ella y opté por quedarme encima del edredón, pero sí que dejé que apilara la colección demencial de cojines a nuestro alrededor.

—¿Qué haces? —le pregunté cuando me metió un cojín debajo del brazo.

—Construir un nido. Yo duermo así —me explicó mientras mullía los dos cojines que había detrás de mí.

—¿Duermes con cuarenta y dos cojines todas las noches?

—Son seis, listillo. Y ni se te ocurra juzgarme hasta que lo hayas probado.

Solo tenía una almohada y dormía con el colchón en el suelo desde que papá me había empujado contra el canapé el verano pasado y se había roto. Me relajé contra el montón de cojines e intenté no pensar en lo cómodo que me sentía rodeado de suavidad.

Sloane se me acurrucó contra el costado. Solo estábamos los dos, sujetos por una U suave de cojines.

—¿Siempre es así contigo? —me preguntó con suavidad.

Bajé la mirada hacia las manos, que tenía apoyadas en el regazo, y volvía a tenerlas apretadas en puños.

—Solo cuando bebe, pero ahora bebe mucho más a menudo. A veces sigue actuando normal. —Y lo que más odiaba era que actuara, que fingiera. Prefería al monstruo antes que al hombre que fingía que le importábamos cuando venía a los partidos de fútbol o nos invitaba a cenar.

—Lo odio. —Le tembló la voz—. Te lo juro.

Le pasé el brazo por encima de los hombros y la acerqué más a mí con prudencia. Me sentí tan bien que sabía que estaba mal.

—No quiero que pienses en él.

—¿Por qué no podemos decírselo a la policía? —me preguntó.

Sacudí la cabeza.

—Es complicado, ¿vale? Confía en mí.

—Prométeme que tendrás cuidado, Lucian. Que, si pierde el control, no dejarás que… Ya sabes.

Que me mate. Que mate a mi madre.

Antes lo mataría yo a él. Aunque me acabara convirtiendo en un monstruo. «De tal palo, tal astilla», pensé.

—Te lo prometo si tú me prometes que no llamarás a la policía. Nunca. Sin importar lo que pase.

Inhaló profundamente y exhaló.

—Duendecilla —insistí—. Tienes que confiar en mí. La policía solo empeoraría las cosas.

Su silencio duró demasiado y le apreté el hombro.

—Uf, vale. Pero no me parece bien.

—Prométemelo —persistí. Era la hija de un abogado, sabía que no debía aceptar que me diera solo un «uf, vale» como respuesta.

—Te lo prometo —respondió con tristeza.

La promesa hizo que parte de la tensión que acarreaba se aligerara. Sloane clavó los ojos verde bosque en los míos.

—No vas a ir a la universidad, ¿verdad? No puedes dejarla sola con él.

Aparté la mirada.

—No, no puedo.

Se incorporó a mi lado con el cuerpecito rígido por la indignación ante semejante injusticia.

—Vaya mierda. ¿Tienes que sacrificar todo tu futuro porque tu padre es un monstruo y tu madre no quiere dejarlo? No es justo.

—La vida no es justa, duendecilla.

—¿Y si yo estuviera pendiente de ella? —se ofreció esperanzada.

—No. —Pronuncié la palabra tan alto que pareció hacer eco por toda la habitación. Los dos nos quedamos quietos y escuchamos, por si se oía algún ruido que indicara que alguno de sus padres se hubiera despertado.

La agarré por los dos hombros e hice que me mirara a los ojos.

—No te meterás nunca, ¿me oyes? Ni se te ocurra ir a mi casa. No hablarás con ellos. No llamarás la atención hacia ti. Y nunca te interpongas entre él y alguien más cuando haya bebido, ¿vale?

Tenía los ojos muy abiertos y parecía asustada. Pero necesitaba que lo estuviera. Tenía que asegurarme de que nunca se acercara a mi padre.

—Vale. Jolín, relájate. Solo era una sugerencia —comentó como si le hubiera pedido que prendiera fuego a su libro favorito.

—Siento haberte asustado. —Suspiré.

—No me has asustado. Me has irritado con tu intensidad.

—Tres canciones —cedí.

Se animó y me pasó por encima para coger los auriculares que tenía en la mesita de noche. Esta vez, cuando apreté los puños sobre el edredón, no era por miedo o por ira. Sentía... cosas. Cosas de adolescente normal. Pero no tenía permitido sentirme así con Sloane. El señor Walton confiaba en mí y necesitaba esa confianza. A veces tenía la impresión de que los Walton eran el único pilar que tenía en mi vida.

Retrocedió encima de mí y me pasó un auricular antes de volver a acomodarse a mi lado.

—¿Addie sabe que hacemos esto? —me preguntó.

—¿Qué?

—Addie. Tu novia.

—No es mi novia. —No exactamente. Era una chica con la que había pasado tiempo durante las últimas semanas. Una parte de ese tiempo la pasábamos parcialmente desnudos, pero se debía a que yo tenía diecisiete años y ella intentaba poner celoso a su exnovio. No hablaba por teléfono con ella o cenaba con sus padres... o escalaba un árbol y me colaba por la ventana de su habitación por la noche para pasar el rato con ella.

—¿Tu no novia sabe algo de todo esto? —insistió.

—No. Y ya no salimos. —Se había vuelto demasiado exigente. Quería hacer planes y conocer a mis padres. Y yo no podía concedérselo. Y tampoco quería después de haber oído cómo le decía a una de sus amigas que estaba clarísimo que la pechugona de Sloane Walton era una puta.

—Oh —respondió con inocencia.

—No pareces muy disgustada de oírlo —observé.

Se encogió de hombros.

—Es que no era muy amable. Puedes salir con alguien mejor. Pero si consiguieras a una persona mejor y amable, supongo que no podríamos pasar tiempo juntos como ahora. Y, en cierto modo, me gusta nuestra pequeña amistad secreta... o lo que sea.

Amistad no describía lo que sentía por ella. Knox y Nash Morgan eran mis amigos y ni de broma iba a acurrucarme con ellos en un nido de cojines para escuchar música. Joder, tampoco lo haría con Addie. A lo mejor con Cindy Crawford.

—A mí también me gusta —le dije.

Durante un segundo, vi la sonrisa radiante que no consiguió ocultar del todo al agachar la cabeza y echar mano al reproductor de CD.

Le rodeé el hombro con el brazo e hice que apoyara la cabeza en mi pecho. Entre los cojines, con «From This Moment

On», de Shania Twain, y el suave y acogedor calor que emitía Sloane apretujada contra mí, casi me sentí feliz. Casi podía fingir que esa era mi vida. Allí en esa casa. Con una chica buena y dulce entre mis brazos.

La canción acabó demasiado rápido y dio paso a un himno *country* sobre ojos morados y lágrimas tristes. Algo de que ella no volvería jamás. Puede que fuera el cansancio el que me pintó la imagen en la cabeza. Largarse. Salir adelante. Crecer. Durante un segundo, lo deseé tanto que no me di cuenta de la fuerza con la que me aferraba a Sloane hasta que empezaron a dolerme los dedos.

Con una mueca, relajé el gesto. Inclinó la cabeza hacia atrás para mirarme.

—No pasa nada, puedes agarrarte a mí. No me voy a romper.

Le volví a bajar la cabeza y seguí abrazado a ella, pero esta vez con suavidad.

La canción volvió a cambiar. La tercera que sonó era la balada «I Won't Leave You Lonely» y, a pesar de mis esfuerzos, las palabras se me metieron en la cabeza y se me quedaron tatuadas en el alma. Nunca volvería a escuchar la canción sin pensar en Sloane y en lo seguro que me hizo sentir. Quería oírla otra vez, pero no iba a pedirle que la reprodujera de nuevo. A lo mejor yo también me compraría el álbum… y lo escondería en el coche.

Cuando los últimos acordes de la canción me sonaron en el oído, Sloane me rodeó el abdomen con un brazo delgado y se aferró a mí. Había cumplido mi promesa y me había quedado durante tres canciones. Pero en casa no me esperaba nada y allí lo tenía todo.

No dijo nada cuando empezó la siguiente canción. Ni yo tampoco.

CAPÍTULO DOCE

LIVIN' LA VIDA EN LA BIBLIOTECA

SLOANE

La biblioteca era un lugar en el que sentirme feliz, no en el que estar cachonda.

A pesar de la acción que había recibido mi vibrador la noche anterior, abrí la puerta sintiéndome tensa e insatisfecha. Y lo culpaba a él.

Volví a cerrar con llave y encendí las luces de la planta baja. El silencio y el orden natural me calmaron y se me relajaron los hombros al instante.

Me encantaba ser la primera en llegar por las mañanas. Adoraba absorber esos momentos tan valiosos de silencio mientras me preparaba para enfrentarme a un nuevo día. A pesar de los estereotipos, la biblioteca casi nunca estaba en silencio. En la parte de atrás de la planta baja había dos salas tranquilas para estudiar, leer o para la clase de meditación semanal. Pero había mucha vida entre esas paredes.

Cuando conseguí el puesto de bibliotecaria principal, nos habían metido a presión en un edificio municipal que olía a rancio y que tenía suelos de linóleo resquebrajados, fluorescentes que parpadeaban y estanterías de metal que crujían. Todo el catálogo estaba desactualizado por lo menos diez años y el personal y los usuarios tenían que compartir dos portátiles que llevaban allí ocho años.

Ahora, los habitantes de Knockemout entraban a un lugar luminoso y espacioso, con asientos cómodos, una conexión de

169

red rápida como un rayo, dos pisos llenos de libros y multimedia y toda la tecnología que un lector podía desear. Las estanterías de roble blanco contenían libros de todos los temas posibles alineados con la precisión de una orquesta sinfónica. El mostrador de información largo y bajo estaba despejado y listo para la acción. Nos habíamos decantado por una moqueta de pelo corto, accesible para sillas de ruedas, de un color verde suave, que me recordaba a un prado cubierto de hierba. La luz del sol de la mañana de aquel martes se filtraba por las numerosas ventanas y bañaba la gran variedad de plantas de interior con sus rayos.

Solté la bolsa sobre el mostrador de información, preparé una lista de reproducción de versiones instrumentales de canciones en el sistema de sonido y encendí los dos ordenadores de escritorio.

Comprobé el calendario de eventos que había en la pared junto al calendario interno para asegurarme de que las entradas estuvieran al día y tomé nota mental de enviar un correo de confirmación a la protectora para el evento gatuno del sábado y pedir más galletas para la hora de cuentos de las *drag queens,* ya que el mes pasado se habían acabado muy rápido.

Dos organizaciones habían reservado las salas de conferencias del piso de arriba para reuniones, por lo que tenía que asegurarme de que las mesas estuvieran bien ordenadas y de que las pizarras no tuvieran pintadas de adolescentes.

La chica de los peces vendría a equilibrar el agua del acuario de la sección infantil. Envié un mensaje rápido a Jamal, el bibliotecario de la sección juvenil, para preguntarle si había pasado la lamparita de luz ultravioleta por los cojines del suelo, ya que había habido un brote de conjuntivitis en la escuela primaria el día anterior.

Lo siguiente fue el café.

Guardé la bolsa de tela debajo del mostrador y me dirigí a la barra de café. Habíamos comprado una de esas cafeteras de expreso instantáneas modernas y un lavavajillas para la limpieza de las tazas. A los clientes les gustaba tomarse algo mejor que el café de filtro que tenían en casa y además era otra experiencia que los animaba a quedarse un ratito más. A respirar hondo y disfrutar de un libro o socializar con el personal u otros clientes.

Después de comprobar los niveles de la cafetera y reabastecer los condimentos del café, descargué las tazas del día anterior del lavavajillas y las colgué de los ganchos.

Me pregunté si Lucian se sentía así cuando entraba en sus oficinas cada mañana. ¿Se sentía tan orgulloso como yo?

Aunque no es que estuviera pensando en él otra vez, porque no era el caso.

Excepto que ahora sí que pensaba en él. ¿Habría pensado él en mí después de que me fuera de su despacho el día anterior?

—Por Dios, ¡para ya! —me espeté a mí misma en voz alta.

—¿Parar qué?

—¡Madre de dragones! ¿De dónde has salido? —le pregunté, y bajé de golpe las manos que había levantado para adoptar una postura de protección.

Naomi, muy guapa con un vestido acanalado de manga larga y medias, sujetaba un café para llevar enorme.

—Depende de hasta dónde quieras retroceder. Me he despertado con mi marido desnudo…

Levanté una mano.

—Nueva regla en nuestra amistad: tienes prohibido alardear sobre tu excelente vida sexual cuando tu amiga esté en plena sequía.

—Me parece justo —accedió Naomi. A pesar de que ya llevaba una taza de café en la mano, fue directa a la máquina de expreso. Un mechón de pelo castaño le caía sobre la cara en una onda perfecta.

—Te queda muy bien el pelo —señalé.

—Gracias, me ha peinado Waylay. Jeremiah le compró unas tenazas exageradamente caras para Navidad y ya les ha pillado el truquillo. ¿Qué tienes que parar?

—¿Eh? —le pregunté con fingida inocencia.

—Estabas en una especie de ensimismamiento y te has mandado parar.

No les había mencionado a Naomi y Lina el «desafortunado incidente» que había tenido con Lucian. Principalmente, porque no quería tener que lidiar con que me exigieran que les explicara todo al detalle o con sus esperanzas erróneas de que fuera el principio del fin de nuestra enemistad. Tampoco quería tener que admitir ante nadie que Lucian Rollins había hecho que mis partes nobles sintieran cosas que no deberían sentir cuando se trataba de él.

—Oh, es solo que no dejo de darle vueltas a… cosas cuando debería estar centrándome en… otras cosas. —Sutil, muy sutil.

—Ya. Sabes que sé que mientes, ¿verdad? Tengo una niña de doce años en casa.

—Puff. No miento —mentí.

Me miró seria.

—Supongo que también sabes que estaré aquí cuando estés lista para hablar sobre el tema del que mientes, ¿verdad?

—Sí, lo sé —respondí sobre todo a mis deportivas. No era obligatorio que les contara a mis amigas absolutamente todo. No esperaba que ellas hicieran lo mismo. Aunque sí que esperaba que me contaran las cosas serias e importantes. Y lo que fuera que Lucian y yo habíamos hecho el día anterior no se calificaba como serio ni importante.

Apenas nos habíamos tocado. Y ningún roce o caricia o mirada intensa de deseo ardiente que hubiera ocurrido entre nosotros antes de que Petula irrumpiera en el despacho habían significado nada. Absolutamente nada de nada.

Genial. Ahora estaba pensando en ello otra vez y Naomi me miraba con expectación, como si esperara una respuesta.

—Oye, ¿sabes si Jamal desinfectó la sección de niños anoche? —le pregunté.

—Un cambio de tema. No es sospechoso para nada —bromeó—. Vas a venir a cenar esta noche, ¿verdad? Nash y Lina estarán allí.

Mi vida social se basaba en ser una sujetavelas y quedar con dos parejas con vidas sexuales muy apasionadas.

Uf. Tenía que introducir algunos cambios en mi vida. Quería ser yo la que hiciera sentirse incómodos a mis amigos con demostraciones públicas de cariño excesivas. Quería ser la que hiciera planes de futuro con una pareja atractiva de pene grande.

Se me vino a la mente de inmediato el recuerdo lascivo de la erección de Lucian cubierta por los pantalones. «¡No! ¡Cerebro malo! ¡Malo!». Lucian no tenía madera de marido.

—Allí estaré —respondí con seriedad.

El día fue lo bastante ajetreado para que consiguiera dejar a un lado todo pensamiento sobre Lucian, excepto por aquellos especialmente eróticos que me venían a la mente cada diez o doce minutos. Cuando pedí orden en la reunión de personal, ya había terminado la lista de tareas pendientes y lidiado con los del mantenimiento de ascensores para la inspección anual, la chica de los peces y una niña histérica que se negaba a salir del fuerte de cojines. Su padre se recuperaba de una operación de rodilla, lo cual significaba que yo había tenido que entrar a gatas a atraparla. Para negociar su rendición, había necesitado una bolsa de galletitas saladas y prometerle que podía llevarse todos los libros que había escogido.

—Son muy buenas ideas para la recaudación de fondos del programa de desayunos gratis —comenté mientras apuntaba la última sugerencia en el iPad antes de volver a la agenda—. Vamos a ver. Ah. El club de lectura. Me ha contestado la representante de Matt Haig y me ha dicho que le parece bien responder a nuestras cinco preguntas para el club.

La mesa recibió la noticia con murmullos entusiastas. Todo el mundo tenía la boca llena de productos de panadería, un requisito de las reuniones de personal.

—¿Qué más? —pregunté.

Kristin, la bibliotecaria de la sección de adultos, agitó el bollito danés de queso en mi dirección. Era una mujer curvilínea de unos cincuenta y cinco años que, tras su divorcio, había empezado a salir con moteros y a practicar *pole dance*.

—He comprado la nueva novela romántica de Cecelia Blatch para el catálogo y, al indagar en sus redes sociales, he descubierto que vive a una hora de aquí, más o menos. ¿Qué os parece si organizamos una firma de libros con ella? A lo mejor podríamos hacerlo en San Valentín.

—Me gusta. Podría hacer una lectura y después firmar algunos ejemplares de sus novelas —musité.

Había leído tres de los títulos de la autora. Los héroes alfa gruñones eran lo bastante sobreprotectores, pero sin ser unos capullos. Las heroínas eran el equilibrio perfecto entre peleonas y damiselas en apuros. Y el sexo que se describía en las páginas era puro fuego. Me preguntaba cómo sería Lucian en la cama. ¿Sería tan refrenado como en su vida cotidiana o dejaría de lado toda pretensión entre las sábanas? Ay, ¡por el amor de Dios! Me llevé una mano a la mejilla. Sentía la piel como la superficie del sol. Tenía que lidiar con este problema y para ello debía acostarme con alguien que no fuera El Que No Debe Ser Nombrado.

Desalojé todo pensamiento sobre ese hombre del cerebro y me centré en las últimas entradas de la agenda.

—Ha sido una buena reunión —dije, y cerré la tapa de la tableta—. Si a alguien se le ocurre algo más…

—Tu puerta está siempre abierta —respondieron todos al unísono.

—Una cosa más —comentó Jamal. Con veintiséis años, el bibliotecario de la sección juvenil era el empleado más joven. Los niños lo adoraban. No solo porque se pusiera gorras de béisbol muy guais para trabajar y jugara al Ultimate Frisbee. También era un artista *amateur* con mucho talento, cuyos bocetos y caricaturas entretenían a clientes de todas las edades—. Hemos recibido la queja semanal de Marjorie Ronsanto por correo…

Lo interrumpió el gemido colectivo que emitimos.

—Sobre que los libros LGBTQ+ de la sección de niños son «peligrosamente inclusivos» —continuó, y bajó la mirada hacia la copia impresa del correo—. De hecho, hemos recibido la queja dirigida a nosotros y una que le ha escrito a Target por utilizar una pareja interracial en el anuncio de televisión. También nos ha recordado su «generosa donación» de la papelera para la sala de descanso.

—Odio esa cosa —dijo Kristin.

Era una de esas papeleras inteligentes que no era lo bastante inteligente para abrirse cuando debía. Hacía seis meses, había perdido la paciencia y optado por fin por arrancarle la tapa a la fuerza.

—¿No puede dejar de odiarlo todo ni durante una semana? —preguntó Naomi.

—Marjorie está en mitad de su misión personal de ser un grano en el culo gigante —comentó Blaze, y cruzó los brazos tatuados sobre el pecho. Blaze era una de las socias de la junta y voluntaria. También formaba parte de la L de LGBTQ+.

—Queda claro que su madre no la quería lo suficiente cuando era pequeña —respondí con frialdad—. ¿Quién está a favor de que hagamos lo que hacemos siempre con las quejas de Marjorie?

Todos los ocupantes de la mesa levantaron la mano.

—Le enviaré la respuesta tipo —se ofreció Agatha, la mujer de Blaze y compañera de junta.

—Cuando lo hagas, recuérdale que hace dos días que tendría que haber devuelto la copia de *Los amantes de Witch Mountain,* la novela paranormal sobre el harem inverso de dudoso consentimiento —comentó Kristin con suficiencia.

Agatha sonrió y fingió que dejaba caer un micrófono.

Ya de vuelta en la seguridad de mi despacho, abrí la cerveza de raíz de la tarde y me dejé caer detrás del escritorio.

No era de cristal brillante y esterilizado como el de Lucian. El despacho estaba amueblado con lo que consideraba muebles genéricos de administradora: piezas económicas y robustas a las que les faltaba personalidad. Lo había compensado pintando las paredes de verde oscuro y llenando las estanterías de recuerdos personales. Era un espacio desordenado, colorido y caótico. Como yo.

Un desastre encantador como yo no encajaba con un obseso del orden con las emociones atrofiadas. Ni siquiera entre las sábanas.

Si lo de buscarme una pareja de por vida iba en serio, tenía que concentrarme en eso, no en la posibilidad de sexo ardiente con un tipo que ni siquiera me caía bien.

Me acordé de la aplicación de citas y se me levantó el ánimo de inmediato. A lo mejor mi futuro marido me había dejado un mensaje en la bandeja de entrada.

Me precipité sobre el móvil como mi gata sobre las chucherías de pollo y gofre... y me desmoralicé de golpe.

No tenía notificaciones. ¿Cómo era posible? Revisé la bandeja de entrada y estaba vacía.

—No puede estar bien —murmuré para mí misma. Revisé el historial de los hombres a los que había enviado un mensaje. ¿De verdad? ¿Cómo iba a echar un polvo, y mucho menos enamorarme de alguien, cuando ninguno de los hombres que me habían gustado me había contestado?

A lo mejor la aplicación no funcionaba. Podía ser que no hubiera publicado el perfil. Tendría que preguntarles a Stef o Lina, y pronto, teniendo en cuenta que mi «sexo vibrante» estaba tan listo para la acción que había considerado a Lucian Rollins como un posible candidato.

—Cuando hayas acabado de ponerle mala cara a la pantalla, tengo algo para ti.

Tiré la botella del escritorio de un golpe y lancé el teléfono en un arco enorme. Ya casi me había levantado de la silla antes de entrar en razón.

Y la razón me dijo que el maldito Lucian Rollins estaba en el umbral de la puerta de mi despacho.

—¿Qué... por qué... eh... cómo? —exclamé con voz ronca, y me puse en pie.

Se agachó con elegancia y recogió la botella de agua a la que había pegado por accidente.

—Qué gracia, te recordaba mucho más elocuente.

—No empieces, Lucifer —le advertí, y le arranqué la botella de la mano masculina—. ¿Por qué has venido a maldecir mi despacho en lugar de dedicarte a comprar diamantes de sangre y vender órganos robados en el mercado negro?

Me lanzó un manga japonés al escritorio. Mi manga. Bueno, técnicamente, de la biblioteca.

—Te lo dejaste en mi despacho. He oído que la bibliotecaria es muy estricta con las multas si devuelves los libros tarde.

—Hay una cosa llamada servicio postal, ¿sabes? —le espeté mientras recogía el móvil del suelo.

—Por desgracia para ti, ya iba a pasarme por el pueblo. —Se metió las manos en los bolsillos, recorrió el despacho en círculos y se detuvo a mirar mis efectos personales más de cerca. Era demasiado grande para estar allí. Parecía absorber todo el oxígeno y el color de la habitación hasta que solo fui consciente de su presencia.

—¿Por qué buscas pelea, duendecilla? ¿Se ha metido otra ardilla en el buzón de devolución de libros?

—Eres desternillante. Divertidísimo. Me alegro mucho de haber pasado este ratito juntos. ¿Por qué no abrimos la ventana del primer piso y te ayudo a salir por ella? —le ofrecí, y me froté la muñeca que había hecho contacto con la botella de agua.

—Es un material de lectura interesante —comentó, y señaló el libro del escritorio con la cabeza.

—Es para un adolescente con dislexia. Supuse que le gustarían las escenas de lucha, pero quería leerlo antes de recomendárselo. —No sabía por qué le estaba dando explicaciones. No era como si le importara lo que leyera, y a mí seguro que me importaba un comino su opinión sobre mí y mis hábitos de lectura.

—Casi todos los recuerdos que tengo sobre ti incluyen libros.

El tono en que lo dijo fue como una confesión. Nos miramos fijamente durante treinta segundos muy largos y silenciosos.

Sacudí la cabeza.

—¿Sabes? A veces pienso que me lo imaginé todo.

Dejó la foto enmarcada en la que salíamos mis padres y yo en la ceremonia de inauguración de la biblioteca y clavó esos ojos grises sobre mí.

—¿Imaginarte el qué?

—Tú. Yo. El cerezo. Pensaba que éramos amigos.

—Lo fuimos. Hace tiempo.

Puso tanta culpa en las últimas sílabas que fue lo único que oí.

—No te entiendo. No te entendía cuando estudiabas el último curso en el instituto y no te entiendo ahora como magnate de los negocios. Y ni de broma entiendo lo que pasó ayer.

Le cambió la mirada. Fue casi imperceptible, pero había pasado toda la vida analizándolo y no se me escapó el destello plateado.

—Vamos a añadir lo de ayer a la larga lista de errores que es mejor dejar en el olvido —sugirió.

—Yo ya me he olvidado —repliqué.

—Y por eso has sido tú la que ha sacado el tema hace cinco segundos —señaló.

Me había olvidado de la forma en que se enfrentaba a sus enemigos. Él y mi padre habían pasado innumerables horas con un tablero de ajedrez entre ellos.

—Puede que yo haya sacado el tema, pero ambos sabemos que no es una coincidencia que ocurriera lo de ayer y ahora estés aquí, visitándome, en un sitio en el que nunca habías puesto un pie.

La atmósfera de la habitación era eléctrica. Casi veía las chispas que saltaban entre los dos. Pero no eran de esas románticas que saltan entre dos personas que se atraen. Eran de esa clase de chispas que quemaban cosas hasta los cimientos. La clase que destrozaba todo lo que había a su paso.

La luz de última hora de la tarde se filtraba por la ventana y le cubría el rostro de un brillo dorado y sombras.

—¿Cómo está tu madre? —me preguntó antes de pasar a la siguiente parte de mi despacho que le llamara la atención.

—No está mal.

Su expresión pasó a ser de paciencia e irritación.

—Está bien —lo arreglé—. Ayer la ayudé a ordenar algunas de las cosas de papá después de ir a ver los vestidos y fue...

—¿Qué? ¿Doloroso? ¿Desalentador? Aunque las dos habíamos apartado nuestras prendas favoritas, meter su ropa en cajas le añadió otra capa de dolor a nuestra despedida—... difícil —decidí.

—El otro día estuve pensando en la camiseta de jardinería de Simon —comentó Lucian—. La de la primera y única vez que completó la carrera de cinco kilómetros.

Me sentí aliviada porque no me estuviera mirando, porque tuve que llevarme los dedos a la boca para contener el sollozo inesperado que se me escapó.

—La carrera de Knockemout contra el cáncer de mama —dije cuando recuperé la compostura.

Era una camiseta gratis, rosa y extragrande, con unos senos dibujados sobre el pecho. Mi padre, con su complexión mediana, se ahogaba en ella. Pero se había sentido tan orgulloso de su logro y del dinero que había recaudado, que la convirtió en su camiseta de jardinería y se la anudaba en la cadera como si fuera una adolescente. Había sentido una vergüenza agonizante durante años por culpa de esa camiseta. Era la única prenda suya que había conservado.

—La primera vez que lo vi con ella puesta, estaba atacando ese arbusto de tu jardín, el que tiene bayas rojas, con una podadora eléctrica y le decía a tu madre que era Simon Manostijeras.

La carcajada que solté, por muy pasada por agua que fuera, nos sorprendió a los dos.

Se le curvaron los labios en una sonrisa y, por un instante, me sentí como si no hubiera un escritorio y una historia fea entre nosotros. Antes, él me hacía reír y yo le hacía sonreír.

—No sé cómo reaccionar cuando eres amable conmigo —anuncié.

—Si no me lo pusieras tan difícil, me comportaría de una forma más civilizada más a menudo —respondió con brusquedad.

—Probablemente sea mejor así. A ver si te vas a hacer un esguince por fingir que eres humano.

El fantasma de la sonrisa no le desapareció de la boca.

—En cuanto a ayer —insistí.

¿Qué pasaba con ayer? ¿En qué narices pensaba al sacar el tema? Otra vez.

—¿Qué pasa con ayer? —Me desafió con la pregunta.

—Conocí a Holly —solté, y saqué el primer tema que no se basara en que nos habíamos tocado—. Parecía muy agradecida por el trabajo. Lina nos contó cómo la contrataste. A lo mejor no eres un completo imbécil.

—Nadie me halaga tanto como tú, duendecilla.

Puse los ojos en blanco.

—Oh, cállate. Intento ser amable.

—¿Lo único amable que se te ocurre de mí es que he contratado a alguien para que haga su trabajo?

—A lo mejor tendría más cosas que decir si me contaras el motivo por el que mi madre te está tan agradecida —le recordé.

—Déjalo ya, Sloane —respondió con voz cansada.

La tregua tan incómoda que habíamos firmado se resquebrajaba y derrumbaba. No sabía si sentirme aliviada o decepcionada.

Lucian centró la atención en el contenido de la estantería. Posó la mirada sobre la caja de exposición que incluía una pelota de *softball* de bronce. Volvió a apretar los labios en una línea muy fina.

—¿Qué es esto? —preguntó, echando un vistazo a la caja acrílica.

—Es la pelota de mi último partido. Maeve hizo que la bañaran en bronce a modo de broma. —Fue la primera vez que volví a reír de verdad después de la lesión, fue una de esas risas que te dejan en el suelo y te cortan la respiración; fue después de descubrir que los planes de obtener una beca de *softball* se habían acabado oficialmente.

No sabía si la punzada que sentí en la muñeca era real o solo el eco de un recuerdo. Y no me di cuenta de que me la masajeaba hasta que Lucian bajó la mirada.

Los ojos se le volvieron del color gris de las nubes de tormenta. Abrió la boca y la cerró de golpe.

—¿Qué? —le pregunté sin molestarme en disimular la rabia en el tono.

—No tengo tiempo de estar aquí. De hablar contigo.

—Como ya te he dicho, nadie te ha pedido que hagas de chico de los recados.

—Y yo no te pedí que te metieras y acabaras con tu carrera de *softball* —respondió.

—Pues es evidente que estamos en paz —bromeé.

—Como siempre, eres exasperante, irresponsable e inmadura. —Empleó un tono de voz frívolo, como si insultarme ni siquiera valiera el esfuerzo que le requería.

—Y tú eres un incordio muy voluble —repliqué tras la punzada que sentí con sus palabras.

—Siempre tan encantadora. Es un misterio que sigas soltera.

El hombre empuñaba el sarcasmo con la destreza de un manipulador experto. Sentí la necesidad de palparme todo el cuerpo en busca de heridas físicas.

—Vas a llegar tarde a tu próximo ritual de sacrificio, Lucifer. Será mejor que te vayas.

Sonrió con suficiencia.

—Gracias por recordarme el motivo por el que nuestra relación es así. De vez en cuando, hasta olvido cómo eres en realidad.

—Ah, ¿sí? ¿Y cómo crees que soy? —le pregunté.

—Peligrosa.

Le obsequié con una sonrisa tan dulce como la sacarina.

—¿Crees que encontrarás la salida o quieres que te ayude a bajar las escaleras de cabeza?

—Supongo que me las arreglaré. Mantén tus cosas alejadas de mi vida.

—¿Sí? Pues tú intenta mantener tu vida alejada de mi trabajo —repliqué mientras atravesaba la habitación y le señalaba la puerta abierta.

—Hola, tío Lucian —lo saludó Waylay desde detrás del escritorio comunitario en el que trabajaba con el portátil. Los dos adolescentes que se apoyaban en el escritorio miraban a Lucian con los ojos como platos.

—Hola, Way —le respondió Lucian mientras se dirigía a zancadas a las escaleras.

—¿Necesita que le acompañemos a la salida, señorita Walton? —se ofreció Lonnie Potter, y señaló en dirección a la espalda de Lucian con el pulgar mientras se alejaba.

Su amigo abrió tanto los ojos que parecieron aumentar el doble de su tamaño detrás de las gafas.

Me habría reído si no hubiera estado demasiado ocupada escupiendo fuego.

—No, pero gracias, Lonnie. Es muy amable por tu parte.

Volví al escritorio con paso firme y me apreté los ojos con las palmas de las manos.

—¿Qué narices significa voluble? —oí que le susurraba Lonnie a su amigo.

—Por el amor de Dios —murmuré.

181

Necesitaba asistir a una clase de meditación. O hipnoterapia. O tomar algún medicamento que me hiciera inmune a Lucian Rollins. ¿Qué más daba que me odiara? ¿Qué más daba que hiciera todo lo posible por cabrearme? Cada vez que reaccionaba, le daba lo que él quería. Solo eso ya debería ser motivo suficiente para que parara.

—¿Toc toc? —El saludo tentativo provino de Naomi, que entró en el despacho acompañada de mi hermana—. Estaba acompañando a Maeve hasta aquí y nos hemos cruzado con Lucian en las escaleras —comentó mi amiga—. Creo que ha gruñido cuando le he saludado.

—Por favor, no vuelvas a pronunciar ese nombre en mi presencia —le supliqué.

—Vaya, no os soportáis, ¿verdad? —observó Maeve—. Antes estabais muy unidos.

—Ah, ¿sí? ¿Cuándo? —Naomi saltó sobre la información como un gato sobre un taco de hierba gatera.

—Os voy a pedir un favor enorme a las dos: cambiad de tema de inmediato —las interrumpí.

—No le gusta hablar de lo que sea que pasara con Lu... ese tipo —le susurró Naomi a mi hermana.

—Pues resulta que tengo el cambio de tema perfecto —comentó Maeve. Echó un vistazo a las sillas de visita, que estaban hasta arriba de libros y los restos de un diorama de niños sobre la primera biblioteca pública de Knockemout.

—Vamos a una sala de reunión —sugerí, pues deseaba alejarme del aura que Lucian había dejado en el despacho tras marcharse.

—Yo tengo que volver abajo —-explicó Naomi—. Neecey va a venir cuando acabe el turno en el Dino's y la voy a ayudar a buscar información sobre el seguro médico para su padre.

—Gracias por acompañarme —le dijo Maeve cuando ya se iba.

—Sí, gracias —añadí después—. Vamos. —Guie a mi hermana hasta la sala de reuniones y me senté a la mesa con ella—. Vale, cuéntame.

—Mary Louise Upshaw —empezó Maeve, y sacó una carpeta del maletín pequeño y elegante—. La arrestaron por posesión y tráfico de sustancias controladas. La condenaron a veinte años de cárcel. Ya ha cumplido once de ellos en el Centro Correccional Fraus, a una hora al sur de aquí.

—Parece una sentencia extremadamente severa —comenté.

—Lo es —coincidió mi hermana—. El promedio para cargos de este tipo suele ser de entre tres y cinco años.

—¿Y por qué su caso iba a merecer una sentencia tan excesiva? Era su primer delito.

—Al juez que la condenó se lo conoce por ser muy duro en los casos de drogas. Puede que intentara dar ejemplo.

Tomé la carpeta y eché un vistazo a la foto policial de Mary Louise. Parecía una ama de casa que no tenía ni idea de cómo se había metido en un aprieto que incluyera una foto policial.

—No parece la típica persona que traficaría con unos kilos de marihuana y unas tabletas de éxtasis.

—Por lo que he podido averiguar, Mary Louise afirmó que las drogas no eran suyas y al principio se declaró no culpable, pero, unas semanas más tarde, cambió la declaración y dejó de oponerse a la condena.

Pensé en lo que me había dicho Allen el día del funeral de papá. «Mis tonterías acarrearon consecuencias que pagó mi madre».

—Ay, Allen —suspiré—. ¿Por qué no lo recurrió?

—Lo ha hecho. O por lo menos lo ha intentado. Ha tenido cuatro abogados de oficio desde que la arrestaron. Tengo la información de contacto de su representante legal actual —explicó Maeve.

Gracias a mi hermana y a mi padre, sabía que los abogados de oficio tenían demasiado trabajo y cambiaban de personal con mucha rapidez.

—Siento no tener más información. He estado en los tribunales y había otras cosas que requerían mi atención, así que no he tenido tanto tiempo para indagar en el caso como me habría gustado.

Hojeé los papeles.

—Aprecio mucho que lo has hecho, sé que tienes mucho lío.

—Nunca estoy demasiado ocupada para la familia —dijo.

Volví a sentir una punzada de culpabilidad. Yo sí que había estado demasiado ocupada para la familia. Demasiado ocupada para formar una.

—Oye, ¿cómo lo llevas todo? —le pregunté. Estiré los brazos por encima de la mesa y le apreté la mano.

Me devolvió el apretón.

—Estoy bien. Chloe es una buena distracción. Esa niña puede absorber toda la atención de una habitación y, una vez se ha ido, dejar a los ocupantes demasiado exhaustos para pensar. Pero lo echo mucho de menos.

—Yo también —comenté.

Me dio la sensación de que el encogimiento de hombros triste y la sonrisa forzada indicaban algo más. Algo que no me estaba contando.

—¿Qué más te ha pasado? —insistí.

Una observadora novata habría pasado por alto el destello de sus ojos, pero yo era una hermana pequeña muy entrometida. Me di cuenta de todo.

—Nada —respondió con inocencia.

—Mentirosa. Estás rara desde antes de que muriera papá. ¿Qué te pasa? Será mejor que lo sueltes, porque sabes que no te voy a dejar en paz.

Puso los ojos en blanco.

—Uf, vale. Me estaba viendo con alguien y no ha funcionado. No ha sido nada. No ha habido ruptura dramática ni una confrontación triste.

—¿Has estado saliendo con alguien y te las has arreglado para mantenerlo en secreto en este pueblo? —Arqueé las cejas.

—No era precisamente una relación que quisiera retransmitirle al mundo.

—¿Has tenido una aventura prohibida y has conseguido mantenerla en secreto? Estoy impresionada. ¿Por qué lo has dejado?

—¿Cómo sabes que...? Da igual. Estoy demasiado ocupada para relaciones. Él quería algo serio y yo no tenía... tengo... tiempo para algo serio.

Mi hermana era de esa clase de personas tranquilas y serenas que quieres a tu lado cuando hay una emergencia. Nunca

184

se dejaba llevar por las emociones. El hecho de que fingiera no estar disgustada por la ruptura me dio a entender que había sido algo más que «nada».

—Siento que no funcionara —le dije con delicadeza.

—No pasa nada. Gracias otra vez por recoger a la niña del ensayo de teatro. Ha sido de gran ayuda —respondió Maeve, que había apartado a un lado las emociones.

La observé durante un momento y después decidí dejarlo estar… por ahora.

—Oye, ¿queréis venir tú y Chloe el domingo? Podemos preparar el chili de papá y el pan de maíz de mamá y ver *Erin Brockovich.* —Y podría sonsacarle más información sobre el hombre misterioso furtivamente.

—La trifecta de homenaje a Simon Walton —comentó Maeve con una sonrisa—. Cuenta con nosotras.

—Genial.

Mi hermana guardó todos los papeles en el maletín ordenado y se puso en pie.

—Oye, si decides indagar en el caso de Mary Louise, dímelo. Me interesa.

—Gracias, Maevey Gravy —añadí, y la envolví en un abrazo.

—No hay de qué, Sloaney Baloney.

CAPÍTULO TRECE

UNA CENA ELECTRIZANTE

LUCIAN

Aparqué el Range Rover en el acceso de Knox, detrás de su camioneta. Las luces de la casa principal estaban encendidas y emitían un brillo que iluminaba la penumbra del invierno. Me encantaba venir de pequeño. Liza J. y Pop me habían dado mucha libertad; aquí había pasado veranos enteros nadando en el arroyo, durmiendo bajo las estrellas, escalando árboles y desafiando a los otros a hacer las estupideces típicas de la niñez.

Nuestras prioridades cambiaron cuando descubrimos a las chicas.

La vieja casa de madera también estaba diferente. Desde que Knox y Naomi se habían mudado, reinaba un orden que nunca antes había existido. Había velas en las ventanas y ramas de pino enlazadas en las barandillas del porche.

Se habían dejado la piel para Navidad, ya que había sido la primera que habían celebrado en familia. La verdad es que había sido espectacular. No podía culpar a Knox por haber puesto un trineo y un reno en el tejado. Si yo tuviera la oportunidad de tener una familia así, lo más seguro es que también me volviera loco tratando de compensar todas las fiestas que no había tenido de niño.

Salí del coche y me planteé fumarme el cigarrillo del día para aprovechar los últimos momentos de tranquilidad que iba a tener antes de entrar. No fumar después de irme de la biblioteca había sido toda una hazaña de pura fuerza de voluntad. Aunque lo más probable era que lo necesitara tras la cena.

A veces me gustaban esas reuniones ruidosas y casuales y otras me sentía como el fantasma que acecha a una familia feliz. De niños, Knox y Nash me habían aceptado tal y como era. De adultos, podíamos dejarlo todo a un lado y retomar la amistad en cualquier momento sin consecuencias o resquemores.

Pero con la llegada de Naomi y Lina, la amistad parecía acarrear más responsabilidades. Si desaparecía en Washington, Nueva York o Atlanta durante semanas sin contactar con nadie, no tenía la menor duda de que Naomi me localizaría para saber si todo iba bien y cuándo iba a volver. Y Lina, como mínimo, esperaría que la avisara de mi marcha y querría saber la fecha aproximada de mi regreso. Las dos se tomarían como algo personal que pasara semanas o meses sin ponerme en contacto con ellas.

Las mujeres complicaban las cosas. Y no solo para las parejas que escogieran, sino también para todos aquellos que estábamos conectados a sus parejas.

La puerta principal se abrió de golpe y Knox salió justo cuando unos faros iluminaban el acceso. Una música apagada llenó el aire de la noche por encima del estruendo del motor.

El Jeep de Sloane se paró detrás de mi coche. Las luces y el motor se apagaron, pero la música siguió sonando. Era «Man! I Feel Like a Woman». Suspiré. Había cosas que no cambiaban nunca.

Knox llegó hasta mí. Llevaba unos vaqueros y una camiseta térmica de color gris carbón con una manga mordida.

—No me habías dicho que venía —comenté, y señalé en dirección al Jeep con el pulgar.

Terminó la canción y la puerta del conductor se abrió. Sloane se dejó caer y las botas de vaquera que llevaba puestas aterrizaron en el suelo con un golpe seco.

—¿De quién es el Rover? —le preguntó a Knox.

Me asomé por detrás del capó y vi que retrocedía.

—No me habías dicho que venía —espetó.

—Y este es el motivo exacto por el que he salido aquí fuera en vez de abriros la maldita puerta principal —anunció Knox.

—¿Y ahora qué te pasa? —preguntó Sloane mientras se acercaba a nosotros a zancadas. Llevaba unas mallas y un jersey de color rojo rubí extragrande que le combinaba con el pintalabios. Llevaba el pelo semirrecogido y le caía en ondas gruesas y descuidadas. Era casual. Cercano.

—Waylay y yo hemos tenido que oír a Naomi debatir consigo misma durante una hora sobre a cuál de los dos desinvitar —explicó Knox.

—Creo que te refieres a cuál retirarle la invitación —le dije.

—Vete a la mierda —replicó Knox.

—No entiendo el conflicto. Soy amiga de Naomi y su jefa. Ergo, gano yo —comentó Sloane, irritada.

—Sí, bueno, pues Luce es mi amigo. Y, al parecer, Naomi está preocupada por él —añadió Knox.

Ignoré el gesto engreído de Sloane.

—No hay de qué preocuparse —insistí, molesto y al mismo tiempo extrañamente aliviado de que alguien se preocupara por mí.

—Aparte de por el hecho de que seas un cadáver sin alma emperrado en traerle miseria a todos —añadió Sloane.

—Solo a ti, duendecilla. Solo vivo para destrozar tu felicidad —repliqué.

—Y ese es precisamente el motivo por el que me estoy congelando el culo en el acceso en lugar de estar enrollándome con mi mujer. Así que esto es lo que va a pasar: los tres vamos a entrar en casa y os vais a comportar como humanos adultos capaces de controlar vuestros impulsos. Si no...

Sloane entrecerró los ojos.

—Si no, ¿qué?

Siempre reaccionaba mal a los desafíos de ese tipo. Knox esbozó una sonrisa malvada.

—Me alegra que me lo preguntes. Dado que no quiero que Naomi se entere de esto y solo puedo pegaros a uno de los dos en la cara, y además tú me das un poquito de miedo... —Señaló a Sloane—, he tenido que ponerme creativo.

Levantó dos cajas pequeñas de las que sobresalían varios cables.

Sloane ya había empezado a sacudir la cabeza.

—No. No. Ni de broma.

—Oh, claro que sí —insistió.

—¿Qué es eso? —pregunté.

—Bueno, Lucy —continuó Knox de forma amigable—. Son máquinas de neuroestimulación eléctrica transcutánea, también conocidas como TENS, y también conocidas como los instrumentos de tortura que simulan el dolor de regla que utilizan las chicas del Honky Tonk durante el Código Rojo cada mes. Les pegan estos parches adhesivos a los hombres en la barriga y proceden a electrocutarles de la hostia para enseñarles lo que tienen que soportar cada mes.

Sloane resopló y se cruzó de brazos.

—No puedes decir en serio que vas a electrocutar a tus invitados.

—Voy a serte sincero, no me importan tanto ni la cena ni nuestra amistad —comenté, y me saqué las llaves del coche del bolsillo.

Sloane se llevó las manos a las caderas en un gesto triunfal.

—Que te sea leve.

Knox me arrancó las llaves de las manos.

—No me estás escuchando. Naomi ha decidido que no puede invitaros a las mismas chorradas sociales a los dos. Lo cual significa que va a organizar el doble de chorradas sociales para asegurarse de que vosotros dos tocacojones obtengáis el mismo puto tiempo de calidad con nosotros. Y no quiero más chorradas sociales ni más puto tiempo de calidad. Quiero que dejéis a un lado esa tontería de «tenemos una enemistad secreta de la que no vamos a hablar» y hagáis que mi mujer se olvide de que no os soportáis el uno al otro.

—Es absurdo —insistí.

—No, los que sois absurdos sois vosotros por obligarme a hacer esto, joder. Así que, o entráis con estas máquinas pegadas, fingís ser adultos durante la velada y hacéis feliz a mi mujer, u os vais a casa a reflexionar sobre lo estúpidos que debéis ser para que yo tenga que ser la puta voz de la razón en esta situación.

Bajé la mirada hacia Sloane, que parecía estar sopesando las ridículas opciones.

—¿Qué hay de cenar? —preguntó con los ojos entrecerrados mientras realizaba los cálculos.

—Tacos.

—Mierda —murmuró, y tomó una de las máquinas TENS que le ofrecía.

—Estás de broma.

—Tengo hambre y le voy a demostrar al barbero barbudo que soy mejor amiga que tú —anunció Sloane. Se levantó el dobladillo del jersey de cuello alto y dejó al descubierto el vientre desnudo.

—Yo no pienso hacerlo —le dije a Knox.

—No te voy a obligar. Conoces las opciones y las consecuencias. Pero lo he dicho muy en serio: o los dos o ninguno. Y si tengo que entrar y decirle a mi mujer que no habéis sido capaces de poneros de acuerdo para no ser unos capullos durante el tiempo que tardéis en comeros un puñado de tacos, se va a disgustar y eso me va a poner furioso de cojones. Y no tendré más remedio que hacer que la misión de mi vida sea destruiros a los dos —nos amenazó.

—¿Qué te pasa, Lucifer? ¿Tienes miedo de un poquito de dolor o miedo de no ser capaz de controlarte? —me provocó Sloane con una mirada desafiante.

Maldije, me arranqué el cinturón y me saqué la camisa del pantalón.

—Que quede claro, más vale que sean los mejores tacos que me he comido nunca, porque sigo sin estar convencido de que esta amistad lo valga.

Los ojos verdes de Sloane me recorrieron la piel que había dejado al descubierto mientras me pegaba los dos parches adhesivos al abdomen.

—Ya podéis desquitaros ahora, porque Waylay se va a sentar entre vosotros dos. Y si mi niña descubre que estáis siendo unos capullos con el otro, os freirá a calambrazos.

Mientras nos dirigíamos a la casa, me consolé con la idea de que fuera Waylay, no Knox, quien manejara los controles. Además, el dolor de regla no podía ser tan malo.

Unas descargas de agonía me recorrieron el abdomen y me bajaron por las piernas. Golpeé la mesa con la palma de la mano y los vasos y la vajilla de plata tintinearon.

Piper ladró y Waylon gruñó porque los hubieran exiliado al otro lado de la valla para perros.

Waylay soltó una risita y todo el mundo interrumpió la conversación para mirarme.

Knox tenía un aire engreído. A Sloane le temblaban los hombros mientras reía en silencio al otro lado de la cabeza rubia de Waylay. Los demás parecían preocupados.

—¿Estás bien, Lucy? —preguntó Nash desde el otro extremo de la mesa.

—Sí —respondí con voz ronca mientras se disipaba el dolor.

Sloane se secó las comisuras de los ojos con la servilleta.

—Creo que estabas diciendo que mi voz te recordaba a un chihuahua rabioso. ¿Quieres seguir hablando del tema o...?

Se le tensó todo el cuerpo y se le cayeron la servilleta y la cuchara de salsa al suelo. Emitió un chillido agudo.

—¿Qué está pasando? —preguntó Naomi, a la derecha de Knox.

—Nada —respondimos Waylay, Knox, Sloane y yo al mismo tiempo.

Todos nos las arreglamos para esbozar una sonrisa inocente que no pareció engañar a nadie.

—Naomi, ¿cuáles has dicho que iban a ser los colores de nuestro banquete? —preguntó Lina, y desvió la atención hacia el otro lado de la mesa.

—No le he insultado, gamberra —le siseó Sloane a Waylay.

—Lo estabas provocando y eso es igual de malo. Confía en mí. Básicamente soy la reina de las ofensas en el campo de fútbol —le informó Waylay.

—Mi máquina tiene que estar más alta —la acusé. Había sentido como si las entrañas se me fueran a salir del cuerpo.

—En realidad, solo estás en el nivel ocho. Knox y yo hemos deducido que Sloane tendría ventaja, ya que es una chica y ha tenido la regla durante unas cuantas décadas.

—¿Cuántos años te crees que tengo? —le preguntó Sloane, y sacudió la cabeza—. Da igual. Dime a qué nivel tienes la mía.

—Estás al nueve.

Sloane levantó el puño al aire en un gesto de victoria.

—¡Toma!

Naomi nos observaba otra vez. Levanté un taco y le hice un gesto amable con la cabeza.

—Pónmela al diez —le dije a Waylay cuando Naomi apartó la mirada.

—No sé. Knox me ha dicho que las chicas tienen prohibido utilizar el nivel diez en el bar desde que Garth Lipton casi se hizo caca en los pantalones.

—Súbelo al diez —insistí secamente.

—Cagarte en los pantalones no tiene nada de heroico, Rollins —espetó Sloane en voz baja. Se le volvió a poner el cuerpo rígido y el taco que sujetaba explotó al caer sobre el plato—. ¡Ay! Waylay, no lo estaba insultando. Le estaba dando un consejo.

—A mí me ha parecido un insulto. Además, has dicho una palabrota y eso supone añadir un dólar al tarro, lo cual significa que la tía Naomi pasará un rato extra en el maldito pasillo de los productos agrícolas.

—Waylay, ¿qué tal están los tacos? —preguntó Naomi.

—Están buenos. Estarían mejor sin todas las verduras raras y viscosas que llevan, pero supongo que puedo sufrir esa parte —respondió la niña.

—Garth Lipton tiene cuarenta años más que yo —le dije a Sloane por encima de la coronilla de Waylay.

—Yo solo intento cuidar de ti. Casi no has podido soportar el ocho. No me gustaría ver lo que te pasaría con el diez. Bueno, en realidad me encantaría, pero intento ser la adulta responsable —susurró como respuesta.

—Que tú no puedas soportar el diez no afecta a mi resistencia. Estaré bien.

—Soy una mujer. Hace dos semanas, tuve unos dolores de regla tan fuertes que tuve que tumbarme en el suelo del baño público del garaje del mecánico. Y después tuve que volver a ponerme en pie e ir a hacer mi trabajo durante ocho horas. Nací para soportar un diez.

—No os estáis diciendo nada malo, pero vuestro tono empieza a ser un poco cortante —nos advirtió Waylay.

—Súbeme al diez —le ordené.

—Vale, pues súbenos a los dos. Te enseñaré cómo se sobrelleva —replicó Sloane.

—Siento tener que deciros esto porque me lo estoy pasando muy bien, pero creo que habéis perdido de vista el motivo por el que Knox me deja electrocutaros.

Primero Knox y ahora Waylay. Las voces de la razón eran cada vez menos creíbles a medida que pasaba la velada.

Sloane me lanzó una mirada asesina por encima de la cabeza de Waylay. Se la devolví.

—No me toques los huevos. —Movió los labios sin hacer ruido.

—No eres mi tipo —le respondí del mismo modo.

—¿Va todo bien por ahí? —preguntó Naomi, que parecía nerviosa.

—Bien, excepto que Lucian me mira con el ceño fruncido como un... —Sloane gruñó y se le contorsionó el rostro de dolor—. Ha valido la pena —resolló.

—Eres una idiota —le espeté. Y después una corriente de dolor insoportable me recorrió el cuerpo, me retorcí de dolor y dejé caer la cabeza hasta justo encima del plato de tacos—. Lo he notado en los riñones.

Waylon y Piper empezaron a ladrar frenéticamente.

—¡Knox Morgan! ¿Qué hace nuestra hija electrocutando a los invitados? —chilló Naomi.

Mi amigo levantó las manos.

—Flor, esto tiene una explicación muy lógica.

—Jesús —murmuró Nash—. No sé a quién arrestar primero.

—¿Sabéis qué? Creo que voy a ir a por la tarta de frutas... y a por más alcohol —comentó Lina, y se levantó de la mesa.

—Yo te ayudo —anunció Waylay, y se escapó de la habitación antes de que empezaran a repartirse los castigos.

—Yo lo superviso todo —se ofreció Nash.

Nos levantamos y comenzamos a arrancarnos los electrodos. Notaba las piernas como si estuvieran hechas de madera frágil. Un paso en falso y me desplomaría. Sentía un eco de dolor en la parte baja de la espalda.

Agarré a Sloane del brazo y la guie hacia la puerta trasera.

—Vamos fuera —le dije con brusquedad.

—Pero quiero ver cómo Naomi le canta las cuarenta a Knox —protestó ella.

—Tienes toda la vida para eso. —Tiré de ella hacia el porche exterior y cerré la puerta. Hacía frío y estaba oscuro. La luz suave de la luna creciente dibujaba las sombras esqueléticas de los árboles desnudos sobre la nieve.

—¿El nivel diez te ha derretido el cerebro? —me preguntó Sloane, y se zafó de mi mano.

—Vamos a hacer una tregua —anuncié.

—No funciona así.

—Tengo cuarenta años. Llevo un negocio multimillonario. Tengo propiedades. Pago los impuestos. Voto. Cocino. Me pongo la maldita vacuna de la gripe cada año.

—Felicidades. ¿Dónde quieres que te envíe una felicitación?

—Somos adultos —expliqué, y señalé la ventana desde la que parecía que seguía reinando el caos—. Y eso ha sido la última actuación de una línea muy larga de tonterías inmaduras que hemos protagonizado juntos.

Sloane se cruzó de brazos y bajó la vista a los pies. Llevaba unas botas marrones con las costuras lilas.

—No digo que tengas razón, pero no te equivocas del todo.

—Esto tiene que acabar.

Llenó las mejillas de aire. La luz del interior de la casa hizo que le brillara el *piercing* de la nariz. Parecía un hada de los bosques traviesa.

—Lo sé. —Me dio la espalda y caminó hasta la barandilla—. No soporto que todas las conversaciones que tengo contigo me hagan volver a ser una adolescente incapaz de controlar los impulsos. Es vergonzoso.

—Y yo no soporto dejar que me irrites tanto. Es exasperante —admití.

Esbozó una sonrisa leve al cielo nocturno.

—Así que admites que en parte eres humano.

—Si se lo cuentas a alguien, lo negaré.

Se abrazó con más fuerza y encorvó los hombros para protegerse del frío. Despacio, me acerqué a ella hasta rozarle el hombro con el brazo para ofrecerle un poco de mi propio calor.

—¿Y qué se supone que tenemos que hacer? ¿Perdonar y olvidar? —me preguntó.

—Eso es imposible —le respondí en tono seco.

Dejó escapar una carcajada corta y amarga.

—Ni que lo digas.

—Tenemos que idear una especie de solución. Por ellos.

Los dos miramos por encima del hombro hacia la cocina, donde se habían agrupado todos con café y tarta de frutas.

—Parecen muy felices sin nosotros —observó Sloane.

—Entonces encontraremos la manera de que sean felices con nosotros.

—Empecemos por no interactuar entre nosotros cuando estemos en grupo —sugirió ella—. No creo que estemos listos para charlas educadas.

Odiaba admitirlo, pero tenía razón. Lo más seguro era que nos evitáramos hasta que desarrolláramos tolerancia al otro.

—Vale. Y si por cualquier motivo uno de los dos siente que no puede soportar ver al otro en un evento en concreto, nos pondremos de acuerdo por adelantado para compaginar nuestras apariciones.

—Eso ha sonado muy típico de las cenas de gala elegantes de los ricos. Sin ánimo de ofender —añadió enseguida, y después hizo una mueca—. Va a ser mucho más difícil de lo que pensaba.

—No es más que un mal hábito —insistí.

Y no iba a permitir que un hábito me controlara. Sin tratar de ser irónico, saqué el cigarrillo diario del bolsillo de la camisa y el encendedor.

Sloane lo miró mientras me lo encendía.

—Algunos hábitos son más difíciles de superar que otros.

No tenía ni idea de lo mucho que había tenido que forcejear después de nuestro encuentro en su despacho. No había habido nada que deseara más que calmar el brote de ira con mi dosis diaria de nicotina. Mis dedos se morían de ganas de que sujetara el filtro entre ellos y mis oídos anhelaban oír el chasquido del mechero.

Pero me había negado a caer en la tentación.

Era una recompensa, no un apoyo.

Una recompensa era la respuesta a un logro. Un apoyo era símbolo de debilidad. Y no toleraba la debilidad, y menos en mí mismo.

—En el futuro, si sientes que no puedes controlarte y la necesidad de insultarme es demasiado abrumadora, lo resolveremos en privado —sugerí, y exhalé humo hacia la luna.

—¿Yo? —Se dio la vuelta y levantó la mirada hacia mí—. Esta noche ni siquiera te habías comido el primer taco antes de estallar.

—Sí, bueno, pues se acabó. —Me encantaba y a la vez odiaba que centrara toda su atención en mí. Me obligué a apartar la mirada.

—De ahora en adelante, para mí serás como ese tío duro de oído, ligeramente racista y misógino al que todo el mundo evita durante Acción de Gracias.

—Y tú no serás más que la amiga invisible molesta de Naomi y Lina a la que fingiré ver cuando insistan en ponerte un plato en la mesa —respondí.

Sloane se apartó de la barandilla y me ofreció la mano.

—¿Trato hecho?

Le estreché la mano. Era muy pequeña y delicada en comparación con la mía.

—Trato hecho.

Sería muy sencillo romper algo tan frágil, ya había sido muy fácil de romper. No me gustó que los dos lo supiéramos.

«Crac».

Se le curvaron los labios rojos con malicia mientras nos estrechábamos la mano.

—Te diría que ha sido un placer conocerte, pero ambos sabemos que es mentira.

Le solté la mano y le di la espalda, deseando que tanto ella como el sonido que me perseguía desaparecieran.

Esperé hasta oír cómo se abría y cerraba la puerta y quedarme solo en la oscuridad del porche antes de darle una calada larga al cigarrillo.

CAPÍTULO CATORCE

SEÑALES DE ALARMA

SLOANE

—¿Has escondido el cadáver por lo menos, Sloaney? —me preguntó Nash cuando entré en la cocina. Le estaba haciendo un masaje en los hombros a Lina mientras esta rellenaba las copas de vino.

—Todavía respira. Veo que habéis hecho las paces —le dije a Knox, que tenía a Naomi enjaulada entre la encimera y el pecho. Le había metido las manos en los bolsillos traseros de los vaqueros y tenía una expresión de anticipación voraz en el rostro atractivo.

—Es imposible estar enfadado conmigo —comentó Knox.

—Lo único que tiene que hacer es cargar el lavavajillas de la forma correcta y soy un charco de perdón —explicó Naomi. El anillo de compromiso y el de matrimonio le parpadearon bajo la luz.

—¿Tenéis un minuto para hablar de una cosa? —les pregunté a Naomi y Lina.

Las dos se separaron de sus hombres y me siguieron hacia la sala de estar que había al otro lado de la cocina.

—No me gusta cómo ha sonado eso —gruñó Knox cuando nos íbamos.

—Nos van a escuchar a escondidas —advirtió Lina, que se dejó caer en una butaca y pasó las piernas por encima del brazo.

Naomi se sentó en el sofá y le dio unas palmaditas al cojín de al lado.

—¿Tiene que ver con el incordio muy voluble?

Lina se atragantó con el vino. Sacudí la cabeza.

—Hemos pactado una tregua y no, antes de que preguntéis, no me apetece hablar de los términos. —Oí que se abría y cerraba la puerta trasera, seguida de los murmullos graves de una conversación de hombres—. Es sobre lo que hablamos acerca de la ayuda legal. Quería comentaros algo a las dos. Les expliqué por encima el caso de Mary Louise.

—Creo que Allen hizo una estupidez o lo pillaron con el grupito equivocado y su madre lo protegió. Y nadie se merece veinte años de cárcel por proteger a su hijo. Obviamente, no iba a consignar vuestro dinero a algo sin hablarlo con vosotras primero. Puede que no sea el caso más apropiado para lo que queremos hacer, pero, al menos, me gustaría hablar con ella y averiguar más detalles sobre el caso y la sentencia. —Respiré hondo y me froté las rodillas con las manos—. ¿Qué os parece?

—Creo que es una idea magnífica y que tu padre estaría muy orgulloso de ti —comentó Naomi, y me apretó la mano.

—Estoy de acuerdo —dijo Lina.

—Podría costar mucho dinero, más de lo que tenemos. No quedaría nada para los demás —les advertí.

—Estamos hablando de la vida de una mujer —dijo Naomi—. Por supuesto que vale la pena.

—Si estáis seguras, me gustaría quedar con ella y escuchar su versión de la historia, si está dispuesta a compartirla.

—¿Dónde está encarcelada? Iré contigo —se ofreció Lina.

—Yo también —coincidió Naomi—. Me gustaría conocerla.

—Y una mierda. —Knox entró a zancadas en la habitación, seguido de Nash. Lucian se quedó en el umbral de la puerta.

—Oye, vikingo… —comenzó Naomi.

—No me vengas con un «oye, vikingo», Flor —replicó su marido—. No vas a ir a la cárcel, aunque solo sea para hablar con alguien.

Nash tenía los brazos cruzados sobre el pecho y la mirada clavada en Lina. Ella agitó un dedo en su dirección.

—Ni se te ocurra probar la actitud de macho alfa y mandón conmigo, cabeza loca. Ya he entrevistado a prisioneros otras veces.

—Oh, no estoy de parte del idiota de mi hermano. Pero si tú vas, yo también, ángel —dijo Nash en tono amable.

—¿Qué os parece si os ahorro las riñas matrimoniales a todos? Iré yo sola y…

Todos respondieron con un «¡No!» rotundo. Incluido Lucian. Me invadió un destello de ira.

—Que quede claro, ninguno de vosotros tiene derecho a decirme lo que puedo o no puedo hacer. Entiendo lo complejas que son las relaciones y podéis lidiar con eso por vuestra cuenta. Pero yo no os debo esa consideración a ninguno.

—No irás —dijo Lucian, como si tuviera derecho a decretar algo así.

—¿Puedo hablar contigo fuera? —le pregunté con los dientes apretados.

—Yo iré contigo —interrumpió Nash.

—Pues si vosotros dos vais a ir, yo también —discutió Lina.

—¡Ejem! Es nuestro dinero y nuestra iniciativa —les recordó Naomi a los hombres—. Ergo, nosotras somos las que tomamos las decisiones.

Knox levantó un dedo como si estuviera a punto de empezar a gritar y después, en lugar de eso, se largó de allí.

Las pisadas de sus botas hicieron eco por toda la casa mientras se alejaba y volvía a zancadas.

Regresó con un talonario de cheques y un bolígrafo en la mano y con Waylon y Piper danzándole en los talones.

Knox garabateó con la tinta de forma brusca por uno de los cheques y lo arrancó.

—Toma. Ahora tengo derecho a decidir, y no vas a ir.

—No puedes solucionarlo todo con dinero, Knox —señaló Naomi, y se puso en pie—. Esa mujer merece una segunda oportunidad de verdad.

—Lo más probable es que sí —coincidió él con agresividad.

Levanté un dedo.

—Un momento, estoy confusa.

—Nadie dice que no sea una buena causa, pero no quiero tener que lidiar con las consecuencias de que las tres vayáis a verla y se os rompa el corazón con su triste historia sobre lo injusta que es la vida.

Knox Morgan no soportaba las lágrimas y a las mujeres desoladas. Eran su kriptonita.

—¿No quieres que intentemos hacer algo bueno solo porque nuestros sentimientos te incomodarían? —Parecía que Naomi se había olvidado de la habilidad de Knox para cargar el lavavajillas.

—No he dicho eso, Flor.

—En realidad —intervino Lina—, un poco sí.

—No me ayudas, Solavita —replicó Knox entre dientes.

—No le hables en ese tono o te daré una paliza y después te arrestaré —advirtió Nash a su hermano.

Me subí a la otomana y silbé.

—¡Callaos todos!

Todos cerraron el pico y me miraron.

—Es evidente que es un tema polémico. Dejad que investigue un poco más y después podremos volver a hablar de ello como adultos racionales.

Se oyó un coro de refunfuños de «como quieras» y «vales».

—Oye, ¿qué os tomáis para el dolor de regla? —me preguntó Lina de repente.

Knox y Lucian se esfumaron de la habitación como si alguien hubiera sugerido que nos sentáramos en círculo para hablar de nuestros sentimientos.

Nash le pasó las manos a Lina por las caderas.

—¿Te encuentras bien, ángel?

Ella le guiñó el ojo.

—Sí, solo quería que la testosterona se largara de aquí para interrogar a Sloane sobre la aplicación de citas.

—En tal caso, me largo. —Pero no se marchó hasta que no le hubo plantado un beso apasionado a su prometida.

—Vaya —comenté, y me abaniqué.

—Sí, vaya —afirmó Lina con ojos soñadores, y las tres miramos a Nash mientras se iba. De verdad que tenía un culo de infarto.

El aturdimiento desapareció en cuanto lo hizo el trasero de Nash. Me volví a dejar caer en el sofá. Waylon, el *basset hound*, se arrojó sobre mi regazo y me inmovilizó contra el cojín. Empecé a acariciarle las orejas suaves y emitió un suspiro ronco.

—¿Qué tal va con la aplicación? ¿Con cuántos hombres has hablado? ¿Has programado alguna cita? —preguntó Lina.

—Creo que a lo mejor no he completado el perfil correctamente. No me ha emparejado con nadie. No he recibido ningún mensaje, no tengo ni un solo *match*, ni he recibido fotos de penes no solicitadas.

—Debes de haberte saltado un paso en el proceso de configuración —comentó Naomi lealmente.

—Déjame ver —intervino Lina.

Abrí la aplicación y le lancé el móvil. Lina arqueó las cejas.

—Perdona, ¿es que no quieres echar un polvo? —me preguntó.

—¿De qué hablas? —¿Es que había subido la foto equivocada por accidente? A lo mejor alguien me había hackeado la cuenta e indicado que me gustaban los sacrificios rituales y asistir a competiciones de deletreo.

—No puede estar tan mal —insistió Naomi. Lina giró la pantalla hacia ella y mi amiga hizo una mueca—. Vale. Es evidente que intenta autosabotearse.

—¿Qué le pasa a mi perfil exactamente? —exigí saber mientras luchaba contra el peso muerto del *basset hound,* que roncaba.

—Preguntemos a los expertos —sugirió Lina.

—¡Ni se te ocurra!

Pero era demasiado tarde. Los hombres, que, sin lugar a dudas, estaban escuchando a escondidas otra vez, aparecieron en la puerta.

—¿Alguien ha dicho expertos? —preguntó Nash con una sonrisa encantadora.

Lina levantó el móvil.

—Explicadme por qué no entraríais a este perfil.

Los Morgan se inclinaron hacia delante y después se apartaron al unísono.

—Por Dios, Sloaney. ¿Qué intentas hacer, ahuyentar a todas las pollas? —preguntó Knox.

Me encogí de vergüenza mientras Lucian miraba la pantalla. Al contrario que sus amigos, no se estremeció. Sonrió con suficiencia.

—¿Cuál es el primer problema? —preguntó Lina como si estuviera dando una clase.

—El gato —dijeron los hermanos al mismo tiempo.

—Un momento, ¿qué pasa con el gato? Los gatos son monos —discutí.

—Tener un gato en la foto de perfil te hace parecer una loca de los gatos —explicó Nash.

—Y que hayas añadido la palabra gato en el nombre de usuario lo certifica —añadió Knox mientras se acariciaba la barbilla—. Y después está el color del pelo.

Waylon volvió a roncar e hizo que me vibrara el regazo.

—Era la hora de cuentos de Papá Noel, el rojo y el verde fueron temporales —respondí a la defensiva.

—Los colores de pelo estrambóticos en la foto principal del perfil señalan que la mujer podría ser cara de mantener y… —dijo Nash.

—Que le gusta llamar la atención —añadió Knox.

Me sujeté las puntas teñidas.

—Qué grosero.

—No digo que sea verdad. Digo que en un perfil de citas pones las que crees que son tus mejores cualidades. Y lo que muestras ahora mismo es que te gustan los gatos y el pelo raro.

—Y después está el hecho de que llevas un disfraz de elfo —añadió Lina—. Sloane, eres una mujer inteligente. ¿Por qué narices has elegido esta foto?

—Tiene una luz genial. Me gusta mi sonrisa. Y el ángulo hace que mis pómulos parezcan más definidos. Además, pensaba que salir con un gato le daría a entender a los chicos que soy maternal.

—¿Y por qué cojones quieres parecer maternal? —preguntó Knox, horrorizado.

—Porque está lista para sentar cabeza y formar una familia —le explicó Naomi a su marido.

—Necesito un trago —murmuró Lucian en voz baja. Se largó de la sala de estar.

—Sin ánimo de ofender, Sloaney, pero este perfil no te hace parecer apta para el matrimonio. Más bien pareces una señal de alarma andante —dijo Nash.

—¿Esas reglas están escritas en alguna parte?

—Sí, en un sitio que se llama internet —replicó Knox.

—Genial —murmuré—. ¿Y cómo lo arreglo?

—En eso podemos ayudarte —anunció Lina.

Cuando Lucian regresó con una copa de licor, yo estaba de pie contra la chimenea de piedra, con una copa de vino (que, según Naomi, daba a entender que era responsable, pero divertida) en una mano y, la otra sobre la cadera mientras fingía reírme de algo que Knox, el autoproclamado director de imagen, decía y Lina me hacía fotos.

Nash le había quitado la pantalla a una lámpara de pie y me apuntaba con la bombilla a la cara.

—Soy graciosísimo y te lo estás pasando de puta madre —insistió Knox casi en un gruñido.

—A lo mejor si me contaras un chiste… —sugerí a la vez que me preguntaba si debería haberme saltado las citas y haber ido directa a un banco de esperma.

—Mmm. ¿Creéis que deberíamos enseñar más tetas o más abdomen? —preguntó Lina, y ladeó la cabeza mientras me analizaba.

—Tetas —respondieron los hombres Morgan al unísono.

Lucian me miraba con una expresión extrañamente homicida en la cara. Le devolví la mirada.

—Oh, creo que tenemos una. Estás muy atractiva y *sexy* —comentó Lina mientras revisaba la pantalla del móvil.

Naomi se asomó por encima de su hombro.

—Pero accesible e interesante.

Knox y Nash se acercaron para dar su opinión.

—Atractiva, pero no demasiado —decidió Knox.

—Conseguirás un marido en cuestión de segundos —afirmó Nash—. Y nos aseguraremos de que sea digno de ti cuando lo hagas.

—Dejadme verla —pedí.

Eché un vistazo a la pantalla cuando levantaron el móvil y sentí que me subía el calor a las mejillas. Había estado mirando a Lucian de reojo. ¿Tenía ese aspecto cuando lo miraba? Tenía la barbilla levantada, los labios separados y la mirada ardiente. Parecía muy *sexy*... y cachonda.

Madre mía. La verdad es que estaba muy atractiva.

Lucian se acercó y, para mi vergüenza, echó un vistazo a la foto. Volvió a mirarme y supe que lo había captado. Sabía que lo observaba a él. Que esa mirada había sido solo para él. ¿Qué más daba un secreto más entre nosotros?

—Necesito un trago de verdad —murmuré, y dejé el vino que no había tocado en la mesita del café.

Sin mediar palabra, Lucian me entregó la copa y volvió a salir. La miré boquiabierta por la sorpresa.

Naomi me dio un codazo.

—Veo que podéis ser amables con el otro.

—Ya te he dicho que electrocutarlos no ha sido una estupidez —comentó Knox.

—Solo es una tregua —expliqué. Y después le di un trago al que resultó ser un *whisky* americano muy rico.

Waylay entró en la habitación a paso tranquilo y le rodeó la cintura a Naomi con el brazo.

—¿Qué está pasando aquí?

—Creía que le estabas arreglando el portátil a tu profesora —respondió Naomi, y le apartó el pelo de la cara.

La niña se encogió de hombros.

—He acabado en unos diez minutos. La gente tiene que empezar a prestar más atención a los antivirus. Son los treinta dólares más fáciles que he ganado en toda la semana. En fin, parecía que os lo estabais pasando mejor que yo y he venido a cotillear.

—Estamos ayudando a Sloane con su perfil de citas —explicó Naomi.

—Guay. ¿Puedo comer más tarta de frutas? —preguntó Waylay.

—Solo si me pones un poco más a mí —dijo Nash desde el rincón en el que estaba colocándole la pantalla a la lámpara.

Naomi abrió la boca, pero Waylay levantó una mano.

—Lo siento, tía Naomi, pero un adulto acaba de decir que puedo comer más y no necesito una segunda opinión.

—Vale, pero voy contigo para asegurarme de que tu segunda porción no pese media tonelada. —Naomi se dio por vencida. Se fueron a la cocina justo cuando Lucian volvía con otra copa.

—Vamos a hablar del usuario —comentó Lina, e hizo que alejara la atención de él y volviera al tema que teníamos entre manos.

Nash miró por encima del hombro de Lina y le colocó las manos en las caderas.

—¿BibliotecariaGatunaCuatroOjos?

Hice una mueca. Vale, hasta yo tenía que admitir que no había sido mi mejor momento de creatividad.

—¿Qué quiero que diga el usuario sobre mí?

—Que no estás loca —respondió Knox, y se puso cómodo en el sofá. Waylon saltó a su lado y se dejó caer de espaldas.

Mientras mis amigos decidían un nombre de usuario nuevo, yo bebía *whisky* junto al fuego en el sillón orejero y me preguntaba por qué se me daba tan mal todo esto. Podía enviar una solicitud de beca como una profesional. Me ponías en una situación social y podía seducir a un chico soltero mono en tiempo récord. Pero tener que venderme mediante un perfil me parecía abrumador y estúpido.

—Te estás sujetando la muñeca —comentó Lucian con voz grave y seria.

Di un respingo. Había estado tan perdida en mis pensamientos que no me había dado cuenta de que se acercaba.

—¿Qué? —Bajé la mirada y me di cuenta de que me frotaba la muñeca izquierda distraídamente con la otra mano.

—¿Todavía te duele? —preguntó en voz suave, pero había algo de fragilidad en el tono que empleó.

—No, claro que no —le respondí, y dejé caer las manos.

Naomi reapareció.

—¿Te has hecho daño? —preguntó, lo que me demostró que haberse convertido en la tutora de Waylay le había concedido un oído sobrehumano.

—¿Es síndrome del túnel carpiano? —preguntó Lina.

—Yo, eh, me rompí la muñeca en el instituto. No fue para tanto —añadí con rapidez.

—No me acuerdo de eso. —Knox frunció el ceño.

—Tú ya te habías graduado. Pasó justo antes de las vacaciones de verano.

—Me había olvidado —musitó Nash. Me lanzó una mirada larga e inescrutable. Como jefe de policía, Nash tendría acceso a todos esos historiales antiguos.

—¿Cómo te la rompiste? —me preguntó Waylay.

Evité mirar a Lucian a propósito, pero todavía sentía su atención clavada en mí.

—Del mismo modo que los adolescentes se rompen cualquier cosa: con un exceso de torpeza y un don para el drama.

—¿Y todavía te molesta? —me preguntó Naomi.

—No, ya apenas pienso en ello.

Lina emitió un chillido de alegría.

—Adivina quién acaba de conseguir tres *matches* y dos mensajes directos.

—¿Quién? —pregunté, más animada.

—LectoraRubiaDeLibrosGuarros —respondió, y me lanzó el móvil con un gesto triunfante.

Tres fotos de hombres considerablemente atractivos y con pinta de no estar locos me devolvieron la mirada.

—Habéis conseguido un milagro, chicos —les dije.

—Fíjate, ya estás prácticamente casada —bromeó Naomi.

Lucian soltó un gruñido bajo y se largó de la habitación de golpe.

—¿Qué mosca le ha picado? —se preguntó Knox. Le robó la cuchara a Waylay y se comió una parte de su porción de tarta.

—A lo mejor tenía que tirarse un pedo —sugirió ella.

CAPÍTULO QUINCE

UN *STRIPTEASE* EN EL PATIO DE LA CÁRCEL

LUCIAN

Comencé el día a las cinco de la mañana. Hice deporte, desayuné, tuve tres reuniones telefónicas (dos de ellas desde el coche), despedí a tres personas y cerré un trato de ocho cifras. Todo antes del mediodía.

Tenía dos reuniones internas que no pude cambiar de hora y día, así que hice lo que no quería tener que hacer, se las encasqueté a Nolan con instrucciones muy estrictas de no fastidiarla.

Y todo para llegar allí antes que ella.

Puede que Sloane hubiera engañado a todos los demás con su «buscaré más información», pero a mí no.

Al sargento Grave Hopper no le costó mucho aceptar enviarme un mensaje cuando viera a la engañosa bibliotecaria salir del aparcamiento para ir a una misteriosa «reunión» un miércoles por la tarde.

—Ahí está —anunció Hank, mi chófer, cuando el Jeep entró rugiendo al aparcamiento del Centro Correccional Fraus.

—Te llamo después, Nolan —dije, y colgué.

Sloane llevaba la música alta y se había puesto unas gafas de sol. No tenía ni una preocupación. Creía que podía acudir al rescate de alguien sin molestarse en pensar primero en su propia seguridad. No volvería a consentírselo.

Cuando me acerqué a la ventanilla del Jeep, rebuscaba frenéticamente en su bolsa gigante que rezaba «Preferiría estar leyendo» sobre el asiento del copiloto. Miré dentro del coche y logré echar un vistazo a la pantalla del móvil que tenía sobre el regazo. Había buscado por internet «qué no llevar en las horas de visita de la cárcel».

Puse los ojos en blanco y di unos golpecitos en la ventanilla. Sloane se sobresaltó, dio un brinco y el contenido de la bolsa se esparció por todas partes.

Abrí la puerta con un suspiro ofendido. Me miró fijamente con la mandíbula desencajada y las gafas de sol torcidas.

Esperé.

—¿Qué haces aquí? —preguntó cuando por fin recuperó la capacidad del habla.

—Esperarte.

—¿Cómo...? ¿Por qué...?

—Puede que esa actitud de bibliotecaria inocente funcione con tus amigos, pero no funciona conmigo.

Resopló y arrastró toda la parafernalia femenina al bolso con el brazo.

—No tengo una actitud de bibliotecaria inocente.

—¿Les has contado a Naomi y Lina que venías?

—No, pero...

—¿Se lo has dicho a Nash o Knox?

Dejó de meter cosas en el bolso y levantó la barbilla.

—No —confesó.

—Has venido a espaldas de todo el mundo porque has decidido que sabes más que los demás. No es la mejor forma de empezar una colaboración.

A juzgar por su expresión, sabía que yo tenía razón y no le hacía mucha gracia.

—¿Me vas a sermonear hasta la muerte o vas a dejarme en paz para que pueda seguir cagándola? —Intentó salir del vehículo con rabia, pero el cinturón la retuvo.

Le pasé el brazo por encima y la liberé.

—Ninguna de las dos cosas. Vamos.

—Ni de broma, Lucifer. No dejaré que entres. Vas a matar del susto a la pobre mujer con tu mirada asesina de desaprobación.

—No vas a entrar ahí sin mí —le espeté de forma concisa.

—Sí, claro que sí —escupió. Me dio la espalda e intentó tirar de la bolsa por encima del asiento.

—Déjala. No puedes entrar con ella —respondí al mismo tiempo que sacaba el móvil.

—¿Qué haces? —preguntó.

—Llamar a Naomi. —Detuve el pulgar encima del botón de llamada.

—¡Maldita sea!

—¿Acabas de darle una patada al suelo? —le pregunté. La comodidad con la que Sloane expresaba su enfado siempre me había intrigado. Pero supongo que cualquiera tenía libertad para expresar su enfado cuando podía controlarlo.

—Imaginaba tu pie debajo del mío —replicó.

—O entro contigo, o te das la vuelta y te vas a casa. Son las únicas opciones que tienes.

Cruzó los brazos sobre el pecho y me lanzó una mirada asesina. Después, desvió la vista hacia la entrada de la cárcel y frunció los labios.

—No te daría tiempo a llegar —le aconsejé.

Dejó caer los brazos y apretó los puños a los costados.

—Vale, puedes venir conmigo. Pero no puedes lanzar miradas asesinas o gruñir o poner los ojos en blanco. Y, sin duda, no puedes hablar.

—¿Puedo respirar?

—Preferiría que no lo hicieras —respondió.

—Se supone que tenemos una tregua —señalé.

—¿Y qué tregua implica que me tiendas una emboscada en el aparcamiento de un correccional para mujeres?

Tenía algo de razón, por muy poca que fuera.

—Si te hubiera llamado para hablar de esto, ¿habrías contestado al teléfono? —Ya conocía la respuesta.

—Seguramente no —admitió.

—Pues vamos a ocuparnos de la situación que tenemos entre manos. Voy a entrar contigo. Fin de la historia —espeté.

—Madre mía, deberías intentar controlar tus encantos, Maestro del Universo. Puede que deslumbres tanto a la mujer que se desmaye.

Cerré la puerta del Jeep y le señalé la entrada de la cárcel.

—Vamos.

Cruzamos el asfalto uno al lado del otro en dirección al enorme monumento a la seguridad. Más allá de las verjas de alambre de espino dobles, las paredes marrón tierra de las imponentes instalaciones estaban hechas de arenisca y hormigón. El patio deprimente estaba lleno de grupos de mujeres con monos de color *beige*. El asfalto que había al otro lado de las verjas se había agrietado y entre las rendijas se asomaban hierbajos marchitos.

Sloane se detuvo en seco sobre la acera.

—¿Qué haces aquí? —volvió a preguntar.

—Ya me lo has preguntado antes —le recordé.

Sacudió la cabeza y el gesto hizo que se le agitara la cola de caballo gruesa y rubia.

—Vale. Es miércoles. ¿Por qué no estás dirigiendo el mundo corporativo? Y no me soportas, así que ¿qué más te da si fastidio la colaboración con mis amigas? Pensaba que te alegrarías de verme caer en picado y estrellarme.

—Si te las arreglas para liarla, cabe la posibilidad de que básicamente le prendas fuego al dinero de tus amigas. Y lo que es más importante, tras esas paredes hay una mujer que podría sufrir las consecuencias.

Cerró los ojos y respiró hondo.

—Has enterrado y olvidado tantas cosas que pensaba que también habías superado eso.

Se equivocaba, no había enterrado ni olvidado nada. En lugar de eso, lo utilizaba todo como combustible.

—Hay cosas que nunca dejamos atrás. Cosas que ocultamos de la luz —respondí, y me di unos golpecitos en el bolsillo antes de recordar que me había dejado el cigarrillo en el coche.

Sloane levantó la mirada a las nubes densas y grises y arrugó la nariz. Hoy llevaba un *piercing* rosa pálido.

—Intuyo que has utilizado tu horripilante red de espías para ahondar en el caso de Mary Louise —adiviné.

—Es probable que haya echado un vistazo a algunos archivos.

Mi equipo había investigado con rapidez y en profundidad, y yo me las había arreglado para ojear sus descubrimientos entre todo lo que tenía que hacer. Según se decía, Mary Louise Upshaw era una prisionera modelo que había utilizado sus años de encarcelamiento para sacarse dos carreras y crear un programa de escritura creativa para las reclusas. Mis abogados habían revisado la sentencia y descubierto que era un «montón de chorradas». Lo cual significaba que seguramente a Sloane la justiciera estuviera a punto de partírsele el corazón.

—Así que crees que tenemos posibilidades —insistió.

—Creo que todo depende de lo que tenga que decir —respondí con evasivas.

La sala de visitas era más deprimente de lo que esperaba. Había dos filas de mesas plegables llenas de arañazos apretujadas entre sillas de vinilo agrietadas y desgastadas. El suelo alicatado industrial estaba manchado y desconchado. Al techo le faltaban algunas placas entre los fluorescentes parpadeantes y algo que se parecía sospechosamente a moho manchaba las paredes debajo de las ventanas de bloques de cristal.

Sloane no paraba de pulsar el botón del bolígrafo y morderse el labio inferior con los ojos muy abiertos bajo las gafas. Con un suspiro, agarré el respaldo de la silla y la atraje hacia mí.

Dejó de juguetear con el bolígrafo y me miró con el ceño fruncido. Siempre había tenido una arruguita entre las cejas que se intensificaba cuando estaba perdida en sus pensamientos... o cabreada conmigo. Quería pasarle el dedo por encima.

—No hay por qué tener miedo —le dije.

—No tengo miedo.

Le lancé una mirada intencionada a la pierna cubierta por los vaqueros que sacudía a un mero centímetro de la mía.

—Bueno. No tengo miedo, estoy nerviosa, ¿vale?

—¿Y por qué estás nerviosa? Tú podrás salir de aquí.

—Gracias, capitán obvio. Pero ¿qué pasa si es maravillosa? ¿Qué pasa si de verdad está encerrada por una injusticia repugnante? ¿Qué pasa si ha perdido todos estos años de vida por una sentencia injusta?

—Pues, si es así, la ayudarás.

Volvió a morderse el labio inferior durante unos instantes y después se movió para mirarme de frente. Me apretaba la rodilla contra el muslo. Y esos ojos verdes me miraban cargados de intensidad.

—¿Y qué pasa si la sentencia ha sido injustamente dura, pero es una persona horrible?

Sentí que me ablandaba. Igual que su padre, quería marcar la diferencia en las vidas de desconocidos. Pero Sloane no tenía la capacidad ilimitada de perdonar de Simon. Y yo tampoco.

—Entonces lo hablaremos después y descubriremos la mejor manera de proceder. No sirve de nada malgastar energía mental en un escenario que todavía no ha pasado.

Frunció el ceño.

—Pues a mí me pareces el tipo de hombre que se enfrenta a cualquier situación tras considerar todos los escenarios posibles.

Se me curvaron las comisuras de los labios.

—Es el lujo de no tener sentimientos humanos.

—Lucian, hablo en serio.

—Y yo también. Tú abordarás la conversación a tu manera y yo lo haré a la mía. Lo discutiremos después. Por ahora, debes limitarte a hacer preguntas y escuchar.

—Es solo que… No quiero darle falsas esperanzas.

—No lo harás —le aseguré.

Era mentira. Tras echar un vistazo al rostro sincero de Sloane, a esos ojos ilusionados, Mary Louise Upshaw sentiría lo mismo que yo a los diecisiete años. «Esperanza».

La pesada puerta de metal que había al otro extremo de la sala se abrió y entró una mujer con un mono *beige*.

Sentía la garganta seca y tensa.

Era una mujer blanca con el pelo castaño, grueso y ondulado cubierto de mechones grises. Sin el mono, habría tenido el aspecto de cualquier madre de mediana edad. El guarda nos señaló y un atisbo de curiosidad le bañó los rasgos.

Se acercó a nosotros y noté que Sloane dejaba de respirar.

Pasé el brazo por el respaldo de la silla y le apreté el hombro.

—Solo es una conversación —le dije en voz baja.

Noté que se relajaba un ápice.

—Hola —dijo Mary Louise antes de apartar la silla que había frente a nosotros y sentarse.

—Hola. —A Sloane le chirrió la voz. Se aclaró la garganta y volvió a comenzar—. Mary Louise, me llamo Sloane Walton y este es mi... socio, Lucian Rollins. Tenemos algunas preguntas sobre su caso y sobre la sentencia.

—¿Son periodistas? —preguntó Mary Louise, que ladeó la cabeza.

Sloane desvió la mirada hacia mí.

—No.

Al otro lado de la sala había un guarda apostado con el rostro pétreo y aspecto de estar aburrido. Se me erizó la piel.

—¿Abogados? —Mary Louise parecía esperanzada.

Sloane sacudió la cabeza.

—No, solo... —Sloane me miró otra vez con la súplica escrita en esos bonitos ojos verdes. Me incliné hacia delante.

—Señora Upshaw, hace poco nos topamos con una mención de su caso. ¿Alguna vez se reunió con Simon Walton? Era abogado.

Esta sacudió la cabeza despacio.

—No, yo solo he tenido abogados de oficio. Simon era el mentor de mi hijo. Ayudó a Allen a entrar en la Facultad de Derecho. Por desgracia, ha fallecido hace poco.

Sloane se tensó contra mí, como si se preparara para un golpe inevitable de dolor.

—Parecía que Simon se había interesado por su caso; en concreto, por la sentencia —continué—. Por casualidad, ¿sabe por qué?

Mary Louise se encogió de hombros y entrelazó los dedos sobre la mesa.

—A lo mejor porque ha sido una de las sentencias por posesión y tráfico más duras en el estado de Virginia de los últimos treinta y cinco años.

Sloane se aclaró la garganta.

—En un principio dijo que las drogas que encontraron en su coche durante la detención no eran suyas. Y después cambió su declaración y confesó ser culpable.

Mary Louise nos estudió con los ojos entrecerrados durante un instante.

213

—¿Quiénes son? ¿Qué hacen aquí?

—Soy Sloane Walton. Simon era mi padre. Creo que quería ayudarla, pero enfermó antes de poder hacerlo.

Mary Louise respiró hondo y los ojos le brillaron de compasión.

—Su padre era un buen hombre. Le cambió la vida a mi hijo, así que puedo imaginar todo lo que hizo por usted. Siento mucho su pérdida.

Sloane alargó una mano por encima de la mesa. Mary Louise se la tomó y apretó.

Y ahí estaba. Ese sentimiento cabrón que solo traía decepción y devastación. La esperanza. Floreció en el rostro de las dos mujeres y yo me resigné ante el hecho de que las cosas iban a volverse enrevesadas… y caras.

—Conocí a Allen el día del funeral de mi padre —le explicó Sloane—. Ha criado a un buen chico.

El rostro de Mary Louise se cubrió de orgullo maternal.

—Lo sé. Ojalá pudiera llevarme el mérito, pero he estado aquí desde que tenía dieciséis años.

—¿Qué ocurrió la noche que la arrestaron? —preguntó Sloane—. No hemos venido a juzgarla, solo queremos ayudarla, si podemos.

Mary Louise sacudió la cabeza.

—Cariño, se lo agradezco, pero llevo aquí once años. Ya no creo en los milagros.

—No le ofrecemos un milagro —le aclaré.

—Cualquier cosa que hiciera que saliera de este sitio un día antes sería un milagro —insistió.

—Entonces cuéntenos lo que ocurrió aquella noche —le dije.

Bajo la mesa, Sloane me cerró la mano sobre el muslo y apretó. Con fuerza.

—Por favor —añadí abruptamente.

Mary Louise cerró los ojos y levantó la mano para frotarse la nuca.

—Mi hijo tenía quince años. Su padre y yo acabábamos de separarnos y empezó a juntarse con malas compañías. Tenía planes. Iba a ser el primero de la familia en ir a la universidad.

Sloane me apretó la rodilla contra la pierna con más firmeza. Yo dejé el brazo donde estaba, en el respaldo de su silla, pero me permití rozarle el hombro con los dedos. Si la tocaba, me sentía mejor allí dentro, menos inquieto.

Mary Louise posó la mirada sobre la mía.

—Era un buen chico. Muy bueno.

—Los niños buenos también pueden tomar decisiones estúpidas —comenté.

Sloane se puso tensa.

—Por aquel entonces, yo tenía dos trabajos. No estaba tan presente como debería haber estado. No vi las señales. Empezó a experimentar. Nada extravagante. Pero un «amigo» le dijo que había descubierto una forma de ganar algo de dinero. Allen, siendo como era, sabía que las cosas no iban bien en casa y pensó que era una forma de ayudar a la familia. Se llevaron el coche del aparcamiento mientras trabajaba en el turno de noche para reunirse con un traficante en alguna parte.

Entrelazó los dedos y los apoyó en la mesa.

—Me pararon en la autopista cuando volvía a casa del trabajo. Tenía un faro fundido. Al parecer, decidieron que era más seguro dejar las drogas en el coche. Yo no tenía ni idea de que iba por ahí con más de dos kilos de marihuana en el asiento trasero. Ni siquiera sabía lo que era un zip hasta que llegué aquí. He aprendido muchas cosas aquí dentro.

No había ni culpa ni malicia en el tono que empleó. Solo exponía los hechos.

—¿Y cambió la declaración cuando descubrió que las drogas pertenecían a su hijo, no es así? —adivinó Sloane.

Mary Louise asintió.

—Tenía un futuro brillante por delante. No iba a permitir que un error lo estropeara todo.

Noté una tensión en el pecho. El sacrificio que la mujer había hecho voluntariamente por su hijo era inconmensurable. Por lo menos en una familia como la mía.

—Me asignaron un abogado de oficio y el fiscal me ofreció un trato. Si me declaraba culpable, recomendaría que cumpliera un año de cárcel con la posibilidad de salir en libertad condicional pronto. Se suponía que iba a hacer solo un máximo de seis meses. Seis meses y volvería a casa. Vería a mi niño graduarse en el instituto. Lo llevaría a la universidad.

—¿Qué pasó con el trato? —preguntó Sloane, y se inclinó hacia delante.

Mary Louise se encogió de hombros.

—El fiscal hizo la recomendación, pero, por algún motivo, al juez no le gustó el trato. Dijo que las drogas se habían estado infiltrando en su comunidad demasiado tiempo y había llegado el momento de dar ejemplo a los delincuentes como yo.

Sloane puso una mueca.

Apreté la mano libre en un puño sobre el regazo. Yo también sabía lo que se sentía al estar a merced de un sistema de justicia retorcido.

Mary Louise levantó las palmas de las manos.

—Así que aquí estoy, con once años cumplidos de una sentencia de veinte. Pero cada mañana me levanto aliviada al saber que soy yo la que está aquí y no mi niño.

Hacía demasiado calor en la sala. Llevaba la corbata muy apretada. Necesitaba aire.

—Siento que le haya ocurrido esto —dijo Sloane.

—¿Sabe si buscaron huellas dactilares en las drogas o en las bolsas? —le pregunté.

Sacudió la cabeza.

—Estoy segura de que no. Solo pasaron unos días desde el arresto hasta que cambié la declaración. Dudo que procesaran las pruebas. El segundo abogado de oficio que tuve me recomendó que recurriéramos. Creyó que podía demostrar que no lo hice sin implicar a mi hijo. Había empezado a indagar en el caso y se estaba preparando para presentar una moción. Entonces consiguió trabajo en el bufete de su suegra y se mudó a Nueva York —dijo, cansada—. Ya voy por la cuarta abogada de oficio y tiene tanto trabajo que tarda una semana en devolverme las llamadas.

—Es muy injusto. Pero no parece resentida —comentó Sloane, y me lanzó una mirada nerviosa.

Estaba a punto de prometerle el mundo a la mujer. Aparté el brazo del respaldo de la silla y le apreté la pierna debajo de la mesa.

—El rencor es un desperdicio de energía. Lo único que puedo hacer es sacar provecho de la situación.

—Parece que se ha mantenido ocupada —comenté, y abrí la carpeta que había traído conmigo.

—¿Es un dosier sobre mí? —Arqueó las cejas.

—¿Dónde has…? Da igual —dijo Sloane antes de volverse hacia Mary Louise—. ¿Qué ha hecho desde su sentencia?

—Me he sacado un título de administración de empresas y otro en escritura creativa.

—Y ha fundado un programa de escritura creativa para las reclusas —añadí.

Sonrió con ironía.

—Pues sí, pero eso ha sido más para mí que para ellas. Me gusta hablar sobre escritura y aquí tengo un público cautivo.

—¿Y su hijo estudia Derecho ahora?

Esbozó una sonrisa lenta y orgullosa que hizo que pareciera más desenfadada y joven.

—Está en el último año en Georgetown. Dice que en cuanto se gradúe buscará la manera de sacarme de aquí.

—Tenemos que ayudarla —dijo Sloane en cuanto salimos de la cárcel.

Un estremecimiento involuntario me subió por la columna en el momento en que la pesada puerta se cerró detrás de nosotros. De no ser por el padre de Sloane, esa podría haber sido mi suerte. Me subí el cuello del abrigo e inhalé el aire helado del invierno.

Podía respirar otra vez. Era milagroso.

Sloane tenía las mejillas sonrojadas por la emoción.

—A ver, es evidente que va a requerir muchísimo tiempo y energía…

—Y dinero —añadí. Yo podía dárselo, pero no lo aceptaría. No si sabía que provenía de mí.

—Y dinero —coincidió—. Pero no podemos dejar que se quede tras los barrotes por proteger a su hijo. Sobre todo durante otra década.

Le brillaban los ojos detrás de las gafas. No había estado tan emocionada en mi presencia desde que éramos adolescentes. Sentí otra punzada de pérdida.

—Supongo que primero tendré que hablar con Naomi, Lina y Stef. Y después llamaré a Maeve. Tenemos que encontrarle un abogado. Uno bueno.

Mientras hablaba sin parar, pensé en lo mucho que su entusiasmo me recordaba al de Simon, a quien nada le había gustado más que un desafío cuando estaba en juego la justicia. Al parecer, con ellos se cumplía el dicho de tal palo, tal astilla.

Los Walton eran buena gente. No tenían las manos manchadas con sangre turbia como yo.

—Tu padre se sentiría... orgulloso. —La palabra se me quedó atascada en la garganta y tuve que esforzarme para pronunciarla. Era el mejor cumplido que se me ocurrió hacerle.

Sloane dejó a un lado la conversación dicharachera y unilateral para mirarme boquiabierta.

—Gracias —dijo al final. Entrecerró los ojos—. ¿Te encuentras bien?

—Estoy bien —respondí irritado.

—Tienes mal aspecto. Estás pálido.

—Yo siempre tengo buen aspecto —insistí mientras la guiaba por el aparcamiento.

Volvió a mirar el edificio que acabábamos de abandonar.

—Lo siento. La verdad es que ni lo he pensado, pero supongo que entrar en la cárcel, aunque solo sea como visitante, puede ser un detonante después de...

—No solo vas a necesitar un abogado. —No soportaba la compasión que oí en su voz—. Necesitarás un equipo legal entero.

—Suena muy caro.

—La justicia no es barata, duendecilla.

Alzó la barbilla.

—Ya se me ocurrirá algo —comentó.

—No tengo la menor duda.

Cuando llegamos al Jeep, sacó las llaves del bolsillo de la chaqueta.

—Yo conozco algunos abogados especializados en recursos de apelación y conmutación de pena. Te enviaré algunos nombres. —Había utilizado a uno de ellos para cerrar el acceso a mi historial penal.

Frunció el ceño y le volvió a aparecer la arruga entre las cejas.

—Gracias.

Sonó a pregunta.

—¿Qué? —le dije.

—Te ha caído bien, ¿verdad? —indagó.

—Su historia me ha parecido interesante.

Sloane echó la cabeza hacia atrás y emitió un sonido que fue mitad gemido y mitad gruñido.

—¿Puedes decirme por una vez en tu vida lo que se te pasa por la cabeza? No voy a usar tu opinión en tu contra o intentar estafarte miles de dólares. Solo quiero saber qué piensas.

—¿Por qué? —Había motivos por los que me guardaba las opiniones. Los mismos por lo que iba por la vida con cara de póquer.

Se cruzó de brazos.

—Porque eres un megalómano rico que juega sucio con políticos todo el día. Intuyo que ves las cosas desde una perspectiva diferente a la de una bibliotecaria de un pueblo pequeño.

—Su historia, si es que es cierta, es convincente. Aunque no sea completamente verdad, la sentencia fue excesiva y durante el tiempo que lleva en la cárcel no ha hecho nada que indique que es una delincuente peligrosa. Con el equipo adecuado, deberías ser capaz de acortarle la sentencia de manera significativa.

Sloane sonrió con satisfacción.

—Ahí está. ¿Tan difícil ha sido?

—Insoportable. —Me empezaba a doler la parte posterior de la cabeza. No me gustaba estar cerca de las cárceles. Ni siquiera el hecho de poder salir de ellas me ayudaba a librarme de los recuerdos de un adolescente roto y traumatizado.

—Lo hizo para proteger a su hijo cuando cometió una estupidez de adolescente. Quiero decir, ¿qué padre no haría algo así por su adolescente estúpido? —Puso una mueca en cuanto

219

las palabras salieron de su boca, pero no se disculpó—. Quiero decir, qué buen padre no haría lo que hiciera falta para…

Lo estaba empeorando y lo sabía.

—Cállate, Sloane.

—Ya me callo —confirmó. Tardó casi cinco segundos enteros en volver a abrir la boca—. ¿Qué harías a continuación si fueras yo? —me preguntó mientras jugueteaba con el botón del abrigo.

—Volvería a hablar con el hijo.

Esas palabras la animaron de nuevo.

—Con tus compañeras —añadí.

—Pues claro que iré con mis compañeras —comentó altivamente.

Eché un vistazo al reloj. No había acabado a tiempo para encargarme de la llamada de Nueva York. Más valía que Nolan no la hubiera fastidiado. Si no lo había hecho, tendría el resto de la tarde libre.

—¿Tienes hambre? ¿Quieres un café? —le pregunté.

Se irguió.

—¡Mierda! ¿Qué hora es?

—Casi las tres.

Abrió el coche.

—¡Maldita sea! Voy a llegar tarde a la cita.

—La cita —repetí. No pretendía hacerlo, pero se me escaparon las palabras. E iban acompañadas de una explosión irracional de irritación.

—Sí —respondió, y se volvió para examinarse en el espejo retrovisor—. Ya sabes. Quedas para comer. Entablas conversaciones incómodas sobre lo que querías ser de mayor y tus aperitivos favoritos. Una cita.

Se arrancó la goma elástica del pelo, se dobló por la cintura y comenzó a sacudir el pelo rubio de puntas plateadas.

—¿Con quién es la cita?

Sloane se incorporó de golpe por el lado derecho. Había dejado de parecer una bibliotecaria inocente y se parecía más a una mujer seductora de pelo despeinado.

—¿Con un tipo llamado Gary? No, espera. Gary viene después. El de ahora es… —Abrió la puerta del coche y sacó un pintalabios que llevaba en el portavasos. Lo destapó—. Massimo. —Se extendió el rojo por los labios con mano experta.

—¿Massimo? —Era el nombre de un hombre al que se le enredaba la cadena de oro con el pelo del pecho y que llevaba gafas de sol dentro de los edificios—. ¿Has quedado tú sola con un desconocido que has conocido por internet? —La irritación empezaba a convertirse en puro pánico. Volvía a costarme respirar.

—En eso consisten las citas —explicó. Me agarró del brazo para mantener el equilibrio mientras se quitaba las deportivas. Después se deshizo de los calcetines de gatos y libros. Me soltó para lanzar los zapatos desechados al asiento trasero y sacar otro par. Eran lilas con un tacón muy fino. Lo siguiente que se quitó fue el abrigo, que lanzó en mi dirección. Lo atrapé a pesar de la sensación de inquietud que florecía en mí como una puta flor.

—¿De verdad no has utilizado nunca una aplicación de citas? —me preguntó.

—¿Es que tengo aspecto de usar ese tipo de aplicaciones?

—Tienes aspecto de contratar a prostitutas de lujo para que representen tus fantasías lascivas.

—Y tú tienes aspecto de…

Se sacó el jersey de cuello alto negro por la cabeza y perdí el hilo de mis pensamientos. Llevaba una camiseta de encaje y tirantes finos que dejaba al descubierto la parte superior de sus pechos voluminosos.

—¿Aspecto de qué? —insistió mientras introducía los brazos por una chaqueta verde militar de lana gorda. No tenía botones, nada con lo que cerrar la prenda para cubrir ese escote que provocaba fantasías.

—¿Qué? —repetí. Tenía la boca seca y la cabeza ya me dolía al máximo.

—Estabas a punto de insultarme. Pues venga, grandullón, antes de que me vaya a conocer al futuro marido de Sloane Walton.

Cerré los ojos. Durante los últimos años, los únicos apodos con los que se había referido a mí se habían limitado a Lucifer y «Oye, capullo».

—No puedes ir en serio con la búsqueda urgente de marido —le dije.

—Y eso lo dice un hombre que tiene todo el tiempo del mundo para decidir cuándo formar una familia.

—Yo nunca voy a formar una familia. —La culpa de que no hubiera calculado lo que confesaba la tenía la hendidura oscura que había entre sus pechos.

Sloane, que se estaba tirando del dobladillo de la chaqueta, se quedó quieta.

—¿De verdad?

—Esa no es la cuestión. No puedes ir a una cita con un desconocido. ¿Qué pasa si es un depredador sexual?

Se sacó el pelo del cuello de la prenda. El gesto hizo que las curvas generosas de sus pechos amenazaran con salírsele por la parte superior de la camiseta.

El baboso de Massimo iba a echarle un solo vistazo y hacer o decir algo estúpido, y después yo tendría que arruinarle la puta vida.

—No pasa nada. Ahora la gente conoce a desconocidos por internet todos los días y muy pocos acaban asesinados.

—Sloane —rugí.

Me sonrió. Era una sonrisa de felicidad, petulante hecha y derecha. Joder, entre las tetas y la sonrisa, Massimo «El de las Cadenas de Oro» iba a sentirse como si le hubiera tocado la puta lotería.

—No me pasará nada. Madre mía, para ser alguien que no quiere una familia, te estás comportando como un padre.

—¿Qué pasa si no le gusta leer?

—Entonces supongo que tendré que seguir buscando.

—Lo digo en serio, Sloane, joder. ¿Qué precauciones has tomado? ¿Dónde es la cita? ¿Cuánta gente sabe que habéis quedado?

Me agarró de las solapas del abrigo.

—Cálmate de una puta vez, Lucifer. Es en Lawlerville. Lina y Naomi me van a rastrear el móvil con una aplicación de localización. Les he enviado capturas de su perfil y de nuestra conversación. Les voy a enviar una foto de él en cuanto llegue y mensajes de prueba de vida cada treinta minutos. Si las cosas van de mal en peor, Stef está preparado para llamarme y alertarme de una emergencia falsa cuando hayan pasado cuarenta y cinco minutos de la cita, porque puedo soportar casi cualquier cosa durante cuarenta y cinco minutos, ¿no? Y si las cosas van muy muy mal, tengo espray de pimienta y un libro de tapa dura muy gordo en el bolso. ¿Te basta con eso, Buenorro Trajeado?

—Es… bastante meticuloso —admití cuando me soltó.

—Genial. Entonces, ¿qué tal estoy? —Abrió mucho los brazos.

Estaba preciosa. Divertida, valiente, lista, dulce, graciosa. Completamente impresionante. Odiaba al puto Massimo a muerte.

Puso los ojos en blanco.

—Da igual. Me he olvidado de a quién le estaba preguntando.

—¿Buenorro Trajeado? —Las palabras me habían calado por fin en el cerebro derretido.

CAPÍTULO DIECISÉIS

UNA SOPA CRUJIENTE Y PRIMERAS CITAS DESASTROSAS

SLOANE

Massimo era un fraude. En lugar de un hombre de metro ochenta y con gafas, aficionado a la cocina *gourmet* y a los autores de *thriller* populares, estaba sentada a la mesa frente a un niñato de metro sesenta y cinco que acababa de pedir fideos con mantequilla porque la salsa marinara le parecía asquerosa.

—Mi madre hace los mejores fideos con mantequilla del mundo. Así que si quieres liarte con esto —comentó, y se señaló el jersey, que parecía haber intimado con una podadora—, será mejor que aprendas a derretir la mantequilla como toca.

Madre mía. ¿Qué había hecho para merecer semejante karma? Lo único que quería era conocer a un hombre bueno y atractivo, tener hijos y sacar a una mujer de la cárcel. ¿Es que era mucho pedir? Por lo menos, el restaurante estaba bien. Era en parte cafetería, en parte restaurante italiano y en parte vinoteca con manteles a cuadros y un olor reconfortante a ajo y expreso. Si no tuviera que conducir de vuelta a Knockemout, habría pedido la copa más grande de *pinot* gris que tuvieran.

—Eh, sí —respondí—. Me dijiste que eras fan de Grisham. ¿Has leído el último que ha sacado?

—¿Quién?

—Grisham. John Grisham —intenté refrescarle la memoria.

Me miraba con los ojos enrojecidos entornados.

—El famoso escritor de *thrillers* judiciales. Me dijiste que *Tiempo de matar* era uno de tus favoritos.

—¡Ohhh! —dijo en un tono más alto del necesario—. En realidad esa fue mi madre. No me gusta... ya sabes. ¿Comunicarme? Así que ella me escribe todos los mensajes y correos. A veces hasta se hace pasar por mí al teléfono.

—No te conozco lo suficiente para saber si lo dices de broma —comenté.

Agitó los brazos en dirección al camarero.

—¡Oye, tío! Sé que acabamos de, bueno, pedir algo de comida, pero me muero de hambre. ¿Crees que podrías traerme, bueno, dos cestas de pan? Ah, y champiñones fritos. Y ¿sabes qué? También un bol de sopa. Pero no algo pastoso. Me gusta la sopa crujiente.

El camarero desvió la mirada hacia mí.

—Nos hemos conocido por internet —le expliqué.

—Entendido —me respondió, y después se volvió hacia Massimo—. Enseguida vuelvo con su pan, champiñones y sopa crujiente.

—Genial, tío. Gracias.

El camarero desapareció y me quedé sola con el niño de mamá de ojos rojos y muerto de hambre.

—¿Estás colocado? —le pregunté.

—Pues claro. Las veinticuatro horas del día, nena. Vivo la buena vida. Me relajo con los porros. Es como animo los sábados.

—Hoy es miércoles. —Quería ponerme en pie y largarme de allí, pero me preocupaba de verdad el daño que podía infligirse a sí mismo o a otros sin la supervisión de un adulto.

—Qué más da, nena. No importa el día que sea porque estás buena y me van a traer fideos con mantequilla. —Metió la mano en la bandolera y sacó un *brownie* a medio comer—. ¿Quieres compartir el resto del *brownie*?

—No, la verdad es que no. ¿Has venido en coche? Y si es así, ¿recuerdas haber atropellado algo con forma de persona?

Soltó una risita tan aguda que casi no oí cómo me zumbaba el teléfono en el bolso. Me abalancé sobre él, agradecida de que Stef me estuviera llamando por la emergencia falsa antes de tiempo. Pero no era una llamada de Stef. Era un mensaje. De Lucian.

Lucian: ¿Massimo tiene madera de marido?

Massimo apoyó la barbilla en las manos.

—Eh, oye, mira. Me he, bueno, olvidado la cartera y mi madre me ha quitado la paga esta semana porque le prendí fuego al sótano por accidente. No te importa pagar la cuenta, ¿verdad? Ah, y necesito que me lleves a casa.

En circunstancias normales no habría respondido al mensaje de Lucian, ni mucho menos le habría dejado ver ni un atisbo de mi vida personal, pero era una emergencia.

Yo: Ni siquiera tiene madera de adulto. Me estoy planteando prenderle fuego al baño de señoras y echar a correr. No voy a sobrevivir hasta la llamada de emergencia falsa de Stef.

Lucian: ¿Dónde estás?

El corazón me dio un vuelco.

Yo: En Vino Italiano. ¿Por qué?

Lucian: Quédate ahí.

¿Quedarme aquí? ¿Con Massimo el gorrón? Levanté la mirada del teléfono.

—¿De verdad te llamas Massimo?

Se le escapó otra risotada.

—No. En realidad me llamo Eugene. Puedes llamarme Euge. Ya sabes. Se pronuncia con acento de Pittsburgh. Mamá creyó que conseguiría más tías si me ponía Massimo.

—La sopa crujiente, señor —anunció el camarero, y dejó un bol de sopa repleto de, por lo menos, nueve paquetes de galletas saladas machacadas.

226

—Genial, tío. Me aseguraré de que esta preciosidad de tetas increíbles te deje una buena propina. ¿Cómo has dicho que te llamabas? —me preguntó—. ¿Es Loan?

—Madre mía. Vale, ya es suficiente —respondí, y lancé la servilleta a la mesa.

—Si va a darle un puñetazo, ¿puede intentar que el mantel no se manche de sangre? —me preguntó el camarero—. La última pareja que se ha sentado aquí también tenía una cita a ciegas y ella le ha derramado una botella de vino entera sobre la cabeza. Nos hemos quedado sin mantelería limpia.

La campanita de la puerta tintineó y Lucian Rollins, tan guapo como cuando me había separado de él hacía menos de una hora, entró en el establecimiento.

Todas las mujeres del lugar, incluidas la pareja de lesbianas y las asistentes a la fiesta del nonagésimo segundo cumpleaños que había en el rincón, dejaron lo que estaban haciendo y lo miraron fijamente.

Yo también caí en su embrujo mientras caminaba hacia mí. Le ardía un fuego plateado en la mirada. Tenía la boca apretada en esa línea firme y seria que hacía que las mujeres compitieran por sonsacarle una sonrisa. Ese día llevaba un abrigo de color gris carbón que aleteaba a su paso como una capa de superhéroe. Llevaba los pantalones de un tono gris más claro, que le quedaban sumamente bien en la zona de la entrepierna. No me había dado cuenta de eso en la cárcel.

—Tío, menuda sopa crujiente preparan aquí —exclamó Euge con la boca llena de galletas saladas.

—¿Eh? —contesté, sin molestarme en apartar la mirada de Lucian.

—Sloane —me saludó con la voz áspera.

—Hola.

Euge se volvió y se encontró de lleno con la entrepierna de Lucian.

—Tus pantalones parecen caros —anunció Euge a todo el restaurante.

Lucian me obsequió con una sonrisa de suficiencia.

—No me sonrías así. Al parecer, su madre le hizo el perfil en la aplicación.

—Tío, estoy en mitad de algo con esta muñeca carnosa. Hay buenas vibras entre los dos.

—¿Muñeca carnosa? —repitió Lucian.

—Se refiere a su pecho —explicó el camarero para ayudar.

Lucian puso los ojos en blanco y apretó los dientes. Estiró el brazo, agarró a Euge por el cuello de la camiseta y lo levantó de la silla de un tirón.

—No manches el mantel de sangre —le advertí.

—Solo vamos a dar un paseíto —prometió Lucian. Después me miró—. Quédate aquí.

Con las mejillas sonrojadas, lo observé mientras sacaba a Euge por la puerta como si fuera una marioneta. El resto de los comensales estaban cautivados. Me estaba planteando enviar un mensaje a Lina y Naomi cuando la mujer de la mesa de al lado se inclinó hacia mí.

—Chica, no sé qué está pasando, pero soy enfermera y como no te lleves a casa al alto, moreno y de entrepierna apretada voy a comprobar que no tengas un traumatismo en la cabeza.

El hombre que tenía al lado asintió.

—Soy su marido y hasta yo opino que el tío del traje está bueno que te cagas.

—Tomo nota —respondí.

Un minuto después, Lucian volvió a entrar en el restaurante solo y con aspecto de estar de buen humor.

Apartó la silla de Euge y se sentó. Me mordí el labio.

—¿Lo has machacado y tirado a la alcantarilla?

—He ordenado al chófer que lleve a tu cita a casa en mi coche.

Me tapé la cara con las manos y gruñí.

—Me he tomado la libertad de cancelar los fideos del caballero colocado y les he traído esto —dijo el camarero.

Bajé las manos y vi que le entregaba un menú y una botella de vino a Lucian. Este le dio las gracias y el hombre se fue a toda prisa, claramente feliz de que no hubiera habido un derramamiento de sangre.

—Ha sido la peor primera cita de la historia de las primeras citas —exclamé.

—Te sorprenderías —dijo Lucian.

—Oh, venga ya. Tú no sales con nadie. Tú abres la carta de novias floreros para llevar y eliges una. Esto es distinto. Ha sido humillante y una completa pérdida de tiempo.

—¿Qué esperabas? —me preguntó con aspecto divertido—. Y ¿dónde consigo una copia de la carta para llevar de novias floreros para hombres ricos?

—No intentes ser gracioso o amable. No quiero que sientas lástima por mí.

—No siento lástima por ti, duendecilla. Disfruto de tu miseria.

—Bueno, pues estás siendo demasiado amable. Tienes que ser más cruel.

—Como quieras. Tendrías que haberte largado treinta segundos después de presentarte. ¿En qué estabas pensando?

—Intentaba otorgarle el beneficio de la duda... Y tenía muchísima hambre.

—Qué coincidencia. Yo también.

—¿De verdad piensas quedarte a comer conmigo ahora mismo? —le pregunté.

—Sí. —Cerró el menú—. Pero no te preocupes, lo que me interesa no es la compañía. Es la *piccata* de pollo.

El camarero reapareció con dos copas de vino y le tomó nota a Lucian mientras nos servía una a cada uno.

Acepté el vino y me incliné sobre el respaldo de la silla.

—No me creo que esté a punto de decir lo que voy a decir, pero gracias por acudir a mi rescate hoy... dos veces.

Arqueó una ceja.

—Estoy impresionado. Lo has dicho sin hacer una mueca.

—La estaba haciendo por dentro.

¿Es que Lucian Rollins intentaba flirtear conmigo? ¿O es que solo intentaba ser humano, y eso era tan distinto de su actitud glacial de demonio que, cualquier gesto educado más benigno posible, me parecía que estaba cargado de energía sexual?

—Pues de nada —respondió.

Incliné la copa en su dirección. Él levantó la suya.

—Vale. Ya basta de ser amables el uno con el otro. Se me ponen los pelos de punta —dije con un escalofrío.

229

Lucian se rio y casi se me cae la copa al suelo. Era evidente que había entrado en una realidad alternativa, como en *Sputnik, mi amor* de Haruki Murakami. ¿Había entrado en un universo nuevo en el que Lucian Rollins y yo nos llevábamos bien?

—Estoy de acuerdo —comentó él.

—Bueno, en cuanto a Mary Louise. Si hablo con su hijo y la historia cuadra, ¿cuál sería el siguiente paso... hipotéticamente? —le pregunté.

—Tendrías que contratar a un abogado con experiencia en casos similares. Alguien que tenga tiempo que dedicarle y buena relación con los jueces y jurados. Tendría que formar un equipo de socios, ayudantes y becarios.

—Te refieres básicamente a que necesito un equipo de unicornios.

—Y no te olvides del dinero. Las apelaciones son caras.

—Tenemos un colchón bastante bueno —presumí.

—Si es un colchón de menos de siete cifras, no estaría tan seguro —respondió.

Escupí el vino en la copa y evité derramarlo por muy poco.

—¿Un millón de dólares?

—Dependiendo de cuánto dure el proceso de apelación, podría ser más.

—¿Me estás tomando el pelo?

Clavó la mirada sobre la mía.

—Nunca bromeo cuando se trata de dinero.

—Joder. —Dejé la copa de vino y tomé el vaso de agua—. Joder.

—Pero si quisieras, podría...

—¡No! —repliqué.

—Tiene una conmoción —le susurró la mujer de la mesa de al lado a su marido.

—Es como guapo y atractivo al mismo tiempo —le respondió el marido, también a susurros.

—¿Por qué no aceptas el dinero cuando te lo ofrecen, Sloane?

Porque era suyo. Porque me había hecho daño. Porque yo le había hecho daño a él. Porque ninguno de los dos se había recuperado de la última vez en que nuestras vidas se habían enredado tanto.

—Porque no. —Era una lástima que Massimo hubiera sido un farsante enorme y colocado, porque era evidente que estaba lista para ser madre.

—Veo que sigues siendo testaruda cuando no hace falta —comentó.

—Creo que los dos hemos demostrado en varias ocasiones que no podemos trabajar juntos.

—Eso no significa que no puedas aceptar mi dinero para hacer algo bueno.

—Es exactamente lo que significa —repliqué—. No confiamos lo suficiente el uno en el otro para meter dinero de por medio.

—¿Y de quién es la culpa? —preguntó en voz baja.

—Creo que en parte fue culpa de los dos.

Llegó la comida y miramos fijamente los platos que teníamos delante. Lucian suspiró.

—Vamos a dejar esta discusión para otro momento. Pocas veces tengo libre los miércoles por la tarde y me gustaría disfrutarlo.

Cogí el tenedor.

—¿No eres ya dueño de la mitad de la costa este? ¿Cuánto dinero necesitas ganar para tomarte las tardes libres?

—Eres bastante crítica para ser alguien que ha accedido a tener una cita con un niñato llamado Euge.

—Uf. Naomi y Lina van a disfrutar de lo lindo con el tema —me quejé. Aunque era difícil protestar con un plato lleno de comida.

—¿Para qué están los amigos si no para reírse de nosotros cuando peor estamos? —filosofó.

—No es eso. Bueno, no es solo eso. Les gusta mucho presumir de sus finales felices.

—Igual que a Knox y Nash —coincidió Lucian—. Es irritante.

—Cuando conozca a mi futuro marido, tendré algo de dignidad. No me pillarán enrollándome con él en público. Y ni de broma voy a restregarle las alegrías de la monogamia a mis amigos solteros —declaré, antes de meterme el primer ravioli relleno hasta arriba de queso en la boca.

Aunque, si me paraba a pensarlo, casi todos mis amigos tenían relaciones serias. Fruncí el ceño y seguí masticando. ¿En qué puñetero momento había ocurrido? Durante los últimos años de marcha profesional hacia el control bibliotecario, había asistido a un desfile infinito de despedidas de soltera, bodas y *baby showers.*

—Hace dos semanas, se suponía que había quedado con Knox en el Honky Tonk. Llegué temprano y vi al señor y la señora Morgan salir de la camioneta con solo la mitad de la ropa puesta —explicó Lucian mientras partía un pedazo de pan por la mitad.

Oculté la risa detrás de la servilleta.

—Hice una videollamada con Lina desde una tienda para preguntarle qué opinaba sobre una chaqueta. Me respondió desde la ducha. Tuve un primer plano del pequeño Nash de fondo.

Lucian meneó la cabeza.

—Para el futuro, cuando estés en una cita, deberías abstenerte de hablar de los penes de otros hombres.

Me atraganté con mi propia risa.

—Vaya, el Lucian de los miércoles por la tarde hasta podría pasar por humano.

—Si lo cuentas por ahí, lo negaré. —Se le curvaron ligeramente las comisuras de los labios.

—Tu secreto está a salvo conmigo —le respondí.

Las palabras fueron como un punto de inflexión. Lucian se quedó muy quieto y clavó su mirada sobre la mía. Fue un gesto que me indicó lo que ya sabía.

Que había confiado en mí. Una vez. Igual que yo había confiado en él. Y ninguno de los dos tenía intención de volver a cometer el mismo error.

Me aclaré la garganta y me centré en el plato.

Lucian cortó un pedazo delicado de pollo con precisión quirúrgica.

—¿Por qué te interesa tanto encontrar un marido? ¿Y por qué ahora?

—¿No podemos hablar del tiempo o algo por el estilo? —le pregunté.

—Hace frío —replicó—. ¿Por qué buscas marido como si fuera un deporte?

—Porque he dedicado tanto tiempo a mi profesión que me asusta el poco tiempo que me queda para formar una familia.

—¿Y para qué necesitas una familia?

Normalmente, no habría tenido ningún problema en decirle que era un monstruo robótico inhumano con una cartera en el lugar en que debería tener el corazón. Sin embargo, era muy consciente de que habíamos crecido en hogares muy diferentes. No me lo preguntaba por ser un imbécil… o bueno, no solo por ser un imbécil. El hombre que tenía sentado delante no entendía de verdad el propósito que tenía una familia.

—Porque siempre he querido una. Siempre he asumido que la tendría. Quiero lo que tenían mis padres. Quiero que mi madre tenga unos nietos que se emocionen tanto de verla que aprieten las caritas pegajosas contra las ventanillas solo para observarla desde el coche. Quiero una casa llena de gente.

Hizo una mueca y dio un trago al vino.

—Eso suena horrible.

—¿Qué parte?

—Sobre todo la parte pegajosa. Pero también lo de la casa llena de gente. —Se estremeció.

No pude evitar sonreír.

—No es algo para todo el mundo. Pero yo estoy a favor de las caritas pegajosas. Me encanta pasar tiempo con Chloe y Waylay, y ver cómo se convierten torpemente en personas algo menos salvajes y más hormonales.

Comimos en silencio durante unos instantes y tuve tiempo de sobra para caer en una espiral de desesperación mental. No me creía que estuviera comiendo con Lucian Rollins. Hacía que comer pareciera *sexy*. Nadie del mundo real era capaz de hacer algo así. Todos los demás parecíamos unos idiotas que tratábamos de meternos comida en la boca, pero Lucian no. No podía dejar de pensar en la forma en que sujetaba el cuchillo y el tenedor y en que parecía que nunca se le quedaba nada entre los dientes. La forma en que separaba los labios lo justo para meter el tenedor entre ellos…

—Todavía no es tarde para ti, ¿sabes? —comenté, interrumpiendo mi estúpida línea de pensamiento—. Podrías formar una familia.

—O podría seguir haciendo lo que he hecho hasta ahora.

—¿Y qué has hecho hasta ahora? —le pregunté mientras intentaba sacarme un trozo de perejil de entre los dientes con la lengua.

—Lo que me da la gana, cuando me da la gana.

—Pareces un niño grande —señalé.

—Por lo menos yo no visto como un adolescente que se compra la ropa en rastrillos de segunda mano —bromeó.

Antes de que me diera tiempo de ofenderme y decirle que me había molestado, se oyó un zumbido leve. Se metió la mano en la chaqueta, sacó el móvil y miró la pantalla con el ceño fruncido.

—Discúlpame un momento —me dijo, como si fuera un socio de negocios con el que debía ser educado—. ¿Qué? —respondió.

No me gustaba cuando la gente no se molestaba en saludarte. ¿Tan difícil era decir «Hola» o «¿Qué tal?»? O «Teléfono de Lucifer, al habla Satán». Mi padre siempre respondía las llamadas de casa con un «¿Digamelón?» muy animado.

El gesto serio de Lucian se aseveró.

—Ya veo. ¿Cuándo?

Casi me sentí mal por quienquiera que estuviera al otro lado de la línea, porque fuera lo que fuera lo que le estaban diciendo, no pareció alegrarle mucho. Parecía que acabara de ganar el campeonato mundial de miradas asesinas y el resultado le hubiera cabreado.

—¿Dónde? —preguntó en tono cortante. Miró a un punto desconocido por encima de mi cabeza, todavía con el ceño fruncido—. Vale. Consígueme acceso.

Colgó, pero seguía muy enfadado.

—¿Algún problema? —le pregunté.

—Podría decirse que sí. —Volvió a coger el cuchillo y el tenedor. Esa vez, cuando cortó un trozo de pollo, lo hizo con violencia controlada.

—Déjame adivinar. La mujer florero que has pedido no está disponible.

—Casi. Acaban de encontrar muerto al hombre que le vendió a Duncan Hugo la lista de agentes de la ley.

Se me cayó el tenedor con un gran estrépito.

—¿Qué le ha pasado? ¿Quién era?

—Un delincuente contratista independiente de poca monta. Han tirado el cuerpo al río Potomac. Le han metido dos tiros en la cabeza.

—¿Y por qué te llaman a ti para contártelo? —le pregunté. Se me había helado la sangre.

—Porque alguien ordenó que mataran a mi amigo. —Lo dijo en una voz más fría que los casquetes polares antes del calentamiento global.

—Duncan Hugo está entre rejas y Tate Dilton, muerto —le recordé.

—Anthony Hugo es quien encargó la lista y sigue por ahí suelto manejando el negocio.

—Lucian, no puedes decidir plantarle cara a un capo de la mafia, o como quiera que sea la terminología correcta.

—Pues resulta que estoy excepcionalmente capacitado para hacer precisamente eso —replicó, y volvió a echar mano al vino.

—El FBI lo está investigando. Tú no tienes por qué convertirte en un objetivo.

—Casi parece que te importa, duendecilla.

—Lucian, hablo en serio.

—Y yo también.

—¿Qué puedes hacer tú que no pueda hacer el FBI? —le pregunté.

—Para empezar, puedo facilitarles mucho las cosas. A mi equipo no le faltan ni personal ni horas. Tenemos las competencias necesarias para encontrar los hilos correctos de los que tirar e indicar al FBI la dirección a seguir. —Me miró y entrecerró los ojos—. Ya me arrepiento de habértelo contado.

—¿Qué va a hacer Anthony Hugo cuando descubra que estás ayudando al FBI a armar un caso contra él?

—¿Enfadarse?

—No te hagas el capullo indiferente conmigo. Ese tipo es peligroso. Hay un documental de tres partes sobre él en You-

Tube que nunca llegaron a terminar porque los dueños del canal murieron en un incendio sospechoso.

—Soy perfectamente capaz de protegerme a mí mismo —insistió.

Ahora podía ser, pero hubo una época en la que no había podido. En la que había estado demasiado ocupado protegiendo a los demás para preocuparse por sí mismo. Era muy difícil deshacerse de los viejos hábitos, en especial cuando quien los tenía era un incordio muy cabezota.

—Se rumorea que su organización está directamente vinculada con un cártel de Sudamérica y su mano derecha cumple cadena perpetua por asesinar brutalmente a un testigo federal y a su familia. —Con cada sílaba, el tono de voz me subía una octava.

—Alguien ha hecho los deberes —dijo, y no sonó para nada preocupado.

—Pues claro. Nash es amigo mío y Anthony Hugo anda suelto por ahí.

—Entonces entiendes por qué hago lo que hago.

—Pero ¿qué pasa si viene a por ti? —insistí.

Me lanzó una mirada inexpresiva y fría.

—Estaré preparado.

Si fuéramos amigos, podría discutir con él. Podría hacer que atendiera a razones. Pero no lo éramos. No podía hacer nada para que se tomara en serio mi opinión ni para que cambiara la suya.

De repente, ya no tenía hambre.

—Supongo que no estarás dispuesto a hablar de las precauciones que estás tomando —insistí.

—Supongo que no.

—¿Va a ir a por Nash otra vez?

Lucian suspiró y dejó los cubiertos en la mesa.

—No he venido aquí a hablar de este tema.

—Bueno, pues mala suerte. Porque estás aquí y vamos a hablar de este tema.

—Todo apunta a que Hugo se está centrando en los negocios, como siempre.

—Eso no ha sido un no.

—Lo tengo vigilado. El FBI también. Y lo más seguro es que sus enemigos también lo estén vigilando para ver si pueden sacar algún provecho. Actuar ahora mismo sería una estupidez enorme por su parte. Y puede que Anthony Hugo sea muchas cosas, pero no es estúpido. Nash, Lina, Naomi, Waylay, todos están a salvo.

Me crucé de brazos.

—¿Están a salvo porque Nash y Knox están tomando precauciones que el resto no conocemos? —A Naomi y Lina no les haría gracia cuando se lo contara. Aunque claro, decírselo implicaría confesarles lo de la peor primera cita que había tenido en toda mi vida.

Lucian arqueó una ceja.

—No sé por qué me molesto en pedirte que confíes en mí para que me ocupe de esto. Nunca has hecho nada que yo te haya pedido.

Intentaba provocarme, distraerme. Intentaba evitar que le hiciera más preguntas directas con una palmadita en la cabeza y un «mira cómo brilla eso».

—Es solo que no entiendo qué puedes hacer tú que no pueda hacer el FBI.

—Tengo el presupuesto, los recursos y la tecnología que el gobierno se moriría por tener. Simplemente, comparto con ellos algunos de mis juguetes. Por cierto —dijo mientras se untaba un trozo de pan con mantequilla—, vas a tener que llevarme a casa, dado que le he prestado el coche y el conductor a tu cita.

—¿Has traído la cartera por lo menos? —respondí, y volví a tomar el tenedor.

CAPÍTULO DIECISIETE

PELIGROSAMENTE CERCA

LUCIAN

Duncan Hugo estaba considerablemente desmejorado desde la última vez que lo había visto, cuando lo metieron esposado en un coche patrulla. En el pelo, que se había teñido de un marrón terroso, le había vuelto a crecer un centímetro de su raíz pelirroja natural. Había perdido algo de peso, y la forma en que encogía los hombros daba a entender que el tiempo que había pasado detrás de los barrotes le había hecho perder parte de su arrogancia. Verle las ojeras casi compensaba el hecho de que era la segunda vez que visitaba una cárcel en dos días.

Me fijé en que estaba mucho más cuidada que la del día anterior. No iba a ganar ningún premio de diseño, pero los muebles no se desintegraban, la pintura no estaba hecha a base de plomo y se olía un leve perfume a limpiador industrial por todas las instalaciones. Sin embargo, seguía poniéndome la piel de gallina y notaba que la corbata me apretaba demasiado la garganta.

Me fijé en Nolan, que estaba apoyado contra la pared con las manos en los bolsillos.

Había conseguido no quemarme el negocio hasta los cimientos el día anterior, así que, cuando insistió en acompañarme en esta excursioncita, no me negué.

Estaba sentado enfrente de Duncan en una sala de interrogatorios que había preparado el FBI.

Podría haber sido yo, pensé mientras lo examinaba. De no haber sido por los Walton, yo habría sido el que estaba sentado al otro lado de la mesa.

Duncan no había tenido un Simon, una Karen o una Sloane. Había tenido un padre como el mío. Por eso había venido.

—He dicho que quería hablar con los federales, no con un capullo estirado con traje —exigió Duncan, y se dejó caer en la silla como un niño de seis años al borde de un berrinche. El mono naranja ancho le acentuaba el rojo del pelo y de la barba desaliñada.

—Yo soy exfederal. ¿Te vale? —preguntó Nolan.

—¿A ti no te disparé? —le respondió Duncan.

—Fallaste, capullo. Tu colega Dilton tuvo suerte.

Duncan gruñó.

—No sé qué era peor, si su puntería o su personalidad.

Me aclaré la garganta.

—¿Sabes quién soy? —le pregunté a Duncan.

Frunció los labios, pero asintió.

—Sí, sé quién coño eres.

—Entonces podrás atar cabos. Ya has hablado con los federales en varias ocasiones, pero sigues sin servir para nada.

—Así que me envían a Lucian Rollins ¿para qué? ¿Para que me rompas las putas rótulas? —Tomó uno de los cigarrillos sueltos que había encima de la mesa y encendió una cerilla.

Ver la forma en que Duncan rodeaba el filtro con los labios finos me bastó para considerar saltarme el cigarrillo del día.

—He venido para escarbar en el hueco que tienes entre las orejas y ver si hay algo útil escondido ahí dentro.

—¿Qué más queréis, capullos? Os he dado lugares de entrega. Os he dado nombres. No es culpa mía que no estéis haciendo una mierda con la información.

—La información que has proporcionado es la que nos daría cualquier rata callejera. Es como si ocultaras algo o tu padre no confiara en ti.

Duncan se sacó el cigarrillo de la boca y le apareció un tic en la mandíbula.

—¿Y qué cojones importa? Voy a pasar un montón de años en este antro de mala muerte, joder.

—Felix Metzer —dije.

—Ya le dije a la zorra del FBI que fue él quien me vendió la lista.

—¿Y te ha mencionado que ayer sacaron su cadáver del Potomac? Los dos balazos que tenía en el cerebro indican que no fue un accidente de barco.

Levantó las palmas de las manos.

—Oye, tío. A mí no me mires. Yo estaba aquí dentro, hostia.

Desde su sitio junto a la pared, Nolan puso los ojos en blanco y sacudió la cabeza.

—Parece que alguien estaba limpiando su desastre. Tengo curiosidad por saber quién —afirmé.

—Felix estaba metido en chanchullos con todo el puto mundo. ¿Qué te hace pensar que el hecho de que lo hayan liquidado tiene algo que ver conmigo?

—Se le vio por última vez un día antes de que te arrestaran por intentar matar a mis amigos.

—Mira, tío. No fue algo personal.

—Ni siquiera fuiste lo bastante macho para apretar el gatillo la primera vez.

Duncan resopló.

—Se le llama delegar. Los jefes no se encargan del trabajo sucio.

—Lo hacen si quieren ganarse el puesto. —Yo me había encargado del trabajo sucio mientras subía la escalera del éxito. Me había ganado el respeto y el miedo.

Se cruzó de brazos encima del pecho.

—Esta conversación ha estado muy bien y todo eso, pero me he hartado.

—¿Qué más tienes que hacer? ¿Volver y mirar fijamente esas cuatro paredes?

—Mejor eso que escuchar tus tonterías.

—Si tuvieras dos dedos de frente, ahora mismo serías todo oídos —le advirtió Nolan.

—Tu padre no te ve como una amenaza —expliqué a Duncan—. A lo mejor deberías hacer que lo reconsiderara. Podrías recordarle quién eres y que sigues siendo un peligro para él.

Duncan se pasó una mano por el pelo.

—Mira, tío, ya lo intenté. Y perdí. Ganó él. Es lo que pasa siempre.

¿Es que todos teníamos la misma herida por culpa de nuestros padres? ¿Era necesario que todos los hijos desafiáramos a nuestros padres para convertirnos en hombres? ¿Había siempre un ganador y un perdedor, o existía otro rito de iniciación, un camino diferente para ganarse el respeto?

—Todavía estás a tiempo de cambiarlo —le dije.

—No me contaba una puta mierda, ¿vale? Creía que era un inútil. Un perdedor. —Duncan dio unos golpecitos al cigarrillo para tirar la ceniza en el cenicero.

—Y tú quisiste demostrarle que eras más que eso —lo incité.

—Sí, y también la cagué.

La actitud de delincuente derrotado y de pobre de mí que exhibía Duncan me ponía de los nervios.

—¿Te das cuenta de que si no les das a los federales algo con lo que trabajar te sacarán de aquí y te trasladarán a unas instalaciones federales? De esas en las que estás encerrado en una celda veintitrés horas al día.

Me fijé en que un destello de nerviosismo le cruzaba la mirada.

—¿Han dicho dónde? —preguntó, intentando, sin éxito, sonar desinteresado.

—He oído que en Lucrum. Es de máxima seguridad. Hace que este sitio parezca una guardería. He visitado su instalación hermana, Fraus. No ha sido agradable.

Las patas de la silla de Duncan golpearon el suelo.

—No pueden llevarme allí.

—No te quedará otra —señalé.

—No puedo ir a Lucrum. No duraré ni un puto día.

—Deberías haberlo pensado antes de intentar asesinar a un agente de policía, secuestrar a una civil y acabar siendo una absoluta pérdida de tiempo para el FBI.

—No lo entiendes. Tiene hombres ahí dentro. Ningún enemigo del puto Anthony Hugo sobrevive una semana en ese agujero —insistió.

Me incliné hacia delante.

—Pues dime algo que podamos usar. Cuéntame lo que sepas sobre Felix. ¿Por qué tu padre le encargó la lista?

Duncan se pasó una mano por el labio superior para limpiarse el sudor.

—Felix es como una ardilla, ¿sabes? Siempre de un lado para otro, recopilando cosas por todas partes. Guardándolas para el invierno... o para el día de pago. Es... joder. Era un tío simpático para ser un hijo de puta. Era encantador. Era como el Kevin Bacon de las calles. Todo el mundo lo conocía o conocía a alguien que lo conociera. Si necesitabas información, normalmente te la conseguía.

—¿Con quién trabajaba? ¿Qué amigos tenía? —le pregunté.

—Como te he dicho, todos lo conocían. Y le caía bien a todo el mundo.

—Pues ¿con quién se llevaba mejor? ¿Alguien que tal vez estuviera fuera del ajo? —insistió Nolan.

Duncan inclinó la cabeza hacia el techo.

—No tengo ni puta idea. ¿A lo mejor su chica?

—¿Tenía novia? —le pregunté. Nolan y yo intercambiamos una mirada. Eso era nuevo.

—Una a la que pagaba, si eso cuenta. Una vez lo vi comiendo con ella. Era de categoría. Demasiado buena para él.

—¿Cómo se llamaba? —le pregunté.

Le dio una calada al cigarrillo y expulsó una nube de humo que se arremolinó lentamente entre nosotros.

—Maureen Fitzgerald.

Me recosté en el asiento. Duncan volvió a esbozar una sonrisa de suficiencia.

—Vaya, a lo mejor tú también eres su cliente. ¿A que el mundo es un pañuelo incestuoso?

—Las cárceles me ponen los pelos de punta —anunció Nolan cuando dejamos atrás los alambres de espino y las paredes de ladrillos y salimos al aparcamiento—. Cada vez que entro en una, me preocupa que no vayan a dejarme salir.

Gruñí y seguí caminando hacia el coche.

—¿Han sido imaginaciones mías o ese cabrón pelirrojo ha insinuado que conoces a Maureen Fitzgerald, la madama de mayor envergadura de todo D. C.? —se preguntó Nolan.

Abrí la puerta del Jaguar de un tirón y cogí el teléfono.

—No han sido imaginaciones tuyas, sí que conozco a Maureen —le expliqué mientras escribía un mensaje a toda velocidad con los pulgares.

Yo: Tenemos que hablar. Llámame.

—Vaya. No creía que un hombre como tú tuviera que pagar para tener una cita. Hace que me sienta muy bien conmigo mismo.

Me vibró el teléfono en la mano. Pero no era Maureen. Era la agente especial Idler.

Maldije en voz baja, rechacé la llamada y me senté detrás del volante. Nunca debería haber permitido que Nolan me acompañara. Tenía que pensar, planear. No quería que los federales hablaran con Maureen antes de que lo hiciera yo.

—Entra —le ordené.

—Oye, mira, el jefe eres tú. No tienes que contarme nada siempre y cuando me sigas pagando —comentó Nolan mientras se sentaba en el asiento del acompañante.

Esperé hasta que ambas puertas estuvieran cerradas.

—Maureen es una amiga. Me da información sobre las peticiones de algunos de sus clientes más depravados y yo utilizo esa información como considere.

—Y no quieres dar un motivo a los federales para que la miren a ella directamente —adivinó Nolan mientras se ponía el cinturón.

Asentí y encendí el motor.

—Es un poco raro que Maureen Fitzgerald se asocie con alguien como Felix Metzer —reflexionó—. La he visto en persona un par de veces. Es una mujer preciosa. Elegante. Rica.

No solo era raro, era completamente inverosímil.

El móvil volvió a vibrar y fantaseé con lanzarlo por la ventana, dar marcha atrás y pisotearlo, pero me contuve.

Eché un vistazo a la pantalla y descubrí que no era Idler.

Karen: Esta noche vamos a cenar la mejor *pizza* congelada que haya y una botella de vino razonablemente buena.

«Joder». Casi se me olvidaba.

—¿Tienes grandes planes esta noche? —me preguntó Nolan.

—¿Qué? —Levanté la cabeza con la intención de lanzarle una mirada asesina que le obligara a callarse.

Señaló con la cabeza la pantalla del salpicadero, en la que aparecía el mensaje de Karen. Maldito Bluetooth.

Apareció otra llamada de Idler en la pantalla.

—Tienes cara de estar a punto de arrancar el volante de la columna de dirección —observó Nolan con suavidad.

Le lancé otra mirada fría.

—Vale, como quieras. No se te nota, pero es la sensación que das. Soy observador de cojones. No me odies.

—Estoy bien —insistí con frialdad.

—Tengo una idea. Tú intenta ponerte en contacto con tu «socia de negocios» Maureen y sigue adelante con tus planes para cenar. Mi mujer trabaja hasta tarde esta noche con su equipo para preparar una presentación muy importante que tiene por la mañana. ¿Por qué no dejas que me ocupe yo de poner a Idler al día?

Abrí la boca para ofrecerle una letanía de motivos por los que no iba a hacerlo, pero insistió.

—De momento, no mencionaré a la madama y me centraré solo en la empresita fantasma que ha descubierto tu equipo de *hackers* hace quince minutos.

—¿Qué empresa fantasma? —le pregunté—. Y, por motivos legales, no puedes llamarlos *hackers*.

—Una de la que me ha hablado la especialista en seguridad digital, Prairie.

—¿Y por qué no me ha contactado a mí directamente?

—Porque eres un hijo de puta que da miedo, tío. A nadie le gusta hablar contigo. Haces que una charla sin importancia sea como una endodoncia sin anestesia.

—No es verdad —discutí, de mal humor.

244

—Karen es la madre de Sloane, ¿verdad? —preguntó.

—Sí.

—Hay algunos trabajos para los que estás hecho, sin duda. Para mirar a un político a los ojos mientras le destrozas la carrera. Para soltar unos millones cuando la situación lo requiere. Para llamar a la mujer que opera el círculo de prostitutas más caro del área metropolitana. Y para visitar a tu amiga mientras está de luto por la muerte de su marido. Del resto, me ocupo yo.

Exhalé.

—No eres un completo inútil como empleado.

—Gracias, jefe. Esas pegatinas doradas que estás repartiendo me han llegado aquí —respondió, y se golpeó el pecho.

Me volvió a sonar el teléfono. Esta vez era Petula.

—¿Qué? —espeté tras apretar el botón de responder en el panel de control. Nolan me miró. Puse los ojos en blanco—. Hola, Petula. ¿Qué puedo hacer por ti? —añadí con cortesía exagerada.

—¿Se encuentra bien, señor? ¿Lo tienen bajo presión? Puedo enviar a un equipo de seguridad a su posición en minutos.

—Estoy bien —respondí con brusquedad.

—No te preocupes, Petula. No dejaré que le pase nada al jefe —anunció Nolan.

—Estoy encantada de oírlo —respondió ella con ironía—. No obstante, tenemos un problema.

—¿Qué ocurre? —le pregunté, con la mente todavía centrada en Duncan, Felix y ahora Maureen.

—Cuando Holly ha salido a buscar la comida, la han perseguido dos hombres en un Chevy Tahoe negro.

Aceleré para salir del aparcamiento a toda prisa.

—¿Se encuentra bien? —preguntó Nolan.

Se agarró a la manilla del coche con disimulo cuando derrapé para incorporarme a la carretera.

—Está bien. Un poco asustada. Pero su coche no ha tenido tanta suerte —informó Petula—. Se acuerda de una parte de la matrícula.

—Búscala —ordené con brusquedad—. Llegaremos en media hora.

—El Tahoe negro está despejado —informó Nolan. Me pasó los prismáticos.

Fruncí el ceño.

—¿De dónde los has sacado?

—Nunca salgo de casa sin los prismáticos, una navaja y aperitivos —respondió sabiamente—. ¿Quieres un poco de cecina?

—Lo que quiero es venganza —murmuré.

Miré por los prismáticos y localicé el todoterreno ligero en el aparcamiento de un bloque de apartamentos de lujo. El vehículo estaba a nombre de una de las corporaciones de Hugo. Y según la hipoteca del apartamento de tres dormitorios, el dueño era uno de sus sicarios.

—¿Has pedido a los de seguridad que…?

—¿Lleven el Escalade de la empresa a casa de Holly? —respondió Nolan—. Sí. Lina y Petula también irán para asegurarse de que el niño no siga asustado. Pasar de un sedán de doce años con el maletero pintado con pintura de imprimación a eso es una mejora de la leche.

Le devolví los prismáticos y no dije nada.

Era lo mínimo que podía hacer.

Sabía que Hugo se volvería más violento, pero esperaba que intensificara la violencia contra mí, no contra una empleada que iba a comprar unas ensaladas. Quería enviar un mensaje, castigarme. Había subestimado su sentido de la justicia y uno de los míos había pagado el precio. No volvería a ocurrir.

—Quédate aquí —le ordené a Nolan, y abrí la puerta de la furgoneta.

Había tomado prestada una furgoneta de transporte al equipo de seguridad. Ahora me tocaba a mí enviar el mensaje.

—Lo siento, jefe. Ni de broma. —Nolan salió por la puerta del acompañante. Sacó un gorro de lana negro del bolsillo de la chaqueta y se lo puso.

—Estoy a punto de romper media docena de leyes —le advertí antes de rodear la parte trasera del vehículo.

—Y yo que pensaba que tenías secuaces para hacer el trabajo sucio —comentó Nolan, y abrió las puertas de la furgoneta. Saqué el mazo.

—A veces es mejor que te ensucies las manos tú mismo. Y con eso me refiero a mí, no a ti.

Tomó el rollo de tela de dos metros del suelo de la furgoneta.

—No permitiré que te diviertas tú solo. Además, si nos pillan, tus abogados, que dan mucho miedo, me sacarán antes de que toque el banquito de la celda con el culo.

Me sentí extrañamente conmovido. Lancé un suspiro exasperado.

—Como quieras. Vamos a jugar con fuego. —No esperé a que respondiera y me dirigí a las sombras.

—En mi antiguo trabajo nunca me divertía tanto —susurró Nolan con alegría a mis espaldas.

—Llegas tarde —anunció Karen con decepción maternal fingida cuando abrió la puerta.

Me incliné hacia ella y le di un beso en la mejilla. Llegaba tarde y estaba exhausto, pero la venganza había atenuado la ira y ahora casi estaba de buen humor. Había pasado mucho tiempo desde que me había ensuciado las manos.

—Lo siento. He tenido que hacerme cargo de algo —le expliqué mientras me quitaba el abrigo.

—Ajá, llegas tarde, hueles a gasolina y humo y tienes el abrigo roto —observó cuando lo colgué en el perchero que había detrás de la puerta.

—Motivos por los que me vendría bien una copa bien grande de ese vino mediocre que me has prometido.

La explosión había ocurrido un poco antes de lo esperado. El «¡Me cago en la puta!» entusiasmado de Nolan me seguía resonando en los oídos.

Knox habría estado orgulloso. Nash habría estado furioso. En cuanto a mí, empezaba a apreciar a Nolan como más que un secuaz.

—Ven conmigo, querido —dijo Karen, y me guio hacia la cocina.

El apartamento no se parecía en nada a la casa familiar de Knockemout. Yo lo había escogido por la cercanía al hospital, no por su personalidad, pero, en los dos años que habían vivido allí, Karen se las había arreglado para convertir aquella página de color blanco hueso en un hogar cómodo.

Como siempre, me llamó la atención la foto enmarcada grande en la que aparecíamos Simon, Sloane y yo el día en que ella se sacó el carné de conducir. Aunque esta vez sentí como si me hubieran dado un puñetazo en el estómago además de la punzada de arrepentimiento que me acompañaba normalmente.

Simon no me esperaba en la cocina como había hecho durante tantos años de mi vida. No sabía cómo Karen era capaz de quedarse allí, rodeada de recuerdos de una vida que nunca recuperaría.

Iba descalza y vestía de forma casual con unas mallas y un jersey extragrande. Llevaba el pelo hacia atrás con una diadema ancha con estampado de cachemira.

Me gustaba que no hubiera formalidad entre los Walton. A las mujeres con las que salía (por muy brevemente que fuera) nunca las veía sin la cara cubierta de maquillaje, el pelo perfectamente arreglado y el vestuario listo para hacer una escapada rápida a ver un concierto sinfónico a París o a un evento de gala.

—Siéntate, yo lo sirvo —insistió Karen cuando entramos en la pequeña pero eficiente cocina. Había pintado las paredes de un amarillo soleado y había sustituido las encimeras de cuarzo blanco y formal por azulejos de terracota coronados con accesorios azul cobalto.

Saqué un taburete tapizado en pana de color mandarina y busqué el plato de los aperitivos. En la despensa de Karen Walton siempre había una bolsa de mis almendras ahumadas favoritas. Las guardaba junto a los cereales favoritos de Maeve y la cerveza de raíz favorita de Sloane, como si yo también fuera parte de la familia.

—¿Cómo ha ido la vuelta? —le pregunté.

Deslizó una copa de vino en mi dirección y alzó la suya.

—Terrible. Bien. Agobiante. Reconfortante. Siento una tristeza infinita. Y alivio. Ya sabes, lo de siempre.

—Podríamos haberlo dejado para otro día —respondí.

Karen consiguió esbozar una leve sonrisa compasiva mientras se dirigía al horno.

—Cariño, ¿cuándo aprenderás que a veces lo último que necesitas es estar solo?

—Nunca.

Rio por la nariz, abrió la puerta del horno y llenó la habitación de olor a *pizza* de supermercado.

Me levanté del taburete y rodeé la isla para apartarla de un empujoncito.

—Tú ve a por la ensalada y yo me encargo de cortar las porciones. Tú siempre las cortas torcidas —bromeé. Tampoco se acordaba de enjuagar el cortador de *pizza,* con lo cual siempre se solidificaba, y limpiarlo requería mucha fuerza.

Me entregó el utensilio.

—Dos trabajan mejor que uno.

Nos quedamos paralizados. Había oído esa frase miles de veces en la cocina de los Walton, sobre todo por parte de Simon cuando él y Karen compartían las tareas de preparación de la comida.

No sabía dónde mirar. El atisbo de puro dolor que le cruzó el rostro fue como una puñalada en el corazón. No estaba capacitado para lidiar con emociones de ese tipo. Yo manejaba los problemas, presentaba soluciones. No navegaba las pérdidas personales con nadie, sin importar lo mucho que los quisiera.

Karen era más madre para mí que la mía propia. Y Simon había sido el tipo de padre que desearía haber merecido.

Se aclaró la garganta y forzó una expresión de alegría en la bonita cara.

—¿Qué te parece si fingimos que todo es normal durante un rato? —sugirió.

—Vale, pero no creas que te voy a dejar ganar al *Rummy* solo porque ahora eres viuda —le advertí.

La risa de Karen no se parecía en nada a la de Sloane. Era escandalosa, alegre y me llenaba el pecho de calidez y luminosidad. La de Sloane era una risa sofocada y gutural que me llegaba directa al estómago. Me la imaginaba sentada justo enfrente, sonriéndome como si no fuéramos veneno el uno para el otro. Una sensación de quemazón aguda en el pulgar me hizo volver al presente de golpe. Cambié la posición de la manopla. Me las había arreglado para prenderle fuego a un vehículo sin quemarme, pero dame una *pizza* congelada y tiempo para pensar en cierta bibliotecaria rubia y mi guardia se desmoronaba. Me saqué a la seductora irritante de la mente a la fuerza y me centré en la mujer Walton que tenía delante.

Ya era tarde cuando llegué a casa y me di una ducha para quitarme el olor a fuego. Me dejé caer en la cama de tamaño gigante y emití un largo suspiro.

La lamparilla de la mesita de noche arrojaba un brillo suave sobre mi ejemplar de *La Biblioteca de la Medianoche*. Me pregunté si ella lo estaría leyendo ahora mismo. O si, tal vez, solo tal vez, estaba tumbada en la cama y pensaba en mí.

Lo dudaba. Cada vez que veía a Sloane, parecía sorprendida y decepcionada al darse cuenta de que todavía existía.

No debería ser el único que no podía dormir. Tomé el teléfono y tardé un minuto en decidir el mejor enfoque. Rebusqué entre los contactos, encontré el que buscaba y envié el mensaje.

Cuando no lo leyó de inmediato, lancé el móvil sobre la colcha a mi lado y me cubrí el rostro con las manos.

Era un idiota. Un idiota débil e indisciplinado. Solo porque hubiéramos sido capaces de comportarnos como dos adultos civilizados en una comida no quería decir…

El teléfono vibró sobre la colcha afelpada.

Me abalancé sobre él.

Sloane: ¿Qué acabas de enviarme?

Yo: La información de contacto de una abogada especializada en apelaciones. Espera tu llamada mañana. De nada.

Vi cómo aparecían tres puntitos y luego desaparecían. Me quedé mirando la pantalla fijamente, deseando que volvieran a aparecer. Treinta segundos más tarde, lo hicieron.

Sloane: Gracias.

¿Tanto le había costado escribirme una palabra? ¿Qué hacía? Podría haber encargado a un asistente que le enviara la información. Qué diablos, podría haber hecho que un asistente le diera la información a Lina, que trabajaba en mi oficina. No era necesario que le enviara mensajes a Sloane a las... Rodé sobre mí mismo para ver el reloj. Era casi medianoche.

Asqueado conmigo mismo, lancé el móvil a la mesita y me pasé las manos por detrás de la cabeza.

El móvil volvió a vibrar.

Me abalancé sobre él con tanto ímpetu que me dio un tirón en un músculo del cuello.

Sloane: Lina me ha contado lo que le ha pasado hoy a Holly. ¿Está bien?

Me froté el cuello y sopesé si no era mejor esperar para responderle, pero después decidí que estaba demasiado cansado para andarme con rodeos.

Yo: Están todos bien.

Sloane: ¿Y qué hay de ti?

¿Yo estaba bien? No me lo parecía. Sentía que estaba perdiendo el control de las cosas y que se me escapaban entre los dedos. Me había forjado una carrera a base de prever cada contingencia, cada jugada. Y, aun así, había pasado por alto

251

esta última. ¿Qué más se me escapaba? ¿Y por qué me equivocaba ahòra?

Yo: Estoy bien.

Sloane: Mi móvil tiene un detector de mentiras que es una pasada y acaba de sonar la alarma de «lo siento, respuesta incorrecta». Ha asustado al gato.

Yo: Estoy bien, solo cansado.

Sloane: Sabes que proteger a todo el mundo de todo no es tu obligación, ¿verdad?

Pero proteger a las personas de mis acciones y de las consecuencias de dichas acciones sí que lo era.

Yo: He visto a tu madre esta noche.

No apareció ningún punto, había ido demasiado lejos. O se había quedado dormida.

Volví a dejar el teléfono en la mesilla de noche y, entonces, sonó.

—¿Qué?

—Tienes que trabajar en tus modales por teléfono. —La voz de Sloane sonaba ronca en mi oído. Me recordó aquellos momentos efímeros de hacía tiempo, cuando me dormía junto a ella sobre una pila de cojines, en una habitación bonita y una casa segura. Odiaba que mi cuerpo recordara aquellos momentos de una forma tan visceral—. ¿Cómo está?

—Lo está sobrellevando —respondí, e hice una mueca por el dolor de cuello mientras ajustaba los cojines detrás de mí de la forma en que lo hacía la Sloane adolescente.

—Maeve y yo la llamamos todos los días, pero es difícil saber si nos oculta las cosas.

—Ha puesto las cenizas encima de la nevera —le expliqué.

Sloane emitió una risa suave y triste.

—A él le habría gustado.

—La verdad es que sí —coincidí.

Se quedó callada durante un rato largo y me preocupó que estuviera a punto de colgar.

—¿Has ido a darle una paliza a quienquiera que haya sacado a Holly de la carretera? —me preguntó.

—¿Y por qué haría eso?

—Porque eres tú.

—Digamos que no van a sacar a nadie más de la carretera en mucho tiempo —le expliqué.

—Nash me contó que le diste una paliza a Jonah Bluth en el entrenamiento de fútbol porque se metía conmigo en el instituto.

Nash tenía una bocaza enorme a juego con esa placa tan reluciente.

—No recuerdo…

—¡Meeeeec!

El ruido de respuesta incorrecta de Sloane casi me hizo sonreír.

—¿Qué *no* les has hecho a esos tíos?

—Nolan y yo nos hemos asegurado de que no tengan un coche con el que sacar a nadie de la carretera y de que la policía local supiera dónde debía acudir cuando Holly ha denunciado el incidente.

—Mira qué bien, tú y Nolan siendo colegas. ¿Habéis ido a tomaros una cervecita después?

Lo cierto es que yo me había tomado un *whisky* y Nolan una Coors *Light.*

—No digas tonterías.

Me pregunté qué llevaba puesto. Si estaba en la cama o acurrucada en el sofá, con los labios aún pintados y un libro en el regazo. Se me despertó el pene.

Me apreté la palma de la mano contra la entrepierna. No solía tener erecciones espontáneas… a menos que estuviera cerca de ella. Era un adulto que controlaba sus instintos más básicos. La voz ronca de la mujer que casi me había destruido no debería tener ese efecto sobre mí.

—Así que has arreglado el desastre, te has vengado del malo. ¿Y ahora qué?

—¿A qué te refieres? —pregunté.

¿La voz de Sloane era lo único que me excitaba? ¿O era un síntoma de algo más? De que estuviera perdiendo el control, la perspicacia.

Que le enviara un mensaje a Anthony Hugo no impediría que volviera a actuar. Quería que lo hiciera. Porque tarde o temprano metería la pata y yo me aprovecharía del error para vencerle.

—Casi oigo la furia que desprenden tus sílabas, grandullón. Alguien se ha metido con uno de tus empleados. Y has buscado una solución. Pero ¿cómo vas a desahogarte si la justicia no te quita el enfado?

Resoplé.

—No necesito desahogarme.

—Personalmente, soy muy fan del sexo duro y sudoroso. Siempre parece solucionarlo todo —dijo Sloane con alegría—. Deberías probarlo alguna vez.

Se me escapó un sonido estrangulado por la garganta. Me palpitó la entrepierna y me apreté la palma de la mano contra ella con la intención de sofocar la excitación. No iba a entablar una conversación telefónica con una mujer y hacerme una paja. Incluso aunque la mujer fuera Sloane.

Rio con suavidad.

—Solo me estoy quedando contigo, Lucifer.

Sin embargo, la imaginaba tumbada debajo de mí. Con el pelo abierto como un halo sobre la almohada. Los muslos blancos aferrándose a mis caderas. Y sus pechos a medio centímetro de salírseles de una de esas camisetas de tirantes inútiles.

—Oh, ¿así que no te gusta el sexo duro y sudoroso de verdad? —repliqué.

—Ya te gustaría saberlo. —Prácticamente me ronroneó las palabras al oído.

No sabía cuál debía ser mi siguiente movimiento, qué táctica debía emplear. Porque no podía obtener lo que deseaba. No quería lo que deseaba.

—¿Por qué sigues despierta? —le pregunté con brusquedad.

—Porque un incordio no dejaba de enviarme mensajes —respondió con tranquilidad.

Oía la sonrisa en el tono de voz, la veía en mi mente. Esa curvatura lenta y seductora de los labios que normalmente obsequiaba a cualquiera que no fuera yo. Era un error. Estaba cometiendo otro error. No podía evitarlo. Sloane era el vicio que no podía dejar.

—Deberías irte a la cama —le dije.

—Por Dios, a lo mejor deberías asistir a una clase sobre cómo hablar con las personas sin parecer un capullo.

—No tengo tiempo de hablar contigo.

—Decidido: la próxima elección para el club de lectura va a ser algo relacionado con el doctor Jekyll y el señor Hyde. A lo mejor así entenderé por qué pasas de ser casi humano a Lucifer en solo dos frases.

Era un vaivén en el que llevábamos años atascados. Cada vez que uno de los dos mostraba un lado demasiado humano, el otro golpeaba. Entonces reconstruíamos los muros y fortalecíamos la hostilidad. Seguíamos reaprendiendo la misma lección una y otra vez, pero nunca se nos quedaba. No éramos buenos para el otro. No era bueno para ella. Y nunca podría confiar en una mujer que me había traicionado por completo.

—No pierdas el tiempo pensando en mí. Yo no pierdo el mío pensando en ti —le espeté.

Con el grito ahogado que se le escapó todavía en el oído, colgué la llamada, apagué la luz y me tumbé en la oscuridad. Me odié a mí mismo.

CAPÍTULO DIECIOCHO

RUINAS DEL PASADO

SLOANE

Arrastré el contenedor de reciclaje por el corto tramo de asfalto, rodeé el Range Rover de Lucian y lo dejé delante de la puerta de su garaje. Era una tarde de sábado oscura y húmeda. Había sido uno de esos días en los que una cosa había ido mal y todo lo demás había escapado fuera de control. Los ordenadores de la biblioteca habían dejado de funcionar durante más de una hora, el pedido de libros para la firma de autores de San Valentín había llegado sin las sobrecubiertas y había hecho un hueco para mi cuarta cita a ciegas, con la esperanza de que ByronBarbudo223 resultara ser mejor que los últimos tres candidatos.

No lo era. ByronBarbudo no había sido ni barbudo ni fan de Lord Byron. Había acudido a la cita tarde y borracho y, mientras le decía que lo nuestro no iba a funcionar, había respondido a una llamada de su actual novia y le había explicado que estaba en el gimnasio.

Esta cita, y las tres anteriores, habían resultado tan malas que esa noche había planeado acurrucarme junto al fuego para echar un vistazo a la página web del banco de esperma. Si no encontraba una cita con potencial de futuro marido, a lo mejor tendría más suerte con un bebé.

Para sumarle a mi mal humor, había pasado los últimos días pensando en Lucian. En el hecho de que hubiera cenado con mi madre. En que me hubiera escrito desde la cama.

En que le hubiera proporcionado un todoterreno ligero totalmente nuevo a su empleada. En que casi me besara en el despacho. En que trabajara con el FBI para desmantelar a uno de los delincuentes más peligrosos de la región del Atlántico Medio de Estados Unidos. Y en Lucian desnudo, pidiéndome con el dedo que me acercara a él.

Esa última imagen me había venido a la cabeza en la ducha el día anterior, después de haber visto su Range Rover en el acceso a su casa. Y después otra vez justo antes de irme a la cama... y al despertarme...

Me gustaba más cuando solo recordaba la existencia del hombre de vez en cuando.

Estábamos subidos en una montaña rusa infinita de insultos, tensión sexual, amargura y flirteo. Y había llegado el momento de ponerle punto final. Quería bajarme de la atracción para centrar la energía en lo que deseaba de verdad... Y no era a Lucian Rollins.

Recorrí a zancadas el camino hasta la puerta de entrada de su casa y acababa de levantar el dedo para llamar al timbre cuando la puerta se abrió de par en par.

—¿Qué? —espetó Lucian.

Le faltaban la chaqueta, la corbata y los zapatos, pero seguía vestido con los pantalones a medida y la camisa Oxford arremangada hasta los codos. Llevaba unos calcetines a cuadros elegantes. Parecía que acababa de salir de las páginas de una revista de moda de hombres ricos.

También parecía molesto, cansado y estaba *sexy* a rabiar. Una mujer que no supiera que era como un grano en el culo se sentiría tentada de empujarlo hacia la casa con la promesa de una sopa casera caliente y una noche que lo ayudara a olvidarse de los problemas.

Pero Lucian Rollins no merecía sopa casera.

—Seguro que estás acostumbrado a que el mayordomo te lleve el contenedor hasta la puerta en la ciudad, pero aquí tenemos que hacerlo nosotros mismos —anuncié.

—¿Y para qué iba a necesitar un mayordomo si tengo una vecina controladora que parece incapaz de recordar ponerse un puto abrigo? —replicó.

—No creo que debas trabajar con el FBI —espeté, recurriendo al primer punto de la lista mental de problemas que tenía con él. Bueno, el primer problema que no implicaba la atracción física inapropiada que sentía hacia él.

Puso los ojos en blanco, alargó el brazo, me agarró por la parte delantera de la sudadera y me metió en la casa.

—¡Disculpa! ¿Es que nadie te ha dicho que secuestrar a mujeres en la puerta de tu casa es de mala educación?

—¿Y a ti nadie te ha dicho que hablar a gritos y de mal humor sobre asuntos privados en espacios públicos es peligroso?

Me guardé las manos en los bolsillos de la sudadera.

—Te concedo lo del mal humor, pero no he gritado.

—Qué generoso por tu parte.

—No pienso retractarme —dije, y echó un vistazo a mi alrededor.

En la televisión del salón retransmitían una especie de noticia financiera. Había un bol vacío y un portátil abierto sobre la otomana. En la chimenea bailaban unas llamas acogedoras. Y, aun así, la habitación seguía pareciendo sombría, incluso solitaria. Las paredes eran grises, el sofá también y los cojines de color marfil tenían aspecto de ser ásperos. Era un espacio impersonal. Excepto por la música.

Fruncí el ceño.

—¿Es Shania Twain?

Lucian maldijo en voz baja, pulsó un botón en el móvil y la música dejó de sonar.

—No vamos a hablar del FBI, de Anthony Hugo o de mis asuntos personales. Así que, a menos que haya otro asunto por el que quieras gritarme, ya sabes dónde está la puerta.

Exhalé.

—Gracias por recomendarme la abogada —le dije—. La llamé ayer y le envié todo lo que tengo sobre Mary Louise.

—Así que has venido a gritarme y a darme las gracias —comentó, y sonó un poco menos irritado.

Me encogí de hombros.

—Soy una mujer complicada.

—Lo tengo en cuenta. Ahora, si has terminado de «arpiar», me gustaría relajarme en mi casa sin que tú estés en ella.

—Creo que esa palabra no existe. Y no voy a irme hasta que me escuches. He estado pensando mucho en esto...

Lucian sonrió con satisfacción.

—¿Has estado pensando en mí? ¿No deberías estar demasiado ocupada buscando a don Perfecto como para acordarte de mí?

Le lancé una mirada asesina.

—Tengo un cerebro grande, Lucifer. Tengo espacio para muchas cosas aquí arriba.

—¿Lo has encontrado? —me preguntó.

No acabé de contener el escalofrío que me recorrió la columna vertebral cuando las últimas citas que había tenido se colocaron haciendo claqué en el centro de atención de mi mente.

—Todavía no —comenté con positividad forzada—. No he venido a hablar de mi vida privada.

—¿Y para qué has venido? —insistió. Parecía vagamente entretenido.

—Para gritarte por los contenedores de basura. ¿Es que no me has oído?

—¿Has tenido no sé cuántas citas y todavía no has encontrado al candidato adecuado? —preguntó.

Entrecerré los ojos.

—Oye, Rollins, esto no es como contratar a un empleado que te traiga el café y batidos hechos con la sangre de cachorritos. Encontrar a un compañero de vida debería ser...

—¿Desalentador? ¿Físicamente doloroso? ¿Superdeprimente?—. Complejo —comenté en voz alta.

Se cruzó de brazos y se apoyó contra el arco abierto que daba paso al salón.

—Explícate.

—No voy a hablar de mis citas contigo.

—No hay por qué avergonzarse. Estoy seguro de que el hecho de que no te hayan devuelto las llamadas es cosa de ellos y no tiene nada que ver contigo.

—¡No es porque me ignoren! Bueno, excepto por aquel tipo. Pero lo de ese fue un *ghosting* clarísimo. ¿Es que acaso sabes lo que significa «*ghosting*»?

—Trabajo con una mujer de veintidós años que se empeña en hablar todo el rato de cosas que me traen sin cuidado. No solo sé lo que significa «*ghosting*», sino que además podría nombrar a todas las Kardashian si me presionan.

—¿Está bien? Me refiero a Holly.

—Sí —respondió con brusquedad.

—He estado dándole vueltas al tema. ¿Has pensado en que los hombres que la persiguieron...?

—Volvamos al *ghosting* —insistió.

—No. —Sacudí la cabeza.

Un atisbo de astucia le cruzó la mirada.

—Te daré un *pretzel* de Stucky entero si me lo cuentas.

Resoplé.

—No puedes sobornarme con comida.

Era mentira. Los *pretzels* de Stucky eran del tamaño de mi cara y la forma en que se desmigaban era irresistible.

—Es de canela y azúcar..., con sirope de caramelo —añadió.

«Maldita sea». Era mi favorito. Le lancé una mirada asesina y él me la devolvió. El duelo de miradas duró hasta que el maldito traidor de mi estómago rugió. Me había saltado la comida durante el fiasco de los ordenadores y todavía no había sacado tiempo para comer algo.

—Vale —cedí—. Pero solo te lo voy a contar porque te vas a enterar igualmente gracias a nuestro pequeño y raro grupito de bocazas.

A Stef, Naomi y Lina ya les había entretenido muchísimo la historia.

—Soy todo oídos —afirmó Lucian.

—Ah, no. Primero quiero ver el *pretzel*. —Se le dibujó un gesto de diversión en los labios. Me pregunté cómo mantenía la barba tan bien recortada. ¿Tendría una cuchilla especial o había contratado a un barbero que iba a su casa en días alternos?

—Pues venga —respondió, y se fue en dirección a la cocina. Como llevaba calcetines, no hizo ningún ruido al caminar.

Tenía la sensación de que iba a arrepentirme de esto, pero por lo menos me ganaría un *pretzel*. Igual que el salón, la cocina y el comedor estaban impecables. Como si acabaran de desinfectarlos o como si los hubieran preparado para que pareciera que alguien vivía en la casa. Me preguntaba cómo sería el interior de la nevera. ¿Habría botes de mostaza caducados como en la cocina de todo el mundo o también sería de una esterilidad implacable? ¿Se atreverían las verduras a pudrirse en el cajón de la nevera de Lucian?

Levantó la tapa de una caja rosa de panadería y la orientó en mi dirección.

Se me hizo la boca agua.

Solo había un *pretzel*.

—Aunque tú eres tú y yo soy yo, no puedo comerme tu último *pretzel*. ¿Y cómo es que te has comprado uno? ¿No subsistes a base de claras de huevo y pezuñas de unicornio? —El hombre llevaba la disciplina a un nivel nuevo e irritante.

—Estoy dispuesto a separarme de él a cambio de saber la historia del hombre que ignoró a Sloane Walton.

—Haces que suene como el título de un libro infantil.

—Intentas perder tiempo —dijo mientras sacaba un plato del armario.

Tenía muchísimas ganas de comerme el *pretzel*.

—Vale, pero vamos a partirlo por la mitad. Espero poder desnudarme delante de un desconocido pronto y tengo que estar en forma y decente, no tener cuerpo de atiborrarme a pastas horneadas.

Sin mediar palabra, sacó un segundo plato y cortó la delicia en dos mitades iguales.

Se me hizo la boca agua mientras metía los dos platos en el microondas.

—Habla.

—Vale, como quieras. —Me planté en uno de los taburetes que guardaba debajo de la isla—. La aplicación me empareja con un tipo llamado Gary. Según su perfil, es un enfermero pediátrico al que le gusta la lectura, el excursionismo y pasar tiempo con sus sobrinas y sobrinos.

—Está claro que es un cabrón —bromeó Lucian.

Ignoré la pullita y continué:

—Parece normal en los mensajes, así que acepto salir a cenar con él. Después del último fiasco, para el que tuviste entradas de primera fila, Nash y Lina deciden acompañarme como apoyo. Se sientan en una mesa cerca de nosotros y comienza la cháchara. Parece bastante majo, pero cuando le pregunto sobre el trabajo, no parece saber nada sobre hospitales o enfermería o niños. No deja de preguntarme cosas como cuánto dinero gana una bibliotecaria, qué clase de coche tengo y si dispongo de ahorros para la jubilación.

Lucian cerró los ojos y se pellizcó el puente de la nariz.

El microondas pitó. Lo abrió y el aroma del manjar de canela se esparció por la habitación.

—Llegados a este punto, ya he empezado a sospechar, así que les hago la señal a Nash y Lina, que vienen corriendo y me dicen que mi tío Horace se acaba de caer por la escalera y me llevan con ellos enseguida.

Lucian me puso un plato delante y sacó dos tenedores del cajón de los cubiertos.

No perdí ni un segundo en abrir la tapa del sirope de caramelo de un tirón y mojar el primer bocado en él.

—En fin, vamos de camino a casa y me llama Gary. Yo, por supuesto, dejo que salte el buzón de voz. Madre mía, esto está de muerte. —Gemí mientras los sabores se me derretían en la boca.

Lucian le dio un bocado más pequeño y decoroso a su mitad.

—¿Y qué quería Gary?

Saqué el móvil.

—Escúchalo tú mismo.

Rebusqué entre los mensajes del buzón de voz y pulsé el botón de reproducir.

—Hola, Sloane. Soy Gary. Solo quería ver cómo estabas y cómo está tu tío… ¡Madre mía! ¡Ahhh! —La voz fue reemplazada con el sonido de aceleración de un motor, el chirrido de unos neumáticos y, finalmente, un choque espectacular. A continuación, un sonido estático inundó la cocina.

Lucian sacudió la cabeza.

—No puede ir en serio.

—Adelante. Sé que te mueres por decirlo —solté, y le apunté con el tenedor.

—Está intentando timarte.

Levanté un dedo y reproduje el siguiente mensaje.

—Hola, eh, soy Vick Verkman, un amigo de Gary. No sé cómo decirte esto, pero Gary tuvo un accidente horrible anoche. Está en coma y el hospital amenaza con desconectarlo a menos que alguien le pague las facturas médicas. No deja de susurrar tu nombre.

Lucian dejó el tenedor en la encimera.

—La voz de Vick Verkman se parece mucho a la de Gary.

—Oh, y eso no es todo —añadí, y reproduje el siguiente mensaje.

—¿Sloane? Soy Mercedes, la madre de Gary. Siento decirte que anoche falleció por las heridas que sufrió en un accidente de coche que tuvo porque se preocupaba por ti y por tu tío. La funeraria amenaza con quedarse su cuerpo a menos que les paguemos...

Pausé el mensaje y le di otro bocado al *pretzel* delicado.

Lucian puso los ojos en blanco.

—Dime que no le mandaste dinero.

Sonreí.

—Le envié un mensaje a su «madre» y le pregunté dónde podía enviarles el cheque. Sugirió que lo pusiera a nombre de Gary Jessup y lo enviara a su dirección para que «los abogados se ocuparan de él».

—¿Te dio su nombre completo y dirección después de fingir su propia muerte?

—Sí. Así fue muy fácil denunciarlo en la aplicación, localizar su lugar de trabajo y enviarle allí unas flores con mis condolencias.

—¿Dónde trabaja? —preguntó Lucian, que había vuelto a coger el tenedor.

Remojé el *pretzel* caliente en el charco de caramelo que se había formado en el plato.

—Trabaja para una de esas empresas de cobro de deudas tan sospechosas. Ya sabes a las que me refiero. Compran deudas médicas o hipotecas a céntimos el dólar y después intentan recaudarlo con amenazas. Creo que se llamaba Corporación de Crédito Morganstern.

Lucian no dijo nada mientras daba otro mordisco. Comía de pie, apoyado en el fregadero, y nos separaba la encimera.

—¿Qué? ¿No vas a hacer ninguna broma sobre que «soy tan repugnante que los hombres fingen su propia muerte para alejarse de mí»? —comenté.

—Podría hacer tantas que me he quedado en blanco —explicó—. ¿Por qué te expones a algo así?

—¿A pasar tiempo contigo? —le pregunté, batiendo las pestañas.

—Sé que solo has venido por las pastas.

Saboreé el último pedazo y me contuve para no lamer las gotitas que habían caído en el plato.

—Quiero formar una familia, ha llegado la hora.

Me puse en pie y rodeé la isla. Sin decir nada, Lucian se deslizó a un lado para permitirme acceder al fregadero. Lavé el plato y el tenedor y después los puse a secar.

—Vas en serio con todo lo de la familia, ¿verdad?

Sonaba desconcertado, y levanté la mirada hacia él. No había espacio entre los dos, por lo que se respiró un aire de intimidad entre nosotros.

—Creía que precisamente tú lo entenderías. ¿Es que nunca has decidido que querías algo y después has ido a por ello? O, en tu caso, soltado un par de millones para comprarte lo que sea que quisieras.

Me apartó de un empujoncito y mi cuerpo se calentó ante el contacto inofensivo. Puse un poco de distancia entre nosotros y me subí a la encimera de un salto mientras él fregaba su plato y después usaba el paño que colgaba del asa del horno para secar los platos de los dos y devolverlos a su sitio.

Me fijé en que era muy meticuloso. No toleraba que las cosas no estuvieran en su sitio. Seguramente doblaba los calcetines antes de tener relaciones sexuales.

—Eso ha sido muy pragmático por tu parte —comentó.

Me enfurecí desde mi sitio en la encimera.

—Puedo ser pragmática.

Me miró y sentí el calor de esos ojos hechos de plata derretida.

—En muchos aspectos, sí —reconoció—. Pero teniendo en cuenta el material de lectura que lees habitualmente, esperaba que dieras prioridad al romance.

—¿De qué narices hablas? —le pregunté.

—Has leído novelas románticas a montones desde que eras adolescente. Prácticamente llevas tatuada la expresión «y comieron perdices» en la frente.

Me crucé de brazos. ¿Que si quería conocer a alguien que me hiciera caer a sus pies como les había ocurrido a Naomi y Lina? Pues claro que sí. ¿Que si estaba más que un poquito celosa de sus vidas sexuales desmesuradas y grandes romances? Por supuesto.

—A veces tienes que dejar de esperar a que algo ocurra y empezar a hacer que suceda —expliqué.

—No me lo creo.

—Me da igual —respondí.

Esbozó una sonrisa desoladora y leve, así que me miré las uñas y fingí aburrimiento.

—Solo por curiosidad, ¿qué es lo que no te crees?

—No vas a conformarte con un hombre solo porque cumpla la casilla de «madera de padre potencial». Tú no eres así.

—Ah, ¿y cómo soy exactamente?

Se movió muy rápido, como el depredador que salta sobre la presa. De repente, lo tenía entre las rodillas y me había encajonado tras apoyar las manos sobre la encimera.

—Quieres un hombre que esté a la altura de todos esos héroes sobre los que has leído. Los que luchan por sus mujeres, los que las arrastran a rincones oscuros porque no soportan estar sin tocarlas ni un minuto más. Los que harían lo que fuera por ellas. Eso es lo que quieres.

Su voz era como un rugido áspero, una caricia invisible.

¿Por qué me gustaba y emocionaba tanto estar tan cerca de él?

—Esto empieza a parecerse a lo de tu despacho otra vez —le advertí.

Entrecerró los ojos, pero no se movió. Se quedó donde estaba, a punto de tocarme en un montón de partes.

—No te conformes —dijo—. O te arrepentirás durante el resto de tu vida.

—¿De verdad me estás dando consejos amorosos ahora mismo?

265

—Simplemente, trato de señalarte que si fuerzas las cosas para que pasen en lugar de dejar que ocurran, puede que te causes más problemas.

—Para ti es muy fácil decirlo, podrás tener hijos cuando tengas setenta y cinco años.

—No, no podré. Me hice una vasectomía.

Me quedé boquiabierta.

—¿Qué? ¿Cuándo? ¿Por qué?

Se apartó de mí de un empujón y se quedó en el centro de la habitación con expresión sumamente incómoda.

—Deberías irte —anunció.

Pero había conseguido llamar mi atención.

—Bueno, no tienes que contármelo, a pesar de que yo acabo de contártelo todo sobre mis relaciones humillantes y muy personales. No hace falta que sientas que me debes algo.

—Te he dado un *pretzel*.

—Medio *pretzel* —señalé.

Por un momento, pensé que iba a cerrarse en banda otra vez, como siempre. Sin embargo, suspiró entre dientes.

—Fue a los veintitantos. Pensé que había dejado embarazada a una chica que no me importaba. Ya sabía que nunca tendría intención de formar una familia, así que quise asegurarme de que no fuera a ocurrir.

—Vaya. Es una decisión muy importante para tomarla tan joven —observé.

—No he cambiado de opinión, así que ya puedes dejar de mirarme así.

—Así, ¿cómo?

—Como si sintieras lástima por mí.

Bufé.

—No siento lástima por ti, pedazo de zoquete. Solo estoy… sorprendida. Supongo que siempre había pensado que eras de tomar decisiones más calculadas. Y eso suena más a una reacción instintiva.

—Esta conversación empieza a irritarme, será mejor que te vayas —anunció.

—Lucian. —Expulsé toda la exasperación y frustración que se arremolinaba en mi interior en esas dos sílabas.

266

—¿Qué? —preguntó en voz baja.

—¿Por qué seguimos subiéndonos a esta montaña rusa? —le pregunté.

—A mí siempre me ha parecido más un baile —replicó.

—Montaña rusa, baile, una serie de errores descomunales. ¿Qué estamos haciendo, Lucifer?

Posó la mirada sobre la mía y sentí como si me hubiera quedado clavada en el sitio.

—Nos aferramos a algo que ya no existe —explicó de forma totalmente inexpresiva.

Absorbí el golpe y exhalé con fuerza.

—¿Y cómo nos desprendemos de algo que ya no existe? —le pregunté.

—Si lo descubro te lo haré saber... con una carta... de mi abogado.

Se me curvaron las comisuras de los labios hacia arriba. Esa era la magia de Lucian. Podía odiarle y, aun así, seguía haciéndome sonreír.

—¿Alguna vez quisiste una familia? —le pregunté.

—Una vez. Hace muchísimo tiempo —dijo en voz muy baja.

Me mordí el labio e intenté ignorar el torrente de recuerdos.

—Deberías irte, duendecilla.

—No tienes por qué ser como ellos —le dije—. Ya eres mejor. Bueno, dejando a un lado tu horrible personalidad. Lo harías mejor de lo que lo hicieron ellos.

Ya había empezado a sacudir la cabeza.

—Invierto el tiempo que tengo en lo que más me importa y no me queda espacio para una mujer e hijos. Lo único que haría sería ponerlos en peligro.

Me erguí.

—He hablado con Nash sobre que estés trabajando con el FBI...

—Pues claro que lo has hecho.

La montaña rusa ascendía lentamente hacia la primera caída.

—Me dijiste que no me preocupara, no que no se lo contara a mi amigo.

—No has cambiado en absoluto —espetó.

En realidad, el sujetador me había aumentado una talla desde que tenía dieciséis años, pero no me parecía relevante mencionarlo en esa conversación.

—Y tú eres una persona completamente diferente de la que eras —señalé.

—Tengo que trabajar y me agobias —comentó.

—Hablé con Nash, tu amigo, y no está muy contento con que te hayas hecho amigo del alma del FBI. —Las palabras exactas de Nash habían sido algo similar a «hace que me arda el puto estómago».

—Me da lo mismo. —El tono de Lucian fue lo bastante frívolo para que quisiera volver al salón a zancadas, tomar uno de los cojines ásperos y lanzárselo a la cara.

—Ninguno de los dos hemos podido evitar preguntarnos si fueron los hombres de Hugo los que fueron a por Holly —expliqué.

—No es asunto vuestro. Pero si hubieran sido los hombres de Hugo, entonces demostraría que tengo razón. Las cosas que hago provocan que la gente de mi alrededor salga herida —espetó, y esa bonita fachada se resquebrajó lo suficiente para que entreviera lo que había debajo.

—Lucian —dije con suavidad.

Levantó una mano.

—Déjalo. Me gustaría que te fueras.

Me crucé de brazos.

—No hasta que me digas en qué punto está la investigación. ¿Estás en peligro? ¿Tus demás empleados están tomando precauciones?

—No voy a hablar de esto contigo —respondió, y salió de la cocina. Lo seguí hacia el pasillo.

—Dijiste que el tipo que le había vendido la lista a Hugo había aparecido muerto. Felix Metzer, ¿no?

Lucian se quedó quieto con la mano en el pomo de la puerta.

—¿Cómo sabes eso?

—No es tan difícil buscar noticias sobre cadáveres que han sacado del río Potomac.

—Las noticias no identificaban a la víctima —replicó.

—Soy una puñetera bibliotecaria. Tengo mis recursos.

—No te vas a involucrar en esto, Sloane.

El tono que empleó fue glacial y severo.

—No te pido que me involucres, solo quiero respuestas. ¿El FBI está cerca de arrestarlo? ¿Hugo volverá a tomar represalias? Y si es así, ¿Lina y Nolan son posibles objetivos? Si el tipo que le vendió la lista a Duncan está muerto, ¿quiere decir que es un callejón sin salida? ¿El FBI está investigando los delitos económicos porque supondrían más cargos para Hugo? No es tan *sexy* como detenerle por asesinato, pero suele ser más fácil de demostrar...

—Todo esto no es asunto tuyo y lo que haga yo no es asunto tuyo.

—Solo quiero que me convenzas de que eres más inteligente, rápido y diabólico que un mafioso que se las ha arreglado para llevar el negocio familiar durante cuarenta años sin que lo arresten ni una sola vez. Entonces te dejaré tranquilo.

—No tengo que convencerte de nada excepto de que salgas de mi casa, Sloane.

Parecía que estaba a punto de pasar de enfadado a furioso.

—Mira, como parece que no tienes familiares o amigos que te aconsejen, tendrás que conformarte conmigo. Meterte con Anthony Hugo es muy mala idea. Tomará represalias. Deja que el FBI construya el caso y no te metas.

No sé por qué era tan importante para mí que me escuchara, pero lo era.

—Tomo nota de tu opinión —dijo con frialdad.

Me puse en pie.

—¿Por qué haces esto?

—¿Por qué? —resopló—. Porque intentó robarme algo.

Me planté delante de él.

—¿Así que vas a pasarte el resto de tu vida haciendo qué? ¿Intentando acabar con todas y cada una de las personas que te hayan hecho daño?

—No tengo que darte explicaciones.

Exhalé y opté por probar una táctica diferente.

—Sé que tu padre te hizo sentir indefenso, pero...

—Ni una palabra más.

Empleó su tono de voz aterrador, pero solo consiguió sacarme de quicio.

—No puedes pasarte toda la vida adulta reparando los daños que provocó tu padre. Ya está encerrado…

—Ya no.

—¿Qué? ¿Ha salido de la cárcel? —Mi tono de voz escaló hasta las octavas de un silbato para perros.

—No, está muerto.

Pestañeé muy rápido y me llevé la mano a la frente para que el pasillo dejara de darme vueltas.

—¿Ha muerto?

—El verano pasado.

—¿El verano pasado?

—No hace falta que repitas todo lo que digo —señaló Lucian. Me froté las sientes.

—¿Por qué no me avisaron?

—¿Por qué iban a avisarte? —Frunció el ceño.

—¡Porque como víctima del puto Ansel Rollins, se supone que deben alertarme cada vez que lo trasladen o propongan la libertad condicional o cuando se muera, joder! Porque testifiqué delante de la comisión de libertad condicional cada vez que proponían que lo soltaran para asegurarme de que ese monstruo se quedara donde le correspondía. —Levanté las manos en el aire—. ¿Qué mierda de justicia es que se muera? Dime que por lo menos fue una muerte espantosamente dolorosa.

—¿Testificaste? —Su voz no fue más que un chirrido estrangulado. Estiró las manos y me las cerró alrededor de los bíceps de forma cálida y firme. El Lucian imperturbable había desaparecido y en su lugar solo quedaba un hombre en llamas.

—Pues claro que sí. Papá me acompañó todas las veces. Me preocupaba tener que volver este año sin él, pero lo habría hecho.

—Nadie te pidió que lo hicieras. Mantenerlo encerrado no era tu responsabilidad —respondió. Seguía sonando como si estuviera a punto de entrar en erupción.

—¿Cómo ocurrió? —le pregunté.

Respiró hondo y después expulsó el aire.

—Le dio un ictus mientras dormía. Me dijeron que no sintió nada —pronunció las palabras con rencor.

—No sintió nada… —Me atraganté con la carcajada irónica que solté. Mi padre había pasado las últimas semanas de vida sufriendo y Ansel Rollins se había escapado sin sufrir mientras dormía.

—Tu padre no me contó que habías declarado ante la comisión de libertad condicional —comentó Lucian.

—¿Y por qué iba a decírtelo? —le pregunté, y me zafé de él para caminar de un lado al otro. Pensaba con más claridad en movimiento—. No me lo puedo creer. Tendrían que estar los dos aquí.

—¿Quiénes?

Interrumpí los pasos frenéticos para levantar la vista hacia él.

—Nuestros padres. El mío debería seguir aquí porque era bueno y amable e inteligente y maravilloso. Debería seguir aquí para jugar con su nieta, planear un crucero por el Mediterráneo con mamá y ayudarnos a sacar a Mary Louise de prisión. Y ese despreciable individuo que se autodenominaba tu padre debería estar aquí sufriendo cada minuto de cada día por lo que te hizo.

—Y a ti —dijo Lucian en voz baja.

Lo ignoré y me dirigí al salón a zancadas. Una vez allí, tomé uno de los cojines decorativos rasposos, me lo sujeté contra la cara y dejé escapar el grito que se me estaba formando en la garganta.

—¿Qué narices haces? —preguntó con el descaro de sonar casi divertido.

Volví a lanzar el cojín al sofá.

—No lo sé. Es algo que Naomi siempre hace y pensé que me ayudaría.

—¿Y lo ha hecho?

—No. Ahora mismo estoy tan furiosa que creo que deberías irte.

—Es mi casa —señaló.

—Pues vale —resollé—. Voy a ir a romper unas cuantas cosas hasta que me sienta mejor. —Me dirigí a la puerta principal.

Me atrapó justo cuando cerré la mano sobre el picaporte y plantó la palma de la mano contra la puerta para que permaneciera cerrada.

—Apártate, Lucian —espeté sin darme la vuelta.

—¿Por qué estás tan cabreada? —me preguntó.

Me volví para mirarlo.

—Estás de broma, ¿no?

—Sloane —dijo, casi con delicadeza.

—Estoy cabreada porque os hizo daño a ti y a tu madre. Te arruinó la vida. Y ¿qué ha recibido a cambio? ¿Poder escapar de todo? ¿Sin dolor?

Oh, por el amor de Dios. Se me escapó una lágrima cálida de rabia y se deslizó por mi cara.

Me agarró por los hombros.

—No te atrevas a derramar ni una sola lágrima por él.

—Y tú no te atrevas a decirme cómo debo sentirme.

—No me arruinó —insistió—. No he dejado que me impida construir la vida que tengo.

—Lucian, ¿qué vida? —Se me quebró la voz.

—Tengo más dinero y poder que…

—Tienes cosas. Tienes millones de dólares y conocidos con mucho poder. Trabajas a todas horas del día. Pero nada de eso te hace feliz. Has salvado el apellido para que nunca lo asocien con él y eso está muy bien, pero el apellido acabará contigo. Te hiciste una vasectomía porque te hizo creer que estabas roto.

Su bonito rostro se volvió pétreo.

—No todo el mundo consigue ser feliz, Sloane.

—¿Lo ves? Ahí lo tienes. —Lo señalé con el dedo—. Te arruinó la vida. Arruinó lo que teníamos.

Durante un segundo, Lucian se quedó aturdido. Parecía que le hubiera pegado. Y después volvió a colocarse la máscara en su sitio. Me soltó y dio un paso hacia atrás.

Pero ahora que había empezado, no podía parar. Crucé la distancia que nos separaba y dije las palabras que había contenido desde que tenía quince años.

—Agarró a un chico dulce, inteligente y precioso e hizo que se sintiera roto. Y nunca se lo perdonaré.

—No me arruinó. Soy quien soy pese a él.

—No. Eres quien eres para fastidiarle —repliqué—. Cada vez que tomas una decisión basándote en lo que él haría o no, sigues dándole poder. Sigue arruinándote. Primero desde la cárcel y ahora desde la tumba.

A Lucian no pareció hacerle mucha gracia mi astuta valoración. Parecía realmente cabreado. Apretó la mandíbula bajo la barba inmaculada.

—Piensa lo que quieras, pero si hay algo que no hizo fue arruinar lo que teníamos. Eso lo hiciste tú sola.

Tomé aire y absorbí el golpe de sus palabras.

—Ya me disculpé por aquello. Tenía dieciséis años.

—¿Y cuántos años tienes ahora? Porque, una vez más, no has confiado en que sea capaz de encargarme de mis asuntos yo solo. No podía confiar en ti por aquel entonces y es evidente que no puedo confiar en ti ahora.

Me retumbaba la cabeza y el *pretzel* me había sentado como un ladrillo en el estómago.

—Si tú no puedes perdonarme por aquello, yo tampoco puedo perdonarte a ti por dejar que Ansel ganara.

—Vete a casa de una maldita vez, Sloane.

—Con mucho gusto.

Salí tranquilamente por la puerta y la cerré tan fuerte como pude.

CAPÍTULO DIECINUEVE

COMETER ERRORES

LUCIAN

Veintidós años antes

Me desperté sobresaltado y con el eco de un sonido que me retumbaba en los oídos. No podía permitirme el lujo de esperar en silencio para ver si había sido la sombra de un sueño o si había sido la pesadilla en la que vivía. Ya me estaba poniendo unos pantalones cortos cuando volví a oírlo. La súplica chillona que quedó ahogada por una acusación a gritos.

«La cena estaba fría».

«La casa estaba hecha un desastre».

«Había huellas de barro en el garaje».

«Había mucho ruido».

«Había mucho silencio».

«Lo había mirado mal».

«Había nacido».

En el primer piso se oyó un estrépito seguido inmediatamente de un grito entrecortado mientras bajaba los escalones descalzo a toda prisa. Hacían demasiado ruido, así que era imposible que acabaran de empezar. Me había quedado dormido.

«Estúpido».

Nunca me iba a dormir antes que él. No era seguro. No me fiaba de él. Pero estaba muy cansado, joder. Entre las últimas semanas del último curso, un trabajo a media jornada y el pretexto de prepararme para la universidad, cuando me metía en la cama, en la mía o en la de Sloane, estaba exhausto.

El señor Walton había hecho mucho por mí.

Me había ayudado a pedir y conseguir una beca y dos subvenciones. Ni siquiera tendría que jugar al fútbol en la universidad. El deporte ya le había pasado factura a mi cuerpo. El fútbol y vivir con mi padre. En público, los tres representábamos la misma farsa ridícula una y otra vez, fingíamos que no había oscuridad a puerta cerrada. Que no vivíamos la misma pesadilla una y otra vez.

Sin embargo, nadie puede ocultar la verdad para siempre. Y mucho menos cuando es así de horrible. No me iría de esa casa, no mientras mis padres siguieran compartiéndola.

No podía. Yo era el único que se lo impedía.

Lo había estado observando de cerca y sabía que volvería a ocurrir. El reloj se había reiniciado semanas atrás, con la última explosión violenta. Todavía no había recuperado toda la movilidad en el hombro y mi madre tenía una cicatriz nueva en la comisura del labio. Se consumía ante mis ojos, como si se estuviera borrando de la realidad.

Aquella vez había querido hacerle daño. No solo detenerlo, sino hacerle daño de verdad. Quería demostrarle lo que se sentía.

Pero me había contenido. Por muy poco. Había pensado en el señor Walton y en el tablero de ajedrez mientras se me nublaba la vista. A veces el mejor ataque es una buena defensa.

Así que defendí. Y después mi padre empezó a estar bien, pero sabía que no estaría así durante mucho tiempo. Era como una bomba de relojería.

Sabía que no debía, pero, aun así, me había quedado dormido. Era mi puta culpa.

Bajé las escaleras de dos en dos cuando los sonidos del puño chocando contra la carne, el golpe sordo de un cuerpo al caer al suelo y los gritos avivados por el alcohol resonaron por toda la casa.

Los encontré en el salón. Él se cernía sobre ella con la mano cerrada en un puño cabreado. Con el bíceps y la mandíbula apretados por la ira que lo consumía. Había ganado el peso que mi madre había perdido, casi como si le estuviera chupando la vida como el vampiro de los libros con los que Sloane estaba obsesionada.

—Lo siento —dijo mamá en un susurro entrecortado. Se había desplomado contra el rodapié. La sangre que le brotaba de la cara había manchado las paredes y el suelo y le había empapado la camiseta, que le colgaba muy ancha de los hombros huesudos.

La pateó en las costillas con saña.

—¡Para! —La orden me desgarró la garganta.

Se volvió y me miró con esos ojos apagados e inyectados en sangre.

—Ha sido culpa del alcohol —explicaba cuando se le quitaba la borrachera. Después de que mamá le vendara los nudillos que se había ensangrentado al pegarnos a nosotros—. No volverá a pasar.

Lo odiaba. En ese momento, se detuvo el tiempo y me sentí tan abrumado por el odio que las rodillas amenazaron con cederme.

—¿Qué me has dicho? —preguntó. Las palabras fueron precisas e iban cargadas de implicaciones. No arrastraba las palabras cuando bebía, solo se volvía más severo y cruel.

—He dicho que pares —repetí cuando la neblina roja comenzó a nublarme la visión. Sentía los latidos del corazón en la base del cráneo y me deleité con la adrenalina que comenzó a recorrerme la sangre.

—Lucian, vete —suplicó mi madre, que se había puesto a cuatro patas.

La volvió a patear sin ni siquiera mirarla. El golpe de bota la volvió a tirar al suelo y mi madre se hizo un ovillo y empezó a gimotear.

Entonces lo vi. El corte largo y profundo que tenía en el antebrazo. Y el destello del metal en la mano izquierda de mi padre.

—Ni se te ocurra volver a alzarme la puta voz en mi puta casa, chico —espetó.

Tenía la mirada clavada en el cuchillo que yo había lavado y guardado en el bloque de la encimera de la cocina. Había sangre en la hoja. La había cortado. Y ahora blandía el arma en mi dirección.

—¡Que te jodan! —grité. Noté un chasquido en la cabeza como el de una goma elástica al romperse. Había dejado de ser el hijo adolescente obediente. Ya no era el mediador o el protector. Era como él.

Una furia como nunca había sentido me impulsó al otro lado de la habitación. Le cerré los puños sobre la camiseta sudada. Se parecían a los suyos. Grandes, agresivos, capaces de destruir.

La idea se me metió en la cabeza y se quedó allí, como una roca dentada.

Parecía ligeramente sorprendido, porque se suponía que sabía el lugar que me correspondía. No contraatacaba. Pero esa noche lo había hecho. Esa noche acabaría todo, antes de que él acabara con alguno de nosotros.

Utilicé su sorpresa para sacarle ventaja y empujé todo su peso hacia la pared contra la que él nos había sujetado a mí y a mi madre en infinidad de ocasiones. Mi puño voló y conectó con su mandíbula de hormigón. Noté el dolor en la lejanía. Oía a mi madre chillar desde muy lejos.

Él también gritaba. Insultos horribles y repugnantes. La clase de cosas que reservabas a un enemigo que te lo había quitado todo. No al hijo que solo había querido que te sintieras orgulloso de él.

Me cortó con el filo del cuchillo, pero no sentí nada excepto una ira ardiente que jamás se extinguiría. La necesidad de destruir. Me sentí aliviado de poder desatarla por fin sobre él.

El dolor reciente me alimentó. Le arranqué el cuchillo de la mano y lo lancé al suelo. Me dio un puñetazo en la sien y todo se tambaleó. Pero no me desplomé. No me caí, ni supliqué, ni lloré.

Me volví loco.

No iba a parar hasta que cayera al suelo. Hasta que fuera él quien suplicara y llorara.

«De tal palo, tal astilla».

Me resonaba sin parar en la mente como un mantra. Una y otra vez. Por encima del sonido del cristal al romperse.

De tal palo, tal astilla.

Por encima del llanto sordo de mi madre.

De tal palo, tal astilla.

No me detuve. Seguí golpeándole, esquivando los puños, no me detuve ni aunque me retumbara la cabeza. Ni siquiera cuando los destellos rojos que veía pasaron a ser luces azules y blancas y después rojas otra vez.

SLOANE

Me temblaban las manos mientras sujetaba el teléfono inalámbrico. Quería o llorar o vomitar y, antes de que acabara todo, estaba casi segura de que haría las dos cosas.

Le había hecho una promesa a Lucian. Había sido muy firme. Pero si no hacía nada, alguien iba a salir herido. De gravedad.

Había visto cómo el señor Rollins llegaba a casa. Llevaba abierta la tapa del depósito de la camioneta. Se había desviado al carril contrario y había vuelto al suyo para evitar a la señora Clemson, que paseaba a sus dos san bernardos. Le había gritado ordinarieces a la mujer, había pisado el acelerador con demasiada fuerza y después pisado el freno a fondo para detenerse a escasos centímetros de la puerta de su propio garaje.

Durante el último año, había querido contárselo a mi padre muchísimas veces, pero Lucian me había hecho prometer que no lo haría. Que no me metería y dejaría que él se ocupara de todo.

Nunca hablaba del tema, pero yo sabía lo suficiente para buscar las señales. Siempre dejaba abierto el pestillo de la ventana, pero, en las peores noches, la dejaba abierta un centímetro o dos, me acurrucaba en el asiento con una manta y escuchaba.

Puesto que no podía impedir que sucediera, por lo menos podía sufrirlo con él.

En algunos aspectos estábamos muy unidos y en otros, éramos prácticamente desconocidos.

Primero estaba el Lucian que veía en el instituto. El chico guapo que iba a todas partes con su séquito. El que me guiñaba el ojo o me tiraba de la coleta cuando nadie más miraba.

Después estaba el Lucian que cenaba en la mesa de mis padres tres veces a la semana. Educado, respetuoso, callado. El que se había ofrecido voluntario para enseñarme a conducir en el aparcamiento del instituto los domingos después de que mi madre dijera que su presión sanguínea no lo soportaba.

Y por último estaba el Lucian que se colaba por la ventana de mi habitación. Era divertido, pensativo e inteligente y se interesaba por mí. Hablábamos sobre música, películas y libros durante horas. A veces leía lo mismo que yo solo para hablar de ello conmigo. Incluso me había ayudado con mi primera relación de verdad con Trevor Whitmer, un chico de segundo curso que tocaba el trombón y tenía piscina.

Era junio. Lucian cumpliría dieciocho años el martes, el mismo día que su graduación del instituto. Era como si tuviéramos una cuenta atrás encima de nuestras cabezas. Se dejaba llevar por lo que hacía cualquier estudiante de último curso al graduarse: hacer planes para el verano y comprar camisetas de universidad. Pero daba igual las veces que intentara que hablara del tema, nunca conseguía que se abriera. A veces parecía que quería saberlo todo sobre mí sin explicar nada sobre sí mismo.

Se escuchó otro grito apagado en el aire frío de la noche e hice una mueca y me sujeté el teléfono contra el pecho.

Lucian casi siempre venía después. Después de la pelea. Después de que su padre perdiera el conocimiento o se fuera otra vez. Después de tranquilizar a su madre. Nadie cuidaba de él, así que yo había empezado a guardar vendas y pomadas antibióticas en la mesilla de noche. A veces bajaba con sigilo al piso de abajo a meter cubitos de hielo en una bolsa o a buscar algo de comida.

Había confiado en mí lo suficiente para contármelo. Así que me excusé en que a lo mejor eso significaba que confiaba en que hiciera lo correcto, incluso si era algo que él no quería.

Me mordí el labio con nerviosismo. No podía quedarme allí, sentada en mi bonita habitación con mi bonita vida, y esperar a que su padre dejara de hacerle daño. Eso no era lo que hacían los amigos. No era lo que hacías cuando querías a alguien, y yo quería a Lucian. No estaba segura de qué forma. Solo sabía que lo quería y ya no soportaba ver que le hacían daño.

Abrí la ventana y salí al tejado del porche. Era casi medianoche. Mis padres llevarían horas durmiendo y no podía entrar corriendo a su habitación, contarles toda la historia de golpe y pedirles que llamaran a emergencias, ¿no? Para ser sinceros, mis padres eran bastante guais. Llamarían a emergencias y después mi padre echaría a correr hasta la casa de al lado e intentaría apaciguar las cosas.

Podía entender la necesidad de intentar reducir la tensión de vez en cuando, pero el señor Rollins parecía de esa clase de hombres que no te dejan ni acabar la primera frase antes de darte un puñetazo. Y no quería que mi padre saliera herido. Además, le devastaría descubrir lo que ocurría en la casa de al lado. Él y mamá se sentirían culpables por no haber visto las señales. E intentarían compensarlo de algún modo, por lo que solo conseguirían avergonzar a Lucian y hacer que empezara a evitarme.

Odiaba al señor Rollins con la clase de pasión entregada que solo parecían capturar las grandes obras de ficción. Cada vez que lo veía, lo miraba con todo el odio que le tenía en la mirada, deseando que lo sintiera. Que se diera la vuelta y viera cómo lo fulminaba con la mirada. Que supiera que no había conseguido engañar a todo el mundo. Que conocía su sucio secretito.

Pero nunca me veía. No miró en mi dirección ni una sola vez. Suponía que era mejor así. De ese modo, cuando pusiera en marcha uno de mis planes, no tendría ni idea de que habría jugado un papel en su karma.

Tenía muchos planes, una libreta entera. «Formas de conseguir que arresten al señor Rollins para que Lucian pueda ir a la universidad». Lo había escrito en la primera página en mayúsculas y letra grande con mi subrayador lila preferido. En la portada de la libreta había escrito «Apuntes de geografía» para que nadie fisgoneara.

En el último plan que había trazado me había saltado la parte de «arrestar» y había ido directa a la parte de «asesinar». Me había fijado en que el señor Rollins cambiaba las pastillas de freno de la camioneta en el acceso de la casa cada pocos meses, seguramente porque era un borracho y pisaba el freno a menudo para evitar chocarse con las cosas. Había pensado en acercarme sigilosamente mientras estuviera debajo del vehículo y quitar el freno de mano. Entonces esperaría a estar segura de que lo había aplastado antes de llamar a emergencias con voz trémula.

Los planes más realistas, que no incluían que cometiera un asesinato, por mucho que mereciera que lo mataran, se centraban en llamar la atención de un testigo imparcial.

Como el entrenador de fútbol de Lucian, que debía de preguntarse de dónde venían los moretones. O a lo mejor los vecinos que vivían al otro lado de la familia Rollins. Excepto que el señor Clemson tenía un audífono que apenas utilizaba y la señora Clemson estaba tan ocupada hablando que nunca parecía oír a nadie más.

Buscaría una solución y haría que parara. Entonces Lucian podría ir a la universidad, no tendría que preocuparse por su madre y sería feliz. Muy feliz.

Me sobresaltó un grito sordo. A continuación se oyó el ruido de un cristal al romperse. Un ruido muy fuerte. Deduje que era la ventana del comedor.

Llamé al 911 con los pulgares antes de haber tomado por completo la decisión.

Un sollozo rompió el silencio inquietante y me di cuenta de que había salido de mí.

Temblaba tanto que me repiqueteaban los dientes.

Uno de los dos debía acabar con esto. Y si eso significaba que me odiaría durante el resto de su vida, por lo menos tendría el resto de su vida para hacerlo.

—911, ¿cuál es su emergencia?

—Un hombre le está haciendo daño a su mujer y a su hijo. Parece grave. Por favor, envíen ayuda antes de que sea demasiado tarde. —Se me quebró la voz.

—Vale, cielo —dijo el operador en tono más suave—. Todo saldrá bien. ¿Cuál es la dirección?

Necesité dos intentos para decírsela entre sollozos.

—Los agentes ya van de camino.

—Dígales que se den prisa y que tengan cuidado. El señor Rollins es un hombre muy grande, siempre está bebiendo y conduce borracho —recité la lista de motivos por los que le odiaba.

—De acuerdo. La policía lo resolverá —me prometió.

—Gracias —susurré, y me sequé los ojos con la manga. Hacía frío en el tejado. No sentía más que frío y soledad mientras deseaba que Lucian estuviera bien.

—¿Son tus vecinos? —preguntó el operador.

Oía las sirenas a lo lejos y deseé con todas mis fuerzas que se acercaran más rápido.

—Es mi amigo —susurré.

LUCIAN

Las esposas se me clavaban en las muñecas y los cristales rotos me cortaban las plantas de los pies mientras Wylie Ogden me sacaba por la puerta de entrada. Me brotaba sangre de la docena de cortes que tenía en el rostro y en los brazos. Mi padre se las había arreglado para hacerme un corte profundo con el cuchillo en las costillas antes de que se lo quitara. Me dolía la cabeza y me costaba prestar atención a lo que decía la gente. Todo estaba borroso y amortiguado.

Había dos coches patrulla delante de la casa y una ambulancia aparcada en el acceso. Los tres vehículos tenían las luces encendidas y alertaban a todos los vecinos del barrio de mi humillación.

Había un pequeño contingente de vecinos preocupados en bata.

—¿Qué haces? —Simon Walton fue derecho hacia mí con fuego en los ojos y unos pantalones de pijama de gatos.

Aparté la mirada para no ver cómo me juzgaba el hombre al que consideraba mi padre suplente. Pero su cólera no iba dirigida a mí. Se interpuso entre el jefe de policía y yo y le clavó un dedo a Ogden en el pecho fofo.

—¿Qué narices te crees que haces, Wylie?

—Arrestar a este cabrón gamberro por intentar cortar a sus padres a tiras con un cuchillo de chef —dijo el jefe, lo bastante alto para que lo oyeran los vecinos.

—¡Eso no es lo que ha pasado! —La multitud se separó, o la vista se me aclaró lo suficiente para ver a Sloane.

Aparté la mirada con rapidez, pero no antes de verle la cara manchada por las lágrimas. Cargada de horror. De culpa. Todavía tenía el teléfono inalámbrico en la mano.

Había sido ella. Ella los había llamado. Era la culpable de que mi vida hubiera terminado. La culpable de que mi madre fuera a quedarse indefensa. Mi madre, que se había quedado callada mientras mi padre le contaba a la policía que les había atacado sin provocación.

Sentí una oleada de náuseas.

—Sloane, yo me encargo —insistió el señor Walton—. Quítale las esposas ahora mismo, Wylie, o vamos a tener problemas.

—No recibo órdenes de un cazador de ambulancias ñoño —replicó Ogden, que después me dio un empujón fuerte hacia delante. Me cedieron las rodillas y caí sobre ellas con fuerza en la acera.

Sloane chilló, pero me negué a levantar la mirada.

—Agente Winslow, ¿puede por favor encargarse de Lucian mientras hablo con el jefe Ogden? —preguntó el señor Walton con los dientes apretados.

Otro policía y un técnico de emergencias me agarraron de cada brazo y me ayudaron a levantarme.

—Aguanta, colega —me dijo el agente en voz baja cuando me guiaron hacia la ambulancia.

—No os molestéis en curarle. Dejad que se desangre de camino a la cárcel, a ver si le gusta —gritó Ogden tras ellos.

Me pareció que el técnico de emergencias lo llamaba «hijo de puta» en voz baja, pero no estaba seguro.

El policía me metió en la parte trasera del coche patrulla y me desplomé contra el asiento.

—Te traeré un poco de agua y te curaremos las heridas en comisaría —me prometió.

Asentí, pero no abrí los ojos. No tenía sentido. Ya no me quedaba nada allí, esa vida se había acabado.

—Lucian. —Conseguí abrir los ojos y vi al señor Walton, que se inclinaba hacia mí por la puerta abierta—. Escúchame. Estaré justo detrás de ti, ¿vale? No hables con nadie. Si intentan interrogarte, diles que no dirás nada sin tu abogado presente.

Empleaba un tono calmado, tranquilizador.

—¿Qué...? —La voz me sonó oxidada y me aclaré la garganta—. ¿Qué pasa con mi madre? —pregunté en tono áspero.

—Se la llevan al hospital para hacerle una revisión —me explicó en voz baja.

—Lucian. —El rostro aterrado de Sloane apareció junto al serio de su padre.

Desvié la mirada, no quería verla. No quería hacer frente a la traición... o a las sombras que mi familia le había puesto en esos ojos verdes.

—Vete —solté.

—¿Qué? —preguntó el señor Walton, que se inclinó hacia mí.

—¡Sácala de aquí! Por favor.

—Lucian, lo siento... —comenzó Sloane.

—Ve con tu madre, Sloane. —El señor Walton empleó la voz de abogado.

Mi padre montaba guardia en la parte trasera de la ambulancia y me observaba. Aunque yo sabía lo que hacía en realidad. Le recordaba a mi madre lo que les pasaba a las mujeres que no sabían que su lealtad recaía sobre sus maridos y no sobre sus hijos.

No la culpaba. Ni siquiera sabía si culpaba a Sloane. Solo sabía que todo por lo que había luchado durante tanto tiempo se había terminado. Había sido todo en vano. Iría a la cárcel. Mi padre mataría a mi madre. Y después o bien iría a la cárcel, o bien bebería hasta matarse. No importaba de qué lado cayera el dado, era el fin de la familia Rollins.

—Pero, papá, no puedes dejar que se lo lleven. No ha sido él. No ha sido culpa de Lucian. El señor Rollins...

Si mi padre la oía, si tenía el mínimo indicio de que lo sabía... Y yo no estaría allí para detenerlo. Tenía ganas de vomitar.

—¡Ya basta! —ladré con brusquedad. Seguía sin poder mirarla. Tenía que alejarse de mí.

—Lucian. —El susurro de Sloane sonó entrecortado.

—Ve a esperar con tu madre —le ordenó el señor Walton rápidamente.

Noté que se iba y me golpeó una ola de desesperación.

—Será mejor que no se involucre en esto, señor Walton. No es seguro.

Metió la mano en el coche y me la puso en el hombro.

—No te vamos a abandonar, Lucian. Eres un buen chico y vas camino de convertirte en un buen hombre. Lo voy a arreglar.

De camino a la comisaría, me pregunté por qué algunas personas dedicaban su vida a arreglar las cosas, mientras que otros solo querían romperlas. Aunque ya no importaba. Yo era una de las cosas rotas.

CAPÍTULO VEINTE

NADIE MÁS PUEDE TENERLA

LUCIAN

Maureen Fitzgerald cruzó las largas piernas por los tobillos y me obsequió con una de sus sonrisas enigmáticas.

—¿Qué es tan importante para que haya tenido que interrumpir mis compras en París? —Siempre empleaba un tono de voz bien modulado. Su postura y dicción recordaban a su público el tiempo que había pasado en internados privados y veraneando por Europa. Ni uno de los cabellos castaños se atrevía a escapársele del recogido clásico. Las joyas que llevaba eran caras, pero de buen gusto, y el traje a medida de chaqueta y pantalón rezumaba estilo y dinero.

Pero yo la conocía de verdad. La verdadera Maureen era mucho más impresionante que una niña de papá con una herencia. Al igual que yo, se había labrado un futuro a partir de la nada que le habían otorgado. Y, al igual que yo, se había construido una red de seguridad de dinero, poder y favores.

En la cincuentena, conseguía llamar la atención de más personas cuando entraba en una habitación que la mayoría de sus empleadas. Lo cual era toda una declaración, si se tenía en cuenta que estaba al mando de una manada de trabajadoras sexuales que mantenían satisfecha a toda la élite rica de Washington D. C.

Le entregué un expreso sobre un platillo delicado y me senté en el borde del escritorio que había incautado. La directora

286

del hotel estaba fuera, seguramente caminando de un lado al otro y preguntándose por qué el dueño del lugar y el hombre que le firmaba los cheques necesitaba su despacho para reunirse con la madama más infame de la costa este.

—Necesito información —respondí.

—No seas avaro, Lucian. Es indecoroso.

—No finjas que me das información solo por la generosidad de tu corazón, Maureen. Te he facilitado la vida de muchas maneras.

Compartíamos una relación simbiótica. Ella divulgaba información sobre los clientes problemáticos con los que se topaban sus trabajadoras y yo utilizaba dicha información para asegurarme de que no hubiera más problemas. Dependiendo del individuo en cuestión, mi gama de herramientas iba desde el chantaje a, en ocasiones, medios más creativos.

—Tarde o temprano, alguien podría averiguar la conexión que hay entre nosotros y ¿qué haríamos entonces? —me preguntó antes de darle un sorbo delicado al expreso.

—Los dos somos demasiado cautelosos para que pase.

—Mmm. Qué optimista por tu parte. Pero las personas se distraen, se vuelven descuidadas.

—¿Por eso han mencionado tu nombre en relación con el fallecimiento prematuro de Felix Metzer? —le pregunté, con la intención de tirarle la información a los pies como si fuera un cadáver.

Permaneció con el rostro perfectamente imperturbable, pero no se me pasó por alto el traqueteo de la porcelana cuando dejó la taza sobre el escritorio.

—¿Con quién has hablado?

—Con alguien que, por suerte para ti, es demasiado estúpido para atar cabos. Asumió que Felix era un cliente.

—Pues qué imaginación tan limitada tiene tu pajarito —comentó Maureen, y se pasó la mano por el pelo.

—¿Por qué te vieron comiendo con un hombre del que se decía, hasta que sacaron su cadáver del Potomac, que era un intermediario simpático y con contactos?

Suspiró.

—Primero cuéntame por qué estás tú metido en esto.

—Felix le vendió una lista en la que aparecía el nombre de mi amigo a Anthony Hugo. Y Hugo dio la orden de que todos los nombres de la lista debían ser eliminados.

—¿Tienes amigos? —Arqueó una ceja y le brillaron los ojos marrones.

—Es más de mi familia —expliqué.

—Entonces ya lo entiendes.

—Entender ¿qué?

—Felix es... o era, familia. Era como si fuéramos primos en una vida pasada. Crecimos juntos. Yo tomé mi camino y él tomó el suyo. Pero seguimos en contacto, quedábamos de vez en cuando. Nunca en sitios en los que pudieran reconocerme, por supuesto. Tengo una reputación que mantener.

Excepto que alguien la había reconocido y ahora Maureen era mi única pista.

—¿Alguna vez te habló del trabajo?

—Coincidíamos en que lo mejor era no hablar de nuestras profesiones. Por negación plausible y todo eso.

—Pero seguro que tú estabas pendiente de él y te hacías una idea de las compañías que frecuentaba —insistí. En el fondo, Maureen era una cuidadora y un perro guardián cuando hacía falta.

—¿Por qué te centras en Felix y no en Hugo? Dios sabe que ese hombre ha quebrantado leyes suficientes para ganarse unas cuantas cadenas perpetuas.

—Alguien que no era Hugo escribió el nombre de mi amigo en esa lista por motivos que quiero saber y tiene que pagar por ello.

—Parece que alguien tiene una *vendetta* contra tu amigo.

—Necesito saber quién. —Incluso si Anthony Hugo acababa pagando por sus crímenes, seguía habiendo alguien ahí fuera que consideraba a Nash Morgan una amenaza. Y no iba a descansar hasta que lo atrapara.

Maureen se examinó las uñas rosa pálido.

—Como te he dicho, no hablábamos de negocios.

—Eso nunca te ha impedido obtener información.

Inhaló en profundidad.

—Vale. No todos los amigos de Felix estaban en el lado malo de la ley. Algunos trabajaban en el lado bueno.

—¿Algún policía? —preguntó.

—Había un caballero, y utilizo el término en el sentido amplio. —Echó un vistazo al reloj Cartier discreto que llevaba—. Se presentó en una barbacoa familiar en verano. Yo no estaba, claro. Mi tía mencionó que el conocido de Felix, que era policía, había hecho un buen numerito y se había presentado a todos como un «viejo amigo» de Felix. Puso nervioso a mi primo, algo que no era muy fácil de conseguir.

—Así que lo investigaste.

—Si alguien se acerca tanto a mi familia, haré lo que sea necesario.

—Quiero el nombre —le exigí.

Levantó los hombros esbeltos.

—No te servirá de mucho para el caso, ya que le dispararon y mataron después de un secuestro que salió mal el año pasado.

Maldije en voz baja.

—Tate Dilton.

—Muy bien —dijo Maureen, impresionada.

Me pasé una mano por el pelo. ¿De verdad conducía todo otra vez hasta él? ¿Todos los cabos sueltos llevaban hasta el cadáver de Dilton?

El hombre le guardaba rencor a Nash por haberle quitado el puesto de jefe de policía a Ogden, pero Dilton fue el tirador la noche en que dispararon a Nash. ¿Por qué iba a poner a Nash en una lista de eliminación, una jugada de cobardes, si iba a ser él quien le disparara igualmente?

—De acuerdo con mi investigación, no era el poli corrupto más brillante en nómina —explicó Maureen—. Le advertí a Felix que se alejara de él, pero es evidente que no me hizo caso.

Si era verdad, había perdido las últimas semanas persiguiendo a un puto fantasma.

—Veo que la noticia no te ha hecho mucha gracia —observó—, pero me temo que no tengo tiempo de quedarme a descubrir por qué. Ya tenía un compromiso hoy.

—Siento haberte interrumpido el viaje —le dije con voz grave cuando la acompañé a la puerta.

Me dio un beso en la mejilla.

—El tiempo que paso contigo nunca es tiempo perdido, Lucian. Pero sí que me debes un regalo muy bonito. Se me ocurre que podría ser algo de Hermès.

Se me crispó el labio. Maureen sentía un cariño maternal por mí.

Nos despedimos y ella salió por el ascensor privado que bajaba hasta el aparcamiento.

Le di las gracias a la directora por dejar que le robara el despacho y me dirigí al vestíbulo de mármol.

Era el sábado de antes de San Valentín y el rumor vanidoso de la juventud y la élite de D. C. casi ahogaba la música de piano en directo del bar. Yo había sido uno de ellos tiempo atrás. Ahora era algo totalmente distinto.

Todo el mundo era o un peón o un rey. Los peones querían convertirse en reyes y los reyes echaban de menos la inocencia de ser peones.

«Te arruinó la vida. Arruinó lo que teníamos».

Las palabras de Sloane del fin de semana anterior me resonaron en la cabeza.

No tenía ni idea de lo que hablaba. No me conocía. No estaba en condiciones de juzgarme. Lo había dicho en serio: la felicidad no era para todo el mundo. Yo prefería tener seguridad. Me había construido una vida que era inmune a cualquier amenaza.

—¿Cómo ha ido, jefe?

Nolan se apoyaba en el escritorio del conserje con aire despreocupado y tenía la mano metida en el bol de caramelos de menta.

—¿Qué haces aquí? —le pregunté.

Se oyó un estallido estridente de risas masculinas que provenían del bar.

Nolan se separó del escritorio y se irguió.

—Un pajarito llamado Petula me ha dicho que tenías una reunión importante después del trabajo. Y tras deshacerte de esa cola que tenías y los problemas de Holly, pensé que podrías querer algo de respaldo. Por lo menos eso pensaba, hasta que he visto salir de aquí a Maureen Fitzgerald hace un minuto por un monitor de seguridad.

—Espiar a tu jefe no suele ser una idea muy inteligente —señalé.

—Eh, tú lo llamas espiar, yo lo llamo cubrirte las espaldas. —Abrió un caramelo de menta y se lo metió en la boca—. ¿Tenía la bonita madama información sobre nuestro difunto colega Felix?

Escudriñé el vestíbulo. Estaba repleto de gente rica bien vestida y segura de su importancia. Hombres y mujeres que se pasaban todo el día persiguiendo el poder o atendiéndose a él. Señalé en dirección a la barra con la cabeza.

—No tienes que pedírmelo dos veces —respondió Nolan, y me siguió.

Las paredes de color verde bosque, la madera oscura y los cuadros de partidas de caza en tierras inglesas hacían que el bar pareciera la biblioteca de una casa de campo adinerada.

Nos hicimos un hueco al final de la barra de caoba, donde nos protegimos de las miradas y oídos entrometidos detrás de una ancha columna tallada.

Levanté dos dedos y llamé la atención del barman. Asintió y tomó una botella de *whisky* de la estantería de arriba.

—Puede que me haya ayudado a averiguar quién puso el nombre de Nash en la lista —le expliqué sin alzar la voz.

—Soy todo oídos. —Nolan se apoyaba en la barra con porte relajado, pero no dejaba de examinar la sala con la mirada. Supongo que puedes sacar al hombre del puesto de jefe de policía, pero no puedes sacar al jefe de policía del hombre.

El barman nos puso la botella y los vasos delante y se inclinó por la cintura con vacilación.

—¿Acaba de hacerte una reverencia? —preguntó Nolan.

—Suele pasar —respondí.

Sacudió la cabeza y suspiró.

—Ojalá pudiera ponerme en tu piel durante un día.

—No es tan divertido como parece —murmuré.

—Oh, ya encontraría alguna forma de divertirme —insistió.

Seguramente lo haría. Algunas personas estaban hechas para tener una vida así. Para ellos, cada día suponía una fuente infinita de entretenimiento y deleite. La vida de Sloane sería así. Elegiría un hombre que la hiciera reír. Que estuviera en casa para cenar. Que la despertara una mañana de domingo relajada con una aventura planeada.

Apreté la mandíbula.

Era importante, respetado y temido. Y, aun así, lo único en lo que había podido pensar durante la última semana era en la acusación de Sloane de que había malgastado mi vida en las cosas equivocadas.

—Tate Dilton —le dije, todavía en voz baja.

Nolan volvió a posar la mirada sobre mí.

—Tienes que estar de puta broma.

Sacudí la cabeza.

—Me ha dicho que Dilton se coló en una reunión familiar de Metzer. Hizo gala de acercarse a su familia, seguramente para dejarle claro lo mucho que podía llegar a acercarse.

—A interpretar el papelito de «mira cómo me como la ensalada de patata de tu madre y cómo juego al herrón con tu tío Joe, así que será mejor que no se te ocurra putearme» —musitó Nolan.

—Es lo que me ha parecido. Y Metzer desapareció mientras Dilton seguía con vida, así que es posible que él sea la respuesta a ambas preguntas.

—Eso significaría que Hugo es el único que merece venganza. Y dado que ya te estás ocupando de eso con ya sabes quién, parece que tu lista de cosas que hacer se ha acortado considerablemente.

Resoplé.

—Pero ¿por qué iba a poner el nombre de Nash en la lista y después ser él quien apretara el gatillo?

Nolan se encogió de hombros.

—El tipo era un egocéntrico oportunista. Vio la posibilidad de aniquilar al tío que había echado a su colega del trabajo y después se le presentó la oportunidad de cobrar por ser él quien se encargara de acabar con él. Lo odiaba lo suficiente para sacarlo de escena, pero no lo bastante para hacerlo él mismo hasta que alguien le endulzó la oferta con mucho dinero.

Tenía sentido, porque era una idea estúpida y Tate Dilton había tenido un montón de ideas estúpidas. Fruncí el ceño sin apartar la mirada de la bebida.

—No me gusta que haya una conexión entre Felix y el enfrentamiento entre Hugo padre e hijo. ¿Y cómo acaba un policía de un pueblo pequeño en su radar?

—Los delincuentes son como una gran familia endogámica. Dilton no se pudrió de repente como un aguacate, ese tipo se había estado consumiendo por dentro desde hacía tiempo. Es probable que, por aquí, le hiciera algún favor al Hugo padre y, por allá, trabajara con el Hugo hijo. O no sé, quizá unos cuantos malos se reúnen para una partida de póquer amigable y un matón dice que necesita a alguien que conduzca el coche de huida y otro matón dice «conozco al tipo indicado».

—Es posible —coincidí.

—Ya viste los fondos de Dilton. Ese inútil ocultaba más dinero del que gana un policía. Y no tenía por qué venir todo del mismo jefe.

Se oyó un coro de risas estridentes en el otro lado de la barra en forma de U, donde había varios hombres reunidos en un círculo estrecho. Deduje que estarían alrededor de una mujer.

Nolan olisqueó el *whisky* con admiración y después le dio un trago.

—Joder, qué bueno está. ¿Es que te guardan una botella por si apareces?

—Son las ventajas de ser el dueño del hotel —respondí con indiferencia.

Aunque, evidentemente, también tenía sus desventajas, como la gente que me miraba con ojos hambrientos. Algunos querían hacer negocios. Otros querían acercarse lo bastante para hacerse una foto. Y otras querían acercarse todavía más con la esperanza de que las escogiera para una clase de diversión más íntima.

—¿Alguna vez tienes la sensación de estar en un zoo? —preguntó Nolan, que lo observaba todo con atención.

—Cada día. —Sonreí.

—Podrías intentar ser menos atractivo. O sea, yo soy hetero, pero hasta yo reconozco a un tío bueno trajeado cuando veo uno. A lo mejor podrías afeitarte la barba o arrancarte algunos dientes —sugirió.

Una rubia alta nos pasó por al lado con un movimiento seductor de las caderas. Iba vestida de Alexander McQueen y el perfume empalagoso que llevaba se olía a dos metros. Lo que me llamó la atención de ella fue el pelo, pero la ignoré enseguida. No tenía los ojos verdes y no llevaba gafas. «Mierda».

Dejé el vaso de golpe sobre la barra.

Desde que se había presentado en mi despacho, me sentía como si Sloane se hubiera infiltrado también en mi vida. Y no solo en la que llevaba en Knockemout de vez en cuando. Tenía que sacármela de la cabeza. Lo había intentado todo a lo largo de los años. Excepto una cosa...

Y esa cosa me golpeó como un tren. La forma más rápida en la que conseguía aburrirme de una mujer era tras llevármela a la cama. El sexo siempre hacía que iniciara una cuenta atrás. Una vez conseguía conquistarlas, se acababa el interés.

La imagen de Sloane sentada en el escritorio con los muslos y los labios abiertos para mí hizo que la sangre me bajara a la polla.

—Pues si el hijo de puta de Dilton es el culpable, entonces caso cerrado. O, por lo menos, esa parte del caso—comentó Nolan, ajeno a mi problema.

Apreté los dientes e intenté convencer a mi cuerpo de que se respetara un poco.

—Siempre y cuando a Anthony Hugo no se le meta en la cabeza reconsiderar la lista —respondí.

—Sería una estupidez, por no decir inútil. Los informantes que se quedaron después de enterarse de que Hugo les había dibujado una diana en la espalda han desaparecido por cortesía del programa de protección de testigos. Si le pasa algo a alguno de los policías de la lista, Hugo sabe que será la primera persona a la que investigarán —señaló.

—Pues tenemos que asegurarnos de que fue Dilton —decidí.

Nolan asintió.

—Haré que uno de los nuestros le haga una visita a la familia de Metzer, a ver si se acuerdan de él. A lo mejor Metzer le contó a alguno de ellos la verdad sobre el capullo.

—Hazlo.

Se oyó otro estallido de risas y esa vez fue acompañado de un destello rubio. Y este sí que tenía los ojos verdes y gafas. Sloane Walton, vestida de rojo sangre, se encontraba en el centro de varios hombres que competían por su atención. Se me crisparon todos los músculos del cuerpo. La erección que casi había conseguido hacer desaparecer volvió a plena potencia.

—De todos los hoteles en todas las capitales... —murmuró Nolan—. ¿Quieres que me quede por aquí y me asegure de que no acabes necesitando ayuda para deshacerte de un puñado de cadáveres?

—No, lárgate.

—Haré que Petula prepare el dinero de la fianza —comentó. Dejó el vaso vacío sobre la barra y me hizo un saludo militar.

Yo ya había empezado a moverme, la fuerza gravitatoria de Sloane me atraía hacia el otro lado de la barra como si fuera un suceso inevitable.

A cada paso que daba para acercarme a ella, me sentía más enfadado y frustrado. No quería desearla, pero tampoco quería que la deseara nadie más. Tener que abrirme paso entre sus admiradores me puso de los nervios. Estaba sentada en un taburete y llevaba un vestido y pintalabios que cautivaban la atención de todos los hombres que había en un radio de nueve metros.

—¿Qué haces aquí? —le pregunté secamente.

Me cerní sobre ella e inclinó la cabeza hacia atrás para mirarme. Frunció los labios en un gesto desaprobatorio.

—Oh, no. Hoy no, Satán.

—¿Puedo invitarte a otra copa? —le preguntó el tipo que tenía a la derecha, tratando de recuperar su atención.

—No, no puedes. Vete a casa —le espeté.

Sloane me enseñó los dientes antes de volverse hacia el imbécil que quería echar un polvo.

—No le escuches. Siempre es así de insoportable —explicó, y le posó la mano en el brazo.

Dos de los hombres más jóvenes que había detrás de ella empezaron a susurrar. Oí que mencionaban mi nombre.

Bien. Cuanto antes se diera cuenta esa panda de idiotas de quién era y de que no los quería cerca de ella, mejor.

—Eh, ha sido un placer conocerte, Sloane —dijo el rubio con demasiados dientes, y me lanzó una mirada nerviosa.

—Sí, tenemos que... eh... —Su amigo, que llevaba un traje de Hugo Boss demasiado ajustado, señaló la puerta con el pulgar.

—Largo —gruñí.

La mayoría de los presentes se escabulló como ardillas aterrorizadas.

—¿Qué mosca te ha picado, Lucifer? —me preguntó Sloane.

—La respuesta siempre eres tú.

Se deslizó del taburete y vino derecha hasta mí.

—Tengo una idea. ¿Por qué no te vas a la mierda y me dejas sola con... cómo me has dicho que te llamabas? —preguntó en dirección al hombre que, al parecer, no apreciaba su vida lo suficiente.

—Porter —contestó con un acento sureño muy marcado.

Porter. Puse los ojos en blanco. Parecía demasiado ansioso y de los que iban por ahí soltando expresiones como «¡ay, caray!». Y no me gustó que hiciera sonreír a Sloane.

—Te propongo un trato, Porter. Te pagaré la cuenta, incluidas las bebidas que ya le has pagado a mi mujer, si te largas en los próximos diez segundos.

—¿Tu... mujer? —balbuceó.

—Te voy a asesinar con un pincho para aceitunas —siseó Sloane.

Tal vez yo no podía hacerla sonreír, pero era yo el que había hecho que se le subieran los colores a las suaves mejillas. Yo era el que hacía que le ardiera un fuego esmeralda en los ojos.

Porter levantó las dos palmas de las manos y dio un paso cauteloso hacia atrás.

—Lo siento mucho, tío. No tenía ni idea. —Volvió a posar la mirada en el impresionante escote que el vestido de Sloane dejaba expuesto—. Eh, si no funciona, no dudes en llamarme.

El poder de atracción de la mujer era tan fuerte que hacía que ignoraras los instintos de supervivencia. Conocía bien esa sensación.

Sloane y yo estábamos demasiado ocupados mirándonos con el ceño fruncido para fijarnos en él cuando se marchó.

—Lina tenía razón. Eres un cortarrollos, Rollins —espetó, y volvió a subirse en el taburete. El barman se plantó con entusiasmo delante de ella.

—¿Te sirvo algo, Sloane? —le preguntó.

—No. La señorita ya se iba —respondí con frialdad. Sloane apoyó los codos en la barra y posó la barbilla sobre las manos.

—No hagas caso al líder oscuro del inframundo. Me encantaría tomarme otro Martini sucio.

El barman volvió a mirarme. Sacudí la cabeza.

—Lo siento, Sloane. El jefe no me deja —respondió, y se alejó hacia el final de la barra.

Sloane giró sobre el taburete.

—¿El jefe? ¿Esto es tuyo?

No podía concentrarme en sus palabras, solo en su boca. En esos labios rojos que me habían torturado y provocado durante años.

—¿Estás con alguien? —le pregunté. Después aparté el taburete que había junto al suyo y me senté.

—Iba a estarlo hasta que has empezado con el numerito.

Cerré los ojos. No había venido porque tuviera una cita. Había venido a echar un polvo. Una noche. Una noche y por fin podríamos olvidarnos de todo.

—No vas a conquistar a un desconocido en mi hotel.

Se puso derecha y levantó la copa. Llevaba las uñas pintadas de un lila brillante, un trío de brazaletes en la muñeca derecha y unos pendientes largos que bailaban cuando se movía.

—Como quieras —respondió. Se bebió lo que le quedaba del Martini y dejó el vaso en la barra—. Pues lo conquistaré en otra parte.

Se removió sobre el taburete para apartarse de mí, pero yo fui más rápido.

Agarré la parte del cojín de ante que le asomaba entre los muslos abiertos y la atraje hacia mí.

Se le escapó un grito ahogado que hizo que se me estremeciera el pene. Los dos miramos fijamente la mano, sobre la que ahora estaba sentada a horcajadas. El dobladillo del vestido me hacía cosquillas en el pulgar y sus muslos desnudos y suaves me acariciaban el puño a ambos lados. Notaba el calor de su entrepierna.

Acerqué más el taburete, hasta que sus piernas se deslizaron entre las mías. Tres centímetros. Tal vez cinco. Esa era la distancia que separaba la palma de mi mano del calor de su centro.

—¿Es que has perdido la cabeza que ya de por sí tienes hueca? —siseó.

Pero no me apartó, ni me dio una bofetada como me merecía. No, la mujer a la que habían puesto en la tierra con el único propósito de irritarme separó los muslos un poco más.

Era una trampa, estaba seguro.

—Es probable —admití. Le hice un gesto al camarero para que nos pusiera otra ronda. El pobre chaval parecía un poco asustado.

Sentirla enjaulada entre mis piernas era embriagador. Había sido una acción estúpida, diseñada solo para molestarla, y, sin embargo, era yo el que tenía una erección dura como una piedra y el ritmo cardíaco disparado.

—¿No puedes volver a tu guarida malvada y olvidarte de que nos hemos visto? —me preguntó.

¿Irme a casa sabiendo que iba a buscar un amante y llevárselo a la habitación del hotel? ¿Que se iba a desnudar para él e iba a dejar que viera cosas que yo nunca me había ganado el derecho a ver? ¿Que iba a dejar que la tocara en sitios con los que yo solo podía soñar?

Se le subieron los pechos hacia los confines del vestido. No había nada sutil en la estampa que ofrecía el escote cuadrado.

—¿Qué haces aquí? —volví a preguntarle.

—He venido a echar un polvo, y tú me estás fastidiando la magia. —Apreté la mandíbula—. Adelante, di algo para que pueda sermonearte por tildarme de fácil y después darte una patada en las pelotas —me desafió.

Era una amenaza legítima. Si se acercaba más a mí, me tendría a tiro con las rodillas.

—Pensaba que ibas en serio con lo de… salir con gente —comenté.

Se encogió de hombros y el movimiento hizo que volviera a centrar toda mi atención en el escote. La polla me palpitó de forma dolorosa contra la cremallera.

—Iba… Voy en serio —se corrigió—. Es solo que todavía no he conocido a nadie con quien merezca la pena salir y mucho menos alguien que me provoque un par de orgasmos. Así que aquí estoy. El sexo es un buen método para liberar estrés.

—¿Así que vas a ligarte a un completo desconocido y dejar que te toque?

—No tienes derecho a juzgarme, Rollins. Me apuesto lo que quieras a que tú has tenido más rollos de una noche sin complicaciones de los que estás dispuesto a admitir.

—No te juzgo —mentí.

Miró por encima de mi hombro a un hombre que estaba pidiendo una cerveza y me aferré al taburete con más fuerza.

—No —espeté.

—Más vale que te apartes o acabaré malgastando una noche de hotel con el vibrador.

Empecé a ver lucecitas delante de los ojos.

Se removió de forma casi imperceptible en el taburete. El movimiento la hizo avanzar, con lo que rocé un poco de satén *sexy* con la mano justo cuando ella me apoyaba la rodilla contra la cumbre del pene.

«Hostia puta».

Sloane puso los ojos verdes como platos, separó los labios rubíes y no hubo duda de que se le había acelerado la respiración. Su piel cálida y húmeda me provocaba desde el otro lado de la ropa interior sugerente.

Estaba harto de luchar. Harto de luchar contra ella y harto de luchar contra mis instintos más básicos. Era autodestructivo desear a la mujer que me había destrozado la vida, que había traicionado mi confianza. Que me había hecho acabar entre rejas y que por poco me arruina la vida antes de que empezara.

Sin embargo, ahí estaba, más cerca de ella de lo que nunca había estado, y, aun así, no me parecía suficiente.

—¿Y si no tuvieras que conquistar a un desconocido? —le pregunté, y removí la mano lo justo para presionarle el sexo con más fuerza.

Se le hincharon las fosas nasales con delicadeza y el movimiento hizo que le brillara el *piercing* de la nariz. Pero no se había apartado, y todavía no me había amenazado con hacerme una cara nueva.

—¿Y qué sugieres exactamente?

—Sugiero que subas a la habitación, conmigo.

Batió las pestañas bajo las gafas y sacudió la cabeza.

—Te estás quedando conmigo, ¿verdad?

—Estás aquí y yo también. Para mí también ha pasado mucho tiempo. —Quería mover la mano, enlazar el dedo en la banda de satén que se me interponía en el camino. Quería apartarla a un lado y pasarle los nudillos por la piel suave y tentadora.

—No soportamos estar en la misma habitación. ¿Qué te hace pensar que voy a dejar que entres dentro de mí?

Dentro de ella. Intentaba provocarme. Hacer que me imaginara el aspecto que tendría la primera vez que la penetrara.

Le palpitó el pulso en la base de la garganta. Le subían y bajaban los pechos mientras respiraba en jadeos cortos y delicados.

—Solo es sacarse la espinita, no el comienzo de una relación —le respondí con brusquedad.

—Tu capacidad para el romanticismo no conoce límites.

—¿Qué es lo único que no hemos probado para ponerle fin de una vez a la animosidad que hay entre nosotros? —insistí.

—¿El asesinato?

—El sexo —repliqué.

Pestañeó y le subió el color a las mejillas.

—Lo dices en serio.

—Una noche —le ofrecí—. Y nos sacamos esta locura de dentro.

—Ni siquiera nos caemos bien. ¿Cómo voy a dejar que alguien que no me cae bien me haga cosas… desnudo?

La apreté con más fuerza con la palma de la mano.

—Porque te haré sentir tan bien que te dará igual.

Se le dilataron las pupilas y separó los labios rojos.

Nos dejaron las bebidas en la barra, pero ninguno de los dos las miró.

—Pero, claro, si crees que no vas a ser capaz de controlar tus sentimientos… —comencé.

Dejó caer la cabeza hacia atrás.

—No puedes retarme a que me meta en la cama contigo, listillo.

Un hombre vestido de Armani se acercó furtivamente a ella por detrás y se apoyó en la barra. Sloane, que notó la aparición de una nueva presa, miró por encima del hombro y esbozó la sonrisa alegre que yo nunca conseguía sonsacarle. El idiota se iluminó como si acabara de ganar la lotería, después me miró a mí.

—No —le dije con frialdad.

Le sostuve la mirada y acaricié con el pulgar el centro del punto húmedo que tenía en la ropa interior.

Ella se sacudió y casi vuelca la bebida. Se agarró a mis brazos para estabilizarse.

—Eres un hijo de perra —siseó. Me había apoyado la rodilla con firmeza sobre los testículos.

—O subimos arriba ahora mismo o seré tu sombra durante el resto de la noche —le advertí.

—Cabrón retorcido.

—Decide.

—Vale —respondió, y se encogió de hombros con aire despreocupado—. Te follaré hasta que pierdas la razón solo por una noche. Pero no creas que significa nada.

La sensación de victoria fue el subidón más dulce y excitante que recordaba haber sentido jamás.

—Tienes cinco segundos para acabarte la copa —le dije, y le volví a hacer señas al barman.

Echó mano al Martini con los ojos entrecerrados.

—Cinco, cuatro, tres…

Le dio un trago fortalecedor y dejó el vaso sobre la barra. La mirada que me lanzó fue la definición de antagonista.

Esa vez, ninguno de los dos se echaría atrás.

Con una mezcla de reticencia y expectativa, le saqué la mano de entre las piernas y le recorrí los muslos en dirección descendente con las yemas de los dedos.

—Vamos.

Lancé algo de dinero en efectivo sobre la barra, la agarré del brazo y tiré de ella hacia los ascensores. Mientras lo hacía, me pasé el pulgar por los labios y probé el ligero sabor de Sloane Walton.

CAPÍTULO VEINTIUNO

EL ERROR MÁS TONTO Y SEXY QUE HE COMETIDO NUNCA

SLOANE

Fue el trayecto en ascensor más largo de mi vida y eso que la habitación solo estaba en el cuarto piso. El ambiente entre nosotros estaba cargado de algo parecido a la electricidad. No nos tocamos, tampoco nos miramos en ningún momento. Permanecimos con la mirada pegada a las puertas bañadas de oro.

Su presencia silenciosa y fría hacía que me sintiera como si el ascensor se me fuera a caer encima.

Era una idea de locos. Era tan estúpida que seguía sin estar segura de que fuera a decirle que sí una vez llegáramos a la habitación. ¿De verdad podían dos personas que se buscaban tanto las cosquillas mutuamente encontrar la forma de dejar de hacerlo solo por una noche? Lo dudaba.

Era evidente que se trataba de un error. Un error tonto y bien grande.

Pero por fin sabría lo que se sentía, razoné mientras se abrían las puertas del ascensor y salíamos de él.

A lo mejor se lo debía a mi yo adolescente. Podría dejar atrás los años en que me había preguntado qué habría pasado si lo hubiéramos hecho y pasar página. Además, hacía meses que no me besaban, por no hablar de los que hacía que no me echaban un polvo como era debido.

303

También existía la posibilidad de que fuera terrible en la cama. La idea me animó de forma considerable. Un revolcón mediocre y Lucian Rollins desaparecería de mi mente para siempre.

—Nunca juegues al póquer.

La afirmación repentina de Lucian hizo que pestañeara mientras rebuscaba la tarjeta de la habitación en el bolso.

—¿Qué? ¿Por qué?

Sacudió la cabeza.

—Tu cara transmite todo lo que piensas como un libro abierto.

—No es cierto —resoplé.

Me quitó la tarjeta de la mano y abrió la puerta.

—El sexo solo será decepcionante si es culpa tuya.

Me quedé boquiabierta.

—No estaba pensando en eso —mentí—. Y si el sexo es malo, será culpa tuya al cien por cien. A mí se me da muy bien.

—Ya veremos —respondió antes de empujarme para que cruzara el umbral y entrara en la habitación.

Era un espacio agradable que había escogido con la practicidad de un rollo de una noche en mente. Había una cama mullida enorme con el extra de cojines que había pedido. El baño tenía una iluminación favorecedora y una ducha al nivel del suelo alicatada. Y lo mejor de todo era que tenía un menú de servicio de habitaciones las veinticuatro horas que podía pedir una vez mandara a Lucian a freír espárragos.

Cerró la puerta, echó el cerrojo y se volvió a mirarme.

De repente, me sentí como Caperucita roja cuando se topa frente a frente con el lobo grande y malo, y tragué saliva con fuerza. Era tan... grande. Tan malhumorado. Me miraba como si me las hubiera arreglado para tocarle las narices de algún modo en los últimos cuatro segundos.

Me humedecí los labios con nerviosismo y vi un destello de interés en esos ojos grises y fríos.

Estaba de pie con las piernas extendidas y los puños apretados a los costados y me intimidaba con la mirada como si fuera el enemigo... o una conquista.

¿De verdad íbamos a hacerlo? ¿Acabaría siendo un secretito más entre los dos?

—Deberíamos establecer algunas reglas —anuncié.

Lucian dejó la tarjeta de la habitación sobre la mesa con un chasquido. Ya no tenía los ojos gélidos, sino que ardían con un calor que me lamía la piel.

¿Qué estaba diciendo?

Ah, sí. Reglas. Las reglas estaban bien.

—No creo que debamos besarnos...

No me dio tiempo a terminar la frase, porque Lucian estiró el brazo, me agarró de la muñeca y tiró de mí hacia él. Con fuerza. Perdí el equilibrio y choqué contra su pecho. La colisión de nuestros cuerpos hizo que me retumbaran los huesos. Y después estampó la boca contra la mía.

«Madre mía».

No quedaba nada glacial en el hombre que tenía pegado a mí. Era cálido y duro.

Abrí la boca para respirar o insultarlo, pero se aprovechó y me pasó la lengua entre los labios. Arrasó con todo a su paso y convirtió los insultos en gemidos incomprensibles y necesitados.

Era pura posesión. Con un beso, Lucian me había capturado el cuerpo.

Besaba como si hubiera inventado los besos. Y yo le seguía el juego como si no me quedara más remedio.

Apartó la boca de la mía y maldijo.

—Joder —murmuró, y me fulminó con la mirada.

—¿Algún problema? —Sonó como una burla jadeante.

—Tú eres mi problema —gruñó.

Le empujé el pecho firme que se escondía debajo de la camisa de botones bien planchada.

—Si solo vas a discutir conmigo, me vuelvo al bar.

Conseguí andar exactamente cinco centímetros hasta la puerta antes de que volviera a ponerme las manos encima. Una sensación de triunfo exquisita me recorrió la columna vertebral. Era la mayor victoria que había obtenido sobre él en años. A mi parecer, su autocontrol resultaba exasperante.

Esa vez no solo me atrajo hacia él, sino que me levantó del suelo y me sostuvo contra la pared más cercana... con el cuerpo. Los pies me colgaban a centímetros de la moqueta mientras apretaba la enorme erección contra mí y me ensartaba de forma eficaz contra la pared, como a una mariposa en un marco expositor.

Me había convertido en una muñeca de trapo cargada de deseo y su demostración casual de fuerza hizo que mi vagina se derritiera. Me miraba como si quisiera destrozarme. Y me encantaba. Ya no había forma de que se escondiera tras una máscara fría y calculadora.

Puede que el hombre tuviera cara de póquer, pero no existía un pene de póquer.

Como para hacer una demostración, movió las caderas y me embistió con fuerza.

Gruñí contra su boca con irritación.

—Y, cómo no, tienes el pene grande.

—Y tú, cómo no, pareces decepcionada al descubrirlo cuando estoy a punto de follarte —replicó.

Le rodeé las caderas con las piernas tanto como me lo permitió el vestido.

—Siempre había pensado que esa faceta de titiritero tenebroso y todopoderoso era una compensación excesiva por tener una salchicha diminuta.

—Esa maldita boca —gruñó. Utilizó ambas manos para subirme la falda del vestido a la altura de las caderas. Ahogué un grito cuando me clavó la erección contra las bragas bonitas que reservaba para rollos de una noche.

—¿Qué pasa con ella?

—Es el motivo por el que tienes que merodear por bares en busca de hombres que no sospechen nada. El motivo por el que no sales con nadie. Y por qué no estás casada con cuatro críos. —Puntuó cada frase con un beso agresivo.

—Ah, ¿sí? Bueno, pues por lo menos no es por mi personalidad. Eres atractivo a rabiar y ridículamente rico y ni con eso te basta para conservar una novia durante más de unas semanas. —Le mordisqueé el labio inferior y gruñó.

Se separó de mí unos centímetros y quedamos conectados solo por debajo de la cintura.

—¿Y cómo lo sabes? ¿Acaso me has estado prestando atención?

Me provocaba en cuerpo, mente y alma y, por primera vez, me pareció que tal vez no iba a ser capaz de plantarle cara.

—No presto atención a nada que tenga que ver contigo —insistí—. Odio aburrirme.

Su exhalación se pareció más a un gruñido que a un suspiro. Con una mano, me agarró las muñecas y me las sujetó por encima de la cabeza.

—Joder, ¿por qué eres tan pequeña? —pronunció las palabras con los dientes apretados, como si le dolieran físicamente. El siguiente beso que me dio fue templado, refrenado.

Abrí los ojos de par en par. Lucian Rollins tenía miedo de hacerme daño. El muy cabrón malvado tenía miedo de follarme demasiado fuerte con su pene gigante.

—Madre mía, grandullón. Soy pequeña, no frágil. Supéralo.

—Solo porque quiera que desaparezcas de mi vida no significa que quiera hacerte daño.

Le agarré las caderas con los muslos y apreté.

—O me follas con ganas o sales de la habitación para que pueda ir a buscar a alguien que lo haga. No quiero que se me trate como a una figurita de cristal.

—Siempre crees que puedes soportar más de lo que puedes —respondió, y me soltó las muñecas para aferrarse al escote de mi vestido.

—Y tú siempre crees que soy más débil de lo que soy en realidad —gruñí.

Con un tirón brusco de los dedos, me desgarró la tela hasta el ombligo y se me salieron los pechos del vestido.

—Joder.

A Lucian se le hincharon las fosas nasales y clavó la mirada en mi pecho. Tenía los pezones erizados y me notaba las tetas hinchadas y pesadas.

Por un momento, el único sonido que se oía en toda la habitación eran nuestros jadeos.

—Maldita sea, Lucifer. Ahora me debes un vestido nuevo para rollos de una noche.

—Atrévete a bajar al bar ahora. —Sus palabras fueron como el retumbar bajo de los truenos.

Se me erizaron más los pezones rosados.

—¿De verdad crees que no llevo un vestido de repuesto en la bolsa? —lo provoqué. Me incliné hasta rozarle la oreja con los labios—. Ese tiene más escote todavía. —Le mordisqueé el lóbulo de la oreja y noté el escalofrío que lo recorrió de arriba abajo.

—No vas a salir de la habitación —me aseguró.

Me tragué la respuesta sarcástica que iba a darle cuando me agarró los pechos. Dejé caer la cabeza hacia atrás con un golpe seco. Noté las palmas cálidas y firmes contra la piel sensible y suave. Me había desarrollado muy pronto, y había pasado toda la adolescencia deseando que el hada de la pubertad no hubiera sido tan generosa conmigo, pero, en ese momento, todo había valido la pena.

Mi estoico enemigo no pudo contener el gruñido de satisfacción cuando me cubrió uno de los pezones necesitados con la boca cálida y comenzó a chupar.

Jadeé. No quería hacerlo, me parecía más seguro e inteligente controlar las reacciones externas. Pero los tirones hambrientos de su boca y las pulsaciones de su divina erección entre las piernas hacían que la cabeza me diera vueltas.

Entre lametón y succión, era como si su boca hiciera magia. Tenía los ojos cerrados, bordeados por pestañas largas y oscuras. Y lo que me hacía no parecía el resultado del odio. Parecía una veneración.

El roce de su barba contra la piel me resultaba áspero y placentero a partes iguales. El perfume de su colonia me envolvía como una niebla eufórica. Me arrimé a su miembro grueso y duro, al calor de su cuerpo, rogándole más. Rogándole que me tomara, usara y complaciera.

Apartó la boca de mí demasiado pronto y me dejó el pezón tenso y húmedo.

—Solo tenemos una noche —dijo.

—Pues quítate la camiseta para que podamos empezar.

Me frotó la mejilla contra el pecho y el movimiento me disparó flechas de fuego directas al centro.

—Esto no es el comienzo de algo —me advirtió. Sacó la lengua y me la pasó por la otra cumbre erizada.

Contuve la respiración.

—¿Siempre eres igual de pesado con todas tus citas antes de acostarte con ellas?

—Solo me aseguro de que estemos de acuerdo.

—No sé si me hablas a mí o a mis tetas, pero, sinceramente, todos estamos de acuerdo. Nunca saldría con un fumador. Solo es sexo. No hagas que me arrepienta de haberte escogido esta noche.

Le brilló un fuego plateado en los ojos grises y se le crispó la comisura del labio en una sonrisa confiada. Con una embestida experta, volvió a agarrarme de los pechos y perdí el hilo de mis pensamientos.

Fui derecha a la corbata y casi lo estrangulo al intentar aflojársela, pero sentía tal fijación por mi pecho que no notó la falta de oxígeno. La cálida succión de su boca me estaba volviendo loca y ya estaba peligrosamente cerca de correrme, gracias a la posición de su pene contra mí.

Cuando por fin le desaté la corbata, le quité la chaqueta de los hombros de un tirón.

Abandonó mis tetas con un gruñido irritable que noté en el centro y se quitó la chaqueta. Me las arreglé para fijarme en que estaba tan ocupado metiéndome mano que no recogió ni dobló la ropa, como siempre había deducido que haría en los momentos sensuales.

—Estás sonriendo —espetó en tono acusatorio.

—No es verdad —repliqué, y me obligué a torcer las comisuras de la boca hacia abajo.

—Lo único que quiero que hagas con la boca esta noche es abrirla para pronunciar mi nombre.

—Ah, ¿sí? ¿Eso es lo único? —Esbocé una sonrisa burlona.

A modo de respuesta, Lucian me separó de la pared. Menos de un segundo después, estaba tumbada de espaldas en la cama. Él se arrodilló entre mis piernas y me separó las rodillas todavía más para examinar con los párpados caídos lo que quedó revelado ante él.

—Joder —murmuró, y miró fijamente entre las piernas, a lo que supuse que sería el tanga más mojado de la historia. Me quitó las manos de las rodillas y apretó los puños a los

309

costados. Otra demostración de autocontrol. Ya había tenido suficiente, quería que se dejara llevar.

Alargué las manos hacia su cinturón.

—Quítate la camisa.

Dudó durante el más leve de los segundos antes de acatar la orden.

Se desabrochó los botones con una mano y con la otra me agarró por el cuello sin apretar. Un gesto de dominación que me pareció... Bueno, sinceramente, me pareció picante de la hostia.

Le quité el cinturón de un tirón y comencé a bajarle la cremallera. La erección presionaba con tanta fuerza contra la tela que era un maldito milagro que no la hubiera desgarrado para salir. Seguramente hacía que el sastre le reforzara las costuras de la entrepierna.

Con la cremallera abierta, por fin, vi que llevaba unos bóxeres sedosos negros que apenas contenían el tesoro que buscaba.

Lucian se quitó la camisa por los brazos y dejó al descubierto el torso asquerosamente imponente. Había músculos. Muchos. Las cicatrices que sabía que tenía habían desaparecido y en su lugar tenía tatuajes.

Me dio un vuelco el corazón.

Sin pensar, le pasé el dedo por la marca larga y fina que tenía en las costillas. Había camuflado parte de la cicatriz con el tatuaje de una criatura mitológica, un grifo. Un símbolo de fuerza y poder.

Lucian contuvo la respiración como si le hubiera hecho daño y luego me subió lo que quedaba del vestido hasta la cintura.

—Mucho mejor —comenté, y premié su demostración de impaciencia pasándole la palma de la mano por el miembro con suficiencia. Lo tenía tan grueso y duro que la punta se le había salido por el dobladillo de los calzoncillos.

Se cernió sobre mí y apoyó una mano en el colchón. Con la otra me acarició la mejilla, la mandíbula, el cuello. Nuestros ojos se encontraron. No reconocí lo que encontré en los suyos, pero me dejó sin respiración. Me sostuvo la mirada, una conexión inquebrantable.

Mientras seguíamos con la mirada clavada todavía en el alma del otro, me soltó la cara y me recorrió el cuerpo con los dedos hasta el torso y el satén rojo y travieso que me cubría el sexo.

—Estás empapada y ni siquiera te he tocado todavía.

Parecía molesto ante la situación.

—¿Y qué? —dije.

—¿Es por mí o ha sido por alguno de los de abajo?

—¿Acaso importa?

Me presionó la mancha húmeda con el pulgar y la acción hizo que se me contrajeran las piernas alrededor de su cintura. El canal vacío me palpitó con avidez, implorando más.

—Importa —respondió con los dientes apretados.

En lugar de responderle, le metí los dedos por la goma elástica de los calzoncillos y le aparté el material sedoso de mi premio de un tirón.

Apenas conseguí contener el gritito ahogado. Decir que era enorme no le hacía justicia. Lucian Rollins era el orgulloso propietario de la polla más grande que había visto en toda mi vida.

—Madre mía, Lucifer. ¿Qué hacen tus citas normalmente? ¿Dislocarse la mandíbula? —le pregunté.

Bajó la mirada hacia mí y le brillaron los ojos.

—Tú y tu puta boca.

Parecía que quería castigarme por las últimas dos décadas de miseria, y una parte oscura y depravada de mí quería que lo intentara.

—¿Qué vas a hacer con ella? —lo provoqué, y le agarré el miembro grueso por la base.

Se le dilataron las fosas nasales y se le acumuló una gotita de humedad en la hendidura de la punta.

Centré toda la atención en la erección rígida y gruesa. Iba a hacer que me corriera con muchísimas ganas.

Si conseguía que me follara desde atrás, amortiguaría los gritos en un cojín para que no se enterara. Las mujeres habían fingido orgasmos durante siglos. Yo podría fingir no tenerlo. Y eso lo desconcertaría. Me gustaba la idea de correrme y al mismo tiempo hacer mella en su confianza.

311

—Sea lo que sea que estés tramando, no funcionará —comentó.

—No tengo ni idea de qué hablas —le mentí, y comencé a acariciarle la gruesa columna de carne.

Vi que enseñó rápidamente los dientes, entrecerró los ojos y después nada más, porque en un movimiento rápido me apartó el tanga a un lado y me introdujo dos dedos.

—¡Lucian!

Se acabó mi idea de disimular el placer que sentía. Estaba tan mojada, tan excitada, que mi sexo prácticamente lo succionó más adentro. Los músculos desatendidos de mis paredes internas se contrajeron a su alrededor.

Dejó escapar una palabrota y su pene me palpitó en la mano.

—No te corras. —Escupió la orden con los dientes apretados.

—Que te den.

—Ni se te ocurra, duendecilla. Quiero estar dentro de ti la primera vez que te corras. Quiero sentir cómo te desmoronas.

¿La primera vez? Resoplé. El señor Pene Grande tenía el ego del tamaño de... bueno, de su pene gigantesco. Yo era de correrme solo una vez. Los orgasmos múltiples eran cosa de las heroínas de las novelas románticas... y de Naomi y Lina.

—Pues entonces será mejor que te des prisa —le advertí. Metí la otra mano entre nuestros cuerpos, le sostuve los testículos y sincronicé las caricias con ambas manos. Necesitaba que estuviera tan cerca como yo. Necesitaba que se sintiera tan fuera de control como yo me sentía.

Me miró furioso, con la mandíbula apretada y los músculos tensos. Tenía aspecto de estar colgando de un hilo muy fino. Me aferré a él con más fuerza.

Volvió a ponerme las manos sobre el vestido. Se oyó una tela que se rasgaba y la prenda se abrió de arriba abajo, por lo que me quedé solo con la ropa interior y los tacones.

—Tu palabra de seguridad —me ordenó, y posó la mano sobre la mano con la que le sujetaba el pene.

—O sobreestimas muchísimo tus habilidades o, una vez más, subestimas lo que soy capaz de soportar.

—Dime tu palabra de seguridad, duendecilla.

Pronunció la frase como si le molestara y me creyera una estúpida.

—Si así consigo que te pongas las pilas, como quieras. Biblioteca.

—Buena chica —gruñó.

No sé lo que eso dijo de mí, pero oírle decir esas dos palabras con voz tan ronca hizo que mis paredes internas se contrajeran alrededor de sus dedos.

—Joder —espetó entre dientes.

—¿Podemos ponernos en marcha? —le pregunté. Me correría en sus dedos con que solo los doblara un poco, y prefería hacerlo en su pene monstruoso.

Me lanzó una mirada asesina.

—Eres preciosa e irritante de cojones al mismo tiempo.

—Me lo dicen mucho. Tengo los condones en el bolso —anuncié.

Lucian retiró los dedos a regañadientes. No conseguí sofocar del todo el gemido que se me escapó.

—Por Dios, ¿cuántos polvos tenías pensado echar? —me preguntó, y agitó la tira de preservativos envueltos por encima de mí.

Me encogí de hombros.

—Hay más en la mesilla de noche. Supongo que no necesitaré más de uno, ya que he acabado aquí contigo.

Lucian me apartó las manos de él de un empujón y se puso un condón en el que tenía que ser un pene de récord Guinness.

—Serías mucho más atractiva si cerraras la boca.

—Pues a tu pene no parece molestarle mucho mi boca —señalé. Llegados a ese punto, tiraba de pura bravuconería. Porque, de repente, se me había ocurrido que podía acabar siendo víctima de una lesión vaginal a causa de un apéndice de semejante tamaño.

¿La gente se fijaría en mis andares al día siguiente y descubriría que Lucian me había follado hasta perder la habilidad de caminar? ¿Mi rollo de una noche iba a destrozarme la habilidad para ponerme en pie?

Lucian se agarró el miembro largo y grueso con una mano y guio la punta hasta mi entrada resbaladiza. Las rodillas se me movieron hacia arriba por voluntad propia y se le curvó la comisura de la boca en un gesto divertido.

—Qué impaciente.

—¿Vas a estar toda la noche alzándote imponente encima de mí o vas a hacer algo interesante? —le escupí.

A modo de respuesta, me pasó la punta del pene entre los pliegues resbaladizos y se paró a darme un toquecito en el clítoris, ya hinchado. El gesto hizo que se me contrajera el centro. Intenté incorporarme, pero me sujetó con una mano en el pecho para que no me moviera. Me recorrió el sexo una y otra vez, y se quedó entre mis piernas abiertas hasta que me temblaron los muslos y hubo esparcido mi humedad por todas partes.

Joder, cuando acabáramos tendría que llamar al servicio de habitaciones para pedir un juego de sábanas nuevo, porque había convertido mi cuerpo en una mancha de humedad gigante.

Ninguno de los dos podía seguir negando la atracción que sentíamos. Y estaba segura al mil por ciento de que iba a hacer que me corriera. Solo tendría que fingir que no lo hacía.

Lucian se detuvo a medio embestir y se me contrajeron los músculos abdominales.

No había nada que le impidiera introducir ese pene gigante en mi interior. Abrí las piernas y gocé al sentirlo contra mí. Una presión insistente y palpitante me recorrió por dentro.

Si alguno de los dos se movía un milímetro, estaría dentro de mí oficialmente. Y maldita sea, quería que lo estuviera. Lo deseaba.

—Mírame —me ordenó.

Abrí los ojos e intenté mantener la expresión neutra.

—¿Por qué?

—Porque quiero verte los ojos cuando esté dentro de ti.

Tragué saliva.

—Pues date prisa de una vez, porque estoy a punto de quedarme dormida de aburrimiento.

Sentí que apretaba los músculos bajo las palmas de mis manos, contra mi torso y mis muslos. Me penetró con una embestida despiadada.

El tiempo se detuvo.

El oxígeno dejó de existir.

Todo lo que sabía se me fue de la cabeza para hacerle hueco a una idea clara como el agua: Lucian Rollins estaba dentro de mí.

—Respira, Sloane. —La orden sonó forzada.

Mi exhalación no fue más que un jadeo.

—Joder, nena, necesito que te relajes. —Lucian posó la frente sobre la mía—. Todavía no la he metido entera.

¿Todavía no me la había metido entera? Ya me había estirado al máximo. Estaba a un movimiento diminuto de correrme sobre los centímetros que hubiera conseguido introducirme.

—Otra vez, duendecilla. Respira para mí —ordenó.

Esa vez, conseguí respirar más profundo y noté que los músculos me cedían ligeramente.

—Esa es mi chica. —Su voz era como una caricia áspera—. Otra vez.

El oxígeno entró con más facilidad. Me obligué a relajarme, músculo a músculo, hasta que dejé de aferrarme a él como un percebe cachondo.

—Vale, creo que…

Lucian me borró el resto de la frase de la cabeza con una embestida. Lo tenía todo dentro. Me había invadido con cada uno de sus centímetros pulsantes. Estaba pegada a la cama al borde de la satisfacción sexual suprema y no había vuelta atrás.

Grité algo ininteligible.

—Hostia puta —dijo con voz ronca.

Oh, no. Iba a pasar. Notaba cómo me arrasaba el cuerpo. Dos embestidas y Lucian Rollins estaría a punto de hacer que me corriera. Comenzaron los temblores. Notaba que los delicados músculos palpitaban contra su piel dura.

Tenía que ocultarlo. Tenía que fingir que no estaba pasando.

A Lucian se le escapó un gruñido. Me miraba con el ceño fruncido, como si le cabreara sentirse tan bien. A mí tampoco me hacía ilusión. Después se movió y me olvidé de lo que pensaba porque me derrumbé.

El orgasmo detonó en mi interior, me recorrió el cuerpo y destruyó por completo todo lo que había existido antes de que Lucian me penetrara. Me estremecí, sacudí y retorcí a su alrededor y me aferré a él con uñas y dientes mientras me estallaban colores tras los párpados, como un despliegue de fuegos artificiales eróticos.

Cada centímetro de mí, desde las uñas de los pies brillantes a las raíces del pelo, participó en el éxtasis.

No fue el mejor orgasmo de mi vida, porque no era un orgasmo. Era una experiencia religiosa de las que te cambian la vida. Siguió y siguió, una ola de placer tras otra. Comencé a temblar por las oleadas posteriores, y cada una fue más satisfactoria que los orgasmos que había tenido en experiencias sexuales anteriores.

—Acabas de correrte en mi polla.

Abrí un ojo a la fuerza para examinarle el rostro, tan atractivo que no era justo. Como era de esperar, me miraba con aspecto engreído. Pero había algo más en su mirada. ¿Asombro? ¿Sorpresa? ¿Posesión?

—No es cierto, te equivocas —jadeé. Me dolía la garganta y me pareció raro. ¿Estaba cayendo enferma? ¿Me había metido Lucian el pene tan adentro que me había dejado afónica?

—Acabas de gritar «Lucian, me corro» tan fuerte que lo más seguro es que tenga que llamar a seguridad para asegurarles que todo va bien.

Eso explicaba el dolor de garganta.

—Bueno, pues ha sido divertido y eso. Creo que voy a volver al bar y...

Lucian me demostró exactamente lo que pensaba de mi amenaza vacía cuando posó la boca sobre la mía y se introdujo en mis profundidades.

Me embistió con precisión experta y me apretó más y más contra el colchón con su cuerpo largo y duro. Incluso en ese momento parecía calmado, mientras que yo había salido disparada hacia el espacio.

Le clavé las uñas en los hombros.

—Deja de tratarme como si me fuera a romper.

En otra demostración muy molesta de fuerza de voluntad, se quedó quieto.

—Lo creas o no, no quiero hacerte daño.

—A menos que me metas esa porra que tienes entre las piernas en el ojo, no vas a hacerme daño. Tienes esta noche para follarme como quieras. No la malgastes siendo un osito de peluche gigante.

—Sloane.

Se las arregló para que mi nombre sonara como una advertencia amenazante. Pero un destello, una pregunta, le recorrió la mirada de plata líquida.

—Lucian. —Le agarré el rostro con las manos y le clavé los talones en las nalgas firmes—. Quiero que me tomes con fuerza.

—Era lo que yo necesitaba, y lo que él necesitaba. Si queríamos sacarnos la espinita de verdad, teníamos que hacerlo bien.

Sentí el movimiento involuntario de su pene dentro de mí. Él también quería.

—Te avisaré si es demasiado —añadí.

—¿Lo prometes? —La pregunta fue un rugido áspero.

—Lo prometo. Ahora fóllame tal y como lo sientes.

Y cumplió.

Se puso de rodillas, me agarró el culo con ambas manos y desató la bestia que llevaba dentro.

Mi cuerpo aceptó las embestidas excelentes y brutales con una sensación parecida a la alegría, lo cual no tenía ningún sentido. Había algo en su mirada que no iba con el porte serio de su mandíbula. Algo más suave y brillante.

Lo ignoré y, cuando comencé a sentir calor en el centro, moví las piernas con ansia.

Como si me leyera la mente, Lucian me apoyó los tobillos sobre sus hombros y me dobló por la mitad.

Me sentí atrapada. Conquistada. Completamente a su merced. Y me encantó.

Ambos teníamos la piel cubierta de sudor y nuestras miradas se encontraron mientras me embestía el cuerpo con el suyo.

Le sobresalían los tendones del cuello con ferocidad y se le crispaban los bíceps mientras me llevaba al cielo sin piedad. O a lo mejor era al infierno. Me daba lo mismo.

Temblaba de dentro a fuera.

—¡Lucian! —Fue un gemido bajo y entusiasta.

Me dio la sensación de que le crecía todavía más la erección y apretó los dientes.

—Maldita seas, duendecilla —rugió. Me apoyó una mano en la mandíbula y me sostuvo la cabeza para que no la moviera. Los bonitos ojos del color de los nubarrones se le pusieron vidriosos mientras me aferraba a él.

—Por favor —susurré. No sabía qué le estaba pidiendo, lo que quería de él, pero Lucian lo entendió. Dio un último empujón brusco hacia arriba y el cuerpo se le puso rígido.

No pensé en nada. Solo alargué los brazos, le sujeté el rostro con las manos y le miré a los ojos mientras experimentaba el primer segundo orgasmo de mi vida.

Se le escapó un grito desde la garganta y noté cómo eyaculaba. Durante un instante breve y estúpido, deseé que no hubiera nada entre nosotros, que no hubiera protección que me impidiera experimentar todas las sensaciones del clímax de Lucian.

Comenzó a moverse otra vez, dio unas sacudidas cortas y bruscas con el objetivo de utilizar mi orgasmo para exprimir el suyo. El hecho de que utilizara mi cuerpo para su propio placer hizo que me corriera con más fuerza.

Seguimos corriéndonos, temblando y jadeando mientras nos mirábamos a los ojos.

—Ha sido el error más tonto y *sexy* que he cometido nunca —gemí.

CAPÍTULO VEINTIDÓS

SLOANE AL RESCATE

SLOANE

Veintidós años antes

Seis días. Era el tiempo que Lucian había pasado entre rejas. Había cumplido los dieciocho y se había perdido la graduación del instituto por mi culpa. Bueno, técnicamente, por culpa del monstruo horrible y asqueroso de su padre, pero también porque yo no le había hecho caso.

La noche en que lo arrestaron, les conté a mis padres todo lo que sabía. No se habían alegrado mucho de que les hubiera ocultado un secreto de esa índole y su decepción solo hizo que me sintiera peor.

Mi padre lo había dejado todo a un lado y luchaba con uñas y dientes para sacar a Lucian de la cárcel del condado. Por lo que había averiguado, gracias a mis preguntas directas y por haber escuchado a escondidas descaradamente, el jefe Ogden quería que se juzgara a Lucian como a un adulto. El juez parecía amable y le había puesto una fianza astronómica de 250 000 dólares durante la lectura de cargos, a la que no me habían permitido asistir.

Según lo que le había contado mamá a Maeve por teléfono, a papá casi le había dado un aneurisma allí mismo.

Y había estado escuchando en la puerta de su despacho un poco más tarde ese mismo día, cuando recibió una llamada del fiscal del distrito, que le sugirió que Lucian aceptara el trato que le ofrecían y pasara ocho años en la cárcel estatal. Mi padre, uno de los seres humanos más amigables y educados de todo el universo, le había dicho al fiscal que se fuera a tomar por culo.

Mientras tanto, mamá había visitado a la madre de Lucian dos veces desde que había salido del hospital con un par de costillas rotas. En ambas ocasiones, la mujer se había negado a hablar de su hijo o de lo que de verdad había ocurrido aquella noche. También había rechazado la oferta de mi madre de quedarse con nosotros «hasta que las cosas se solucionaran».

Ansel Rollins parecía estar comportándose, por el momento. Había oído a mis padres hablar en el porche delantero la noche anterior. Papá le había sugerido a mamá que pidieran una segunda hipoteca para la fianza de Lucian.

—Pues claro que la pediremos, cariño. No podemos dejarlo entre rejas.

En ese momento me di cuenta del privilegio que suponía haber crecido con buenas personas como padres. Pegué la cara surcada de lágrimas contra la parte interior de la mosquitera y les di un susto de muerte cuando grité:

—¡También podéis utilizar los ahorros para la universidad!

Provenía de una familia de héroes y no quería quedarme excluida. Y menos después de que la situación actual fuera consecuencia de un error que había cometido yo.

Tenía un plan.

Había buscado tanta información sobre las relaciones abusivas durante el último año que la bibliotecaria había empezado a mirarme raro cuando sacaba pilas de libros cada semana.

Sabía que no debía culpar a la señora Rollins. Era una víctima de violencia doméstica. Y era bastante espabilada para comprender que la violencia sistémica le hacía cosas a la psique que otras personas no comprendían. Sin embargo, incluso con eso en mente, una parte muy grande y fuerte de mí quería decirle exactamente lo que pensaba de que hubiera escogido al basura perdedor de su marido antes que a su hijo.

Me ponía enferma cada vez que pensaba en que el chico al que adoraba estaba entre rejas por el delito de proteger a su madre.

Así que, mientras mis padres decidían seguir adelante con la idea de reunir dinero para la fianza, yo decidí que iba a solucionar todo el desastre. Le dejaría claro a todo el mundo, incluido el jefe Ogden, que estaba más ciego que un topo, que Lucian Rollins no era el peligroso de la familia. Solo necesitaba la oportunidad indicada.

Se me ocurrió pedir ayuda a los amigos de Lucian, Knox y Nash Morgan. Pero no tenía ni idea de cuánto sabían de la situación de Lucian, y eran chicos. Seguramente se lanzarían sin pensar y lo fastidiarían todo. Lo más sensato era que me lo guardara para mí.

Necesitaba pruebas irrefutables de que Ansel Rollins era un villano. Y para mi yo de dieciséis años, eso significaba tener pruebas en vídeo. Después de asegurarme de que en Virginia se admitía la grabación de una conversación cuando una de las partes consentía a ello, me guardé la cámara de vídeo de mis padres debajo de la cama junto a una grabadora pequeña que le había tomado prestada a mi amiga Sherry.

Me quedaba despierta hasta las tantas todas las noches, tumbada en el banco con la ventana abierta de par en par, y escuchaba.

Esperaba con una mezcla de expectativa y pavor en el estómago.

Dejé caer sobre el cojín el libro que había estado ignorando y levanté las piernas en el aire. Llevaba las uñas pintadas de color lila y el esmalte de ambos meñiques ya se me había descascarillado. Me las había pintado el día antes de que arrestaran a Lucian y, desde entonces, todo lo demás me había parecido frívolo.

Se suponía que el verano de antes del penúltimo año de instituto no sería así. Se suponía que debía estar deseando que empezara la liga de verano de *softball* en una semana, liga a la que se suponía que acudiría un ojeador de una de las universidades de mis sueños. Se suponía que debía estar aceptando invitaciones al Huerto y enrollándome con alguien. Tal vez incluso perdiendo la virginidad. Se suponía que debía estar convenciendo a Lucian de que era seguro que saliera al mundo y viviera la vida.

En lugar de eso, era yo quien le había arruinado la oportunidad de tener un futuro.

Me incorporé y miré por la ventana con aire sombrío. Había esbozado una mueca al verme allí mientras lo llevaban al coche patrulla, cuando se dio cuenta de que había hecho exactamente lo que me había obligado a prometer que no haría...

Había suplicado que me dejaran visitarlo en la cárcel del distrito. Papá, tan diplomático como era, me había dicho que no era buena idea, pero, por la mirada furtiva que le asomó tras las gafas, supe que Lucian no quería verme. Porque, para empezar, era culpa mía que estuviera allí. Había traicionado su confianza.

Oí el chirrido de unos neumáticos y después el de los frenos y me puse de rodillas. La camioneta del señor Rollins paró de golpe en el acceso de la casa. Aparcó torcido y tropezó al salir de detrás del volante. Cerró de un portazo, pero la puerta rebotó sin que se diera cuenta y se quedó abierta.

Me bajé a gatas del asiento de la ventana y me abalancé en picado sobre la caja que tenía debajo de la cama. Metí la cámara y la grabadora en una bolsa de tela de la radio pública nacional, me puse un par de deportivas a toda prisa y salí al pasillo. Contuve la respiración mientras bajaba las escaleras de puntillas y puse la oreja por si oía algún ruido en la habitación de mis padres, al otro lado de la casa.

Se iban a enfadar muchísimo. Estaría castigada hasta los treinta, pero el fin justificaba los medios. Si podía mostrar pruebas irrefutables al departamento de policía que metieran al señor Rollins entre rejas y liberaran a Lucian, valdría la pena.

Di un rodeo hacia el despacho de mi padre y tomé el teléfono inalámbrico del escritorio. No sabía si tendría cobertura desde la casa de al lado, pero por lo menos podría echar a correr y llamar a emergencias si era necesario. Con el teléfono bien seguro en la bolsa con el resto del equipo, abrí la puerta principal y salí a la noche.

Me tropecé dos veces por las prisas y, cuanto más me acercaba, más fuerte me latía el corazón.

Las luces del piso de arriba y del de abajo estaban encendidas.

—Por favor, que esté en el piso de abajo —murmuré para mí misma, e hice una mueca cuando me di cuenta de que deseaba que estuvieran a punto de atacar a una mujer. Me sentí asqueada y me acerqué a la ventana frontal agachada.

Funcionaría. Tenía que hacerlo.

Oí voces, una suave y suplicante, y la otra elevada. Una sombra pasó por delante de la ventana y me agaché tras los parterres descuidados. Algo con espinas se me clavó en el antebrazo. Cada chasquido de las ramas, respiración y latido de mi corazón sonaba amplificado.

En el interior de la casa se oyó un golpe amortiguado y un murmullo enfadado. Con cuidado, introduje el brazo en la bolsa y saqué la grabadora. No sabía si tendría la potencia suficiente para captar lo que ocurría dentro de la casa, pero merecía la pena intentarlo. Pulsé el botón de grabar y la coloqué en el fino alféizar.

Tiré de la cámara, le quité la tapa del objetivo y la puse en marcha. Con la respiración entrecortada, me puse en pie sobre el parterre y miré por el objetivo de la cámara.

Estaban en la cocina y el señor Rollins caminaba de un lado al otro.

—Te he dicho que quería que la cena estuviera en la mesa cuando llegara —escupió en voz tan alta que lo oí desde fuera.

—Es casi medianoche, capullo —murmuré en voz baja.

Vislumbré a la señora Rollins en camisón cuando pasó a toda prisa por delante de la puerta de la cocina con los hombros encorvados.

La atrapó por el codo y le tiró el plato de la mano de un manotazo.

Uno de los san bernardos de la señora y el señor Clemson ladró en la casa de al lado y me dio un susto de muerte.

El señor y la señora Rollins desaparecieron de la vista y utilicé la ocasión para sacar el teléfono inalámbrico, pero no había señal. Estaba demasiado lejos de la base.

El padre de Lucian gritaba de nuevo, pero no veía nada. Mierda. Necesitaba un ángulo mejor. Me pasé la bolsa por el hombro con la cámara todavía en marcha y eché a correr alrededor de la casa. En la oscuridad, me golpeé la cadera con la barbacoa oxidada. No obstante, me recordé que el dolor que sentía no era nada en comparación con el que Ansel Rollins infligía en ese mismo momento.

Cojeé por el jardín hasta que llegué al porche de madera desvencijado y deteriorado que había en la parte trasera y, allí, a través de la puerta corredera de cristal, volví a verlos. Le pegó un revés tan fuerte en la cara que solté un grito ahogado. La fuerza con la que la sujetaba del brazo impidió que la señora Rollins cayera al suelo.

—Me das asco, mujer —gritó, y la empujó contra la mesa de la cocina—. Me pones enfermo, joder.

Yo también había empezado a ponerme enferma y decidí que lo que había grabado ya era prueba suficiente.

La señora Rollins se había desplomado sobre una de las sillas del comedor como un pedazo de papel arrugado. Sus sollozos silenciosos hacían que le temblaran los frágiles hombros. Lo odiaba. Odiaba a Ansel Rollins por existir. Por tratar así a su mujer, por obligar a su hijo a interponerse entre ellos. Odiaba a ese hombre con cada fibra de mi ser.

—Si no dejas de berrear, te daré un motivo real por el que llorar —le espetó, arrastrando las palabras.

«Deje de llorar, señora Rollins. Por favor, deje de llorar».

De repente, la mujer levantó la cabeza. Vi que se le movían los labios, pero no pude descifrar qué decía.

—¿Qué has dicho? —rugió él.

—He dicho que por tu culpa no tengo nada —respondió, y se puso en pie con piernas temblorosas. Tenía las mejillas anegadas en lágrimas.

Ay, Dios. Volví a probar el teléfono, pero seguía sin dar tono.

—Yo soy el único motivo por el que tienes algo. —Apareció a la vista y todos los músculos del cuerpo se me pusieron rígidos cuando vi lo que tenía en la mano. Secaba un cuchillo largo y serrado con un paño de cocina.

Recordé el brazo ensangrentado de Lucian. Agresión con un arma mortal.

Dejé la cámara en el porche, apuntando en dirección a la puerta, y eché a correr. Estuve dentro de mi casa en segundos, marqué el teléfono y encendí las luces.

—¡Mamá! ¡Papá! Le está haciendo daño otra vez —chillé desde el pie de las escaleras. Se encendió una luz en el piso de arriba—. ¡Tenemos que pararlo!

—911, ¿cuál es su emergencia?

—Ansel Rollins está atacando a su mujer con un cuchillo otra vez, y si Wylie Ogden no lo arresta esta vez, voy a denunciar a todo el departamento de policía —grité al teléfono. Tenía que volver. Tenía que detenerlo o ser un testigo.

Oí las voces amortiguadas de mis padres en el piso de arriba.

—¡Dense prisa! —grité antes de dejar caer el teléfono al suelo y echar a correr hacia la puerta.

En el exterior, se oía croar a las ranas arbóreas, pero apenas les presté atención mientras corría a toda velocidad por el acceso de nuestra casa en dirección al patio de los Rollins.

Aterricé en el porche con un salto volador. Los vi a través de la puerta de cristal. La tenía sujeta contra la mesa y le había puesto el cuchillo en la garganta. Había sangre en el linóleo.

Los perros habían comenzado a ladrar frenéticamente, pero el resto del vecindario estaba en silencio.

No tenía más remedio. Alguien tenía que detenerlo. Tendría que hacerlo yo.

Agarré un macetero de arcilla rajado y viejo y, con un grito primitivo que me salió de las profundidades del alma, lo arrojé al cristal.

La puerta se hizo añicos y las esquirlas de cristal y arcilla se esparcieron por todas partes.

Alguien gritaba mi nombre; al parecer, más de una persona. Pero no podía contestar. No podía moverme. Me quedé clavada en el sitio cuando el señor Rollins me miró fijamente a través de la puerta rota.

Nuestros ojos se encontraron y volqué todo el odio que sentía por él en esa mirada.

—Te vas a arrepentir, maldita zorra.

Temblaba de miedo, de ira.

—¡Que. Te. Den. Maldito cabrón inútil!

Se abalanzó sobre mí y sentí dolor, además de la ira que me invadía. Luché contra este mientras los gritos se acercaban cada vez más, mientras el ruido de las sirenas invadía la noche y hasta que las ranas dejaron de croar.

«Crac».

CAPÍTULO VEINTITRÉS

TODAVÍA NO HE
TERMINADO CONTIGO

LUCIAN

—Relájate de una vez, ya voy. La voz irritada del otro lado de la puerta no consiguió calmarme. Estaba allí. Estaba bien. Y eso quería decir que se había ido a escondidas como si no hubiera sido más que un rollo de una noche vergonzoso con el que no quería quedarse a desayunar después.

Sloane Walton estaba a punto de aprender una lección muy seria.

La puerta delantera se abrió de un tirón y me gustó ver el destello de sorpresa que le cruzó el bonito rostro. Llevaba puesta una bata. Tenía el pelo mojado y no le quedaba ni rastro del maquillaje de la noche anterior. Tenía un aspecto joven, fresco... y nervioso.

¿Había intentado limpiarse lo que habíamos hecho como si nunca hubiera ocurrido?

Yo no. Me había despertado en una cama llena de cojines y sin Sloane. Cinco minutos después, ya estaba en el coche.

Apoyé la mano en la puerta abierta de un manotazo por si se le ocurría cerrármela en las narices.

—¿Qué haces aquí? ¿Me he dejado algo...?

—Todavía no he terminado contigo. —Me la había follado hasta las tantas de la madrugada, hasta que ninguno de los dos podía moverse. Después, me había quedado dormido con el

327

pecho pegado a su espalda, el rostro enterrado en su pelo, y había dormido como un tronco. Cuando me había despertado, solo tenía una idea clara en mente.

No me había sacado la espinita de Sloane de dentro.

—¿Disculpa? —Se ofendió de inmediato y la pregunta indignada fue acompañada de una mirada peligrosa de ojos entrecerrados.

Los dos estábamos preparados para pelear, pero nuestros cuerpos parecían tener una idea diferente. Hacía un segundo estaba de pie, sobre el felpudo de la entrada, que rezaba «Seguramente estoy leyendo», y ahora cruzaba el umbral de la puerta y la levantaba por el culo voluptuoso. Me rodeó la cintura con las piernas y me pasó las manos por el pelo para atraerme el rostro hacia ella.

Su boca encontró la mía y me recorrió una descarga de alivio.

Todavía me deseaba.

Eso era lo único que importaba. Solo necesitábamos una vez más. Después nos lo habríamos sacado de dentro.

Cerré la puerta de una patada y me di la vuelta para empujarla contra la pared. Uno de los marcos colgados se torció, cayó al suelo y se hizo añicos.

—Perdón —le murmuré contra la boca, y nos aparté de la pared. Necesitaba encontrar un sitio en el que apoyarla y sujetarla. Un sitio en el que hacer que no se moviera.

Sin embargo, ella ya me estaba desabrochando los botones de la camisa de forma frenética y sabía que ni de broma íbamos a llegar hasta el piso de arriba, hasta su habitación. Le estiré del cordón de la bata para abrírsela y la tiré al suelo. Debajo llevaba uno de esos sujetadores de encaje que no hacían nada para ocultarle los pezones erectos bajo mi mirada hambrienta.

Apenas me había dado tiempo de detectar el moretón pequeño y violeta que tenía justo encima del pezón cuando metió una mano entre nosotros y encontró la hebilla del cinturón con un grito triunfante.

Joder, la deseaba. Anhelaba que posara las manos sobre mí, que me suplicara «por favor» y «más» al oído. Necesitaba volver a estar dentro de ella.

Entré en la sala de estar a trompicones y, con las prisas, choqué con una mesita auxiliar y derribé una lámpara. La pantalla salió disparada y cayó al suelo.

—No pasa nada, odio esa lámpara —dijo Sloane contra mi boca mientras se abalanzaba de lleno sobre la cremallera de mis pantalones.

Aparté la mesilla de una patada y una pila de libros de tapa dura cayó al suelo. Y, por fin, toqué una superficie plana apropiada con las espinillas. El sofá.

Aterrizamos como un árbol talado y apenas conseguí amortiguar la caída. Me soltó la cremallera y se aferró a mi camisa.

Algo siseó y un destello de pelo gris y blanco saltó del cojín a una mesita auxiliar que había detrás del sofá.

No me importaba si era un gato, una rata o una zarigüeya. Nada me parecía más importante que desnudar a Sloane.

La arrasaba con la lengua al mismo tiempo que le bajaba la cintura de la ropa interior por las piernas. Era de complexión pequeña y delicada, pero, aun así, de curvas tentadoras. Su piel delicada de marfil me suplicaba que la recorriera, acariciara y pellizcara con las manos.

Le enterré una mano en ese maldito pelo tan precioso y la otra entre las piernas. Estaba muy mojada. Había comenzado a tocarla hacía sesenta segundos y ya tenía el coño listo para mí. La polla me dio otra sacudida convulsa y sentí que me brotaba una ráfaga de humedad caliente de la punta.

Cometíamos un error. Lo sabía. Pero era incapaz de contenerme.

Gimió contra mi boca y me tiró del pelo con una mano mientras intentaba quitarme la camisa por los hombros con la otra.

Esa vez quería ir más despacio. Pero la ira y el deseo se habían combinado en un cóctel de adrenalina que me recorría las venas.

—Será mejor que lleves un condón en alguna parte del cuerpo —comentó, y me mordisqueó el labio inferior.

Con un gruñido, me incorporé y saqué la cartera del bolsillo de los pantalones.

—Ay, menos mal —respiró aliviada cuando hice aparecer el paquete envuelto y lancé la cartera en dirección a la mesita del comedor.

Me bajó los pantalones hasta los muslos mientras yo abría el envoltorio. Estaba de rodillas entre sus piernas y ella tumbada debajo de mí como un sacrificio.

—Es la última vez —dije, tanto para que le quedara claro a ella como a mí.

—Sí, sí, sí —coreó, y me agarró el pene palpitante con la mano. Sloane me arrancó el condón de la mano y me lo deslizó por la erección.

—Qué impaciente —le dije con un gruñido.

Se me empezó a oscurecer la vista cuando me agarró la base del pene y apretó.

—Es la última vez —repitió—. Lo mejor es acabar con esto cuanto antes.

Iba a arruinarle la experiencia con sus futuras parejas. Era mi nuevo objetivo en la vida.

Le tiré de los tirantes finos de la camiseta y se los bajé por los hombros, en un esfuerzo por no romperle las tiras. Luego, con un tirón rápido, le descubrí los pechos que sabía que se me aparecerían en sueños durante el resto de mi vida.

—Venga, Lucian. ¡Va! Por favor, cariño —suplicó.

No podría haber parado ni aunque hubiera querido. No después de saber lo que me esperaba entre sus piernas.

Guie la cumbre hinchada hasta su entrada brillante, la coloqué en su sitio y, con una embestida sencilla, me adentré en su interior.

Gritó y yo emití un gemido gutural.

No la había preparado. No le había suavizado el sexo con preliminares y provocaciones. Había entrado a la fuerza y ahora se aferraba a mí con tal intensidad que me dejaba sin respiración.

—Respira, nena —le dije con los dientes apretados—. Tienes que relajarte. —Si no se relajaba, yo haría el ridículo.

Abrió los párpados y me miró fijamente desde abajo con esos ojos verde jade.

—Ni se te ocurra contenerte —me pidió.

Le posé los labios sobre el cuello.

—Tienes que relajarte. Hazme hueco, duendecilla.

—Odio que me hagas sentir tan bien, joder.

Casi hizo que sonriera a pesar de la agonía que sentía al quedarme quieto.

Retrocedí unos centímetros y me deleité al sentir cómo me deslizaba por su piel suave y resbaladiza contra la mía.

—Y lo odiarás todavía más cuando me tengas entero.

Me subió las piernas hasta la cintura, y apretó. El gemido que soltó fue como una tortura exquisita para mis oídos.

—Y yo que pensaba que Lucian Rollins tomaba a la fuerza todo lo que quería.

—No quiero hacerte daño —le recordé.

—Pues compláceme —me ordenó. Dicho eso, me rodeó con los brazos y me clavó las uñas en las nalgas.

—Joder.

La embestí, esa vez más adentro, y la sujeté por las caderas para que no se apartara de mí.

—Así, sí.

—Casi —respondí con voz áspera.

—Más. Todo. Por favor —me suplicó.

Retrocedí hasta casi la punta y después me volví a adentrar con una embestida violenta. Sus músculos tensos lucharon contra la invasión durante un instante agonizante, pero después algo cedió e introduje el último centímetro en casa.

Era embriagador. Era como si hubiera vuelto a encontrar el camino hacia el paraíso. Se aferraba a mí con una fuerza tensa y mojada que era mejor de lo que había experimentado nunca. A pesar del desenfreno de la noche anterior, notaba las pelotas tan tensas que me dolían. Y había apretado el culo con fuerza, listo para follar. Tenía todo el cuerpo rígido por el deseo de moverme.

Conseguí abrir los ojos para asimilarlo todo.

La tenía sujeta contra el sofá. Se le crispaban las piernas sin parar alrededor de mis caderas. Notaba las cumbres suaves de sus pezones mientras se movían contra el vello de mi pecho. Quería volver a probarlos, volver a probarla. Quería enterrarme en ella hasta que dejara de desearla.

—¿Estás bien? —La pregunta sonó como un gruñido cabreado.

—Muy bien. De maravilla —gimoteó.

Era lo único que necesitaba oír.

—No tendrías que haberte ido —comenté. Me deslicé hacia fuera y apreté los dientes al sentir el roce delicado de sus músculos. Era como si su cuerpo, que había rechazado mi entrada, ahora luchara para mantenerme dentro.

Puntué la acusación con varias embestidas bruscas. Sus pechos grandes y redondos rebotaban cada vez que me introducía en ella hasta el fondo.

—Podríamos estar haciendo esto en una cama —la reprendí.

—Tu desempeño en el sofá no está tan mal —jadeó.

—Me has hecho conducir hasta aquí para apropiarme de ti y de tu bonito coño otra vez —gruñí.

—Nadie te ha pedido que malgastaras la gasolina. —Sus paredes internas se estremecieron a mi alrededor. Al parecer, a mi pequeña bibliotecaria le gustaba que le dijera guarradas.

Agaché la cabeza para lamerle un pezón y después el otro. Tembló debajo de mí y arqueó la espalda. El gesto hizo que las tetas quedaran bien expuestas para mí.

Me la follé una y otra vez y apoyé el pie en el suelo para impulsarme y hacer tanta palanca como pudiera.

—¡Sí! Más, quiero más —coreó.

Era como si me suplicara que la rompiera.

—Dios, odio que se te dé tan bien —gimió.

—Cállate y aguanta mi polla como una buena chica —le ordené.

Con eso bastó. Noté cómo la golpeaba el orgasmo, que ya me resultaba familiar. Sabía que nunca olvidaría lo que era que Sloane Walton se derrumbara gracias a mí.

Esas paredes resbaladizas y estrechas se cerraron sobre mi erección palpitante mientras la penetraba con ella. La explosión de olas de su sexo me exprimía el miembro e hizo que se me nublara la vista. Odiaba el látex que nos separaba. Odiaba con toda mi alma esa barrera, como si me alejara de algo que había estado esperando toda la vida.

Me quedé dentro de ella, le enterré el rostro en el cuello, la agarré del pelo y me obligué con todas mis fuerzas a no correrme mientras ella se retorcía debajo de mí y ondeaba a mi alrededor.

Había sido la última vez, y no había tenido suficiente.

—Por favor, no te corras todavía —sollozó, y se sacudió debajo de mí, usando mi cuerpo para prolongar su orgasmo con descaro.

—¿Por qué? —le pregunté con severidad. Tenía los testículos tiesos, apretados. Necesitaba aliviarme.

—Quiero más —confesó.

—Maldita sea —murmuré. Empezaron a resbalarme gotitas de sudor por la frente y la espalda mientras luchaba por contenerme. Mientras trataba de no sucumbir al deseo. Me quedé allí, enterrado hasta el fondo, hasta que los temblores de su cuerpo pasaron a ser por fin estremecimientos delicados.

Se aferraba a mí como si fuera su salvación. Le vibraba todo el cuerpo a causa del orgasmo.

—¿Sigues queriendo más? —gruñí.

Abrió los ojos de golpe.

—Sí —respondió sin vacilar.

—Pues pídemelo bien.

Curvó los labios desmaquillados en una sonrisa de satisfacción y complicidad muy femenina. Se le crisparon los músculos por instinto alrededor de mi pene palpitante. Sí, a Sloane Walton le gustaba hablar sucio.

—Por favor, quiero que me folles con tanta fuerza que no me quede otra opción que pensar en ti y en esa polla tan magnífica cada vez que tenga que sentarme mañana en el trabajo.

Cerré los ojos y apreté la mandíbula. Quería que ocurriera. Quería saber que pensaba en mí, que recordaba cómo la había hecho sentir.

Me aparté de ella y el mohín que hizo con el labio inferior hizo que me doliera el pene.

—¡Oye! —protestó.

Pero se calló en seco cuando la arrastré hasta el borde del cojín. Quería sentir su piel contra la mía, así que me sacudí la camisa y le coloqué las piernas sobre mis hombros.

—Madre mía. —Empezó la frase con un gemido y la acabó con un chillido amortiguado cuando le pasé la lengua entre los pliegues resbaladizos. Sabía a secretos y a verdad, y me volví adicto de inmediato.

Le temblaron los muslos al lado de mis orejas.

—Abre —le ordené, y la provoqué con las yemas de dos dedos.

—Lucian —suplicó.

—Nena, abre las piernas. Deja que te pruebe.

La docilidad complaciente con la que respondió me subió directamente a la cabeza y fue directa al pene. Relajó los muslos y abrió las piernas sobre mis hombros.

Al parecer, la única forma de hacer que Sloane Walton hiciera lo que le pedía era tenerla al borde del orgasmo.

—No hagas que me arrepienta de esto —siseó. Se había tapado los ojos con las manos, así que no vio la sonrisa diabólica que esbocé cuando le introduje los dedos. Su cuerpo respondió de inmediato: me clavó los talones en la espalda, se le tensaron los muslos y apretó el vientre. Se le subieron los pechos tan grandes y perfectos y formó una O tentadora con los labios desmaquillados.

—Relájate —la urgí, y doblé los dedos dentro de su canal mojado.

Se le escapó un grito suave y la tensión volvió a abandonarle las piernas poco a poco.

Me aproveché de la oportunidad que se me ofrecía y me lancé de lleno entre sus piernas. Le lamí el clítoris al mismo tiempo que le introducía los dedos. Era preciosa.

Se había puesto rígida otra vez, pero me dio igual porque tenía acceso a todo lo que necesitaba. La ataqué con la lengua y la acaricié y provoqué con ella mientras le metía y sacaba los dedos. Se estremecía debajo de mí y me clavaba las uñas en los bíceps mientras la sujetaba para que no se moviera.

No tenía bastante de su sabor, quería probarla mientras se corría. Quería probar el sabor de su rendición.

—Córrete para mí —le gruñí contra el sexo.

Soltó un gemido y se retorció como si tratara de liberarse de mí.

—No quiero que se acabe.

No sabía lo que decía. Me dije a mí mismo que no lo decía en serio. Simplemente habíamos dejado atrás ese momento en el que podía insultarme cómodamente mientras me la follaba. Nos había hecho ir demasiado lejos.

—¿Qué quieres decir? —le pregunté sin aflojar el ritmo con el que le metía los dedos.

—¿Qué… qué pasa si no quiero que sea la última vez?

Noté como si algo grande y brillante se me alojara en el pecho.

—Entonces haré que te sigas corriendo hasta que nos cansemos. —No sabía si era una promesa o una amenaza, pero lo decía en serio.

—¿Lo dices por decir? ¿Te estás quedando conmigo?

—No me estoy quedando contigo, no te mentiría mientras follamos —señalé.

Cerró los puños sobre el cojín.

—Ay, Dios, no aguanto más.

—Ni se te ocurra aguantarte, joder. —Para asegurarme de que no lo hiciera, añadí un tercer dedo al canal apretado y le separé los labios del sexo con la otra mano. Le encontré el clítoris hinchado con la lengua con precisión milimétrica.

Gritó mi nombre mientras se le tensaba el cuerpo. La tensión que sentía aumentó hasta límites dolorosos y se me apretaron las pelotas y el pene. Y entonces se corrió: su precioso cuerpo utilizó la boca y los dedos para robar todo el placer que ansiaba. Se desbordó sobre mí y noté el sabor a gloria de su rendición.

Quería que dijera mi nombre otra vez. Quería oír ese gemido entrecortado con su voz ronca.

Pero se desplomó debajo de mí como si su cuerpo estuviera hecho de cera derretida.

—¿Estás bien? —le pregunté, y me acerqué a ella para comprobarlo.

—No, nunca volveré a estar bien.

—Nena. —La sacudí con cuidado.

Abrió un ojo verde travieso y arqueó la ceja.

—Ahora me toca a mí.

Tenía que reconocer que me había pillado por sorpresa. Me había puesto la mano sobre la erección antes de que me diera cuenta de que no estaba a punto de desmayarse.

Fue tan repentino que casi me corrí en su mano.

La agarré por la muñeca y sentí que me pulsaba el pene.

—No —respondí.

—Tú ya me lo has hecho dos veces. Ahora me toca a mí —insistió.

—No —repetí.

—¿Por qué no? —Me apretó más el miembro con picardía.

Para distraerla y darme lo que necesitaba, le di la vuelta y la puse de rodillas en el suelo, delante del sofá.

—Porque vas a estar muy ocupada mientras te follo —le respondí, y le empujé la cabeza y los hombros contra el sofá. Me arrodillé detrás de ella, le separé las piernas y le ajusté las caderas hasta que conseguí alinear la punta de la polla con su sexo húmedo.

El mínimo roce con ese paraíso cálido y tenso hizo que tuviera que recurrir a todo mi autocontrol.

—¡Por favor, Lucian!

Ahí estaba. Mi nombre en sus labios, suplicándome que le diera algo que solo yo podía darle. Empujé hacia delante y le introduje el miembro hasta el fondo con solo una embestida.

Su grito quedó amortiguado por el cojín. Le recorrí la espalda, los hombros y los brazos con las manos mientras esperaba a recuperar el control.

—Agárrate, nena —le advertí.

Me aparté con cuidado y luego la agarré por las caderas para volver a embestirla con fuerza.

Se le estremeció el cuerpo a mi alrededor cuando le acaricié ese punto secreto. Joder, ¿cómo era posible que estuviera lista para correrse otra vez? Su cuerpo era un puto milagro. Mi puto milagro.

Le deslicé las manos hacia arriba para agarrarla de los pechos voluminosos y los usé para sujetarme al empezar a embestirla. No se los solté mientras le follaba el sexo húmedo y estrecho.

—Madre mía —coreó.

Estaba lista para correrse, lo único que necesitaba era un poquito de presión en el punto exacto. Me encantaba estar a cargo de su placer, decidir cuándo y cómo. Era mucho más estimulante que cualquiera de los logros que había obtenido en mi vida.

Me incliné sobre ella, apoyé mi peso sobre su espalda y arremetí con fuerza, hasta el fondo. Le solté un pecho y le metí la mano entre las piernas. Se puso rígida debajo de mí.

—Lucian…

—Qué buena chica —la elogié—. Siempre estás preparada para mi polla, ¿a que sí?

—Lo que quiero es meterme ese pene tan mágico en la boca —respondió, y sonó adorablemente contrariada.

Le encontré el clítoris y le tiré con fuerza del pezón a la vez que le enterraba la polla hasta el fondo e inclinaba las caderas más y más arriba. Ella no podía hacer nada más que aceptar lo que yo le ofrecía y la sensación se me subió a la cabeza, a los testículos, al maldito corazón.

—Córrete, duendecilla. Córrete en mi polla hasta que duela.

—Sí, Lucian, sí —chilló de forma entrecortada.

Fue música para mis putos oídos. Y después hizo exactamente lo que le pedía.

Esa vez, cuando se derrumbó y empezó a convulsionar alrededor del miembro, no luché contra el ansia abrumadora de dejarme llevar. Dejé que su sexo tembloroso me llevara al orgasmo. Eyaculé con ferocidad, fue un estallido abrasador que deseé que ella pudiera sentir. Mientras expulsaba la siguiente tanda de semen y la siguiente, pensé en lo que sentiría si no hubiera barreras entre nosotros.

—¡Lucian! —Se retorció contra mí y volvió a correrse, o siguió haciéndolo, cuando mi placer hizo estallar el suyo.

—Esa es mi chica —respondí mientras me vaciaba en su interior e imaginaba una vida en la que fuera mía y yo fuera suyo.

CAPÍTULO VEINTICUATRO

NEGOCIACIONES DE PAZ Y SÁNDWICHES DE QUESO FUNDIDO

SLOANE

—No me estoy acurrucando contigo —murmuré en el cuello de Lucian—. Es que no me funcionan los brazos ni las piernas.

Estaba desnuda y espatarrada sobre su cuerpo divino después de tantas horas y orgasmos que ya no me importaba nada, excepto la polla de Lucian y el placer infinito que me otorgaba.

Me dio un cachete sonoro en el trasero.

—Ay.

—Pues a mí sí que me funcionan las extremidades —respondió con suficiencia.

Las extremidades y ese pene sobrehumano que seguía semirrígido y llevaba puesto el último condón que tenía en casa.

Levanté la cabeza y eché un vistazo a mi alrededor.

—Ah, bien. Veo que por fin hemos llegado a mi habitación.

Tiró de mí hacia abajo y me sostuvo contra su pecho, pero no sin que alcanzara a ver la sonrisa sincera que se le dibujó en ese rostro tan bonito. Decidí que, después de los siete orgasmos que me había provocado, podía concedérselo.

Si no recordaba mal, Lucian había sido cariñoso de adolescente. Se acurrucaba conmigo en esta misma cama y jugaba con mi pelo o me acariciaba el hombro o la espalda. Se había entregado a todos los abrazos, palmaditas en la espalda y apretones en el hombro que mis padres le habían dado con una sonrisa triste. Como si anhelara el contacto físico, pero no quisiera que se le notara.

Me dolía el corazón de pensar en aquel chico que había merecido mucho más.

Me pasó una mano por el pelo de modo que los mechones me cayeron por la espalda y noté que se me humedecían los ojos. En mi cerebro volvió a cundir el pánico.

Eso había sido lo que me había impulsado a salir de la habitación del hotel, que yo había reservado, después de cuatro orgasmos y menos de dos horas de sueño: darme cuenta de que confundía nuestra situación sin compromiso del presente con los sentimientos del pasado.

Ninguno de los dos era la persona que habíamos sido por aquel entonces. No podía dejar que lo que sentí por el Lucian adolescente se enredara con lo que claramente solo era algo físico.

Algo muy físico.

—¿Lo hacemos otra vez? —pregunté con indiferencia, con la esperanza de que no se me notara que tenía el cuerpo agotado y molido.

Lucian suspiró.

—Por mucho que me duela admitirlo, duendecilla, me has superado. Voy a necesitar hielo, un cubo de ibuprofeno y una siesta de cuatro horas si quieres que haya otra última vez.

—Pringado —murmuré contra su cuello—. Yo ya vuelvo a estar lista.

—Mentirosa.

Me tiró del pelo hasta que levanté la mirada hacia él.

—Vale, como quieras. Pues vuelvo a tener náuseas ante la idea de acostarme contigo —bromeé.

—¿Significa eso que ya hemos acabado? —Volvió a su actitud precavida de antes. Y esto fue, si cabe, mucho peor después de haber presenciado cómo era en tantos momentos orgásmicos y con la guardia baja.

Me encogí de hombros.

—Eso creo. Supongo que podría darte de comer antes de mandarte a freír espárragos.

Justo en ese momento, a Lucian le rugió el estómago. Fingí que ahogaba un grito.

—No sabía que los vampiros podían tener hambre.

Se abalanzó sobre mí y me rozó el cuello con los dientes.

—Quédate quieta, vas a ser mi aperitivo de tamaño humano.

Se me escapó una risita y volví a derrumbarme sobre él. Un Lucian juguetón era como una criatura completamente nueva para mí. Como Edward después de que Bella descubriera su secreto en *Crepúsculo*. Solo que yo no había descubierto el secreto de Lucian, solo me había acostado a más no poder con él.

Sus caricias se volvieron más delicadas.

—Tienes una risa preciosa.

Volví a incorporarme y fruncí el ceño.

—Vale, oficialmente deliras. Venga, necesito comer y electrolitos porque me has deshidratado por la vagina.

—Tengo agujetas en el pene. Como las que tienes al día siguiente del día de piernas en el gimnasio —se quejó mientras se levantaba de la cama a gatas.

Me puse una bata azul con margaritas mientras Lucian se ponía los calzoncillos en un gesto rápido. Se miró la camisa con una mueca. Le faltaban unos cuantos botones y tenía una mancha húmeda de dudosa procedencia en la manga.

—Espera. —Entré en el vestidor cojeando y localicé la sudadera que buscaba—. Toma —dije, y se la lancé.

La atrapó al vuelo y su mueca dio paso a un ceño fruncido.

—¿De quién es? —preguntó, y levantó la sudadera de la Universidad Estatal de Pensilvania de talla extragrande.

—Es mía —respondí.

—¿De quién era?

—De un exnovio. Salimos durante un par de meses cuando me gradué y empecé a trabajar en Hagerstown. Era profesor de estudios sociales.

—Blake. —Pronunció el nombre como si fuera un insulto.

Arqueé una ceja.

—¿Sabes?, una Sloane insatisfecha te tomaría el pelo por acordarte del nombre de mi exnovio de hace quince años, pero la Sloane satisfecha está demasiado cansada y hambrienta como para empezar una pelea.

Me lanzó la sudadera.

—No pienso ponérmela.

—Pues tú te lo pierdes. Es muy cómoda y te quedaría bien.

Lucian recogió la camisa de vestir destrozada y pasó los brazos por las mangas con terquedad.

—Seguro que piensas en él cada vez que te la pones.

—Con mucho cariño —respondí, con la intención de añadir algo de leña al fuego—. Venga, me muero de hambre.

Menudo cuadro el nuestro, ambos mientras bajábamos las escaleras dando traspiés y cojeando en dirección a la cocina.

Miau Miau nos lanzó una mirada de odio crítica desde el centro de la isla, donde estaba sentada sobre una manopla. Se le movió la punta de la cola.

—Eso es muy antihigiénico —observó Lucian.

—Pues menos mal que no piensas pasar mucho tiempo en esta casa, porque lo más seguro es que todas las superficies planas hayan estado en contacto con el culo de un gato —respondí, y le rasqué las orejas a la gata antes de abrir la puerta de la nevera.

—¿Cómo se llama?

—Se llama Miau Miau.

—Qué nombre tan poco imaginativo.

—Su nombre oficial es *lady* Miauington —repliqué, y abrí el cajón donde guardaba el queso.

—Es peor todavía. Estoy horrorizado, se te da fatal poner nombre a las cosas.

—Los gatos se ponen el nombre a sí mismos. Empiezas con un nombre oficial y con los años va derivando en motes a los que contestan. *Lady* Miauington solo responde a Miau Miau o bien «Oye, chiflada». —Levanté la mirada y vi que Lucian observaba a la gata mientras esta se dedicaba a limpiarse la barriga.

Miau Miau era un bulto peludo de desdén. Mi rollo de una noche, sin embargo, en ropa interior y con la camisa abierta, con el pelo enmarañado y ojos soñolientos, era indudablemente exquisito. Sabía que era guapo. Incluso terriblemente atractivo. Pero nunca me había permitido mirarlo de verdad.

Pero ¿ahora que lo había observado bien? Necesitaría algo de alcohol además del tentempié postcoital.

Levanté dos lonchas de queso.

—¿Te apetece un sándwich de queso fundido?

Lucian hizo una mueca.

—Comes como una cría.

—Te voy a hacer el mejor sándwich de queso fundido que has probado en la vida y después te daré permiso para que me hagas un masaje en los pies mientras ruegas que te perdone.

—Aprieta un poquito más en el puente, lacayo —le ordené.

Lucian me clavó los pulgares con más fuerza en la planta del pie.

—Tienes unos pies diminutos. ¿Cómo caminas con estas cosas?

—Eres muy raro después de un maratón de sexo y queso fundido. —Di otro bocado victorioso a mi maravilloso sándwich de pollo y queso fundido al estilo Búfalo. El plato de Lucian estaba vacío. Se había zampado el bocadillo con mucho afán y miraba con deseo a la mitad que me quedaba a mí.

Puse los ojos en blanco, partí el trozo en dos partes y le entregué uno.

Dejó caer mi pie sobre el regazo y se abalanzó sobre el sándwich.

Habíamos acampado en el salón de la parte trasera de la casa, junto a la cocina, para comer y ver reposiciones de *Juzgado de guardia*. Le dije que era porque la televisión era más grande, pero, en realidad, era porque no quería que nadie viera a Lucian Rollins por la ventana y se lo contara a todo el pueblo. Compartir esta catástrofe con los demás no era una opción.

Mientras Bull le contaba un chiste al juez Harold T. Stone, se oyó un golpe dramático a nuestras espaldas. Giré la cabeza sobre el cojín y vi que la gata pavoneaba el pelaje frondoso por la mesa que había detrás del sofá.

—¿Qué está haciendo el bicho? —preguntó Lucian, que giró la cabeza.

—Es una gata. E intenta que te sientas incómodo.

Miau Miau se había sentado justo detrás de él y le miraba la nuca fijamente.

—Pues funciona.

—No le gusta la gente —le expliqué—. Solo deja que la acariciemos mamá y yo. Y papá era el único que podía sujetarla en brazos, y solo si se quedaba muy quieto.

—Noto cómo me clava los ojos en la nuca —protestó, y se acercó más a mí, removiéndose sobre el cojín. Me apoyó el muslo desnudo contra la rodilla y el peso reconfortante de su hombro contra el mío. Era lo que hacían las parejas. Se acostaban una mañana de domingo y después se acurrucaban en el sofá con comida basura a ver sus programas antiguos favoritos.

Pero nosotros no éramos pareja. No éramos más que un error. Un error atractivo, *sexy* y abrumador.

—No le hagas caso. Es tan vaga que nunca se tomaría la molestia de saltarte a la cabeza solo para morderte y arrancarte la cara a zarpazos —le prometí en tono alegre.

—Me quedo más tranquilo —respondió con ironía.

Tomé el plato vacío de Lucian y lo dejé sobre la mesa que tenía detrás. Miau Miau lanzó una última mirada de reproche a la nuca de Lucian antes de deambular tranquilamente para investigar las migajas. Satisfecha con que lo que comíamos fuera de mala calidad según sus estándares, se lanzó al suelo y se alejó.

Lucian apoyó el brazo en el respaldo del sofá, detrás de mí.

¿Lucian Rollins intentaba acurrucarse conmigo? ¿Es que acaso le había causado una conmoción cerebral cuando le había golpeado la cabeza contra el respaldo de la cama accidentalmente mientras cabalgaba sobre su cuerpo?

El público del estudio irrumpió en carcajadas por el flirteo de Dan Fielding con Christine Sullivan. Todo aquello era tan normal, algo impropio de nosotros. Justo lo que quería... con un hombre diferente, claro, y con un par de críos en la mezcla. Lucian siempre había deseado algo distinto. No podía evitar preguntarme si todo lo que él había querido (la riqueza, el poder, la habilidad de aplastar a sus enemigos con un movimiento de la muñeca) no eran más que un reemplazo de lo que creía que nunca tendría.

—A tu padre le encantaba este capítulo —musitó Lucian mientras yo devoraba el último cuarto del sándwich de queso.

—Es verdad —coincidí, y puse el plato vacío sobre el suyo—. Ahora que tu pene ha invadido mi vagina en varias ocasiones, creo que deberías decirme por qué te llevas tan bien con mis padres. Ay, Dios —me erguí—. Dime que no has tenido una aventura con mi madre.

—No he tenido una aventura con tu madre —respondió en tono seco.

—¿Entonces qué clase de relación tienes con ella?

Suspiró y puso el capítulo en pausa.

—Tus padres me ayudaron a superar un momento muy difícil de mi vida. Se lo debo.

—¿Así que tienes una especie de sistema de puntos y una vez hayas llegado al número apropiado de tics desaparecerás de la vida de mamá?

—Te pareces mucho a tu padre —respondió, aunque no sonó como un cumplido.

—¿En qué sentido? —insistí, impaciente por encontrar otra conexión con el hombre al que tanto echaba de menos.

—Nunca te rindes, incluso cuando deberías.

—Contigo nunca se rindió —le dije con suavidad. Pero yo sí. Aunque no es que hubiera tenido otra opción.

—No todo el mundo cuenta con el optimismo desenfrenado e ilusorio que Simon Walton aportaba a este mundo.

Suspiré contra el hombro ancho de Lucian. Puede que hubiera heredado la tenacidad de mi padre, pero el gen del optimismo ilusorio me había pasado de largo.

—Era único en su especie —coincidí.

Nos quedamos en silencio durante un buen rato, mirando fijamente las caras inmóviles de la pantalla de la televisión.

—No me creo que Ansel esté muerto —dije al final.

Lucian se tensó a mi lado, como si hubiera apretado un botón para que volviera a construir los muros a su alrededor y cerrara la puerta de su castillo.

Le puse la mano en el muslo y apreté.

—Espera, antes de que dé comienzo la ronda de Lucian contra Sloane número dos millones, hagamos un alto al fuego temporal y negociemos la paz.

Bajó la mirada hacia mí con una expresión entre divertida e irritada.

—¿Negociar la paz? ¿Por qué las mujeres sentís la necesidad de hablarlo todo hasta la saciedad?

—Si cierras el pico, te lo explicaré. No voy a admitir que llevo tiempo preguntándome cómo sería el sexo contigo.

—Me dedicó una mirada hambrienta y levanté un dedo—. ¡No! Todavía nos estamos recuperando, si nos atacamos ahora te harás un esguince en el pene o yo perderé la sensibilidad por debajo de la cintura.

—Estoy dispuesto a arriesgarme.

Me incorporé hasta ponerme de rodillas y me coloqué frente a él.

—Cierra el pico, señor calentorro. Lo que sugiero es que, dado que ya hemos satisfecho la curiosidad que teníamos con estas aventuras sexuales de una noche, ¿qué te parece si hacemos lo mismo con todas las preguntas de las que siempre hemos querido obtener respuesta?

—No.

Hice un puchero.

—Ni siquiera has considerado la oferta. Ha habido muy poca negociación de paz por tu parte.

—No me mires así.

Con el presentimiento de que iba a ganar de manera inminente, intensifiqué la mueca, le puse ojitos tristes y me senté a horcajadas sobre él.

—Venga, grandullón. Nos hemos explorado en la cama y hemos sobrevivido. ¿Por qué no podemos soltar un par de bombas de verdad sin consecuencias antes de volver a la normalidad y dejar de hablarnos para siempre?

Su rostro atractivo de pómulos poéticos y ojos tempestuosos no reflejó nada, pero el pene no dudó en expresar sus sentimientos debajo de mí.

—No descarto ahogarte con un cojín para que dejes de molestarme —me advirtió.

—No lo harías. ¿Por favor?

Me puso las manos en las caderas y dejó caer la cabeza contra el cojín.

—Si digo que sí... —Me contoneé victoriosa en su regazo y él se aferró a mí con más fuerza y apretó los dientes, por lo que se le marcaron los pómulos todavía más—. Compórtate. Quiero establecer condiciones.

Le deslicé las manos por debajo de la camisa abierta y las apoyé en la piel cálida y firme de sus hombros.

—Soy toda oídos.

—Nunca eres toda oídos, siempre vas directa a lo que te interesa.

—Oh, venga ya. ¿No tienes ni un poquito de curiosidad por saber algunas cosas? —insistí.

Clavó la mirada de acero sobre la mía y supuse que trataba de averiguar mi objetivo.

—Solo creo que, como hemos aclarado las cosas sexualmente, ¿por qué no las aclaramos del todo? Podemos acabar el día sin ninguna carga. Sería como abrir un quiste con un bisturí.

—Has usado una metáfora muy atractiva —respondió Lucian con ironía.

—Venga —traté de persuadirlo—. Admite que tiene sentido.

Sabía cómo ganarme la confianza de los sospechosos gracias a *Becoming Bulletproof,* la obra de la exagente especial del Servicio Secreto Evy Poumpouras. Hacía más o menos un año, había empezado un club de lectura secreto y extraoficial para alumnos nuevos del instituto que lo estuvieran pasando mal por sentirse inadaptados e impopulares. Leíamos un montón de libros de autoayuda y no ficción sobre relaciones interpersonales y no me importaba hacer uso de un poco de manipulación psicológica cuando la situación lo requería.

—No me parece buena idea —respondió.

Reboté victoriosa en su regazo.

—Pero sabes que tengo razón. Podría suponer, por fin, un borrón y cuenta nueva, grandullón.

—Las cuentas nuevas son para nuevos comienzos.

—Uf, como quieras. Pues podría ser nuestro punto final.

—Si acepto —empezó, y detuvo mis movimientos con las manos—, tienes veinte minutos y después cerrarás el pico y te quitaré la ropa.

Arqueé una ceja.

—Creía que ya habíamos acabado.

—¿Tienes algo mejor que hacer esta tarde?

—No. —Sonreí de oreja a oreja.

—Veinte minutos —repitió.

Me levanté a toda prisa de su regazo, me apoyé contra el brazo del sofá y me abracé a un cojín con fuerza.

—Empiezo yo. ¿Cómo lo haces para mantener la barba así? ¿O es un truco de magia de ricos en el que te despiertas, te miras en el espejo y ordenas a tu vello facial que haga lo que quieras?

La cara con la que me miró no tuvo precio.

—¿Puedes preguntarme cualquier cosa y quieres saber cómo me cuido la barba?

Me encogí de hombros.

—Solo es el calentamiento antes de ir a por lo que me interesa de verdad.

—Ya me estoy arrepintiendo.

—¿Alguna vez has sentido algo por Knox o Nash?

La pregunta de Lucian me tomó por sorpresa. Básicamente, nos habíamos estado lanzando pelotas de *softball* de un lado para otro, formando parte de un baile delicado y esquivando los campos de minas de nuestro pasado.

—Eh, sí —respondí de manera rotunda.

—¿Cuándo? —preguntó, y apretó más la mano con la que me sujetaba el pie.

—Pues más o menos cuando cumplí los catorce y se volvieron atractivos de repente.

—¿Y Naomi y Lina saben que deseas a sus hombres?

—Sí, están acostumbradas. Cualquiera a quien le gusten los hombres atractivos va detrás de esos dos. —Me reí cuando vi que parecía malhumorado—. Oh, venga ya. Tú no estás fuera de la ecuación. He visto a mujeres chocarse contra puertas de cristal solo por intentar verte mejor.

Gruñó.

—Mi turno. ¿Por qué no me dejas hacerte una mamada? —La carcajada con la que respondió me sobresaltó—. ¿Es que el sexo oral te parece una broma? —le pregunté.

—Al contrario, me lo tomo muy en serio.

Mis partes nobles lo sabían personalmente. Le di unos empujoncitos con el pie.

—Explícate, Lucifer.

—Me gusta tener el control —afirmó, como si eso lo respondiera todo.

—Puedes tener el control durante una mamada.

—No lo suficiente. —Bajó la mirada a mis labios.

—Está claro que no has experimentado el sexo oral bueno. Estaré encantada de demostrártelo en… —Eché un vistazo al reloj de la repisa de la chimenea—. Siete minutos.

—Paso.

—Aguafiestas. Dado que ha sido una respuesta muy aburrida, te haré otra pregunta. ¿Te has tapado todas las cicatrices con tatuajes?

Lucian me miró fijamente durante mucho rato. Me pregunté si había ido demasiado lejos.

—Sí —respondió al final.

—¿Por qué?

—Porque prefiero tener marcas en el cuerpo que haya elegido yo.

Asentí. Tenía sentido. Era como si se estuviera reescribiendo el pasado en la piel, literalmente. Me sorprendió cuando alargó la mano y me agarró por la muñeca. Le dio la vuelta y me examinó las cicatrices grisáceas que me habían quedado.

—Con un buen cirujano plástico podrías hacerlas desaparecer.

Sonreí con suficiencia.

—No sé, creo que me hacen parecer una tía dura. Me recuerdan lo valiente que fui una vez.

Se aclaró la garganta y me soltó la muñeca.

—¿Has conocido ya a tu futuro marido? —me preguntó para cambiar de tema.

Cerré los ojos.

—Oficialmente, he tenido la mejor cita desde que empecé la búsqueda.

—¿Y? —insistió.

—Pues que el hecho de que fuera la mejor no significa mucho cuando la comparas con el resto de citas catastróficas. Es majo. Quiere tener hijos. Y no hubo chispas entre nosotros. Casi me quedé dormida encima de la sopa mientras me hablaba de la última temporada de la liga de fútbol *fantasy*. Pero quizá en eso consiste el matrimonio. Una relación sin chispa que se basa en lo que podéis llevar a cabo juntos.

—¿Eso es lo que crees que tienen nuestros amigos? ¿Relaciones sin chispa? —preguntó Lucian, y se le curvaron ligeramente las comisuras de los labios.

—No —suspiré—. Mis amigas han conseguido domar al unicornio. —Cuando vi su expresión en blanco, continué—: Ya sabes, han encontrado esa clase de amor ardiente, de esos de «No he sido la mejor versión de mí mismo hasta que te conocí», «Quiero que todos tus sueños se hagan realidad» y «Todavía te miro cuando sales de la habitación» que duran toda la vida.

—Y tú también quieres encontrar un unicornio —adivinó Lucian.

—¿Y quién no? Excluyendo a la compañía presente, por supuesto.

—Por supuesto.

—Sí, quiero al unicornio —admití.

—Pues entonces lo conseguirás.

Levanté la mirada hacia él, pero no vi nada que indicara que se estuviera burlando de mí.

—¿De verdad lo crees?

Puso los ojos en blanco.

—Sloane, dime algo para lo que hayas trabajado y que no hayas conseguido.

El hombre llevaba algo de razón. A excepción de la salud de mi padre, todo lo que me proponía al final acababa cumpliéndose.

—Gracias —respondí—. Dime una de las cosas por las que mi madre te estaba dando las gracias en el funeral.

Permaneció callado.

—Tal y como indican las reglas, no tengo permitido tenértelo en cuenta o echártelo en cara nunca —le recordé.

Me levantó el pie y me aplicó una presión divina en el puente con el pulgar.

—De acuerdo. Los ayudé a encontrar el apartamento.

Era evidente que me ocultaba información.

—Es todo un detalle por tu parte. Pero, para ser honestos, los agradecimientos de mi madre se parecían más a los que le darías a alguien que acaba de salvar a su hijo favorito y no a los que darías a quien te ha enviado una lista de propiedades en venta.

Murmuró en voz baja algo que se parecía mucho a «grano en el culo obstinado».

—Venga, grandullón. Este quiste no se va a abrir solo.

—Eres un incordio enorme —protestó.

—Por Dios, cuéntamelo ya —le dije con impaciencia.

—Vale. Se lo compré yo.

Pestañeé.

—¿Comprar el qué?

—Si vas a obligarme a hablar, lo mínimo que podrías hacer es fingir que me escuchas. Les compré el apartamento a tus padres.

Eso me hizo callar.

—Para ya —espetó. Dejó caer los pies sobre su regazo y me tiró de los tobillos para acercarme más a él.

—¿De hacer qué? —conseguí decir.

—Para de intentar leer entre líneas. No fue nada heroico ni cortés. Solo lo hice para equilibrar la balanza.

—Por el amor de Dios, Lucian. ¿Qué hicieron para que te vieras obligado a pagarles un apartamento carísimo?

—Sloane, tus padres me llevaron a la universidad y me ayudaron a amueblar el primer apartamento de mierda que tuve. Me ayudaron a conseguir trabajo. Me dieron de comer cuando tenía hambre. Vigilaron a mi madre hasta que se mudó. Me sacaron por ahí en mi cumpleaños cada año desde que cumplí los dieciocho. Acudieron a mi graduación de la universidad, se pusieron en pie y me ovacionaron cuando subí al escenario. Me invitaron a ser parte de su familia cuando no podía formar parte de la mía.

Los ojos empezaron a escocerme y se me nubló la vista.

Encontrar el piso perfecto «a buen precio» a solo dos manzanas del oncólogo de papá había sido más que un detalle. Y Lucian se lo había regalado.

—Fue muy generoso por tu parte —comenté con voz áspera.

No me estaba ayudando. Si iba a superar a ese hombre, tenía que centrarme en su lado oscuro y obstinado, no en su minúsculo y oculto corazón de oro.

—No te pongas sentimental —me advirtió.

—No me estoy poniendo sentimental —insistí, incluso aunque se me había entrecortado la voz.

—Tendría que haberte asfixiado con el cojín.

—Gracias —respondí.

—¿Por qué? ¿Por no asfixiarte?

Sacudí la cabeza y luego hice algo que ninguno de los dos habría previsto veinticuatro horas antes.

Lo abracé.

Lo rodeé con los brazos, le enterré el rostro en el cuello y me aferré a él.

—Gracias por lo que hiciste por mis padres.

Intentó zafarse de mí, pero me negué a soltarlo. Al final, dejó de resistirse y me dio unas palmaditas incómodas en la espalda.

—Me gusta más cuando me odias.

—A mí también.

Me estiró de la coleta hasta que lo miré a los ojos.

—Dime la verdad. ¿No hay una parte de ti que desearía haber conseguido esa beca para estudiar medicina deportiva? ¿Tu vida es una especie de premio de consolación?

Me erguí todavía más, desconcertada.

—¿Eso es lo que crees?

—Tenías sueños mejores que todo esto, Sloane.

—Lucian, era una adolescente. También quería casarme con Jerome Bettis de los Pittsburgh Steelers.

—Solo porque fueran sueños de adolescente no significa que no fueran importantes —dijo en voz baja. Ya no me miraba a los ojos.

Me pregunté con qué había soñado el Lucian adolescente antes de que lo obligaran a convertirse en el hombre de la familia.

—La vida que llevo es mejor que cualquier cosa que hubiera podido planear a los dieciséis. O a los veinte. O, joder, incluso a los treinta. Me encanta este pueblo, esta casa. Me encanta vivir cerca de mi hermana y mi sobrina. Todo el tiempo que pude pasar con mi padre y que no habría tenido si me hubiera mudado a la otra punta del país para sacarme una carrera de locos. Ese tiempo tiene un valor incalculable. Me habría perdido muchísimas cosas. No tendría la biblioteca. No conocería a Naomi y Lina. Así que no. No me arrepiento ni por un segundo de que se me estropearan los planes de adolescencia.

—¿Aunque no tengas todo lo que quieres? —insistió—. El marido. Los niños.

—Todavía. No los tengo todavía. Me he construido una vida que se basa en todo lo que quería y he hecho que las piezas encajaran una a una. Eso significa que las piezas que me faltan, la pareja y la familia, tienen un puzle casi completo en el que encajar.

Dejó escapar un suspiro largo, pero no sonó como sus suspiros exasperados habituales. Parecía como si hubiera soltado algo muy pesado que hubiera estado cargando durante mucho tiempo.

—¿Cómo fue? —le pregunté.

—¿Cómo fue qué?

—La semana en que Wylie te tuvo encarcelado.

El silencio fue opresivo. Me sentí como si un manto frío y húmedo hubiera descendido sobre nosotros y nos asfixiara con su peso húmedo.

Me incliné hacia él y le apoyé la cabeza en el pecho para oír el tamborileo regular de los latidos de su corazón.

Tras un minuto, me apoyó las manos en la espalda y empezó a acariciarme lentamente.

—Fueron los seis peores días de toda mi vida.

Absorbí el golpe, lo acepté. Se lo había causado yo. Era la culpable de los peores momentos de su vida.

—¿Por qué? —le pregunté con suavidad.

—Se quedó solo con ella. No había nadie que la protegiera. El agente Winslow lo sabía, o por lo menos lo sospechaba, y pasaba por delante de la casa varias veces durante los turnos. Sé que tus padres también la vigilaban. Pero se puede infligir mucho daño tras unas puertas cerradas.

Tragué saliva para intentar deshacer el nudo que se me había formado en la garganta.

—Sabía que solo era cuestión de tiempo antes de que acabara en una celda junto a la mía —continuó—. Daba igual lo amigo que fuera de la policía. Ni siquiera Ogden lo habría ayudado a encubrir un asesinato. Pero era consciente de que mi vida se había acabado. Cumplí los dieciocho en una celda, sabía que los barrotes y las literas serían mi futuro. Tendría que convertirme en esa clase de persona que sobrevive en una jaula.

Una lágrima caliente se deslizó por mi mejilla.

—Mi seguridad y bienestar estaban a merced de todas esas placas. Muchos de ellos ni siquiera me veían como un ser humano.

«Lo siento». Llevaba las palabras dentro, en la garganta, en la lengua, suplicando que las dejara salir. Pero nunca nos bastarían a ninguno de los dos, y no sabía si eso significaba que no valía la pena decirlas.

—¿Qué es ese zumbido incesante? —preguntó Lucian.

Había dejado los recuerdos atrás mientras yo seguía atrapada en ellos.

—Madre mía, es mi móvil. No lo he mirado desde que has aparecido y te has sacado el pene. —Me levanté del sofá de un salto y corrí hasta la cocina, donde encontré el móvil bocabajo junto a los documentos del caso de Mary Louise—. ¿Veinticuatro mensajes y dos llamadas perdidas?

Lucian apareció en el umbral de la puerta con aspecto de ser la tentación personificada.

—¿Ha pasado algo?

—No lo sé todavía —dije, y me desplacé hasta el principio de la cadena de mensajes.

Naomi: Stefan Liao, ¿de verdad te has echado atrás y no le has dicho a Jeremiah que ves un futuro con él antes de volverte a Nueva York esta mañana, con una excusa del trabajo?

Stef: En primer lugar, una reunión de directores de la junta no es una excusa del trabajo. Y en segundo lugar, sí. Así es.

Lina: Vaya, Stef. No te tenía por cobarde.

Stef: ¡Discúlpame, señorita Manchas de sudor en el vestido de novia!

Lina: Puede que yo tenga los sobacos sudorosos, pero por lo menos ¡SIGO EN KNOCKEMOUT CON EL HOMBRE AL QUE QUIERO!

Naomi: Normalmente me mantengo al margen de los conflictos e intento frenarlos, pero, en este caso, creo que es importante mencionar un caso de estudio: Knox Morgan.

Stef: No estoy haciendo un Knox Morgan. Tenía asuntos de los que ocuparme y eso hago.

Lina: Te has olvidado de ponerle las comillas a «asuntos».

—No ha pasado nada. Solo se están metiendo con Stef porque se ha preparado para dar un paso importante y después ha entrado en pánico y se ha largado del pueblo —le informé.

—¿Qué clase de paso importante? —preguntó Lucian, que abrió uno de los armarios de la cocina y sacó un vaso.

—Quiere mudarse aquí y vivir con su novio atractivo, pero le da miedo admitirlo ante Jeremiah —respondí, y seguí leyendo la conversación mientras Lucian se servía un vaso de agua.

Stef: ¿Dónde está Sloane? Siempre es más divertido meterse con ella que conmigo.

Naomi: ¡Sloane!

Lina: ¡Oye, Sloane!

Stef: No pensaréis que se ha ido a otra cita sin decírnoslo y la han asesinado, ¿no?

Lina: Ahora sí.

Naomi: No contesta al teléfono. Estoy preocupada.

Lina: A lo mejor está en la ducha.

Stef: A lo mejor está en la ducha con alguien.

Naomi: Sloane no se daría una ducha de noventa minutos.

Stef: Querrás decir que no se la daría si estuviera sola.

Lina: Lo más seguro es que esté trabajando y se haya dejado el móvil en el despacho.

Naomi: Recuerdo perfectamente que dijo que hoy tenía el día libre. Chloe le dijo a Waylay que Sloane tenía planes anoche, pero nadie sabe qué clase de planes.

Stef: Con un poco de suerte, estará echando un polvo.

Lina: No sabemos nada de ella desde las 19:13 de ayer. Nadie echa un polvo tan largo.

Sonreí de satisfacción al leer el mensaje de Lina. Giré la pantalla para dejar que Lucian lo leyera.

—Bueno, esa parte no es cierta —comenté con suficiencia.
—Pues será mejor que se lo digas a tus amigos —respondió
él, y señaló el siguiente mensaje.

Naomi: ¿A lo mejor deberíamos ir a su casa?

—Ay, no —dije.

Lina: Nash y yo estamos desnudos, pero podemos ves-
tirnos en unos diez minutos. Intenta llamarla otra vez y
nos vestiremos.

—Mierda —murmuré, y escribí con los pulgares a toda velocidad.

Yo: No hace falta que vengáis. Estoy viva y bien. ¡Solo
he estado ocupada!

—Van a saber qué te ha mantenido tan ocupada —señaló Lucian, y me pasó la mano por la coleta.
—Maldita sea. —Tenía razón—. Les diré que estoy limpiando la casa.
—Naomi se presentará aquí con un camión lleno de productos de limpieza en cinco minutos —predijo—. Piensa en
algo que les parezca desagradable a todos.
—Pues entonces les contaré la verdad. Se quedarán horro-
rizados —bromeé.
Me agarró del pelo con más fuerza.
—¿Prefieres que tus amigos se pasen toda la tarde interro-
gándote o que nos la pasemos follando?

Yo: ¡Me están bombeando la fosa séptica! ¡El olor de
los gases es espantoso! ¿A alguien le apetece venir
para una noche de juegos?

CAPÍTULO VEINTICINCO

NO ME VOY A PONER UN EXFOLIANTE QUÍMICO EN EL PENE

LUCIAN

Era un lunes excepcionalmente gris. El aire reconstituyente de febrero me golpeaba los pulmones como una cuchilla afilada. Me sentía despierto, vivo, listo para recibir el día y destrozar a mis enemigos.

—Buenos días, señor —me saludó el conductor.

—Buenos días, Hank —le respondí al sentarme en el asiento trasero del deportivo—. ¿Qué tal el fin de semana?

Pestañeó.

—Eh, bien, señor. ¿Va todo bien?

—Todo va fenomenal.

—Eso es… bueno. —Cerró la puerta con gesto preocupado.

Saqué el móvil y escribí un mensaje para mandárselo a Sloane.

Yo: Buenos días.

Fruncí el ceño al releer las palabras. Me parecían sosas e ilógicas teniendo en cuenta las acrobacias sexuales que habíamos hecho durante todo el fin de semana.

Yo: Buenos días, preciosa.

357

No. Ni de broma. Ese me hacía parecer tan cursi como uno de los enamoradísimos hermanos Morgan. Borré el mensaje de inmediato. ¿Cuál era el saludo de lunes por la mañana más apropiado para la bibliotecaria a la que me había follado hasta perder el sentido en repetidas ocasiones?

Yo: Tengo la polla irritada.

Sloane: Buenos días a ti también. Creo que me has hecho un esguince en la vagina con tantos orgasmos.

Yo: ¿Hay alguna especie de bálsamo o tratamiento láser de rejuvenecimiento para esta clase de situaciones?

Sloane: Repite conmigo: «No me voy a poner un exfoliante químico en el pene».

Yo: Anoche tuve dos calambres en los gemelos.

Sloane: Pobrecito. Bebe un poco de jugo de pepinillos y después explícame cómo se supone que voy a evitar pensar en nuestros polvos rabiosos cada vez que me siente hoy.

Yo: Si yo tengo que sufrir las consecuencias de nuestras malas decisiones, tú también.

Sloane: Menos mal que hemos madurado y no volveremos a cometer el mismo error. Nuestras partes nobles necesitan tiempo para curarse.

Yo: Me alegro de que lo hayamos superado. Ni siquiera he pensado en ti desnuda durante los últimos cuatro segundos.

Sloane: Espera, por favor. Tengo que debatir algunas cosas en una reunión de plantilla sin pensar en tu «cosa».

Pensaría en mí todo el día, decidí con satisfacción viril mientras me guardaba el teléfono en el bolsillo. Bien. Aunque yo no volvería a pensar en ella, por supuesto.

—¿Qué ha pasado? —me preguntó Petula en cuanto salí del ascensor.

—¿Qué quieres decir?

—Parece contento. ¿Ha hecho que otro senador pierda su escaño?

—He tenido un buen fin de semana —dije con tanta dignidad como fui capaz de reunir.

Petula siguió mirándome con recelo mientras recitaba de un tirón las citas de la mañana.

—¿A qué viene esa cara? —preguntó Lina al salir de la cocina. Me di cuenta de que, por primera vez, no había sido el primero en llegar al despacho. De hecho, la mitad del personal ya estaba allí, preparándose para el día de trabajo. Debía de haber dormido hasta más tarde de lo que pensaba gracias a esa mujer en la que no iba a pensar.

—Gracias, Petula. Ya me ocupo yo —le respondí para que se largara.

—Si empieza a parecer que tiene fiebre, quiero saberlo —le dijo Petula a Lina—. Tengo un equipo médico a la espera.

—A mi cara no le pasa nada —le aseguré a mi empleada más reciente.

—Tu boca está luchando contra su mueca habitual. Casi estás sonriendo —observó.

Nolan apareció detrás de ella con una taza de café y una pila de documentos.

—Vaya, parece que alguien ha echado un polvo —anunció con solo echar un vistazo a mi cara.

—No me obligues a enviarte a hacer el curso sobre acoso sexual de seis semanas que han preparado los de recursos humanos —le advertí, e intenté transmitirle con la cara un mensaje de consecuencias nefastas si se atrevía a mencionar el nombre de Sloane delante de Lina.

—Ni siquiera ha amenazado con despedirte —susurró Lina—. Es oficial. Lucian Rollins ha sido abducido por alienígenas.

—Alienígenas que se han cebado con él sexualmente. Iniciemos el Protocolo P, gente —anunció Nolan. Los empleados que había más cerca le sonrieron.

—Estáis despedidos. Los dos —decidí.

—Yo que tú me esperaría hasta que te haya puesto al día sobre ese asunto que discutimos el sábado por la noche —respondió Nolan, y señaló en dirección a su despacho con la cabeza.

—También te concierne a ti —le dije a Lina.

Los tres entramos en tropel en el despacho de Nolan. Él cerró la puerta y lanzó los documentos sobre el escritorio. Ella se sentó y cruzó una de las esbeltas piernas sobre la otra. Yo me quedé de pie.

—Este fin de semana he sacado a Travers de la investigación sobre Rugulio y lo he mandado a husmear sobre la familia de Felix Metzer.

—¿Y? —le animé.

—Me ha confirmado que fue Tate Dilton el que se presentó en la barbacoa de la familia Metzer. Tres familiares lo identificaron después de que Travers les enseñara un par de fotos de nuestro difunto capullo del mostacho.

Lina se puso en pie.

—Tate Dilton. ¿El hijo de puta que intentó asesinar a mi prometido?

—El mismo —confirmó Nolan.

—Al parecer, tenía una conexión con el hombre al que Anthony Hugo le pidió que creara la lista de agentes de la ley e informantes —le expliqué.

—¿Fue él quien puso el nombre de Nash en la lista? —preguntó Lina. Su ira era como una ráfaga glacial controlada.

—Eso parece —respondió Nolan.

—Pero ¿por qué narices iba a poner el nombre de Nash en la lista y luego intentar asesinarlo él mismo? —preguntó—. ¿Por qué no apretar el gatillo sin más y olvidarse de la lista?

Nolan me miró.

—Lo mejor que podemos suponer es que Dilton era estúpido.

—Bueno, eso estaba claro —respondió Lina.

—Quería quitarse a Nash de en medio, pero no lo suficiente para ser él quien apretase el gatillo hasta que Duncan le ofreció dinero. Puede que jugara a dos bandos e hiciera algún trabajito por aquí para Anthony y algún trabajito por allá para Duncan. Entre los delincuentes capullos no hay lealtad —explicó Nolan.

—Parece que eso lo deja todo bien atado con un lacito —respondí—. Dilton puso el nombre de Nash en la lista. Dilton apretó el gatillo dos veces. Y Dilton acabó muerto.

Lina entrecerró los ojos.

—Ojalá ese imbécil no estuviera muerto para que pudiera darle un rodillazo en las pelotas y afeitarle el bigote con cera.

—Tú, el jefazo y yo —coincidió Nolan.

—Se lo voy a contar a Nash —anunció Lina—. Con contrato de confidencialidad o sin él, merece saberlo.

—Ya imaginaba que lo harías. —Jugaba a mi favor, ya que así sería ella y no yo quien tuviera que escuchar las quejas sobre los civiles que meten las narices en las investigaciones policiales.

Suspiró.

—Gracias por contármelo.

—Bienvenida al equipo —dijo Nolan.

—Hablando de trabajo —continuó Lina—. Acaban de informar a la Corporación de Crédito Morganstern de que están a punto de recibir una demanda por sus prácticas de cobro de deudas sucias. La abogada nos da las gracias, por cierto. Cree que podría acabar siendo una demanda colectiva.

—Perfecto —dije, y comprobé los mensajes del móvil.

—¿Sabes? El mundo es un pañuelo —musitó—. Sloane salió con un tío de Morganstern que intentó estafarla fingiendo su propia muerte.

—Anda, no me digas —respondió Nolan, y me lanzó una mirada curiosa.

—¿Hemos acabado? —les pregunté.

—Tengo que llamar a un jefe de policía gruñón —dijo Lina. Ya se estaba sacando el móvil del bolsillo de la americana antes de llegar al pasillo.

—Solo por curiosidad, pero, ahora que sabemos quién escribió el nombre de Nash en la lista, ¿vamos a seguir ayudando al FBI con el caso de Hugo? —preguntó Nolan.

Me guardé las manos en los bolsillos.

—No fue Duncan el que hizo que sacaran a Holly de la carretera. Anthony lo ha convertido en algo personal.

—Pondré «destrozar al cabronazo» en lo alto de la lista de tareas —dijo Nolan en tono amable.

—¿Qué vas a hacer con tu mujer para San Valentín? —le pregunté de repente.

A Nolan se le iluminó el rostro.

—Callie ha estado trabajando mucho últimamente, así que he contratado a dos masajistas para que vengan a casa a darnos un masaje de pareja delante de la chimenea. Después, pediré su *pizza* favorita y acamparemos en el sofá para ver comedias románticas y beber cócteles hasta que llegue la parte juguetona de la celebración.

—Un hombre no debería usar palabras como juguetona.

—¿Y tú qué? ¿Tienes grandes planes para el día de San V?

—¿Por qué me molesto en hablar contigo?

Nolan sonrió de oreja a oreja.

—Porque en realidad me adoras y piensas que soy encantador. Así que, ¿tú y Sloane?

Odié lo mucho que había querido que alguien pronunciara su nombre delante de mí.

—¿Qué pasa con Sloane?

—Has entrado en la oficina hoy como si tu caballo hubiera ganado la Triple Corona. Y ahora estás en mi despacho y has intentado conversar conmigo por voluntad propia. Alguien se ha abierto paso a través de ese exterior malhumorado. Y apuesto a que ha sido la rubia.

—Como siempre, me arrepiento de la conversación —respondí, y me fui hacia la puerta.

—Como quieras. Pero si necesitas consejos sobre relaciones, ya sabes dónde encontrarme —replicó a mis espaldas.

Le hice una peineta mientras salía por la puerta.

Nash: Lina me informa de que el jefe del imperio malvado se pasea por la oficina con pinta de haber echado un polvo.

Knox: Espero que esta no te robe el reloj y el albornoz.

Lucian: Llevar un imperio malvado requiere mucha concentración. No tengo tiempo para cotilleos de niñas. Y menos ahora que tengo que despedir a Lina.

Knox: Ha echado un buen polvo.

Nash: Avísame si necesitas que redacte una denuncia de robo.

Knox: Un momento, ¿no has estado en Knockemout este fin de semana? Neecey me dijo que pediste una *pizza* el domingo.

Nash: No me digas que al final has caído ante las insinuaciones de la señora Tweedy.

Lucian: Lo que hagamos o no la señora Tweedy y yo no es asunto vuestro.

Nash: Te lo suplico. Por favor, no hagas que ninguna mujer pobre y confiada de Knockemout se vuelva tan loca que empiece a acosarte. No tengo bastante personal para ocuparnos de ella.

Sloane: Tres de los clientes me han dicho que hoy estoy radiante. He tenido que empezar a contestar que me he comprado una nueva base de maquillaje para que no supieran que es a causa de los orgasmos. ¿Qué tal tu día? ¿Has destrozado ya la economía de algún país pequeño?

Yo: Petula tiene un equipo médico a la espera porque he sonreído, Lina quiere saber por qué no frunzo el ceño tanto como de costumbre y Nolan cree que en realidad le adoro. Me cago en todo.

Sloane: Míralo por el lado bueno, tu pene tendrá tiempo de curarse porque no me lo vas a meter en un futuro cercano.

Yo: Solo para que me quede claro para los documentos oficiales que está redactando mi abogado, ya no vamos a volver a acostarnos, ¿correcto?

Sloane: Creo que eso es lo que hablamos en algún punto entre los orgasmos y tus ronquidos, cuando nos echamos una siesta en el sofá.

Yo: Eso fue un coma, no una siesta. Entonces se acabó. No volveremos a mencionarlo. Tú te centrarás en encontrar a don Perfecto para formar una familia enorme y revoltosa, y yo soy libre de continuar con mi saqueo capitalista.

Sloane: Sí. ¡Que te diviertas saqueando!

Yo: Que te diviertas encontrando a un marido que no te resulte increíblemente decepcionante en la cama.

Sloane: Voy a necesitar horas y horas de investigación exhaustiva, y desnuda, por mi parte.

Yo: ¿Estás segura de que tu resistencia cardiovascular dará la talla? A lo mejor deberías plantearte hacer un curso de entrenamiento para mejorarla.

Sloane: ¿Te estás ofreciendo para ser mi entrenador de sexo?

Yo: ¿Estás considerando la oferta?

Sloane: ¿Qué pasa con los documentos que está redactando tu abogado? No me gustaría que malgastaras tanto dinero por acostarte conmigo otra vez.

Yo: Puedo hacer que extiendan el contrato a una fecha posterior. ¿Qué haces el viernes?

Sloane: ¿Con el viernes te refieres al San Valentín?

Yo: Con el viernes me refiero al viernes.

Sloane: He pedido a una autora de romántica erótica que venga a la biblioteca para un evento muy sexy solo para adultos.

Yo: ¿Y luego?

Sloane: Supongo que luego entrenaré con tu pene gigante.

Yo: Todo sea por la ciencia.

Emry: Sacha me ha dicho que sí a lo de la sinfonía.

Yo: Felicidades. Ya estás un paso más cerca de acabar con tu soltería.

Emry: No sé qué se hace hoy en día. ¿Le llevo flores o vino? ¿Todavía se regalan ramilletes? ¿Si me envía un mensaje, debería responderle con un emoticono o con un gif? ¿Cuánto vello es aceptable en un hombre últimamente?

Los consultores de imagen que aparecían en la pantalla sobre la mesa de reuniones no se ponían de acuerdo en la mejor forma de presentar a Sheila Chandra en los medios nacionales y me sacaban de quicio. Estaba a punto de decírselo cuando Petula me hizo señas desde la puerta.

Le indiqué a Nolan que tomara el mando.

—Mirad, gente. No pretendemos convertirla en una persona completamente diferente y hacer que pierda los seguidores que ya tiene —empezó, de una forma mucho más educada de lo que lo habría hecho yo.

—Grace de seguridad necesita verlo en persona —explicó Petula cuando la alcancé en el pasillo.

Eso nunca era buena señal, excepto por aquella vez que Grace me contó que estaba embarazada de gemelos. Aunque con echarle un solo vistazo a la jefa de seguridad cuando entré en el despacho, supe que lo que iba a decirme no tenía nada que ver con una baja por maternidad.

Grace llevaba un traje negro, botas militares y tenía el semblante muy serio. Iba con el pelo recogido en un moño liso que ya formaba parte de su uniforme antes de que yo se la robara al Servicio Secreto.

—Tenemos un problema —anunció sin preámbulos.

Petula cerró la puerta y nos dejó solos.

—¿Qué pasa?

—Hemos encontrado un dispositivo de rastreo en su coche durante la búsqueda semanal.

—¿En cuál? —le pregunté, consciente de que la pregunta de «ricachón» habría hecho que Sloane pusiera los ojos en blanco.

—En el Escalade. He pedido al equipo que rastree también sus vehículos personales, pero todos estaban despejados.

Sentí una oleada de alivio. Había ido a Knockemout con el Range Rover. Podría haber guiado a Hugo directo a Sloane.

—¿Lo habéis quitado? —pregunté en tono seco.

A Grace se le curvaron las comisuras de los labios.

—Todavía no. He pensado que querría aprovechar la oportunidad para fastidiar a Hugo y a sus hombres, señor. Ahora mismo, el equipo está rastreando todos los vehículos de los empleados en el garaje. Cuando estemos satisfechos, revisaremos su casa y los despachos en busca de micrófonos.

—Bien. Aumenta la seguridad en la oficina mientras descubro cómo utilizar el dispositivo contra Hugo.

CAPÍTULO VEINTISÉIS

JUSTICIA DE CLASIFICACIÓN DEWEY

SLOANE

Se me escapó un gruñido mientras maniobraba el carrito para entrar en el área de consulta y sacaba un libro cualquiera de la estantería. Me dolía todo el cuerpo y algo me impedía concentrarme en mi lunes. Y con «algo» me refería a Lucian Rollins. Mi archienemigo. El hombre que me había follado hasta la saciedad, prometido que no me llamaría y después había querido quedar el día de San Valentín.

Metí un billete de un dólar en la cubierta y volví a guardar el libro en la estantería.

Era oficial, había perdido la puñetera cabeza. Por eso había abandonado mi lista de tareas para ayudar a Jamal a preparar la búsqueda del tesoro del Sistema de Clasificación Dewey para Niños. Tenía que alejarme del móvil para dejar de revisar compulsivamente si el hombre al que odiaba me había enviado un mensaje.

—¡Aquí estás! —Naomi apareció detrás de las estanterías con un café en cada mano.

Me llevé la mano al pecho.

—Por todo el queso y las galletitas saladas, mujer. No me des estos sustos.

—Perdón. Te habría llamado, pero las gemelas Chitón ya me han hecho callar dos veces esta mañana.

Las gemelas Chitón eran dos ancianas viudas cotillas que pasaban todas las mañanas de lunes en la primera planta de la biblioteca haciendo crucigramas y controlando el comportamiento de todos los clientes y el personal.

Me estremecí.

—La semana pasada me llamaron la atención por hacer mucho ruido al pasar las páginas.

—Pues me alegro de que vayamos a hablar en una de las salas de reuniones del piso de arriba, porque la abogada ya está aquí.

—Llega pronto —dije, y miré el reloj de pulsera.

—Lo sé. Ya me cae bien —respondió Naomi, y dio un trago al café.

—¿Los dos son para ti? —le pregunté.

—Bueno, no iban a serlo, pero me he bebido todo el capuchino mientras te buscaba, así que, por desgracia, ahora tendrás que conseguirte tu propia cafeína.

Fran Vereen era una mujer alta y robusta de sesenta y pocos años. Llevaba el pelo rubio por los hombros, pantalones negros, unos tacones verde neón y una americana rosa pálido con lirios del valle estampados. A mí también me había caído bien a simple vista.

—Gracias por pelearse con el tráfico para hacernos una visita —dije, y le ofrecí la mano.

—Está bien salir de la ciudad de vez en cuando y hacer *La carrera de la muerte* por el norte de Virginia —respondió—. ¿Empezamos?

Diez minutos más tarde, Naomi y yo estábamos conmocionadas. Fran no era una abogada como otra cualquiera. Era de esas a las que llamabas cuando despertabas al lado de un cadáver. Lucian nos había recomendado lo mejor de lo mejor. Y lo más caro de lo más caro.

—O sea que lo que dice es que deberíamos estar preparadas mentalmente porque va a ser una lucha muy cara y muy larga —repetí.

—Como he dicho, cuando encarcelan a alguien, las cosas se complican mucho. Es poco probable que un tribunal reabra un caso en el que ya han invertido y ganado. Pero tenemos opciones.

La cabeza me daba vueltas.

—Vale, deje que intente resumirlo —dije mientras revisaba las notas que había tomado—. Pedir una apelación sería como empezar de cero con la defensa. El gobernador debe aprobar una conmutación y podría acortarle la sentencia a Mary Louise, seguramente le restarían los años que ya ha pasado en la cárcel. Pero el sistema judicial de Virginia está tan seguro de sus decisiones que sería como entrar en terreno pantanoso. Lo cual significa que conseguir el indulto, también por parte del gobernador, sería todavía más complicado. Y, para empeorarlo todo, el estado abolió la libertad condicional discrecional en 1995, lo cual significa que todos los prisioneros deben cumplir por lo menos un ochenta y cinco por ciento de su sentencia.

—No suena muy... esperanzador —comentó Naomi.

—Es un proceso que podría llevarnos varios años —explicó Fran.

Varios años significaba que iba a ser caro. Significaba que Mary Louise no vería a Allen graduarse en la Facultad de Derecho.

—No se ofenda, Fran, pero era muchísimo más optimista antes de conocerla —le confesé.

Fran esbozó una sonrisa rápida.

—Es mi trabajo ser pesimista para asegurarme de que entienden el peor de los escenarios, que en este caso significa invertir grandes cantidades de tiempo, dinero y energía. Pero...

Me animé.

—Creo que tenemos muchas posibilidades de ganar —continuó.

—Es como una montaña rusa, Fran —comenté.

—Me lo dicen a menudo. La sentencia es extremadamente desproporcionada si la comparamos con cargos similares en el estado, y eso ya es motivo suficiente para apelar. Y dado que ha tenido varios abogados de oficio, también podemos argumentar que la señora Upshaw no ha recibido una representación apropiada.

—Suena razonable —apuntó Naomi.

—Y también la tenemos a usted —dijo Fran, y me miró.

—¿A mí? —Me señalé.

—Necesitamos que haya interés en el caso, en Mary Louise. Cuanta más atención consigamos, mejor. ¿Han oído hablar de las anulaciones de condenas gracias a pódcast de crímenes reales y sus seguidores fanáticos?

—Claro, pero yo no tengo un pódcast.

—No, pero tiene un rostro y una historia. Hoy estamos aquí porque su padre falleció y usted quería continuar con su legado en defensa de los desamparados. Usted, su padre, su conexión con Mary Louise a través de su hijo, todo eso es una historia, y las historias generan interés en la gente.

—Lo entiendo, de verdad —respondí, y extendí el brazo hacia la ventana para señalar las estanterías—. Pero ¿cómo voy a ayudar con eso?

—Usted es el rostro —respondió Fran—. Queremos que la gente sepa quién es Mary Louise, por qué intentamos sacarla de la cárcel y qué pueden hacer por ayudar. Y usted es quien va a contárselo.

—Eh, ¿y por qué no puede decírselo usted? —le pregunté con nerviosismo.

—Porque a nadie le gustan los abogados. Usted es la bibliotecaria de un pueblo pequeño que cree en la justicia social. Es lista, guapa e inofensiva.

Naomi se atragantó con el segundo capuchino.

—Un poco ofensiva sí que es.

—Eso también nos sirve —comentó Fran.

—De acuerdo. ¿Qué tengo que hacer? —le pregunté.

Fran entrelazó los dedos.

—Empezaremos poco a poco. Le organizaré entrevistas con algunos medios locales. Puedo ponerla en contacto con algunos relaciones públicas, darle algunos temas de discusión. Una vez salga el artículo y suscitemos algo de interés, veré si puedo convocar una audiencia a puerta cerrada con el juez que dictó la sentencia.

—¿Qué es una audiencia a puerta cerrada? —preguntó Naomi.

—Básicamente, pediré reunirme en privado con el juez y el fiscal del distrito. Podemos pedirle al juez Atkins que reconsidere la sentencia.

Me erguí en el asiento.

—Un momento, ¿el juez podría decidir reducirle la sentencia?

—Es una posibilidad. Todavía no le he investigado a fondo —advirtió Fran—. Pero es una condena antigua. Puede que el juez se haya ablandado un poco con el tiempo, o que aprecie la popularidad que acarrearía un cambio en la justicia penal.

Esta vez, Naomi y yo intercambiamos otra mirada de triunfo.

—Daré la mejor entrevista de la historia de las entrevistas —le prometí.

Fran sacudió la cabeza.

—La van a adorar.

—Y, económicamente, ¿cómo lo haremos? —preguntó Naomi, siempre tan práctica.

—Mi bufete solo acepta un número limitado de casos *pro bono* al año —comentó Fran, que nos miró a las dos—. Si el caso acaba requiriendo una inversión de tiempo significativa, puede que le pidamos que paguen unos costes legales razonables.

—O quizá lo resolvemos todo con una visita al juez —señalé—. Entonces, ¿cómo procedemos? ¿Tenemos que firmar algo para que se haga oficial?

—Resulta que tengo un contrato legal aquí mismo —comentó Fran, y abrió el maletín impecable—. Una vez firmado, le haré una visita a mi nueva clienta.

Yo: No es que te importe, pero ¡hemos contratado a la abogada! ¡Y va a aceptar el caso *pro bono*! ¡Va de camino a conocer a Mary Louise!

Lucian: Felicidades, adicta a los signos de exclamación. Bienvenida a la pesadilla que es el sistema judicial.

Yo: ¿Alguna vez te han dicho que deberías moderar un poco tu positivismo desmesurado? ¿No? Qué raro.

Lucian: ¿Alguna vez te han dicho que eres muy pesada? ¿Dices que soy el undécimo hoy? No me sorprende.

CAPÍTULO VEINTISIETE

ENTREGA ESPECIAL DE «ELECTROSEXOLITOS»

SLOANE

El día de San Valentín llegó a Knockemout con diez centímetros de nieve y una sensación térmica que era mejor no mencionar. El personal de la biblioteca y yo habíamos decorado las estanterías con gran variedad de adornos, que iban desde corazones rosas y rojos con afirmaciones positivas hechos a mano en la sección de niños hasta exposiciones de novelas románticas y de la matanza de San Valentín en la segunda planta, incluida la silueta de un cuerpo hecha con cinta adhesiva en el suelo. Habíamos pensado en todos los clientes, tanto en los más románticos como en los más malhumorados.

Las cosas iban bastante bien. Lo teníamos todo preparado para el evento especial de la tarde. Habían publicado la entrevista que había hecho con el periódico local sobre Mary Louise y habíamos recibido una reacción positiva que nos había conseguido de inmediato una segunda entrevista con *La Gaceta de Arlington,* un periódico más grande e importante. Y tenía una cita sexual con el maldito Lucian Rollins.

—Solo… un… centímetro… más… —gruñí mientras me estiraba hasta donde me lo permitían los músculos.

—Baja el culo hasta aquí ahora mismo, Sloaney Baloney —me ordenó una figura autoritaria muy familiar.

Dejé de hacer lo que estaba haciendo y le lancé una mirada asesina al jefe Nash Morgan.

—No me obligues a hacerte callar. Estás en mi territorio, colega —le espeté desde el peldaño de arriba de la escalera.

—Pues estás a punto de manchar el territorio con tu cara bonita cuando te caigas —me regañó.

Bajé de la escalera y le clavé un corazón morado con purpurina contra el pecho.

—Ya que eres tan machote, termina tú de colgar la guirnalda de corazones.

Nash se subió a la escalera con un porte perfecto y se puso manos a la obra con la guirnalda. No me dio vergüenza admitir que me uní al resto de clientas femeninas que admiraban su trasero.

—¿Has venido hasta aquí solo para dejar en evidencia mis dotes decorativas? —le pregunté cuando bajó.

—Puede que tenga un motivo oculto —respondió. Después examinó las sillas plegables que habíamos colocado delante de un podio—. ¿Qué vais a hacer?

—Hemos invitado a una autora esta noche. Cecelia Blatch. Escribe novelas eróticas paranormales. El club de lectura está obsesionado con ella desde que elegimos su última saga. Hemos organizado una firma de libros feliz.

—¿Una firma de libros feliz?

Sonreí de oreja a oreja.

—Es una firma de libros normal y corriente, pero con vino.

—Suena bien, pero ¿no deberías estar en una cita de San Valentín?

—¿Yo? ¿Por qué? ¿Qué has oído? —¿Sabía lo de Lucian? ¿Se lo habría contado él? Pues claro que no. Lucian nunca le contaba nada a nadie.

Nash pareció agudizar la mirada.

—Qué reacción tan rara a mi pregunta sobre cómo te está yendo en tu vida amorosa. Con todas las citas que has tenido últimamente, pensaba que tendrías una esta noche.

Ah, esas citas. No de las secretas que incluían que Lucian Rollins invadiera mis partes íntimas. Genial. Ya había vuelto a pensar en el pene de Lucian. No estaba bien. ¿Había esperado demasiado para responderle a Nash? Me miraba raro. ¿Me estaba comportando de forma extraña? ¿Acaso el pene de Lucian estaba haciendo que me comportara de forma extraña? ¿Se comportaban así todas las mujeres que se acostaban con él? Me imaginé una legión de mujeres hipnotizadas por su pene siguiéndolo como una manada de zombis mientras vivía su vida.

—Ah, sí, bueno. Hace mucho tiempo que tengo este evento en el calendario y no quería perdérmelo, así que no he quedado con nadie hoy —respondí. Sonó como si me estuvieran estrangulando.

Nash me miró fijamente.

—¿Te encuentras bien? Te estás poniendo roja.

—Eh... hace calor aquí dentro. —Para darle más énfasis a la afirmación, me quité la chaqueta de punto y la dejé caer por accidente encima de Ezra Abbott, el don juan de cuatro años con mejillas de querubín.

—¡Mira! Zoy un zuperhéroe —anunció Ezra, ceceando de manera adorable a través del hueco donde antes tenía las paletas. Echó a correr con la chaqueta ondeando tras él como una capa.

—La recuperaré más tarde —comenté, y lo observé mientras se metía en el fuerte de cojines—. Volvamos a hablar de ti. ¿Qué planes tienes esta noche?

—Es uno de los motivos por los que he venido —explicó Nash con aspecto avergonzado—. Le he comprado un regalo a Lina y quería que alguien le echara un vistazo antes de dárselo. Es nuestro primer San Valentín juntos y ya conoces a Angelina.

—No es de las que les gusta que le regalen bombones y flores —comenté.

Sonrió.

—Exacto.

Si fuera posible que un hombre tuviera corazoncitos como los de los dibujos animados en los ojos, parecería que a Nash Morgan le había dado un flechazo el mismísimo Cupido.

—Es un honor que hayas venido a pedírmelo a mí —le comenté.

En el rostro de Nash volvió a aparecer esa expresión rara y avergonzada. Me llevé las manos a las caderas.

—¿Qué?

Hizo una mueca.

—Intenté pedírselo a Stef, pero Knox se me adelantó. No te ofendas.

—No me ofendo, yo también habría acudido a Stef primero. ¿Qué le has comprado a Lina?

Nash miró por encima del hombro y yo hice lo mismo. En Knockemout, los cotilleos volaban. Si el par de oídos equivocados se enteraba, Lina averiguaría cuál era su regalo antes de que Nash saliera de la biblioteca.

Se sacó el móvil del bolsillo y abrió la galería.

—Esto.

Lo tomé y amplié la foto de un par de botas vaqueras muy sexys.

—Zapatos. Muy bien hecho, jefe. Seguro que echas un polvo esta noche.

Nash dejó ir un suspiro de alivio.

—Menos mal.

—¿Qué más puedo hacer por ti?

—Me gustaría reservar una de las salas de reuniones para organizar unos cursillos durante las próximas dos semanas.

—Por supuesto. ¿Qué clase de cursillos? —pregunté.

—Para concienciar a los servicios de emergencia sobre el autismo. Empezaremos con mis policías y después será el turno de los bomberos, paramédicos y trabajadores sociales. He pensado que la biblioteca sería un escenario más agradable que la comisaría.

Nash se estaba dejando ese culo tan bien definido en esa iniciativa desde el otoño. Todo el pueblo había acudido a la barbacoa que había organizado para recaudar fondos y gracias a ella había conseguido lo suficiente para equipar los vehículos de todos los servicios de emergencia con auriculares con cancelación de ruido y mantas pesadas.

—Eso está muy bien, jefe. Estoy orgullosa de ti.

Nash pareció completamente avergonzado.

—Gracias, Sloaney.

—Sloane, siento interrumpir, pero he encontrado algo en el buzón de los libros —comentó Jamal, que se acercó a nosotros.

Gruñí.

—No me digas que es otra ardilla.

—No, esta vez no, gracias a Dios. Mi comida seguía intacta. Era esto. —Me entregó un sobre blanco y liso—. Lo más seguro es que alguno de los clientes más anciano lo confundiera con un buzón común.

El sobre tenía mi nombre escrito en mayúsculas en la parte de atrás. Habíamos recogido un montón de cosas interesantes en el buzón de los libros: libros escolares con deberes todavía dentro, guantes, un retenedor dental y una barra de pan machacada que se suponía que debía alimentar a los patos del parque hasta que el pequeño Boo Walkerson había decidido que el buzón parecía más hambriento.

—Gracias, Jamal —respondí mientras abría el sobre con el pulgar—. Oye, ¿puedes comentarles a Belinda y a sus amigas que Cecelia no va a llegar hasta dentro de unas horas? No hace falta que reserven asiento todavía. —Señalé el grupito de lectoras ancianas y enérgicas que se estaban apropiando de todos los asientos de las dos primeras filas con cualquier objeto que encontraran dentro de sus bolsos gigantes.

—Por supuesto —respondió, y se fue a toda prisa.

Desdoblé el papel y fruncí el ceño.

—¿Es una carta de amor? —bromeó Nash, y se asomó por encima de mi hombro. Los dos nos pusimos tensos al mismo tiempo—. Pero ¿qué cojones...? —Me lo arrancó de la mano.

Alargué la mano hacia él.

—Disculpa, jefe acaparador. Eso es mío.

El hombre relajado y locamente enamorado al que le preocupaba impresionar a su mujer con calzado había desaparecido. En su lugar, había un policía de expresión pétrea que, sin duda, iba a tomarse la nota muy en serio.

—¿Alguien te está amenazando? —me preguntó Nash después de releer la nota. Estaba escrita con las mismas letras mayúsculas que mi nombre en el sobre.

«Déjalo ya, antes de que alguien resulte herido».

—Estoy segura de que no es nada —insistí—. Seguro que es alguien que se ha enfadado por los recargos por devolución tardía.

378

—¿Has tenido algún problema con alguien últimamente? Aparte de Lucian —me preguntó Nash.

«Lucian». ¿Y si la nota era de una de sus antiguas amantes hipnotizadas por su pene?

—Ja. Qué gracioso. Nada fuera de lo normal, estoy segura de que no es nada —repetí.

Nash levantó la nota para que no pudiera alcanzarla.

—Sea como sea, muchos de mis conocidos se han metido en problemas estos últimos meses. No voy a correr el riesgo y no permitiré que tú lo hagas tampoco.

—Nash, es una nota. Y una que tampoco es tan amenazante. ¿Qué vas a hacer? ¿Analizarla en busca de huellas y después cotejar la caligrafía?

La policía de Knockemout no tenía el presupuesto de los departamentos de las grandes ciudades.

—Por lo menos seguiré el procedimiento —dijo en tono obstinado—. ¿Cuándo se vació el buzón de los libros por última vez?

Me guardé las manos en los bolsillos traseros de los vaqueros.

—Se supone que debemos hacerlo antes de cerrar y a media mañana, pero hoy hemos estado muy ocupados con la organización, así que no se ha hecho desde anoche.

—Comprobaré las cámaras exteriores, a ver si hemos pillado un buen ángulo —continuó Nash—. Mientras tanto, intenta recordar si hay alguien a quien hayas podido hacer enfadar de más últimamente.

—Sí, jefe —gruñí.

—Y quiero que me avises si recibes más cartas anónimas. Duncan Hugo está entre rejas y Tate Dilton bajo tierra, pero eso no significa que debamos bajar la guardia.

—Vale, pero ¿puedes por lo menos prometerme que no se lo dirás a nadie más? No quiero que Naomi y Lina se preocupen por nada.

—No.

—¿En serio? —Nash tenía el hábito de ser demasiado sincero.

—Tienes veinticuatro horas para contárselo a tu manera. Si no lo haces, lo haré yo. Es mejor que lo sepan todos. No quiero que nadie corra peligro.

—Vale, ahora estás empezando a ponerme los pelos de punta. Han pasado meses desde que secuestraron a Lina. Capturasteis a todos los malos.

—No a todos —respondió en tono neutro.

—¿Por qué iba a venir Anthony Hugo hasta Knockemout para terminar lo que empezó su hijo? ¿Y por qué iba a centrarse en mí? Yo no tuve nada que ver. No tiene ningún sentido.

—El miedo hizo que un hormigueo espeluznante me recorriera los intestinos mientras el ajetreo de la biblioteca continuaba a nuestro alrededor.

—No estaremos tranquilos hasta que Anthony Hugo esté entre rejas.

—Genial. Seguro que esta noche duermo como un bebé —repliqué con sarcasmo.

—Solo digo que quiero que tengas cuidado. Debes estar alerta. Si hay algo que te dé mala espina, quiero que me lo cuentes.

—Como quieras. Pero tiene que ser recíproco. Si algo te huele mal, quiero saberlo.

Me observó durante unos segundos y luego asintió con brusquedad.

—Alguien tiene un admirador secreto —anunció Naomi. Se acercaba a nosotros con paso firme y arrastraba una caja de bebidas isotónicas con un lazo rojo gigante.

Le arranqué la tarjeta de la mano con las mejillas sonrosadas. «Para después».

—¿De quién es? —preguntó Nash, que intentó entrometerse.

—La tarjeta no estaba firmada —explicó Naomi.

Tenía la cara a la temperatura de la superficie del sol. Me guardé la nota en el bolsillo y cogí la caja.

—Entre el uno y el otro, empieza a preocuparme no tener derecho a la privacidad —protesté.

—Está roja como un tomate y quiere cambiar de tema —observó Nash.

Naomi me miró con astucia.

—Yo creo que es una broma privada del hombre con el que tuvo una cita la semana pasada y del que no quiere contarnos nada.

—¿No tenéis trabajo que hacer? —les pregunté.

—¿Cómo se llama ese tío y dónde vive? ¿Qué coche tiene? —me interrogó Nash.

—Madre mía, sois lo peor. Salimos. Nos lo pasamos bien. No es nada serio. Gracias y que tengáis un buen día. —Tomé las bebidas y me fui para intentar dejarlos atrás, pero Naomi y Nash me siguieron.

—¿Has quedado con él otra vez? —me preguntó Naomi mientras pasábamos por delante de la sección de consulta.

—¿Podría ser él quien te ha enviado la amenaza? —añadió Nash.

Naomi gritó.

—¿Amenaza? ¿Qué amenaza?

Me di la vuelta y lo fulminé con la mirada.

—¡Me has dicho que tenía veinticuatro horas!

Nash sonrió.

—No hay mejor momento que ahora. Y será mejor que se lo cuentes a Angelina cuanto antes o se enfadará.

—Eres lo peor.

—Más vale que alguno me diga ahora mismo qué está pasando —interrumpió Naomi, que usó la voz de madre.

—Solo por bocazas, vas a tener que cargar con esto hasta mi despacho —le dije a Nash, y le di la caja de un empujón.

Mientras el jefe de policía transportaba mis «electrosexolitos» hasta el piso de arriba, puse al día a Naomi sobre la nota completamente inofensiva.

—Estoy segura de que no es nada de lo que deba preocuparme. Siempre recibo quejas y siempre meten cosas raras en el buzón de los libros. Pero Nash quiere que no bajemos la guardia en vista de lo ocurrido en los últimos meses —le expliqué.

—Si Nash dice que deberíamos ir con cuidado, es exactamente lo que hay que hacer —insistió Naomi de forma obediente.

Miré por encima del hombro para asegurarme de que el agente macizo no nos oyera.

—Que él esté preocupado hace que yo también me preocupe —le confesé—. Me da miedo que sepa algo que no nos haya contado. A lo mejor algo sobre Lucian y el caso del FBI.

Naomi frunció los labios.

—Veré si puedo sonsacarle algo a Knox.

—Buena idea. Hablaré con Lina para ver si puede persuadir a Nash en sus momentos íntimos.

Naomi se aclaró la garganta con intención.

—¡Vale! Hablaré con ella sobre la persuasión íntima después de contarle lo de la nota tonta y no muy amenazante —acepté—. A pesar de que he recibido amenazas más creativas y específicas de la mujer del mostrador de la charcutería en Grover's.

—¿A que es bonito que estemos todos de acuerdo? —preguntó Naomi con alegría.

—Sí, sí.

—¡Zeñorita Zloane! ¡Zeñorita Zloane! —Ezra había vuelto, todavía llevaba la chaqueta de punto y agitaba algo parecido a un pergamino.

—Hola, colega —lo saludé.

—Te he hecho ezto. —Me entregó el papel. Lo había atado por el centro con un cordel rojo.

Detrás de mí, a Naomi se le escapó un «ohh» cariñoso.

—¿Es para mí? Vaya, gracias, Ezra. Es muy dulce por tu parte —le dije, y desaté el cordel con cuidado antes de desenrollar el papel de pergamino.

—Eza erez tú y eze zoy yo. Zomoz piratoz como en el libro que leímoz. Y eza ez la biblioteca de nuestro barco pirata. ¿Vez todoz loz libroz? ¡Y aquí eztá la X del tezoro! —Señaló cada elemento del dibujo de casi un metro hecho con ceras y rotuladores. El monigote que representaba a Ezra tenía un solo brazo y cuatro pies. Y yo tenía la coleta verde, a juego con los corazones que había dibujado encima y debajo de los libros.

—Es lo más mono que he visto nunca. Me muero —dijo Naomi a susurros y con voz de pito.

—¿Te guzta? —preguntó Ezra, esperanzado.

—Me encanta —le respondí, y fui incapaz de resistirme a la tentación de darle un golpecito en la nariz—. Es asombroso, y tú también.

Esbozó una sonrisa tímida a la que le faltaban algunos dientes.

—Puedez colgarlo zi quierez.

—Lo voy a colgar en mi despacho para verlo todos los días —le prometí.

—Guay. ¡Feliz día de Zan Valentín!

—Feliz San Valentín, Ezra.

Se lanzó a mis brazos para darme uno de esos abrazos fuertes y pegajosos que te derriten el corazón y que solo pueden darte los niños de menos de seis años y luego se fue directo hacia el fuerte de cojines otra vez.

—Mi corazoncito —dijo Naomi—. Es el nuevo hijo de acogida de Gael e Isaac, ¿verdad?

—Sí. Lo vigilé el otro día durante media hora cuando Gael tuvo que irse a la tienda de animales por una emergencia. Leímos dos libros de piratas y le hizo dibujos a su nueva hermana mayor.

—Parece que le causaste muy buena impresión —comentó Naomi, y le dio unos golpecitos al dibujo con el dedo.

—Yo o los piratas.

—Vas a ser una madre estupenda —dijo.

Las palabras me llegaron de lleno al corazón.

—Gracias —le respondí—. Tú ya lo eres.

Se inclinó hacia mí y me dio un abrazo suave y espontáneo de los que se dan entre hermanas.

—Vamos a criar juntas a nuestras familias —me susurró al oído.

—Me he ido tres minutos. ¿Qué narices ha pasado para que estéis las dos a punto de llorar desconsoladamente? —preguntó Nash, que examinó toda la planta baja de la biblioteca en busca de amenazas inminentes.

—Cosas de chicas —insistí.

—Sloane es una pirata —respondió Naomi, y se sorbió la nariz.

—No quiero saberlo —decidió Nash.

Naomi me soltó con una sonrisa llorosa.

—Voy a volver al trabajo. —Le dio un beso en la mejilla a Nash y se dirigió a las escaleras.

Nash sacó el móvil.

—¿Qué vas a hacer? —le pregunté con curiosidad.

—Decirle a mi hermano que, sea lo que sea que vaya a comprarle a Naomi, será mejor que lo duplique.

Me eché a reír.

—Será mejor que vuelva al trabajo. —Nash se guardó el móvil.

—Que tengas un feliz día de San Valentín —le dije.

Esbozó una sonrisa de rompecorazones.

—Lo haré.

Solo consiguió avanzar un metro hasta la puerta.

—Uy, parece que se me ha caído el collar —anunció Belinda, una clienta anciana y pechugona a la que le gustaban las novelas eróticas. Señaló el crucifijo enorme que acababa de desabrocharse del cuello y lanzar al suelo—. ¿Sería tan amable de recogérmelo, jefe Morgan?

Nash suspiró y me miró. Yo me encogí de hombros.

—Si no lo recoges, seguirán tirando cosas al suelo.

—Voy a pedir que los uniformes lleven túnica —protestó.

—Los ciudadanos que aprecian a la especie masculina quedarían desolados —le advertí.

Se dobló por la cintura y recogió el collar del suelo a toda prisa.

—Acabas de alegrarle el día a esta pobre anciana —respondió Belinda, que se volvió a colgar el crucifijo sobre el pecho más que abundante con suficiencia.

—Será mejor que vaya a que le echen un vistazo a ese cierre, señora Belinda, dado que ya se le cayó en el supermercado la semana pasada y en el parque la anterior.

—Lo haré —mintió ella con facilidad.

Sacudí la cabeza y saqué el móvil.

Yo: ¿Me has enviado tú la caja de bebidas isotónicas o tengo un acosador al que le preocupa mi hidratación?

Lucian: He pensado que sería más apropiado que regalarte flores y bombones, ya que solo te utilizo por tu cuerpo.

Yo: Será mejor que hayas estirado y calentado para esta noche. No pienso parar si te da un tirón.

El evento con la autora fue un éxito emocionante. O un éxito «excitante», que era el juego de palabras que iba a utilizar en el boletín informativo semanal de la biblioteca. Los lectores estaban entusiasmados, la autora vendió todos los libros que había traído y nos quedamos sin vino antes de que alguien se pusiera demasiado contento.

—Vete a casa, Sloane. Llevas aquí desde que hemos abierto. Nosotros nos encargamos de limpiarlo todo —se ofreció Blaze. Como socias de la junta, ella y su mujer, Agatha, pasaban casi tanto tiempo allí como los empleados.

—¿Estás segura? No me importa. —Todavía tenía una hora hasta que llegara Lucian para deleitarme con su pene.

—Segurísima. Estoy convencida de que tienes a alguien muy apuesto esperándote.

Intentaba sonsacarme información, pero yo no iba a picar.

—¿Qué vais a hacer Agatha y tú?

—Hemos tenido un almuerzo de celebración esta mañana y luego le hemos cambiado el aceite a las motos.

—Y dicen que los gestos románticos han desaparecido.

—Venga, largo de aquí. Nosotras cerramos —dijo, y me ahuyentó de allí.

—Si estás tan segura… Subiré al despacho a por mis cosas.

Tendría tiempo de darme una ducha rápida y otra pasada con la cuchilla por las piernas antes de que Lucian llegara. También podría dedicar algo de tiempo a darle vueltas a la lencería que había escogido.

Estaba tan perdida en mis pensamientos que ya había recorrido medio camino hacia el escritorio cuando me di cuenta de que había alguien sentado detrás de él.

—¡Por el amor de Dios!

Lucian Rollins, disfrazado con una gorra de béisbol y una sudadera negra, parecía completamente relajado mientras leía un libro en mi mesa.

Me miró con una ceja arqueada.

—¿Qué clase de defensa es esa exactamente?

Bajé la mirada y me di cuenta de que había levantado las manos en una postura caricaturesca parecida a las de *Karate Kid*.

—¿Qué haces aquí? ¡Si te ve alguien, todo el pueblo sabrá que hemos estado bailando el mambo horizontal antes de que empecemos! Ya he tenido que lidiar con el interrogatorio de todo Knockemout durante la última semana, todos quieren saber con quién me estoy acostando —siseé.

—Me he cansado de esperar y he pensado que esto açeleraría las cosas.

Si me lo hubiera dicho cualquier otro hombre, me lo habría tomado como un cumplido, como una declaración de lo mucho que me echaba de menos. Pero Lucian Rollins estaba acostumbrado a conseguir lo que quería cuando quería. Y me utilizaba para el sexo. Por suerte para él, no iba a malgastar tiempo en darle una lección y retrasarle la satisfacción, porque yo también lo utilizaba a él para lo mismo.

—Blaze y Agatha van a cerrar, así que podemos irnos siempre y cuando sigas merodeando por las sombras, porque no quiero tener que lidiar con preguntas sobre esta cosa depravada que hay entre nosotros —le expliqué.

—Recoge las cosas —respondió, se levantó de la silla y cerró mi ejemplar de *La Biblioteca de la Medianoche*. Me fijé en que mi punto de libro seguía en su sitio… y en que él iba varios capítulos por detrás.

—¿De verdad te lo estás leyendo? —le pregunté.

—Pues sí, sé leer, Sloane —respondió con brusquedad. El tono divertido pero despectivo con el que pronunció mi nombre hizo que quisiera pegarle en la cara con el libro. Al mismo tiempo, también hizo que quisiera quitarle los pantalones y hacer uso de su pene hasta que no pudiera caminar.

Seguí debatiéndome entre ambas opciones hasta que rodeó el escritorio, me agarró por el jersey, tiró de mí para ponerme de puntillas y me besó hasta dejarme sin aliento.

No hubo nada romántico o dulce en la forma en que me invadió la boca con la lengua. En la forma en que me dominó y me obligó a seguirle el ritmo. Se me erizaron los pezones y se me estremeció el sexo. Perdí la capacidad de respirar. Era un beso repleto de promesas carnales que no podía esperar a que cumpliera.

Me soltó tan de repente como me había besado.

—Vámonos.

—Sí, vamos.

Tardamos veinte minutos en llegar al aparcamiento. Había demasiados clientes que se habían rezagado después del evento. Cuando me pararon por cuarta vez en la primera planta, Lucian se las arregló para esconderse detrás del escritorio de información y escabullirse por la puerta lateral sin que lo vieran.

—Perdón —le dije cuando lo encontré apoyado contra el Jeep.

—Es inoportuno que seas tan popular —replicó.

—¿Dónde tienes el coche? —le pregunté.

—Le he pedido a mi chófer que me dejara aquí.

Le pasé el brazo por detrás para abrir la puerta del copiloto.

—Es muy engreído por tu parte que asumas que el odio ciego que siento hacia ti no haya superado las ganas que tengo de verte desnudo.

—Me gustaban mis probabilidades. —Tras decir eso, me quitó las llaves de la mano, abrió la puerta y lanzó mi bolsa al interior—. Conduzco yo.

Tuvo que echar el asiento hasta el final para que le entraran las largas piernas, pero, aun así, se las arregló para mostrarse cómodo y seguro mientras nos llevaba a mi casa. Me preguntó por el evento y por la autora y yo hice todo lo posible por responderle a pesar de que todos mis sentidos parecían absortos en él. Ese hormigueo que se extendía por todo mi cuerpo era todavía peor ahora que sabía lo que su cuerpo era capaz de hacerle al mío. Era como si una corriente eléctrica me recargara la sangre.

Entró en el acceso de mi casa y yo me incliné hacia él para golpear el mando del garaje. Cuando estuvimos oficialmente solos y la puerta se cerró a nuestras espaldas, explotamos.

Me desabroché el cinturón medio segundo antes de que me agarrara por debajo de los brazos y me arrastrara por encima del salpicadero. Aterricé en su regazo. Después de un beso ardiente y de restregarnos, se separó de mí.

—Haz la maleta.

—¿Qué? ¿Por qué?

—No nos vamos a quedar aquí.

Pensé en el bote de nata montada que tenía en la nevera. Y en los dos conjuntos de lencería que me había comprado.

—¿Y por qué no?

—Porque si nos quedamos aquí, alguien llamará a la puerta o mirará por la ventana o me verá desnudo cuando nos traigan la cena. Mañana tienes el día libre. Nos vamos a mi piso, porque mis vecinos saben que tienen que meterse en sus asuntos.

—¿A tu piso? —Había seis millones de cosas que podían salir mal e iban a salir mal. En primer lugar, no podría echarlo de su propia casa cuando, como siempre, me hiciera enfadar.

No me respondió. Por lo menos, no con palabras. En lugar de eso, me tiró del cuello del jersey hacia abajo y me enterró la cara entre los pechos.

—Un argumento muy convincente. Voy a hacer la maleta.

CAPÍTULO VEINTIOCHO

PONLO EN MI LÁPIDA

LUCIAN

—Odio admitirlo, pero tu casa no es tan horrible como me la imaginaba —musitó Sloane por encima del *pad thai*. Habíamos hecho una pausa en nuestro maratón de sexo para reponer fuerzas y, desnudos, devorábamos comida tailandesa en la cama mientras veíamos capítulos repetidos de *Brooklyn Nine-Nine*. Era lo más parecido a la trama de una comedia romántica que había hecho en mi vida.

Me incliné hacia ella y le robé algunos fideos.

—Me alegro de que la apruebes.

Estaba desnuda y lo único que llevaba puesto eran las gafas. Se había recogido el pelo en lo alto de la cabeza con un par de giros eficientes de la muñeca y una goma elástica endeble. Envuelta en mis sábanas italianas de mil hilos, estaba adorable y *sexy* a partes iguales.

Las mujeres con las que salía, o, para ser más exactos, las que me llevaba a la cama, no eran adorables. Iban bien vestidas, bien peinadas, y nunca se las veía en público con ropa de deporte. Sloane, por otro lado, se había traído un pijama de corazones sin avergonzarse. Me moría de ganas de vérselo puesto… y de quitárselo.

Trazó un círculo con los palillos para señalar el dormitorio.

—No parece la guarida de un villano malvado. Se parece más al piso de soltero de un tío atractivo y rico sin personalidad.

La mirada maliciosa que me obsequió fue lo que la delató. Los dos nos habíamos vuelto menos insultantes en el ardor del momento, lo cual significaba que teníamos que ponernos muy al día en los momentos en los que no estaba penetrándola y haciendo que gritara mi nombre.

Lancé las cajas de comida a la mesita de noche y la agarré por el tobillo cuando trató de escapar.

—Me las vas a pagar.

Le sujeté la rodilla entre las mías, le agarré el tobillo con más fuerza y le hice cosquillas en la planta del pie.

Sloane chilló e intentó zafarse de mí.

—Discúlpate —le dije con suavidad. Era algo que hacíamos cuando éramos otras personas, y lo más seguro es que debiera haberlo dejado en el pasado, donde debería permanecer.

—¡Vale! ¡Vale! Es el piso de soltero de un tío atractivo y rico cuyo diseñador de interiores no tiene personalidad —chilló.

El dormitorio estaba decorado en tonos marrones cálidos. Los muebles grandes y oscuros dominaban el espacio y la ropa de cama cara y las cortinas de color marfil, que nos ocultaban del mundo, suavizaban su tonalidad.

—Prueba otra vez.

—¡Ay! ¡Vale! ¡Lo siento! Tienes una casa muy bonita. Te prometo que no la odio.

Le di un manotazo sonoro en el trasero respingón y le solté el pie.

—¿Lo ves? No hacía falta que te hicieras tanto de rogar.

—Pero si ya sabes que me encanta. —La voz quedó amortiguada por la almohada.

—Eso no es lo que me ha parecido hace veinte minutos —le recordé mientras le pasaba la mano por los hombros desnudos, le acariciaba la piel suave como la seda de la espalda y arrastraba la sábana conmigo para memorizar cada una de las muescas de su columna vertebral.

Tenía un cuerpo fascinante. Era de curvas muy generosas en un envoltorio diminuto y peleón. Nunca sabía lo que iba a salir de su boca a continuación, si iba a insultarme o a pedirme que la deshonrara de una forma totalmente nueva.

Traerla aquí había sido arriesgado. Cuanto menos supieran Anthony Hugo y sus secuaces de mi vida, mejor. Pero esa semana había dejado bastantes pistas falsas con el dispositivo de rastreo que habían encontrado en el coche de la empresa antes de quitarlo. Además, si sus hombres me vieran allí con Sloane, solo les parecería una mujer cualquiera a quien su enemigo se follaba. En Knockemout, les quedaría claro que era mucho, mucho más que eso.

Me agaché sobre ella y le clavé los dientes en una de las curvas deliciosas del culo.

—¿Acabas de morderme? —me preguntó Sloane, y yo me aparté para admirar mi obra.

—Es un *souvenir* para que te acuerdes de nuestro último fin de semana de desenfreno —le expliqué.

Trepó por el colchón hasta quedar de rodillas y se puso frente a mí. Parecía una diosa de cabello dorado. La deseaba. Una y otra y otra vez. Y cada vez que la tenía, me daba cuenta de que seguía sin parecerme suficiente.

—En ese caso, yo también tengo derecho a darte uno —anunció.

Se abalanzó sobre mí, yo dejé que me hiciera caer de espaldas y disfruté de la sensación de su cuerpo cálido y suave entre mis brazos. Sentó los muslos suaves a horcajadas sobre los míos y después me agarró el miembro, ya erecto, con la mano. Tuve que apretar los dientes para evitar gemir.

—Ahí no —gruñí.

Hizo un puchero.

Me sonó el móvil en la mesita de noche.

—¿Tu secretaria suele llamarte en San Valentín a las diez de la noche? —me preguntó Sloane tras echar un vistazo a la pantalla.

—Ninguno de los dos hace nada con nuestra vida —le expliqué antes de responder a la llamada—. Petula, estás en manos libres y no estoy solo.

—¿Se ha acabado el mundo y no me he dado cuenta? —preguntó Petula.

—Qué graciosa. ¿Qué quieres?

—El diputado Houser quiere adelantar una hora la comida de mañana.

Levanté la mirada hacia Sloane, que se estaba deshaciendo el moño.

—Cámbiala de día. Este fin de semana estoy ocupado.

—¿Tiene algo que ver con la compañía que tiene esta noche? Tendría que dejar que le revise los antecedentes.

—Ya lo has hecho y solo son negocios —mentí.

Un cojín me aterrizó en la cara. Sloane se señaló los pechos desnudos y movió los labios sin mediar palabra: «¿Negocios?».

—Tengo que colgar, Petula. Me ha surgido algo. —Sloane me miró la polla erecta de forma engreída—. Espera. Ya que estás, necesito que vayas a esta dirección y te lleves al hombre que vive allí a comprar un traje nuevo esta semana —le expliqué, y después recité de un tirón la dirección de Emry—. Que se compre algo que lo haga parecer un viudo atractivo, no un abuelo aturdido.

—Eso está hecho —contestó Petula—. Una última cosa, he confirmado la reserva para usted y su amiga el próximo jueves.

Sloane entrecerró los ojos.

«Mierda».

—Gracias, Petula. Tómate el fin de semana libre —respondí enseguida. Colgué justo cuando mi compañera de cama rubia se levantaba de un salto de la cama—. Sloane —dije en tono severo.

—Ni lo intentes —me respondió mientras recogía algo del suelo. Era el corsé de encaje que le había arrancado. Se lo colgó del hombro y volvió a agacharse.

—¿De verdad estás celosa? —le pregunté, divertido.

—Pues claro que no —resopló—. Es solo que no me apetece retozar con un pene que al mismo tiempo retoce con otras vaginas. No es higiénico.

Sloane Walton no se parecía en nada a ninguna de las mujeres que me había llevado a la cama.

—No estoy retozando con otras vaginas —le solté secamente—. ¿Adónde vas?

—Si te crees que me voy a creer lo que digas, eres idiota —respondió, y siguió recogiendo la ropa que había repartida por el suelo.

—Me gustaría señalar que, de los dos, tú eres la que está buscando otros hombres en una aplicación de citas.

—Pero no me he acostado con ninguno de ellos. Todavía. —Con el ceño fruncido, apartó el edredón de un tirón y empezó a rebuscar a tientas entre las sábanas—. ¿Has visto mis bragas? Da igual, no las necesito.

Alargué el brazo hacia ella, pero me esquivó.

—Yo tampoco me acuesto con mi cita del jueves.

—Sí, ya. —Resopló por la nariz de forma poco refinada, y se agachó para recoger la bolsa.

El gesto me dio la oportunidad que necesitaba. Le rodeé la cintura con los brazos, la levanté en el aire y nos dejé caer sobre el colchón.

—Si no te me quitas de encima ahora mismo, Lucifer, te daré un rodillazo en las pelotas. Y aunque supondría un golpe muy destructivo para todas las mujeres del mundo, haré lo que tenga que hacer —replicó con ferocidad.

—Estás celosa —le repetí. Estaba disfrutando a conciencia.

Para protegerme, la hice rodar y me coloqué entre sus muslos antes de inclinarme hacia ella para besarla en la boca.

Se ablandó de inmediato debajo de mí, pero fue una victoria muy breve, porque me mordió el labio inferior.

—Ay.

—Te lo mereces. Ahora dame las bragas y fingiremos que nada de esto ha pasado.

No era una opción.

—No tengo una cita el jueves —le expliqué. Se revolvió debajo de mí y no me ayudó a olvidarme de la erección intensa que le apretaba contra la barriga—. Voy a salir a cenar con tu madre.

Sloane se calmó de inmediato. Me miró con recelo tras las gafas torcidas.

—Sabes que puedo confirmar ese cuento con facilidad, ¿no?

Le pasé la nariz por la mandíbula y me enorgullecí cuando la piel marfil se le puso de gallina.

—Quedamos todas las semanas para tomar un café o para comer. Yo me aseguro de que no se desmorone y os lo oculte a ti y a tu hermana, y ella se asegura de que no me mate a trabajar. Normalmente, compartimos el postre. Y no me estoy acostando con ella.

Me observó durante un tiempo.

—De acuerdo, te creo.

—¿Ah, sí?

—Cuando escondes algo, te enfadas. Y ahora mismo pareces tan entretenido que me resulta molesto.

—Lo que me entretiene son tus celos —coincidí.

—No estoy celosa —insistió ella.

—Pues yo sí —admití.

Arqueó las cejas.

—¿Tú? ¿Por qué?

—Porque sigues saliendo con otra gente. En cualquier momento, conocerás a don Perfecto y entonces será él quien te haga esto. —Bajé la cabeza y le rodeé el pezón erecto con los labios.

Arqueó la espalda debajo de mí y la fricción añadida contra el pene me volvió loco.

Le solté el pecho con un sonido audible.

—No quiero ser tu don Perfecto, pero puede que eche de menos tu cuerpo cálido y acogedor cuando ya no lo tenga a mi disposición.

Sloane se estremeció.

—Pues entonces será mejor que me saques provecho ahora.

No tardé nada en ponerme un preservativo nuevo y situarme entre sus piernas.

Verla tumbada debajo de mí como un banquete del que disfrutar hizo que me sintiera el hombre más afortunado del puto mundo. Unos cuantos polvos y orgasmos alucinantes más y por fin estaríamos saciados. Pero todavía no.

Apreté los dientes y la penetré con una embestida brusca. Cerró los ojos verdes de golpe cuando todos los músculos del cuerpo se le tensaron a mi alrededor y debajo de mí. Su cuerpo me atormentaba: me daba la bienvenida y luchaba contra mi invasión al mismo tiempo.

Quería acariciarla por todas partes, memorizar todos y cada uno de sus rincones. Las curvas gruesas de sus pechos y caderas, la piel tersa de su vientre. Toda esa piel suave como la seda que me suplicaba que la rozara con los dientes.

—Dime qué quieres —le pedí con voz ronca, y me aparté lo justo para volver a introducirme de golpe y enterrar el último centímetro.

Movió los pies con ansia sobre las sábanas.

—Madre mía —respondió con voz ronca—. No soporto que se te dé tan bien, joder.

—Dime qué quieres, Sloane —insistí, y puntualicé cada palabra con una embestida fuerte.

Ahora tenía los ojos abiertos. Alargó las manos hacia mí y me atrajo hacia abajo, contra ella.

—Solo a ti. Te necesito a ti.

Me perdí en su interior, en la presión y la tensión de sus músculos suaves. En el verde esmeralda de sus ojos. En la forma en que pronunciaba mi nombre como si le faltara el aliento mientras yo nos empujaba hacia arriba. No podía parar. Y no podía apartarme, no con la forma en que se aferraba a mí.

—Será mejor que te prepares para correrte, porque estoy a punto de estallar —le advertí con los dientes apretados.

—Cierra el pico y fóllame con más ganas.

La complací, porque sabía que mi orgasmo detonaría el suyo. Me subió las piernas por las caderas e hizo que me introdujera más a fondo. Mientras sus pechos rebotaban contra el mío, alargó los brazos y me clavó los dedos en las nalgas.

—Lucian —susurró.

Me corrí.

La presión de los testículos me subió por el miembro y brotó en una ráfaga de infarto. Y, a continuación, ella se aferró a mí, se estremeció y se retorció a mi alrededor. Nos corrimos a la vez. Las oleadas de placer nos consumían y cada cresta era más potente que la anterior mientras nuestros cuerpos luchaban por perseguir hasta la última gota de éxtasis.

Joder, estaba preciosa mientras se corría.

Era perfecto. Ella era perfecta. La forma en que encajaba en mi cuerpo, la forma en que me suplicaba lo que tenía que ofrecerle. La forma en que reaccionaba a mis necesidades más básicas. Cada vez que nos acostábamos, me convencía a mí mismo de que sería la última. Y cada vez que acabábamos, sabía que no lo sería.

Me rodeó la cintura con los brazos y los dejó allí.

—Por Dios, colega. Vas a tener que registrar esa cosa como arma. Uf. ¿Y mi cerveza de raíz? Me muero. El sexo de San Valentín ha acabado conmigo. Puedes ponerlo en mi lápida.

—La voz de Sloane sonó amortiguada debajo de mí.

Le sonreí contra el pelo y decidí que ya me preocuparía más tarde por lo que significaba ese deseo infinito que sentía por ella.

CAPÍTULO VEINTINUEVE

COMETIENDO ESTUPIDECES

SLOANE

El Honky Tonk estaba abarrotado y había mucho ruido. Una banda tocaba en el escenario pequeño del rincón y casi todas las mesas estaban ocupadas. Localicé a mis amigos en una de las esquinas de la barra y me dirigí hacia ellos. Naomi y Lina tenían las cabezas juntas y se reían de algo. Knox y Nash montaban guardia detrás de ellas con cervezas en la mano y compartieron una sonrisa irónica por algo que les pareció divertido. Al parecer, Stef el Gallina había vuelto al pueblo y bailaba un pasodoble con Jeremiah en la pista de baile, en el centro de una multitud formada por moteros fornidos.

Me sentí como una idiota enorme cuando noté la oleada de decepción que me golpeó de lleno en la cara.

Lucian no me había dicho que fuera a venir. Era una tontería pensar que conduciría hasta allí un miércoles por la noche. Y era una estupidez que hubiera querido que lo hiciera. Pero así era yo. Tonta, estúpida y ahora estaba extremadamente decepcionada. Me había arreglado sin motivo y había malgastado un conjunto de sujetador y bragas muy bueno bajo la falda corta y el jersey apretado que pensé que harían que le hirviera la sangre.

Aunque, claro, en realidad, no le había pedido que viniera. Deberíamos haberlo dejado ya. Terminado. *Finito.* No más sexo. A pesar de que seguíamos flirteando y discutiendo por mensaje, ni de broma iba a aislarme. No con él. Y menos cuan-

397

do debería centrarme en encontrar a mi futuro marido y padre de mis futuros hijos.

Intenté librarme de mi mal humor mientras me acercaba a la barra. Era lo mejor. Lucian no era más que una distracción de lo que deseaba de verdad. Había llegado el momento de olvidarme de su pene gigante y centrarme en el futuro.

—Estás muy *sexy* esta noche, Sloane —me gritó Sherry «Fi» Fiasco desde detrás de la barra, donde ayudaba a Silver a preparar las bebidas. Me hizo un saludo militar con la piruleta.

Me ahuequé el pelo y le lancé un beso. Y, por dentro, deseé haberme puesto ropa deportiva.

No, me recordé a mí misma. No era una pérdida de tiempo, iba a la caza de una pareja en potencia. Cualquiera de los hombres del local podría ser el futuro señor de Sloane. Como ese de allí.

El señor Michaels, el atractivo profesor de Chloe y Waylay, se estaba tomando una cerveza con otros dos profesores y la mecánica Tallulah St. John. Era guapo, tenía una sonrisa bonita, le encantaban los niños y llevaba gafas. Y lo único en lo que yo podía pensar era el cuerpo desnudo y tatuado de Lucian oscilando sobre el mío.

¿Cómo se suponía que iba a conocer a un tipo majo y conformarme con el sexo normal, del que no te derrite el cerebro? ¿Es que iba a pasar el resto de mi vida atormentada por el fantasma de todos los orgasmos que él me había provocado? ¿Iba a comparar a todos mis amantes con él a partir de ahora? ¿Alguno estaría a la altura?

Estaba perdiendo la cabeza por culpa del espectacular pene de Lucian. Necesitaba terapia y un trago.

Tomé nota mental de sacar un libro o dos sobre hipnoterapia de la biblioteca. Me iba a olvidar de él… eh, de su habilidad sexual, aunque fuera lo último que hiciera.

—Aquí está —comentó Naomi, que se levantó del taburete de un salto y me abrazó a pesar de que habíamos pasado la mitad del día juntas en el trabajo.

—Siento llegar tarde —dije. Lo que no añadí fue: «Estaba muy ocupada fantaseando con que mi enemigo mortal me arranque la ropa interior y me haga gritar su nombre». Sin lugar a dudas, me dejaría caer por la biblioteca de camino a casa y me serviría de todos los libros que encontrara sobre superar malos hábitos.

Knox me apretó el hombro. El anillo de boda reflejó la luz y me recordó que si alguien podía convertir a Knox Morgan en la clase de hombre que contrae matrimonio, yo todavía tenía la oportunidad de encontrar a don Perfecto por ahí.

Lina me obsequió con una sonrisa y me saludó con la mano.

Nash se inclinó por encima de ella.

—¿Qué quieres beber, Sloaney?

—Creo que solo me tomaré una cerveza de raíz —decidí.

La decepción me pedía azúcar. Me tomaría una copa, luego me inventaría alguna excusa, me pasaría por la biblioteca y me iría a casa. Y después revisaría el nivel de batería del vibrador.

Lina y Naomi me rodearon.

—Nash y yo hemos llevado a Naomi y Knox a conocer a Mary Louise esta tarde.

Me animé.

—¿Y qué tal ha ido?

—Nos ha caído de maravilla —explicó Lina.

Naomi esbozó una sonrisa que iluminó todo el bar.

—Ni siquiera el vikingo ha podido encontrar motivos por los que protestar.

—Eso sí que es impresionante —admití.

—Mary Louise está eufórica ante el hecho de que alguien se interese por ella y las entrevistas han recibido muchas visitas —comentó Lina. Las uñas pintadas de rojo oscuro le relucían contra el *whisky* de la copa.

—La biblioteca ha recibido seis llamadas de gente interesada en el caso esta semana —añadió Naomi.

—Hoy me ha llamado Fran. Me ha dicho que hay un pódcast que quiere entrevistarnos a mí, a Mary Louise y a Allen. Y ha conseguido programar una reunión informal con el juez la semana que viene —les expliqué.

—Es un gran progreso —respondió Naomi, y me dio un empujoncito con el hombro—. Así que, ¿por qué parece que te has enterado de que alguien ha intentado prohibir todos los libros?

Mi cara era una traidora.

—Ha sido un día largo. ¿Le ha dicho Stef ya a Jeremiah que está listo para convertirse en un habitante de Knockemout?

—Me felicité a mí misma por el cambio de tema de nivel experto cuando todos nos giramos a mirar a la parejita feliz de la pista de baile.

Naomi sacudió la cabeza y puso los ojos en blanco hacia el cielo.

—Está convencido de que Jeremiah va a pensar que es un acosador.

—Menudo idiota —comenté con cariño.

—Hablando de parejas, ¿qué tal te va la búsqueda últimamente? —me preguntó Lina.

«Maldita sea».

—No he tenido ninguna cita desde hace una semana —confesé. Una semana... diez días... desde que el pene de Lucian me había invadido la vagina y los sueños...

—Ánimo, el señor de Sloane está por ahí en alguna parte —dijo Naomi, y me apretó la mano.

—No puedes rendirte todavía. No va a entrar por la puerta sin más —intervino Lina, y señaló la entrada.

La puerta se abrió y casi olvidé respirar cuando entró el mismísimo Lucifer con el rostro serio y otro abrigo caro, y sumamente *sexy*, que le ondeaba con la brisa. Su mirada se posó sobre la mía y sentí... un montón de cosas impuras.

—Vaya. Habría sido una pasada si hubiera sido cualquier otro tipo alto, atractivo y soltero —bromeó Naomi.

—Oh, no, ángel. Ha llegado el jefe —le advirtió Nash a Lina en broma.

—Toma. —Knox me plantó una cerveza de raíz delante de las narices y me obligó a desviar la mirada del ángel vengador de los orgasmos que se abría paso entre la multitud. Oía el latido de mi corazón por encima de la música. La electricidad me crepitaba por la piel. Todas las células de mi cuerpo eran sumamente conscientes de que Lucian estaba cerca.

—Gracias —grazné.

—Lucy, ¿qué narices haces aquí? —le preguntó Knox a modo de saludo.

—Tenía asuntos por aquí cerca y he pensado que os encontraría aquí.

Su voz, ese tono áspero y aterciopelado, fue directo a mis partes nobles.

Mientras los Morgan se turnaban para saludarlo con el clásico combo masculino de palmaditas en la espalda y apretón de manos, yo miraba fascinada un trapo de cocina arrugado que había detrás de la barra e intentaba convencer a mi cuerpo de que no se dejara llevar por un orgasmo anticipatorio de gran escala. El grupo empezó a tocar otra canción, «H.O.L.Y.», de Florida Georgia Line, mientras yo intentaba calmarme de una puñetera vez.

—Me encanta esta canción —le dijo Lina a Nash.

Él ya había entrelazado los dedos con los suyos y tirado de ella para que se levantara del taburete.

—Vamos, ángel.

—¿Bailas conmigo? —le preguntó Naomi a Knox, y le deslizó las palmas de las manos por el pecho. Este se inclinó y le susurró algo al oído que hizo que se le sonrojaran las mejillas.

—Tranquilos, yo vigilo la barra —grité tras ellos, todavía ignorando a Lucian.

La iluminación del escenario se atenuó e hizo que nuestro rinconcito quedara tan oscuro como un pecado. Silver y Fi estaban muy ocupadas al otro lado de la barra. Lucian se acercó más a mí, todavía en silencio.

Alargué la mano hacia la bebida, decidida a parecer aburrida y para nada excitada, pero mis dedos traicioneros dejaron caer el vaso y la gravedad se encargó del resto.

—¡Mierda! —Me subí al reposapiés de la barra y me incliné por encima de ella para tomar un puñado de servilletas.

Unos dedos cálidos me trazaron la parte posterior del muslo y me quedé paralizada en el sitio.

Lucian me quitó las servilletas de la mano y las lanzó sobre el vertido de forma eficaz.

Me rodeó el vientre con la mano y me levantó del reposapiés. Contuve un grito de sorpresa.

Me bajó al suelo muy despacio y, al hacerlo, me estremecí cuando noté la presión íntima de su erección contra el trasero.

Al verme encajonada entre sus brazos y la barra, me di la vuelta:

—Hola —lo saludé con la respiración entrecortada. Se me endurecieron los pezones en puntas tan afiladas que me atravesaron el sujetador, que, al parecer, no era de gran ayuda.

Me guio hasta el rincón oscuro en el que la barra tocaba la pared y me apoyó una mano a cada lado de la cabeza.

—Hola —respondió. Tenía la mirada ardiente y el pene duro, y yo me sentía mareada.

Quería alargar la mano y tocarle el cuerpo, pero no confiaba lo suficiente en mí para ser capaz de parar.

—¿Cómo te ha ido el día? —le pregunté.

—No necesito que charlemos sobre nimiedades, duendecilla —respondió.

—¿Y qué necesitas?

Se le curvaron las comisuras de los labios en un facsímil voraz de sonrisa y me metió el dedo índice en el cuello del jersey. El contacto de su piel contra la mía hizo que mis partes femeninas iniciaran una celebración.

—A ti.

Me había tocado. Eso significaba que yo podía devolverle el favor, ¿no?

Estiré el brazo y le sostuve el duro miembro con la palma de la mano. Él cerró los ojos y se apretó contra mí.

Le estreché con más fuerza y esos ojos grises se abrieron. Me respondió agarrándome de un pecho y apretando.

Me sentía mareada, sin aliento y tan excitada que me daba miedo estar a punto de arder.

—Pensaba que ya habíamos terminado —comenté, incluso cuando ya había empezado a acariciarle a través de los pantalones de vestir.

—¿Eso es lo que quieres? —Me separó las piernas con la rodilla.

La mano con la que me presionaba el pecho firmemente me estaba distrayendo.

¿Por qué tenía que ser yo quien le dijera que lo deseaba otra vez? ¿Por qué no podía decirlo él?

El ritmo de la música retumbó en mi interior mientras nuestros cuerpos se acercaban cada vez más en ese rincón oscuro de secretos pecaminosos.

—Alguien podría vernos —respondí, ignorando la pregunta.

Me deslizó los dedos dentro del jersey y los introdujo por el filo coqueto del sujetador para atraparme el pezón necesitado. Me cedieron las piernas, pero no me caí. No mientras tuviera su rodilla entre las piernas y su muslo firme me rozara el centro excitado.

Respiré hondo.

—Dime que me deseas otra vez —me ordenó mientras me tiraba del pezón con los dedos.

—¿Y qué pasa si ya lo he superado? —Exhalé.

Esbozó una sonrisa burlona.

—Noto lo mojada que estás a través de los pantalones. No lo has superado.

—¿Y tú?

—Si supiera que nadie se enteraría, ya te tendría inclinada sobre la barra, con eso tan diminuto a lo que llamas falda arremangado hasta la cintura y ya te habría metido la polla hasta el fondo.

Se me estremeció el centro de forma temeraria ante las imágenes que me provocaban sus palabras. Lucian podría dar una clase magistral en decir guarradas.

—Ay, madre —chillé.

—Dímelo —insistió.

Tragué con fuerza.

—Supongo que no me opondría a unos cuantos orgasmos más. Si crees que puedes provocármelos. —Se le estremeció el pene rígido bajo mi mano.

Me tiró del pezón con más fuerza y el gesto hizo que oleadas de sensaciones me recorrieran el cuerpo.

—Creo que me las arreglaré para sacarte unos cuantos más. Si tú consigues guardarte los insultos para ti.

—Eso no te lo puedo asegurar.

Que me tocara, saber que estaba a tan solo unos minutos de que me obsequiara con su cuerpo espectacular, me hacía sentir de maravilla.

—No os estaréis peleando otra vez, ¿verdad? Porque puedo volver a poneros los electrodos bien rápido —dijo Knox desde detrás de la espalda ancha de Lucian.

Di un brinco y le solté el pene a Lucian, pero él se tomó su tiempo en sacarme la mano del jersey. Al parecer, ni él ni yo nos habíamos dado cuenta de que la canción había terminado y nuestros amigos habían vuelto. Pasé por debajo de su brazo y lo rodeé. Noté que me sujetaba por la parte trasera de la falda y entendí lo que quería. Me interpuse entre su erección abultada y el campo visual de los demás.

—Pues claro que se estaban peleando —intervino Lina después de examinarme bien el rostro—. Sloane está roja y Lucian está apretando los dientes.

—No nos estábamos peleando —repliqué—. Estábamos…

—Teniendo una discusión que debemos terminar. —Lucian completó la frase. Después me pellizcó el culo con fuerza por debajo del dobladillo de la falda.

Di medio paso hacia atrás y le clavé el tacón de la bota en el cuero italiano lujoso de uno de sus zapatos.

—Lo permitiré siempre y cuando no se produzca un derramamiento de sangre —respondió Knox.

—Llamadnos si necesitáis refuerzos —nos dijo Nash.

—Ahora mismo volvemos —les prometí mientras Lucian me apartaba de nuestros amigos—. ¿Es que has perdido la maldita cabeza? —le siseé mientras nos arrastraba por el pasillo y dejábamos atrás los baños y el despacho de Fi. En cuanto doblamos la esquina, me rodeó el brazo de forma posesiva con una de sus grandes manos y me atrajo hasta él.

Noté el roce de su miembro duro como una piedra contra el vientre y después me posó la boca de lava derretida sobre la mía. El beso me sacó el aire de los pulmones, los pensamientos de la cabeza y las señales de alarma de los oídos.

Me agarró del pelo con una mano y deslizó la otra hacia abajo para agarrarme de la nalga con algo que se parecía mucho a la posesión.

—¿Por qué pareces tan enfadado?

—Porque no estoy dentro de ti. Porque he conducido hasta aquí y no has sido lo bastante atenta de estar sola en casa.

—Pues discúlpame, no me había dado cuenta de que tuviera que estar a tu entera disposición —repliqué, e introduje una mano entre nuestros cuerpos para agarrarle el miembro rígido.

Me superó tirándome del jersey hacia abajo para dejar al descubierto el sujetador de encaje superguarro por el que ya no me arrepentía de haberme decantado. Con la otra mano, se abrió camino debajo de la falda hasta la cumbre de mis muslos.

—Mi pequeña provocadora.

Me aferré a ese «mi», pero dejé de darle vueltas en cuanto la barba de Lucian me hizo cosquillas en el cuello mientras trazaba con los dedos la tela que me cubría el sexo.

—Podría vernos alguien. —Respiré hondo. Alguien podría equivocarse de camino a los baños y toparse de lleno con un par de enemigos en celo.

—Diles que te tienes que ir —me gruñó al oído. Me metió la mano del pecho bajo el encaje para acariciarme y apretarme la piel.

—Los dos acabamos de llegar —le respondí sin aliento.

—Pues deja de acariciarme la polla. —Pero, mientras pronunciaba las palabras, me apretó la erección contra la mano todavía más.

Me pasó las manos por debajo de la banda elástica de la ropa interior y se abrió paso hasta mi sexo.

—Joder, estás muy mojada para mí. Siempre igual —murmuró, y volvió a apretarse contra mi cuerpo.

Estaba perdiendo el control y quería que él cayera conmigo. Quería llevarlo al extremo.

—Por favor —susurré. Sabía que se volvía loco cuando suplicaba.

Se puso rígido contra mí. Todos y cada uno de los músculos de su cuerpo espectacular esperaban que le dijera lo que quería de él.

—Por favor, ¿qué?

—Quiero probarte.

Maldijo con brusquedad, pero la erección lo traicionó al sacudirse en mi mano.

—Deja que te pruebe, luego volveremos, nos acabaremos las bebidas y nos largaremos de aquí —intenté negociar.

Vaciló, pero sentía el deseo que emanaba de él. Quería dejarme hacerlo.

—Si tardamos mucho en volver, alguien vendrá a buscarnos —respondió, y me introdujo un dedo en el sexo palpitante.

—Si no dejas que te chupe la polla ahora mismo, no sé si podré volver ahí fuera. Necesito hacer algo para tranquilizarme.

—Estás a punto de correrte —respondió cuando mis músculos se estremecieron alrededor de sus dedos.

—Por favor, Lucian —gimoteé. Ya me correría después, él se aseguraría de ello. Pero en ese momento necesitaba sentirlo en la parte posterior de la garganta. Necesitaba hacer que llegara hasta donde él me hacía llegar a mí.

Maldijo con brusquedad y volvió a apretarme un pecho con fuerza. Después de eso, me soltó.

No me lo podía creer. Iba a concederme lo único que quería, a pesar de que era lo único que él no quería. Mientras le bajaba la cremallera de los pantalones, se llevó dos dedos mojados a la boca y los chupó.

Me cedieron las piernas, lo cual me pareció bien porque tenía que bajar hasta el suelo de todos modos.

Me arrodillé en el frío hormigón y sentí el calor de la atención de Lucian mientras le sacaba el miembro. Desde ese ángulo, parecía tan grande que resultaba intimidante. Tenía la punta mojada por la humedad que le salía del orificio.

—Gracias —susurré. Le miré a los ojos cuando abrí los labios y me lo metí en la boca. Un escalofrío le recorrió el cuerpo y empujó las caderas hacia mí de forma involuntaria.

—Hostia puta —siseó cuando me lo introduje hasta el fondo de la garganta y lo sostuve allí.

Levanté la mirada y vi que había echado la cabeza hacia atrás y tenía los puños contra la pared.

Gemí y bajó la mirada hacia mí. Había fuego en esos ojos grises. Alargó el brazo y me acarició la mejilla con un dedo.

Me lo tomé como el permiso para continuar, así que le rodeé la base del miembro con la mano y comencé a moverla. Tiraba de él, lo chupaba hasta que me rozaba la parte posterior de la garganta y luego subía los labios, la lengua y los dedos hasta la punta.

No dejaba de decir obscenidades, como si hubiera cortado todos los hilos que le ayudaban a mantener el control. Me encantaba. La intimidad. El poder. Yo era la que estaba de rodillas, pero estaba al mando. Él me lo había concedido.

—Para.

Me quedé paralizada de golpe ante la orden severa de Lucian. Me agarró del pelo, se lo envolvió alrededor del puño y tiró de mí hasta que le solté la erección. Nos miramos fijamente, jadeando considerablemente en el silencio relativo del pasillo. Tenía los ojos entreabiertos y los labios separados. Parecía desear más, y yo quería dárselo.

Una vez más, me rozó la mejilla con los nudillos, pero una serie de risitas agudas y la oscilación de la puerta del baño interrumpieron el momento. Lucian me levantó por las axilas y me puso en pie.

—Tenemos que volver antes de que envíen una partida de búsqueda —comentó, y después se volvió a guardar el pene gigantesco en los pantalones.

Tenía muchas dificultades para tranquilizarme. La neblina del deseo me había empañado todos los sentidos excepto los que Lucian ocupaba. Me dejé caer contra la pared.

—Deja de mirarme así —me ordenó mientras se ajustaba la erección.

—¿Cómo te estoy mirando? —pregunté.

—Como si quisieras que te follara.

—Para ser justos, es exactamente lo que quiero.

Apretó los dientes y se dio la vuelta, pero solo en parte. ¿Lo estaba volviendo tan loco como él a mí?

Mientras me guardaba las tetas en el jersey, aproveché para echarle un vistazo. Llevaba la corbata torcida, uno de los lados del pelo, que por lo general siempre lucía perfectamente peinado, de punta y parecía que sus pantalones estuvieran a punto de quedar destruidos por una erección muy insistente.

—¿Cómo puedes caminar con normalidad con esa cosa? —le pregunté, y le señalé la región del pene.

—No me hables de la polla ahora mismo —gruñó. Estaba en mitad de una especie de ejercicio de respiración y miraba a todos lados menos a mí.

—Solo digo que parece que cada vez esté más tiesa. ¿Es normal? Es que a mí me da la sensación de que ahora mismo las tetas me pesan una tonelada. Creo que el sujetador me está cortando la circulación.

Lucian cerró los ojos.

—Duendecilla, si sigues hablando de tus tetas, no se me va a bajar.

Sonreí con malicia. La ventaja de ser una mujer era que podías estar excitada sin que pareciera que tenías una tienda de campaña en los pantalones.

—Es solo que las noto muy hinchadas. Y tengo los pezones supersensibles.

Soltó una palabrota y se dobló por la cintura.

Ese Lucian que luchaba por recuperar el control me parecía completamente adorable.

—Treinta minutos.

—¿Qué? —le pregunté.

—Nos iremos en treinta minutos. Invéntate una excusa y te sigo. Quedamos en el aparcamiento.

Me invadió la emoción. Quería follarme. Lo necesitaba. Habría hecho un baile triunfal si no hubiera estado tan pendiente de la humedad que sentía entre los muslos.

—Hecho —coincidí—. Yo salgo primero, tú tómate un minuto para dejar de pensar en quitarme el sujetador y enterrarme la cara en las tetas.

El gruñido que se le escapó hizo eco a mis espaldas mientras me iba, riendo a carcajada limpia.

Duramos veintidós minutos. Veintidós minutos de pura tortura.

Se quedó de pie detrás de mí mientras intentaba concentrarme en hablar con Naomi y Lina. Sin embargo, cada vez que me tocaba, cada vez que apoyaba su muslo contra el mío para inclinarse a pedir una copa y me recorría la piel que quedaba al descubierto entre la falda y el jersey, perdía el hilo.

Al final, Naomi me dio la excusa perfecta cuando me preguntó si estaba cansada.

—Estoy agotada —mentí—. Han sido un par de semanas muy largas y no paro de fantasear con mi cama.

Ninguna de las dos cosas era mentira.

—Has pasado por mucho —respondió con compasión—. Vete a casa. Duerme un poco.

—¿Seguro que no os importa? —les pregunté. Después fingí que reprimía un bostezo.

—Supongo que tendremos que conformarnos con el trío de la testosterona —comentó Lina—. Envíame un mensaje mañana.

—Lo haré —le prometí—. Buenas noches, chicos.

Knox y Nash se despidieron y Lucian fingió que me ignoraba.

Me alejé de la barra a paso tranquilo, pero añadí un par de movimientos extra de caderas, y noté que me observaba durante todo el trayecto hasta la puerta.

Estaba abriendo el Jeep cuando noté una perturbación en la fuerza.

—¡Madre mía! ¿Cómo has llegado tan rápido?

—Tengo las piernas largas —respondió, luego me agarró del brazo y tiró de mí en dirección al Jaguar—. Entra —añadió.

—¿Y qué pasa con mi Jeep?

—Si crees que voy a perderte de vista después del numerito del pasillo, estás muy equivocada. Entra. Ya.

Entré.

CAPÍTULO TREINTA

TENGO QUE ENCARGARME DE UN MONTÓN DE RATAS CONGELADAS

SLOANE

—No me toques —me ordenó, y metió la marcha del coche.

—Jolín, qué mandón. —Hice un mohín.

—Como se te ocurra siquiera rozarme el pene con el meñique, pararé a un lado de la carretera, te arrastraré por encima del freno de mano y te follaré hasta que te olvides de tu nombre.

—No es un argumento muy convincente para que no te toque.

—Si te comportas como una buena chica y esperas los cuatro putos minutos que tardaremos en llegar a casa, te desnudaré y adoraré cada centímetro de ese precioso cuerpo con la polla, la boca y las manos.

Apreté los puños sobre el regazo. Con eso me bastaba.

—Conduce más deprisa —le espeté.

Notaba los pechos pesados e hinchados. El clítoris me palpitaba. Y estaba tan mojada que había pensado en cambiarle el nombre a mis partes por Temporada lluviosa en Costa Rica. Había dejado que lo probara. Había dejado que me lo metiera en la boca. Me latía el corazón a mil por hora por la casi victoria.

Los neumáticos chirriaron cuando pasó de largo el acceso de mi casa y aparcó en el suyo. Ninguno de los dos habló mientras la puerta del garaje se abría delante de nosotros. No le pregunté por qué me había llevado hasta allí en lugar de a mi casa. Con tal de que estuviera a punto de tocarme, no me importaba.

Entró en el garaje y los dos salimos del coche en un segundo. Nos encontramos delante del capó y Lucian me tomó de la mano y me arrastró hasta la puerta. Le dio un manotazo al interruptor de la puerta del garaje y me empujó para que entrara.

No me iba a quejar de que la norma de no tocarse se hubiera terminado.

Una vez dentro del cuarto de la colada impecable, le arranqué la chaqueta de los hombros. Cayó sobre las baldosas, seguida del abrigo que casi me había quitado.

—Me vuelves loco, joder —me dijo entre besos mientras salíamos del cuarto y entrábamos en la cocina.

—Bien —murmuré, y me quité las botas a patadas. Una aterrizó bajo la mesa del comedor y la otra acabó en la cocina. Me agarró y me besó hasta que dejé de pensar con claridad. Sentí la presión cálida y fuerte de su boca, los golpes dominantes que me daba con la lengua. Noté el aire frío y me di cuenta de que me había quitado la falda. Lo siguiente fue el jersey, y me quedé desnuda salvo por las medias, el sujetador y las bragas empapadas.

Lucian se tomó un momento para mirarme de arriba abajo y le ardió la mirada.

—¿Cómo se supone que voy a evitar tocarte cuando tienes ese aspecto?

—Ahora nada te lo impide —respondí.

Se desabrochó el cinturón y empecé a perder la cabeza. El rasguido de la piel cuando se lo sacó me hizo estremecer de la cabeza a los dedos de los pies.

Deslizó los pulgares en los pantalones de vestir. No les presté atención cuando cayeron al suelo, porque no podía apartar la mirada de los calzoncillos negros, que no conseguían contenerle el pene.

Era evidente que había perdido la cabeza, porque, en lugar de desabrocharle la camisa de forma sensual, tiré de ella con ambas manos y los botones saltaron en todas direcciones.

Esbozó una sonrisa malvada. Maligna. Como si mis acciones merecieran un castigo. Me moría de ganas de descubrir cuál era.

—Más vale que no esperes que te la pague —le dije.

—Se me ocurren unas cuantas cosas que quiero en vez de dinero.

Tiró de mí hacia él y me levantó con una mano en el trasero. Le rodeé la cintura con las piernas y me pegué a él. Boca con boca, pecho con pecho.

Nos movíamos. Me llevaba a alguna parte. No me importaba adónde siempre y cuando se detuviera el tiempo suficiente para introducirme ese pene monumental en el cuerpo.

La espalda me chocó contra una superficie de yeso. Me sujetó contra la pared con las caderas y me abrió el cierre frontal del sujetador con un movimiento hábil. El gruñido que soltó hizo que la sangre me hirviera en las venas. Vivía por ese sonido de aprobación. Tenía los pezones erectos y le apuntaban como las flores siguen al sol.

Agachó la cabeza y cerró la boca sobre uno de los pezones afortunados.

—¡Ah! —exclamé cuando aplicó la cantidad perfecta de succión y se metió la protuberancia rosa todavía más en la boca.

Me apreté contra él, ya estaba peligrosamente cerca de correrme. Sentía cómo la cumbre cálida y descubierta de su pene se me clavaba en el muslo.

Me cubrió el pecho de atención hasta que el éxtasis hizo que me golpeara la cabeza contra la pared.

—¿Estás bien? —me preguntó con la voz áspera e irregular.

—Sí —jadeé.

Continuó con el otro pecho y el otro pezón celoso. Los sentía grandes y pesados. Cada lametón era como una secreción de puro placer.

—Me cago en la puta —murmuró, con los labios contra mí.

—¿Qué pasa? —le pregunté, y siseé cuando me rozó los pezones mojados con el vello del pecho.

—Siempre creo que me tomaré mi tiempo, que me pasaré una hora solo con tus tetas perfectas. Pero pierdo el puto control —respondió.

—¿Qué…?

Fui incapaz de decir nada más, porque me separó de la pared de un tirón y nos dio la vuelta. De repente, estaba de rodillas en el salón, bocabajo sobre la otomana tapizada. Tenía el culo al aire y la cara presionada contra el lino azul. Lucian se cernía sobre mí y me arrimaba la erección entre las piernas. Lo deseaba tantísimo que estaba preparada para suplicarle.

—Me has provocado en el bar —me acusó, y me pasó una mano con cuidado por la seda de flores de la ropa interior.

—¿Cómo? —le pregunté, preparada para mentirle.

—Con ese jersey y esa puta faldita. Acariciándome la polla cuando ya la tenía como una piedra por tu culpa. Esas miraditas sexuales mientras jugueteabas con la pajita. Debería darte una lección.

Me enrolló los dedos en las bragas y la sensación de la seda húmeda contra los muslos mientras me las bajaba fue como una clase exquisita de tortura.

—Siempre y cuando la lección incluya que me folles, estoy a favor —respondí, casi sin aliento.

Me siguió acariciando las curvas del trasero con suavidad. Eché un vistazo entre las piernas y vi cómo me deslizaba el pene de adelante hacia atrás entre los pliegues.

—No soporto no poder tocar lo que es mío —confesó.

Estaba a punto de señalarle que nuestro acuerdo no incluía ni de broma que dijera que era «suya» fuera de la cama, pero la punta caliente de la erección me marcaba con su nombre con cada roce. Me removí contra él y abrí más las rodillas, como si le suplicara con el cuerpo.

—Por favor, Lucian —le susurré.

—Todavía no me he puesto el condón —me recordó.

El tono que empleó era... diferente. Como si hubiera algo que quisiera pedirme. ¿Era algo que yo también deseaba?

—Fui al ginecólogo el mes pasado. Todas las pruebas salieron limpias —le expliqué. A continuación, puse una mueca—. Pero no tomo la píldora.

—Vasectomía —me recordó—. Y me hice pruebas hace seis meses.

Seguía acariciándome las caderas y con la punta del pene posada contra mi sexo, como si esperara una invitación. El corazón me latía con fuerza en el pecho.

Y seguro que desde entonces se había follado a un equipo entero de animadoras profesionales.

—No he estado con nadie desde entonces —añadió.

—¿En serio? —No me extrañaba que fuera tan... explosivo.

—Cierra el pico.

—Vale —respondí.

—¿Vale? —repitió, y me instó a que dijera algo más.

—Méteme la polla sin protección y haz que me corra, Lucian. —No podía dejárselo más claro.

Se tensó contra mí y deseé poder verle la cara. Pero se me olvidó en cuanto la cumbre ancha se colocó en su sitio. ¡Sí! ¡Ahí! Retrocedí hacia él con la esperanza de que me dejara tomarlo, pero me paró las caderas con las manos.

—Ahora me toca jugar a mí, duendecilla.

Jamás en mi vida me había excitado tanto porque me amenazaran.

—Pues date prisa y empieza —gruñí—. Por favor.

—Buena chica —susurró. Después me agarró las caderas con fuerza y me penetró.

Lo sentí caliente, duro y suave dentro de mí.

Se me tensó el cuerpo ante la invasión. Estaba más que mojada, más que lista, pero era tan grande y el ángulo le permitía llegar a tal profundidad que me causó impresión. Levanté la cabeza.

La palma de la mano de Lucian me aterrizó en el trasero con un golpe punzante.

Dejé escapar un grito y una sensación cálida y agradable me cruzó la nalga.

—No te muevas —me ordenó con los dientes apretados.

Dejé que me guiara hasta abajo y sentí que le pulsaba el miembro dentro de mí. Me frotó la nalga para aliviar el dolor.

—Tienes que relajarte para mí, nena. Relájate para que pueda meterla toda.

Me temblaban las paredes internas por el deseo de obtener un orgasmo estremecedor.

—Venga, duendecilla. Respira.

Quería hacer lo que me pedía. Quería complacerle, porque después él me complacería a mí. Tomé aliento y me obligué a expulsar el aire como una tetera.

Me deslizó una mano por la columna, desde el cuello hasta el final.

—Buena chica. Hazlo otra vez.

Esa vez respiré de verdad y noté que los músculos se me relajaban un milímetro. Al parecer, él también lo notó, porque se apartó con cuidado y después me embistió, con fuerza.

Lo acepté todo. Lo supe incluso antes de su exclamación triunfal.

Había sido poseída por Lucian Rollins.

—Te siento en las tripas —gruñí.

Respondió con un empujón corto y brusco hacia arriba que me hizo gemir.

Me sentía muy llena. Tan gloriosamente llena que ya no recordaba lo que era estar vacía.

—Estás impresionante cuando me aceptas hasta el fondo, duendecilla —murmuró. Me subió las manos por la espalda y me rodeó para masajearme los pechos, que caían por delante de la otomana.

—Sí, bueno, tú tampoco estás nada mal ahí dentro —chillé.

Me retorció los pezones con tanta fuerza que mis paredes internas se cerraron sobre él. Sentía el latido vertiginoso de la sangre que le corría por el miembro. Sin obstáculos entre nosotros, por fin pude disfrutar del calor abrasador de su cuerpo al entrar en el mío.

Estaba a su merced, y ambos lo sabíamos.

Y eso fue lo que me hizo detonar. Estaba enterrado en mí hasta el fondo y me llenaba como nunca me habían llenado antes. La tensión subía cada vez más, así que lo único que necesité fue abrir las rodillas un poco más y me corrí. Grité a medida que me recorría como una tormenta. Lucian se quedó quieto mientras ese clímax tan espectacular se desataba dentro de mí.

Emitió un gruñido salvaje mientras le exprimía el pene desde dentro.

Permitió que me dejara llevar y después empezó a moverse. Eran avances rápidos e impecables hacia mi centro vibrante.

—Más —espetó, y me asió las caderas con tanta fuerza que iban a salirme moretones.

El sudor nos cubría la piel donde nos tocábamos. Arremetió contra mí durante el clímax y lo prolongó hasta que no supe si me seguía corriendo o si me había provocado otro orgasmo.

—Joder, Sloane. —Había súplica en el tono. Me agarró con más fuerza, después me levantó para que le apoyara la espalda en el pecho y me agarró por la mandíbula para poder plantar la boca sobre la mía.

Sentía que se acercaba, y supe lo que quería, pero que no me pedía.

Interrumpí el beso.

—Sí, cariño. Por favor, córrete dentro de mí —le supliqué.

Me estrechó con más fuerza y volvió a posar la boca sobre la mía. Un segundo después se quedó completamente rígido y sentí el primer estallido cálido del clímax en las profundidades del alma. Me sentí muy satisfecha. Muy sucia. Muy bien. Lucian Rollins se estaba corriendo dentro de mí.

—¡Sloane! —El grito me resonó en los oídos al mismo tiempo que soltaba otro chorro en mi interior.

Me corría otra vez, o seguía corriéndome, gracias a su orgasmo. Siguió arremetiendo contra mí con embestidas lentas y superficiales mientras yo le sacaba cada gota del clímax.

Fue glorioso. Como un espectáculo de fuegos artificiales en mi vagina, detonado gracias al pene atento de un hombre obstinado.

Lucian se derrumbó sobre mí y me aplastó contra la otomana. Seguía dentro de mí, encima de mí, y no dejaba de correrse. No quería que acabara nunca.

—Me haces sentir que pierdo el control —gruñó, moviéndose todavía dentro de mí. Sonó a acusación.

Yo me lo tomé como un cumplido.

—Esto es ridículo —espetó Lucian cuando le tiré de la gorra de béisbol para taparle mejor la cara—. Somos adultos, no adolescentes. No deberíamos ir a escondidas.

Me abroché el abrigo hasta la barbilla y me tapé el pelo con la capucha.

—Tengo hambre y lo único que tienes en casa son platos preparados congelados, *gourmet* y nutritivos. Además, ¿de verdad quieres que todo Knockemout cotillee sobre nosotros como si fuéramos los protagonistas de una de esas historias de amor entre un personaje gruñón y uno adorable?

—Yo soy el adorable en ese escenario —dijo con confianza.

—Tú eres el gruñón que delira y que nunca quiere sentar la cabeza, y menos con la preciosa y encantadora friki de los libros que vive en la casa de al lado. Yo soy la heroína alegre y adorable que cree en el amor verdadero. Solo que no contigo, porque solo te utilizo por los orgasmos.

Sacudió la cabeza.

—Vas a echar de menos esos orgasmos cuando conozcas a don Perfecto. Hay cosas que solo don Imperfecto puede darte.

—Eso ya lo veremos.

Salimos a la calle y acortamos el camino por el acceso y por la franja de hierba cubierta de nieve hasta mi casa.

Había luces encendidas en la acera de enfrente, pero no había vecinos errantes que hubieran salido a pasear al perro o parejas dando un paseo romántico en el frío polar.

Lancé un suspiro de alivio y subí el camino hasta el porche delantero a trote, arrastrando a Lucian conmigo.

—Creo que tengo pepitas de chocolate en la despensa —comenté.

De repente, Lucian me rodeó por la cintura y me arrastró hacia atrás.

—¿Es que te ponen cachondo las pepitas de chocolate?

Pero él había interpuesto el cuerpo entre la puerta principal y yo.

—Vuelve a mi casa —ordenó con voz fría.

—¿Qué? ¿Por qué? ¿Qué pasa?

Intenté echar un vistazo detrás de su espalda ancha, pero se dio la vuelta y me agarró por los hombros.

—Haz lo que te digo.

Entonces lo vi. El montón macabro y repugnante de pelaje apelmazado y colas largas y carnosas.

—Dios mío.

Con una palabrota, Lucian me levantó del suelo y me sacó del porche a zancadas. Me dejó en el sendero, desde el que ya no tenía una perspectiva clara de la puerta.

—Supongo que eso no es un comportamiento común en las ratas —comenté, y traté de reprimir las náuseas, que iban en aumento.

—No, no lo es —respondió con dureza.

—Mierda. Será mejor que te vayas. Tengo que encargarme de un montón de ratas congeladas.

—No, vas a volver a mi casa y yo voy a llamar a Nash.

—Si llamas a Nash, el jefe de policía sabrá que hemos pasado la noche juntos. Lo cual significa que el resto del pueblo lo sabrá mañana por la mañana. Y empezarán a especular sobre las amenazas. Y tú ya no vives aquí, pero yo sí. Seré yo la que tenga que lidiar con la atención.

—¿Amenazas? —La voz de Lucian sonó peligrosamente tranquila.

—Sigo pensando que la primera fue una broma. Está claro que esta es mucho más intensa que una nota ambigua —farfullé. Al parecer, ese era el efecto que tenía sobre mí un montón de ratas muertas.

No dijo ni una palabra más. No, Lucian simplemente me cargó al hombro y me llevó derecho a su casa mientras hacía una llamada.

—¿Por qué me acabo de enterar de que la han amenazado? —rugió al teléfono.

—¡Bájame, pedazo de idiota guapísimo!

Me ignoró.

—Te interesará ver lo que alguien le ha dejado en el porche delantero. Trae la bolsa de pruebas más grande que tengas.

—¡Disculpa! Esto es un secuestro —espeté mientras le aporreaba la espalda con las manos enguantadas.

—Si no dejas de chillar, todo el barrio saldrá a la calle y presenciará esto —dijo Lucian.

Estaba casi segura de que me lo decía a mí.

—Eso no es relevante y no es asunto de nadie más que mío —continuó.

Eso, sin duda, iba dirigido a Nash.

—Quedamos en mi casa. Tengo que atarla a una silla —dijo Lucian.

—Buen trabajo, Lucifer. Ahora Nash se lo contará a Lina, y Lina a Naomi, y Waylay lo escuchará a escondidas y se lo dirá a Chloe, y mi sobrina es incapaz de mantener el pico cerrado ni aunque esté nadando debajo del agua.

—¿Alguien te ha dejado un montón de ratas muertas en el porche y lo que más te preocupa es que tu sobrina le cuente a todo el mundo que nos estamos viendo?

Abrió la puerta principal de su casa y me hizo cruzar el umbral todavía en brazos.

—No nos estamos viendo. Nos estamos viendo desnudos.

—Puedo explicarlo —le dije al grupo antes de que alguien más empezara a hablar—. Solo es sexo.

Lucian me tapó la boca con una mano enguantada.

—Cierra la boca antes de que me hagas enfadar todavía más.

—Págame —comentó Lina, y extendió la mano hacia Nash. El jefe de policía había acudido a la llamada acompañado de su prometida, su hermano y su cuñada.

Los seis esperábamos en el acceso de mi casa a que el sargento Grave Hopper llegara con una bolsa de pruebas lo bastante grande para contener una pila de roedores.

Nash y Knox intercambiaron una mirada irritada y ambos se llevaron la mano a la cartera. Naomi y Lina sonrieron de oreja a oreja cuando les entregaron unos billetes de veinte dólares nuevecitos.

—Es un placer hacer negocios con vosotros —dijo Lina—. No volváis a dudar de nosotras.

—Y no te olvides de que también le debes dinero a Stef —le recordó Naomi a Knox.

—¿Qué está pasando? —le pregunté tras quitarme la mano de Lucian de la boca.

—Ya lo sabíamos —explicó Lina—. Nolan me dijo que te vio en el hotel el otro fin de semana y que el jefe fue a «ocuparse de ti». Y al día siguiente, los dos os presentasteis en el trabajo con cara de postorgasmo.

—Knox y yo teníamos dudas hasta el Honky Tonk —admitió Nash.

Le di un manotazo a Lina en el hombro.

—¿Por qué no me habéis dicho nada?

—¿Por qué no nos has dicho nada tú? —contraargumentó.

—Yo no he dicho nada porque no pensé que ninguno de los dos fuera a ser tan estúpido como para hacer el imbécil —la interrumpió Knox.

—Lina dijo que sería como acercarse a un perro asustadizo. Que lo mejor es no hacer ningún movimiento brusco a menos que quieras espantarlo —explicó Naomi.

—Esto es una estupidez, ¿puedo volver a mi casa, por favor? —les pregunté.

—No, hasta que nos aseguremos de que no haya ninguna otra sorpresa esperándote dentro —comentó Nash.

Me estremecí.

—Esta noche se quedará conmigo —anunció Lucian.

—Oye, Lucifer, que nos hayamos acostado unas cuantas veces no te da derecho a decirme qué hacer.

En ese momento, un coche patrulla paró en el acceso, detrás de la camioneta de Nash. Grave y el agente Bertle salieron de él.

—Os dejo con vuestras riñas —dijo Nash, y se marchó con los policías.

Lucian utilizó la distracción para alejarme unos metros. Lina y Naomi intercambiaron una mirada engreída.

—¿Qué haces? —siseé.

—Tendrías que habérmelo contado —me dijo con frialdad.

—¿Contarte qué? ¿Que alguien me dejó una nota anónima ridícula en el buzón de los libros? ¿Sabes cuántas cosas raras nos encontramos ahí dentro cada semana?

—Alguien te está amenazando y vas a tomártelo en serio —anunció.

—Uf. Incluso después del sexo eres insufrible.

—Y tú sigues siendo un grano en el culo que no desaparece —replicó.

Intercambiamos una mirada acalorada, pero yo cedí primero.

—Míranos. Nuestro amigo prefiere guardar ratas muertas en una bolsa que estar cerca de nosotros.

—Escúchame con atención, duendecilla. Mientras tenga el pene dentro de ti, llámalo como quieras, pero eres mía. Y mientras seas mía, tengo derecho a saber si alguien te está asustando.

—No estoy asustada, sino molesta. Me gustaba mucho ese felpudo.

—No te lo tomas en serio, es otro motivo por el que yo sí.

—Esto es casi tan malo como las serpientes de la alcaldesa —protestó el agente Bertle, e intentó reprimir una arcada mientras metía una rata en la bolsa con unas pinzas.

—Luce —lo llamó Nash.

—Llévatela dentro —ordenó Lucian, y me llevó hasta Knox.

CAPÍTULO TREINTA Y UNO

SE ACABÓ EL FESTÍN DE POLVOS

LUCIAN

—¿Y bien? ¿Qué has descubierto? —Me puse de pie en cuanto Nash entró en el despacho.

—Joder, Luce —respondió, y encendió las luces—. Son las siete de la mañana de un jueves. Por lo menos deja que me tome un café antes de acojonarme con tu actitud de villano al acecho.

—Alguien está amenazando a una de las personas a las que se supone que debes servir y proteger ¿y lo único que te preocupa es dormir bien?

Yo apenas había dormido. Habíamos pasado la noche en mi casa y, mientras que Sloane se había acurrucado cómodamente a mi lado y se había quedado frita en segundos, yo había repasado todas y cada una de las probabilidades y posibles consecuencias. Cuando me decanté por la respuesta más obvia, salí de la cama, revisé la alarma tres veces e intenté deshacerme de la ira en el gimnasio con Shania Twain resonándome en los oídos.

Seguía sudado y furioso.

Se comportaba como si no fuera más que una broma pesada de mal gusto. Era evidente que su habilidad para tomarse en serio las situaciones peligrosas no había mejorado desde que era una adolescente.

Ocurrían cosas malas. Y la gente buena salía mal parada. Ella lo sabía de primera mano, joder. Aun así, yo parecía ser el único que se lo tomaba en serio.

422

Nash suspiró mientras se encogía de hombros para sacarse el abrigo.

—No voy a gastar saliva para darte la típica charla de los «asuntos policiales» dado que nunca me escuchas, y si algún capullo estuviera amenazando a Lina, yo tampoco estaría de humor para meterme en mis asuntos.

Hice caso omiso de la comparación. Sloane y yo solo follábamos, ese era el alcance de nuestra relación.

—Dime qué has estado haciendo hasta ahora.

Nash puso una taza en la cafetera y pulsó los botones con irritación.

—Eran ratas congeladas. Se venden en las tiendas de animales como comida para serpientes. De momento no tenemos ninguna pista de dónde las compraron. Bannerjee va a preguntar por el vecindario hoy para averiguar si alguien ha visto algo sospechoso. ¿Quieres café? —preguntó, y me miró de arriba abajo.

Ya tenía bastante adrenalina en el sistema, no necesitaba también un chute de cafeína.

—Quiero respuestas.

La comisura de la boca de mi amigo se curvó hacia arriba.

—Si quieres hacer algo, convence a Sloane para que se compre uno de esos timbres con grabación de imágenes. Incluso un par de cámaras. Eso impedirá que vuelvan a intentar algo así.

—Va a instalarse un sistema de seguridad entero y no voy a perder el tiempo en discutirlo con ella. ¿Qué más tenéis?

Le brillaron los ojos con diversión y se tomó su tiempo para sentarse detrás del escritorio.

—Por lo que parece, tengo dos teorías. Una, nuestra pequeña bibliotecaria ha cabreado mucho a alguien que quiere hacérselo saber. Primero la nota, luego esto. Son advertencias. Muy imprecisas. No es que alguien la haya obligado a meterse en el maletero de un coche o le haya disparado, precisamente.

Conocía a Nash lo bastante bien como para entender que no insinuaba que la amenaza no fuera real. Sabía mejor que ninguno de nosotros la clase de oscuridad que podía ocultarse bajo la superficie.

—¿Y cuál es la otra teoría? —le pregunté.

Nash me miró serio.

—Los dos empezáis a pasar tiempo juntos y de repente alguien tiene un problema con Sloane. Podría ser una coincidencia. O podría estar relacionado. Era la misma conclusión a la que había llegado yo sobre las cinco de la mañana.

—Te labras enemigos mucho más rápido de lo que haces amigos. Alguien podría haber estado prestándote atención y haberos visto juntos. Una examante, un antiguo socio de negocios, un jefazo del crimen con el que te estás enfrentando mano a mano. Y, a juzgar por tu expresión, ya se te había ocurrido.

Era posible que me hubiera vuelto descuidado y hubiera puesto a Sloane en el punto de mira de Anthony Hugo.

Me quedé muy quieto e ignoré a mi mente, que me gritaba que tenía que levantarme y pasar a la acción. Hubo un tiempo en el que me quedaba quieto para permanecer invisible. Ahora lo hacía porque la quietud no revela nada a los enemigos.

Había subestimado a Hugo. Mientras tonteaba con los dispositivos de rastreo y los secuaces que me perseguían, había caído de lleno en las manos del capo y le había servido el incentivo perfecto que podía usar contra mí.

—Estás haciendo lo de la expresión imperturbable —observó Nash.

—¿Qué expresión imperturbable? —espeté.

—Esa que pones que parece que estés estreñido y muy enfadado por algo. Te pones así cuando sientes cosas que no quieres sentir.

—No siento nada —insistí, más alto de lo que pretendía.

Nash dejó la taza de café sobre el escritorio.

—Mira, tío. Por si sirve de algo, no me imagino a Anthony Hugo conduciendo hasta aquí y arrojando un montón de cadáveres de rata en la puerta de Sloane. No le van las sutilezas.

—Ambos sabemos que tiene un ejército de delincuentes dispuestos a hacer lo que él quiera.

—No sabemos si Hugo ha tenido algo que ver con esto. Podría haber sido Marjorie Ronsanto perfectamente, le gusta putear a la biblioteca cada semana. O algún adolescente hormonal idiota que no quería pagar la multa por devolución tardía.

—O podría ser el puto Anthony Hugo. Creía que tú precisamente te lo tomarías en serio.

Nadie parecía preocupado como era debido por lo que había pasado. Cuando había salido de la cama, Sloane se había dado la vuelta, había enterrado la cabeza en mi almohada y me había pedido que le trajera una rosquilla. Y ahora Nash intentaba aplacarme como si fuera un ciudadano que se preocupaba en exceso.

—Mira, Luce, lo entiendo. Te importa y estás preocupado. La mantendremos a salvo. Entre tú, yo y el resto del departamento, nadie se le acercará.

Sacudí la cabeza.

—Me vuelvo a la ciudad —decidí.

Si era yo quien había atraído la atención de Anthony Hugo hacia Sloane, entonces sería yo quien la desviara.

—¿Estás seguro? —me preguntó mi amigo.

—No me necesitas aquí para que interfiera con la investigación —respondí de manera inexpresiva.

—Como si eso te hubiera impedido entrometerte en otras ocasiones.

—A lo mejor esta vez he decidido atender a razones.

Entrecerró los ojos.

—O a lo mejor te estás convirtiendo en un cagón de campeonato en mi despacho.

—No tenemos una relación, solo follamos. —Incluso decirlo en voz alta hizo que se me tensaran los músculos.

—Te quiero como a un hermano, así que hazme caso cuando te digo que ni se te ocurra jugar con Sloane —me advirtió Nash.

—Ella ya está al tanto de lo que tenemos —repliqué.

Él sacudió la cabeza.

—Eres un idiota.

—¿Por qué no dejáis de decirme eso?

—Porque hasta yo, un hombre Morgan atrofiado emocionalmente, veo que sientes algo por ella. Siempre lo has hecho. Y ahora que estás a punto de tener algo de verdad con ella, ¿vas a salir pitando hacia la ciudad y fingir que no estás acojonado porque esté en peligro? Si Lina tuviera problemas, nada me impediría interponerme entre ella y dichos problemas.

—Si Lina tuviera problemas, les daría una patada en las pelotas y se afilaría las uñas en las cuencas de sus ojos.

—Sloane no es como Lina. Cuando se irrita, se lanza de lleno sin pensar en las consecuencias —me recordó innecesariamente.

—No es mi problema. —Un ácido abrasador me subía por el esófago.

—Una vez lo fue. El otro día, después de la cena, revisé los archivos antiguos de Ogden. Sloane era la menor anónima a la que atacó Ansel Rollins, ¿verdad? Así es como se rompió la muñeca.

—Ella no se la rompió, joder. Lo hizo él —le dije, y me levanté—. Y si quieres saber los detalles, tendrás que preguntárselo a otra persona, porque yo no estuve allí. Estaba en la puta cárcel.

—Pero te soltaron a la mañana siguiente, ¿verdad? —insistió—. Qué coincidencia tan interesante, ¿no crees? Y que ahora quiera abogar por las personas a las que han encarcelado injustamente.

—Cuida de ella —le respondí con frialdad, y fui derecho a la puerta.

—Lo he dicho en serio —comentó Nash a mis espaldas—. No juegues con ella.

—No lo haré —murmuré en voz baja. Comencé a marcar el número de teléfono mientras salía hecho una furia de la comisaría.

—¿Y mi rosquilla? —Sloane hizo una mueca.

Llevaba puesta mi camiseta, se servía el café en mi cocina y tenía un aspecto desaliñado adorable. Algo incómodo se me contrajo en el pecho. Una oleada de posesión me hizo perder el equilibro. Quería esto. A ella. Y no podía tenerlo. No cuando estar cerca de ella la convertía en un objetivo.

—No te he traído ninguna —le dije sin emoción.

—Qué malo. ¿Qué ha dicho Nash? ¿Alguien ha denunciado un robo de ratas?

Le arranqué la taza de las manos.

—Deberías irte.

—¿Por qué? ¿Qué pasa? Tienes una cara muy rara. Ay, Dios. ¿Le ha pasado algo a Miau Miau? Cuando se trataba de Sloane, conocía el botón que debía pulsar para que se alejara de mí.

—No le ha pasado nada a tu gato, simplemente no te quiero aquí.

—Eso no es lo que dijiste anoche —replicó con tono engreído.

—Puedes quedarte la camiseta —comenté, y la miré de la cabeza a los pies con cuidado de mantener la expresión imperturbable.

—Ah, no, Lucifer. No me voy a ir a ninguna parte hasta que me digas por qué hace apenas unas horas me suplicabas que te hiciera correrte y ahora te has convertido en un bloque de hielo.

—Me he acordado de todos los motivos por los que no te soporto.

Sloane rio por la nariz.

—Buen intento. No se te habían olvidado en un principio.

—He hablado con Nash. Ha indagado en el expediente de arresto de mi padre y ha atado algunos cabos.

Ella permaneció callada.

—Te metiste de lleno en una situación peligrosa por voluntad propia.

—Igual que tú cada vez que tus padres discutían —señaló.

—Es distinto. Era mi responsabilidad. Tú nunca deberías haber estado allí, nunca debería haberte contado lo que pasaba. No es solo que te arruinara los planes, es que podría haberte matado. Y fuiste allí por voluntad propia.

Sloane se cruzó de brazos.

—Porque la querías. Porque querías que estuviera a salvo. Y porque yo no soportaba que estuvieras encerrado un minuto más por un crimen que él había cometido —habló con suavidad, pero con firmeza.

—Te rompió la muñeca por tres sitios. Tuvieron que operarte. Todos tus planes, tus sueños, se fueron al garete porque fuiste incapaz de escucharme y hacer lo correcto.

«Crac».

Mi libertad no valía eso. Mi vida no valía eso.

«Crac».

—Lucian —respondió con cuidado.

—¿Qué? —Me di cuenta de que gritaba. Yo no levantaba la voz como él, no tenía que hacerlo—. ¿Qué? —repetí en voz más baja.

—Siento no haberte escuchado cuando me dijiste que no llamara a la policía. No tenía ni idea de que ocurriría lo que pasó. Pero no me arrepiento de lo que hice para sacarte de allí. Le di la espalda para no sentirme tentado de zarandearla hasta hacerla entrar en razón. Un pánico y una ira de hacía décadas habían empezado a asomar la fea cabeza.

—Todavía siento náuseas cuando pienso en lo que pasó aquella noche, en lo que vi, en lo que tuviste que vivir durante tanto tiempo —continuó—. Soy consciente de la suerte que tengo de que las cosas no acabaran de otra manera. He malgastado muchísimo tiempo en los últimos años pensando en lo que podría haber pasado. ¿Qué habría sucedido si hubiera llegado demasiado tarde? ¿Y si le hubiera hecho daño a mi padre? ¿Y si se hubiera salido con la suya? Pero no me he arrepentido de cómo salieron las cosas ni una sola vez. Él fue a la cárcel y tú saliste de allí. Se hizo justicia.

Me volví hacia ella a pesar de que no quería mirarla.

—La justicia no existe —escupí.

—Eso parece parte de una conversación para la que ninguno de los dos tiene tiempo.

—Alguien te está amenazando. Y no solo no se te ha ocurrido mencionármelo, es que tampoco te lo estás tomando en serio. Estás siendo una puta egoísta otra vez.

Soltó un grito ahogado y la ira cobró vida en su mirada.

—¿Egoísta? ¿Crees que meter a tu padre en la cárcel para que todo el mundo supiera quién era el monstruo en realidad fue egoísta?

—Que creas que sabes lo que es mejor para todo el mundo es egoísta. Que vuelvas a negarte a tomar medidas para garantizar tu seguridad es egoísta. Que te pongas en peligro es egoísta.

Dio un paso hacia mí y me apoyó las palmas de las manos en el pecho.

—Estás empezando a hacerme enfadar, y no quiero cabrearme los jueves porque es jueves de intercambio de comida y me gustan los jueves de intercambio de comida. Así que te diré lo siguiente: siento mucho mi papel en todo. Siento no haber hecho lo que necesitabas que hiciera o no haber sido lo que querías que fuera. Siento que parezca que no me estoy tomando en serio las amenazas, porque sí que lo hago. ¡Me acojona que alguien haya decidido lanzarme un montón de ratas muertas en el porche! Ahora, ¿podemos hablar de esto, sea lo que sea, como adultos, o vas a empeñarte en seguir teniendo la cabeza metida en el culo?

Hacia el final de la diatriba, había empezado a gritar. Levantó la barbilla y me lanzó una mirada asesina. Quería besarla. Quería encerrarla en el dormitorio y mantenerla a salvo. Quería zarandearla hasta que le rechinaran los dientes y entrara en razón. Hasta que viera que nunca debería haberse involucrado. Que, una vez más, estar cerca de mí la había puesto en peligro.

Pero ahora, podía hacer algo al respecto.

—Tengo que volver a la ciudad y tú tienes que irte a casa —anuncié—. Se acabó el festín de polvos.

—Ya veo que te empeñas en seguir con la cabeza en el culo —exclamó con ironía—. Como quieras.

Se agarró el dobladillo de la camiseta y se la sacó por la cabeza. Sloane Walton estaba desnuda en mi cocina. No estaba seguro de cuántas de mis fantasías empezaban así, pero como mínimo mil.

—Quédate la camiseta —insistí.

—Preferiría irme a casa desnuda —espetó.

Habíamos pasado demasiado tiempo así. Nos peleábamos y luego encontrábamos el camino de vuelta hasta el otro para volver a estallar. Éramos como imanes que un momento se atraían y, al otro, se revertían y se repelían. Pero, esa vez, debía ser permanente. Esa vez, necesitaba que estalláramos para siempre.

La seguí hasta el perchero. Cogió la parka del gancho y metió los brazos por las mangas en movimientos rápidos y erráticos.

—Pobre hombre melancólico de pene grande y con todo ese bagaje emocional.

Saltó sobre una pierna mientras se ponía una bota de nieve y luego la otra.

—Por lo menos podrías vestirte —le espeté de mal humor.

—Gracias, pero preferiría quemarlo todo antes de tener que mirarlo y acordarme de ti.

Jugaba con fuego. Estaba furioso y ella me apretaba todos los botones como si fuera una niña dentro de un ascensor. O era ajena a mi ira o estaba muy segura de sus habilidades inexistentes para protegerse.

—Ya he pasado demasiado tiempo de mi vida con una mujer sin instinto de supervivencia. No pienso pasar por eso otra vez. No cuando esta vez tengo elección.

Se detuvo en mitad de un salto y me fulminó con la mirada. Su furia chisporroteaba como las chispas de una hoguera.

—Ni se te ocurra compararme con tu madre. Y, ya que estás, que te diviertas solo el resto de tu puta vida, ya que eres demasiado terco para aspirar a algo mejor.

—Siempre y cuando no tenga que lidiar contigo a diario, lo estoy deseando. Me compadezco de tu futuro marido.

Sloane soltó una carcajada mordaz e irónica.

—Yo que tú no malgastaría el tiempo pensando en mí o en mi futuro marido. Porque voy a olvidarme de que existes.

—Buena suerte con eso.

Pero no lo oyó, porque ya había cerrado la puerta principal de un portazo detrás de ella.

La abrí de un tirón y salí a la calle.

—Una empresa de seguridad se pasará esta tarde por tu casa para instalar las cámaras —le grité mientras se dirigía a su casa a zancadas.

—Si tienen algo que ver contigo, no se acercarán a mi propiedad.

—No seas idiota y testaruda.

—¡Tranquilo, tú ya tienes el monopolio!

Llegó hasta el acceso a la casa y había empezado a dirigirse al porche delantero cuando se lo pensó mejor y desvió el rumbo hacia la puerta del garaje.

—Si ves algo que te parezca raro, llama a Nash. De inmediato.

—¡Vende ya la maldita casa, capullo!

Emry: ¿Crees que con este traje parece que debería haber dejado las galletas hace unas décadas?

CAPÍTULO TREINTA Y DOS
PARA MÍ ESTÁ MUERTO

SLOANE

Capullo: Para confirmarlo, el equipo de seguridad llegará a tu casa a la una.

Capullo: Por lo menos dime si estarás allí para recibirlos.

Capullo: Me haces el vacío. Qué madura.

Capullo: Que sepas que no estoy en contra de avisar a la policía.

Capullo: No sé qué crees que estás demostrando al llamar a la policía cuando los de mi equipo de seguridad solo querían protegerte.

Capullo: Solo porque ya no nos estemos acostando, no significa que no me importe.

Capullo: He encontrado tus bragas detrás de la mesita de noche. ¿Quieres que te las devuelva?

Los juzgados de Lawlerville parecían haber vivido su apogeo en los años setenta: los suelos eran de baldosas moteadas, las paredes estaban revestidas de paneles de madera que desprendían un ligero olor a humedad y los techos estaban manchados de amarillo tras décadas recibiendo el humo de los cigarrillos. Me removí en el banco, demasiado bajo y duro, y no aparté la mirada de la puerta que tenía justo delante.

La placa de metal de la pared rezaba «Juez Dirk Atkins». Detrás de esa puerta había tres personas que, con suerte, harían realidad los sueños de Mary Louise. Y yo estaba atrapada allí fuera, tratando de no morderme las uñas hasta el hueso.

E intentando no pensar en Aquel En Quien No Debía Pensar.

Justo en ese momento, me vibró el móvil sobre el banco.

Capullo: Lina me ha dicho que estás en el juzgado. Buena suerte.

Miré el mensaje con furia. Había pasado una semana y media desde que Lucian me había echado de su casa. No había vuelto a Knockemout desde entonces. Entre la biblioteca, mi familia, el caso de Mary Louise y mis amigos, que, tratando de fingir desinterés, intentaban sonsacarme información sobre Lucian, estaba muy ocupada. Pero no lo suficiente como para olvidarme de que el capullo existía.

Había caído en la trampa dos veces. Si lo hacía una tercera, merecía que me aniquilaran los dientes de acero de los caprichos perversos de Lucian. Se preocupaba por mí. Me odiaba. Me deseaba. No quería tener nada que ver conmigo.

Era una montaña rusa en la que no necesitaba volver a subirme. Quería estabilidad, no volatilidad. Una relación, no un amigo con derecho a roce. Un futuro, no un pasado.

Abrí la aplicación de citas y, con un suspiro fortalecedor, comencé a deslizar los perfiles.

La puerta de la sala se abrió y me puse en pie de un salto. El móvil salió volando.

Fran salió al pasillo y lanzó una mirada asesina al fiscal del distrito, un hombre de pelo ralo y blanco y gafas gruesas. Parecía mayor de los cuarenta y siete que la búsqueda por internet indicaba que tenía, pero imaginaba que eran los efectos que el sistema penal provocaba en una persona con el paso del tiempo.

—Menuda forma de apoyarme ahí dentro, Lloyd —espetó Fran.

El fiscal encorvó los hombros.

—No queda bien que un magistrado reduzca sus propias sentencias.

—Esa sentencia se pasa de la raya y lo sabes —le respondió, y le rozó los mocasines arañados al hombre con los zapatos de tacón de aguja rosas.

—¿Algún problema, señoritas? —El tono sarcástico, de acento sureño y meloso, provino del umbral de la puerta.

El juez Dirk Atkins era un hombre atractivo de casi sesenta años. Tenía el cabello plateado y grueso, una actitud solemne y la corbata que llevaba debajo de la túnica negra parecía tan cara como las de Lucian Rollins.

Fran cambió el gesto de enfurecido a imperturbable en medio segundo. El fiscal, por el contrario, parecía como si quisiera que se lo tragara la tierra.

—No hay ningún problema, su señoría —respondió Fran con tacto.

El juez Atkins se agachó y recogió el móvil del suelo. Le echó un vistazo a la pantalla.

—Eso es… eh, mío. Señor. Digo, su señoría —intervine, y extendí la mano.

Levantó la mirada de ojos azules pálidos hacia mí y me devolvió el teléfono.

—¿Y usted es?

—Es mi socia, la señorita Walton —le explicó Fran.

—Bueno, señorita Walton, yo de usted no deslizaría a la derecha con ese —comentó el juez, y señaló la pantalla del móvil con la cabeza—. Parece un poco sospechoso. Hoy en día, toda precaución es poca para una jovencita como usted.

—Eh, ¿gracias?

—No le robaremos más tiempo —anunció Fran, y me rodeó el brazo con el suyo.

—Intuyo que no ha ido muy bien —le comenté por la comisura de la boca mientras nos guiaba hacia los ascensores.

—El juez cree que la sentencia original no tenía nada de malo. Al parecer, se ha forjado una carrera a base de «dar castigos ejemplares» a los acusados que pasen por su sala de tribunal.

—Así que ha decidido doblar la apuesta.

Fran pulsó el botón del ascensor con furia.

—Oh, más bien la ha triplicado. Ha visto tus entrevistas y no le ha gustado la «narrativa unilateral» —dijo, y añadió unas comillas con los dedos—. Ha sugerido que encontremos mejores formas de aprovechar el tiempo que no impliquen cuestionar sus sentencias.

Las puertas del ascensor se abrieron y entramos. Me dejé caer contra la pared del fondo.

—¿Y qué hacemos ahora?

—Ahora comenzaremos el proceso de apelación. Si queremos conseguirle a Mary Louise la oportunidad de salir de la cárcel, no la obtendremos en este tribunal.

Tamborileé los dedos sobre el pasamanos.

—¿Sabes? Esto solo ha hecho que tenga más ganas de hacer entrevistas para hacerlo enfadar.

Fran esbozó una sonrisa algo siniestra.

—Esperaba que dijeras eso.

—Ojalá tuviera mejores noticias, Mary Louise —le dije a la pantalla del ordenador con una mezcla incómoda de decepción y enfado.

—Cariño, ya has hecho más por mí que nadie. No tienes que disculparte —respondió. El mono de color *beige* que llevaba se camuflaba tristemente con el fondo de tochos grises de hormigón industrial.

—No pierdas la esperanza —intervino Fran a mi lado—. Esta opción siempre iba a ser poco probable. Ahora podemos centrar los recursos que tenemos en los siguientes pasos.

—Solo quiero que sepáis lo agradecida que estoy por el mero hecho de que os hayáis interesado. Significa muchísimo para mí y para Allen —continuó Mary Louise con los ojos resplandecientes por las lágrimas.

—Nos pondremos en contacto contigo pronto —le prometió Fran.

—Sé positiva, Mary Louise —le comenté, deseando haberle dado algún motivo para sentirse así.

La llamada se cortó y me dejé caer en la silla.

—Me siento fatal —anuncié.

—No dejes que te desanime —me aconsejó Fran, y luego se puso en pie—. Si no, estarás hecha un ovillo en el suelo y no podrás celebrar los milímetros de avance en el caso.

Entre mi padre, la última catástrofe con Lucian y la decepción que Mary Louise había tratado de ocultar, hacerme un ovillo me parecía una opción bastante buena.

Me estaba autocompadeciendo, aunque por lo menos no hecha un ovillo, cuando Naomi entró en mi despacho con la energía de un *golden retriever.*

—Buenooo, ¿qué tal todo? —me preguntó, y se apoyó en la silla de las visitas. Había estado comprobando cómo estaba cada hora desde que la había puesto al día sobre la desastrosa reunión con el juez. Dejé a un lado el borrador de boletín en el que estaba trabajando y dejé caer la cabeza sobre el escritorio.

—Así de bien, ¿eh?

—Todo da asco.

—Entonces deduzco que ya lo has visto —dijo con compasión.

—¿Ver el qué? —pregunté con la vista clavada en el teclado.

—Lo de Lucian.

Me erguí.

—¿Qué es lo de Lucian? —le pregunté. Naomi hizo una mueca y desvió la mirada hacia la puerta—. ¿Qué es lo de Lucian? —repetí en tono amenazante.

Se llevó las manos a las mejillas.

—Seguro que no significa nada, no era más que un blog de cotilleos del Capitolio.

Pasé los dedos a toda prisa por el teclado mientras escribía «Lucian Rollins blog de cotilleos» en el buscador.

Primero miré las fotos. Lucian, de traje, entraba de la mano de una mujer despampanante y escultural a un hotel. Y no era cualquier hotel. Era el nuestro. Bueno, técnicamente, el suyo. Ella poseía esa clase de belleza de las familias adineradas y de muy buenos genes. Llevaba el pelo negro y liso recogido en un moño clásico. El vestido ajustado de color marfil le contrastaba a la perfección con la piel exquisita y morena y el abrigo hecho a medida parecía más caro que el que él me había dejado.

Había otra foto. Otra mujer y otra noche. Lucian le posaba la mano íntimamente en la espalda a una pelirroja diminuta mientras salían de un restaurante de postín. Era más bajita, voluptuosa y, de algún modo, estaba igual de deslumbrante con su vestido de noche coqueto, diseñado para llamar la atención.

Aparté la mirada de la pantalla y me obligué a olvidarme de la existencia de Lucian Rollins y de su pene.

Ya no era la mujer que lo volvía loco, ni siquiera como había fanteaseado en mis momentos más oscuros y ebrios a lo largo de los años, la chica que se le había escapado. Ahora solo era una de las mujeres a las que había dejado en el olvido.

Sentía la cabeza cargada y pesada y notaba los latidos en la base de la coleta. Oí un crujido y, al bajar la mirada, descubrí que había roto el tapón del bolígrafo que sujetaba.

—Vale, puedo arreglarlo —intervino Naomi, y sacó el móvil.

—¿Qué haces?

—Llamar a Lina. Necesitamos alcohol y a Joel el madurito.

—Estoy bien. No estábamos juntos, solo nos acostábamos —respondí de forma mecánica—. Ah, mira. La de la primera cita está en el comité del mayor banco de alimentos de D. C., y la de la segunda es una maldita astrofísica.

Quería meter el brazo por la pantalla y volcarle un cóctel carísimo a Lucian en esa cabecita tan bonita. También quería preguntarle a su cita dónde compraba la ropa, porque los zapatos que llevaba eran magníficos. Aunque no es que una bibliotecaria de un pueblo pequeño, como era yo, pudiera lucir o permitirse un modelito así.

Se le veía bien con ambas mujeres. Mejor que bien. Parecía que encajaban allí, aferradas a su brazo. Como si pudieran sentarse junto a él durante más de cinco minutos sin discutir.

—Lucian y tú tenéis una historia. Y, por desgracia para ti, eres una mujer que lo siente todo a lo grande, lo que significa que no puedes acostarte con él y ya está.

—Sí que puedo y lo he hecho —insistí.

—Acabas de romper el bolígrafo y has aplastado el vaso de papel. Se te está derramando el café helado por el brazo, literalmente —señaló.

—Mierda.

—Me alegro de estar en este lado para variar —comentó Knox. Se sentó con satisfacción en el taburete pegajoso del Hellhound, un tugurio sucio y mugriento de las afueras de Knockemout.

—¿En este lado de la barra? —le preguntó Lina, apoyada en Nash. Él, de pie junto a ella, tenía la espalda apoyada en la barra y escaneaba con la mirada a los moteros que se apiñaban alrededor de las mesas tambaleantes y discutían mientras jugaban al billar.

—No, en el lado de «los hombres dan asco, vamos a emborracharnos» —explicó Knox.

—Solo hemos venido por motivos puramente sociales —insistí—. No hace falta tomar parte en el movimiento «los hombres dan asco, vamos a emborracharnos», porque eso implicaría que me importa lo que haga Lucian, cuando no es el caso, porque no significa nada para mí. Nos acostamos. Luego dejamos de acostarnos. Fin de la historia. ¿Dónde está Joel? Necesito un trago.

—Mi bar es mejor que este —comentó Knox, que no dio señal alguna de haber escuchado mi convincente diatriba.

Naomi le obsequió con una sonrisa radiante.

—Lo es, pero espera a conocer a Joel el madurito. —Señaló el final de la barra, donde nuestro barman favorito servía unos chupitos de *whisky* barato delante de tres mujeres de aspecto malhumorado que vestían vaqueros desgarrados y cuero desgastado.

Lina lo saludó con la mano y Joel le devolvió el gesto con uno de sus gestos de la cabeza de tío guay.

—Vale, he llenado la gramola de canciones en contra de los hombres y le he dicho a la pareja de moteros con tatuajes a juego que sois de una secta y queréis reclutar miembros. Eso os dará algo de tiempo antes de que empiecen a tiraros los tejos —comentó Stef, y se sentó en el taburete junto al mío.

Le di unas palmaditas en la rodilla.

—Gracias, Stef. Eres un buen amigo.

Knox y Nash se acercaron a sus mujeres cuando el atractivo barman vino hacia nosotros. Se detuvo justo delante de mí.

—¿Qué tal, rubia? ¿Qué te pongo? ¿Chupitos? ¿Un *bloody mary* picante?

—Hola, Joel. Me encantaría tomarme un *bloody mary* por ningún otro motivo que el que preparas es excelente. No es que quiera emborracharme por problemas de hombres ni nada por el estilo —le expliqué.

—Me alegro de que me lo hayas aclarado —respondió con una media sonrisa.

Les tomó nota a todos y se puso manos a la obra bajo la atenta mirada de Knox. Naomi le dio un codazo en las costillas.

—Deja de mirarlo fijamente y con furia.

—No lo miro con furia, solo lo estoy juzgando profesionalmente —insistió su marido.

—Yo por mi parte creo que, dado que ya os habéis sacado la espinita, ha llegado el momento de que nos cuentes vuestro pasado —anunció Lina.

—Estoy de acuerdo. Somos tus amigos —intervino Naomi, tras hacerle un gesto de agradecimiento a Joel cuando le sirvió una copa enorme de vino.

—Por si sirve de algo, creo que deberías contárselo —dijo Nash.

—¿Y tú cómo...? —Cerré los ojos—. Tienes acceso a los expedientes cerrados.

Naomi y Lina intercambiaron una mirada con los ojos como platos.

—¿Qué expedientes cerrados? —preguntaron al unísono.

—¿Esto es como cuando insististe en que agobiara a todo el mundo por un par de amenazas anónimas?

Nash sacudió la cabeza.

—No, Sloaney Baloney. Esto es distinto. Una cosa es tu seguridad personal, no puedes ocultarle cosas tan peligrosas a la gente que te quiere. Pero tú decides qué cosas de tu pasado compartes con ellos.

Joel me dejó el *bloody mary* delante con un golpe retumbante.

—Que conste que, si no nos lo cuentas, haré lo que haga falta para sonsacárselo a este cabeza loca de aquí. Y puedo llegar a ser muy persuasiva —prometió Lina con un destello pícaro en los ojos marrones.

Nash se inclinó hacia ella y le plantó un beso apasionado en la boca.

—Y tanto, ángel.

Tendría que haber venido sola. No es que tuviera que beber para nublar los sentimientos ni nada por el estilo, era solo que no quería ser una carabina en la fiesta de los finales felices. Y menos cuando lo único que quería era mi propio final feliz. Y menos todavía cuando había desperdiciado semanas con el capullo de Lucian Rollins.

Di un trago a la bebida. Arqueé las cejas al notar el nivel de picante.

—No está mal, Joel. —Tosí.

Nash tomó la cerveza de la barra.

—De acuerdo con el código masculino, vamos a dejaros solos para que habléis mientras les damos una paliza al billar a unos moteros.

—¿Y qué pasa si yo también quiero saber qué narices pasó? —preguntó Knox.

—Yo te lo resumo —se ofreció su hermano.

—Los resúmenes son cojonudos —decidió Knox. Miró a Joel—. ¿Las vigilas tú?

—Yo las vigilo —aceptó Joel.

—No necesitamos niñeras —insistí yo—. Y no necesito desahogarme de nada.

Pero era demasiado tarde. Nash y Knox ya habían empezado a alejarse, con las bebidas en mano.

—Si quieres, yo te ayudo a desahogarte.

Me volví sobre el taburete y me topé con un tipo grasiento y cubierto de cadenas con un diente de oro. Me miró el pecho de manera lasciva.

—¿No has oído lo de la secta? —le preguntó Stef.

—No me importa que las mujeres estén como cabras.

—Lárgate antes de que te obligue a llevar un parche en el ojo durante el resto de tu vida —anunció Lina.

—Qué potra tan peleona —replicó él, y se humedeció los labios finos.

Joel se inclinó por encima de la barra justo cuando Nash y Knox comenzaban a acercarse a nosotras, pero levanté la mano.

—Escúchame, cerdo estúpido con aversión al desodorante. Yo busco marido e hijos, así que, a menos que estés dispuesto a empezar a ducharte, ir al dentista y aprender a montar muebles para la habitación del bebé, te sugiero que circules.

—Ya nadie quiere pasárselo bien —gruñó, y luego se alejó por donde había venido.

—Eso es porque, como he descubierto hace poco, lo de pasárselo bien nunca sale bien —exclamé tras él.

—Vale, suéltalo ya —insistió Lina, y empezó a remover el *whisky* escocés mediocre por la copa.

—Ha llegado el momento. —Naomi me apretó la mano.

—O si no empezaremos a especular como locos —añadió Stef.

—La historia no es solo mía —respondí. Por mucho que Lucian fuera un idiota enorme, estúpido y bien dotado, no podía divulgar su parte de la historia.

—Pues cuéntanos solo la parte que te concierne a ti.

Le di un trago al vodka con zumo de tomate para tomar fuerzas.

—¿Arrestaron a Lucian? —Naomi dio un grito ahogado.

Les había contado una versión muy censurada de la historia que no incluía ningún detalle de por lo que el padre de Lucian le había hecho pasar. Pero incluso la versión editada le provocaba ira a quien la oyera.

Lina le dio un manotazo a la barra del bar.

—Con perdón de la expresión, pero ¿qué cojones?

—Nunca me ha caído bien ese Wylie —comentó Stef, arrastrando las palabras.

Mis amigos estaban un poquito achispados y eso los convertía en un público incluso más entusiasta de lo normal.

—Wylie Ogden era amigo del padre de Lucian. Ansel le contó que Lucian los había atacado y la madre de Lucian corroboró su versión de la historia.

Bajé la mirada hacia mi segundo *bloody mary*, que apenas había tocado, y decidí que ya no me apetecía bebérmelo.

—Eso es horrible —dijo Naomi.

—Me culpó a mí. Le prometí que no llamaría a la policía y entonces lo hice.

—A veces, la decisión correcta es también la menos acertada —comentó Stef, filosóficamente.

—Tenías tus motivos —respondió Lina, que estiró el brazo y me apretó la mano. El alcohol la volvía más cariñosa.

—¿Me puedes dar unas servilletas, Joel? —preguntó Naomi. Una lágrima le resbaló por la mejilla.

Knox levantó la vista de la mesa de billar y lanzó una mirada asesina. Su radar de marido era de primera. Naomi le dedicó una sonrisa pasada por agua y lo saludó antes de sonarse la nariz con una servilleta de papel.

—¿Y qué pasó después? —me preguntó Lina.

—Papá fue a la comisaría para intentar que soltaran a Lucian, pero su padre insistía en presentar cargos. Iban a acusarlo como a un adulto. Mi padre siguió luchando por él, pero yo me sentía superculpable. Para empezar, era culpa mía que estuviera encerrado. Y sabía que estaría aterrado de que fuera a pasarle algo a su madre. Así que decidí solucionarlo.

—Oh, no —dijo Stef.

Lina se tapó los ojos con la mano.

—Ay, Dios. ¿Qué hiciste?

—Decidí que necesitaba pruebas irrefutables.

—Y las cosas salieron fatal, ¿no es así? —gruñó Naomi.

—Digamos que conseguí mi objetivo.

—¿A qué precio? —preguntó Lina.

Bajé la mirada a mi mano derecha y flexioné los dedos.

—Ansel Rollins me pilló mientras lo grababa por la ventana y me rompió la muñeca por tres sitios.

Stef levantó la mano.

—Creo que vamos a necesitar unos chupitos por aquí, Joel.

—No pasa nada —les aseguré, a pesar de que el sabor a bilis me subió a la garganta—. No solo conseguí grabarlo, sino que un vecino lo vio venir a por mí. Con esas pruebas, no hubo amistad que lo alejara de la cárcel. Soltaron a Lucian la mañana siguiente, pero no antes de que se perdiera la graduación del instituto. —Miré a Lina—. Creo que fue entonces cuando Nash decidió que quería ser policía. Vio lo fácil que era para los malos hacer daño a las buenas personas y decidió arreglarlo desde dentro.

Lina suspiró y miró a Nash, que se inclinaba sobre la mesa de billar y nos ofrecía una vista espectacular de su trasero, con ojos soñadores.

—Mi prometido es el hombre más asombroso que conozco.

—Con el culo más asombroso que conocemos —añadí, admirando las vistas.

Ella soltó una risita.

—Es verdad. Si no fuera yo, me odiaría a mí misma.

—¿Y qué le pareció... todo... a Lucian? —preguntó Naomi.

—Tendrás que preguntárselo a él. Salió de la trena del condado, nos peleamos y nuestra relación ha sido así desde entonces.

—¿Y por qué narices os peleasteis? Tendría que haber besado la tierra que pisabas —señaló Lina.

—No solo eres preciosa, sino increíblemente astuta —le respondí.

—Lo sé —dijo, y me guiñó el ojo.

—Estás contestando con evasivas —señaló Naomi.

—Se supone que llegados a este punto deberíais estar demasiado borrachos para seguir la historia —protesté.

—Nos hemos tomado dos copas cada uno —me contestó Lina con suficiencia.

—Solo queríamos que te sintieras segura al sincerarte —añadió Naomi.

—Eres muy inocente —bromeó Stef.

—Sois unos sobrios muy mentirosos, confabuladores, y…

—Deja los piropos para luego. ¿Por qué os peleasteis cuando soltaron a Lucian? —preguntó Lina.

—Me acusó de arruinarle la vida y de ser egoísta y estúpida. Y yo lo acusé a él de desagradecido y cabezota. Y a partir de ahí, no fue más que de mal en peor.

—Bueno, pues te aseguro que no le arruinaste la vida. Eres una maldita heroína —respondió Lina, e inclinó la copa en mi dirección.

—La línea que separa la valentía de la estupidez es muy fina —admití.

—¿Y por eso decidió comportarse como un capullo contigo durante el resto de vuestras vidas? —preguntó Stef.

—No es por ponerme de parte del enemigo, pero entiendo su punto de vista. Un poquito. Aunque se equivoca mucho, muchísimo. —Naomi se corrigió cuando Lina y yo nos dimos la vuelta de golpe para fulminarla con miradas asesinas a juego.

—¿Y cuál es su punto de vista? —le pregunté, tratando de que sonara como si nada.

Se encogió de hombros con delicadeza.

—No era más que un crío de diecisiete años que se sentía responsable de mantener a su madre a salvo. Si ya es una carga muy pesada para un adulto, imagínate para un adolescente. Supongo que la situación iba cada vez a más y había lidiado con ella él solo durante mucho tiempo. Esa clase de trauma puede pasar factura a largo plazo. Seguramente, os veía a ti y a tus padres como una especie de versión idealizada de la familia que él no podía tener.

Resoplé por la nariz.

—Eso es una estupidez.

—¿Igual que decidir convertirse en el objetivo de un alcohólico furioso con un historial violento? —remarcó Lina.

—¡Oye!

Levantó las manos.

—No me malinterpretes, siempre seré del equipo Sloane.
Pero la Witty ha pintado un cuadro bastante empático.

Sacudí la cabeza.

—Da igual, ya no somos adolescentes. Somos adultos.
Nuestro deber es aprender y ser mejores. Pero él no ha cambiado y se ha puesto en plan macho alfa solo por un montón
de ratas muertas. Ya sabéis cómo es, «No te vas a quedar aquí
sola», bla, bla, bla. Y luego, a la mañana siguiente, dice que ya
había malgastado parte de su vida con una mujer sin instinto
de supervivencia y que no piensa hacerlo otra vez.

—Ay. —Naomi esbozó una mueca.

—¿Que ha dicho qué? —Knox parecía cabreado y desconcertado al mismo tiempo.

No me había dado cuenta de que él y Nash habían vuelto.

—Puto idiota —murmuró Nash.

—¿Adónde ha ido esta mañana? —preguntó Lina con la
vista clavada en su prometido.

—Ha venido a verme a mí —respondió Nash con tono
sereno.

Knox le dio un manotazo a su hermano en el pecho.

—¿Has hecho que la dejara?

—¡Ay! —Nash se frotó el pectoral—. Cuidado con el balazo.

—No había nadie a quien dejar porque no estábamos juntos —repliqué, a pesar de que nadie parecía escucharme.

—Cabeza loca, nos debes una explicación —exclamó Lina.

Nash suspiró.

—Quería saber qué habíamos descubierto sobre las amenazas. Le he dicho lo que teníamos. Después ha querido que le
contara mis teorías, así que lo he hecho.

—¿Y qué teorías son esas? —le pregunté.

—Pues que hiciste enfadar a alguien con los recargos de la
biblioteca, o algo parecido, o que, por el momento en que ha
ocurrido todo, existe la posibilidad de que seas un objetivo por
tu relación con Lucian.

—A ver, primero, no tengo una relación con Lucifer. Segundo, íbamos a escondidas. Nadie más sabía que estábamos

no teniendo una relación. Y tercero, no soy nada para él. Nadie intentaría manipularlo amenazándome porque a él le da igual.

—Eso es una tontería —respondió Knox, y le pasó el brazo a su mujer por el hombro.

Nash asintió.

—Estoy de acuerdo.

—Yo también estoy de parte de los gemelos testosterona —intervino Stef, y señaló en su dirección con el pulgar.

—Saben algo —dijo Lina, y entrecerró los ojos.

—Pues será mejor que desembuchen. —Me crucé de brazos.

Los hermanos intercambiaron una mirada.

—Ah, no, no me vengáis con ese código de tíos telepático —insistí.

Nash se aclaró la garganta.

—Las pruebas sugieren lo contrario.

—¿Y a qué pruebas te refieres exactamente? —insistió Naomi.

—Cuando llegaste al pueblo y necesitabas dinero, Lucy puso la mitad del dinero que financiaba la subvención que te pagaba el salario —anunció Knox.

—¿Cómo lo sabes? —le preguntó Naomi.

—Porque yo pagué la otra mitad —respondió.

Naomi suspiró.

—Justo cuando pensaba que no podía quererte más de lo que ya te quiero…

Le di un manotazo a la barra.

—Un momento. ¿Me estás diciendo que no gané la subvención? ¿Que vosotros dos, par de idiotas, decidisteis darle el dinero a la biblioteca?

Knox se encogió de hombros.

—Nos enteramos de que no te iban a conceder la beca que habías solicitado, así que la hicimos realidad de otra manera.

—Es muy generoso por vuestra parte —repliqué con los dientes apretados.

—Oh, no. Sloane está a punto de explotar —observó Stef.

—No es cierto. —Me dolía la garganta por el esfuerzo de contenerme para no gritar—. ¿Por qué iba a hacer eso? Siempre me ha odiado.

—No es verdad —insistieron Lina y Naomi a la vez.

—A riesgo de romper el código masculino, deja que te cuente la historia de la bicicleta de Lucian —dijo Nash.

—Me da igual la bicicleta de Lucian —estallé—. Quiero saber por qué el tipo que me dijo que no valía la pena porque le había arruinado la vida iba a donar dinero a una causa que me importa.

—Es una metáfora —prometió Nash—. Los tíos de Luce, que vivían en California, le compraron una bonita bicicleta de montaña cuando cumplió trece años. Y la adoraba. Iba en ella a todas partes. La lavaba cada dos días. Dos semanas después de que se la dieran, Ansel se cabreó con él por no haber sacado la basura o haber cortado el césped torcido o alguna mierda de ese estilo. Sacó la bicicleta del garaje, la lanzó al camino de acceso de la casa y la atropelló con la camioneta.

Moví la muñeca en círculos. Al parecer, el tiempo no lo curaba todo.

—Es horrible —dijo Naomi.

Knox le ofreció una servilleta nueva.

—Ni se te ocurra llorar, Flor, joder.

—Sus tíos debieron de enterarse porque le mandaron otra. La escondimos en nuestra casa, en el cobertizo. Solo la usaba cuando venía de visita. Nunca la llevó al pueblo o a ningún sitio en el que su padre pudiera verlo con ella —explicó Nash.

Knox frunció el ceño.

—Lo recuerdo.

No quería sentir pena por Lucian, no en ese momento.

—Así que para protegerla, la escondió de su padre —comentó Lina—. Has dado en el clavo con la metáfora, cabeza loca.

—Hago lo que puedo —respondió con un guiño coqueto.

Sacudí la cabeza.

—Sí, vale. Tenía trece años y vivía a merced de un monstruo horrible. ¿Qué excusa tiene ahora?

—¿Cómo cojones quieres que lo sepamos? —preguntó Knox.

—Parece que el tío que no te preocupa no creció con ninguna clase de apoyo emocional que le enseñara lo que es ser un hombre de verdad en una relación de verdad —comentó Joel, que apareció por arte de magia detrás de la barra—. Un tipo así puede creer que el único modo de mantener algo a salvo es distanciarse.

No quería un motivo para empatizar con el hombre que en ese preciso momento se estaba follando a todas las genios filantrópicas del Distrito de Columbia. Quería olvidarme de la existencia de Lucian Rollins.

Señalé a Nash con el dedo.

—En primer lugar, de ahora en adelante tienes prohibido hablar de nada que me concierna a mí, incluidas las amenazas pasadas, presentes o futuras.

—Tomo nota.

—En segundo lugar, ¿quién narices iba a ponerme en el punto de mira para hacer enfadar a Lucian? ¿Una amante despechada? ¿Algún político al que colocara en un cargo importante?

Se encogió de hombros.

—Probablemente. O a lo mejor alguien como Anthony Hugo. Un enemigo con los recursos necesarios para indagar sobre lo que hace Lucian y con quién se acuesta.

—Vaya, a eso lo llamo yo aguar la puta fiesta. —Stef rompió el silencio.

—Mira, de momento no sabemos quién es. Por eso, lo más inteligente es estar alerta —explicó Nash.

—Y, entonces, ¿por qué narices no está Luce aquí para estar alerta? —preguntó Knox.

Nash se encogió de hombros.

—¿Porque es un imbécil? ¿Has instalado las cámaras nuevas que me dijiste que ibas a pedir, por lo menos?

—Waylay vino el fin de semana pasado y me ayudó a comprarlo todo —le expliqué—. Ahora, ¿podemos por favor cambiar de tema y meternos con Stef por no haberle dicho aún a Jeremiah que está listo para irse a vivir con él?

Capullo: ¿Cómo fue con el juez?

448

Capullo: Holly ha traído *sushi* de la estación de servicio para compartir. Toda la oficina huele a listeria.

Capullo: Me estoy esforzando. Por lo menos podrías fingir que tienes la madurez de una adulta y responderme.

CAPÍTULO TREINTA Y TRES

UN OSO GRUÑÓN

LUCIAN

—¿Cómo querías que supiera que se le ha muerto la abuela? —le solté exasperado a Lina, que se me pegaba a los talones como uno de esos perritos ladradores que quieren algo de ti.

Estaba recorriendo el pasillo cuando mi empleada perdió la maldita cabeza y cometió un delito por el que podía ser despedida: me había agarrado de la parte posterior de la chaqueta y me había arrastrado hacia uno de los despachos.

—Carl, siento mucho hacerte esto, pero es por el bien de todos. Largo —dijo Lina.

A Carl se le pusieron los ojos como platos detrás de las gafas de montura de carey gruesa. Recogió la taza de «El mejor padre del mundo», el móvil e, inexplicablemente, la foto de sus tres hijos dientudos a toda prisa.

Petula tenía que recordarle a Carl que uno de los beneficios de trabajar para la empresa era el seguro dental.

—Que sepas que te voy a despedir —le solté a Lina en cuanto cerró la puerta y se apoyó contra ella tras la retirada apresurada de Carl.

—Bien, porque no me subí a bordo para trabajar para un oso gruñón. Un oso malhumorado, sí. Gruñón, no. Estás siendo un imbécil con todo el mundo.

—¿Se te ha ocurrido pensar que a lo mejor todo el mundo es demasiado sensible, joder?

450

—Malik sirvió en Afganistán dos veces y tenía muy buena relación con su abuela.

—No tenía ni idea de que falleció ayer.

—El lunes hiciste llorar a Holly.

—Resoplé.

—Holly llora con los anuncios de la televisión. Y ha estrellado el todoterreno que le di contra el coche de uno de los de seguridad en el garaje —le recordé.

—Holly es una conductora malísima. El mes pasado se estrelló contra cuatro personas, pero tú eres el único que la ha hecho llorar —señaló Lina.

—Pues consigue que alguien le dé clases de conducir o haz que los de seguridad la traigan y la lleven de casa al trabajo. O mejor aún, despídela —le solté, y me crucé de brazos.

—Ayer le dijiste a Nolan que sacara el culo de tu despacho hasta que su presencia no fuera un desperdicio de oxígeno.

En mi defensa, Nolan se había empeñado en preguntarme si el mal humor del que hacía gala tenía algo que ver con Sloane.

—Y lo que dije se puede aplicar a todos los empleados —repliqué.

Lina se irguió y se llevó las manos a las caderas.

—Deja que te lo explique en un idioma que vayas a entender. Estás siendo un capullo de campeonato y a la gente no le gusta trabajar con capullos de campeonato. Así que, a menos que tengas tiempo de lidiar con un éxodo en masa, reclamos de desempleo y con tener que contratar a un equipo nuevo y formarlo, te sugiero que cierres el pico y me escuches.

Me senté en la esquina del escritorio de Carl.

—Te escucharé durante un minuto y después estás despedida.

—Puedes averiguar mucho de una persona por la forma en que trata a los demás cuando las cosas no le van bien. —Dejó que lo que había dicho flotara entre nosotros y me miró a los ojos—. Estás pasando por un mal momento y sientes que has perdido el control. Pero eso no te da derecho a pagarlo con los demás.

Las palabras fueron como martillazos en el cráneo.

451

—Lárgate. Ya.

—Oh, sí que me voy. Pero solo para que lo sepas, Nolan y Petula les han dicho a todos que trabajen desde casa lo que queda del día. —Se fue hacia la puerta—. Soluciona tus tonterías, Lucian.

—No recuerdo haberte pedido opinión.

Se detuvo en el umbral de la puerta y batió las pestañas con aire condescendiente.

—Para eso están los amigos. Por cierto, si te has quedado tan tocado por ella, a lo mejor no lo tienes tan superado como crees.

Dicho eso, Lina salió del despacho pavoneándose. Más allá de su espalda, los cubículos eran un hervidero de actividad mientras los empleados se ponían los abrigos y recogían todo a la vez que miraban en mi dirección con nerviosismo.

Los ignoré y me largué hacia el despacho hecho una furia. Ya había manejado la empresa yo solo una vez, podía volver a hacerlo si era necesario.

Decidí que conseguiría trabajar más sin la distracción de los trabajadores dependientes merodeando por ahí e intenté cerrar la puerta de un portazo, solo para soltar una palabrota cuando el mecanismo de cierre suave me lo impidió. No estaba molesto por Sloane, no era más que un incordio muy cabezota. No es que viera su cara cada vez que cerraba los putos ojos.

Estaba sentado detrás del escritorio, revisando el último informe difuso del FBI con el ceño fruncido, cuando alguien me interrumpió al llamar a la puerta.

—A menos que el edificio esté en llamas, te sugiero que te largues —rugí.

Petula abrió la puerta de golpe.

—Si no se relaja, los informáticos van a tener que reemplazarle la tecla de la flecha otra vez.

Solo para fastidiar, volví a pulsar la tecla con una fuerza excesiva.

—¿Has venido a molestarme por algún motivo o quieres que te despida a ti también?

—Nunca encontrará a alguien menos molesto que pueda lidiar con sus pataletas. Ahora, si ha terminado de comportarse como un niño gigante, ha venido su madre, señor.

Detrás de ella, en el umbral de la puerta, se encontraba mi madre, que tenía aspecto de querer darse a la fuga con desesperación. «Mierda».

Todo el mundo opinaba que Kayla Rollins era una mujer guapa. Era alta y delicada. Todo en ella parecía etéreo, frágil. Tenía el pelo oscuro y grueso en un recogido liso y unos aros dorados sencillos en las orejas. Llevaba un vestido de color marfil y un abrigo marrón claro hasta las rodillas. Tenía el rostro más joven y fresco, por lo que deduje que le había hecho otra visita al doctor Reynolds. Algo que habría notado si últimamente me hubiera molestado en prestarle atención a su cuenta bancaria.

No se había vuelto a casar después de mi padre y, salvo un período breve en el supermercado Grover el verano después de que lo arrestaran, nunca había trabajado. Me había puesto «creativo» en la universidad y nos había mantenido a mí y a mi madre con empleos legales y no tan legales, como vender respuestas de exámenes y carnés falsos.

—Puedo volver en otro momento —dijo mi madre, y buscó una salida con la mirada.

Me puse en pie y aproveché el tramo del escritorio a la puerta para calmar el mal humor.

—Vete a casa, Petula. Después de dar instrucciones a los de seguridad —comenté, y señalé a mi madre con la cabeza. No me apetecía que Anthony Hugo la considerara un objetivo a ella también.

—Con mucho gusto —me espetó.

—¿Qué puedo hacer por ti, mamá? —le pregunté con más suavidad.

—No es tan importante —respondió sin apartar la mirada de sus cuñas Jimmy Choo mientras se movía lentamente hacia la puerta.

—No pasa nada —insistí con toda la amabilidad que pude—. ¿Qué necesitas?

Me parecía a él. Suponía que lo que la hacía actuar con indecisión delante de mí era el recuerdo de los fantasmas del pasado.

Bueno, acabo de volver de una reunión con la coordinadora de eventos del hotel. Hemos tenido problemas para conseguir algunos de los productos del menú y el presupuesto... ya no es adecuado —terminó la frase enseguida, como si estuviera arrancando una tirita invisible.

Recurrí a las últimas reservas de paciencia.

—No pasa nada. Le destinaré más fondos si crees que el cambio es necesario.

—¿Creo que es buena idea?

La mayoría de lo que afirmaba sonaba a pregunta, como si le pidiera constantemente a otras personas que validaran lo que creía y quería.

—A mí me parece bien.

Se aclaró la garganta.

—¿Qué tal va todo?

—Bien —le respondí con voz grave—. He decidido vender la casa de Knockemout.

—Oh. Qué... bien.

Nunca habíamos hablado de lo que ocurrió en esa casa. Nunca mencionábamos su nombre. Ni siquiera habíamos discutido el hecho de que estuviera muerto. A los dos nos parecía bien barrerlo bajo la alfombra y después ignorar el bulto gigante que quedaba en el centro.

—¿Cómo estás tú? —le pregunté.

—Oh, bien —dudó, y volvió a bajar la mirada—. En realidad, salgo con alguien.

—¿Ah, sí? —Eso tampoco lo había visto venir. Culpaba a Sloane por haberme distraído e impedido vigilar a mi madre de cerca. Otro punto en la larga lista de cosas por las que la culpaba. La ira volvió a brotar como la lava de un volcán. Ira y una añoranza estúpida que era como una puñalada en el estómago.

—No es nada serio —añadió rápidamente—. Nos acabamos de conocer.

—Me alegro por ti, mamá. —Y lo decía de verdad. No había motivos por los que los dos tuviéramos que sufrir penitencia por las acciones de mi padre.

—Bueno, te dejo que vuelvas al trabajo —respondió, y señaló en dirección al escritorio con la mano delgada.

—Saldremos a cenar pronto —decidí.

—Me encantaría —dijo.

—Los de seguridad te acompañarán a casa.

Abrió los ojos como platos.

—¿Ocurre algo?

—Para nada —mentí.

—Oh, de acuerdo. Bueno, pues adiós, Lucian.

—Adiós, mamá.

Nos dimos un abrazo incómodo y después se marchó.

Me vibró el teléfono en el bolsillo.

Nash: Oye, cabronazo. ¿De verdad acabas de despedir a mi chica?

«Joder».

—¿Qué te pasa? —le pregunté.

Mi amigo Emry estaba encorvado en la butaca y se frotaba los ojos con las palmas de las manos.

—¿Va todo bien con Sacha? ¿Y con la familia?

Había ido a verlo para que Emry me dijera que tenía razón y, por fin, poder dejar a un lado todo pensamiento sobre Sloane.

—La sinfonía fue perfecta. Sacha es perfecta. Y mi familia está perfectamente. Pero tú, amigo mío, eres lo que me pasa. Me provocas migrañas —respondió. Se quitó las gafas y empezó a limpiarlas con brusquedad.

—Dudo que un psicólogo deba hablarles así a sus pacientes. Y más si sus facturas le permitieron comprarse esa casa de la playa que tanto le gusta —le recordé.

—Puedes llevar al caballo al río, pero algunos animales son tan duros de mollera que casi tienes que ahogarlos para que aprendan a beber.

—La metáfora no es así exactamente. ¿El caballo soy yo o eres tú?

—Tú eres el hombre cuya identidad está tan ligada a cómo ves a tu padre que saboteas toda oportunidad de ser feliz. Él no merecía ser feliz, así que, por defecto, tú tampoco.

—No tengo tiempo para ser feliz. —O la habilidad, añadí en silencio.

—Lucian, la quieres —habló claro.

—No seas ridículo. —Me burlé a pesar de que el estómago me había dado una sacudida.

—Quieres a esa chiquilla, ahora mujer, que se interpuso entre tu agresor y tú. Que luchó contra la injusticia a la que hiciste frente. Y, aun así, la sigues alejando de ti, fingiendo que eres una especie de inteligencia artificial sin emociones centrada en erradicar a todos los que abusan de su poder en el mundo, y que ella no es más que otra enemiga, cuando en realidad lo que te ocurre es que crees que no eres lo bastante bueno para ella. Pero nunca te vas a sentir digno de ella a menos que dejes de rechazar el amor. En cuanto consigues algo bueno en la vida, haces lo imposible para desprenderte de ello. Así que no dejas de caer en ese ciclo de autodestrucción tan molesto.

Me quedé allí callado durante un instante.

—¿Desde cuándo te lo has guardado?

Emry se levantó de golpe y rodeó el escritorio. Abrió el cajón de debajo de un tirón y sacó una botella de *whisky* escocés.

—Desde hace mucho. —Sirvió dos copas y me entregó una antes de volver a dejarse caer en la silla.

—No tiene nada que ver con que me sienta indigno.

Esbozó una sonrisa, luego sacudió la cabeza.

—Lo más exasperante es que lo sabes, pero sigues tomando las mismas decisiones. Bueno, pues tengo noticias para ti, Lucian, nadie se siente digno. Todos nos sentimos impostores. Da igual la familia de la que provengas, el patrimonio que tengas o cuántos amigos poderosos te deban favores. Nada de eso hará que sientas que mereces estar aquí.

—¿Todos? Me cuesta creerlo.

—Los que no lo hacen, ¿esos que creen que merecen todo lo que tienen? Con esos debes andar con cuidado. Son los que infligen daño de verdad. Son los que no pasan años en terapia para intentar mejorar, los que no se molestan en preguntarse si son de los buenos o de los malos.

Yo no era un buen tipo al que le preocupara ser un mal tipo. Era un villano, y consciente de que lo era. Había una clara diferencia entre las dos cosas.

—Cambiemos de tema —sugirió Emry—. Parece que has entrado en el mercado con mucha agresividad.

Suspiré. Sinceramente, estaba exhausto. Además de duplicar los esfuerzos para capturar a Hugo, ahora tenía que sacar tiempo de mi horario abarrotado para salir a cenar y de fiesta a sitios a los que no quería ir con mujeres en las que no estaba interesado.

Si Hugo había convertido a Sloane en un objetivo por mi culpa, recibiría el mensaje alto y claro. Sloane Walton no significaba nada para mí. No era más que otra mujer de una larga lista de conquistas sin importancia.

—No es lo que parece —admití—. Hugo me está vigilando desde muy cerca y hago todo lo que puedo para confundirlo.

Le di la vuelta al móvil de forma mecánica para comprobar si tenía mensajes nuevos. No tenía ninguno de ella, aunque no es que lo esperara. Había tenido que cortar lazos para mantenernos a salvo a los dos. Sin embargo, ahora que la había tenido, ahora que sabía cómo sonaba mi nombre en sus labios cuando se corría, haberme extirpado quirúrgicamente de su vida me estaba volviendo loco.

No podía ignorarme por completo. No cuando compartíamos el círculo de amigos y una línea divisoria de propiedad. Aunque tampoco es que quisiera saber nada de ella, me recordé.

—Me preocupo por ti, Lucian —anunció Emry.

Levanté la cabeza, perplejo.

—¿Por qué?

—Me preocupa que le des más prioridad a ganar que a tu felicidad, y no sé si te sentirás satisfecho con la victoria si es a expensas de todo lo demás.

CAPÍTULO TREINTA Y CUATRO

UNA PALIZA DE TODA LA VIDA

LUCIAN

—A veces la vida es curiosa de cojones —musitó Knox.

Ocupábamos el rincón de la barra del Honky Tonk en una noche de marzo muy calurosa para esa época del año. Nash y Knox, que se preocupaban innecesariamente porque estuviera en mitad de una crisis de mediana edad, me habían citado en Knockemout. Y Stef y Jeremiah se habían sumado a la reunión por el *syrah*.

Había revocado el despido de Lina (en cuanto me había dado cuenta de que era incapaz de ocuparme de todo yo solo) y había sido bastante más educado con todo el mundo en el trabajo. No tenían nada de lo que preocuparse.

—¿En qué sentido? —le pregunté, aunque en realidad no me importaba.

La primavera se respiraba en el aire. Hacía que quisiera beber hasta olvidar dónde estaba. Era la primera vez que volvía al pueblo desde el último día que había estado con Sloane y todo lo que había en ese puto sitio me recordaba a ella.

—Los tres crecimos juntos y no dejábamos de armarla. Siempre metiéndonos en líos. Y míranos ahora.

—¿Ahora sois tres hombres adultos que siguen armándola? —adivinó Stef.

—Tendrías que haberlos visto en el instituto —bromeó Jeremiah—. Es un milagro que el pueblo siga en pie.

A Nash se le curvaron las comisuras de los labios.

—Ahora casi somos respetables.

—Y tenemos unas mujeres que son muy buenas para nosotros. —Knox me miró con intención—. Bueno, dos de tres.

—Demasiado buenas para nosotros —coincidió Nash.

Knox levantó la copa.

—Por que nunca entren en razón.

Ignoré el brindis, pero fui incapaz de ignorar el hilo de pensamientos que desencadenó.

Mi vida había quedado claramente dividida en dos períodos: Antes de Sloane y Después de Sloane. A esas alturas ya debería haberme sentido mejor. Al mantener las distancias, ella estaba a salvo. Era algo que debería haber hecho desde un principio. Algo que jamás había podido hacer. Pero había hecho lo correcto, joder. Así que ¿por qué cojones me sentía tan tenso?

Incluso en ese momento, no podía dejar de observar la puerta, deseando que apareciera. Y luego, ¿qué? ¿Seguiría haciéndome el vacío? ¿O descargaría toda su ira sobre mí?

—¿Y dónde están las mujeres que son demasiado buenas para vosotros esta noche? —les pregunté.

—Si intentas averiguar dónde está Sloane, no lo vas a descubrir por nosotros —respondió Nash.

El hermano Morgan barbudo se encogió de hombros.

—Tú la has cagado, tú tienes que arreglarlo. Y dado que no viniste a hablar con nosotros antes de fastidiarla, ni de broma vamos a ayudarte a arreglarlo.

—No tengo nada que arreglar —insistí—. Nos lo pasamos bien. Y hemos dejado de pasarlo bien.

Stef resopló en la copa de vino e intercambió una mirada de «menudo idiota» con Jeremiah.

Nash dejó el botellín encima de la barra.

—Lo voy a dejar caer antes de que alguno haga o diga algo todavía más estúpido. No hables de Sloane como si fuera uno de esos rollos de una noche modelos o científicas con los que has estado incendiando las sábanas últimamente.

—Las cosas acaban de ponerse interesantes —canturreó Stef, y después señaló la puerta del local con la cabeza.

Allí estaba. Llevaba un vestido de cuello alto negro y corto que le resaltaba las curvas que yo le había explorado tan minuciosamente. El pelo le caía por la espalda en una cortina lisa y brillante. Se me tensaron todos los músculos del cuerpo. Me excité. Era demasiado pronto. No debería haber venido. No estaba preparado para verla y no sentir nada.

—Parece que alguien no se ha quedado esperando a que la llames —observó Nash.

Fue entonces cuando me di cuenta de que no estaba sola. Había salido con Kurt Michaels, el profesor que adoraba a los niños. Parecía exactamente la clase de tipo al que le gustaría tener hijos. Se compraría una furgoneta y les enseñaría a jugar al béisbol y, cada Nochebuena, se quedaría hasta tarde montando juguetes.

«Mierda».

—Tío, eso tiene que doler —dijo Knox con suficiencia.

—Debo admirar a aquí nuestro colega Luce —intervino Nash—. Si Angelina se hubiera presentado con una cita, me habría acercado a puñetazo limpio y no habría parado hasta que no me la llevara de aquí cargada al hombro. Pero Rollins no.

—A Luce le importa una mierda que la chica a la que alejó porque es demasiado gallina para sentir algo por ella tenga una cita —continuó Knox, siguiendo con el hilo de la conversación.

—Que os den a los dos —espeté con la copa de *whisky* en los labios.

—Por lo menos podrías dejar de mirarlos como si quisieras arrancarle los brazos a él antes de llevártela como un cavernícola —sugirió Stef.

—Que te den a ti también —repliqué.

Jeremiah levantó las manos y sonrió de oreja a oreja.

—A mí no me mires, tío. Puedes hacer lo que quieras con tu vida.

Quería darme la vuelta, o por lo menos mirar para otro lado, pero me sentía cautivado. Ya no llevaba las puntas del pelo teñidas de plateado, sino que tenía un único mechón de color lavanda.

—A ver, soy un hombre hetero —musitó Knox a mi lado—. Y como tal, no soy el más indicado para juzgar el atractivo masculino. Pero ese tío está muy bueno.

—Estoy de acuerdo —dijeron Stef, Jeremiah y Silver, la barman, al unísono.

—Os odio a todos —anuncié.

Knox sonrió. Silver sonrió con suficiencia y deslizó otro *whisky* en mi dirección.

El tema de conversación cambió a las bodas, la familia y los cotilleos del pueblo, y yo no podía contribuir a ninguno de ellos. Aunque tampoco es que estuviera prestando atención, ya que Sloane se había inclinado hacia el profesor y le había apoyado la mano en el brazo mientras se reían de algo.

Se me formó un nudo helado en las entrañas y un torrente de pensamientos ilusorios me recorrió la mente.

Debería haberme puesto la mano en el brazo a mí. Yo debería ser el que estuviera sentado delante de ella en aquella mesa. Yo debería ser quien la llevara a casa y quien despertara junto a ella. El que leyera lo que ella leyera. El que le gritara a la gata maligna. Debería ser yo quien formara parte de su vida.

Sloane le soltó el brazo al profesor y se levantó de la mesa. Sin ni siquiera echar un vistazo en mi dirección, se fue derecha a los baños. Me bebí la copa de un trago, dejé el vaso en la barra y la seguí.

—Oh, no. Hoy no, Satán —anunció Sloane, que sacudió la cabeza cuando salió del baño tres minutos más tarde y me encontró allí, al acecho como un delincuente.

—Solo quiero hablar —le aseguré.

—No tenemos nada de que hablar.

Me había ignorado durante casi dos semanas y ahora me trataba con un desdén casual, como si no fuera más que una molestia insignificante para ella.

—¿Qué tal la cita? —le pregunté en tono mordaz.

—Genial. Gracias por preguntar —gruñó.

—De nada. Me alegro muchísimo por ti —añadí con ironía.

—Me sorprende que no hayas traído a la procesión de mujeres contigo esta noche.

—¿Estás celosa? —le pregunté con esperanza.

—Tú eres el que me ha arrinconado fuera del baño mientras estoy con un hombre dulce, inteligente y atractivo al que le entusiasma la idea de formar una familia, Lucifer.

—Ven a casa esta noche —le dije, y me odié a mí mismo incluso mientras pronunciaba las palabras.

—Vaya, no puedo. Estoy muy ocupada recuperándome del latigazo cervical que me causaste con tus cambios de humor —me espetó.

—Ahora estás siendo dramática.

Si las mujeres pudieran echar fuego por los ojos e incendiar a los hombres, no habría sido más que un montón de cenizas.

—¿Es que no lo pillas? Nos acostamos. Luego tú decidiste dejar de acostarte conmigo. Fin de la historia.

Nuestra historia nunca tendría un final.

—Fue más que sexo, Sloane. Siempre ha habido algo más entre nosotros.

—¿Sí? Bueno, pues aunque fuera algo más en algún momento, no solo te fuiste, sino que me rechazaste, cortaste lazos y echaste a correr. Pero eso ya da igual.

—No estoy de acuerdo.

—Uf, ya veo que sigues siendo molesto de narices. Que se te meta en esa cabecita volátil, Lucifer. Quiero un marido, una familia, un hombre con el que pueda contar, en especial cuando las cosas se ponen difíciles. No voy a sentar cabeza con alguien que sale huyendo cuando las cosas van bien.

—Así que admites que iba bien. —Me aferré a lo que había dicho con ambas manos, como si fuera un salvavidas.

—Eres un idiota.

—Me vuelves loco. No quiero estar contigo, pero en cuanto entras en una habitación, no puedo evitarlo. No quería hablar contigo. No quería perseguirte, acercarme a ti y obligarte a mirarme solo para ver la manchita verde que tienes en el ojo izquierdo. Y te juro que no quería suplicarte que dejaras a tu cita y vinieras conmigo a casa esta noche.

A Sloane le brillaba el fuego en la mirada. Solo quería tocarla, dejar que ese fuego me consumiera.

—Eres un pesado arrogante —siseó—. Es un buen tipo. Estoy segura de que la astronauta superatractiva con la que estuviste también lo es. Querías que nuestras aventuras sexuales terminaran, así que las terminaste. No tienes derecho a quejarte de tus decisiones conmigo.

No pude evitarlo. Le puse las manos en las caderas y le enterré el rostro en el pelo para inhalar el olor familiar de su champú. Se le escapó un gemido entrecortado que me hizo enloquecer y se relajó ligeramente contra mí. Sentí cómo su determinación se disolvía. La atracción física que había entre nosotros era tan inmensa que no podíamos negarla, y no me importaba usarla en mi propio beneficio.

Había estado cachondo desde el instante en que la había visto aparecer, pero ahora se me había puesto el pene duro como una piedra. Decidí tentar a la suerte y la embestí para que notara la erección.

—No fue un error. No somos buenos el uno para el otro.

Empezó a respirar más rápido, y verle el contorno duro de los pezones bajo el vestido hizo que se me hiciera la boca agua.

—Estoy de acuerdo —jadeó.

—Echaba de menos tocarte —le dije, y le posé la boca en el cuello. Si volvía a la cita, quería que fuera marcada por mí. Era un deseo estúpido, propio de un cavernícola. Le acaricié desde el hombro hasta un pecho con una mano y soltó un grito ahogado cuando se lo agarré y le masajeé la piel hasta notar la cumbre dura del pezón bajo la palma de la mano.

—Lucian.

Oír mi nombre de esos labios rojos me hizo perder la puta cabeza. Era un error más en la larga lista de errores que incluían a Sloane Walton. No debería haberme acercado tanto. No era capaz de controlarme cuando estaba tan cerca de ella.

—Deja que te toque, deja que te pruebe —susurré, y volví a arremeter contra ella.

—¡Uf! No —gruñó a pesar de que estiró la mano para sujetarme la erección.

Estaba tan cerca del clímax que no me atreví a inhalar.

—Maldita sea, Lucian —murmuró—. No me creo que casi te haya dejado hacer esto otra vez. ¿Es que tienes unas feromonas peleonas o algo? Dios. Te odio muchísimo. Me pones histérica.

—Odio tener que remarcártelo dadas las circunstancias, pero es tu mano la que está sobre mi pene, duendecilla. Y si mueves un músculo, o respiras hondo, o incluso si me miras a los ojos, me voy a correr.

Me di cuenta del error demasiado tarde.

Porque no me apartó la mano del pene. No, se humedeció el labio inferior deliberadamente, hizo que le metiera la mano por la parte de arriba del vestido y me dio un tirón brusco.

—Joder —rugí con voz ronca mientras me sujetaba la erección como si le fuera la vida en ello.

—¿Ya tienes lo que querías? —me susurró al oído al mismo tiempo que su pezón provocaba a la palma de mi mano—. Pues vete a casa de una maldita vez y olvídate de que existo.

Como si fuera físicamente posible.

—Esto no es lo que quería —respondí con los dientes apretados.

Arqueó la ceja y me dio otro apretón en el miembro. Estaba preciosa a rabiar cuando era diabólica.

—Y una mierda.

—Mierda. Como quieras, vale. Pues claro que es lo que quería. Sabes lo bueno que era todo entre nosotros —le recordé.

—Soy plenamente consciente de lo bueno que era el sexo, pero todo lo demás no estaba a la altura. Ya no me conformo con ser el rollo de fin de semana de alguien. Y ni de broma voy a dejar que un hombre tan inmaduro me deje en la cuneta como si no valiera nada solo porque es incapaz de lidiar con sus sentimientos. Estoy fuera de tu alcance, Lucifer. Este ha sido el último regalo que te hago.

Quería besarla. Y, a juzgar por la forma en que me miraba con los ojos verdes entrecerrados, ella deseaba lo mismo. Y no me importaba aprovecharme de ello.

—¿Hay algún problema? —No tuve que levantar la cabeza para saber que los Morgan habían entrado en el pasillo.

—Os quiero a los dos como a hermanos, pero si no os largáis ahora mismo, voy a recolocaros la cara —les amenacé.

Sloane puso los ojos en blanco y me apartó la mano del pene palpitante.

—Inmaduro.

—Sloaney, ¿quién quieres que se vaya? ¿Knox y yo o Rollins? —preguntó Nash.

Sloane me miró a los ojos y encontré la manchita oscura entre todo el verde.

—Quiero que se vaya Lucian —dijo con firmeza.

—Duendecilla —susurré.

Pero sacudió la cabeza.

—Se acabó, Lucian. Ya es hora de que te vayas.

El corazón, si tuviera uno en realidad, se me cayó del pecho al suelo y me lo aplastó con la bota cuando se dio la vuelta y se alejó de mí.

—Vamos a la calle, Luce —ordenó Nash, que empleó la voz de policía—. Me parece que te vendrá bien un cigarrillo.

Cada hermano me agarró de un brazo y me arrastraron por la cocina para salir por la puerta lateral hacia el aparcamiento. Por una vez se mostraban unidos y, quizá por primera vez en la vida, era contra mí.

—No tienes derecho a tratarla así, Luce —anunció Nash cuando la puerta se cerró de un golpe detrás de nosotros.

—Me apetece mucho presentarle su cara a mi puño —comentó Knox con los dientes apretados. Arrastró las botas por la grava.

—Lo entiendo, créeme. Pero no podemos —insistió Nash.

—No soporto cuando no puedo darle puñetazos a la gente.

—Nada te lo impide —lo provoqué deliberadamente. Que me dieran un puñetazo en la cara me sentaría mejor que el agujero abierto y dentado que tenía en el pecho.

Knox relajó el puño y, a continuación, me clavó un dedo en el hombro.

—Tienes suerte de que tu padre fuera un cabronazo y un maltratador. Si no, estaría barriendo el suelo con tu cara estúpida.

De pequeños nos habíamos peleado como hacían los críos. Nos habíamos tirado piedras. Habíamos peleado en el arroyo. Sin embargo, en algún momento, Knox y Nash habían seguido pegándose el uno al otro y a mí me habían dejado atrás. Se habían peleado por los juguetes, después por las bicicletas y, luego, por las mujeres.

—¿Qué tiene que ver mi padre con todo esto?

Knox miró a su hermano en busca de ayuda. Nash bajó la mirada a los pies.

—¿Por qué no vamos a tomarnos otra ronda? Así nos ahorramos las molestias —sugirió este.

—No hasta que me digáis por qué os hacéis sangrar como mínimo una vez por semana, pero a mí me tratáis como si fuera una flor delicada. —Utilizar las palabras exactas de Sloane me hizo echar todavía más de menos su sabor.

—Recibir una paliza no significa lo mismo para nosotros que para ti —respondió Knox al final—. Si le doy un puñetazo en la boca al pesado de mi hermano es porque le quiero y me ha hecho enfadar.

—Continúa —exigí.

—Joder —murmuró Nash.

—Acaba lo que ibas a decir —le ordené, pues estaba perdiendo la paciencia.

—No te pegamos porque te pegaban en casa. Es muy jodido que tu padre te diera esas palizas. A lo mejor no sabíamos exactamente por lo que estaba pasando, pero no éramos estúpidos. O, por lo menos, no tanto como para no darnos cuenta de eso —se corrigió Knox.

—¿No os peleáis conmigo porque creéis que no lo distinguiría? ¿Que no lo soportaría?

Intercambiaron una mirada y luego se encogieron de hombros.

—Básicamente —respondió Nash.

—Sí —coincidió Knox—. Además, en tu caso es más probable que nos ataques con un abogado muy caro que con un puñetazo.

Me quité la chaqueta y la colgué en la caja de la camioneta más cercana.

Knox se rio. Se abrió la puerta lateral del bar y Stef y Jeremiah salieron a la calle con una bebida entre las manos.

—Ya te he dicho que no íbamos a querer perdérnoslo —comentó Jeremiah.

—¿No podemos tener una noche en paz en la que nadie reciba un puñetazo en la cara? —protestó Nash.

—Esta noche no —decidí.

—¿Estás seguro? —me preguntó Stef—. Ellos son dos y tú solo uno.

—Tú estás aquí, ¿no? —señalé mientras me enrollaba una manga de la camisa.

—Sí, pero, en este caso, estoy a favor de Sloane. Has puteado a una chica fantástica por motivos que a lo mejor te parecían sensatos en su momento, pero que en realidad son una mierda. Tengo que darle mi voto a los hermanos Morgan. Sus principios morales me sacaban de quicio.

—Lo mismo digo —agregó Jeremiah.

Centré la atención en la otra manga, me desabroché el puño y comencé a enrollarla hacia arriba.

—Os odio a todos. ¿Qué narices estás haciendo?

Knox caminaba de un lado a otro, movía el cuello y estiraba los brazos por encima del pecho.

—Está claro que no se ha metido en una pelea después de haber cumplido los treinta —le dijo Knox a su hermano tranquilamente.

—Tienes que calentar —me indicó Nash, e hizo una sentadilla.

Knox volvió a mover el cuello y empezó a trazar círculos con los hombros.

—¿Qué ha pasado con esos días en los que pegabais a traición a capullos que no se lo esperaban en los bares? —les pregunté.

—Cuando des un puñetazo y te dé un tirón en la espalda tan malo que no puedas limpiarte el culo, hablaremos —me advirtió Nash, que movía los brazos en círculos hacia atrás y después hacia delante.

—Esto es más anticlimático de lo que esperaba —protesté.

Un puño impactó contra mi mandíbula y me echó la cabeza hacia atrás.

—Eso es lo que ha pasado con los golpes a traición, capullo que no se lo esperaba —dijo Knox alegremente mientras mi cabeza tañía como el interior de la campana de una iglesia—. Tienes que ser mejor. No trates a las mujeres como a una mierda. Y en especial a Sloane.

—Joder. —Me doblé por la cintura y me froté la mandíbula mientras esperaba el momento oportuno—. No la traté como a una mierda. Coincidimos en que no era nada y después lo dejamos.

—Es una chorrada y lo sabes. Además, no has recibido tu merecido todavía, Nash no te ha tocado —insistió Knox, y me dio una palmada en la espalda.

—Vamos a entrar y a seguir bebiendo —sugirió Nash, que sonó decepcionado.

—Tú todavía no le has podido pegar. Es gratificante de la hostia —comentó Knox.

—Supongo que me conformaré con insultarlo y meterme con él por ser un cobarde al que le da miedo una bibliotecaria rubia diminuta —añadió Nash.

La bibliotecaria rubia diminuta daba más miedo que cualquiera de nosotros, y todos lo sabíamos.

Knox se había girado un poco para mirar a su hermano y no me vio venir. El puñetazo le arrasó el lateral de la cara con una fuerza satisfactoria. Se tambaleó de lado antes de recuperarse con una sonrisa de oreja a oreja.

—Eso ya es otra cosa.

—Mi turno —dijo Nash, y se colocó en posición—. No tienes derecho a tratar a Sloane como a un polvo de una noche. Da igual lo que haya pasado entre vosotros dos o cómo acaben las cosas, tienes que tratarla con respeto.

—¿Qué se supone que sois? ¿Sus hermanos mayores?

Lancé un derechazo y Nash se agachó. Me cazó con un gancho en el plexo solar que me dejó sin respiración. Volví a atacar y le di un golpe en la mandíbula.

Mi amigo, el puñetero jefe de policía, sonrió con malicia y echó el brazo hacia atrás. Bloqueé el golpe, pero no lo bastante bien. Su puño oficial y respetuoso con las leyes chocó contra el puente de mi nariz.

—No he oído el crujido —comentó Knox.

—Me estoy conteniendo, ¿vale? —murmuró Nash. Gruñó cuando mi puño izquierdo le conectó con el hombro malo—. Vaya, veo que alguien quiere jugar muy sucio —bromeó.

—Quiero haceros entrar en razón a golpes. Sloane no significa nada para mí.

—Menuda. Tontería. —Nash puntuó cada palabra con un golpe rápido—. Te vi salir por la ventana de su habitación en el instituto. Me he dado cuenta de que la miras como si fuera el puñetero sol y no debieras observarla directamente, pero no puedes evitarlo.

—Ninguno puede, puto idiota —añadió Knox, y apartó a su hermano de un empujón para darme un puñetazo en el ojo.

—Yo no soy como vosotros, no estoy hecho para las relaciones. Y, en especial, para una relación que ni ella ni yo quería, joder —debatí.

—Solo porque digas que no quieres, no significa que no quieras —contestó Knox, y se agachó para esquivar un puñetazo.

Nash dio un trago a una botella de agua.

—Y te lo dice el idiota que fingió que salía con Naomi y después intentó dejarla de verdad.

—¿De dónde narices has sacado una botella de agua? —jadeé, y después le crucé la cara a Knox con una bofetada para cambiar un poco las cosas. No se inmutó—. No estoy enamorado de ella, capullos. —Las palabras me supieron raras en la boca. Se lo atribuí a la sangre.

—Es un idiota y un iluso —valoró Stef.

—Pienso lo mismo —comentó Nash, que volvió a meterse en la pelea.

—Me siento mal por él —intervino Jeremiah.

—¿Te lo estás pasando bien? —le pregunté a Stef cuando vi que había sacado el móvil y empezado a tomar fotos.

—De maravilla.

Nash y yo seguimos intercambiando golpes en nuestra pelea solemne y pautada a puñetazos. Era tan solemne que ni siquiera los clientes que llegaban al aparcamiento se molestaban en pararse a observar.

—Buenas noches, gente —nos saludó Harvey Lithgow, un hombre que parecía un oso con pantalones de cuero, mientras se dirigía hacia la entrada del local.

—Buenas noches, Harvey —respondimos al unísono.

—Te sigues conteniendo —protesté cuando Knox volvió a incorporarse para darme un golpe en el estómago. Ya sentía toda la parte superior del cuerpo como si me hubiera atropellado una camioneta.

—Sí —respondió con tono tranquilo.

—Si te sigues conteniendo, me aprovecharé —le advertí.

Después le di un codazo que le impactó directo en la barbilla, seguido de un puñetazo en el estómago.

Escupió sangre sobre la gravilla y sonrió.

—Haz el imbécil y recibirás tu merecido.

Pelea no era la palabra adecuada para describir lo que ocurrió a continuación. No nos movía el odio, simplemente utilizamos lo que sabíamos de los otros para esquivar las defensas y darnos golpes bajos.

—¿Te rindes ya? —gruñó Nash.

Estábamos todos en el suelo. Nash estaba de rodillas mientras yo le practicaba una llave de cabeza, pero hacía un esfuerzo admirable por dislocarme el dedo meñique. Knox me sujetaba el brazo izquierdo a la espalda y yo le había puesto el pie en la entrepierna.

—Sonreíd y decid «burros» —nos animó Stef, que se puso delante de nosotros. Jeremiah se colocó a nuestro lado, esbozó una sonrisa falsa y levantó los pulgares mientras su novio nos hacía otra foto.

—No nos hagas darte una paliza —le advertí.

Dejé a Nash, que, por suerte, me soltó el meñique y le di una patada desganada a Knox en el muslo. Los tres nos dejamos caer sobre la gravilla, llenos de moratones y manchados de sangre.

—Sloane os va a dar una paliza por darme una paliza —comenté. Chasqueé los dedos para que Stef me lanzara la chaqueta. Me la tiró a la cara.

—Ni de puta broma —replicó Knox, que le había robado el agua a Nash—. La mujer no te puede ni ver. Lo más seguro es que nos dé un premio.

Sacudí la cabeza y saqué el cigarrillo y el encendedor.

—Se enfadará porque no le hayáis dejado nada de diversión.

—¿Por qué no puedes darle una oportunidad? —preguntó Nash.

Saboreé la primera calada placentera de tabaco y exhalé el humo hacia el cielo nocturno.

—Porque es demasiado buena para mí.

Los hermanos estallaron en carcajadas.

—¿Qué? —les pregunté.

—¿Te crees que yo soy lo bastante bueno para Angelina? —preguntó Nash con una sonrisa de suficiencia.

470

Knox sonrió de oreja a oreja.

—Ya sé que todos pensáis que Flor está fuera de mi alcance.

—Eso es verdad —afirmó Stef—. Las dos son mil veces mejor que vosotros.

—¿No se supone que las relaciones deberían hacerte sentir digno? —pregunté. Sonó a algo que podría haberme dicho el psicólogo.

—Estoy casi seguro de que el único inútil que puede hacerte sentir digno eres tú —respondió Nash.

—En cuanto crees que eres tan bueno o mejor que tu pareja, es cuando todo empieza a irse al traste —añadió Knox.

Me limpié la sangre de la boca con la manga y le di otra calada al cigarrillo.

—¿Y entonces qué se supone que tienes que hacer? ¿Arrastrarlas a tu nivel?

Knox me lanzó una piedra del tamaño de un guisante.

—No, imbécil de mierda. Se supone que debes pasar el resto de tu afortunada vida intentando estar a su altura.

—Suena agotador.

—Es evidente que no es para los cobardes —afirmó Jeremiah.

Me froté la mandíbula. Me dolían la cara y los puños a rabiar, pero la presión que sentía en el pecho parecía haberse aligerado un poco.

—¿Te vienes? —me preguntó Knox, y señaló el Honky Tonk.

Sacudí la cabeza. Necesitaba estar solo.

Stef y Jeremiah ayudaron a los hermanos Morgan a ponerse en pie. Nash se agachó y me dio una palmadita en el hombro.

—No eres mal tío, Luce. Solo eres un idiota.

—Gracias —le respondí con ironía. Observé a los hermanos mientras volvían cojeando juntos al bar. Jeremiah los siguió tras guiñarle el ojo a su novio.

Stef me tendió la mano y la acepté.

—¿Sabes una cosa? He pasado las últimas semanas dudando de mí mismo una y otra y otra vez —explicó.

—¿Por qué? —Se me estaba hinchando el ojo y cada vez me resultaba más difícil verlo con claridad.

—Por todo. Por mudarme aquí. Por hacerlo oficial con Jeremiah. Por comprometerme.

—Ser precavido a la hora de comprometerse no tiene nada de malo —señalé mientras me revisaba la mandíbula dolorida.

—Una cosa es ser precavido y otra ser un cobarde.

—Que te den —murmuré.

—Mira, soy el último que debería darte consejos sobre las relaciones —admitió Stef—, pero por la forma en que la miras, no solo era por pasar un buen rato.

—Todos los habitantes de este puto pueblo se creen que todo el mundo tiene reservado un final feliz. No sabes nada de nuestra situación —le recordé.

—No, pero haces que me plantee si correr el riesgo no sería lo mejor. Tal vez la idea de que me arranquen el corazón y me lo pisoteen es mejor que tener tanto miedo como para no querer intentarlo siquiera.

—El amor vuelve estúpidos a los hombres —bromeé.

—Pues sí, es verdad. Pero ¿no nos hace más estúpidos privarnos de él?

CAPÍTULO TREINTA Y CINCO

ME QUIERES, PEDAZO DE IDIOTA

SLOANE

—¿Qué le pega más a las fiestas del llanto? ¿Las ensaladas de pollo a la parrilla o los sándwiches de ternera y queso? —preguntó mi madre, y alzó dos menús de comida para llevar.

Era lunes, y mamá y yo nos habíamos tomado el día libre para revisar algunas de las cosas de papá. Nos encontrábamos en el dormitorio de mis padres y estábamos echando un vistazo a la colección de libros de mi padre para decidir cuáles quedarnos, donar o vender.

—Los sándwiches de ternera y queso se ponen pastosos con las lágrimas. ¿Y si los pedimos de queso fundido?

—¡Perfecto! Hay un local de sándwiches de queso *gourmet* a la vuelta de la esquina. Los llamaré —comentó mamá.

Sinceramente, no tenía hambre. Era una frase que pocas veces podía decir, ya que cuando la pronunciaba solía estar incubando un virus estomacal. Pero la falta de apetito no se debía a un virus, sino a la vergüenza. Después de mi encontronazo con Lucian (y su pene) en el Honky Tonk el viernes por la noche, había estado furiosa conmigo misma y me había sentido más que un poquito culpable.

Estaba en una cita con otro hombre (uno que, en teoría, era perfecto) y, aun así, había sido incapaz de mantener las distancias. Había participado por voluntad propia en la emboscada de segundo grado en el pasillo. Y, después, había obligado a los amigos de Lucian a que lo pusieran a raya cuando yo había sido tan culpable como él. Y, a juzgar por los moretones y la sangre que Knox y Nash tenían en la cara cuando volvieron al bar, lo habían puesto muy a raya.

Estaba avergonzada y decepcionada conmigo misma. Mamá regresó y se dejó caer hasta el suelo con elegancia.

—Esto es un rollo —dije mientras se me escapaban las lágrimas—. Echo de menos a papá.

—Ya lo sé, cariño. Yo también. Muchísimo.

—¡Maldita sea! —lloré—. Pensaba que a estas alturas ya habría dejado de llorar.

—Ay, ojalá yo fuera tan ingenua —bromeó mamá, y me sujetó el rostro húmedo entre las manos—. Vamos a abordar un par de montones más antes de que llegue la comida.

Las dos nos tomamos un momento para sonarnos la nariz y recomponernos.

—¿Qué opinas de este? —pregunté, y le enseñé un tomo muy grueso sobre la ley tributaria de Virginia.

—Para donar. ¡Oh! ¿Te acuerdas de este? —Levantó un tomo de Derecho desgastado—. Tu padre solía hacerle preguntas a Maeve sobre los precedentes judiciales del derecho de familia cuando le dijo, a los diez años, que quería ser abogada.

El recuerdo cayó sobre mí como una mantita suave. Papá y Maeve, acurrucados en la barra de desayuno con blocs de notas legales y libros de leyes mientras mamá me ayudaba con los deberes en la isla de la cocina.

Papá se había sentido muy orgulloso y entusiasmado ante la idea de que su hija mayor quisiera seguir sus pasos. De adolescente, Maeve era feroz y estaba decidida a ser la mejor.

—Nos lo quedamos sí o sí. Ponlo en la caja de Maeve.

—Tengo que preguntarte una cosa que seguramente vaya a disgustarte —anunció mamá después de dejar caer el libro en la caja.

—¿Es esto lo que se siente cuando eres madre? —bromeé.

—Lucian —respondió.

Me puse rígida.

—¿Qué pasa con él? —Era imposible que supiera algo de nuestra aventura breve y desacertada, ¿no? Me lo habría dicho. A menos que lo quisiera mencionar ahora.

Mamá empujó un montón muy alto de revistas de exalumnos a la pila para reciclar que tenía a los pies.

—Sé que vosotros no habláis mucho, pero me preguntaba si sabías algo de él últimamente. Ha cancelado la comida dos semanas seguidas y no me ha devuelto las llamadas desde entonces. No es propio de él, y estoy preocupada.

Al parecer, Lucian había dejado tiradas a dos de las tres mujeres Walton.

—Parece que pasáis mucho tiempo juntos —me arriesgué a decirle.

—No hace falta que emplees ese tono. Tu padre y yo adoramos a Lucian. Ha formado parte de nuestras vidas desde que se coló en tu habitación la primera vez. Nuestra mayor decepción fue que no os enamorarais y nos dierais un montón de nietos preciosos.

Mi madre lo decía en broma, pero, teniendo en cuenta mis metas actuales y la reciente ocupación de mi vagina por parte de Lucian, me lo tomé como un ataque personal.

—Tienes más posibilidades de acabar con Michael B. Jordan como yerno que con Lucian Rollins —respondí con brusquedad.

—Mono y talentoso. No me disgustaría tener que verle esa cara tan perfecta todos los días de Acción de Gracias —bromeó mamá—. Así que ¿no sabes nada? Estoy preocupada. No es normal que me haga *ghosting,* como dicen los jóvenes. Ha hecho mucho por tu padre y por mí, en especial desde que nos mudamos aquí, y lo echo de menos.

Quería preguntarle cómo los había ayudado ese semental con atrofia emocional, pero oí la tristeza en su tono de voz y me sentí una imbécil. Una imbécil culpable. Si la no ruptura con Lucian había acabado con la relación que tenía mi madre con él, eso significaba que ella había perdido a dos hombres en lugar de recibir todo el apoyo que merecía, así que le dejaría claro a Lucian que era inaceptable en cuanto tuviera ocasión.

—Seguro que solo está ocupado —mentí—. Apuesto a que te llamará para comer la semana que viene. —Le lanzaría la ira del fuego infernal encima para asegurarme de que así fuera.

—Eso espero —respondió mamá. Dejó el resto de libros de Derecho sobre la moqueta y roció la estantería con una capa gruesa de producto de limpieza con olor a limón—. Ya basta de hablar de mí, ¿cómo va la búsqueda de marido?

—Digamos que... va. Tuve una primera cita con Kurt Michaels el viernes por la noche. —No añadí la parte en que casi le hice una paja a Lucian en el pasillo durante dicha cita. Mi madre no tenía por qué saber que había criado a una ramera.

Mamá dejó de limpiar el polvo.

—¿Y? —insistió.

—Y es simpático e inteligente. Y mono. Obviamente, se le dan genial los niños. Quiere sentar la cabeza. Y, al contrario que todos con los que he salido, no está casado, ni miente, ni huye de la justicia.

Arqueó una ceja en un gesto muy maternal.

—¿Pero?

—¿Cómo sabes que hay un pero? —le pregunté.

—Llámalo intuición de madre. Es como supe que pensabas escabullirte para ir a la fiesta de los dieciséis de Sherry Salama a pesar de que estabas castigada.

Suspiré.

—En teoría, es perfecto. Bueno, y en la práctica también. Pero no sentí...

¿Que me envolviera la llama del deseo? ¿Un anhelo endemoniado de arrancarle los pantalones? ¿Una reacción química fuera de lo común?

—¿Que hubiera chispa? —me ayudó mamá.

Que hubiera chispa entre nosotros me parecía demasiado soso si lo comparaba con lo que había experimentado con Lucian.

Me encogí de hombros.

—A lo mejor les exijo demasiado. A lo mejor es imposible conseguir una pareja que lo tenga todo. Quiero decir, ¿quién tiene un marido que cambie los pañales, respete tu trabajo y cumpla entre las sábanas como el héroe de una novela romántica?

Mamá me pasó el brazo por encima del hombro.

—Te sorprenderías.

—Si vas a usar lo que te he dicho como excusa para contarme tu vida sexual con papá, te mandaré la factura de la terapia.

—Voy a por el talonario.

Gemí y me dejé caer contra ella.

—¿Por qué tiene que ser un proceso tan fastidioso?

—Nada que valga la pena es fácil de obtener. Encontrar pareja no se basa en dar con una persona que cumpla todos los requisitos. Nadie es perfecto, ni siquiera tú, Sloaney. Enamorarse consiste en descubrir a alguien que te haga ser mejor que cuando estás solo y viceversa.

—¿Y qué pasa si te hacen daño? —Comencé a tirar de los hilos de la moqueta.

—Las personas cometemos errores. Muchísimos. Y solo depende de ti decidir cuáles son perdonables.

—¿Qué clase de errores cometió papá?

—Siempre llegaba tarde a todas partes. Se traía el trabajo a casa. Cuando trabajaba en un caso que era particularmente importante para él, se perdía en sus pensamientos y dejaba de estar con nosotros. Tenía un gusto terrible para la moda. Y siempre metía comida basura en el carro de la compra a escondidas.

Solté una risita.

—Pero las cosas buenas siempre superaban a las malas. Tu padre y yo teníamos una vida sexual muy activa, ¿sabes? —añadió mi madre con un destello pícaro en los ojos.

—¡Mamá!

Le dio tal ataque de risa que se desplomó sobre el suelo.

—Ah, nunca me canso de meterme contigo.

—Me empujas a la bebida —repliqué, y me tumbé junto a ella sobre la moqueta. Nos quedamos con la mirada clavada en el techo.

—Solo te estoy devolviendo el favor.

—¿Mamá? No sé si te lo he dicho alguna vez, pero gracias por ser una madre tan maravillosa. Papá y tú nunca me hicisteis sentir que no pudiera…

Mamá se incorporó, sacó un pañuelo de la caja que había entre nosotras y se lo llevó a los ojos.

—Sloane, aprecio tu sinceridad, pero si quieres que deje de llorar en algún momento, será mejor que me insultes en los próximos diez segundos.

—El estofado siempre te sale seco y creo que tu obsesión con los dientes es espeluznante.

Seguíamos a medio camino entre la risa y el llanto cuando sonó el timbre. Mamá se puso en pie.

—Voy a por la comida. —La oí sonarse la nariz ruidosamente por todo el apartamento.

Levanté la bolsa de libros de jardinería que pesaba millones de kilos y la llevé hasta el escritorio. La deslicé por la superficie y, sin querer, tiré un montón de papeleo.

—Mierda —murmuré. Me arrodillé en el suelo y empecé a recoger los papeles en una pila descuidada de copias del certificado de defunción, tarjetas de felicitación y facturas médicas.

—¿Hacemos un pícnic en el suelo o comemos en la mesa como personas civilizadas? —me preguntó mamá desde la otra habitación.

—En el suelo —le respondí, y localicé el último papel, que había aterrizado entre la pared y una de las patas del escritorio. Me acerqué hasta él a gatas y lo recogí.

Cuando lo dejé encima de la pila de papeles, uno de los nombres que había escrito en él me llamó la atención.

Leí el documento por encima con el ceño fruncido.

«Laboratorios Lichtfield».

«Cuenta saldada».

«Lucian Rollins».

Sentí que me invadía una oleada gélida de impresión.

Mamá asomó la cabeza por la puerta.

—¿Quieres más vino, agua con gas o nos pasamos a los *bloody mary,* ya que me he olvidado de pedir la sopa de tomate?

—¿Qué es esto? —le pregunté, y le mostré el extracto.

Le echó un vistazo y un destello de culpa seguido de una calma involuntaria le cruzó el rostro.

—Es lo que se suponía que no debía contarte.

—¿A ti qué narices te pasa? —Irrumpí en el despacho de Lucian agitando el extracto como si liderara una banda de música.

Me miró desde detrás del escritorio con esa máscara fría e inexpresiva, pero en sus ojos había calor. Y en su rostro, moratones. Se parecía a un boxeador heroico y rompecorazones que había perdido la pelea por el título.

—Lo siento, señor —resopló Petula, que se detuvo de golpe a mis espaldas en el umbral de la puerta—. Es más rápida de lo que creía.

—No pasa nada —replicó Lucian, pero hizo que sonara como si sí ocurriera algo.

—Acaba con él —me susurró Petula en voz baja antes de desaparecer.

—Puedes irte, Nallana —le dijo Lucian a la mujer que tenía sentada delante.

Tenía las manos metidas en los bolsillos de una sudadera de Nine Inch Nails y parecía entretenida.

—Pero quiero quedarme a ver el espectáculo —replicó.

—Largo —respondió Lucian sin apartar la mirada de mí.

Suspiró, se levantó de la silla de un salto, me guiñó el ojo y se fue.

Le dejé el papel sobre el escritorio con un manotazo. Después, solo para ser una cabrona, arrastré las yemas de los dedos por la superficie de cristal inmaculada.

—Explícate.

—No te debo ninguna explicación. Tienes que irte.

—No hasta que me lo expliques —respondí, y clavé los dedos en el papel.

Bajó la mirada hacia el documento, después alargó la mano hacia el cajón del escritorio e hizo algo que no me esperaba. El muy hijo de puta sacó un par de gafas de lectura muy *sexys*.

Era como si el universo se estuviera burlando de mí. El hombre atractivo que había puesto mi mundo patas arriba entre las sábanas y llevaba gafas de lectura era el único hombre del que no quería nada.

—Por lo que parece, es una factura pagada —me explicó como si yo fuera el ser humano más estúpido del planeta—. Ahora, si no te importa, no te quiero aquí.

—Eso ya lo sé, zoquete insufrible. Es la factura médica de un tratamiento experimental contra el cáncer que el seguro médico no cubre. ¿Por qué aparece tu nombre en el documento?

—Mi nombre aparece en muchos sitios —contestó. Se quitó las gafas e introdujo la hoja en la trituradora de papeles que tenía a los pies—. Si eso es todo, pediré a los de seguridad que te acompañen a la puerta.

Había tensión en él, un nerviosismo que nunca le había visto expresar.

—No me voy a ir sin respuestas. Cuanto antes me las des, antes me largaré.

Levantó el auricular del teléfono del escritorio y marcó.

—La señorita Walton va a necesitar un escolta que la lleve de vuelta a casa de su madre en cinco minutos.

Me crucé de brazos y lo fulminé con la mirada mientras escuchaba a quienquiera que estuviera al otro lado de la llamada.

—Sí. Encárgate de que revisen su vehículo. Y ponle un guarda. —Colgó de golpe y me dedicó una mirada gélida—. Pregunta lo que quieras y luego tendrás que irte.

Me mantuve firme por pura voluntad. Cerré los ojos y respiré para calmarme.

—Lucian, ¿qué hace tu nombre en la factura de un tratamiento contra el cáncer astronómicamente caro de mi padre? ¿Un tratamiento que me dijeron que era un ensayo clínico? Un tratamiento que le dio seis semanas más con nosotros. —Se me quebró la voz de forma patética.

La tensión entre nosotros aumentó hasta hacerse insoportable. Intentábamos intimidarnos el uno al otro con la mirada a pesar de que a mí se me habían humedecido los ojos.

—No hagas esto, Sloane —dijo en voz baja—. Por favor.

—Por una vez en tu vida, cuéntamelo —le supliqué.

—Deberías hablar de esto con tu madre.

—Me ha dicho que hable contigo.

Se quedó en silencio durante un rato largo.

—Quería pasar una última Navidad con vosotras.

Di un paso atrás y oculté el rostro detrás de las manos.

—No irás a ponerte a llorar, ¿verdad? —me preguntó con brusquedad.

—Ahora mismo siento muchas cosas y no estoy segura de cuál de ellas va a ganar —le respondí desde detrás de las manos.

—Estás enfadada conmigo —conjeturó.

—No estoy enfadada porque te gastaras una cantidad de siete cifras en concederme unas semanas más con mi padre, capullo. No te puedo estar más agradecida y no sé cómo gestionarlo. Pero ¿por qué harías algo así sin contármelo? ¿Por qué ocultarlo?

—A lo mejor deberías probar a respirar hondo. Fuera. Muy lejos de mi despacho.

—¿Qué más? —le pregunté.

—No te sigo —respondió, y desvió la mirada hacia la puerta.

Recorté la distancia que nos separaba, lo agarré de la maldita corbata y lo miré a los ojos.

—Te voy a dar esta última oportunidad para que seas honesto conmigo. ¿Qué más has pagado, o donado, o creado en mi beneficio sin ni siquiera decírmelo mientras seguías tratándome como si te hubiera arruinado la vida?

—No sé de qué me hablas.

Inhalé profundamente.

—¿Así que los nombres Yoshino Holdings, Asociación Stella y Grupo Bing no te suenan de nada?

Se le aseveró el rostro.

—Estoy en mitad de un día muy ajetreado…

Le di un tirón de la corbata.

—Me da igual si estás en mitad de una apendicectomía a vida o muerte, Lucifer. Vamos a hablar de esto.

El silencio que se produjo a continuación fue pétreo y lo delató.

—La fundación Yoshino Holdings financió una bcca de cien mil dólares que permitió que la biblioteca renovara el sistema de ordenadores e iniciara el programa de préstamo de tabletas y portátiles. La Asociación Stella premió a la biblioteca con una donación de setenta y cinco mil dólares para que pudiéramos extender la oferta de programas comunitarios, y, gracias a ellos, crear un puesto de trabajo para Naomi. Y el Grupo Bing nos otorgó una donación muy generosa que nos permitió cubrir el resto de los costes de construcción del

Edificio Municipal Knox Morgan, que, casualmente, alberga mi biblioteca.

—Si has terminado ya…

—Lucian, todas las organizaciones se llaman como variedades de cerezos. Y tú eres el dueño de todas ellas. —Todo empezaba a cobrar sentido y a formar una imagen inconcebible en mi cabeza.

Él resopló.

—No sé de dónde has sacado la información, pero te aseguro que…

—Soy bibliotecaria, pedazo de incordio. ¡Mi trabajo consiste en saber cosas! Lo que no sé es por qué ibas a financiar mis sueños con tu dinero cuando, como expresaste de forma tan elocuente, ni siquiera soportas verme.

—No tengo por qué explicarte los métodos que utilizo para evadir impuestos.

—No sé si me apetece más tirar la grapadora por la ventana o lanzártela a la cabeza —murmuré. Me alejé de él y empecé a caminar de un lado a otro.

—Preferiría la ventana —dijo a mis espaldas.

Bajé la mirada mientras pasaba junto al escritorio y vi algo familiar en el cajón de arriba, que seguía abierto.

—Madre mía —exclamé, y saqué el par de gafas roto. Mi par de gafas roto. Se me habían caído durante una refriega de Halloween en Knockemout, y fui incapaz de encontrarlas.

—Apártate de mis cosas —dijo Lucian antes de empezar a caminar hacia mí. Levanté las gafas.

—Si no significo nada para ti, ¿por qué me conseguiste más tiempo con mi padre? ¿Por qué has donado tanto dinero a mis causas? ¿Y por qué narices guardas en el cajón de arriba de tu escritorio las gafas que perdí en el Libro o Trato?

—Baja la voz o los de seguridad te sacarán de aquí a rastras —gruñó.

—Dilo, Lucian.

—Si vas a hablar en clave para hacerme perder el tiempo, por lo menos siéntate de una puñetera vez y bebe un poco de agua —me espetó con brusquedad antes de dirigirse a la jarra de cristal de la mesa de conferencias.

—Me quieres, pedazo de idiota. Me has querido desde que éramos niños. Me querías incluso cuando traicioné tu confianza. Me querías después de que lo solucionara. Me sigues queriendo.

Se detuvo a medio camino y se dio la vuelta para fulminarme con la mirada.

—No solucionaste nada, casi haces que te maten. Y si hubiera podido salir de la cárcel, aunque solo fuera una hora, se habría asegurado de acabar contigo. Es lo que hacía con todo lo que me importaba. Ninguna sentencia judicial habría podido protegerte de él.

—Así que decidiste mantener nuestra amistad en secreto para protegerme. Y sigues haciéndolo, por eso me alejas de ti. Hiciste que me viera solo como a una vecinita loca y cotilla.

—Habría descubierto la forma de hacerte daño. Descubrió la forma de hacerte daño.

—Ya no está, Lucian. Está muerto. ¿Qué excusa vas a usar ahora?

—No sé de dónde ha salido este discurso, pero te estás poniendo en ridículo. No te quiero —insistió.

Empleó un tono regular y distante y mantuvo una expresión pétrea. Pero veía la verdad, veía el deseo en su mirada.

—¿Estás seguro de que esa es la respuesta que quieres darme? —susurré.

—No te quiero —insistió con terquedad.

Dejé escapar un suspiro entrecortado.

—Después de tantos años, de todo por lo que hemos pasado juntos, eres incapaz de ser sincero conmigo.

—Estoy siendo sincero —replicó, pero no me miró a los ojos.

—Me quieres —repetí. Dos lágrimas cálidas se deslizaron por mis mejillas—. Me quieres y te conformas con no intentarlo nunca. No es triste, es patético.

—Tienes que irte, Sloane —respondió con brusquedad.

Me sentía como si hubieran lanzado mi corazón a una trituradora de madera. Me dolía todo.

—Ya me voy. —Me dirigí a la puerta y me detuve en seco—. Jamás podré compensarte por haberme conseguido esos últimos meses con mi padre.

—No quiero que me lo compenses —murmuró, y se pasó una mano por el pelo—. No puedes volver aquí, no es seguro.

—Como quieras, pero no puedes volver a darme nada. Se acabaron las donaciones secretas. Se acabó vigilarme. Gracias por tu generosidad incomprensible, pero quiero que te quede claro: no volveré a aceptar nada que provenga de ti. Nunca.

—¿Por qué?

—Porque, después de todo lo que ha pasado, creo que los dos merecemos una ruptura limpia.

Se quedó quieto durante un momento mientras me recorría el rostro con la mirada, en busca de algo que no encontraría.

—Nunca iba a haber nada entre nosotros, Sloane. Él se aseguró de que fuera así.

Sacudí la cabeza.

—Tu padre está muerto, Lucian. Tú eres el que se ha asegurado de que nunca haya nada entre nosotros.

Volví a dirigirme a la puerta con la esperanza de mantenerme de una pieza hasta que pudiera salir de la oficina. En el pasillo me esperaban dos guardas fornidos. Me detuve en el umbral de la puerta y me volví por última vez.

—Te quería, ¿lo sabías? Te quería cuando éramos niños. Y creo que podría haberte querido otra vez.

Una neblina tormentosa le cubrió la mirada, pero se quedó donde estaba y no dijo nada en absoluto.

—Y, por cierto —proseguí—, solo porque hayas terminado conmigo no significa que puedas librarte de mi madre también. Te echa de menos, así que coge el maldito teléfono y llámala.

—Ahora mismo no es muy buena idea —respondió con evasivas.

—Llévatela a comer o a cenar o lo que sea que hagáis, y hazlo ya o daré con formas nuevas y más creativas de torturarte por haberle hecho daño cuando ya está de luto. No se te ocurra abandonar a mi madre.

—¿Te pillo en buen momento, jefe? —preguntó Nolan, y se coló entre los dos guardas. Levantó la mirada de la carpeta gruesa que llevaba en la mano—. No, no tiene importancia. Es muy mal momento. Me alegro de verte, rubia.

CAPÍTULO TREINTA Y SEIS

DEMASIADOS REVESES

SLOANE

—Tu entrevista con Mary Louise en el pódcast está teniendo mucho éxito.

—¿En serio? —pregunté, y removí el helado en el sentido de las agujas del reloj.

Kurt Michaels era listo, encantador y atractivo. Contaba chistes de padre y llevaba chaquetas de punto y gafas de friki *sexys*. Tenía madera de padre total. Al contrario que otros, que solo tenían madera de rollo de una noche.

Me daba la mano. Me abría las puertas. Me escuchaba con atención. Le interesaban las cosas que me importaban, como el caso de Mary Louise. Y en las dos citas que había tenido con él, no había sentido la necesidad de fingir una emergencia o de escabullirme por la ventana del baño ni una sola vez. Además, se parecía bastante a Michael B. Jordan.

Pero era la tercera cita y el corazón me latía a mil por hora ante la idea de acostarme con él. Y no para bien. No es que pensara que Kurt fuera a ser malo en la cama. Había echado una ojeada a sus pasos de baile en el vídeo del concierto de Navidad de la página de Facebook del colegio. Sabía mover las caderas. Además, nos habíamos dado dos besos perfectamente buenos después de las dos citas anteriores.

Pero en el fondo (en la región de la vagina), sabía que Lucian Rollins me había arruinado. Y no estaba preparada mentalmente para descubrir cuánto.

Kurt estiró la mano morena y suave por encima de la mesa y me apretó la mía. Di un respingo.

—Sloane —dijo con expectación.

—¿Qué? —Intenté acordarme de si me había preguntado algo.

—Me da la sensación de que tienes la cabeza en otra parte. ¿Probablemente en otra persona?

Hice una mueca y la faceta de chica soltera en una cita caliente se derrumbó como una torre de bloques de juguete.

—No es eso exactamente. Me gustas mucho —insistí.

—Soy bastante simpático —coincidió en tono amistoso.

—Serías un marido y un padre maravilloso. Y, a simple vista, no he notado que tengas ninguna señal de alarma o un bagaje emocional imposible de superar.

Me obsequió con una de sus sonrisas atractivas.

—¿Qué puedo decir? Soy todo un partido. ¿Por qué no pasas directamente a la parte del «no eres tú, soy yo»?

Gruñí y clavé la mirada en la copa de helado a medio comer.

—Sé que todo el mundo lo dice, pero, en este caso, es la verdad. Te prometo que no eres tú, soy yo.

Como magnífico oyente que era, ladeó la cabeza.

—Sientes algo por otra persona —afirmó.

—¿Cómo has...? No importa. No son esa clase de sentimientos. Es más que estoy llena de ira, irritación y frustración hacia otra persona. Pero, en serio, ¿cómo lo has sabido?

Exhaló.

—Porque yo también me estoy olvidando de alguien. O intentándolo. Ella no estaba lista para una relación, así que intento pasar página.

—Yo igual, colega —admití, y me desplomé en la silla por el alivio—. Salvo que yo no quiero olvidarme de él, quiero sacármelo de dentro con un exorcismo. Si no volver a verlo no es una opción, entonces quiero descubrir la forma de no sentir nada.

—Por lo que parece, todavía hay sentimientos muy fuertes en juego —observó Kurt.

—Sentimientos homicidas —insistí—. Es el hombre equivocado para mí. No quiere nada de lo que yo quiero. Joder, ni siquiera me quiere a mí. Y yo no le quiero a él. Solo tenemos una conexión física que… Y no debería estar hablando de esto en una cita con otro hombre.

Él se encogió de hombros.

—A lo mejor solo necesitas una especie de conclusión antes de pasar página.

—Créeme, he recibido todas las clases de conclusiones que una persona normal y cuerda necesitaría. Pero hay una parte romántica e idiota de mí que se pregunta cómo es posible que exista una atracción física tan poderosa y tan buena cuando todo lo demás es pura basura. —Hice una mueca—. Lo siento, háblame de lo tuyo antes de que me humille todavía más.

Entonces llegó su turno de poner una mueca.

—Puede que te sientas homicida hacia mí si te lo cuento.

La afirmación despertó mi curiosidad.

—Confía en mí, no puede ser peor que lo mío.

—Te vas a arrepentir de haber dicho eso —predijo. Parecía sincero y preocupado.

—Lo nuestro no va a ir a ninguna parte, ¿verdad? —pregunté para confirmar.

—Por desgracia, es lo que parece —coincidió.

—Vale, pues esto debería hacerte sentir mejor. Me topé con el hombre con el que me veía en nuestra primera cita en el Honky Tonk. Y, como un idiota, me pidió que me fuera con él a su casa, a pesar de que me había dejado muy claro que no quería nada más de mí que sexo. Como una fulana hormonal, fui una estúpida y dejé que se acercara demasiado a mí, cruzamos algunas bases en el pasillo, durante nuestra cita, y después le dije que no volviera a hablarme.

Se apoyó contra el respaldo de la silla.

—Pues la verdad es que sí que me ha hecho sentir mejor.

Arqueé las cejas.

—¿De verdad? Pues cuéntamelo. No puede ser peor que lo que te acabo de confesar. —Me sentía aliviada y desahogada, así que me metí una cucharada de helado llena hasta arriba en la boca.

—Estoy enamorado de tu hermana.

Me atraganté con el helado porque no estaba preparada para semejante revés.

—¿Disculpa? —le pregunté con voz ronca.

—Toma —respondió, y empujó un vaso de agua en mi dirección—. Puedes bebértelo o lanzármelo a la cara.

—¿Maeve? —carraspeé.

Asintió y después se frotó el rostro con la mano.

—Empezó el verano pasado. Nos conocimos al final de la asamblea del colegio, hicimos buenas migas y tuvimos un rollo de verano. Se suponía que iba a ser solo por diversión. Ella estaba ocupada y yo acababa de conseguir el trabajo aquí. Era obvio que era una idea terrible. Es la madre de una de mis alumnas.

—No me lo puedo creer —comenté.

—Lo sé, soy un monstruo —respondió.

—¡No! Me refería a que hayáis sido capaces de mantener un secreto así en Knockemout.

—¿No estás enfadada?

Sacudí la cabeza.

—Estoy impresionada. Guardar secretos en Knockemout es como entrenar a un ejército de gatos para que hagan lo que tú les ordenes, es imposible. Entonces, ¿por qué dejaste que mis amigas nos emparejaran?

Pareció avergonzado.

—Una parte de mí, una parte muy patética, pensó que si Maeve no quería estar conmigo, por lo menos podría seguir formando parte de su vida. Y esa parte increíblemente estúpida de mí pensó que a lo mejor no estaría mal que Maeve se sintiera un poco… celosa.

—Vaya.

—No estoy orgulloso de ello. Esta noche iba a contarte que no he superado lo de Maeve, justo después de decirte que no sería capaz de acostarme contigo.

—Me he puesto ropa interior de abuela y no me he depilado las piernas —confesé.

Sonrió de oreja a oreja.

Cuando salimos al aparcamiento diez minutos más tarde, todavía nos seguíamos riendo. Era de noche y había escogido la cafetería de Lawlerville para evitar otro encuentro en potencia con Lucian en Knockemout.

—Entonces, ¿qué vamos a hacer? —le pregunté.

—Bueno, la solución más evidente sería que fingiéramos que salimos para que nuestros ex se mueran de celos, pero teniendo en cuenta que somos adultos y que no soportaría estropear tu relación con tu hermana, a lo mejor deberíamos decantarnos por la opción B.

—¿Amigos?

—Amigos —coincidió—. ¿Sabes? Cuando tu padre falleció, quise estar allí para apoyar a Maeve. Intenté contactar con ella un par de veces, pero me dejó muy claro que era algo con lo que quería lidiar sola.

—Quería alejarte de ella. Estoy familiarizada con ese sentimiento —respondí.

Kurt me dio un empujoncito con el hombro al acercarnos al Jeep.

—Por si sirve de algo, creo que Lucian es un simplón si no reconoce lo que siente por ti.

Paré en seco y me patinaron los pies sobre el asfalto.

—¿Cómo has sabido que…?

—En Knockemout no hay secretos. Me di cuenta de cómo te miraba cuando entramos en el Honky Tonk. Estaba claro que ahí había algo, y se notaba que no era odio.

La luna había empezado a salir detrás de él y me fijé en que en los árboles habían empezado a brotar miles de capullos. Se acercaba la primavera. Nuevos comienzos. Aun así, solo podía pensar en el final más reciente.

—Me lo he pasado muy bien esta noche —le dije a Kurt.

—Yo también.

Me puse de puntillas y le di un beso en la mejilla. Él me envolvió en un abrazo cálido. Decidí que algún día sería un cuñado excelente.

—A lo mejor podemos hacer uno de esos pactos en los que si no estamos casados cuando cumplamos los cincuenta, daremos el paso.

Sonreí.

—Me parece perfecto.

Entré en el Jeep y lo observé mientras cruzaba el aparcamiento hasta el coche. Esperé a que saliera antes de tomar el teléfono y abrir los mensajes. Maeve y yo íbamos a tener una conversación muy interesante.

La puerta del coche se abrió de un tirón y chillé. Una mano grande y enguantada me agarró del jersey y me sujetó contra el asiento. Otra me tapó la boca y amortiguó el grito que dejé escapar.

No podía respirar. El atacante me cubría la boca y me había cubierto las fosas nasales con uno de los dedos. Fui presa del pánico de inmediato mientras miraba fijamente al pasamontañas negro que había donde debería tener la cara. ¿Qué quería? ¿Dinero? ¿El Jeep? Deseé que no fuera a mí.

Me sacudí contra él y abrí la boca.

—Deja de intentar morderme —protestó el atacante—. Tengo un mensaje para ti.

Me inundó la adrenalina. Metí la mano libre en la bolsa de tela y rebusqué el espray de pimienta mientras trataba de memorizar detalles importantes sobre la persona. ¿Cuánto media? Era más alto que yo. ¿Cuánto pesaba? ¿Cómo narices iba a saberlo? Iba vestido de negro y las luces del salpicadero no eran lo bastante fuertes para iluminar los detalles. ¿Me resultaba familiar? ¿Reconocía la voz? ¿El olor?

¿Había olido a canela? ¿El atacante mascaba chicle?

—Deja a Upshaw donde está —dijo el hombre.

—¿Mary Louise? —Las palabras quedaron sofocadas por el grosor del guante. No era un atraco o un robo de coche cualquiera. Alguien me había seguido hasta allí y esperado a que saliera.

—Déjalo estar o saldrás herida —respondió.

Entonces me apartó la mano del pecho durante un segundo y después me estampó algo que sonó a papel sobre el corazón.

—Es el último aviso. Haz caso, por favor.

Parecía una súplica sincera. ¿Era posible que el agresor no quisiera hacerme daño? O a lo mejor yo alucinaba. Tal vez la falta de oxígeno y la sangre que me retumbaba en los oídos hacían que lo viera todo distorsionado.

Entonces desapareció tan de repente como había venido.

Habían sido demasiados reveses en una noche.

Con las manos temblorosas, agarré la manilla de la puerta y la cerré de un portazo. Tardé cuatro intentos en encontrar y apretar el botón de bloqueo. Cuando conseguí hacerlo, no había ni rastro del atacante.

Todavía temblando, encontré el teléfono en el suelo y marqué.

—¿Nash?

No era de morderme las uñas, pero ya había acabado de mordisquearme las de la mano izquierda y estaba a punto de empezar con las de la derecha.

Nash parecía calmado a simple vista, pero no dejaba de sacudir la pierna debajo de la mesa. Tras declarar ante la policía de Lawlerville, le había suplicado que me llevara a visitar a Mary Louise. Tenía una sensación horrible en la boca del estómago.

Dado que iba a desobedecer la orden directa de un villano anónimo, este había protestado. Pero necesitaba comprobar con mis propios ojos que Mary Louise estaba bien y Nash no estaba listo para perderme de vista.

—¿Todas las cárceles son así de horribles? —le pregunté a Nash.

Echó un vistazo a los paneles rotos del techo, a las luces fluorescentes parpadeantes y al suelo de vinilo, que se estaba pelando.

—No. El sitio en el que está encerrada Tina Witt parece un club de campo en comparación.

Fruncí el ceño.

—¿Qué diferencia hay?

—Esta institución es privada, lo cual significa que los propietarios pueden traspasarse los beneficios a sus cuentas bancarias. Si puedes quedarte lo que sobra después de los gastos, no sientes ninguna necesidad de mejorar mucho las instalaciones.

La puerta se abrió y me puse en pie de un salto. Mary Louise entró.

—Madre mía, ¿estás bien?

Tenía el rostro amoratado e hinchado y llevaba el brazo en cabestrillo contra el pecho. Pero lo peor de todo era el miedo en sus ojos.

Quería abrazarla, pero parecía a punto de desmayarse.

—¿Necesitas un médico?

—Estoy bien —me aseguró.

—¿Qué ha pasado? —le preguntó Nash.

—Hubo un pequeño altercado en la cafetería —respondió lentamente—. Suele pasar.

—Tenemos que sacarte de aquí. Voy a llamar a Fran —decidí.

—No —replicó Mary Louise con voz cortante. Sacudió la cabeza—. Ya basta de llamadas, peticiones y reuniones. Se acabó.

—¿Qué quieres decir? —susurré, y después me volví a dejar caer en la silla.

—¿Te han amenazado, Mary Louise? —le preguntó Nash.

Esta desvió la mirada hacia la puerta.

—Digo que es mejor para todos que cumpla con el resto de la sentencia.

—No —repliqué con firmeza—. Estamos muy cerca, Mary Louise. ¿No quieres ver cómo se gradúa Allen?

Volvió a sacudir la cabeza y se le anegaron los ojos de lágrimas.

—Ha sido una estupidez por mi parte tener esperanza. Hay mejores formas de que gastes el dinero, puedes ayudar a otras personas. Yo puedo aguantar nueve años más.

Lo dijo como si intentara convencerse a sí misma.

Miré a Nash con desesperación, pero él sacudió la cabeza y me devolvió una mirada de policía.

—Escúchame, Mary Louise. —Lo volví a intentar—. Lo solucionaremos. Haré lo que haga falta para mantenerte a salvo. No tomes ninguna decisión hasta que averigüe qué puedo hacer.

—No lo entiendes. Tengo que quedarme aquí. Necesito que dejes de ayudarme.

—No podemos dejarla ahí dentro —comenté. Corrí para seguirle el paso a Nash de camino al todoterreno.

—Déjame pensar, Sloaney.

—Es evidente que la están amenazando. Alguien la ha atacado y ¿de repente ya no quiere nuestra ayuda?

—Lo sé. Cálmate y cierra el pico para que pueda pensar.

—¡No tenemos tiempo de pensar! Nash se paró en seco y choqué contra su espalda ancha. Se volvió para mirarme.

—Cielo, ya lo sé. Pero tienes que entender que el hecho de que te hayan atacado el mismo día que a Mary Louise no es una coincidencia. Puede que centren las amenazas en vosotras dos, pero eso no quiere decir que seáis los únicos objetivos.

—Allen —dije al caer en la cuenta.

Asintió.

—Y Lina. Y Naomi. Y Maeve. Y todos los que forman parte del caso.

Cerré los ojos.

—Maldita sea. Mary Louise nunca pondría en riesgo a Allen, por no hablar de los demás.

—Llama a Fran —comentó Nash. Abrió las puertas del coche y se sacó el móvil del bolsillo.

—¿A quién vas a llamar tú? —le pregunté.

—¿Tú qué crees? —Me miró con intención.

—¿Y qué narices va a hacer Lucian al respecto?

—Es la única persona que se me ocurre que pueda mover hilos para conseguirles a ella y a Allen la protección que necesitan de inmediato.

Tenía razón. Le puse la mano en el brazo.

—No le cuentes lo que me ha pasado. Por favor.

—Sloane, estás en peligro, joder. Te han amenazado esta noche.

—Soy consciente, jefe. Pero no es asunto suyo. Además, te tengo a ti. Lucian tiene que concentrar todos sus poderes malignos en proteger a Mary Louise y Allen.

CAPÍTULO TREINTA Y SIETE

HACE CALOR AQUÍ DENTRO

SLOANE

Lo único que me gustaba más que una biblioteca cerrada era una abierta. Estar rodeada de todos esos libros, de todos esos mundos que esperan a ser explorados a través de las páginas. Oír el murmullo, similar al ASMR, de los susurros, los teclados y las páginas al pasarlas. Aunque me gustaba el silencio que se expandía tras el cierre casi tanto como lo demás.

Excepto que ahora me daba demasiado tiempo para pensar. Había trabajado desde la hora de apertura hasta el cierre. No porque fuera necesario, sino porque no sabía qué más hacer.

Habían pasado dos semanas desde que nos habían amenazado a Mary Louise y a mí. Lucian había utilizado su magia negra y había conseguido que a ella la trasladaran a otra cárcel (en la que estaba encerrada la hermana de Naomi, Tina) a la mañana siguiente. No obstante, a pesar de que Allen estaba protegido las veinticuatro horas del día, Mary Louise seguía negándose a avanzar con el caso.

Naomi y Lina habían renunciado, poco a poco, a comprobar de forma obsesiva si yo estaba bien. Después de cinco fiestas de pijamas seguidas, habíamos coincidido en que seguramente estaba lo bastante a salvo en mi casa con los cerrojos, las cámaras básicas de seguridad que Waylay me había ayudado a instalar y las patrullas policiales cada hora.

Y, siendo las amigas tan excelentes que eran, habían aceptado no mencionarle el incidente a Lucian.

Gracias a la presencia constante de la policía de Knocke-mout, que me «echaba un ojo», y a la investigación sobre quién querría que Mary Louise permaneciera detrás de las rejas, mi vida personal era inexistente. Aunque quisiera salir con alguien, habría sido muy incómodo hacerlo con un niñero uniformado y armado como acompañante.

Y, para colmo, tenía órdenes muy estrictas de Nash de dejar que los profesionales se encargaran de la investigación. Me habría venido bien llevar a cabo una búsqueda de información muy interesante para distraerme, pero Nash había utilizado esa voz de policía que daba tanto miedo y me había advertido que, si no aceptaba, le contaría a Lucian que me habían amenazado. Así que había accedido, más o menos.

Vale, a lo mejor echaba un vistazo a los documentos del juicio de Mary Louise cada noche hasta que estaba tan adormilada que ya no distinguía bien las letras. No hacía daño a nadie. Además, si encontraba algo sería un bien para todos a la larga, ya que la investigación policial llevaba a una serie de callejones sin salida. No solo no había huellas dactilares u otras pruebas identificables del atacante, sino que además, según los testigos, el ataque a Mary Louise había sido arbitrario y no provocado.

El ruido de un golpe suave en la sección infantil hizo que se me cayeran dos novelas de John Sandford de las manos.

Resoplé de modo que se me apartó el pelo de la cara y las gafas se me empañaron. Desde que el hombre con aliento a canela me había dado un susto de muerte, no había hecho más que dejarme llevar por la ansiedad.

—Tranquilízate —murmuré para mí.

Me sentía decepcionada conmigo misma. Siempre había pensado que reaccionaría con la agudeza y las agallas de una heroína peleona ante una situación peligrosa. O, por lo menos, una heroína torpe y adorable como Stephanie Plum. En lugar de eso, esperaba que un héroe viniera a salvarme. Y ni siquiera el mío. No. Esperaba que el prometido de mi amiga, el jefe de policía, me salvara el culo.

Había sido una lección de humildad y me había dado que pensar.

Terminé de escanear las devoluciones de la tarde y apagué las luces de la primera planta antes de volver a subir al despacho. Había un par de tareas administrativas que quería terminar. No es que tuviera que acabarlo todo esa noche, pero ¿qué más tenía que hacer?

Además, la biblioteca era el único sitio en el que a los policías no les importaba dejarme en paz, dado que estaba pegada a la comisaría y todo eso. Tendrías que ser muy idiota para intentar hacerme daño justo al lado de un departamento de policía al completo.

En la planta de arriba, me acomodé detrás del escritorio con una cerveza de raíz y puse mi lista de reproducción para completar tareas. Para cuando sonó «I Hate Myself for Loving You» de Joan Jett, ya había programado tres semanas de publicaciones en los perfiles de Facebook e Instagram de la biblioteca, redactado los borradores de los boletines de las dos próximas semanas y pedido unas cuantas novelas nuevas.

Nunca en la vida había avanzado tanto en la lista de tareas pendientes.

Y solo había un culpable.

Saqué el móvil y revisé los mensajes. A pesar de que no le había contestado, Lucian había seguido enviándome mensajes todos los días.

Capullo: He cenado con tu madre.

Capullo: Creo que necesita una mascota que le haga compañía.

Capullo: ¿Un gato o un perro?

Capullo: ¿Un poni pequeño que le quepa en el apartamento?

Capullo: No tiene por qué ser así, duendecilla. Podemos encontrar la forma de ser amigos.

¿Amigos? Ja. Los amigos confiaban en el otro, eran honestos con el otro. Ya había malgastado mucho tiempo de mi vida en un hombre que nunca iba a admitir que sentía algo por mí. No necesitaba nada más por parte de Lucian Rollins. Tenía cosas más importantes que hacer. Seguramente.

¿Cómo se suponía que iba a encontrar a un hombre, darle el espacio y el tiempo necesarios para demostrarme que era de fiar y después convencerle de que se casara conmigo mientras mis óvulos siguieran siendo viables? Parecía un proyecto que me llevaría décadas.

¿Qué pasaría si mis óvulos ya no eran viables?

¿Qué pasaría si no encontraba a alguien como Simon Walton?

¿Qué pasaría si todo eso no formaba parte de mi historia?

—Madre mía, me estoy haciendo enfadar a mí misma —protesté por encima de la música—. Deja de deprimirte y haz algo de una puta vez.

Pero ¿qué? A mi corazón y a mi vagina no le iban las citas, pero eso no significaba que no tuviera otras opciones. Pensé en Knox y Naomi y Waylay, y luego, mordisqueándome el labio inferior, entré en la página del sistema de acogida del país y empecé a investigar.

Icona Pop estaba en mitad del estribillo de «I Love It» cuando un sonido lejano me sacó de lleno del modo de búsqueda. Bajé el volumen de la música solo para sobresaltarme con el ruido de la impresora antigua al escupir los folletos de acogida temporal y adopción.

Saqué los papeles de la bandeja y presté atención. Nada. Lo más seguro era que un libro se hubiera caído de la estantería o que alguna de las cartulinas pesadas de la sección de niños hubiera ganado por fin la guerra contra la cinta adhesiva.

Volví a poner la música al volumen inicial y entré en la bandeja de entrada para ocuparme de algunas de las tareas pendientes.

Esa vez, lo que me llamó la atención no fue un sonido. Fue un olor. Un olor leve, amargo y químico. Casi como el hedor del plástico derretido o al café viejo y pasado que se quedaba al fondo de la cafetera.

Había apagado todas las cafeteras, ¿no?

Sí, desde que había visto el especial de las noticias sobre la casa familiar que se había quemado hasta los cimientos el día de Nochebuena por culpa de una freidora de aire defectuosa siempre me acordaba de apagarlas.

Me aparté del escritorio de un empujón con el ceño fruncido. El olor era cada vez más fuerte. Las luces de la biblioteca seguían apagadas, pero a través de la ventana del despacho se filtraba una especie de brillo inquietante. ¿Era posible que hiciera más calor? A lo mejor se había escacharrado la caldera.

Abrí la puerta del despacho y me golpeó un olor muy fuerte y penetrante a humo.

—Pero ¿qué...?

No podía ser un incendio. Al construir el edificio, lo habían equipado con un sistema de aspersores de última generación.

Pero el brillo anaranjado y ondulante que provenía de la primera planta y el impacto del calor que me envolvió el cuerpo eran inconfundibles.

Volví corriendo al escritorio y tomé el teléfono para pedir ayuda, pero no daba tono. No había línea.

—¡Maldita sea! Vale. Piensa, Sloane. Que no cunda el pánico, joder.

Con las manos temblorosas, encontré el móvil y conseguí marcar el número de emergencias. Mientras llamaba, cogí la bolsa y comencé a meter libros y efectos personales en ella de forma indiscriminada. Arranqué el mapa pirata que me había dibujado Ezra Abbott para San Valentín de la ventana y lo enrollé.

—911, ¿cuál es su emergencia?

—Soy Sloane Walton y llamo desde la Biblioteca Pública de Knockemout —respondí mientras corría hacia la puerta—. Ha habido un incendio. En la biblioteca. O por lo menos eso creo. —El aire era cálido y sofocante y me quemaba la parte posterior de la garganta.

Me dio un ataque de tos y me doblé por la cintura para intentar inhalar.

—Cálmese, señora. Por favor, dígame dónde se encuentra.

—No me digas que me calme, Sharice. Y no me trates de señora. La biblioteca está ardiendo —espeté mientras salía del despacho. Sharice acababa de graduarse del Instituto de Knockemout y había sido orientadora en el campamento de verano de la biblioteca durante los últimos tres años.

A cada segundo que pasaba hacía más calor, como si le hubiera cedido el mando del termostato a Barbara, que siempre tenía frío durante el club de lectura. Para extinguir el fuego se necesitaban extintores. Acogí la idea con alivio al recordar el grande y rojo que había colgado en la pared de la cocina.

Me agaché para ver a través del humo oscuro y fétido y me alejé de las escaleras en dirección a la cocina. Sudaba copiosamente.

—Lo siento, Sloane. ¿Sabes dónde está localizado el fuego?

—Creo que está en la planta baja. Yo estoy arriba. —Me coloqué el teléfono contra el hombro y avancé por la pared a tientas, agachándome tanto como podía en busca de aire fresco.

Encontré la protuberancia del marco de la puerta con los dedos y busqué el picaporte a toda prisa. Lo noté más caliente de lo que debería contra la palma de la mano.

—Voy a alertar al departamento de bomberos. ¿Puedes salir del edificio de forma segura?

—Voy a por el extintor de la cocina.

—Señora… digo, Sloane, necesito que me digas si puedes salir del edificio —pidió de forma concisa.

—Te lo diré cuando encuentre el maldito extintor. —No iba a entrar en la batalla desarmada. Busqué el interruptor junto a la puerta a tientas, pero no pasó nada cuando lo accioné.

Mierda. No había luz.

Entré en la cocina a trompicones e ignoré la conversación amortiguada del otro lado de la llamada.

—La policía va de camino a la escena.

—Más les vale, teniendo en cuenta que están literalmente en el mismo edificio.

—Tendrás que evacuar con ellos de inmediato. El departamento de bomberos está de camino.

Me golpeé la espinilla contra algo duro y me caí al suelo con un grito.

El móvil y la bolsa salieron volando.

La puñetera papelera. La oscuridad y el humo habían convertido un espacio que conocía como la palma de mi mano en un laberinto confuso de peligro.

—¡Maldita seas, Marjorie Ronsanto! —murmuré mientras me apoyaba sobre las manos y las rodillas. Allí abajo se estaba un poco más fresquito y había mucho menos humo. Avancé a gatas y tanteé en busca del móvil—. Sharice, si sigues ahí, ¿puedes gritar muy fuerte o pulsar algunos botones? —le pregunté a la oscuridad.

Pero me di cuenta de que no solo tenía el rugido metido en los oídos, sino que provenía del piso de abajo.

—¿Por qué coño no funcionan los aspersores y dónde narices está el extintor? —pregunté.

Milagrosamente, encontré el camino hasta los armarios y los seguí hasta la pared del fondo. Redacté una circular para todo el personal en mi mente mientras gateaba. A partir de ahora, los extintores estarían detrás de la puerta, no en la otra punta de la maldita habitación. Y era oficial, íbamos a tirar la papelera de Marjorie al contenedor.

Me ardían la garganta y los pulmones. Sudaba tan profusamente que empecé a preguntarme si era posible convertirse en una pasa humana.

Al final, choqué de frente contra la pared del fondo.

—¡Ay!

Me levanté con dificultad y tracé arcos con las manos por toda la pared de pladur. Me golpeé el meñique con el bote de metal y grité de dolor y triunfo.

Arranqué el extintor de la pared a ciegas.

—He encontrado el extintor de la cocina —grité por si la llamada seguía conectada. Me acerqué a la puerta arrastrando los pies y tan rápido como me atrevía—. Voy a intentar bajar las escaleras. Si no puedo, iré a una de las ventanas laterales…

Topé con algo inesperado con el pie y me caí de lado con torpeza. Mis costillas chocaron contra algo duro e inerte y me quedé sin respiración. La maldita mesa en la que me sentaba cada maldito día.

—A este paso no tendré la oportunidad de morirme por inhalación de humo —resollé—. Me voy a matar por ser tan torpe.

El objeto inamovible del suelo resultó ser mi bolsa de tela. Me la colgué del hombro, me metí el extintor debajo del brazo y salí por la puerta a gatas.

—¡Sloane!

El sargento Grave Hopper me llamaba desde alguna parte y sonaba furioso.

Tomé aire para responderle, pero me dio otro ataque de tos. Mientras las lágrimas me resbalaban por las mejillas, decidí que era la peor bombera del mundo. Me quedé tan pegada al suelo como pude, gateando con un solo brazo, y me dirigí hacia las escaleras.

—¡Sloane! —gritó otra voz.

—Estoy aquí. —Sonó más como un graznido que como un grito, pero fue suficiente.

—Está en la primera planta.

—Allí arriba no hay salida.

—Voy a bajar —ladré—. Tengo un extintor.

—Suelta el puto extintor y mueve el culo hasta aquí abajo —ordenó Grave.

¿Soltar el extintor? Tenía que salvar los libros. Pero entonces las oí, las sirenas. Ellos salvarían los libros.

Estaba agotada. Me dolían los pulmones. Me retumbaba la cabeza. Y todo estaba oscurísimo. Solo necesitaba descansar durante un minuto.

CAPÍTULO TREINTA Y OCHO

PASTILLAS DE ESTUPIDEZ

LUCIAN

El helicóptero viró hacia el este, y, al sobrevolar Knockemout, vi cómo las luces de los vehículos de emergencia atravesaban la oscuridad y me invadió una ira que no estaba seguro de poder controlar. Sloane estaba sola cuando se había iniciado el incendio. Y yo estaba a kilómetros de distancia, en mitad de una conferencia en la costa este.

Mientras ella bajaba las escaleras a gatas entre el humo y las llamas, yo me ocupaba de una pequeña crisis de relaciones públicas de un representante del estado de California. Una pequeña crisis que podría haber delegado a otra persona sin problemas.

Mientras a Sloane la ayudaban a salir del edificio un policía y el bombero que la había llevado al baile de fin de curso, y mientras un paramédico, que resultó ser miembro del club de lectura de la biblioteca, la revisaba, yo estaba moviendo hilos e intentando calmar a desconocidos virtuales.

—Nos preparamos para aterrizar, señor. —La voz del piloto sonó monótona y distante por los auriculares.

Cuando los patines del helicóptero besaron el suelo del aeródromo privado al este de Knockemout, yo ya tenía la puerta abierta y estaba saliendo del vehículo. En menos de un minuto estaba detrás del volante del coche que me esperaba y recorría el pueblo a toda velocidad. Desconecté la mente y me centré en la carretera, en aquel paisaje familiar por el que yo pasaba como una flecha.

No me permití pensar en Sloane. Sola. Desprotegida. No me dejé considerar el hecho de que yo la había dejado así al creer que estaría más segura. El eco de la voz de Knox me resonó en los oídos. «Por fin te dignas a contestar, imbécil. La puta biblioteca está en llamas y Sloane estaba dentro».

Me pareció que había pasado una eternidad hasta que el destello de las luces bañó el parabrisas y me dirigió al corazón de Knockemout.

Salí del coche y me adentré en el caos. El olor punzante del humo me quemó la garganta mientras me abría paso entre la multitud reunida. El edificio de ladrillo de dos plantas seguía en pie. Las letras doradas que señalaban al Edificio Municipal Knox Morgan habían perdido el brillo, pero estaban allí. Las puertas delanteras estaban abiertas de par en par. Las ventanas del lado de la biblioteca estaban rotas y por ellas se escapaban unas nubes de humo negro que contaminaban el cielo nocturno.

Me aferré a la primera trabajadora de los servicios de emergencia que me crucé, una mujer alta y de cabello entrecano que tenía la ropa manchada de hollín y llevaba un hacha colgada del hombro.

—El jefe Morgan —le espeté.

—Está por allí. —Señaló en dirección al aparcamiento de la comisaría, en el que habían instalado una carpa y había un montón de policías y bomberos sentados.

Nadie intentó detenerme mientras me abría paso hasta allí. Era uno de los muchos privilegios de ser el puto Lucian Rollins. La mayoría de las reglas no se me aplicaban porque no había nadie dispuesto a alzarse e imponérmelas.

—Nash. —Mi voz resonó como un látigo por encima de todo lo demás.

Mi amigo levantó la cabeza de su reunión con el sargento Grave Hopper, que estaba cubierto de hollín de la cabeza a los pies, el jefe de los bomberos y la alcaldesa Hilly Swanson. Nash estaba muy serio y noté que la ira que se acumulaba en mi interior se expandía de manera exponencial.

Se excusó con los demás y me puso una mano en el pecho.

—Está bien.

Cerré los ojos y dejé que sus palabras se infiltraran en el pánico.

—¿Dónde está? —pregunté con voz ronca.

—Le he pedido a Bannerjee que la lleve a casa hace unos diez minutos.

Quería ir a verla. Necesitaba verla, comprobar por mí mismo que se encontraba bien. Pero primero necesitaba respuestas.

—¿Has dejado que se vaya sola a casa? ¿Qué cojones te pasa? ¿Por qué no está Knox con ella? ¿Dónde están Naomi y Lina?

—Son casi las dos de la puta mañana en día laborable. Sloane los ha mandado a todos a casa hace una hora. Bannerjee ha registrado el lugar, incluidas las puertas y las ventanas, antes de irse.

—¿Qué narices ha pasado aquí?

Nash puso cara de póquer.

—Todavía no lo sabemos. El departamento de bomberos cree que el incendio se ha originado en la planta baja. Sloane estaba en el piso de arriba, en el despacho, trabajando hasta tarde. Era la única que se encontraba en ese lado del edificio. Las alarmas y el sistema de aspersores no han saltado como deberían, pero olió el humo, abrió la puerta y llamó a emergencias de inmediato. Grave ha evacuado nuestro lado y ha entrado a la biblioteca corriendo como un idiota sin preparación. Se ha encontrado con Sloane en las escaleras y estaban saliendo cuando han llegado los bomberos.

Quería los nombres de todos los que habían instalado los sistemas de alarma y antiincendios porque iba a arruinarles la vida uno a uno. Y luego le compraría a Grave un ático en la ciudad vacacional que escogiera.

—¿Ha habido muchos daños? —le pregunté. La reconstruiría ladrillo a ladrillo por ella. Haría lo que ella quisiera. No podría detenerme.

—Sabremos más por la mañana. La estructura parece estable, pero... —Nash se pasó una mano por el rostro—. Los libros han ardido como si fueran puta leña.

504

Lo absorbí como un puñetazo en el estómago. Sloane estaría destrozada.

—Me voy con ella —anuncié.

Sacudió la cabeza.

—Tío, no es lo más sensato. No querrá verte. No después de la estupidez que cometiste.

—Pues lo arreglaré.

—O sobreestimas tus encantos o bien subestimas su cabezonería. Sea como sea, lo más probable es que seas la última persona a la que quiera ver esta noche.

Él no lo entendía. Nadie lo hacía. Cuando todo se derrumbaba, Sloane y yo estábamos allí para el otro. Siempre. Ya iba siendo hora de que los dos lo recordáramos. Porque no iba a largarme, esta vez no. Nunca más.

—No le queda otra. Tendrá que atender a razones.

Nash me miró fijamente como si acabara de invitarle a una partida de póquer con Bigfoot y el difunto Sammy Davis Jr.

—¿Te has tomado pastillas de estupidez esta mañana?

Lo fulminé con la mirada.

—Lo voy a arreglar.

—Escúchame, Luce. Entiendo que lo que sientes por Sloane es complicado, pero yo la quiero como si fuera mi hermana pequeña. Siempre lo he hecho. Y Knox también. Si le haces daño, si la disgustas más de lo que ya lo está, no voy a ser amable contigo. Y ambos sabemos que Knox no querrá que lo excluya de la paliza.

Me planté frente a Nash y le miré a los ojos, muy serio.

—Si tú o Knox, o cualquiera de este puto pueblo, intentáis mantenerme alejado de Sloane, os destruiré.

Se le curvó una de las comisuras del labio hacia arriba.

—Me muero de ganas, hermano. Buena suerte.

—Abre la maldita puerta, Sloane —bramé al mismo tiempo que golpeaba la puerta principal con el puño.

No había respondido a ninguna de mis llamadas ni mensajes desde que la había echado de mi casa, y, por supuesto, a ninguna de las que le había hecho desde que me había presentado allí. Pero había cometido el error fatal de apagar la luz del porche hacía cinco minutos.

La planta baja estaba a oscuras. Así que deduje que o estaba sentada en la oscuridad disfrutando de mi pataleta o se había ido a la segunda planta para ignorarme.

—No me iré a ninguna parte, así que lo mejor será que me dejes entrar —continué.

La cortina de la ventana que tenía más cerca se movió y me abalancé sobre el cristal solo para ver a la gata mirarme sin emoción, como si fuera una especie de gárgola guardiana. ¿Los gatos sonreían? Porque era exactamente lo que parecía estar haciendo la gata regordeta a mi costa.

—Te llamas Miau Miau. No tienes derecho a juzgarme —le dije a través del cristal.

La bola de pelo me ignoró y centró toda su atención en la pata que se estaba lamiendo.

Me di por vencido con llamar a la puerta y busqué un nuevo plan de ataque.

La llave.

Recordé que Simon y Karen solían guardar la llave de repuesto debajo del macetero rojo que rellenaban de helechos cada primavera y hojas perennes cada invierno. Lo incliné hacia atrás a toda prisa y rebusqué en las tablas de debajo. Nada.

Maldita sea. Supongo que había cosas que sí que cambiaban. Moví el macetero un metro a la derecha y después miré debajo del felpudo extravagante de Sloane. Registré cada centímetro del porche alrededor de la puerta principal y después expandí la búsqueda metódica, deteniéndome cada minuto o dos para enviarle un mensaje.

Yo: No me voy a ir. Déjame entrar.

Yo: ¿Estás bien?

Yo: Si no respondes, voy a tener que llamar a Nash y pedirle que venga a comprobar que estás bien.

Sloane: Estoy bien.

El alivio que sentí se convirtió en sospecha de inmediato. No había empleado ningún insulto. No me había respondido que debería estar bebiéndome la sangre de unos unicornios y dejarla en paz. Ni me había arrojado mis acciones de los últimos días en cara.

Volví a entrar en pánico.

Registré toda la parte inferior de la barandilla. La llave no estaba. Cuando entrara, la obligaría a que me diera una llave de repuesto. Después haría que mi equipo de seguridad le instalara un sistema de última generación para mantenerla a salvo. Caminé hasta el extremo de la casa, donde el porche se expandía hacia el lateral. Iluminé la corteza gruesa y desconchada del tronco del árbol con la linterna del móvil.

Por primera vez en semanas, sonreí.

Salté por encima de la barandilla y aterricé en el parterre, entre un rododendro en crecimiento y una azalea. Me guardé el móvil en el bolsillo y rodeé el tronco con las manos. Con un salto seguro, sacrifiqué los mocasines de piel Brioni contra la dura corteza del árbol.

El truco para escalar un cerezo consistía en apoyar todo el peso hacia abajo para que la corteza no se separara del árbol. Subí por el tronco arrastrando los pies y saltando hasta que llegué a la primera rama. Ya habían empezado a abrirse las primeras flores y su aroma familiar me inundó la cabeza. Me avivó, me alimentó y escalé más rápido.

Escogí un camino arriesgado; estiré el pie para subirme a una rama más alta y, entonces, oí el ruido de la tela al rasgarse. El sonido fue seguido de inmediato de una brisa de aire fresco en las pelotas. El árbol era unas décadas más viejo que cuando lo escalé por primera vez y yo había perdido práctica, pero conseguí aterrizar en el techo del porche con solo un par de arañazos y desgarros más.

Mientras trepaba la ligera pendiente hasta las tejas de la ventana, me fijé en que Sloane tenía la lámpara de la mesita de noche encendida.

Se me paró el corazón.

La lámpara estaba encendida, pero no estaba en la cama. Sloane, mi Sloane, estaba sentada en el suelo, se había abrazado las rodillas y se balanceaba de adelante hacia atrás. Las lágrimas le habían trazado un camino limpio entre el hollín al resbalarle por la preciosa cara. Llevaba la ropa sucia. Hasta el pelo había perdido su brillo radiante habitual. Se le había caído la coleta por el peso de los residuos del humo.

La ventana del centro estaba abierta unos centímetros. Siempre lo había estado. Así que hice lo que siempre había hecho: la empujé hacia arriba y entré.

Solo podía imaginarme el aspecto que tendría al pasar una pierna por el alféizar y dejarme caer en el cojín del asiento de la ventana. Pero Sloane no se rio. Ni gritó. Ni siquiera me dijo que me fuera a tomar por culo y la dejara sola.

Me miró directamente y después se cubrió el rostro con las manos y lloró con más intensidad.

—Joder —murmuré. Me adentré en la habitación y corrí hasta su lado—. Sloane, cariño. —Le recorrí los brazos y el torso en busca de heridas, porque solo las peores lesiones podían quebrarla de ese modo. Las peores lesiones y los peores desamores.

Cuando no encontré nada, la atraje hacia mis brazos. El pánico me cobró vida en el pecho cuando no se resistió. Debería haberme dicho lo capullo que era, debería haberme echado de su casa. No haberse derrumbado contra mí.

La tomé en brazos y la sostuve contra el pecho. Como no empezó a darme puñetazos o a insultarme, nos llevé hasta la cabecera de la cama. Aparté las sábanas, me quité los zapatos destrozados de una patada y me senté contra la pila de cojines sin dejar de sostenerla.

Los sollozos silenciosos que emitía le sacudían todo el cuerpo y me herían el corazón negro y helado. Un pozo sin fondo de lágrimas me humedeció la camiseta cuando la sujeté con más fuerza contra mí y le acaricié la coleta con una mano. Una y otra vez. Olía a esa clase de humo que destroza los sueños y no podía soportarlo.

Y, aun así, a pesar de lo mucho que me destrozaba verla así de herida, me di cuenta de que era un regalo. Estar allí cuando se rompiera, recoger los pedazos y ayudarla a recomponerse de nuevo.

No le dije que todo saldría bien. No le supliqué que dejara de llorar. Solo la sujeté con fuerza mientras se me rompía el corazón patético y cobarde.

Pensaba que estaba haciendo lo correcto al mantener las distancias con ella. Se suponía que así estaría más a salvo. Sin embargo, al abandonarla, la había dejado vulnerable ante un peligro que no había esperado. Quería protegerla de mí, de la sombra oscura de mi pasado, del peligro que suponía mi presente. Pero la había dejado al descubierto y vulnerable ante otra cosa. Algo que casi me la había arrebatado.

Si permanecer alejado no la mantenía a salvo, mi proximidad lo haría. De ahora en adelante, me convertiría en su sombra.

Las lágrimas pararon algo más tarde y fueron reemplazadas por temblores que le recorrían todo el cuerpo. Seguía sin haberme dicho ni una sola palabra. Y estaba ansioso por hacer todo lo que pudiera antes de que recobrara la voz e intentara echarme de la casa. Sin previo aviso, la levanté y la llevé al baño.

—¿Qué haces? —Su voz, normalmente ronca, no fue más que un carraspeo doloroso.

—Estás temblando —le respondí, y me incliné para abrir el grifo de la bañera. Era una bañera de hidromasaje rodeada de azulejos y situada bajo una vidriera policromada.

—N-no es v-verdad —susurró mientras le rechinaban los dientes.

Tardé dos intentos en dejarla en el suelo. Aterrorizado porque echara a correr, no le quité la mirada de encima mientras ponía el tapón del desagüe. Había velas en los azulejos que rodeaban la bañera, así que me saqué el mechero del bolsillo y las encendí. Todavía sin confiar en que se quedara, le cerré la mano alrededor de la muñeca con suavidad y la atraje hacia mí mientras tomaba unas toallas suaves de color verde salvia y las apilaba junto a la bañera. Cedió sin rechistar cuando la atraje hacia la ducha y recogí el champú, el acondicionador y el jabón. Coloqué el botín y ajusté la temperatura del agua, sin dejar de sujetarla con firmeza.

Cuando por fin me volví para observarla, tenía la mirada perdida en el agua que brotaba. Las lágrimas le habían trazado dos caminos entre la suciedad que le estropeaba su bello rostro. En esos preciosos ojos verdes no había luz, ni lucha. Ni llamas esmeraldas que me advirtieran del destripamiento verbal que me esperaba.

—Tenemos que quitarte la ropa, duendecilla.

No hubo ninguna señal que me demostrara que me había oído, así que decidí encargarme yo mismo. Me acerqué a ella y le pasé el jersey destrozado por la cabeza. Tomé aire con brusquedad cuando vi los moretones que se le estaban formando en los brazos y en las costillas. Aun así, no se movió para detenerme o ayudarme, por lo que continué.

Había una vulnerabilidad muy tierna en la forma en que dejó que la desvistiera como si fuera una muñeca. Mientras se llenaba la bañera, me tomé mi tiempo para retirarle las capas de ropa y desecharlas hasta que quedó allí de pie, temblando y desnuda. Tenía la cara, las manos y el pelo cubiertos de suciedad y hollín. Los moretones le pintaban la piel de marfil como si su cuerpo fuera un lienzo.

El cuerpo me ardía por la ira. No iba a parar hasta que descubriera quién había sido el responsable de esas marcas y le hiciera pagar por ello.

Tenía una belleza tan exquisitamente frágil que me dejó sin aliento.

Casi la había perdido. Perdido de verdad. No alejado, perdido. Podría haberla visto por última vez y no haberlo sabido. Aquella idea se me quedó grabada.

Podía haber estado en una morgue esta noche en lugar de en el baño de Sloane porque era un cobarde, un estúpido y un egoísta. No había confiado en ser capaz de protegerla en el pasado, pero ahora no me quedaba alternativa.

Le di un toquecito en la barbilla para que me mirara con esos ojos verdes y lo supe. Nunca volvería a dejarla. Ya nos habíamos separado por última vez, solo que ella no lo sabía todavía.

—¿Lista? —le pregunté.

No dijo nada. Se limitó a mirarme con ojos vacíos. Se me oprimió más el pecho. Su dolor era el mío. Y, por primera vez en mi vida, me di cuenta de lo que debía de haber sentido con dieciséis años, con la ventana abierta, mientras la brisa nocturna le hacía llegar los murmullos de mi dolor.

«Joder».

Cerré el grifo y la guie para que se sentara en el borde de la bañera. Cuando me aseguré de que estuviera estable, me quité la camisa y los pantalones.

—¿Qué... qué haces? —me preguntó. Pronunció cada palabra con vacilación, como si hubiera olvidado cómo decirlas.

—Nos vamos a dar un baño —respondí. Me quité la ropa interior y los calcetines y los añadí a la pila de ropa que iba a tirar a la basura tan pronto como me fuera posible. No quería volver a ver ese jersey rosa destrozado. Le compraría uno nuevo, una docena. Reconstruiría la biblioteca ladrillo a ladrillo, libro a libro. Y nunca más permitiría que se enfrentara al peligro ella sola.

Sentí que algo se me aflojaba en el pecho, algo antiguo y oxidado. Como si hubieran abierto a la fuerza una cerradura vieja, hubiera entrado aire fresco para hacer a un lado las telarañas y hubieran encendido la chimenea. Siempre había sido mía, solo que no lo había aceptado hasta ahora. Cuando algo era mío, nunca lo abandonaba.

Sintiéndome más ligero de lo que me había sentido en años, levanté una pierna y luego la otra para entrar en la bañera.

—Venga, duendecilla. Te tengo.

La agarré por las axilas y la levanté para meterla en el agua. Nos bajé a los dos y estiré las piernas antes de colocarla delante de mí, con la espalda apoyada en mi pecho y la cabeza debajo de mi barbilla. La rodeé con los brazos y me recosté contra la bañera.

Me estaba dando mi primer baño con una mujer. Y no con una mujer cualquiera, sino con Sloane.

Se me llenó el pecho de calidez. Tendría muchas primeras veces con esa mujer.

Nos quedamos así durante largos minutos, entre el vapor y la luz parpadeante de las velas, mientras el agua nos calentaba. Ella emitió un suspiro leve y entrecortado, y yo cogí una esponja y el jabón y empecé a limpiarle el hollín y la suciedad de la piel con cuidado. Mi chica, rota y preciosa, no me ayudó ni se resistió, sino que se relajó contra mí. Me enterró el rostro húmedo en el cuello. Y, por primera vez en mi vida, me sentí el héroe en vez del villano.

Estaba excitado. Era biológicamente imposible no estarlo cuando estaba cerca de ella, y menos cuando estaba mojada y desnuda contra mí. Pero lo que ocurría entre nosotros era mucho más profundo que el sexo, y apenas le presté atención a mi excitación.

—Ven, cariño —le dije, y metí las manos debajo del agua para agarrarla por las caderas. La empujé hacia delante y doblé las rodillas para que se apoyara en mis espinillas—. Deja que te lave el pelo.

Sloane no dijo nada mientras le desenredaba la goma elástica. El pelo le cayó en una cortina gruesa y sedosa encima de mis muslos y las puntas le rozaron el agua.

Tomé una copa de vino vacía que había junto a la bañera y la llené de agua.

—Inclínate hacia atrás —la animé. Le recogí el pelo con la mano libre y tiré con cuidado para que me apoyara la cabeza en las rodillas—. Buena chica.

Le eché agua encima de la cabellera rubia y volví a llenar la copa, repitiendo el proceso hasta que tuvo el pelo mojado a conciencia. Entonces me puse manos a la obra: le masajeé el champú en las raíces y por los mechones sedosos. Trabajé despacio y utilicé los dedos para trazarle círculos suaves en el cuero cabelludo.

Emitió otro suspiro y relajó el cuerpo mientras se derretía contra mí. Me tomé mi tiempo enjabonándole y enjuagándole el pelo y después repetí el mismo proceso con el acondicionador, hasta que todas las manchas y sombras hubieron desaparecido.

Cuando los dos estuvimos limpios por fin, la saqué del agua fría, la envolví en demasiadas toallas y la conduje hasta el dormitorio.

—Quédate aquí —le ordené, y le di un empujoncito en dirección al asiento de la ventana.

—¿Qué vas a hacer? —preguntó con la voz adormilada.

—Voy a cambiar las sábanas. No te muevas.

Encontré sábanas limpias en el armario y tomé nota mental de llamar a mi organizador por la mañana. Haría sitio para mí en su casa y en mi casa para ella.

Empecé a cambiar la ropa de cama sin dejar de lanzar miradas nerviosas en su dirección. No me observaba, se miraba los pies sobre la moqueta débilmente.

Mientras colocaba la legión de almohadas en la formación correcta, juré que quienquiera que fuera responsable de lo que había ocurrido me las iba a pagar. Me aseguraría de que así fuera.

Cuando la cama estuvo lista, volví hasta donde se encontraba Sloane y la ayudé a ponerse en pie.

—Es hora de ir a la cama —le dije.

Me siguió con obediencia y deseé que hubiera protestado, que hubiera dejado entrever a la verdadera Sloane Walton.

Paró en seco y miró fijamente el montón de almohadas que había colocado en forma de U.

—Te has acordado —comentó con suavidad.

—Me acuerdo de cada segundo de nuestra historia.

CAPÍTULO TREINTA Y NUEVE

UNA CONTUSIÓN EN LA CABEZA

LUCIAN

Me desperté con un peso cálido y vibrante sobre el pecho. Resultaba tranquilizador. Hasta que se movió y algo afilado me arañó la cara.

Abrí los ojos y me encontré unos ojos amarillos que me miraban con furia. Al parecer, la gata tenía una opinión sobre que compartiera cama con Sloane. La mujer en cuestión dormía como un tronco, con la espalda pegada a mi costado y la cabeza apoyada sobre mi brazo doblado.

El momento era pura perfección, como cuando gané mi primer millón. Solo que esto me parecía mejor y resultaba aterrador. Podías ganar y perder dinero. Podías reemplazarlo. A Sloane, no.

Saboreé el momento… hasta que me lo arruinó otra punzada de garras. Miré fijamente al felino de nombre estúpido y ella me devolvió la mirada y me dio un coletazo en el pecho desnudo. Después, tras echar un vistazo en dirección a Sloane, abrió la boca y emitió un aullido salvaje.

—Cierra. El. Pico —le siseé a la gata.

Sloane se quejó en sueños y se movió contra mí.

Vi el destello en los ojos de la gata, noté el cambio en el peso y la atrapé justo antes de que saltara sobre la silueta dormida de Sloane.

—Ni se te ocurra, bola de pelo endemoniada.

Dejé a la gata en el suelo y saqué el brazo de debajo de mi bibliotecaria exhausta con cuidado. Miau Miau debió de pensar que

514

estaba tardando demasiado en recolocar los cojines que Sloane tenía detrás, porque recibí otro arañazo. Esa vez en un gemelo.

—Por Dios, gata, ahora te doy de comer. Dame un minuto para que encuentre algo que ponerme.

Estaba desnudo, y ponerme el traje del día anterior no era una opción. Después de haber escalado el árbol y abrazado a una Sloane llena de hollín, el traje había pasado a mejor vida.

Mientras la gata me pasaba entre los pies de forma obstinada, rebusqué en el armario de Sloane hasta dar con un par de pantalones de chándal de color rosa pálido con los que tendría que apañarme. Las costuras cedieron cuando me los subí por los muslos. Después saqué la sudadera que me había ofrecido el día que la había seguido hasta casa.

La sudadera del exnovio. Me la llevaría conmigo y, mira por dónde, la perdería en el contenedor de la basura.

—Joder —murmuré cuando me vi reflejado en el espejo de cuerpo entero.

Los pantalones apenas me cubrían la parte de arriba de la raja del culo. Por delante, la tela fina y estrecha hacía todo lo posible por acentuarme el contorno de la polla.

—Miau —comentó la gata, que sonó divertida.

—Será mejor que no mencionemos esto nunca.

Nos dirigimos juntos al piso de abajo, en el que a la gata le dio un ataque en toda regla y empezó a aullar como si fuera una heredera consentida y yo un sirviente incompetente.

—Quiero prepararle el desayuno a Sloane, no a ti.

Miau Miau no pareció impresionada y entrecerró los ojos amarillos.

—Vale, te daré de comer. Y después te apartarás de mi camino y yo me apartaré del tuyo. ¿Trato hecho?

Me tomé el pestañeo lento como un contrato vinculante y fui en busca de la comida para gatos. Vertí una pila mediana de comida seca en el plato con forma de cara de gato que había en el suelo y después me fui directo a la cafetera.

Con el café en marcha, pasé diez minutos preparando una receta de tortitas y enviándole a Petula una lista de cosas que iba a necesitar para quedarme allí por el momento cuando llamaron a la puerta.

Maldije, aparté la sartén del fogón y me dirigí a la carrera más silenciosa y rápida posible hacia la puerta principal. Casi me caigo de cabeza contra ella cuando la gata apareció de la nada y se me cruzó a pleno galope.

—Maldita cabrona peluda —le gruñí justo cuando abría la puerta de un tirón.

Nash y Lina se encontraban al otro lado, boquiabiertos.

—Si la habéis despertado, te daré una paliza —le advertí a Nash.

—Ehhhh. —Lina tenía la boca abierta y la mirada fija en un área por debajo de mi cintura.

Nash le tapó los ojos a su prometida y se le escapó una carcajada.

—¿Qué cojones te has puesto?

—La única mierda que me cabía.

—No, no te cabe —respondió Lina con un deje de histeria en la voz.

—Dejando a un lado vuestras opiniones sobre mi vestimenta, ¿qué narices hacéis aquí? —les pregunté.

Nash se puso serio de inmediato.

—Es sobre el incendio.

Se me helaron las entrañas.

—¿Sabéis qué lo provocó?

—¿Podemos hablarlo dentro? —propuso para esquivar la pregunta.

—Vale, pero si alguno de los dos la despierta, a ti te despediré y a ti te daré una paliza —dije, señalando primero a Lina y después a Nash.

—Me parece justo —aceptó mi amigo.

Me siguieron al interior de la casa y en dirección a la cocina.

—Le queda igual de mal por detrás —susurró Lina.

Intenté subirme más los pantalones, pero lo único que conseguí fue estar a punto de destrozarme las pelotas. A Lina se le escapó una risa histérica.

—Madre mía, hombre. Ten un poco de dignidad —espetó Nash, y me arrojó un paño de cocina.

—Me van a enviar ropa —respondí de mal humor—. Explícame lo del incendio.

—Espera un segundo, ¿por qué has abierto tú la puerta de Sloane y vestido así? —preguntó Lina tras recuperarse del ataque de risa.

—He pasado la noche aquí.

Lina le lanzó una mirada larga e insinuante a Nash. Este puso los ojos en blanco.

—Tío, ¿cuántas veces vas a cagarla? —me preguntó—. ¿Es que la paliza que te dimos la última vez no sirvió de nada?

Me crucé de brazos.

—Pues se ve que no. Habla.

—Te seré sincero, tengo que hablar con Sloane. Puedes quedarte si a ella le parece bien, pero no voy a hablar sobre esto contigo directamente.

—Fue un incendio provocado, ¿no? —le pregunté. La idea me había tenido despierto toda la noche. Era lo único que tenía sentido.

—¿Provocado? —Todos nos volvimos y vimos a Sloane al pie de las escaleras. Llevaba calcetines hasta las rodillas y una camiseta ancha de manga larga que desearía haber visto cuando le había saqueado el armario. Se le salía el pelo del moño alto en todas direcciones. El moretón de la frente parecía mucho más severo que el día anterior. Parecía tan frágil y estaba tan preciosa que se me olvidó respirar.

—Hola, Sloaney —la saludó Nash con suavidad—. ¿Cómo te encuentras hoy?

—Me duele todo. Has dicho que fue provocado —repitió.

—Ha sido aquí el míster *fashionista* —dijo, y me señaló con el pulgar—. Pero sí. Los detectives han encontrado pruebas de que alguien lo provocó en la planta baja, cerca de la sección infantil.

El rostro de Sloane permaneció impasible mientras cruzaba la cocina y se iba directa hacia la cafetera.

—¿Queréis café? Yo sí.

Lina, Nash y yo intercambiamos una mirada.

—Claro, cielo. Me encantaría tomarme un café —respondió Lina, que fue tras ella.

Mientras las mujeres estaban ocupadas con el café, le di un puñetazo a Nash en el brazo y después lo empujé hacia el salón.

—¿Qué. Coño. Te. Pasa? —le espeté.

—¿Qué coño me pasa de qué? —preguntó mientras se frotaba el bíceps.

—Casi se muere anoche. ¿No crees que podrías haberle dado la noticia con un poco más de tacto, imbécil?

Arqueó las cejas.

—Tú eres el imbécil que has dicho que había sido provocado, no yo.

—¿Quién ha sido? Quiero nombres.

—Por el momento, no tenemos ningún sospechoso —respondió Nash con tono altivo.

—Y una mierda.

—Yo sí.

Me volví y vi a Sloane en el umbral de la puerta con una taza de café. Lina estaba detrás de ella.

—¿Quién? —le pregunté.

Sacudió la cabeza y el moño se le tambaleó de manera precaria.

—Ah, no. Primero decidme la magnitud de los daños y cuánto tardaremos en poder abrir otra vez.

Enseñé los dientes y Nash me dio un codazo.

—Síguele la corriente —murmuró en voz baja.

—¿Por qué no hablamos mientras nos comemos las tortitas que Lucian estaba preparando cuando lo hemos interrumpido? —sugirió Lina.

Inhalé con irritación.

—Vale —gruñí.

—Quizá no deberías apretar tanto los músculos del culo, Lucy, o acabarás debiéndole a Sloane un par de pantalones nuevos —dijo Nash, y me dio una palmada en la espalda.

Sloane pestañeó y después abrió mucho los ojos detrás de las gafas, como si acabara de darse cuenta de lo que llevaba puesto.

—Son mis pantalones.

—No sé si querrás que te los devuelva, no lleva nada debajo —le advirtió Lina alegremente mientras nos dirigíamos en tropel a la cocina.

Agarré a Sloane de la mano y la hice girarse para que quedara frente a mí. Tenía la mirada fija en mi entrepierna, así que le levanté la barbilla.

—¿Cómo te encuentras?

—Estoy cansada, me duele todo y estoy muy muy cabreada.

Que estuviera cabreada era bueno. Mejor cabreada que hecha añicos.

—Encontraré a quien haya hecho esto y haré que lo pague caro —le prometí.

—No si yo lo encuentro primero —respondió.

No lo entendía, todavía no. Pero lo comprendería pronto, me aseguraría de que así fuera. Estiré el brazo y le coloqué un mechón errante detrás de la oreja. Tenía un aspecto vulnerable, pero fiero. Era como una duendecilla a punto de adentrarse en la batalla.

Me incliné hacia ella con la intención de rozarle los labios con los míos, pero se apartó.

—¿Por qué no te has ido a casa a cambiarte? —me preguntó.

—Porque no te voy a dejar sola.

Ni ahora, ni nunca más.

Puso los ojos verdes en blanco.

—Eres rarísimo. Y no pienses ni por un instante que solo porque nos bañáramos juntos y me hayas hecho tortitas estamos juntos otra vez, vaquero.

—¿Vaquero? —repetí, e intenté no sonreír con todas mis fuerzas. Sloane Walton había vuelto y estaba lista para patear algunos traseros.

—Oh, no, grandullón. Será mejor que te saques la idea de esa cabecita tan densa bien rápido. Lo nuestro no puede estar más acabado. Lo de anoche no significó nada.

—Te equivocas, duendecilla. Significó todo, y te lo voy a demostrar.

Me lanzó una mirada asesina.

—Lárgate.

—¿Queréis que nos comamos las tortitas nosotros solos mientras os peleáis o podemos hablar como adultos? —preguntó Nash, que gesticulaba con la espátula en la mano.

—Hablemos rápido. Tengo que ir a la biblioteca a ver qué puedo salvar y empezar a hablar con la compañía de seguros

—dijo Sloane cuando todos estuvimos sentados a la mesa del comedor con platos de tortitas delante.

La gata se había posado en el extremo de la mesa y se limpiaba el ano majestuosamente.

—Sloane, es una escena del crimen en activo. No puedo dejar que te pongas en plan Nancy Drew por allí. Y menos hasta que los ingenieros estructurales me digan que podemos entrar —insistió Nash.

Apretó la mandíbula.

—Has dicho que sabías quién había sido —comenté para llamar su atención—. Empecemos por ahí.

—Pues está claro que ha sido o el tipo que me atacó en el aparcamiento o el que ordenó que le dieran una paliza a Mary Louise —explicó, y se echó una buena parte de la botella de sirope en el montón de tortitas.

Se me cayeron el cuchillo y el tenedor sobre el plato con un estruendo que asustó al animal, que cayó al suelo como una bola de bolos antes de salir en estampida de la habitación.

—¿Qué has dicho?

—Ay, no. Ha utilizado esa voz que da tanto miedo —señaló Lina.

—No es asunto tuyo —replicó Sloane de mal humor.

—Quiero hablar contigo en la calle, Morgan —le dije a Nash, e ignoré a Sloane.

Mi amigo sacudió la cabeza.

—No, no vas a darme un puñetazo en la cara hasta que terminemos de desayunar.

—Pues hablad. Ahora mismo —les ordené.

—Salía de una cita y un tipo con un pasamontañas abrió la puerta del coche, me sujetó contra el asiento y me pidió que dejara en paz a Mary Louise. ¿Alguien quiere más café? —preguntó Sloane.

—¿Qué? —rugí. Todo este tiempo había asumido que había sido yo quien la había puesto en peligro, pero, en realidad, el peligro provenía de otro lado. Y podría haber estado allí para impedirlo. Debería haber estado allí para impedirlo.

—Le van a explotar los pantalones del cabreo —advirtió Lina.

—Venga ya —resopló Sloane—. Haznos un favor a todos y deja de hacerte el sobreprotector.

—¿Te atacaron? —le pregunté, mirándola fijamente.

—Solo fue un ataque insignificante —respondió encogiéndose de hombros—. Más una advertencia que otra cosa.

—¿Y no me lo contaste? —señalé a Nash.

—No puedes pegarme en la cara hasta después del desayuno —me recordó.

—Déjale la cara en paz —intervino Sloane—. Fui yo quien le pedí que no te contara nada.

—En realidad, me extorsionó para que no lo hiciera. Me dijo que si te lo contaba, metería las narices en la investigación y se convertiría todavía más en un objetivo —explicó Nash.

—Y me gustaría señalar que sigue sin ser asunto tuyo —señaló Sloane con irritación.

—Tú siempre eres asunto mío. Siempre lo has sido y siempre lo serás. La única diferencia es que ahora lo sabes —le respondí con frialdad.

Sloane resopló por la nariz y miró a Lina.

—Soy yo la que acaba con una contusión en la cabeza en un edificio en llamas y es él quien sufre las alucinaciones.

—Hablaremos de esto más tarde —le aseguré a Nash.

—Oh, no lo pongo en duda.

—Volvamos al asunto del incendio provocado —comentó Lina con entusiasmo fingido.

—Tienes razón. La puerta de atrás estaba forzada y el inspector ha encontrado dos bombonas debajo del que solía ser el fuerte de cojines de la sección de niños. Grave ha corroborado que, cuando entró a buscarte, la planta baja olía a gasolina. Y el sistema de alarmas, el de aspersores y la línea telefónica estaban desconectados.

—¿Sabían que ella estaba dentro? —pregunté.

Nash me dedicó una mirada muy seria.

—No lo sabemos todavía, pero el Jeep estaba en el aparcamiento.

Encontraría al responsable y lo destruiría con mis propias manos.

—Todavía no hemos dado con ningún sospechoso, pero la investigación acaba de empezar —continuó, y cortó otro bocado de tortita.

Volvió a sonar el timbre.

—Quédate aquí —le ordené a Sloane cuando vi que tenía la intención de ponerse en pie.

Fui del comedor al salón con paso airado y abrí la puerta de un tirón. Knox y Naomi estaban en el porche delantero con una bandeja de cafés para llevar y una bolsa de *bagels*.

—¿Qué cojones llevas puesto, tío? —preguntó Knox tras echar un vistazo a los pantalones.

Naomi le dio un codazo.

—Hola. Hemos pensado que a Sloane le apetecería algo de desayunar.

—¿Por qué no os unís a la fiesta? —comenté, y señalé en dirección al salón con el pulgar.

Se repartieron abrazos, saludos y más de una mirada escéptica en mi dirección.

—¿Podemos volver al tema que nos traíamos entre manos? —pregunté.

Knox sonrió con suficiencia.

—¿Ahora quién es el quejica viste-chándales?

—¿Cuánto van a tardar en reconstruirlo todo? —inquirió Sloane.

—Levi de Construcciones Benderson se ha pasado por allí esta mañana —explicó Nash.

—Yo también he hablado con él. Levi cree que puede terminarlo en unos tres o cuatro meses. Está dispuesto a empezar ya para que no tengas que esperar a las tonterías inevitables de la compañía de seguros —añadió Knox.

—¿Has hablado con él? —repitió Nash.

Knox se encogió de hombros.

—El edificio tiene mi puto nombre. Me interesa.

—¿Tres o cuatro meses? —Sloane se había puesto pálida. Estiré el brazo y le agarré la mano. Sus ojos verdes se volvieron hacia mí—. ¿Qué voy a hacer?

—Cariño, ya se nos ocurrirá algo —le aseguré—. Te buscaremos una ubicación temporal. Ahorraremos todo lo que podamos y volveremos a comprar todo lo que se haya echado a perder.

—¿Cariño? —murmuró Knox.

—Has hablado mucho en plural —señaló Lina.

—A partir de ahora, oiréis mucho las dos cosas, así que os recomiendo que os acostumbréis —les advertí.

—No hagáis caso a Lucian. Al parecer, ha sufrido una especie de brote psicótico —explicó Sloane mientras untaba una capa abundante de queso en crema en el *bagel*.

—Ya es suficiente —salté. Aparté la silla y me puse en pie—. Si nos disculpáis un minuto, tengo que hablar un momento con Sloane.

—No pienso ir a ninguna parte —resolló, y se metió un pedazo de *bagel* en la boca.

Le arrastré la silla hacia atrás y me la cargué al hombro.

—Esto no va a acabar bien —predijo Knox cuando saqué a una Sloane que no dejaba de chillar de la habitación, crucé la cocina y salí por la puerta trasera.

En el porche, nos topamos con una mañana de primavera perfecta. La luz del sol era cálida, los pájaros piaban y miles de flores nuevas le daban vida al patio.

La primavera. Un nuevo comienzo. Una oportunidad de empezar de cero.

Justo lo que necesitábamos.

—¡Bájame, pedazo de capullo! —gritó Sloane.

La dejé en el suelo y me fijé en que se las había arreglado para no soltar el desayuno.

—Tienes que entender una cosa —le dije en tono tranquilo—. No me voy a ir a ninguna parte y sí que eres asunto mío, porque estamos juntos.

Emitió un grito ahogado de indignación.

—No puedes decirme que somos pareja así sin más. —Había recuperado la vena peleona a plena potencia. Me atribuí el mérito.

—Lo único que hago es exponer un hecho.

—No. —Sacudió la cabeza enérgicamente de lado a lado—. Es evidente que has recibido una especie de golpe en la cabeza y estás viviendo en una realidad alternativa.

—Sloane, estamos juntos. Fin de la historia. Cuanto antes lo aceptes...

—¿Esperas que te responda «sí, vale» como si nada cuando ya me has mandado a freír espárragos dos veces?

—Intentaba protegerte. ¡Pensaba que Anthony Hugo te había relacionado conmigo e iba a hacerte daño! Cuando te presentaste en mi despacho, me acojonó que te hubiera visto allí.

—Y en lugar de decírmelo y buscar una solución juntos, ¿decidiste que lo mejor era echarme de tu casa, hacer que me sacaran de tu despacho escoltada y proceder a salir con las mujeres más guapas y talentosas del área de D. C.?

—No quería que Hugo te relacionara conmigo. Si creía que solo eras una de muchas, te dejaría en paz. Pero quien ha querido hacerte daño ha sido otra persona y no voy a permitir que te pase nada.

Seguía sacudiendo la cabeza.

—Quiero tener hijos, Lucian. Niños de verdad. Quiero tener una familia numerosa, ruidosa y complicada.

—Pues la tendremos. —Lo decía en serio. A partir de ahora, mi trabajo sería conseguirle a Sloane todo lo que quisiera.

Pestañeó con rapidez.

—Perdona, ¿acabas de decir...? —Se llevó una mano a la cabeza y empezó a frotarse el moretón de la frente—. A lo mejor sí que tengo una buena contusión. Juraría que has dicho que...

—Si quieres niños, empezaremos hoy mismo —la interrumpí, y me apoyé en uno de los postes del porche.

Empezó a sacudir la cabeza de nuevo.

—No lo entiendes. Quiero vivir aquí. Quiero formar una familia aquí mismo.

—No, duendecilla, eres tú quien no lo entiende. Anoche casi te pierdo y no permitiré que vuelva a ocurrir. Nunca más. Si quieres diez hijos, los tendremos. Si quieres una biblioteca de seis pisos llena de primeras ediciones arcaicas, te las compraré todas. Si quieres formar una familia aquí, volveré a mudarme a Knockemout y le daré de comer a la cabrona de tu gata todos los días. Si decides que quieres renunciar a todo y mudarte a una cabaña de buen gusto en una playa tropical, yo mismo construiré la puta cabaña.

—Has perdido la maldita cabeza. Somos incompatibles. No tenemos nada en común. Nos hacemos infelices el uno al otro y somos incapaces de dejar de insultarnos, ladrón de chándales lunático —añadió.

—Lo arreglaremos. Resulta que conozco a un psicólogo excelente.

—Las cosas no se hacen así. Siento que te hayas llevado un susto de muerte por el incendio, pero no volveré a iniciar ningún tipo de relación contigo. Ya he aprendido la lección en numerosas ocasiones.

—Sloane, no creo que entiendas lo que te estoy diciendo. No es necesario que discutamos sobre el tema, tenemos una relación seria. Significas algo para mí y no volveré a dejarte escapar. Ni ahora, ni nunca. Todo lo demás no son más que detalles sin importancia.

—Formar una familia no es un detalle sin importancia. Quiero un marido y un compañero, no a alguien que vaya a contratar a una flota de niñeras.

—Me parece que ese no es el término correcto. Y si no quieres una flota de niñeras, contrataré a una pequeña infantería de niñeras. —Me lanzó el *bagel* y lo atrapé con una mano—. Vale, nada de niñeras. Solo dime qué quieres y te lo conseguiré.

—Quiero que te vayas. De inmediato y para siempre.

—No, no es cierto —repliqué en tono engreído al recordar cómo se había acurrucado cada vez más cerca de mí en la cama. Sloane emitió un gruñido de exasperación.

—Esto no está pasando —decidió, y empezó a sacudir la cabeza de nuevo—. Seguro que ahora mismo estoy en la cama del hospital y se me ha ido la cabeza por la inhalación de humo.

Recorté la distancia que nos separaba y la agarré por las muñecas.

—Si así fuera, estaría a tu lado.

—Eso ha sonado a amenaza.

—Amenaza, promesa, llámalo como quieras. —Noté que se le aceleraba el pulso bajo los dedos.

—¿Por qué estás sonriendo? Tú no sonríes, tú miras con el ceño fruncido, te pones de mal humor. Tú... ¡te exasperas! —argumentó.

—No me he exasperado en la vida —contraargumenté.

—Ay, cierra el pico.

La sujeté por los hombros con suavidad.

—Sloane, escúchame. No vamos a volver a ocultarnos. Se acabó fingir que no nos soportamos.

—Creo que voy a vomitar —murmuró.

—Eres mía y yo soy tuyo. Para bien o para mal.

Se desplomó contra mí durante unos instantes.

—Solo el maldito Lucian Rollins creería que es posible ordenarle a una mujer que tenga una relación seria con él.

—Solo intento ir al grano y dejarme de tonterías.

Se apartó de mí de un empujón y empezó a caminar de un lado al otro mientras seguía gritando todos los motivos por los que lo nuestro no funcionaría. Me pareció adorable. Nunca me había sentido más seguro de una decisión en toda mi vida.

CAPÍTULO CUARENTA

LA CARA SALPICADA DE CHARDONNAY

SLOANE

—Gracias por su tiempo —concluí, y colgué la llamada con la perita del seguro, que tenía la voz como el papel de lija—. Que ha sido completamente inútil, incordio de burócrata. Como si fuera a prenderle fuego a mi propia biblioteca.

Naomi me sonrió de oreja a oreja desde detrás del escritorio de papá. Estábamos en el estudio, que se había convertido en el centro de mando de la biblioteca. Habían pasado dos días desde el incendio y estaba metida hasta el cuello en trámites burocráticos.

—Al parecer, la compañía de seguros no se siente cómoda pagándonos hasta que no se aseguren de que no le he prendido fuego yo —me quejé lo bastante alto como para que mi voz se oyera por encima del ruido de los taladros de fuera.

Naomi me lanzó una mirada compasiva al mismo tiempo que terminaba de escribir un correo en el portátil.

—Resulta que conozco al jefe de policía. Seguro que podemos conseguir que Nash convenza a la compañía de seguros de que tú no tuviste nada que ver con el incendio —respondió.

Me levanté de la silla de un salto y me acerqué a la ventana que daba al porche principal, que, sin tener en cuenta al equipo de expertos en seguridad subidos a escaleras, parecía la liquidación de una librería que se había ido a la quiebra. El departamento de bomberos había revisado el edificio y traído todos los libros que podían rescatarse al único sitio que se me había ocurrido: mi casa.

Ahora había unos cuantos miles de libros aireándose a la brisa de la primavera en el porche.

Gracias a las copias de seguridad, los clientes seguían teniendo la opción de descargar nuestra colección de libros electrónicos y audiolibros, pero, como biblioteca comunitaria, éramos mucho más que los libros que proveíamos.

La gente dependía de nosotros. Éramos parte de la vida cotidiana de Knockemout. Y no permitiría que un incendio provocado lo cambiara.

El taladro volvió a sonar y lancé una mirada asesina al equipo de seguridad, que estaba instalando un sistema propio de las películas de James Bond. Mi sombra de metro noventa y cinco, Lucian, había catalogado las cámaras wifi de «insuficientes» y había insistido tercamente en actualizar la tecnología. Seguía sin estar segura de cómo había perdido la discusión. Y tampoco estaba segura de por qué seguía aquí. Ni de cómo había conseguido colar a un organizador de armarios llamado Miguel en mi casa.

Jamal asomó la cabeza por el umbral de la puerta y agitó el teléfono móvil.

—Buenas noticias, la campaña de recaudación de fondos para reemplazar los libros infantiles acaba de llegar a los treinta mil dólares.

—¿En serio? —le pregunté, y olvidé la frustración por un momento. Sí que eran buenas noticias.

—Más buenas noticias, la sinagoga y la iglesia unitaria se han ofrecido voluntarias para unir fuerzas y ocuparse de todos los desayunos gratis para los niños de junio. Están dispuestos a cubrir el mes de julio también si no hemos abierto para entonces —intervino Naomi con alegría.

—Me encanta este pueblo —empezó a canturrear Jamal mientras volvía a su oficina, el salón de mi casa.

Se oyeron golpes y el ruido de sillas al arrastrarse en el piso de arriba.

—¿Todavía siguen arriba? —preguntó Naomi.

—Sí —respondí en tono serio. Se refería a Lucian y a varios de sus empleados. El hombre no se había separado de mi lado desde que se había colado por la ventana del dormitorio la noche del incendio. Tampoco había dejado la farsa de tener una relación seria conmigo. Se me estaba agotando la paciencia.

Sonó el timbre e hice caso omiso del «Ya voy yo» de Lucian. Abrí la puerta de entrada y al otro lado estaba su chófer con un montón de bolsas de tintorería en cada mano.

—Buenos días, señorita Sloane. ¿Dónde puedo dejar todo esto? —preguntó Hank.

—Si en lugar de hablarme usted lo estuviera haciendo su jefe, le diría con mucho gusto por dónde puede meterse la ropa, Hank. Pero no estoy cabreada con usted.

—Puedes dejarlo arriba, en la última habitación a la derecha —respondió Lucian detrás de mí. Me volví para fulminarlo con la mirada. Tenía el mismo aspecto de siempre, tan atractivo que resultaba injusto. En casa se había ceñido a la ropa casual y había optado por los pantalones a medida y unas camisas que le sentaban como un guante en lugar de por los trajes enteros. Mientras tanto, yo seguía llevando el pijama de gatos.

—En mi cuarto no hay espacio para ti —insistí, y me crucé de brazos mientras Hank dejaba atrás el umbral de la puerta.

—Por eso he contratado a Miguel. Ah, y aquí viene la compra —observó Lucian cuando otro vehículo aparcó delante de la casa.

—¿La compra?

—He invitado a tu familia a cenar esta noche y cocinaremos nosotros.

—¿Has perdido la maldita cabeza? —le pregunté.

—Al contrario, por fin he entrado en razón —replicó, y después me dio un beso en la coronilla.

—A lo mejor soy yo la que está perdiendo la cabeza —murmuré para mí misma mientras se reunía con el repartidor de la compra en el camino de entrada.

—O quizá solo intenta demostrarte lo que siente de verdad, por primera vez —comentó Naomi, que se paró a mi lado en la puerta—. Y, por cierto, nos ha invitado a Knox, Waylay y a mí a cenar la semana que viene.

—No sé a qué crees que estás jugando, pero no pienso mentir a mi familia y decirles que salimos juntos —le espeté mientras masajeaba con brusquedad la col rizada. Estábamos en la cocina e intentábamos trabajar sin incordiar a Miau Miau, que había decidido que la isla era el sitio perfecto para echarse una siesta despatarrada. Habíamos encendido las velas, sonaba la música y lo que fuera que cocinábamos olía lo bastante bien como para hacer que me rugiera el estómago.

Lucian ahogó el resto de mis protestas con el ruido de la batidora y me miró fijamente hasta que cerré el pico.

—No juego a nada, duendecilla —respondió. Apagó la batidora para abrir una botella de vino.

Sin dejar de gruñir, le pasé dos copas.

—No puedes inventarte una relación a base de fingir.

—Tú eres la única que finge —respondió, y me dejó una copa de vino delante del bol de col rizada—. Por cierto, la receta dice que hay que masajear la col, no asesinarla.

—Me estoy imaginando que es tu cara.

—Tarde o temprano te harás a la idea —dijo con mucha seguridad en sí mismo.

Dejé la col a un lado.

—Ya es suficiente. Dame el cigarrillo. Sé que hoy no has fumado todavía, así que dámelo.

Levantó la mirada del pollo cortado en tiras que estaba emplatando.

—Lo he dejado.

—¿Has dejado de fumar? —repetí.

—No sales con fumadores —me recordó.

—¿Has dejado el único mal hábito que tenías por mí?

Deslizó el plato de pollo por la isla y lo dejó junto a la bola de pelo. La gata levantó la cabeza y olisqueó la comida con escepticismo.

—¿Por qué te cuesta tanto creerlo? —me preguntó, y arqueó la ceja.

—Deja de intentar sobornar a mi gata para gustarle, no va a caer en tus garras. Y deja de intentar convencerme de que has cambiado de parecer. Hace solo unos días salías con todo lo que se moviera.

La gata se volvió a dejar caer de espaldas y fingió no estar interesada en el pollo jugoso.

—No eran más que señuelos —replicó.

—¿Señuelos? —repetí.

—Si Anthony Hugo quería ir tras algo que me importara, no pensaba correr el riesgo de que ese algo fueras tú.

Bufé a pesar de que para mis adentros me complació la respuesta.

—Podrías haberlas puesto en peligro a ellas.

—No si solo quedaba con ellas una vez, si le quedaba claro que no sentía ningún apego por ellas.

Lucian Rollins estaba en mi cocina, preparaba la cena para mi familia y respondía a las preguntas que le hacía sin rechistar. Era una oportunidad que no quería desperdiciar por muy enfadada que estuviera con él.

—¿Y entonces por qué terminaste conmigo? —le pregunté, y le di un trago al vino, que esperé que pareciera despreocupado.

Apartó la mirada.

—¡Ajá! ¿Lo ves? —Le di un manotazo triunfal a la encimera—. No puedo tener una relación con alguien que se niega a ser honesto conmigo.

Lucian rodeó la isla y me enjauló con los brazos.

—Tienes una relación conmigo tanto si te gusta como si no. Y si quieres que sea sincero contigo, debes tener un poco de paciencia.

—¿De qué hablas? —le pregunté cuando se inclinó hacia mí. Le apoyé las manos en el pecho de forma automática. Todo en él me parecía tan sólido, tan bueno, tan adecuado para mí, aunque sabía que no debía confiar en esa sensación.

—Me estás preguntando cosas que requieren respuestas que nunca antes he expresado con palabras. No sé cómo explicarte por qué soy como soy o por qué intento cambiar ahora. Todavía no, pero encontraré la forma de decírtelo.

—¿Y sabes más o menos cuándo será eso? —Su boca se cernía sobre la mía. Hacía muchísimo tiempo que no lo besaba y todo mi cuerpo quería que le recordara lo que se sentía cuando posaba sus labios sobre los míos. Todo el cuerpo excepto el cerebro, que no dejaba de enviarme señales de socorro.

—Te lo diré después de mi próxima sesión de terapia —respondió con voz ronca.

—No sé si estás de broma o no —susurré.

Sonó el timbre y me sacó de lleno del estupor. Lucian me sonrió y me plantó un beso en la nariz.

—Ya voy yo.

Me desplomé contra la encimera y lo observé mientras iba hacia la puerta. Miau Miau hizo lo mismo y, en cuanto desapareció de la habitación, meneó el cuerpo peludo para ponerse en pie y engullir el soborno en forma de pollo como si estuviera mezclado con hierba gatuna.

—Traidora.

—Gracias otra vez por venir —comentó Lucian, y le rellenó la copa de vino a mi madre hasta arriba.

Yo había despejado la mesa del comedor y masajeado la col rizada, pero el maldito Lucian Rollins había decorado la habitación con flores del cerezo del jardín, puesto música, encendido las velas y preparado una cena épica y deliciosa para mi familia.

Mamá estaba tan contenta que parecía capaz de disparar arcoíris con los ojos y el trasero. Maeve se mostraba sumamente recelosa. Mientras tanto, Chloe le daba sorbos a su leche con cacao y miraba a Lucian fijamente, como si intentara descubrir cómo sonsacarle un armario nuevo.

—Estamos encantadas de haber venido. Y tengo que decir que me alegro mucho de veros juntos a los dos —dijo mamá, radiante, desde el otro lado de la mesa. No sabía si había sido una decisión consciente o subconsciente, pero habíamos dejado vacío el sitio de papá, la silla que presidía la mesa.

—No estamos juntos. Es solo que no pilla la indirecta y se larga de mi casa —le expliqué.

—Y me siento mejor si sé que estás manteniendo a mi hija a salvo —continuó mamá, que ignoró lo que yo había dicho.

—Dado que es evidente que Sloane es un objetivo, he pensado que no estaría mal demostrarle a quienquiera que nos esté observando que está protegida. —Lucian desvió la mirada hacia mí—. Que yo la estoy protegiendo —añadió con firmeza.

Maeve me dio una patada debajo de la mesa.

—¡Ay! —Metí el brazo debajo de la mesa y me froté la espinilla.

—¿Va todo bien? —preguntó Lucian.

Mi hermana me miró de forma insinuante.

—Sí, bien. El gato acaba de clavarme las uñas en la pierna —mentí.

Miau Miau escogió ese preciso instante para entrar pavoneándose desde la cocina.

—Señor Lucian, parece que tiene buen gusto. ¿Dónde cree que una preadolescente podría conseguir una cachemira a precio razonable? —preguntó Chloe.

—Maeve, ¿me ayudas a traer más… eh… col rizada de la cocina? —intervine.

Mi hermana se levantó de la silla de un salto y se llevó la copa de vino. Yo seguí su ejemplo, tomé la copa y la seguí a la cocina.

—¿Así que ahora jugáis a las casitas? —preguntó Maeve, que se había dado la vuelta para mirarme.

La hice callar con un «chss» brusco y tiré de ella por la cocina hasta la sala de estar.

—No estoy jugando a las casitas, ¡es que no se va!

—Ya, claro —resopló.

—¿Alguna vez has intentado que Lucian Rollins haga algo que no quiera hacer?

—No, pero sé que seguramente seas la única persona que podría conseguir que lo hiciera —replicó.

—¿Qué quieres decir con eso?

—Quiero decir que habéis sido algo el uno para el otro desde el inicio de los tiempos. Y si de verdad quisieras que se fuera, ya se habría marchado. Así que a lo mejor piensas que merece una segunda oportunidad.

—Ya le di una —le recordé.

—Vale, pues una última oportunidad.

Ladeé la cabeza.

—¿Quién eres tú y qué has hecho con mi hermana?

—¿Qué? No digo que crea que debas darle otra oportunidad, solo estoy sugiriendo que los dos quedasteis unidos por un incidente traumático y ahora parece que vivís juntos.

Levanté las palmas de las manos en un gesto defensivo.

—Mira, estoy demasiado ocupada para tan siquiera considerar empezar una relación con él. Joder, estoy demasiado ocupada hasta para echarlo de mi casa como es debido.

—Créeme, te entiendo. Pero es probable que, en cierto momento, empieces a plantearte si estar ocupada te impide tener una vida de verdad —comentó Maeve.

—Vale, ahora sí que estoy preocupada por ti —decidí. Después de que el atacante me hubiera arrinconado en el Jeep y de que Mary Louise me pidiera que dejara de buscar la apelación, mis intenciones de confrontar a mi hermana sobre su relación secreta y subsiguiente ruptura con Kurt Michaels habían quedado en segundo plano.

Una vez más, había dejado que las circunstancias me distrajeran de mi mayor prioridad: la familia.

—Lucian me ha dicho que está dispuesto a formar una familia conmigo. —Medí mal el momento para confesarlo y acabé con la cara salpicada de Chardonnay.

—Mierda, lo siento mucho —exclamó Maeve con dificultad mientras se atragantaba.

Me pasó la caja de pañuelos de la mesita auxiliar y me sequé la saliva y el vino.

—Yo básicamente tuve la misma reacción, solo que fue menos húmeda —la tranquilicé.

Desde el comedor, nos llegó la risita aguda de Chloe junto al barítono grave de la risa de Lucian. Maeve dio otro trago al vino.

—Mierda. Bueno, será mejor que te agarres a algo porque voy a darte un consejo que no es nada propio de mí.

Me agarré a la lámpara de pie de forma teatral.

—Por lo menos escucha lo que tengo que decirte —me ordenó—. Si un tío te ofrece todo con lo que siempre has soñado, a lo mejor te debes a ti misma descubrir si va en serio.

—Lo echas mucho de menos, ¿verdad? —le pregunté.

—¿A quién?

—Al tipo con el que salías en secreto, pero con el que rompiste porque estabas demasiado ocupada para enamorarte.

—Las hermanas pequeñas sois muy irritantes —protestó Maeve. Se oyó el eco de otra ronda de risas en el comedor—. Parece que a mamá y Chloe les gusta.

—Sí, bueno, porque todavía no las ha sometido a ninguno de sus caprichos. Esta noche está interpretando al Lucian encantador. Mañana podría volver a transformarse en el Lucian malhumorado y solitario.

El timbre interrumpió el resto de la conversación.

—Ya voy yo —grité, a pesar de que había oído el sonido de una silla que se arrastraba en el comedor. Lucian y yo llegamos a la puerta al mismo tiempo.

—Ya te he dicho que no quiero que abras tú la puerta —gruñó.

—Y yo ya te he dicho que la que vive aquí soy yo —repliqué.

Nos peleamos para ver quién llegaba antes al picaporte y conseguimos abrirle la puerta a un Kurt Michaels con aspecto resuelto y un ramo de lirios enorme entre los brazos.

—Ay, no —exclamé.

—Sloane está ocupada. Conmigo. Y para referencias futuras, es alérgica a los lirios —intervino Lucian.

—No ha venido aquí por mí, Lucifer —le respondí, e impedí que le cerrara la puerta en las narices a Kurt.

—Voy a por todas —me dijo Kurt con un gesto de la cabeza.

—Buena suerte —susurré—. Está en el comedor.

Cuadró los hombros y nos pasó de largo para entrar en la casa.

—¿Qué narices pasa? —preguntó Lucian. Estornudé dos veces.

—Está enamorado de mi hermana.

—¿Y por qué cojones salió contigo?

Me encogí de hombros y sorbí por la nariz mientras cerraba la puerta.

—El amor nos hace cometer estupideces. —Volví a estornudar y me soné la nariz con los pañuelos del Chardonnay.

—Y que lo digas —dijo entre dientes.

—¡Chss! —le hice callar.

—Señor Michaels, ¿qué hace aquí? ¿Es porque me ha tenido que regañar cuatro veces por hablar durante el examen de matemáticas de hoy? Ya le he dicho que me gusta decir los números en voz alta —se excusó Chloe.

—Mamá, discúlpame un segundo. Tengo que ocuparme de una cosa —anunció Maeve. Unos segundos más tarde, apareció en el pasillo arrastrando a Kurt y las flores con ella.

Abrí la puerta de entrada y sonreí.

—¿Por qué no habláis en el porche? Y recuerda, deberías oír lo que tenga que decirte. Si un tío te ofrece todo con lo que siempre has soñado, a lo mejor te debes a ti misma descubrir si va en serio

—Que te den, Sloane —gruñó mi hermana.

CAPÍTULO CUARENTA Y UNO

LA DEFENSA DEL CUCHILLO DE UNTAR

LUCIAN

—¿Me explicas por qué me he encontrado esto doblado debajo de una bolsa de decoraciones navideñas en el segundo cuarto de invitados? —me preguntó Sloane, que había irrumpido en el cuarto estampado con papel pintado de paraguas que yo había requisado a modo de despacho, y agitaba la sudadera de su ex como si fuera una bandera.

Aparté la mirada de las pantallas de la base de operaciones que el equipo de informática me había instalado y centré toda la atención en ella.

—Porque fui lo bastante inteligente para no tirarla a la basura —le respondí con tranquilidad.

Llevábamos cinco días compartiendo casa, y cama, como una pareja de verdad, y Sloane no mostraba señales de que fuera a ceder. El único motivo por el que me dejaba dormir en la cama con ella era porque estaba tan exhausta al final de cada día que se quedaba dormida en mitad de la discusión.

Esas noches largas eran el premio más dulce y un nuevo tipo de tortura al mismo tiempo, ya que me había dejado muy claro que el sexo no iba a formar parte del trato. Sin embargo, había pasado la mayor parte de mi vida sin saber lo que se sentía al tener su cuerpo bajo el mío, así que lo soportaría hasta que cambiara de opinión.

Tarde o temprano, tenía que reconocer que lo que había sentido por mí en el pasado no se había desvanecido de golpe. Por desgracia, hoy no había sido el día. Esa mañana, me había lanzado medio *bagel* tostado a la cabeza en la cocina. Daba igual. Tenía una paciencia infinita. Simplemente, esperaría a que aceptara que estábamos juntos.

—No tienes derecho a que te suponga un problema que conserve la sudadera de un exnovio, Lucifer —dijo Sloane, que irrumpió en la habitación dando pisotones. Iba descalza y llevaba unos vaqueros rotos, una camiseta de manga larga ajustada del color de las frambuesas y el pelo rubio recogido en un moño despeinado en lo alto de la cabeza. Se había decantado por las gafas de montura lila y un pintalabios rojo atrevido. Cada mañana, deseaba ver qué pintalabios había escogido. Cuanto más atrevido era el color, más peleona era su actitud.

Me encantaba estar tan cerca de ella. Al mismo tiempo, odiaba la distancia que se empeñaba en poner entre nosotros. Lo quería todo. Lo quería todo de ella y no iba a recular hasta que me creyera lo bastante digno para estar con ella.

—No me gusta la idea de que mi novia, la mujer con la que voy a casarme y formar una familia, se acurruque con el asqueroso trapo sudado de un antiguo novio y rememore viejos tiempos.

—Tú no quieres casarte con nadie y ya has dejado superclaro, y debo añadir que mediante una vasectomía, que no quieres tener hijos. Así que, ¿por qué no nos ahorras muchísimo tiempo a los dos y te largas de mi casa?

Terminó la pregunta con un chillido estridente que hizo que Miau Miau abandonara la cama para gatos calefactable que yo le había instalado en la ventana.

—Y otra cosa —añadió Sloane, y señaló a la gata, que se alejaba—. ¡Deja de hacerte amigo de mi gata!

—Ya veo que la reunión con la junta no ha ido muy bien —adiviné.

Había pasado una hora y media encerrada en el comedor con toda la junta de la biblioteca en una sesión urgente de organización.

Sloane se contoneó hasta el sillón orejero de color bígaro que había junto al escritorio, se sentó en él y se abrazó el cojín decorativo contra el pecho.

—Han votado que no a abrir en una localización temporal y quieren centrar todos los recursos en que el edificio vuelva a ser utilizable. ¿Te lo puedes creer?

—No creo que quieras que te responda a eso —respondí de forma diplomática.

—No puedo estar sin hacer nada durante tres o cuatro meses.

—Vale. Haz la maleta.

—Eh… ¿Disculpa?

Me puse en pie y empecé a guardar accesorios en una bolsa de cuero liso.

—Tengo negocios en Washington y no pienso dejarte aquí sola, así que te vienes conmigo.

Respiró hondo y se preparó para iniciar otra discusión.

—No puedo recogerlo todo e irme sin más…

—La junta ha votado. No van a dejar que hagáis nada ahora mismo y, no sé tú, pero yo estoy harto de mirar fijamente las mismas paredes empapeladas. Nos iremos a D. C. Te montaré un espacio de trabajo en mi oficina. Piensa en qué servicios son prioritarios y pensaremos en la forma de seguir ofreciéndolos mientras tanto. Y después, cuando volvamos, puedes presentar las soluciones que se te hayan ocurrido frente a la junta.

Los ojos verdes pestañearon por la sorpresa detrás de los cristales de las gafas.

—¿Harías eso por mí?

Me acerqué a ella y posé las manos en los brazos de la butaca.

—Haría lo que fuera por ti.

Puso los ojos en blanco.

—Va, por favor —replicó entre dientes.

—En especial, si con eso evito que sigas protestando —añadí, y le di un beso fugaz en la punta de la nariz.

Se le curvaron hacia arriba las comisuras de los labios rojos.

—Vamos a salir a cenar —anuncié cuando entramos en el apartamento después de una tarde muy larga—. ¿Puedes estar lista en una hora?

Sloane había pasado la mayor parte del día protestando, primero sobre el hecho de que su lugar de trabajo estuviera en mi despacho, después sobre que me negara a dejar que se alejara de mi vista en una ciudad en la que «seguramente nadie» quería asesinarla. Pero yo me había mantenido firme. Hasta que mis investigadores o los de Nash encontraran al responsable, no me apartaría de su lado.

Tras una pausa para el café en la que se había puesto al día en voz innecesariamente alta con Lina, Petula y Holly en mi despacho mientras yo intentaba en vano ocuparme de mi trabajo, por fin se había instalado y puesto manos a la obra en crear una lista de prioridades de servicios que la biblioteca podría seguir ofreciendo sin una ubicación física. Habíamos conseguido trabajar sorprendentemente bien juntos en el espacio compartido. Su energía era contagiosa y abordé la lista de tareas con mayor entusiasmo del habitual.

—Será mejor que sea un sitio con autoservicio, porque solo he traído vaqueros y pantalones de chándal —explicó. Se sacó las deportivas con los pies y se quitó la camisa para dejar al descubierto una camiseta de encaje muy *sexy* que luchaba con valentía para contener sus tetas impresionantes.

—¿Qué haces? —pregunté con la boca seca. El deseo de tocarla me estaba volviendo loco.

—Esto es lo que hacen los humanos de verdad cuando llegan a casa después del trabajo.

Recogí la camisa que había tirado y la doblé.

—¿Se desnudan en el recibidor?

—Se ponen ropa cómoda —me informó, y me miró el traje como si me juzgara.

—Estoy perfectamente cómodo así. Además, sería una pérdida de tiempo cambiarme ahora cuando voy a tener que volver a ponerme el traje para cenar.

Sacudió la cabeza y el gesto hizo que el pelo le bailara por encima del hombro.

—Qué triste, me das mucha pena.

La observé mientras desaparecía hacia la cocina y me pregunté qué le pasaba a mi cara. Cuando me di cuenta de que sonreía, me deshice del gesto, me aflojé la corbata y centré la atención en el correo que había sobre la mesa del vestíbulo.

Sloane reapareció y me miró con sospecha.

—¿Por qué hay cervezas de raíz y comida basura aquí dentro? —Sujetaba una botella de refresco con una mano y una bolsa de patatas fritas que ya había abierto con la otra.

—Te acabo de decir que vamos a salir a cenar, ¿y te pones a comer?

Mordió una patata con entusiasmo.

—La cena es dentro de una hora. Y ¿qué pasa si el restaurante está muy lleno o si no pedimos un aperitivo? Me pongo de mal humor cuando tengo hambre, te estoy haciendo un favor.

Era insoportablemente adorable. Preciosa de cojones. E intocable hasta doler. Se me estaban crispando los nervios a un ritmo alarmante ahora que la tenía para mí solo.

Sonó el timbre y fui hacia la puerta como un resorte.

—¿Esperas a alguien? —me preguntó Sloane con cautela.

—Pues la verdad es que sí.

Murmuró algo que sonó bastante parecido a «más vale que no sea la astrofísica».

Seguía sonriendo como un idiota cuando abrí la puerta.

Grace, la jefa de seguridad, entró en el apartamento con un perchero lleno de vestidos.

—Acaban de llegar. Para que conste, mi favorito es el rojo —comentó.

Sloane me miró y frunció el ceño.

—Intuyo que el restaurante no tiene autoservicio.

—No, no lo tiene. Pero mi madre estará allí.

Abrió mucho los ojos.

—Interesante. Grace, tienes un gusto impecable. ¿Tienes algún zapato en ese perchero de ropa mágico?

—Si la comida de aquí es demasiado pija, me tendrás que llevar a por una hamburguesa después —comentó Sloane mientras la guiaba por el restaurante. Era uno de esos locales elegantes de colores neutros y apagados que sirve raciones de especialidades *gourmet* organizadas de forma ingeniosa.

Más de un par de ojos nos siguieron hasta la mesa, aunque estaba seguro de que la atención estaba dividida a partes iguales entre mi rostro serio y Sloane, que parecía una diosa voluptuosa y despampanante con el vestido rojo.

No me gustaba exhibirla en público cuando había una amenaza suelta, pero era la forma más eficiente de que se corriera la voz. Sloane Walton estaba bajo mi protección.

Para garantizar su seguridad, tenía un equipo *in situ* y un segundo coche aparcado en el callejón. No pensaba correr riesgos.

Vi que mi madre ya estaba sentada a la mesa, muy serena y guapa con un vestido de noche de color marfil.

—Madre —le dije cuando llegamos. Me incliné para besarle la mejilla que me ofreció—. ¿Te acuerdas de Sloane?

—Hola, señora Rollins —intervino ella, y le ofreció su mejor sonrisa de «no tenemos por qué admitir nuestro pasado».

Durante solo un segundo, vi un destello de algo en el rostro de mi madre. ¿Fue consternación? ¿Vergüenza? ¿Pena? Pero desapareció tan rápido como había aparecido.

—Me alegro mucho de volver a verte —respondió, y obsequió a Sloane con una sonrisa cautelosa.

No me dio la sensación de que lo dijera en serio, pero no podía culparla. Que te invitaran a cenar con la mujer que había presenciado en primera persona un ataque violento contra ti y, además, había metido a tu marido en la cárcel, no ocurría muy a menudo.

—Llámame Kayla, por favor —añadió mamá cuando recobró los modales.

Le aparté la silla a Sloane y escaneé el restaurante mientras se sentaba. Estaba lleno de la clientela habitual, gente de familias adineradas y nuevos ricos, y todos intentaban superar a los demás de forma sutil. De repente, deseé haber ido a un restaurante de comida rápida.

—Sloane y yo salimos juntos —expliqué al tomar asiento. Mamá abrió mucho los ojos y Sloane se atragantó con el agua. Muy fuerte.

—Vamos en serio —continué con tono casual mientras le daba unas palmaditas en la espalda.

—En realidad… —comenzó ella, pero la forma no tan suave con la que la agarré por el hombro le hizo reconsiderar lo que iba a decir.

—Cuánto me alegro. —Mamá se recuperó enseguida—. Lucian nunca me había presentado a ninguna novia. Yo también tengo una sorpresa. —Señaló con la cabeza a un hombre que caminaba hacia nosotros.

Se movía como un tiburón con traje demasiado brillante. Observaba las mesas por las que pasaba con un destello depredador en la mirada. Le sobraban algunos kilos en la barriga y el pelo canoso le otorgaba un aspecto distinguido, aunque se estaba quedando calvo. Un anillo le adornaba el meñique de la mano izquierda. No tuve que verlo de cerca para saber que los diamantes de buen gusto formaban las iniciales «AH».

Anthony Hugo se sentó al lado de mi madre con expresión triunfante.

—Por fin nos conocemos en persona —me comentó, y le tomó la mano a mi madre como si fuera de su posesión.

Apreté los puños debajo de la mesa.

—Lucian, te presento a mi acompañante, Anthony —anunció mamá con voz entrecortada.

—Oh, joder —murmuró Sloane. Tomó el cuchillo de untar. Le cerré la mano alrededor del muslo.

—He oído hablar mucho de ti, señor Hugo —respondí.

Anthony Hugo, jefazo de la mafia y vergüenza para la moda, se había sentado delante de mí y rodeaba a mi madre con el brazo.

—No tanto como yo he oído hablar de ti —replicó, y se las arregló para mostrar demasiados dientes.

—Anthony y yo nos conocimos en una subasta benéfica no hace mucho —explicó mamá. Se sonrojó como una adolescente obsesionada por los chicos—. Me pidió el número y desde entonces ha sido un poco vertiginoso.

—¿Y quién es esta señorita de rojo? —preguntó Anthony, y dirigió esa sonrisa malvada que era todo dientes a Sloane.

Ahora fue el turno de ella de apretarme la pierna y fue lo único que impidió que saltara de la silla y asesinara a Anthony Hugo con una cola de langosta en mitad de un restaurante abarrotado.

—No es asunto tuyo —repliqué.

Mi madre soltó una risita incómoda.

—Es Sloane, la pareja de mi hijo. Se conocen desde pequeños.

—Creo que no tengo el placer de conocerte todavía —comentó Anthony, que posó la mirada en el pecho de Sloane.

—Y nunca lo tendrás —comentó Sloane con entereza.

Mi madre dejó escapar un gritito consternado.

—Lucian, tu acompañante está siendo terriblemente grosera.

—Y el tuyo es un delincuente, un homicida y un traficante —repliqué.

—Bueno, bueno —intervino Anthony. Empleó un tono amigable, pero tenía la mirada de un sociópata—. Podemos seguir siendo todos amigos. Prácticamente somos familia, creo que conoces a mi hijo, ¿no, Lucian?

—No entiendo qué está pasando —comentó mamá.

—¿Por qué no me acompañas al baño? —sugirió Sloane, y alargó el brazo hacia mi madre.

Le apreté el muslo con más fuerza para que se quedara donde estaba. Era imposible que el mayor mafioso de las áreas de Washington y Baltimore hubiera acudido a la cita solo.

—Nadie se va a levantar de la puta mesa —espetó Anthony, que abandonó todo vestigio de formalidades sociales—. No hasta que Rollins y yo tengamos una pequeña charla.

—¿Les gustaría que les trajera la carta de aperitivos? —El desafortunado camarero había escogido la pausa en la conversación equivocada para volver a la mesa.

—Te voy a decir una cosa: ni se te ocurra volver por aquí a menos que quieras recoger tus putos dientes de la moqueta —gruñó Anthony.

Mamá dejó escapar un grito ahogado y se encogió de miedo, una reacción que nos resultó dolorosamente familiar a ambos.

—La violencia no será necesaria —respondí. Hice todo lo posible por parecer aburrido a pesar del hecho de que Sloane y yo nos sujetábamos con fuerza debajo de la mesa.

—Oh, pero yo creo que sí. Tus putitas de los federales y tú ya os habéis divertido. Es hora de que lo dejéis estar o enterraré a todas las personas que te importan. Empezando por estas dos encantadoras señoritas.

—Que. Te. Jodan —replicó Sloane, y blandió el cuchillo de untar en su dirección.

A mi madre empezó a temblarle el labio inferior y parecía que intentaba fundirse con el respaldo de la silla. Anthony sonrió con suficiencia.

—Vaya, al parecer la niñita tiene una bocaza enorme a juego con las tetas. Me he enterado de lo del incendio, pensaba que algo así le enseñaría a meterse en sus putos asuntos.

Empecé a levantarme de la silla, pero Sloane se movió más rápido. Se puso en pie de un salto y lo apuntó con el cuchillo inútil. La acción llamó la atención de los comensales de las mesas cercanas, que se escandalizaron.

—Soy bibliotecaria, imbécil —le soltó—. Todos los putos asuntos me incumben. Por tu culpa y por culpa de la relación disfuncional que tienes con tu hijo, casi pierdo a algunos amigos. Así que si crees por un segundo que voy a dejar que te quedes ahí sentado y nos amenaces, entonces eres todavía más idiota que tu hijo.

—Gracias por tu aportación, Sloane —dije. Le quité el cuchillo de la mano y lo dejé sobre el mantel—. Mi chica ya te lo ha advertido. Ahora me vas a oír a mí: quítale las manos de encima a mi madre y lárgate de una puta vez. Si vuelvo a verte cerca de mí o de alguien que me importe, date por muerto.

Anthony se puso en pie y se alisó la chaqueta con la mano.

—Puede que tengas dinero y clase, pero yo tengo algo que tú nunca tendrás.

—¿Un sentido de la moda cuestionable? —adivinó Sloane.

—Instinto asesino. Sé reconocer cuando alguien ya no me resulta de utilidad, y nunca me ha dado miedo acabar con nadie. Tienes cuarenta y ocho horas para darme todo lo que los federales tengan contra mí, además de un millón por las molestias, o voy a empezar a acabar con muchas personas —explicó de modo amenazador.

Mientras mi madre lloraba en silencio, Sloane temblaba de rabia a mi lado.

—Y tú dispones de las mismas cuarenta y ocho horas para poner tus asuntos en orden porque, cuando acabe contigo, no te quedarán vidas con las que acabar. Voy a destruirte el negocio, la vida, la familia y la puta cara. Y voy a disfrutar mientras lo hago —le respondí.

Mi madre tomó el vaso de agua con manos temblorosas. Por el contrario, Sloane me miraba como si acabara de rescatar a una camada de cachorritos de un diluvio, y todo ello sin camiseta.

—No sé qué decirte. Desde mi punto de vista, tú eres el que más tiene que perder de esta mesa —me respondió Hugo con una sonrisa insípida.

—Cuando puedes perderlo todo, haces lo que esté en tu mano para conservarlo —le dije en tono amenazador.

Anthony resopló y después tamborileó sobre la mesa como si fuera un bongó.

—Cuarenta y ocho horas. Me muero de ganas. —Se volvió hacia mi madre—. Nos vemos pronto, muñeca. —Después centró toda su atención en Sloane—. Aunque creo que a ti te veré antes.

—Vaya, pues te va a resultar difícil cuando te haya arrancado los ojos —respondió ella con una sonrisa salvaje.

Anthony me apuntó con los dedos como si fueran una pistola y simuló que apretaba el gatillo.

Sloane se abalanzó sobre él, derramó uno de los vasos de agua y tiró varios juegos de utensilios al suelo.

La atraje de nuevo a mi lado.

—Tranquila, duendecilla.

Juntos observamos a Anthony Hugo mientras serpenteaba entre las mesas para salir del restaurante. Chasqueó los dedos y cuatro hombres trajeados lo siguieron.

A Sloane se le escapó un suspiro de alivio. Mientras tanto, mi madre se había dejado caer sobre la silla y se cubría el rostro con una mano. Todos los presentes nos miraban.

—No sabía que la cena incluía un espectáculo.

El comentario divertido provino de la mismísima Maureen Fitzgerald, que lucía un vestido de noche brillante de color champán y tenía aspecto angelical y pecaminoso a partes iguales.

—Vaya, qué pasada de vestido —comentó Sloane.

—Ahora no es un buen momento, Maureen —le contesté.

—Madre mía, ¿es Maureen Fitzgerald? —susurró Sloane.

—La misma —respondió, y le guiñó el ojo—. Después de ser testigo de la rabieta de Anthony, he pensado en pasarme por tu mesa y ofrecerte mis servicios.

—¿A qué servicios te refieres? —le pregunté mientras sujetaba a Sloane por la muñeca con una mano y le escribía al equipo de seguridad con la otra.

—Es posible que tenga información que pueda ayudarte con tu problema. —Señaló la puerta por la que había salido Anthony con la cabeza.

—Aquí no —respondí.

—Pues claro que no. Esta noche. En tu casa.

—Ve con cuidado —la alerté.

—Soy una mujer, siempre voy con cuidado. —Pasó la mirada por encima de mi madre y la posó en Sloane. Esbozó una sonrisa cálida—. Parece que el gusto de Lucian ha mejorado de forma considerable.

—Tiene la piel perfecta —susurró Sloane.

Puse los ojos en blanco, pero Maureen se dio unas palmaditas en la mejilla con orgullo femenino.

—Gracias. Es un tesoro, Lucian. Intenta no estropearlo.

Refunfuñé y le hice un gesto con la cabeza a Grace en cuanto entró al restaurante.

—Vámonos.

Grace nos guio por la cocina hasta un ascensor de servicio de la parte trasera. El personal ni se inmutó mientras nos abríamos paso entre las mesas de preparación y los fogones encendidos.

Mi madre se dejó caer contra la pared del ascensor en cuanto se cerraron las puertas.

—No entiendo qué ha pasado —dijo, y se llevó las manos a las mejillas—. Solo sé que me he sentido humillada.

—Pues siento haberte avergonzado al impedir que seas el peón de un chiflado. Anthony Hugo es un delincuente que no dudaría en hacerte desaparecer solo para molestarme.

—Todo es siempre por ti. Todos los hombres que muestran algún interés por mí solo intentan conseguir algo de ti —susurró mamá con amargura.

—Ese hombre es un mafioso. Ha ordenado que maten a gente por menos de lo que le estoy haciendo yo. ¿Y crees que está bien solo porque te trata como a una especie de trofeo?

—Tu padre quería esconderme. No quería que nadie supiera que existía.

—Esto no tiene nada que ver con el pasado, tiene que ver con garantizar tu seguridad.

Agitó las manos delicadas de pajarito delante de la cara.

—No puedo discutir esto contigo ahora mismo.

—Sí que vamos a discutirlo ahora. Si te llama, no contestes. No vayas con él a ninguna parte. Si lo ves en algún sitio, lárgate de inmediato. Grace, necesito que…

—Refuerce la seguridad de su madre. Entendido —terminó la frase con tono sombrío.

—Y ahora me dices dónde debo estar y a quién puedo ver. Quieres controlarlo todo: lo que hago, adónde voy, lo que me gasto. Eres igual que él —susurró mamá.

—Ahora mismo me importa una mierda, madre. —Vi el destello de dolor que le había causado el comentario y después un movimiento borroso. La bofetada resonó por todo el ascensor.

Grace hizo ademán de moverse, pero Sloane llegó antes y se interpuso entre nosotros.

—¡Disculpa, Kayla! —La furia era como un fuego que la encendía desde dentro. Le señaló el rostro pálido y solemne a mi madre con el dedo—. No vas a volver a ponerle las manos encima, nunca más. Después de todo por lo que habéis pasado los dos, ¿te atreves a pegarle a tu hijo por protegerte de un sociópata que está como una cabra? Es de locos.

—Ya es suficiente, Sloane —intervine, y le puse una mano en el hombro. Le temblaba el cuerpo contra el mío.

—Ni por asomo. Tienes un gusto pésimo para los hombres. Anthony Hugo es un mal bicho y no se te ocurre otra cosa que invitarlo a cenar. Ah, y si quieres gastarte el dinero en lo que te apetezca, pues búscate un puto trabajo, mujer. No puedes ser la víctima durante tanto tiempo, llega un momento en el que tienes que convertirte en una superviviente —continuó Sloane.

—No entiendes lo que es eso —respondió mamá en un susurro triste.

—Quería ser amable contigo, sentir empatía por la pobre Kayla, la víctima, pero eso fue hace dos décadas. Has tenido más de veinte años para seguir adelante. Y, sin embargo, aquí estás, todos estos años después, y sigues sintiéndote cómoda haciéndote la víctima. Sigues aceptando los cheques de tu hijo porque eres demasiado frágil para valerte por ti misma. Él no te debe nada, señora. Se lo debes tú a él. Por todas las veces que tuvo que interponerse entre el hombre al que elegiste antes que a él. Por todas las veces en que lo hiciste responsable de tus decisiones. Intento no culparte por todo eso, pero me lo estás poniendo dificilísimo.

Sloane había empezado a gritar. Mi jefa de seguridad asentía para mostrarle su apoyo.

—No vas a contactar con Lucian hasta que seas capaz de disculparte por todas las putadas que le has hecho —anunció Sloane.

Las puertas del ascensor se abrieron en un aparcamiento. Allí nos esperaban mis dos coches, con los motores en marcha, y un puñado de miembros del equipo de seguridad.

Mi madre dejó escapar un grito ahogado y salió del ascensor a toda prisa.

—Ya vale —le dije en voz baja.

Pero Sloane no había terminado.

—Y otra cosa: ¡ve a terapia! —gritó a sus espaldas.

Agarré a Sloane por la cintura. Después me volví hacia Grace y señalé el primer todoterreno ligero con la cabeza:

—Lleva a mi madre a su casa.

Prácticamente arrastré a Sloane hasta el segundo coche y la deposité en el asiento trasero antes de sentarme junto a ella. La puerta se cerró de un portazo y nos sumimos en la oscuridad.

—¡Oye! Me has prometido que íbamos a ir a cen…

Interrumpí la acusación plantándole la boca contra la suya.

CAPÍTULO CUARENTA Y DOS

UN VOLCÁN DE LUJURIA

SLOANE

Apenas llegamos a casa.

Sabía que Lucian tenía cosas de vital importancia de las que ocuparse, como destruir al mafioso que acababa de amenazarnos con acabar con nosotros. Me di cuenta de que confiaba en que se encargaría de todo.

No confiaba en que no me aplastara el corazón hasta dejarlo plano como una tortita, pero le confiaba mi vida.

Todo lo que había pasado era muy importante, pero había una cosa que superaba a todo lo demás. Habían pasado semanas desde la última vez que habíamos estado juntos (orgásmicamente) y, con mafioso o sin él, me había convertido en un volcán de lujuria.

—Ha sido *sexy* de la hostia —le murmuré contra los labios mientras me cargaba por el umbral y cerraba la puerta de una patada a nuestras espaldas. Le había rodeado la cintura con las piernas y enterrado las manos en el pelo para evitar que se separara de mí.

Sabía qué mosca me había picado a mí, pero no estaba segura de por qué Lucian se había convertido en una bestia famélica en cuanto me había empujado al asiento trasero, después de que me hubiera comportado como una arpía con su madre. Y, en ese momento, me importaba bien poco.

—¿El qué? —preguntó, y me bajó los tirantes del vestido de un tirón.

—Que te hayas puesto en plan «bah, tus patéticas amenazas me resultan aburridísimas» —le respondí. Le recorrí el cuello a besos y mordiscos.

Gruñó a modo de respuesta y sentí las vibraciones en los pezones, que tenía pegados contra su cuerpo.

—Tienes dos segundos para ayudarme a quitarte el vestido o lo voy a destrozar.

No me moví lo bastante rápido para su gusto y acabé sentada sobre el frío mármol de la mesita de la entrada. Me bajó a la fuerza la parte superior del vestido hasta la cintura con solo un par de sonidos de desgarro.

—Esto no significa nada —le recordé por encima del martilleo de mi corazón.

—Tienes toda la razón, significa todo —contestó.

—No estoy de acuerdo, pero vale —decidí. No valía la pena discutir sobre ese tema en ese momento.

Con destreza, me quitó el sujetador sin tirantes con una mano y volvió a emitir un gruñido grave antes de lanzarse de cara sobre mí.

Reí de forma entrecortada.

—¿Por qué estás tan obsesionado con mis tetas?

—Por el mismo motivo por el que tú estás obsesionada con mi pene. Porque son perfectas, joder —me explicó justo antes de abrirse camino con la boca hasta la primera cumbre sensible.

Bueno, pues no iba a ser el único en jugar. Me sentía de maravilla abierta de piernas delante de él mientras hacía su magia con la boca.

Introduje la mano entre nuestros cuerpos y encontré su erección, que forcejeaba contra la tela de los pantalones. Se la agarré con fuerza.

—Hostia puta —siseó contra mí.

Un escalofrío me recorrió todo el cuerpo. Dentro de mí, notaba el eco de los tirones que me daba con la boca.

Sin separarse de mi pecho, Lucian me metió la mano entre las piernas y me apartó a un lado la tela fina y rosa de la ropa interior.

—Necesito sentirte.

A mí ya me parecía bien. Tan bien que apenas me moví cuando me agarró por las caderas y me arrastró rápidamente hasta el mismo borde de la mesa.

—Quédate quieta, duendecilla —me ordenó, y me apartó la mano de su entrepierna de un manotazo. Estuve a punto de replicarle hasta que oí el sonido de la cremallera al abrirse.

—Madre mía —gemí cuando me alineó la punta afelpada del pene contra el clítoris y me separó los labios del sexo con ella.

Lucian me soltó el pezón sensible con un «pop». Al aire frío, la cumbre húmeda se volvió más pronunciada.

—No pares de tocarme la polla, cariño —me ordenó justo antes de pasarse al otro pezón.

Lo complací y volví a agarrarle el miembro suave como la seda. Gruñó y me susurró «esa es mi chica» contra el pecho.

Se me escapó un gemido ahogado y patético mientras me lamía el pezón ignorado con esa lengua tan mágica. Estaba muy húmeda y mi interior se contraía alrededor de la nada con cada movimiento de la boca y cada empujón con la cima del pene.

La forma en que me aferraba a él debía de resultarle dolorosa, pero los sonidos que se le escapaban contra mi pecho eran de éxtasis. Le agarré por la nuca con la mano libre y lo sujeté contra mí. Sentía los pechos pesados e hinchados por su atención.

Sin previo aviso, introdujo la mano entre nuestros cuerpos y me metió dos dedos en la hendidura. Gemimos al unísono, como si el placer fuese compartido.

Le cabalgué la mano y seguí acariciándole el pene casi con violencia mientras sus dedos me complacían sin piedad.

Era algo mágico. Hacíamos magia.

Me pasó una mano por debajo del trasero y me inclinó hasta que apoyé la espalda en la mesa. Y luego sentí el dedo explorador. Primero me acarició entre las piernas, en ese punto en el que me había convertido en Aquawoman. Después lo deslizó hacia abajo, danzando por la hendidura entre las nalgas. Se detuvo y me tanteó suavemente la entrada fruncida.

Se separó del pecho y me dejó el pezón húmedo e hinchado. Había una pregunta en su mirada. Me pedía permiso. No confiaba en mis palabras, así que le respondí de la mejor manera que pude, moviendo las caderas y empujando contra el dedo.

Con un gruñido posesivo, Lucian me introdujo un dedo en el trasero al mismo tiempo que curvaba los dedos dentro del sexo. Le salió una ola de líquido preseminal del pene. Le gustaba poseerme el cuerpo, incluso lo ansiaba. Pendía de un hilo pequeñito, minúsculo, diminuto. Estaba totalmente expuesta y me sentía llena. La necesidad de llegar al orgasmo hizo que se me tensara todo el cuerpo. Y cuando volvió a posarme la boca sobre el pecho y chupó con fuerza, me desbordé.

El orgasmo me arrolló y destrozó. Mis paredes internas se crisparon alrededor de sus dedos mientras los movía en mi interior.

Seguí acariciándole el pene con la mano, cabalgándole los dedos y haciendo presión contra ese dedo que me había llenado de una forma totalmente nueva.

—Esa es mi chica —murmuró—. Estás preciosa cuando te corres, joder.

Me aferré a su miembro como si fuera un ancla en mitad de la tormenta mientras mi orgasmo nos arrasaba a los dos.

—Deja que me corra dentro de ti —me suplicó con voz grave.

Pero yo tenía otros planes.

Le solté la erección y le empujé el pecho. Se apartó de mí de inmediato.

—Dime qué necesitas —añadió con voz ronca.

Me deslicé por el borde de la mesa y me dejé caer de rodillas delante de él.

—Esto —dije, y estiré la mano para rodearle la base del miembro con la mano—. Por favor.

Le chisporroteó un fuego en los ojos grises cuando cayó en la cuenta de lo que le pedía.

Se le tensó el pene en mi mano: deseaba lo que le pedía. Lo necesitaba.

—Yo confío en que te ocupes de Hugo. Quiero que tú confíes en que yo me ocupe de ti —le supliqué.

Lucian tragó con fuerza y se le ahuecaron las mejillas por encima del borde recortado de la barba. Después asintió. Se me subió el corazón a la garganta. Fue un consentimiento más que suficiente, iba a dejar que se lo concediera. Me incliné hacia delante y lo recorrí con la lengua desde la base al extremo. Respondió con un estremecimiento convulsivo y una palabrota susurrada que me hicieron sentir como una superheroína del sexo oral.

Separé los labios y, sin previo aviso, me lo llevé hasta la parte posterior de la garganta.

Lucian dio un puñetazo en la mesa, detrás de mí.

—¡Joder! —rugió mientras lo complacía con la boca y el puño. Me la introduje todo lo que pude con la esperanza de seducirlo sistemáticamente, de reducirlo a la necesidad de correrse.

Le agarré los testículos suaves y apreté.

Me pasó un dedo por la mejilla con suavidad. Levanté la mirada hacia él. Era un rey, un titán, pero me había cedido el control. Después, el dedo desapareció y me agarró del pelo con brusquedad.

—Joder, Sloane. Eres tú—murmuró.

Dejé que me guiara la cabeza con la mano y que marcara un ritmo más rápido y rudo. Había perdido el último vestigio de control y yo era la causante.

Lo dijo una y otra vez mientras me llenaba la boca una y otra vez:

—Eres tú.

Le apreté más los testículos y Lucian se quedó inmóvil en la parte posterior de mi garganta. Hubo un estallido repentino y cálido de líquido preseminal.

—Joder, joder, joder —exclamó. Me sacó el miembro de la boca y me tumbó contra las frías baldosas—. Di que sí —añadió, y me introdujo la punta de la erección entre las piernas con movimientos bruscos.

—¡Sí!

Me colocó una mano en el hombro para que no me moviera y se introdujo en mí de golpe.

555

—Tómame, soy todo tuyo —me ordenó, y me raspó el cuello con la barba.

La sensación de estar tan llena era vertiginosa. Me sentía de maravilla. Era demasiado y, de algún modo, justo lo que necesitaba. Nada nos separaba. Estaba completamente poseída por él. Era crudo, real y, Dios mío, quería más. Y Lucian me lo concedió. Cuando soltó el primer brote cálido de semen dentro de mí seguí su ejemplo con obediencia y me lancé por el borde. No tenía otra opción.

—Joder. Sí, Sloane. Mi Sloane —gruñó sin dejar de correrse dentro de mí e hizo que mi clímax fuera incomparable.

Maeve: Kurt el intruso y yo hemos hablado y hemos decidido que vamos a intentarlo otra vez.

Yo: ¡Aleluya! Me muero de ganas de contarles a vuestros hijos que la tía Sloane se enrolló con papá Kurt en una ocasión mientras mamá Maeve se comportaba como una tonta.

Maeve: Creo que lo mejor es que no incluyas esa información en la conversación.

Yo: ¡Ajá! ¡No has descartado automáticamente la idea de tener hijos con Kurt! ¡Sabía que te gustaba de verdad!

Maeve: Se te ve el plumero de hermana menor.

Yo: No puedo evitarlo. Tu felicidad me hace feliz. Además, acabo de tener un montón de orgasmos… así que…

Maeve: Yo igual, chica, yo igual.

Yo: Choca esos cinco.

CAPÍTULO CUARENTA Y TRES

EL DERRIBO

LUCIAN

—Nadie se irá de aquí hasta que se nos haya ocurrido una estrategia —anuncié.

Sloane estaba sentada en el despacho de mi casa con expresión de satisfacción, en pijama, y se estaba comiendo la hamburguesa y las patatas fritas que había pedido que nos trajeran. Se había recogido el pelo revuelto tras nuestras horas de pasión en una trenza larga y suelta que le caía por encima del hombro. Las piernas le colgaban por el brazo de la butaca y meneaba los pies. Era la viva imagen de la relajación.

Mientras tanto, detrás del escritorio, yo era como un caldero burbujeante de ira.

Y el equipo que había reunido no servía para aplacar mi mal humor.

—Va a ser divertido —exclamó Nolan, que se había lanzado de lleno hacia la bandeja de tiras de pollo.

—Habla por ti —protestó Lina—. Mi prometido acababa de ofrecerme que me metiera con él en la ducha cuando nos ha convocado.

—¿Qué clase de trapos sucios buscamos? —preguntó Nallana, la investigadora privada, tras servirse dos trozos de *pizza* en el plato. Llevaba un vestido de noche y una chaqueta de cuero. Me di cuenta de que no tenía ni idea de si vestía así en sus ratos libres o de si era uno de sus disfraces de operaciones encubiertas.

—Sí, nos ayudaría mucho saber qué estamos buscando —añadió el único miembro del equipo de ciberseguridad que se había molestado en responderme al teléfono, con la boca llena hasta arriba de regaliz. Tenía el pelo de color rubio platino largo en la parte de arriba y rapado a los costados. Se llamaba algo parecido a Pastura o Pradera.

—Cualquier cosa que haga que el FBI vaya a por Hugo ya. No dentro de un mes, o de una semana, ni dentro de cuarenta y ocho horas. Quiero que esté detenido antes del mediodía de mañana.

Nallana emitió un silbido bajo.

—Eso es toda una hazaña. Prairie tiene razón. Necesitamos alguna indicación.

Prairie. Casi.

—Vuestra «indicación» es hacer lo que haga falta para conseguirme algo que podamos utilizar en su contra. Me da igual que os arresten en el proceso. Encontradme algo —repliqué casi con un gruñido.

Sonó el timbre.

—¿Quieres que abra? —preguntó Sloane con vacilación.

Sacudí la cabeza.

—Ya se encargará Grace.

No iba a perder de vista a Sloane hasta que Anthony Hugo y toda su organización hubieran quedado reducidos a escombros. Y después la obligaría a caminar hasta el altar. La mujer no solo me había defendido ante un mafioso que nos había amenazado de muerte, sino también ante mi propia madre. Cuando todo hubiera acabado, le demostraría exactamente lo mucho que eso había significado para mí.

La puerta del despacho se abrió y entró Maureen Fitzgerald, que todavía llevaba el vestido de antes.

—Vaya, formáis un equipo muy interesante —observó.

—¿Esa es…? —comenzó Prairie.

—¿La madama más exitosa y célebre de todo Washington D. C.? —Lina completó la frase—. Sí. Me gustan sus zapatos.

—Gracias —respondió Maureen con una sonrisa felina—. Aquí tenéis un pequeño *souvenir* para el equipo. —Soltó una carpeta de cinco centímetros encima de la caja de *pizza*. Nolan alargó la mano hacia ella, pero Maureen posó una mano de manicura perfecta encima de la carpeta—. Confío en que puedo contar con vuestra discreción.

—Ah, sí, señora. Por aquí somos discretísimos —prometió Nolan.

—Bien —respondió. Apartó la mano y dejó que el abrigo de lana le resbalara por los brazos—. ¿Quedan tiras de pollo?

—Gracias a la información de las chicas de Maureen, hemos descubierto tres empresas fantasma más —resumió Nolan, y contuvo un bostezo—. Las dos primeras tienen unos dos millones de dólares cada una repartidos por varios paraísos fiscales. Prairie está indagando en la tercera.

—Pues seguid investigando. —Unos cuantos millones de dólares no bastaban para que el FBI llamara a la puerta de Hugo por la mañana.

Lina se unió a nosotros.

—¿Os pongo al día?

—¿Qué has encontrado? —le pregunté.

—Los de seguridad han informado a todo el mundo de que la oficina estará cerrada durante los próximos dos días. Petula está posponiendo todas las reuniones presenciales y pasando todas las que puede a videoconferencia. Grace ha aumentado la seguridad en todos lados, incluidos los equipos de tu madre y de Sloane. Nash y la policía de Knockemout han decretado la alerta máxima y lo tienen todo vigilado en casa. Y Nallana ha llamado, está exprimiendo algunas fuentes a pie de calle en busca de información. Se rumorea que Hugo espera un gran cargamento desde América del Sur este fin de semana.

—Todavía falta para eso —le recordé.

—A lo mejor Hugo solo se estaba quedando contigo con lo de las cuarenta y ocho horas —sugirió Nolan, que volvió a bostezar.

—¿Es que esta pequeña crisis te está interrumpiendo el sueño reparador? —le pregunté con brusquedad.

—A, son las cuatro de la puta mañana. Y B, mi mujer me ha despertado a las seis de la mañana para una clase de yoga hoy... ayer. No todos funcionamos a base de no dormir nada y lágrimas de niños asustados —señaló.

—Te has levantado antes del amanecer porque tu mujer te lo ha pedido. Hugo me dijo que tenía cuarenta y ocho horas para darle todo lo que tienen los federales contra él o empezaría con Sloane.

—Cuando dices empezar... —Lina dejó la frase a medias y todos nos volvimos a mirar a la pequeña bibliotecaria, que estaba sentada en el suelo y fruncía el ceño ante el papeleo que tenía colocado en abanico justo delante.

—No lo voy a permitir —respondí.

—¿La rubia ya ha aceptado que estás comprometido a estar con ella o todavía no? —preguntó Nolan mientras Sloane se subía las gafas por la nariz.

—Todavía no. Pero si para demostrarlo tengo que matar a un hombre a sangre fría, lo haré.

—Intentemos que ese sea el plan B —intervino Lina—. He oído que ya no son tan tolerantes con las visitas conyugales en la cárcel y, a juzgar por el pelo revuelto de Sloane, habéis empezado a poneros al día.

Los dejé allí y crucé la habitación hasta ella.

Levantó la cabeza para mirarme justo cuando me agaché.

—Te ha salido la arruga entre las cejas que siempre aparece cuando te concentras —observé, y le pasé el dedo por el punto en cuestión—. Deberías dormir un poco.

—¿Y perderme toda la diversión?

—Cuando todo esto acabe, te llevaré a una isla privada y beberemos piña coladas desnudos en la playa para que te enseñe lo que es la diversión de verdad —decidí.

Sloane me sonrió de oreja a oreja.

—¿Desde cuándo Lucian Rollins es un experto en diversión?

—Desde que casi me corro en tu boca cuando estabas de rodillas.

—Qué halagador, pero necesito que dejes el sombrero de fiesta a un lado y saques la boina de maestro del universo de los negocios y la política por un segundo, Lucifer.

—¿Qué necesitas?

Se humedeció los labios y bajó la mirada a los papeles que tenía delante.

—Hugo ha dicho una cosa que me ha preocupado.

—Todo lo que ha dicho ese cabronazo debería haberte preocupado.

Sacudió la cabeza.

—Me refiero a lo del incendio, lo de que no me ha servido para meterme en mis asuntos. Al principio pensaba que solo era su forma de decirnos que me había estado observando, pero he empezado a darle vueltas... ¿Y si está conectado de algún modo?

Me senté junto a ella y le di un trago a su cerveza de raíz templada.

—¿Conectado en qué sentido?

—Creemos que el incendio fue una represalia por trabajar en el caso de Mary Louise, ¿no? Me amenazó el hombre de la canela, que justo mencionó el nombre de Mary Louise el mismo día que la atacaron. Mary Louise quiso dejarlo, pero yo insistí. Lograste que la trasladaran a otro centro penitenciario para que esté más segura y le conseguiste protección a Allen. Y yo seguí indagando, así que alguien decidió prenderle fuego a la biblioteca conmigo dentro para hacernos saber que no estaba muy contento con que lo hiciera.

Que resumiera la situación hizo que me subiera la presión sanguínea, que ya estaba peligrosamente alta.

—¿Y qué conexión hay? ¿Por qué iba a importarle a un jefazo del crimen de D. C. lo que le pase a una prisionera condenada injustamente?

Sloane se mordió el labio.

—¿Y si es por la cárcel? —Me entregó uno de los folios—. El Centro Correccional Fraus es una cárcel privada y es propiedad de una corporación llamada Grupo Civic, que a su vez es propiedad de otras dos empresas. Eso me hizo pensar en todas las empresas ocultas con nombres de cerezos tras las que escondías las becas y donaciones. Y mientras pensaba en tus empresas ocultas, esta me llamó la atención. —Le dio un toquecito a la página, justo encima de las palabras Rex Management—. Rex es rey en latín —explicó.

—Y es justo lo que se cree Hugo —musité, siguiéndole el hilo.

—Exacto —respondió Sloane, que me obsequió con una amplia sonrisa—. Así que he buscado otras cárceles privadas de Virginia, Maryland y Carolina del Norte y he encontrado tres más cuyo propietario es el Grupo Civic. Todas de poca monta. Todas están abarrotadas y han recibido quejas por falta de personal, pero todas les proporcionan beneficios al Grupo Civic y sus propietarios. No sé de qué clase de beneficios hablamos, pero cada una tiene un contrato con el gobierno que les da dinero por cada preso internado. Cuantas más personas tiene la instalación, mayores beneficios tiene la empresa.

—Cuando amenacé a Duncan Hugo con trasladarlo a otra cárcel, entró en pánico —recordé y escudriñé la investigación de Sloane—. Dijo que no estaría a salvo.

—¿Fue una de estas tres? —preguntó, y se levantó hasta ponerse de rodillas por la emoción.

—Esa de ahí. —Señalé el nombre de Lucrum.

Sloane me echó los brazos al cuello.

—¡Lo sabía! Lo he hecho bien, ¿verdad? El maldito Anthony Hugo, el criminal convicto dos veces, es uno de los propietarios de cuatro correccionales privados. Eso tiene que ser superilegal.

—Por no mencionar el hecho de que podría eliminar a cualquiera en esas cárceles si fuera necesario —señalé.

Sloane se separó de mí con expresión horrorizada.

—Hostia puta.

—Esto está muy bien, duendecilla. Muy pero que muy bien —le dije, y la apreté contra mí.

Me sujetó el rostro con las manos.

—Ve a por él, grandullón.

Le di un beso apasionado en la boca y la dejé encima del fruto de su investigación.

—¡Pastura! —ladré a la *hacker*. Esta levantó la cabeza y señaló a sí misma.

—¿Yo?

Sloane se inclinó hacia mí.

—Creo que se llama Prairie.

—Eso, Prairie. Es lo que he dicho. Deja lo que sea que estés haciendo y consígueme todo lo que puedas sobre Rex Management y el Grupo Civic.

Le di un apretón a Sloane en el hombro y marqué el número de la agente especial Idler.

—Son las cuatro de la mañana. Más vale que valga la pena —respondió con voz ronca.

—¿Cuánto crees que tardarás en formar un equipo que arrastre a Hugo a la celda más cercana?

No había dormido ni me había duchado en treinta y seis horas, y, aun así, Anthony Hugo tenía peor aspecto que yo, pensé con suficiencia cuando me senté delante de él.

Le habían quitado el traje y el anillo de diamantes del meñique y, en su lugar, llevaba un mono ancho de color naranja que le daba un aspecto todavía más cetrino.

—¿Has venido a regodearte? —preguntó cuando el guarda lo esposó a la mesa con un chasquido satisfactorio—. Porque saldré de aquí en menos de un día. No pueden retenerme.

—Ah, pero sí que pueden —respondí, y me apoyé en el respaldo de la silla de metal—. Acabo de volver de la oficina de la agente especial Idler.

—Esa zorra será la primera en desaparecer —escupió con cautela—. Bueno, quizá la segunda después de la rubita de tu novia.

—He aquí la cuestión, Anthony. Esos cargos son solo el principio. El resto de los directivos de Rex Management han sido arrestados. Casualmente, casi todos forman parte de tu círculo íntimo y han cantado como si les fuera la vida en ello. Los federales ya han hablado con un puñado de miembros de tu pandilla que cumplen condena en esas prisiones y han confesado una cantidad de delitos extraordinaria, delitos que incluyen la agresión y el asesinato. A la mayoría no les ha dado miedo señalar con el dedo al que daba las órdenes ahora que estás entre rejas, en especial después de que les prometieran tratos y reducciones de sentencias.

Anthony se puso todavía más pálido.

—Escúchame, maldito hijo de puta...

—No —respondí impasible—. Ahora te toca escuchar a ti. En menos de dos días, he desmantelado todas las piezas de tu negocio. Todo por lo que has trabajado toda tu vida ha desaparecido. Te han congelado los activos. Tus hombres están sentados en salas de interrogatorio por toda la ciudad. Incluidos a los que ordenaste que tiraran el cadáver de Felix Metzer en el Potomac. No te queda nada. ¿Y sabes por qué?

—Que te jodan.

—Respuesta incorrecta. Te lo he quitado todo porque tú has intentado quitarme algo a mí. Amenazaste a mi familia. Y nadie se va de rositas después de algo así.

—Volveré a ir a por ti. Y cuando lo haga, acabaré lo que empecé con esa lista en la que estaba tu amigo, el jefe de policía. Eliminaré a todos y cada uno de tus seres queridos y después te haré sangrar.

Sonreí con suficiencia.

—Buena suerte con eso.

—¿Crees que ver a tu amigo cubierto de plomo y que ese incendio en la biblioteca fueron algo malo? Solo acabo de empezar, iré a por ti personalmente. Tengo hombres vigilándoos a ti y a esa zorra del FBI. Solo una llamada y los dos estaréis muertos como Metzer. Nadie me hace enfadar.

Me puse en pie y me abotoné la chaqueta del traje.

—Yo no estaría tan seguro. La zorra del FBI hizo que arrestaran a tus «hombres» ayer. Para muchos era su tercer delito, lo que hizo que se mostraran sorprendentemente cooperativos. Ahora, si me disculpas, tengo cosas que hacer.

Salí tranquilamente de la sala y dejé atrás las amenazas que rugió a mis espaldas.

—¡Cuéntamelo todo! —Sloane se abalanzó sobre mí en cuanto abrí la puerta principal—. ¿Ya sabe que está jodido? ¿Te ha amenazado? ¿Te has reído en su cara? ¿Había cámaras que hayan grabado cómo perdía los papeles para que pueda ver las imágenes?

Llevaba unos pantalones de pijama con hojas de palmera y un top negro ajustado. Tenía el pelo húmedo de la ducha y le brillaban los ojos.

Sentí como si algo cálido y brillante se me expandiera por el pecho. Era como si me hubiera tragado el sol.

La agarré por la muñeca, me doblé por la cintura y me la cargué al hombro con habilidad.

—Vosotras dos ya podéis iros —les dije a Lina y Grace, que habían vigilado a Sloane durante las últimas veinticuatro horas.

—¡Yupi! —exclamó Grace.

—Divertíos, niños —comentó Lina mientras yo cargaba a Sloane por el pasillo hasta el dormitorio.

La lancé sobre la cama y ella se rio.

—Estás sorprendentemente activo para no haber dormido nada en dos días.

—Son los síntomas de haberle arruinado la vida a un delincuente —bromeé, y me quité la chaqueta y la corbata.

—Mi héroe.

Las palabras surtieron un efecto extraño en mi interior y supe que iba a atesorarlas como todos los «bien hecho» que me había ganado de su padre.

Sloane trepó por la cama y se apoyó en la montaña de cojines que había pedido que nos trajeran. Dio unas palmaditas en el colchón, a su lado.

—Ven y cuéntamelo todo, grandullón, y después nos desnudaremos y nos haremos cosas sucias el uno al otro.

Conseguí explicarle más o menos un cuarto del arresto de Hugo antes de caer rendido con ella entre mis brazos y proceder a dormir como un héroe durante las diez horas siguientes.

CAPÍTULO CUARENTA Y CUATRO

NO TIENE NADA QUE VER CON EL ESPACIO DE LOS CAJONES

SLOANE

Stef: Las flores y el champán son demasiado cliché, ¿verdad?

Yo: ¿Demasiado cliché para qué?

Stef: Para pedirle a un hombre que se mude conmigo.

Yo: Me halaga que hayas acudido a mí para que te aconseje sobre los cambios importantes.

Stef: Naomi es demasiado romántica y Lina no reconocería el romance ni aunque le mordiera en ese culo tan atractivo, así que te lo pregunto a ti. Aconséjame ya. ¿Es demasiado o no es suficiente?

Yo: Depende de qué más hayas organizado. ¿Es una de esas conversaciones íntimas con vino y pasta casera o lo que sea que hagan esas manos tuyas gais tan talentosas? ¿O es más un anuncio con fuegos artificiales y una banda de música delante de todo el pueblo?

Stef: Veo que he acudido a la persona equivocada. Debería haberle preguntado a un tío hetero.

Yo: ¿Has pensado en tatuarte «¿Te mudas conmigo?» en el culo? ¿O en convertir el cumpleaños de un niño o una visita al zoo interactivo en una proposición sorpresa?

Stef: Tengo que volver al punto de partida. Todo tiene que ser perfecto y estar planeado meticulosamente. Tiene que ser romántico y propio de mí. Una historia que les podamos contar a nuestros hijos. Madre mía, ¿qué pasa si no quiere niños? ¿Y yo, quiero niños?

Yo: Estás entrando en pánico, ve a por algo de chocolate.

—¡Ajá! Ahí estás —exclamé, y extraje triunfalmente el sujetador que había estado buscando de la bolsa de viaje. Volví a meter el resto del contenido en ella y cerré la cremallera de un tirón.

Lucian, muy desnudo y con aspecto muy pecaminoso, lanzó una mirada maligna en mi dirección desde su posición en la cama.

—¿Qué? Has dicho que íbamos a salir a cenar. No puedo salir sin sujetador, estas chicas han llegado a causar estampidas cuando las he dejado libres —comenté por encima del hombro de camino al baño gigante de Lucian, que parecía un *spa*. Los azulejos hexagonales y de color carbón estaban calentitos bajo mis pies descalzos. Había espacio suficiente entre los dos lavamanos lujosos de ónice para jugar al tejo. Y la ducha. Ay, la ducha.

Era el motivo principal por el que no le había exigido todavía que me llevara de vuelta a Knockemout.

Anthony Hugo llevaba cuatro días detenido. Por fin se había acabado el peligro. Pero allí seguía, tras cuatro días disfrutando de salir a cenar y pasear bajo las flores de cerezo. Cuatro días de trabajar en el mismo despacho y compartir la misma cama. Cuatro días en los que me había acostado una cantidad astronómica de veces con Lucian Rollins.

Saqué los productos de aseo personal de la bolsa que había colgado en la puerta del armario de las toallas y empecé a trastear con los ajustes en la pantalla táctil de la ducha.

—Puedo programar tus preferencias en el sistema —se ofreció Lucian a mis espaldas.

Lo miré de arriba abajo mientras entraba al baño desnudo.

—No, me gusta tocar los botones —respondí mientras asimilaba las vistas obscenamente buenas. Parecía una estatua en movimiento. Una oda a la perfección tallada, en mármol que había cobrado vida.

Entré en la ducha alicatada y dejé que el rociador de efecto lluvia me bañara desde arriba. Gemí.

—Uf, esto hace que quiera reformar el cuarto de baño.

Lucian se unió a mí y me posó las manos en las curvas de las caderas al momento.

Nos duchamos en silencio, deleitándonos con el agua caliente y el cuerpo del otro. Pero percibía una tensión en él que antes no estaba ahí.

—¿Qué ocurre? ¿Ha habido algún problema en el caso de Hugo? —le pregunté a Lucian, que me observaba pensativo a través del espejo mientras yo secaba con la toalla los botes de champú y acondicionador y los volvía a meter en la bolsa.

—El problema eres tú —respondió, y se volvió a mirarme.

—¿Yo? ¿Qué he hecho ahora? —le pregunté, e intenté que no me distrajeran las gotitas de agua que le salpicaban el pecho.

—Te he dejado espacio en los cajones y en el armario. Te he dejado espacio en el tocador —anunció, y abrió de golpe uno de los cajones vacíos que había junto al lavamanos que había reservado para mí—. Te he hecho sitio en mi ducha, en mi casa.

—Y yo ya te dije que no hacía falta.

Me apuntó a la cara con el dedo.

—Ese es el problema. ¿Cómo vamos a construir una vida juntos si ni siquiera sacas tus cosas de la bolsa, Sloane?

—¿Lo dices en serio? —Bufó—. ¿Estás enfadado porque no ocupo el espacio suficiente?

—Aquí no sacas las cosas de la bolsa y en tu casa no hiciste espacio para mí. Tuve que llamar a una empresa de armarios para hacerme hueco. No te estás comprometiendo con lo nuestro.

—Lucian, ni siquiera hemos hablado de que haya un «nosotros» más allá de que tú te hayas empeñado en anunciar que somos pareja.

Se le ensombreció el rostro.

—¿Quieres hablar? Vale. Pues hablaremos.

—Por lo menos podrías haber dejado que me secara el pelo —protesté mientras Lucian clavaba el dedo en el timbre de una casa de ladrillo de tres plantas, situada en una calle bordeada por árboles en Georgetown. Todos los coches que había aparcados junto a los bordillos tenían aspecto de costar cantidades de aproximadamente seis cifras.

La puerta se abrió y un hombre de barba blanca y con gafas nos observó desde dentro.

—Llegáis temprano —anunció. Llevaba un delantal blanco encima de un jersey de punto con manchas negras, naranjas y amarillo neón.

—Emry, te presento a Sloane. Sloane, Emry —respondió Lucian. A continuación, tiró de mí para que cruzáramos el umbral en dirección a un estudio majestuoso.

—Siento mucho los modales de Lucifer, creo que está de mal humor porque tiene hambre —expliqué por encima del hombro.

—Bueno, creo que esto va a ser divertido —comentó Emry, que se frotó las palmas de las manos y nos siguió al interior de la casa.

Escaneé los títulos de las estanterías caoba oscuro y decidí que era el despacho de un hombre con recursos, intelecto y un gusto excelente.

—Haz tu magia de terapia y arréglala —le dijo Lucian antes de situarse cerca de la chimenea.

—Creía que íbamos a cenar a casa de un amigo tuyo —señalé.

—Somos amigos, es solo que de vez en cuando se le olvida —añadió Emry, y después se dirigió a un armario y sacó una botella de vino. Señaló una de las dos butacas de cuero que había delante de las estanterías. Me senté.

—No necesito uno de tus consejos amistosos, sino que ejerzas de psicólogo y hagas entrar en razón a esta mujer —anunció Lucian. Se cruzó de brazos y me lanzó una mirada asesina.

Se la devolví.

—¿En serio?

—Esto es muy inusual, incluso para ti —le dijo Emry a Lucian.

—A mí no me mires —respondí, y me encogí de hombros—. Estaba tranquilamente disfrutando de la ducha de los dioses y, de repente, me grita sobre el espacio de los cajones y los organizadores de armarios.

Lucian se apartó de la chimenea de un empujón y empezó a caminar de un lado al otro.

—¿Ves con lo que me toca lidiar?

Emry pareció divertido.

—¿Intuyo que entonces no tiene nada que ver con el espacio de los cajones? Aunque, si es el caso, estaría encantado de llamar a Sacha. Ella es la experta en organización del hogar. Deberías ver su despensa.

—No se compromete —respondió Lucian. Después hizo una mueca—. Sloane, no Sacha. Pero deberías quemar ese jersey antes de que Sacha lo vea.

—Yo creo que es un jersey muy bonito —insistí.

—Intento integrar nuestras vidas aquí y en Knockemout y Sloane se niega a participar. ¡Cada vez que se ducha vuelve a guardar todos los productos en la bolsa! —bramó Lucian.

Daba la sensación de que Emry luchaba con todas sus fuerzas para no echarse a reír mientras servía tres copas de vino.

—Ya veo.

Me levanté de la silla y me acerqué a Lucian, por lo que interrumpí sus paseos por la sala.

—Y yo ya te he dicho que solo porque me mangonees no vas a conseguir que tengamos una relación. Que me dejes un par de cajones libres no va a hacer que me sienta lo bastante segura para contemplar la idea de salir contigo.

—No estamos saliendo —comentó Lucian—. Vivimos juntos. Nos acostamos. Nos vamos a casar.

—Si ha sido una propuesta de matrimonio, necesita algunas mejoras —repliqué.

Oí un crujido y vi que Emry se había acomodado en la silla que yo había dejado libre y comía pistachos mientras nos miraba con alegría.

—¿Por qué no puedes aceptar que lo digo muy en serio? —me preguntó Lucian. Se enterró las dos manos en el pelo. Sus movimientos se habían vuelto erráticos y frenéticos, muy impropios de su elegancia animalística.

—¡Porque la experiencia me dice que debería echar a correr hacia la noche y gritar! Me has echado de tu vida dos veces, y una de ellas durante dos décadas, ¿y esperas que me olvide del tema? ¿Que confíe en ti? —Yo también había comenzado a gritar. Era evidente que no iba a ganar ningún premio a la invitada del año.

—Dime qué quieres y te lo daré —exclamó Lucian con un tono cargado de frustración.

—¡Quiero todo lo que me prometes, pero no creo que seas capaz de cumplirlo! ¿Ya estás contento?

Nos miramos fijamente y el silencio se posó entre nosotros. Emry se aclaró la garganta y se sacudió las migajas de pistacho de las manos.

—Parece que nunca habéis tenido la oportunidad de hablar de los problemas que os mantuvieron separados al principio.

—Siempre he pensado que debía perdonarte —dijo Lucian de repente. Respiró hondo y me lanzó una mirada apasionada—. Traicionaste mi confianza. Me desobedeciste a propósito y, por tu culpa, fui a la cárcel. Por tu culpa, mi madre quedó completamente vulnerable ante él. Me perdí mi decimoctavo cumpleaños y la graduación del instituto. Por tu culpa, el pasado cimentó mi futuro.

La verdad que había estado reprimiendo durante años me golpeó y me estremecí. Era una herida de la que ninguno de los dos se había curado.

—Pero... —le animó Emry, y tomó otro puñado de pistachos.

—Pero te interpusiste entre mis padres para proteger a mi madre, para protegerme a mí. Y esta semana lo has vuelto a hacer. Has intentado interponerte entre un loco que nos estaba amenazando a los dos y después lo has hecho otra vez con mi madre —continuó con voz ronca.

—Si estás enfadado por eso, pierdes el tiempo, porque no pienso disculparme. Anthony Hugo es un capullo y un baboso, y tu madre no tiene derecho a levantarte la mano. Nunca —repliqué. Me temblaba la voz por la emoción.

Alargó los brazos, me agarró por las muñecas y me pasó el pulgar por la antigua cicatriz.

—No quiero una disculpa, no la necesito. Nunca me ha hecho falta. Eres la única persona del mundo que me ha defendido así.

Abrí la boca, pero sacudió la cabeza.

—Sí, Knox y Nash lo harían si se les presentara la oportunidad. Pero nunca se lo he pedido, y a ti tampoco he tenido que pedírtelo nunca. Simplemente, lo haces, porque es la clase de persona que eres. Valiente hasta la estupidez. Tan cabezota que puede ser un peligro.

—Tus propuestas de matrimonio y tus cumplidos dan asco —comenté.

Pero no sonrió. En lugar de eso, me volvió a apretar las muñecas.

—Los hombres rotos hacen daño a las mujeres, Sloane.

Me quedé muy quieta.

—Lucian —susurré.

—Mi padre hizo tanto daño a mi madre que, años más tarde, sigue siendo una víctima —continuó—. Puede que nunca más vuelva a sentirse entera o sana por su culpa. Y no quería arriesgarme a que te pasara lo mismo. No quería que estuvieras cerca de mí, donde hombres como mi padre o Anthony Hugo pudieran hacerte daño para hacérmelo a mí.

Me aferré a sus antebrazos sin saber muy bien qué decir. Me sentía mareada y descentrada, como si con esas palabras le hubiera bastado para sacudir los cimientos sobre los que había construido mi vida.

—Todavía oigo el crujido de tus huesos en mi mente —confesó—. Ni siquiera estaba allí, pero oigo el eco. Es lo primero que oigo cuando me despierto por la mañana. Es lo que oigo cada vez que sales de una habitación y quiero ir detrás de ti. Ha sido un recordatorio de que debía dejarte en paz. Podría haberte matado y yo no habría estado allí para protegerte porque estaba entre rejas. No pude protegerla a ella y no pude protegerte a ti.

Se me llenaron los ojos de lágrimas. Levanté los brazos y le sujeté el rostro entre las manos. Sentí la barba abrasiva contra las palmas de las manos.

—Lucian, cielo. Proteger a tu madre nunca fue tu responsabilidad. Ni tampoco mantener al mundo a salvo de tu padre.

—Que quede claro que eso es lo que llevo diciéndole durante años —intervino Emry.

—¿Por qué no te vas a quemar un guiso? —le preguntó Lucian sin ninguna maldad en el tono.

Emry rio por lo bajo.

—Traicioné tu confianza, eso lo admito —respondí—. Era joven e impulsiva y no soportaba la idea de que estuviera haciéndote daño. ¿Dices que oyes cómo se me rompe la muñeca en la cabeza? Pues yo lo oigo gritando y pegándote aquella noche. Es algo que todavía me acecha.

Lucian cerró los ojos.

—Sloane...

—No. Ahora me toca hablar a mí. Tenía miedo. Estaba tan asustada que me daba pánico salir y detenerle. Y temía que le hiciera daño a mi padre si se lo contaba. A lo mejor, si lo hubiera hecho, todo habría sido distinto. Pero nunca lo sabremos, porque llamé a emergencias como tú me pediste que no hiciera. Y vi cómo Wylie Ogden se te llevaba esposado, justo como sabías que ocurriría. Y nunca, nunca lo superaré. Si hubiera tomado otra decisión ese día, no sabrías cómo es el interior de una celda.

—Lo habría sabido tarde o temprano, porque solo había una forma de hacer que parara.

—Por eso llamé a emergencias. Porque no te habrías recuperado de eso, habrías pasado el resto de tu vida creyendo que eras igual que él. Lo cual, por cierto, significa que no te pareces en nada a él.

Inhaló de forma entrecortada y clavó la mirada en la mía.

—Pero pensar en todo lo que podría haber pasado es una pérdida de un tiempo que ambos sabemos que es muy valioso —continué—. Siento que hayas pasado toda la vida creyendo que estás maldito, que no mereces ser feliz. Me partes el corazón, Lucian, porque eres la persona más generosa que he conocido. Ves una necesidad que debe cubrirse y la cubres sin decir nada. No necesitas público o galardones. Has pasado toda la vida reparando errores al máximo. Y eso es muy heroico. Eres heroico.

—Yo no lo veo así. —Pronunció las palabras con voz queda, pero me había puesto las manos en las caderas y me sujetaba con suavidad.

—Lo sé. Y siento que hayas estado batallando con esa idea tú solo. Nada de lo que hizo tu padre, ni una sola cosa, es culpa tuya.

—Según él, todo era culpa mía. No tenía la habitación lo bastante limpia, mis notas no eran lo bastante buenas o no le llamaba señor lo bastante alto. Todo lo que hacía estaba mal.

No solo se me partía el corazón, sino que se me rompía en millones de pedazos. Me aferré a él con más fuerza.

—Tú no hiciste nada malo, Lucian. Todo fue culpa suya. Era un hombre roto que intentó romperte a ti, pero no lo consiguió. Ni siquiera en su mejor día habría sido capaz de estar a tu altura. Estoy orgullosa del niño que fuiste y del hombre en que te has convertido. Has recobrado el apellido familiar y has hecho que signifique algo bueno. No hay nada de él en ti, veo más a mi padre en tu forma de ser que al tuyo.

—Tengo mal genio, pero lo estoy trabajando. Lo he estado trabajando —señaló a Emry, que seguía devorando pistachos como una ardilla.

Reí por la nariz con nada de delicadeza.

—¿Y quién no tiene mal genio? Lo que importa es lo que elegimos hacer con él. Tu autocontrol es tan impresionante que resulta molesto. Y te lo dice una persona que ha dedicado la mayor parte de su vida adulta a intentar volverte loco.

Lucian sacudió la cabeza.

—Todo este tiempo he pensado que necesitaba perdonarte por lo que hiciste.

—¿Y ahora? —insistí.

—Igual que lo que ocurrió no era tu lucha, nunca has sido tú la que debía disculparse.

—Me da la sensación de que te estás preparando para pedirme perdón. ¿Tienes hambre o estás deshidratado? —le pregunté.

Me acarició la mejilla con los nudillos.

—No tienes que pedirme perdón, duendecilla, porque no tengo que perdonarte.

—¿Quieres una barrita de chocolate o algo por el estilo?

Sacudió la cabeza.

—Lo siento, Sloane. Siento haberte echado la culpa. Siento haberte puesto en esa situación y que pensaras que no te quedaba alternativa. Siento no haberte dicho nunca, hasta ahora, lo que quería de verdad o lo que necesitaba.

—¿Y qué necesitas ahora? —le pregunté en voz baja.

—A ti. Solo a ti. Siempre.

Me sentí completamente aterrada.

Había empezado a cerrar la distancia que nos separaba. Notaba su aliento cálido contra la cara y había empezado a esperar la sensación de sus labios sobre los míos.

—Creo que los dos habéis hecho un trabajo excelente esta noche —comentó Emry, y estropeó el momento como si fuera uno de esos tocadiscos rayados de las películas—. Sugiero que os toméis algo de tiempo para conoceros a un nivel más profundo e íntimo antes de tomar alguna decisión.

—¿Un tiempo? —repitió Lucian, como si las palabras le supieran amargas en la lengua.

—Tenéis muchas cosas que solucionar. Esto es la vida real, no es como en las películas, en las que un gran gesto convencerá a Sloane de que no te vas a cerrar en banda y volver a abandonarla —explicó Emry.

Ya había visto la expresión que le recorrió el bonito rostro. Le habían planteado un desafío y se sentía obligado a superarlo.

—Y ahora, ¿quién quiere algo de vino? —preguntó Emry.

—Yo —respondí con algo más que un indicio de desesperación.

Naomi: ¿Cómo van las cosas con Lucian?

Lina: ¿Te ha dejado salir ya del dormitorio o desaparecer de su vista?

Yo: Las cosas son... complicadas. Bueno, en el dormitorio no, pero sí en todo lo demás. Dice que está comprometido con lo nuestro, que no va a cambiar de opinión. Está diciendo todo lo que debe decir. Todo lo que llevaba años esperando que dijera. Pero sigo creyendo que sería una idiota si aceptara sin problemas que se va a quedar conmigo y a formar una familia.

Lina: ¿Y si te compra un castillo o algo así como símbolo de vuestro final feliz?

Yo: No me desagradaría la idea.

Naomi: ¿O a lo mejor su gran gesto será escuchar al psicólogo y, con el tiempo, demostrarte que te merece?

Yo: Genial. Pues jugaremos a «conocernos mejor» mientras los óvulos se me encogen como pasas. Es solo que no creo que pueda hacer nada que repare más de veinte años de desconfianza. O, por lo menos, no hasta que yo no sea más que un páramo estéril de infertilidad.

Naomi: Existen otras formas de ser madre.

Lina: Sí. Solo tienes que esperar a que tu gemela malvada abandone a la hija de la que no conocías su existencia.

Naomi: Estaba pensando más bien en la adopción, ¡pero os confirmo que lo de la gemela malvada funciona!

Lina: Eh, chicas, no es que quiera robaros el protagonismo, ¡pero me caso la semana que viene!

Yo: ¿Nash ya ha tenido una rabieta Morgan por las gipsófilas o todavía no?

Naomi: No va a haber ninguna rabieta. ¡Solo perfección nupcial!

CAPÍTULO CUARENTA Y CINCO

CORTA Y PEGA

LUCIAN

Nash: Buena suerte hoy. Más te vale que puedas caminar hasta el altar la semana que viene.

Knox: Oh, joder. ¿Es hoy cuando el chaval se convierte en un hombre?

Yo: Que os follen mucho a los dos.

Nash: Me siento poco querido y utilizado.

Knox: Sí, a lo mejor no deberíamos cumplir con nuestra parte del trato hasta que Lucy aprenda a ser amable.

Yo: Os odio a los dos y os voy a dar una paliza en cuanto me sea posible.

Respiré hondo y me enderecé la corbata delante del espejo. Por fuera parecía tranquilo, calmado, incluso un poco cabreado. Pero por dentro no era más que un manojo de… algo. Entrecerré los ojos ante el reflejo.

Era el puto Lucian Rollins. No me ponía nervioso por nada. Hacía que las cosas se pusieran nerviosas a mi paso.

Me ajusté los puños de las mangas una vez más, asentí delante del espejo y salí de la habitación para poner en marcha mi futuro.

Dicho futuro estaba sentado a la barra de desayuno y engullía una tortilla con unos vaqueros ajustados y un jersey rojo con parches en forma de fresas en los codos que la hacían parecer adorable y *sexy* al mismo tiempo.

—Vamos —le dije, e hice girar las llaves del Jaguar en el dedo índice.

Sloane levantó la cabeza y me fijé en que había esbozado una sonrisa rápida. Durante años, su primera reacción al verme había sido fruncir el ceño, así que no iba a subestimar esa sonrisa.

—No has desayunado —señaló, y echó un vistazo al reloj que llevaba en la muñeca—. Y todavía no son ni las siete y media.

Le di un beso en el entrecejo arrugado.

—Hoy no vamos a ir a la oficina.

—¿Adónde vamos? —preguntó, y me entrelazó los brazos alrededor del cuello.

—Es una sorpresa.

Volvió a fruncir el ceño.

—No habrás comprado un castillo, ¿verdad?

—¿Un castillo? —le pregunté mientras la guiaba hasta la puerta—. No. ¿Quieres uno?

—No estoy segura.

Cinco minutos más tarde, Sloane parecía todavía más preocupada.

—¿El urólogo? Oye, grandullón, meo muy bien después del sexo. No tengo ninguna infección del tracto urinario —comentó tras examinar el edificio que teníamos delante mientras yo cerraba el coche.

—Hemos venido por mí, no por ti —respondí inexpresivo.

—Ay, Dios. ¿Te he roto el pene con esa maniobra rotatoria?

—Todavía no, pero estoy seguro de que es solo cuestión de tiempo —le respondí, y le entregué las llaves.

—¿Estás enfermo? ¿Pasa algo? —Abrió mucho los ojos detrás de las gafas por la preocupación.

—Estoy bien —le aseguré, y sujeté la puerta de cristal para que pasara primero. La sala de espera era completamente de mármol, cuero y acero cromado. Había media docena de hombres de mi edad con revistas sobre el regazo, pero sin leerlas, y la mayoría lanzaba miradas nerviosas en dirección a la salida.

Sloane me siguió hasta el mostrador de recepción, en el que le dije mi nombre a la enfermera y acepté el portapapeles que me ofrecía.

—Lucian, ¿qué narices hacemos aquí? —siseó Sloane.

Me volví para mirarla.

—Me voy a revertir la vasectomía.

Lo que le salió por su boca no fue una frase, ni siquiera eran palabras. Fue como el lenguaje codificado de una civilización antigua.

—No era la reacción que esperaba. Ni siquiera has hablado mi idioma.

—Madre mía, ¿estás dispuesto a someterte a una cirugía en el pene solo para tener bebés conmigo? —anunció Sloane en voz alta a toda la sala de espera. Parecía a punto de desmayarse.

Le puse la mano en el brazo por si debía sujetarla.

—Es más bien en los testículos —le respondió un desconocido que llevaba una camiseta de golf, y le señaló el modelo en 3D de unas pelotas que había en la salita.

Agité la mano delante del rostro de Sloane.

—¿Duendecilla? ¿Sigues aquí?

—Creo que está en estado de *shock* —observó la mujer del tipo. Se levantó de la silla—. Ven conmigo, querida. Vamos a por un vaso de agua.

—Vasectomía. Bebés —murmuró Sloane—. Va a unirse lo que sea que le cortaran solo porque yo quiero tener una familia.

La mujer la guio hasta la zona de las bebidas y le sirvió un vaso de agua que le puso en las manos temblorosas.

—Bueno, querida, a algunos hombres les gusta sorprender a sus mujeres con joyas y otros las sorprenden con una cirugía en los genitales.

—No tengas miedo, colega —me dijo el marido—. Es entrar y salir, un pispás. Y luego puedes pasarte el resto del día en el sofá con hielo en los amiguitos. No es nada.

—Hazle caso, es su segunda vasectomía. «Snip snip» —intervino la mujer, que después me devolvió a Sloane—. Es un profesional.

—Di algo, Sloane —le pedí.

Me miraba fijamente con los ojos vidriosos y expresión aturdida. Nunca la había visto poner esa cara en toda su vida.

—Si no dices nada en los próximos diez segundos, voy a separar al primer profesional médico que vea del par de testículos en el que esté trabajando para que te examine.

Se dobló por la cintura y respiró hondo de forma dramática.

—Bueno, joder, Lucian. No sabía que ibas en serio, no sé cómo tomármelo. —Se irguió y arrugó la nariz—. ¿Qué pasa si no quiero tener hijos contigo?

—Sí que quieres —le aseguré con suficiencia.

—Tienes razón. Pero si tenemos hijos, vamos a tener que casarnos. No es que necesites estar casado para tener hijos, pero yo quiero hacerlo así. Quiero un compañero. No quiero ser una madre soltera a la que el padre solo le envía los cheques.

—Y, a juzgar por el traje, sería un cheque de la hostia —musitó la mujer en un tono que fue de todo menos un susurro.

—Vamos a casarnos, Sloane. Ya te lo he dicho.

—Je, se cree que puede decirle mierdas así —resolló el marido con tono divertido.

—Yo… No sé qué está pasando ahora mismo —dijo Sloane. Se alejó dos pasos de mí y después volvió a acercarse y me pellizcó—. Estás aquí de verdad y pareces real. ¿Soy real? ¿He entrado en una especie de dimensión alternativa? Madre mía, ¿me he convertido en la protagonista de *La Biblioteca de la Medianoche*?

—No te estás muriendo —le respondí.

—¿Te has leído *La Biblioteca de la Medianoche*? —El tono de voz le subió una octava.

—He leído todos los libros que escoges para el club de lectura —le expliqué.

—Pero ¿por qué?

—¿Que por qué? Joder, Sloane. ¿Por qué crees? Porque te quiero. Estoy enamorado de ti. Me he pasado los últimos veintipico años obsesionándome contigo en la distancia.

La mujer le dio un codazo a su marido.

—Tú nunca te has obsesionado conmigo en la distancia.

—Eso es porque lo máximo que te alejas de mí es para ir a las reuniones del club de lectura de tu hermana. A lo mejor, si te fueras más lejos, me darías la oportunidad de obsesionarme contigo —replicó.

Sloane se llevó las manos a la cara.

—Madre mía, no sé qué hacer o qué decir. Anoche, Emry nos dijo que nos tomáramos un tiempo. Y esto no lo es. ¡No ha pasado ni un día! Aunque no es que yo quiera esperar, porque lo más seguro es que mi fertilidad esté decayendo por momentos. Pero estaba segura de que no podías hacer nada para demostrarme que hablabas en serio. Y ahora… —Se interrumpió y me señaló la entrepierna.

—Duendecilla.

—No te rías de mí. Tengo derecho a ponerme histérica. Maldita sea —murmuró, y se frotó la frente—. Habría asimilado mejor que me compraras un castillo.

—Lo tendré en cuenta la próxima vez.

—Aún no entiendo por qué no podías recuperarte en casa —comentó Sloane mientras me ayudaba a desfilar por el acceso hasta el porche delantero.

—He pensado que te gustaría conducir el Jaguar y, además, ya me voy a recuperar en casa —le respondí. Era la verdad. La casa de los Walton era el único hogar de verdad que había conocido.

—Tienes que descansar y ponerte hielo. Es lo que ha dicho el médico —me recordó Sloane.

—Es una cirugía pequeña y sin hospitalización. Estoy bien —insistí mientras ella me sujetaba por los bíceps y subía las escaleras del porche de espaldas. Me dolía y tenía hambre, pero, sobre todo, estaba nervioso de narices por lo que venía a continuación.

Estaba tan absorta en ayudarme a subir las escaleras del porche que no se molestó en bajar la mirada hasta que estuvo enterrada hasta los tobillos en flores de cerezo.

—¿Qué narices…?

Tomé nota mental de darles una patada en el culo a Knox y Nash. Los hermanos Morgan se habían superado hasta la locura. Todo el porche delantero estaba enterrado bajo diez centímetros de flores de cerezo. Parecía que hubiera explotado una floristería.

—Sloane… —empecé.

—Vale, esto es todavía más raro que un montón de ratas muertas —decidió. Seguía aferrada a mí y miraba con el ceño fruncido el cerezo del jardín, cubierto de flores—. ¿De dónde han salido?

—De dos idiotas con buenas intenciones que están a punto de pasar a mejor vida. Ven aquí. —Caminamos a trompicones por la avalancha de pétalos rosas hasta el columpio del porche. Por suerte, el champán que había pedido estaba allí, encima de una mesa. Al lado había una botella de *whisky* que no había pedido y delante de ambas botellas había una caja de *pizza* grasienta del Dino's.

Sabía que tendría que haber llamado a Stef, no a Knox y Nash. Pero Stef estaba ocupado con su propio gran gesto.

—Lucian, ¿qué narices pasa? —me preguntó Sloane, que abrió la caja de *pizza* con sospecha.

Algo se movió entre los arbustos y me llamó la atención. Knox Morgan, vestido de camuflaje y con la cara pintada de verde, emergió de una azalea con el móvil. Levantó los pulgares.

—¿Qué. Cojones. Haces? —Moví los labios sin pronunciar ningún sonido.

—Grabarlo, capullo —respondió del mismo modo, y señaló el móvil.

Me incliné sobre la barandilla y lo volví a meter en el arbusto de un empujón.

—¿Lucian? —repitió Sloane.

—Me gustaría hablar contigo de una cosa —le dije mientras volvía a su lado.

Se me había subido el corazón a la garganta. Sentía los latidos en la cabeza a la vez que recorría la distancia que nos separaba.

Casi la había alcanzado cuando los primeros compases de «You're Still the One», de Shania Twain, empezaron a sonar detrás de una pícea que había en el lado opuesto de las escaleras del porche. Divisé el torso del uniforme de Nash detrás del árbol. Sujetaba el teléfono contra un megáfono.

Por eso la gente contrataba a profesionales.

—¿Por qué hay alcohol, *pizza* y media tonelada de flores de cerezo en mi porche delantero? —preguntó Sloane con nerviosismo.

Respiró hondo.

—Quererte ha sido una constante durante más de la mitad de mi vida. Pero ¿sentirme querido por ti? Es un puto milagro. Tú, duendecilla, eres mi puto milagro.

Sloane inhaló de forma temblorosa y sacudió la cabeza.

—No estoy preparada mentalmente para esto, Lucian —susurró.

—Sí, sí lo estás. Y yo también. Cásate conmigo, Sloane.

Se llevó las manos a los ojos sin dejar de sacudir la cabeza.

—¿Qué? —graznó.

—Ya me has oído. Me arrodillaría, pero no sé si ahora mismo sería capaz de volver a levantarme. Cásate conmigo. Sé mi esposa. Recuérdame cada día que soy mejor de lo que pienso. Enséñame lo que es que me quieras. Porque es lo que siempre he querido: ser lo bastante bueno para ti.

Le rocé la mejilla con la mano y después le entrelacé los dedos en el pelo. Emitió un sollozo ahogado.

—No llores, duendecilla —le supliqué, y le rocé la frente con los labios—. Me mata verte llorar.

—Pues no seas tan dulce conmigo —respondió en tono acusador.

—Espera un poquito y podremos volver a insultarnos —le prometí.

—Vale —respondió con un suspiro que sonó a hipo.

584

—Sloane Watson, te he querido durante tanto tiempo que no recuerdo cómo era mi vida antes de que mi corazón te perteneciera. El sentimiento ha cambiado a lo largo de los años, pero te he querido como amiga, como enemiga, como amante. Sería el mayor honor de mi vida que me dejaras quererte como mi esposa.

Dos lágrimas se deslizaron por sus mejillas, una tras otra.

—Cásate conmigo, Sloane. Sé mi mujer. Deja que comparta la vida contigo. Deja que te proteja y te quiera como sé que estoy listo para hacer.

La solté para sacar la cajita del bolsillo. Se abrió con un chasquido bajo.

El ruidito que le surgió de la boca fue un gemido sibilante y agudo que sonó como si una gaita se hubiera dado de bruces a toda velocidad con un acordeón.

Un segundo más tarde, se abalanzó sobre mis brazos y me hizo trastabillar un paso hacia atrás.

—¿Me lo tomo como un sí? —le pregunté entre los besos que empezó a plantarme en las mejillas y en la boca.

Se apartó de mí y me sujetó el rostro entre las manos.

—¡Sí! —gritó.

Reí con suavidad.

—Deja que te ponga el anillo, duendecilla.

—Dios, ojalá no acabaras de hacerte una «penesectomía» —comentó, y me ofreció la mano temblorosa.

Tendríamos que cortar esa parte del vídeo del compromiso, decidí mientras le deslizaba la banda suave y fría por el dedo.

—Madre mía, pesa como dos kilos. —Levantó la mano con reverencia para que el diamante codicioso le brillara a la luz del sol primaveral.

—Te compraré otro para que te lo pongas en la otra mano y haga contrapeso —le prometí mientras una alegría que no había sentido nunca me florecía en el pecho.

—¿Lucian? —preguntó con la voz quebrada.

—No lo estarás reconsiderando ya, ¿no? Pensaba que todo el tema de la reversión de la vasectomía me haría ganar tiempo hasta mañana, por lo menos, antes de que empezaras a entrar en pánico.

Sacudió la cabeza y se le volvieron a escapar las lágrimas.

—Tengo que decirte una cosa.

La sujeté por los brazos.

—¿El qué? Yo lo arreglaré, o compraré o destruiré.

—Te quiero.

Sus palabras, la sinceridad que se escondía tras ellas, me hicieron sentir como si mi estómago hubiera saltado por un barranco.

—Dilo otra vez —le ordené con voz ronca.

La sonrisa que me ofreció fue como un rayo de sol que me iluminó los rincones más oscuros del corazón.

—Te quiero, Lucian Rollins. Siempre te he querido. Y siempre te querré.

La besé. Con pasión. Le estampé la boca contra la suya mientras tiraba de su cuerpo hacia el mío.

—Jefe, vuelve a haber un 10-91 con gallos en el Pop 'N Stop.

—El anuncio de radio estático ahogó la música de Shania.

—Mierda, lo siento, Lucy —se disculpó Nash por el megáfono.

Sloane me dedicó una sonrisa radiante y, una vez más, me regodeé en la sensación de ser el héroe en vez del villano.

—Tu sonrisa hace que te quiera todavía más —le confesé.

—Lo mismo digo, grandullón.

—No puedo esperar a despertarme mañana por la mañana y recordar este momento —admití.

—Te quiero, Lucian. Aunque lleves traje en la cama y seas un esnob con las marcas de mantequilla de cacahuete.

—Y yo a ti, Sloane. Aunque vayas a sacarme de quicio las veinticuatro horas del día durante el resto de mi vida.

—Me encantaría que pudiéramos acostarnos ahora mismo —comentó—. Pero aprecio que vayamos despacio.

—Te lo compensaré en cuanto el doctor o Google me den el visto. bueno. El que me lo dé antes.

La volví a besar, lento y con pasión.

—Naomi me va a dar una paliza por no contárselo —oí que murmuraba Knox en la distancia.

—Dile que forma parte del código de los hombres —le aconsejó Nash.

—Mi madre se va a poner histérica —predijo Sloane.

Karen: ¡Bienvenido a la familia, mi futuro yerno favorito!

Maeve: No la cagues.

Chloe: Tío Lucian, como minidama de honor, te paso unos cuantos vestidos de diseño que creo que me quedarían genial para la ceremonia y el banquete.

CAPÍTULO CUARENTA Y SEIS

LOS LIBROS SALVAN VIDAS

SLOANE

—Deja de sacudir la pierna —le ordenó Jeremiah a Lina, que parecía a punto de levantarse de un salto de la silla de la peluquería.

Era una tarde perfecta de primavera y nos encontrábamos en el Whisky Clipper, la moderna barbería/peluquería de Knockemout, acicalándonos para el ensayo de la boda de Lina y Nash esa misma tarde. La barbería/peluquería estaba a rebosar para ser un viernes por la tarde. El *basset hound* de Knox, Waylon, estaba tumbado en el suelo mordisqueando un hueso mientras Knox le recortaba el bigote lustroso a Vernon Quigg. Naomi no dejaba de lanzar grititos de sorpresa al ver el recogido elegante que le hacía la estilista, Anastasia.

La gerente de Knox y hermana de Jeremiah, Fi, estaba detrás del ordenador del mostrador con Waylay mientras la niña de doce años la enseñaba a utilizar el nuevo programa de planificación.

Stef y yo estábamos sentados en el sofá de cuero que había junto al escaparate y éramos testigos del caos. Me habían recogido el pelo en una coleta larga y coqueta por la que sabía que mi prometido, el maldito Lucian Rollins, me agarraría antes de que acabara la noche.

La novia fulminó a Jeremiah con la mirada a través del espejo mientras él le despeinaba el pelo corto y oscuro hacia los lados.

—Yo no me sacudo, el que te sacudes eres tú.

—Es bastante divertido ver a la tranquila y serena Lina al borde de un ataque de nervios —musité.

Stef, pensativo, dio un trago al *whisky* y siguió con el ceño fruncido.

—No me está dando un ataque de nervios —replicó Lina, que, obviamente, se había ofendido.

—Sí, sí que te está dando un ataque de nervios —dijimos a coro todos los ocupantes de la tienda excepto Stef.

—Que os den a todos —gruñó, y se cruzó de brazos debajo de la capa.

—¿Estás bien? —le pregunté a Stef. Miraba fijamente a Jeremiah y parecía completamente abatido.

—Estoy de maravilla. —Se puso en pie con aspecto de estar de todo menos de maravilla, y se rellenó el vaso de *whisky* con uno de los decantadores de la estantería.

—¡Chis!

Levanté la mirada. Waylay señaló en dirección a Stef con la cabeza.

—¿Qué le pasa? —preguntó sin hacer ningún sonido.

Me encogí de hombros e hice una mueca.

Jeremiah giró la silla de Lina para que lo mirara.

—Escúchame, fiera malota y preciosa. Me parece que no estás nerviosa por casarte, sino por la boda.

—¿Es que hay diferencia? —preguntó Lina con brusquedad.

—Te he visto con Nash. Te ilusiona estar casada con él y empezar una vida juntos. No dejes que los nervios del día de la boda te hagan dudar de eso.

Lina abrió la boca y después volvió a cerrarla.

—Vaya —respondió.

Naomi hizo girar la silla para mirar a la futura novia de frente.

—Tiene razón. No a todo el mundo le entusiasma ser la novia y ser el centro de atención durante todo el día. Pero te conozco. Y sé que estás emocionada por ser la esposa de alguien.

A Lina se le relajaron los hombros.

—Ay, gracias a Dios. Pensaba que me pasaba algo.

—No, pero a mí sí que me pasa algo —anunció Stef, que se bebió de un trago el *whisky* que se acababa de servir y dejó el vaso en la mesa con un golpe seco.

Fi se sacó la piruleta de la boca.

—Eh... ¿Qué pasa?

A Waylon se le cayó el hueso de la boca y se acercó a los pies de Stef dando saltitos. Stef se acercó a Jeremiah a zancadas.

—Tu apartamento da asco —anunció.

Apreté los labios para contener la risa.

—La verdad es que sí —coincidió Fi—. ¿A quién se le ocurre desmontar una moto en el salón?

—Vale... —respondió Jeremiah con cautela.

—Da asco y no tienes espacio suficiente en el armario, pero creo que deberíamos irnos a vivir juntos —soltó Stef.

—Ay, madre —susurró Fi, que abrazó a Waylay con una llave de cabeza.

—Sé que no hemos hablado de futuro y sé que lo más probable es que mudarme aquí sea una estupidez, pero tú vives aquí —continuó sin dejar de mirar a Jeremiah. Después se volvió hacia Naomi—. Y tú. Vivís todos aquí. Aquí tengo una familia y, cuanto más lo pienso, más locura me parece estar lejos de vosotros.

Jeremiah bajó la mirada y se estudió la punta de las botas. Lina y yo intercambiamos una mirada con los ojos muy abiertos.

—Supongo que ya no tendrás que vender tu mitad del negocio después de todo —le dijo Knox a su socio.

Todas las cabezas se volvieron hacia Jeremiah, que había empezado a sonreír.

—Supongo que no.

—¿Ibas a vender tu parte? —repitió Stef—. ¿Por qué narices ibas a hacer algo así? Adoras este sitio.

—Pero a ti te adoro más —le respondió Jeremiah tranquilamente, sin armar revuelo.

Sus palabras hicieron que se me llenaran los ojos de lágrimas.

—Y por eso es tan importante la comunicación, joder —intervino Knox, que cruzó los brazos musculosos.

—¿En serio? —preguntó Lina con una sonrisa de suficiencia—. Tiene delito que lo digas tú.

—Que te den. He evolucionado y esas mierdas —replicó Knox.

—¿Qué narices pasa aquí? Este mostacho no se va a recortar solo. —Vernon se había apartado la toalla caliente de los ojos.

Naomi le dedicó una sonrisa radiante a su marido. Waylay puso los ojos en blanco.

—Espera un momento —comentó Stef, agitando las manos—. Me he tomado muchísimo *whisky* en muy poco tiempo. ¿Dices que te parece bien que vivamos juntos, aunque te pida que te mudes de tu apartamento que huele a diésel?

Jeremiah empezó a acercarse a él muy despacio.

—Digo que podemos comprarnos una casa, o una granja, o una finca, o lo que tú quieras.

Stef había empezado a asentir y a tragar saliva.

—Sí, vale. Me parece... bien.

Jeremiah le tomó las manos a Stef.

—Digo que seamos una familia... con nuestras familias.

—Madre mía. —Respiré hondo y saqué el teléfono móvil para grabar el momento.

—¿Qué quieres decir, Jer? —le preguntó Stef.

—Digo que nos mudemos. Que nos casemos. Que lo hagamos todo. Te he esperado muchísimo tiempo. Vamos a empezar ya.

Naomi se llevó las manos a las mejillas.

—No te atrevas a ponerte a llorar, Flor —le ordenó Knox con brusquedad. Abandonó a Vernon y se acercó a su mujer.

—Ay, madre. Ahora se van a dar el lote —predijo Waylay, que puso los ojos en blanco y volvió a centrar la atención en la actualización de *software*—. Os voy a cobrar extra por las molestias.

—Sí —respondió Stef, que parecía aturdido—. Sí, sí a todo lo que has dicho.

A Naomi se le escapó un sollozo muy fuerte. Knox soltó una palabrota.

Fi se levantó de la silla de un salto y la piruleta salió volando.

—¡Mi hermano pequeño se va a casar y a mudarse de ese apartamento de mala muerte!

Waylon se acercó a paso tranquilo y se puso a lamer el caramelo en el suelo.

—Suelta, Way —gruñó Knox.

—Se refiere a ti —le aclaró Waylay al perro sin apartar la mirada del monitor.

—Sacad el champán —ordenó Vernon, que empezó a chocarle la mano a todo el mundo y a esparcir el olor a loción para después del afeitado.

Me puse en la fila para darles la enhorabuena.

—Vamos a criar a nuestras familias todos juntos —comentó Naomi con voz temblorosa.

—No me hagas ponerme a llorar, Witty. Se me hinchan los ojos cuando lloro, y esta noche tengo que estar deslumbrante —protestó Lina.

Familia. Hacía tan solo unos meses, me había dado cuenta de que era lo que más quería en el mundo. Y ahora, gracias a Lucian y a esas mujeres, volvería a haber vida en mi casa. Más fiestas. Más celebraciones. Más amor. Más risas.

Sentí una punzada de dolor. A mi padre le habría encantado todo esto. Se habría puesto loco de contento y habría empezado a organizar fiestas de compromiso, a escribir brindis divertidos y a practicar el baile de padre e hija. Lo echaba tanto de menos que me dolía respirar.

«Te quiero, papá», pensé. «Gracias por todo».

Como si me leyera la mente, Naomi me apretó la muñeca. La misma que un monstruo me había roto hacía tantos años. Y el hijo de ese monstruo había conseguido reensamblar los pedazos rotos de su vida y me había curado el corazón roto a mí en el proceso.

—¡Nos vamos a casar! —chilló Stef, y levantó la mano que había entrelazado con la de Jeremiah.

Nos abalanzamos sobre la parejita feliz. Incluso Knox y Waylay se unieron al abrazo.

Me sonó el móvil mientras conducía hasta casa con el pelo increíble y el corazón a rebosar de felicidad.

—No te vas a creer lo que ha pasado hoy, grandullón —anuncié nada más responder al teléfono.

—Pues resulta que yo también tengo noticias para ti —resonó la voz suave como la mantequilla de Lucian por los altavoces del Jeep—. Tú primero.

—Stef le ha pedido a Jeremiah que se vayan a vivir juntos, ¡y Jeremiah le ha pedido matrimonio!

—Pues sí que ha evolucionado rápido la cosa —bromeó.

—Me muero de ganas de que llegue la boda. Las bodas de gais son lo mejor —respondí muy feliz mientras giraba para entrar en mi calle—. Ahora cuéntame tú lo tuyo. ¿Es bueno o malo?

—Son muy buenas noticias. Acabo de salir de una sesión informativa con la agente especial Idler. Al parecer, la empresa fantasma de Hugo sobornaba a funcionarios para que asignaran a ciertos prisioneros a sus cárceles privadas. Solo acaban de empezar a indagar y resulta que varios jueces, fiscales e incluso algunos agentes locales también recibían sobornos muy ilegales. Cuanto mayor fuera la sentencia, mayor el soborno.

—Vaya —respondí.

—La lista preliminar incluye al no tan honorable juez Dirk Atkins.

—¿El Dirk Atkins que se negó a reconsiderar la sentencia de Mary Louise?

—El mismo —respondió Lucian con suficiencia—. Idler me ha prometido que revisará el caso de Mary Louise personalmente. Hay muchas posibilidades de que, con la investigación, se anulen la mayoría de las sentencias.

—¿Anular? —chillé—. ¿La sacarán de la cárcel?

—Llevará un tiempo, pero haré todo lo posible por apresurar la decisión. Debería estar fuera antes de la graduación de Allen —continuó Lucian.

Mi respuesta fue un sollozo entrecortado.

—Sloane. —Lucian pronunció mi nombre en tono áspero y afectuoso.

—Estoy muy contenta —susurré entre lágrimas.

—Sí, ya lo noto —contestó en tono frío.

—Dios, cómo te quiero.

—Pues prepárate para decirlo de verdad, porque he conseguido que tú y Fran podáis llamar a Mary Louise en cinco minutos para contarle las buenas noticias.

—Madre mía, Lucian —respondí, y entré en el acceso a mi casa a toda velocidad—. Me voy a quedar sin tiempo para hacerte mamadas cuando el médico te dé el visto bueno.

—Estoy seguro de que conseguirás hacerme hueco —comentó—. Ahora ve a llamar a Mary Louise.

—Aprecio la llamada, pero, como ya dije, no voy a cambiar de opinión. No voy a poner a mi hijo en peligro solo por contar mi historia —anunció Mary Louise justo después de que nos hubiéramos saludado.

—¿Por qué no se lo cuentas tú? —me dijo Fran desde la pantalla del portátil. Llevaba un jersey de punto amarillo canario con hilos brillantes.

A mí solo me faltó saltar de la silla.

—Mary Louise, no vas a tener que contar tu historia y no tendremos que apelar, pero, aun así, te irás a casa pronto.

Se le paralizó el rostro y luego se le empezaron a abrir mucho los ojos.

—Lo siento, creo que le ha pasado algo a la conexión. Me ha parecido que decías…

—Es cierto —le confirmó Fran—. El juez está implicado en unos negocios sospechosos y, una vez comience la investigación, van a revisar todos sus casos a fondo. Empezando por el tuyo.

—El juez y todos los implicados van a caer, así que no solo no tendrás que hacer nada, sino que además ya no tendrás que volver a preocuparte por que haya represalias —le prometí. Sabía que Lucian me ayudaría a cumplir la promesa.

Mary Louise se llevó las manos a la cara y se cubrió los ojos.

—No me lo creo, de verdad que no me lo puedo creer.

—Créetelo —le aconsejó Fran con una sonrisa, algo excepcional en ella—. Esto es lo que creo que podemos esperar…

Mientras la abogada revisaba con ella los siguientes pasos a dar, me puse a hojear las páginas del archivo de Mary Louise sin prestarle mucha atención. Había perdido muchos años. Le habían robado mucho tiempo. Era lo que le podría haber ocurrido a Lucian hacía años.

Y todo porque existía gente muy avariciosa a la que solo le importaba llenarse los bolsillos. Esperaba que pagaran por ello, todos y cada uno. Lucian y yo nos aseguraríamos de que así fuera, incluso mientras nos acostumbrábamos a nuestra nueva normalidad y empezábamos a construir una vida juntos.

Y Mary Louise recuperaría su vida.

Se me volvió a nublar la visión por las lágrimas. Pestañeé para contenerlas y fijé la mirada en las páginas del escritorio. Había un nombre muy familiar en una de ellas que me llamó la atención y fruncí el ceño. Era una copia del expediente de arresto de Mary Louise. «Agente de la detención: jefe Wylie Odgen».

El corazón me dio un vuelco.

Lucian había mencionado que Hugo tenía agentes de la policía local en nómina en su trama de corrupción en las cárceles. ¿Wylie sería uno de ellos? Estaba claro que había seguido las reglas cuando era jefe de policía, había dejado que sus amigos salieran libres y aplicado mano dura sobre ciudadanos por los que no sentía ningún tipo de lealtad.

Se me ocurrió otra idea que me golpeó como un ladrillo en la cara. Era amigo de Tate Dilton, que había estado metido hasta el cuello en los crímenes de la familia Hugo. ¿Y si había sido Wylie el que los había presentado?

Los latidos del corazón me resonaban por la cabeza. Tenía que llamar a Lucian. Y a Nash.

—Estaremos en contacto en cuanto tengamos más información, pero queríamos que supieras que tus días en ese sitio están oficialmente contados —le estaba explicando Fran, que hizo que volviera a centrar la atención en el portátil.

A Mary Louise le temblaban los hombros mientras lloraba en silencio. De repente, dejó caer las manos.

—Mi niño, ¿Allen ya lo sabe?

Me deshice del estupor y me obligué a sonreír.

—Todavía no, hemos pensado que le gustaría que fueras tú quien le contara la buena noticia…

La imagen del portátil y toda la electricidad de la casa se desconectaron de golpe.

—Maldita sea —murmuré. Los apagones siempre se producían en los momentos más inoportunos.

Agarré el expediente de arresto y estaba buscando el número de Lucian en el móvil cuando sonó el timbre.

Corrí hasta la puerta de entrada, con la esperanza de que fuera Nash por algo relacionado con la boda, y la abrí de un tirón. Pero no era Nash. No. El hombre que pisaba mi nuevo felpudo con las botas sucias era Wylie Ogden. Sujetaba una caja llena de libros y le colgaba un palillo rojo del labio inferior.

«Me cago en la puta».

«Relájate», me dije a mí misma. «No sabe que lo sabes. Joder, ni siquiera yo sé si lo sé».

—Hola, Wylie —lo saludé en un tono que sonó extremadamente sospechoso—. ¿Qué puedo hacer por ti?

—Los he recogido en una liquidación de patrimonio y he pensado que los querrías para la biblioteca. Qué pena lo del incendio.

El incendio que él podía haber provocado. El incendio. La nota. Las ratas del porche. Ay, Dios. Sentí un cosquilleo en la nariz. ¿Era…?

—El palillo huele a canela —le dije con voz estrangulada.

—Es un hábito familiar —respondió—. Mi padre siempre llevaba palillos de canela encima cuando yo era pequeño. Quería ser igual que él desde que empecé a andar.

No estaba muy segura de qué respondería una persona normal a algo así, por lo que le obsequié con mi mejor sonrisa falsa.

—Bueno, pues muchas gracias por tu generosidad. Si te parece bien, ya los cojo yo —le dije, y alargué las manos hacia la caja.

—Pesa bastante y soy un caballero. Insisto.

Excepto darle un empujón para apartarlo de la puerta y cerrársela en la cara, no sabía qué debía hacer a continuación. Si hacía eso, sabría que lo había descubierto.

—Puedes dejarlos aquí mismo, en el suelo. Los revisaré después de la boda de Nash. De hecho, llegará en cualquier momento para recogerme —mentí alegremente.

—Lo sabe.

La voz ronca de acento sureño que resonó a mis espaldas hizo que se me fuera toda la sangre de la cara.

Giré sobre los talones de las medias y me topé frente a frente con el juez Atkins, que estaba en el pasillo y empuñaba una pistola con lo que parecía un silenciador enroscado al cañón.

—Eh, eso no es un martillo de juez —bromeé estúpidamente.

—Cierra la puerta, Ogden —ordenó Atkins.

Wylie dejó los libros en el suelo y, a continuación, cerró la puerta y echó el cerrojo con obediencia.

—No hace falta que seas tan brusco —protestó Wylie. Estaba nervioso: no dejaba de pasar el peso del cuerpo de un pie al otro y de lanzar miradas furtivas a su alrededor. Hizo que yo me pusiera todavía más nerviosa.

—Sabe lo suficiente para estar muerta de miedo porque hayas llamado a la puerta, ¿a que sí? —preguntó el juez, y agitó la pistola en mi dirección.

Eché un vistazo a mi alrededor para intentar idear un plan de acción. Si echaba a correr, suponía que el juez no tendría ningún escrúpulo en dispararme por la espalda. Pero era una rata rábida y, si intentaba luchar contra él, acabaría con toda la parte delantera llena de agujeros, y me gustaba mucho ese vestido. Además, no llevaba zapatos, así que la adherencia y las patadas supondrían un problema.

Como mínimo, tenía que guardar el expediente de arresto en alguna parte en la que Lucian fuera a encontrarlo. Él ya ataría cabos.

Posé la mirada sobre una de las cámaras ocultas más cercanas que Lucian había pedido que instalaran en el salón. Pero la luz estaba apagada. Se me encogió el corazón al deducir que habían cortado la corriente y el wifi.

Dejé caer el expediente y levanté las manos hasta la cabeza muy despacio para demostrarles que no suponía una amenaza.

—¿Cuál es el plan, chicos? Es un pueblo pequeño. Hay muchas posibilidades de que alguien os haya visto en el porche o escalando la verja.

—Yo solo he venido a donar unos libros —me recordó Wylie, y se sacó una pistola de la cinturilla de los pantalones de viejo. Genial. Ahora estaba rodeada por dos tipos malos con pistolas—. Y estabas bien cuando me he ido.

Iba a vomitar. Por todas partes.

—Y yo no estoy aquí. Estoy en una cena romántica con mi mujer para celebrar nuestro aniversario —añadió Atkins con una sonrisa malvada—. Y todas las pruebas se quemarán en el incendio.

El hombre pretendía dispararme y prenderle fuego a la casa. Casi sentía lástima por él, porque Lucian no iba a parar hasta que destruyera todo lo que era sagrado para Atkins.

—Mira, no sé por qué crees que tienes que hacer esto. ¿De verdad es necesario? Quiero decir, has aceptado algunos sobornos de una cárcel y le has prendido fuego a una biblioteca pública, no es como si hubieras matado a alguien.

—No voy a dejar que una rubita destruya mi legado solo por un puñado de dólares —anunció el juez—. Meter a delincuentes entre rejas ha sido la obra de toda mi vida.

Sí, el cabrón era un maldito héroe.

—Deberías haber hecho caso a mis advertencias —intervino Wylie con tristeza—. No tendría que haber acabado así.

Me planteé contarles que el FBI los acechaba a los dos, pero lo descarté. Me querían muerta para protegerse. Si sentían que no tenían nada que perder, seguramente no se mostrarían tan dispuestos a dejarme con vida.

—¿Dónde lo vamos a hacer? —preguntó Wylie.

—¿Te parece que me importa una mierda dónde matar a la chica? —le espetó Atkins.

—¿Qué os parece el jardín delantero? —sugerí en tono débil.

—La llevaremos a la parte posterior de la casa —decidió Wylie, y me apuntó con la pistola. Pero vi algo en su mirada. Algo significativo. Desvió la vista al carrito de biblioteca que había justo en la entrada del salón y después hacia mí. Estaba lleno hasta arriba de *thrillers* muy gruesos.

598

Bajó la barbilla hacia mí y asentí una vez.

—Vamos —comentó, y señaló el salón con la mano para que entrara.

Entré en la habitación y la pared me ocultó levemente de la vista del juez. Rezando para no haber malinterpretado las señales, agarré el extremo del carrito y lo empujé con todas mis fuerzas justo cuando Atkins doblaba la esquina.

Se oyó un crujido, un gruñido y un disparo apagado, seguido de tres disparos ruidosos y rápidos.

Me pasé la mano por el torso y me sentí excepcionalmente aliviada cuando no me encontré agujeros ni en el cuerpo ni en el vestido.

—Hijo de puta —balbuceó Atkins mientras derramaba una cantidad copiosa de sangre sobre el suelo de madera por las heridas del cuello, el pecho y el torso.

—Ay, madre mía, madre mía —coreé mientras Wylie recogía la pistola de Atkins—. ¿Qué hacemos ahora?

—Lamento mucho tener que hacerte esto, Sloane, pero tienes que entenderlo —comentó Wylie, y me apuntó con ambas pistolas.

—¿En serio, Wylie? ¿Por qué coño sigues queriendo dispararme? —chillé.

—Tengo que eliminar cabos sueltos. Si desaparecéis el juez y tú, no quedará nadie que pueda señalarme. El dinero que me pagaba Hugo no era nada comparado con el que recibió Atkins. Unos cuantos miles de dólares por aquí y por allá. Ni siquiera me importaban. Solo me importaba el trabajo.

El trabajo del que había abusado. El trabajo que Nash le había quitado.

—¿Qué más da que ganara un poquito de dinero extra? El sueldo de un jefe de policía no es para tirar cohetes. Me sentía orgulloso de mi trabajo y Nash Morgan me lo arrebató. Ni de broma voy a dejar que su amiguita se lleve también mi reputación.

Cerré los ojos durante un instante cuando caí en la cuenta.

—Fuiste tú quien puso el nombre de Nash en la lista, ¿verdad?

—No quería desaprovechar la oportunidad. Metzer estaba elaborando una lista y yo lo ayudé. Y por el favor me dejó añadir un nombre más.

Sacudí la cabeza.

—Así que fuiste tú el que lo puso todo en marcha.

—Tengo un legado que proteger. Es lo único que me queda. —Se encogió de hombros.

—Lo tuyo no es un legado, es un patrón de mal comportamiento.

—No sabes lo que cuesta proteger a todo un pueblo.

—Ah, ¿no? Bueno, pues es evidente que tú tampoco. Metiste a un chico de diecisiete años en la cárcel y dejaste que el violento de su padre casi matara a su madre porque erais coleguitas de pesca.

—Di lo que quieras, porque no me importa. Esta noche solo saldrá de aquí uno de los dos, y no serás tú.

—¿Qué vas a hacer? ¿Dispararme con la pistola del juez?

—Pues me parece un buen plan.

Oí el chirrido de unos neumáticos en la carretera de enfrente y recé por que la ayuda viniera de camino.

—Nadie se va a creer que te has topado por casualidad con un juez del distrito mientras me amenazaba y le has disparado —le dije.

Esbozó una sonrisa torcida.

—Ya se lo creyeron una vez.

Tardé un poco en captar lo que había querido decir.

—¡Por Dios! No mataste a Tate para proteger a Nash, lo mataste para protegerte a ti mismo.

—Esperé hasta que apretó el gatillo con la esperanza de que o bien se ocuparía de Nash por mí o se habría quedado sin munición. El muy cabrón nunca aprendió a contar las balas. No me gustó hacerlo, era mi amigo. Pero Tate era demasiado imprevisible y, tarde o temprano, habría abierto la puta boca delante de la persona equivocada.

—Así que mataste a tu amigo.

—Según el informe oficial, disparé a un hombre para defender a un agente de la ley —me corrigió.

—¿Y qué va a decir el informe oficial esta vez?

Se encogió de hombros.

—Yo solo he venido a devolver los libros de la biblioteca.

Iba a hacerlo. Iba a dispararme y a arruinarles la cena de ensayo a Nash y Lina. Agarré un libro de tapa dura muy pesado de la mesita auxiliar y se lo lancé a Wylie a la cabeza. Oí cómo se disparaban las dos pistolas mientras me lanzaba por encima del sofá.

Aterricé mal y me golpeé la mandíbula contra el borde afilado de la pata de la consola. Volaron más balas y esa vez atravesaron el sofá. Rodé sobre mí misma, conseguí ponerme en pie y corrí agachada por todo el salón, tirando las sillas a mi paso.

Estaba cerca, pero yo me conocía cada centímetro de la casa. Corrí como un rayo por la cocina, pero al final cambié de opinión y subí las escaleras de dos en dos.

Las sirenas se oían cada vez más cerca.

—No puedes huir de mí —gritó Wylie al pie de las escaleras.

—¡Y tú no puedes esperar que me quede quieta para que me dispares!

Puso una bota en las escaleras.

Un borrón peludo me pasó de largo en el descansillo mientras subía al segundo piso a toda prisa. Después oí un golpe y una palabrota amortiguada.

Menos mal que existían los gatos cabrones. Miau Miau acababa de ganarme unos segundos muy valiosos.

Me impulsé para subir los últimos escalones y me choqué de frente con un cuerpo masculino y firme. Me estaba preparando para darle un puntapié cuando me taparon la boca con una mano y me levantaron del suelo.

CAPÍTULO CUARENTA Y SIETE

ERRORES SUBSANADOS

LUCIAN

—Deja de dar patadas, duendecilla —le dije entre dientes mientras cerraba la puerta del dormitorio y echaba el cerrojo.

Solté a mi prometida, que no había dejado de sacudirse, y se dio la vuelta para mirarme. Llevaba el vestido de noche de color rosa que yo había escogido, porque se le pegaba a las curvas en los mejores sitios. Tenía el pelo recogido en una coleta alta de color platino, pero se le habían escapado mechones por todas partes. Las gafas verde primavera que llevaba solo servían para que le brillaran los ojos todavía más. Tenía un corte en la mandíbula que no le dejaba de sangrar.

—Lo voy a matar —anuncié. La furia había brotado en mi interior como una flor letal.

Sloane se abalanzó sobre mí y me abrazó con fuerza.

—No puedes. Es Wylie.

—Lo sé. He visto las imágenes de seguridad antes de que cortaran la luz.

—Me ha hecho creer que iba a ayudarme y después ha disparado al juez. Ah, sí. El juez también ha venido, pero creo que está muerto en el vestíbulo. Y después ha intentado dispararme. Wylie, no el juez muerto. Y fue él quien puso el nombre de Nash en la lista, no Dilton. Madre mía, y asesinó a Dilton para callarlo, no para salvar a Nash. ¡Estoy hecha una furia! ¿Sabes cuánto voy a tardar en sacar las manchas de sangre del suelo de madera? ¡Y le prendieron fuego a mi biblioteca!

Las palabras le surgieron en un aluvión de indignación, pero la explicación solo sirvió para que se prendiera una mecha dentro de mí.

—No puedes esconderte de mí lo suficiente para permanecer con vida, Sloane. Te mataré antes de que llegue la policía —anunció Wylie desde el pasillo. Oímos las pisadas de las botas y el crujido de las puertas cuando empezó a revisar las habitaciones.

Se oían las sirenas en la distancia. Yo acababa de entrar en el acceso a la casa cuando oí los disparos. Había sentido como si me arrebataran años de mi vida.

Saqué un pañuelo limpio de la cómoda y se lo apreté a Sloane contra la mandíbula.

—¡Ay!

—Venga, cariño. —La arrastré hasta el asiento de la ventana.

Se subió al cojín rápidamente y pasó una pierna por el alféizar de la ventana, que yo había dejado abierta.

—Vamos —me dijo.

Sacudí la cabeza.

—Tú primero. Me aseguraré de que no te vea en el tejado.

—Lucian. —Hizo una mueca.

—Sloane, ¡vete!

Las pisadas se acercaban cada vez más y el cerrojo de la puerta no serviría ni para contener a un *golden retriever* a rebosar de energía.

—No pienso dejarte aquí —respondió con cabezonería.

Le sujeté la cara entre las manos.

—Duendecilla, necesito que esta vez confíes en mí. Confía en que puedo ocuparme de esto. Te lo estoy pidiendo, pero, en un segundo, te lo ordenaré. Tengo que ocuparme de esto, y no puedo hacerlo si me preocupa que pueda dispararte. Confía en mí.

El picaporte se movió y al ruido le siguió la carcajada histérica de Wylie.

—Sé que estás ahí, muchacha.

—Uf, vale. Pero también confío en que no lo mates —comentó Sloane.

—No te prometo nada.

Pasó la otra pierna por el alféizar.

—No me decepciones.

«Mujeres».

—Ah, y otra cosa, lleva dos pistolas. La suya y la del juez.

Iba a hacer que pareciera que había visto cómo el juez me asesinaba.

Las sirenas bramaban al final de la calle y una clase de ira que no había sentido nunca hizo que lo viera todo rojo.

La empujé para que se alejara de la ventana y saliera al techo del porche.

—Te quiero. Ahora vete de aquí de una puta vez.

—Yo también te quiero. No acabes en la cárcel —susurró.

Cerré las cortinas tras ella justo cuando Wylie le dio una patada muy fuerte a la puerta. Con el segundo golpe, se abrió de par en par y rebotó justo cuando yo cruzaba la habitación a toda prisa y me pegaba a la pared.

El cañón de una pistola con silenciador apareció en mi campo de visión.

—Sal, sal de dondequiera que...

Le golpeé el brazo con el mío en un arco circular y rápido. Choqué el antebrazo contra el suyo, lo agarré y lo arrastré al interior de la habitación.

—¡Hijo de puta!

—Más bien soy el hijo de un cabrón —rugí mientras peleábamos por tomar el control del arma.

—Tu padre era un buen hombre, pero tú eras un mocoso inútil que se creía mejor que los demás.

—Yo era mejor que él. Ya me lo quitaste todo una vez, no voy a dejar que vuelva a suceder, viejo. —Le di un codazo en la mandíbula y aulló de dolor. Se le cayó la pistola al suelo y le di una patada para meterla debajo de la cama—. Le has hecho daño. La has amenazado, le quemaste la biblioteca y la has hecho sangrar —rugí por encima del aullido de las sirenas.

Tenía la mirada azul inyectada en sangre y suplicante.

—No deberías haberte metido. Ninguno de los dos debía involucrarse.

—Y tú deberías haber ido a la cárcel, no yo, hijo de puta. Voy a asegurarme de que todos los que hayan oído hablar de ti sepan exactamente la clase de hombre que eres.

Me empujó para hacerme retroceder dos pasos y se lo permití. Oí pasos en las escaleras, pero aquello era entre él y yo.

—Será mejor que te lleves las manos a la nuca para que el jefe pueda esposarte. Estaba deseando que llegara esta detención —lo provoqué.

En un movimiento demasiado rápido para un cabrón de su edad, Wylie se llevó la mano a la espalda y sacó la segunda pistola. Pero yo ya me había puesto en marcha.

Apretó el gatillo justo cuando el primer policía llegaba a la primera planta. Me hice a un lado y no dejé de arremeter contra él como un tren de mercancías.

Eché el puño hacia atrás y lo solté. Conectó con su mandíbula y Wylie Ogden se desplomó como si estuviera hecho de papel.

La pistola estaba justo ahí. Podía hacerme con ella y acabar con él, con todo el dolor que había causado a lo largo de su vida. Pero era mejor que eso. Era mejor que los hombres como Ogden y mi padre. Tenía a Sloane para demostrarlo. Tenía una vida por delante con ella y no permitiría que nada la hiciera peligrar.

Nash entró en la habitación con el arma en ristre y un chaleco antibalas sobre lo que parecía un traje decente.

—El sospechoso ha caído —informó por la radio sin quitarme la vista de encima—. ¿Todo bien?

Asentí bruscamente.

—Sí.

—Gracias a Dios. No quería tener que hacer el papeleo.

—Creo que te interesará esperar a que se despierte antes de ponerle las esposas personalmente. Fue él quien escribió tu nombre en la lista, no Dilton.

—Hijo de puta —murmuró Nash entre dientes—. Tiene suerte de que Lina no esté aquí. Oye, estás sangrando.

—Joder.

—¡Lucian! —Un borrón rubio y rosa vino volando hacia mí, y Sloane se lanzó a mis brazos.

—Ten cuidado, Sloaney —le advirtió Nash—. Le ha disparado.

—¿Te ha disparado? —Intentó zafarse de mí.

—¿Adónde te crees que vas? —le pregunté.

—Lo voy a matar —anunció, y se dirigió a la puerta.

La agarré por la cintura y tiré de ella hacia atrás.

—No, no lo harás. No quiero que nuestra primera vez después de revertir la vasectomía sea durante una visita conyugal.

Sloane gruñó a modo de respuesta. Reí y la cargué hasta el columpio del porche, en el que de repente nos rodearon varios técnicos de emergencias.

—No ha dejado que la curáramos hasta que usted saliera —explicó el primero mientras empezaba a limpiarle la herida a Sloane. Ella hizo una mueca y la sostuve contra mí.

—¿Estás bien? ¿Te duele? —le pregunté con voz ronca.

—Solo cuando sonrío, así que mañana, cuando se casen dos de nuestros mejores amigos, será un asco.

—Odio verte herida —confesé.

—A mí tampoco me hace mucha gracia que te hayan disparado, grandullón.

Le planté un beso en la coronilla.

—Tengo malas noticias —continuó Sloane mientras se tiraba de la falda del vestido.

—¿Qué pasa?

—Además de haberme arruinado el vestido, parece que uno de los disparos ha salido por la ventana del estudio de papá y le ha dado a la rama baja del cerezo. Se ha roto cuando bajaba por él.

Al parecer, todos íbamos a conservar cicatrices como recuerdo de ese día.

—Lo arreglaremos —le prometí. Aunque tuviera que llamar a un puto equipo de podadores, ni de broma iba a dejar que la maldad y la codicia destruyeran algo que significaba tanto para mí.

—Es una herida limpia —dijo la otra técnica de emergencias mientras me examinaba la herida—. Si llega a ser tres o cuatro centímetros más arriba, habríamos tenido un problema muy grave.

Sloane se aferró a mi mano en silencio mientras nos curaban.

La calle había quedado bloqueada por los vehículos de emergencias, pero una multitud de curiosos ya había empezado a reunirse.

Knox, Naomi, Waylay, Lina, Stef y Jeremiah estaban apiñados al otro lado de las barreras policiales, vestidos con su ropa elegante de la cena de ensayo. La mayoría de los habitantes de Knockemout también habían acudido y observaban mientras acompañaban a un Wylie Ogden adormilado por el acceso de la casa hasta el asiento trasero de un coche patrulla.

Pensé con satisfacción que, con la puerta del coche patrulla, también se cerraba un círculo.

—Quedaos aquí los dos. Bannerjee volverá enseguida a tomaros declaración —nos ordenó el sargento Hopper.

Esperaba tener una sensación de victoria al ver cómo el hombre que casi me había arruinado la vida se enfrentaba a la humillación y al final de su vida tal y como la conocía. En lugar de eso, sentí una oleada de frustración ante el sinsentido de la situación. La avaricia no solo destruía a los avariciosos. No. La búsqueda de poder corrompía y arruinaba todo lo que tocaban. Los hombres como mi padre, como Hugo, Ogden y Atkins, dejaban un rastro de destrucción a su paso. ¿Y por qué? ¿Por dinero? ¿Poder? ¿Respeto?

Yo también había perseguido todas esas cosas, pero no había suma en dólares que pudiera compararse con la mujer que tenía entre los brazos.

El chirrido de unos neumáticos llamó mi atención y vi cómo Nolan se subía a la acera con un deportivo utilitario y bajaba de él de un salto. Subió los escalones del porche de dos en dos y después se quedó paralizado al verme.

—¡Menos mal, hostia puta! —exclamó, se puso la mano sobre el corazón de un manotazo y procedió a placarme sobre el columpio.

La risa de Sloane fue como música para mis oídos.

—¡Ay! Me han disparado, no matado, y no eres un *golden retriever*. Quítate de encima, joder —protesté.

Nolan hizo una mueca, pero no me soltó.

—Te soltaría si pudiera, pero me he mareado en el puto helicóptero. No sé si voy a vomitar o a desmayarme.

—Me da igual lo que vayas a hacer, pero no lo hagas encima de mí.

—Yo me encargo —intervino Sloane, que se levantó del columpio y rodeó a Nolan con el brazo—. Vamos, a ver si Naomi tiene algún dulce en el bolso. Te sentirás mejor.

Nolan se volvió para mirarme.

—Me alegro de que no estés muerto, jefe.

—Ya somos dos —coincidí.

Observé a mi prometida mientras guiaba a Nolan hasta las barreras y lo dejaba con nuestros amigos. Sloane quedó sepultada de inmediato por sus abrazos de preocupación, pero luchó con valentía contra ellos y volvió hasta mí.

Extendí los brazos y ella se dejó caer sobre mi regazo y me apoyó la cara vendada en el pecho mientras a nuestro alrededor reinaba el caos. Empujé el suelo con el pie para que el columpio se balanceara con suavidad.

Levantó la mano y se miró el anillo de compromiso.

—Gracias por no ponerte en plan homicida con Wylie.

—Gracias a ti por confiar en mí… y por advertirme de que había una segunda pistola.

Se acurrucó más contra mi lado y dejó escapar un suspiro de satisfacción.

—¿Crees que esto del disparo retrasará todavía más los momentos *sexys*?

—Si nuestra casa no estuviera repleta de agentes de policía y no tuviéramos que acudir a una cena de ensayo, ahora mismo estarías desnuda.

CAPÍTULO CUARENTA Y OCHO

LAS PAREJITAS FELICES

SLOANE

La tela de la carpa nupcial se abrió y entró el guapo de mi prometido, que, con el traje que llevaba puesto, tenía el aspecto de los siete pecados capitales.

Naomi, que le daba palmaditas en la espalda a Lina mientras esta hiperventilaba en una bolsa de papel, levantó la mirada y sonrió. Lina lo saludó con la mano.

—¿Va todo bien, señoritas? —preguntó Lucian.

—Estoy enamoradísima de mi marido, pero, madre mía, Lucian. Pareces el sexo personificado —comentó Naomi con los ojos como platos.

Lina dejó caer la bolsa de papel.

—Dime que Nash ha llegado y que todavía quiere seguir adelante con esto, Buenorro Trajeado.

Lucian esbozó una sonrisa capaz de incinerar bragas.

—Tu futuro marido está cavando una zanja en el suelo de tanto moverse de un lado a otro y no deja de murmurar que se muere de ganas de verte.

—Ay, menos mal —exclamó Lina, y se dejó caer en la silla.

—Por si te sirve de consuelo, le van a temblar las piernas cuando te vea con ese vestido —predijo.

—Gracias, jefe —respondió ella débilmente.

Centró toda la atención en mí y me sentí como una flor bajo la luz del sol de primavera.

—¿Puedo llevarme a mi prometida un momento? —preguntó.

—Claro —respondió la novia.

—Trae más champán cuando vuelvas —sugirió Naomi, que señaló con la cabeza la botella vacía que había sobre la hierba.

Me faltó salir de la tienda dando saltitos.

Fuera hacía un día primaveral deslumbrante. Era cálido y soleado, y el cielo no podía ser más azul. El canto de los pájaros y el balbuceo del arroyo proporcionaban el fondo perfecto a las canciones *country* lentas que tocaba la banda. Nash y Lina habían optado por comenzar su vida juntos en la extensión de terreno herbosa en la que pensaban construirse una casa.

La ceremonia y el banquete se celebrarían bajo una carpa blanca enorme junto al arroyo. Parecía que habían invitado a todos los habitantes de Knockemout.

Lucian me alejó de allí y tiró de mí para ocultarme detrás de un roble.

—¿Qué pasa...?

No conseguí decir nada más porque Lucian posó la boca sobre la mía en un beso de los que te roban el aliento y hacen que te cedan las piernas.

—Ostras —jadeé cuando se separó de mí.

—Esa ha sido la primera orden del día. Ahora a por la segunda —comentó—. Dime una fecha.

—¿Para qué quieres que te diga una fecha? —Seguía teniendo el cerebro hecho un lío después del beso.

—Quiero escoger el día. El de la boda. —Echó un vistazo a la alegría caótica que nos rodeaba—. No quiero esperar, ya he malgastado demasiado tiempo. Tener que ver cómo caminas hasta el altar hoy y que sea para la boda de otra persona me vuelve loco.

—Nochebuena.

Se quedó muy quieto y se tensó. Había centrado toda la atención en mí. Su rostro era un conjunto de ángulos y líneas firmes perfectas, pero su expresión era de una dulzura exquisita.

—Nochebuena —repitió.

Asentí.

—Las últimas Navidades fueron muy difíciles. ¿Por qué no hacemos que las de este año pasen a la historia?

Lucian tragó saliva con fuerza, pero después asintió.

—Nochebuena —volvió a decir con voz áspera.

Le rodeé el cuello con los brazos y le obsequié con una sonrisa radiante.

—Te quiero, grandullón. Es estúpido lo mucho que te quiero.

Me atrajo hacia él con fuerza y después hizo una mueca.

—Pobre bebé, ¿es por el balazo o por la cirugía de testículos? —bromeé.

—Por ambos.

Lina no desfiló hasta el altar, llegó a él a zancadas. Su padre casi tuvo que ir al trote para seguir el ritmo de sus pasos largos y resueltos. No apartó la mirada del rostro de Nash ni un segundo. Y cuando la feliz pareja se tomó de la mano y se miró a los ojos con esa alegría tan cegadora, todo el cortejo nupcial rompió a llorar. Bueno, vale. Lloramos Naomi y yo. Knox y Lucian se mostraron bastante estoicos y machos.

Lucian me observó durante toda la ceremonia con esa intensidad infernal que lo caracterizaba. Cuando nos reunimos para volver a recorrer el pasillo juntos, me entregó un pañuelo nuevo.

Bailamos, reímos y lloramos un poco más, bautizando con amor el sitio exacto en el que Nash y Lina construirían su hogar.

Apenas me aparté de los brazos de Lucian en toda la tarde. Allí me sentía segura. Ese era mi lugar. Después del caos aterrador del día anterior, de repente me sentía… libre. Como si la última de las sombras que se cernía sobre nuestro grupo, sobre nuestra ciudad, se hubiera disuelto por fin. Con Anthony Hugo y Wylie Ogden en la cárcel y el juez Atkins en la morgue, por fin habíamos atravesado el bosque oscuro y llegado al otro lado.

Era el principio de nuestro final feliz.

La celebración continuó cuando cayó la noche. Liza J. bailó como loca con Wraith, el motero atractivo. Junto a ellos en la pista de baile, Maeve y Kurt se mecían de un lado a otro mientras se miraban a los ojos con intensidad. Nolan y su futura esposa de nuevo, Callie, estaban rodeados por mi madre, sus amigas y varias botellas vacías de vino. Los padres de Naomi se encontraban en mitad de una partida de *cornhole* muy competitiva con los padres de Lina. Chloe y Waylay estaban sentadas en la mesa principal vacía y devoraban los postres.

Parecía que la mitad de Knockemout estaba como una cuba en la pista de baile. La otra mitad (incluido todo el departamento de policía) estaba en la barra. La comisaría de Lawlerville había sido muy amable al prestarle a Nash algunos policías para que los suyos pudieran celebrar la boda con él.

Mientras Lucian y yo bailábamos una canción de Chris Stapleton, Stef y Jeremiah aparecieron muy sonrientes. Cada uno sujetaba dos botellas de champán.

—¿Vamos? —preguntó Stef, que hizo un gesto con la cabeza hacia la noche.

—Nosotros llevamos las copas —me ofrecí.

Lucian y yo fuimos a buscar a los novios, que se estaban despidiendo del padre de Nash. La sobriedad de Duke seguía siendo nueva para la familia. Cogimos ocho copas de champán y nos abrimos paso en la oscuridad hasta un sitio tranquilo del prado en el que ya nos esperaban Stef, Jeremiah, Knox y Naomi.

—Por la parejita feliz —comentó Stef después de que Jeremiah me llenara la copa.

Lina, que estaba radiante y preciosa como novia, sacudió la cabeza.

—Por las parejitas felices —corrigió.

—Que vivamos todos felices y comamos perdices —añadí.

—¡Salud!

Nos sentamos en la hierba y bebimos champán mientras escuchábamos la sinfonía de risas, música y ranas de la noche.

Lucian me atrajo hacia su regazo y me enterró el rostro en el cuello.

—Casados, casados, prometidos, prometidos —dijo Knox, señalando a cada una de las parejas de nuestro círculo—. La cosa va la hostia de rápido por aquí.

—¿Habéis elegido la fecha? —les pregunté a Stef y Jeremiah.

—Stef necesita como mínimo un año para planear «la boda del siglo» —bromeó Jeremiah.

—¡Oye! Naomi y yo llevamos soñando con nuestras bodas desde que éramos críos —respondió Stef a la defensiva.

—Pero no os caséis en Nochebuena —comentó Lucian. Me tomó de la mano y me plantó un beso en el anillo de compromiso—. Ese día está reservado.

Lina y Naomi chillaron.

—¡Habéis decidido la fecha!

—Ninguno de vosotros está invitado —bromeó Lucian.

—Estáis todos invitados —lo corregí.

Lucian «Lucifer» Rollins sería mi marido. Y yo sería su mujer. Íbamos a pasar el resto de nuestras vidas formando una familia… y volviéndonos completamente locos el uno al otro.

No sabía si era por el champán, por las lágrimas de felicidad, o si mi padre estaba obrando un milagro divino, pero nunca había visto brillar tanto las estrellas.

—Te quiero, duendecilla —me susurró Lucian contra el pelo, y siguió trazándome la cicatriz de la muñeca con el pulgar.

EPÍLOGO

UNA BODA NAVIDEÑA

SLOANE

La mañana del 24 de diciembre había amanecido fría y despejada y con una montaña de nieve que había caído y se había acomodado durante la semana. Era perfecta para dar un efecto navideño, pero no impediría que los invitados se desplazaran, según la organizadora de bodas que Lucian había contratado porque Naomi y Knox estaban ocupados con las visitas a especialistas en fertilidad.

La organizadora de bodas, Tiffany, lo había preparado todo hasta casi matarnos.

La casa estaba llena de gente. Incluso en ese momento, se oían risas desde la planta baja, donde la gente a la que más quería en el mundo se preparaba para celebrar el día con nosotros. Lo más seguro era que Lina estuviera comparando la barriguita de embarazada con la mujer de Nolan, Callie, mientras todos los demás se arrancaban con el champán.

Habíamos decidido casarnos en casa y Lucian no había escatimado en la decoración para nuestra primera Navidad juntos. La ceremonia se celebraría dentro y el banquete, en el jardín. De algún modo, Lucian se las había arreglado para que el jardín entero cupiera debajo de una carpa grande y climatizada con todos los arreglos glamurosos para que el evento fuera inolvidable. El altar estaba cubierto de flores de cerezo, que estaban tan fuera de temporada que ni siquiera sabía cuánto se habría gastado para conseguirlos. Seguro que había contratado a unos científicos para que clonaran nuestro árbol.

Tiffany, con un presupuesto ilimitado y un novio que quería lo mejor de todo, había estado como en el paraíso de los organizadores de bodas. Su gestión de los detalles y los horarios era aterradora, y por eso me había escondido en el dormitorio.

Había enviado a la mitad del cortejo nupcial y a mi madre al piso de abajo para que recibieran a Mary Louise y Allen, que acababan de llegar, y así poder tomarme un momento a solas para ponerme histérica.

Estaba vestida y maquillada, me había puesto los zapatos y estaba lista para empezar. Así que había entrado en pánico.

No haber visto a Lucian desde la cena de ensayo (durante la cual, por suerte, no había ocurrido ninguna catástrofe) me había despertado los nervios.

Empecé a caminar de un lado a otro, engalanada con el vestido de novia más romántico y perfecto de la historia, y me puse a pensar en lo lejos que habíamos llegado en los últimos meses.

Lucian se había empeñado en que todos mis deseos se hicieran realidad, empezando por redecorar el baño e instalar no uno, sino dos rociadores de efecto lluvia y un montón de chorros en la ducha, y siguiendo con acabar la biblioteca en tiempo récord y añadirle un montón de parafernalias por las que todo el pueblo seguía emocionado.

Me acomodé la falda de satén del vestido con nerviosismo mientras recorría la habitación.

Por muy contenta que estuviera por la ocasión, seguía sintiendo el vacío que había dejado la ausencia de mi padre. Saber lo orgulloso que se habría sentido de llevarme hasta el altar, lo mucho que le habría encantado interrogar a Kurt, el ahora prometido de Maeve, sobre el plan de estudios del curso y lo mucho que habría bailado con mamá hasta que le dolieran los pies hacía que siguiera teniendo el corazón un poquito roto.

—Mierda. No te pongas a llorar ahora o te vas a estropear el maquillaje de ojos —me advertí a mí misma.

Tiffany me mataría si tenía que pedirle al maquillador que volviera.

Me abaniqué los ojos con las manos y me puse a pensar en cosas que no fueran tristes. Como el hecho de que Wylie Ogden siguiera en la cárcel y nunca más tuviera la oportunidad de hacer daño a alguien a quien quisiera. Y que Lucian trabajara desde casa dos días a la semana y fuera a la oficina (a menudo en helicóptero) el resto de días. Y que todo el pueblo hubiera asistido a la gran reapertura de la biblioteca.

Mierda. Volvía a estar emocionada. Deseaba que Lucian estuviera allí conmigo. Siempre sabía cómo tranquilizarme... o sacarme de quicio, dependiendo de la situación.

Me planteé enviarle un mensaje y luego me acordé de que Naomi me había quitado el móvil para documentar el gran día sin que tuviera que hacerlo yo.

Me sobresalté con unos golpecitos en la ventana. Giré en un remolino voluminoso de tafetán y satén y vi al maldito Lucian Rollins vestido con un esmoquin, agachado en el techo del porche.

Corrí hacia la ventana justo cuando él la abría.

—Creía que daba mala suerte ver a la novia antes de la boda —le espeté, a pesar de que había empezado a tirar de él para que entrara.

Se quedó allí de pie mirándome fijamente y después sacudió la cabeza despacio.

—No creo en la mala suerte. Ya no. —Esbozó una sonrisa irresistible.

—¿Qué te parece? —le pregunté, y empecé a dar vueltas delante de él.

—Creo que eres la novia más hermosa que he visto en mi vida y que soy el hombre más afortunado del mundo.

Decidí que lo decía por el corsé, que me acentuaba el pecho. Dejé de dar vueltas y me lancé a sus brazos.

—Buena respuesta.

—¿Sigues estando segura de todo? —me preguntó. Me inclinó la barbilla hacia arriba para mirarme a los ojos.

—¿De casarme contigo?

—De casarte conmigo, de las dos semanas en Fiji, de la acogida. De todo.

Cuando volviéramos de nuestra luna de miel, que iba a ser *sexy* en exceso, empezaríamos el proceso de solicitud para convertirnos en padres de acogida. Nuestros intentos de engendrar de la forma tradicional seguían en marcha y disfrutábamos muchísimo de ellos, pero ninguno de los dos quería esperar más para empezar a formar una familia.

—Completamente —le prometí. Esa vez se me llenaron los ojos de lágrimas muy rápido—. Gracias por hacer que todos mis sueños se hagan realidad, grandullón.

Lucian me pasó un pulgar por debajo del ojo para atrapar la lágrima que se me había escapado.

—Es todo lo que siempre he querido hacer —respondió con seriedad.

—¡No! ¡No! Para ahora mismo —le ordené, y me aparté de su abrazo—. Deja de ser tan dulce o lloraré y me estropearé todo el maquillaje y Tiffany me da muchísimo miedo. Es capaz de cancelar la boda.

—Dime qué necesitas —comentó, y una sonrisa suave le curvó los labios.

—Necesito que me hagas uno de tus discursos insultantes. No te contengas —insistí, y le hice un gesto para que comenzara.

Esbozó una sonrisa malvada.

—Contrólate, Sloane. ¿Quieres parecerte a Alice Cooper en nuestro reportaje de bodas, que va a salir en varias publicaciones por todo el país? Te creía más dura.

—Bien, muy bien. Continúa.

—Como vea que se te cae una sola lágrima por esa cara tan preciosa antes de recorrer el camino hasta mí en el puto altar, le diré a Tiffany que queremos que nos organice todas las fiestas de aniversario durante el resto de nuestras vidas.

Se me escapó un grito ahogado.

—¡Qué cruel!

—No te comportes como un puto bebé.

—¿Yo? Más vale que te controles tú, ya que eres el que ha soñado con este momento desde la primera vez que escalaste ese maldito cerezo —repliqué.

—Te alegrará saber que ese «maldito cerezo» del que hablas ya vuelve a soportar mi peso. Los tres podadores han hecho un trabajo excelente.

—Muy bien. Sigue distrayéndome —respondí.

—Tengo algo para ti.

—¡Maldita sea, Lucifer!

—Te aguantas —dijo, y me entregó un sobre de ricachón muy grueso.

—¿Dónde compras esta clase de material de papelería? ¿En el supermercado de los ricos? —Le agité el sobre blanco debajo de la nariz.

—No seas ridícula, ya sabes que lo compro en el Ricos R Us.

Puse los ojos en blanco, abrí el sobre pijo y saqué los papeles que contenía.

—Es un montón de jerga legal. ¿Acabas de regalarme un acuerdo prematrimonial? Ya te dije que no me importaría firmar uno.

Entonces fue su turno para poner los ojos en blanco. Lucian hojeó las páginas y le dio unos golpecitos a una con el dedo.

—No es un acuerdo prematrimonial, duendecilla. Es una donación y el papeleo para que la Fundación Simon Walton se haga oficial.

—Madre mía, grandullón. —Clavé la mirada directamente en la cifra—. ¿Es un número de teléfono? ¿O es una donación increíblemente alta?

—Has hecho un buen trabajo y esta suma te permitirá continuar. E incluso contratar a unos cuantos empleados a jornada completa.

Levanté la mirada hacia él, impactada.

—¿Como Mary Louise?

—¿Quién mejor para lidiar con el día a día? Y he pensado que a lo mejor a Allen le interesaría unirse a la lucha oficialmente ahora que ha aprobado el examen. También he pensado, aunque es decisión tuya, que mi madre sería una buena incorporación.

Poco después de la pelea, Kayla había empezado a acudir a terapia. Ella y Lucian se habían reconciliado rápidamente y por fin Kayla se tomaba en serio su independencia. En el proceso, ella y mi madre se las habían arreglado para hacerse amigas.

Miré fijamente la página y las palabras y los números empezaron a emborronarse ante mis ojos.

—Vas a ponerte a llorar otra vez, ¿no?

—No, no es cierto, capullo. Dios, ¿por qué tienes que hacer regalos tan emotivos? Eres un cretino. —Sorbí por la nariz.

—Contrólate o me veré obligado a desatar a Tiffany.

Mientras pestañeaba para contener las lágrimas, crucé la habitación hasta la mesilla de noche y busqué el paquete envuelto que había escondido en el cajón.

—Esto es para ti —le dije, y se lo entregué.

Mientras abría el envoltorio con cuidado, empecé a abanicarme los ojos otra vez.

—¿Qué es? —preguntó. Después le dio la vuelta al marco. Se quedó quieto como una estatua y pareció que un escultor enamorado lo había tallado en mármol.

Era una foto del verano en la que aparecíamos Maeve, mamá, Chloe y yo en el porche delantero. Lucian sonreía en el medio y nos rodeaba con los brazos de forma protectora. Debajo de la fotografía había un pedazo de papel. El último mensaje que mi padre le había enviado.

«Si pudiera haber elegido un hijo en esta vida, te habría elegido a ti. Cuida de mis chicas».

Lucian tragó saliva con fuerza. Abrió la boca, pero no pronunció ni una sola palabra. Y cuando se tapó los ojos con la mano libre, supe que había dado en el clavo.

—Esto es... —empezó con voz ronca. Y cuando levantó la mirada, tenía los ojos grises enrojecidos y tan llenos de amor que me quedé sin respiración.

Agité una mano entre nosotros.

—Ni se te ocurra. Tienes que controlarte, Lucifer, porque si te derrumbas tú, yo también.

Extendió los brazos hacia mí y me atrajo hacia su pecho.

—Estaría muy orgulloso de ti, Lucian —le dije en un susurro entrecortado—. Lo presiento. No cabría en sí de orgullo y estaría muy feliz por nosotros.

Un escalofrío silencioso recorrió al hombre al que amaba, el hombre que había recibido un balazo por mí, el hombre que había reconstruido mis sueños.

—Te quiero muchísimo, Lucian. Siempre te he querido.

Se separó de mí y me miró sin dejar de sujetarme las muñecas con las manos fuertes.

—Todo lo que he hecho ha sido por ti, Sloane. Porque siempre has sido tú.

—Esto es todo lo que siempre he querido, Lucian —confesé—. Tú eres lo que siempre he querido.

—Y que digas eso, en mis brazos y con mi anillo en el dedo, es todo lo que siempre he deseado yo.

Emry ofició la ceremonia y tuvo que parar varias veces para sonarse la nariz ruidosamente con un pañuelo holgado.

Sloane no caminó hasta el altar. Corrió y se lanzó a los brazos de Lucian. Pronunciaron los votos abrazados.

Cuando el oficiante preguntó: «¿Quién va a entregar a la novia?», Karen Walton se puso en pie y respondió: «Su padre y yo». Nadie pudo contener las lágrimas durante el resto de la ceremonia.

Nolan lloró y envolvió a Lucian en un abrazo de oso. La mujer de Nolan fotografió el abrazo con su cámara y Petula la enmarcó para la oficina.

La primera vez que Sloane y Lucian bailaron como marido y mujer, lo hicieron al son de «From This Moment On», de Shania Twain.

Lina se llevó a Sloane y Naomi a un lado para susurrarles la palabra «mellizos» en la pista de baile.

Knox, Nash y su padre se abrazaron en la pista de baile.

A la familia le sorprendió descubrir que el árbol de Navidad del porche tenía un nuevo ángel decorativo que se parecía muchísimo a Simon Walton. Nadie sabe de dónde salió, pero todo el mundo estuvo de acuerdo en que parecía guiñar el ojo.

EPÍLOGO EXTRA

FELICES PARA SIEMPRE

LUCIAN

Más o menos una década después

La Nochebuena siempre era caótica en nuestra casa. Era tradición que toda la familia se reuniera cada año para celebrar una cena de fiestas y aniversario repleta de excesos. La familia había crecido de forma considerable a lo largo de los años.

En nuestro núcleo familiar había dos perros, la ahora anciana y todavía sentenciosa Miau Miau y un acuario de agua salada muy caro en el que un pez con mal genio había procedido a comerse a todos los demás hasta que un pez payaso muy bonito y pequeño le había dado una paliza. Sloane lo había llamado Lucian.

A pesar de haberme ofrecido, como cada año, a contratar una empresa de *catering,* las mujeres (y Stef) habían ocupado la cocina y habían estado bebiendo vino, riendo y cocinando durante horas mientras los hombres nos ocupábamos de los niños más pequeños.

Teníamos muchas tradiciones y éramos muchos los que las seguíamos. Debería haberme parecido abrumador, pero, cada vez que se abría la puerta principal y entraba un rostro familiar cargado de regalos y abrigado por el frío, otra de las piezas rotas de mi interior se recomponía.

Aunque nunca lo admitiría. Después de todo, era el puto Lucian Rollins. Y, aunque había empezado a trabajar a media jornada en mi propia empresa, seguía siendo un hijo de puta que daba miedo.

Excepto para mi familia, claro.

Entré en la cocina con mi primera nieta en brazos. Amara era una bebé diminuta y pelona y llevaba un mono de Navidad que le quedaba demasiado grande. No la había soltado desde que había llegado. Sloane se acercó a nosotros y le dio un beso en la mejilla a Amara y después a mí.

—Estás muy guapo, abuelo —bromeó.

Nuestro hijo mayor, Caden, tenía veinticinco años. Acabábamos de finalizar su adopción y la de su hermana Caitlin, ambos del sistema de acogida, cuando Sloane se quedó embarazada de nuestro primer bebé, un niño al que habíamos llamado Simon. En el transcurso de cuatro meses, habíamos pasado de tener cero hijos a tener tres. Y habíamos añadido a la cuarta, Juliana, tan solo un año después.

Lancé una mirada ardiente a mi mujer, una promesa de lo que estaba por venir.

Me guiñó el ojo y después me preguntó:

—¿Cuándo llegará la familia de Nolan?

—Vendrán mañana por la noche, justo a tiempo para la fiesta de Navidad de Stef y Jeremiah.

Stef había comprado la granja de caballos Red Dog a las afueras del pueblo y la había transformado en un *spa* de lujo. Cada año nos reuníamos allí para un banquete de *catering*. Knox entró a la cocina con su hija más pequeña encima del hombro. Se detuvo el tiempo suficiente para que Gilly estirara la mano y robara dos galletas de la bandeja.

—¡Vikingo y minivikinga, os habéis metido en un buen lío! —gritó Naomi a sus espaldas.

—¿Alguien necesita algo? ¿Un trago? ¿Un paño limpio? ¿Un poco de cordura? —les ofrecí tras admirar las bandejas de comida.

—Vino —corearon todos al mismo tiempo.

—Lou, necesitamos vino en la cocina —le rugí al padre de Naomi, que, junto al padre de Lina, se encargaba del bar que habíamos montado en el salón. Amara me miró con los ojos como platos y después se echó a reír.

—¿Cómo está mi pequeña? —preguntó Waylay, y empezó a hacerle carantoñas a su hija, acurrucada en mis brazos.

Por un golpe del destino, Caden y Waylay habían unido a las dos familias oficialmente tras superar años de amistad y enamorarse en la universidad. Yo seguía pensando que eran muy jóvenes para haberse lanzado a esa clase de compromiso, pero Sloane me había hecho prometer que me guardaría las preocupaciones para mí mismo.

Tal y como había señalado mi preciosa mujer, si habíamos hecho bien nuestro trabajo, Caden sería un adulto equilibrado y productivo que sabría lo que quería. De momento, la predicción parecía acertada. Hasta Emry, que se encontraba en la sala de estar con su mujer, Sacha, con un jersey de Janucá e intentaba explicarles a los mellizos de Nash cómo funcionaba el *dreidel,* me había asegurado que parecían una pareja feliz y sana.

—¡Toc toc! —exclamó una voz alegre desde la puerta de entrada.

—Vamos a ver quién es —le dije a Amara. Llegamos a tiempo de ver a mi suegra, Karen, cruzar la puerta con mi madre, los novios de ambas y las maletas. Seguía evitando juzgar a ambos hombres. A pesar de que Max, de pecho fuerte y ancho, había cautivado a Karen en las clases de salsa, y el veterano ganador de un corazón púrpura, José, miraba a mi madre como si hubiera dado a luz al sol, la luna y todo lo demás, no estaba preparado para confiar en ninguno de los dos por completo.

Las bisabuelas se disolvieron en chillidos de felicidad y me arrancaron a Amara de los brazos.

Mi mujer, cubierta de harina, apareció y empezó a repartir abrazos y besos.

—Las habitaciones están listas. La cena es en una hora y el vino ya está abierto —anunció.

—Nosotros nos ocupamos de las maletas —se ofreció José, y utilizó el brazo bueno para cargar la bolsa de mi madre. Aunque tenía un brazo amputado por encima del codo, el hombre era tan bueno en todo que resultaba molesto. Lo cual solo servía para hacer que quisiera encontrar su punto débil todavía más.

Karen suspiró mientras observaba cómo Max se dirigía a la escalera.

—Dime la verdad, ¿soy demasiado mayor para esto?

—¿Demasiado mayor para qué? —preguntó Sloane, que me rodeó la cintura con el brazo.

—Para estar tan… enamorada.

—Nunca se es demasiado mayor —le aseguró mi madre con empatía, y me guiñó el ojo mientras mecía a Amara en la cintura. Todavía me estaba acostumbrando a que mi madre se mostrara tan segura de sí misma. Y ella todavía se estaba acostumbrando al Lucian hombre de familia. Pero habíamos conseguido que funcionara.

—Mamá, es como si papá lo hubiera escogido personalmente para ti. Es encantador —respondió Sloane.

—Lo es, ¿verdad? Y hablando de encantador, ¿cuándo van a llegar Maeve y Kurt? —preguntó Karen.

—Maeve me acaba de enviar un mensaje. Chloe y su novia acaban de llegar, así que estarán aquí en unos minutos —anunció Sloane.

—Me muero de ganas de conocer a la mujer que ha conseguido que Chloe deje de hablar el tiempo suficiente para enamorarse —comentó Karen con una sonrisa.

Algo peludo me llamó la atención y vi a Miau Miau escondida detrás de las cortinas de la ventana delantera.

Knox gruñó de manera teatral desde el salón y saltó a las cuatro patas. Se oyó a dos niños gritar y echaron a correr por el pasillo con tres perros siguiéndoles los talones. Knox se rio hasta que tuvo que ponerse en pie.

—Maldita sea, esto de ser de mediana edad da asco —protestó.

Todos éramos más mayores y cada vez nos dolían más cosas al salir de la cama por la mañana, pero nunca me había sentido mejor en toda mi vida. Formar parte de ese circo de familia me había curado muchísimas cicatrices que no sabía que tenía. Y había dejado de hacerme tatuajes sobre las cicatrices físicas después de ver cómo mi mujer llevaba las suyas como una medalla de honor.

—¡Ho, ho, ho! —Duke Morgan, el padre de Knox y Nash, apareció tras la puerta abierta. Iba vestido de Papá Noel y su mujer, de Mamá Noel. En el porche había un saco de terciopelo a rebosar de regalos.

—El abuelo Noel ha llegado —gritó Nash, que iba de uniforme porque estaba de servicio. Tenía a Lina acurrucada a su lado y le rodeaba la cintura con los brazos. Salieron niños de todos los rincones de la casa para recibir a los recién llegados.

Aproveché la distracción para agarrar a Sloane de la muñeca y señalarle la puerta de entrada con la cabeza.

Ella me sonrió. Sacamos los abrigos del armario a hurtadillas y nos escabullimos al porche.

—Hay demasiada gente aquí hoy —protesté mientras tiraba de mí hacia el columpio.

—Te encanta y lo sabes, Lucifer.

Sí que me encantaba, y, a pesar de mis mejores esfuerzos, no conseguía ocultarlo.

Atraje a mi mujer hacia mi costado y nos tapé a los dos con la manta de lana que teníamos en el porche para este tipo de escapadas.

Sloane se acurrucó contra mí y dejó escapar un suspiro de alegría.

—Cada año es mejor que el anterior —comentó.

Le pasé una mano por el pelo, que ahora llevaba de color rubio platino. Sí que era cada vez mejor. La semijubilación no había sido tan horrible como esperaba. Había ascendido a Nolan y a Lina. La alegre e insoportable Holly se había mudado a mi antigua casa con su nuevo marido para trabajar en la fundación de Sloane. Entre la biblioteca y la fundación, Sloane no dejaba de sorprenderme con su generosidad y tenacidad.

Habíamos conservado el apartamento de la ciudad, pero habíamos tenido que comprar una casa gigantesca en los Outer Banks para conseguir que Sloane bajara el ritmo de verdad. Cada año, convencíamos a toda la familia extensa para que pasaran dos semanas de vacaciones en la playa. Era ese tipo de vacaciones con las que siempre había soñado de pequeño, con hogueras, fuegos artificiales y días perezosos tomando demasiado el sol.

La vida que habíamos construido era de ensueño.

Sloane se incorporó y me lanzó una mirada entusiasta.

—Tengo algo para ti.

—Ya me lo has dado todo.

—Dice el tipo rico que literalmente me colma de regalos a diario. ¿Crees que soportarás que te regale algo por nuestro aniversario?

Suspiré.

—Por supuesto, pero hazlo rápido antes de que alguien nos encuentre aquí.

Intercambiar regalos sentimentales en privado el día de nuestro aniversario se había convertido en otra más de nuestras pequeñas tradiciones. Yo le había dado el suyo a Sloane esa mañana, un vestido hecho a medida por el mismo diseñador que había confeccionado su vestido de novia. Se lo había puesto y, cada vez que la miraba, el corazón me latía con un poco más de intensidad.

Con una sonrisa de satisfacción, levantó uno de los cojines del extremo del columpio para dejar al descubierto un paquete envuelto en papel de cuadros rojos y verdes.

Abrí el regalo y saqué un marco de fotos acrílico de debajo del papel.

Contenía una única flor de cerezo perfecta.

—Es de nuestro árbol. He pensado que, ya que le has dado un tallo a cada uno de los niños, tú también deberías tener algo de él que puedas disfrutar todo el año.

Pasé los dedos por encima de la flor que había simbolizado tanto para mí durante tantísimo tiempo.

Esperanza. Amor. Familia.

Me lo había ganado todo. Sloane me lo había dado todo.

—Es… eh… Es bonito. —Me las arreglé para pronunciar las palabras a pesar del nudo que se me había formado en la garganta.

Sloane sonrió y dio saltitos sobre el cojín.

—¡Sabía que te encantaría! —Detuvo su danza de la victoria cuando en el interior de la casa se oyó el ruido de un cristal al romperse, un coro de «ay, no» y unos ladridos estridentes—. Y ahora haz el favor de recomponerte antes de que volvamos a entrar.

Me reí y levanté la mirada hacia el guiño del ángel que coronaba el árbol del porche.

—Le habría encantado —respondí.

—¿Sabes qué le habría encantado también? La clase de padre y abuelo que eres.

La atraje hacia mi regazo y le sostuve el rostro con las manos.

—Por ti, todo. Siempre.

NOTA DE LA AUTORA

Querido lector:

Nunca escribo «Fin». Ni siquiera después del más feliz de los finales. Es una de mis supersticiones, porque nunca estoy preparada del todo para despedirme. Para mí, los personajes que me han ocupado la mente durante tanto tiempo siguen vivos mucho después de que termine el libro o la serie.

No obstante, Knockemout ha llegado a su fin y no sé qué hacer al respecto. Estos personajes han formado parte de mi vida durante más de dos años. Dos años de cambios drásticos, sueños locos y pérdidas trágicas.

Knockemout no solo me ha hecho mejor escritora (si escribes casi medio millón de palabras sobre algo, estás destinado a mejorar), sino que siento que también me ha hecho mejor persona. He aprendido muchas cosas sobre el amor, la pérdida y todo lo demás gracias a Naomi y Knox, Nash y Lina, y Sloane y Lucian. Y he recordado las propiedades mágicas de la risa (después de esa escena de la cena tan «electrizante»).

Gracias por formar parte del viaje conmigo. ¡Os aprecio más de lo que nunca sabréis!

Con amor,
Lucy

AGRADECIMIENTOS

A Joyce y Tammy por todo lo que hacéis por mí siempre, en especial recordarme que me dé una ducha.

A Kari March Designs, por la trifecta de cubiertas perfectas.

A Victoria Morrone, por tu generosa donación en la subasta para LIFT 4 Autism.

A los equipos de That's What She Said, Bloom Books y Hodder Books por... bueno, por todo. Una mención especial a Tim, Dan, Deb, Christa, Pam y Kimberly.

A mi agente, Flavia, y a mi abogado, Eric, por evitar que haga muchas estupideces. Muchísimas.

A los autores de ELOE, Tiki y TWSS por hacer que la parte más difícil de escribir sea más fácil.

A todos los lectores que tuve la suerte de conocer en persona durante la gira.

A todos los lectores a los que no he tenido la suerte de conocer todavía.

A Taco Bell, por y para siempre.

SOBRE LA AUTORA

Lucy Score es una autora superventas en el *USA Today*, el *Wall Street Journal* y Amazon. Creció en una familia literaria que consideraba que la mesa del comedor era para leer y se sacó un grado en periodismo. Escribe a jornada completa desde la casa de Pensilvania que ella y el señor Lucy comparten con su odioso gato, Cleo.

Cuando no pasa horas escribiendo sobre héroes rompecorazones y heroínas malotas, puedes encontrar a Lucy en el sofá, en la cocina o en el gimnasio. Algún día espera poder escribir desde un velero, un apartamento frente al mar o una isla tropical con una conexión wifi fiable.

Inscríbete a su *newsletter* y recibe las últimas noticias sobre las novelas de Lucy. También puedes seguirla en los siguientes enlaces:

Página web: lucyscore.net
Facebook: lucyscorewrites
Instagram: scorelucy
TikTok: @lucyferscore
Binge Books: bingebooks.com/author/lucy-score
Grupo de lectores: facebook.com/groups/BingeReadersAnonymous

TAMBIÉN DE LUCY SCORE EN LA SERIE KNOCKEMOUT

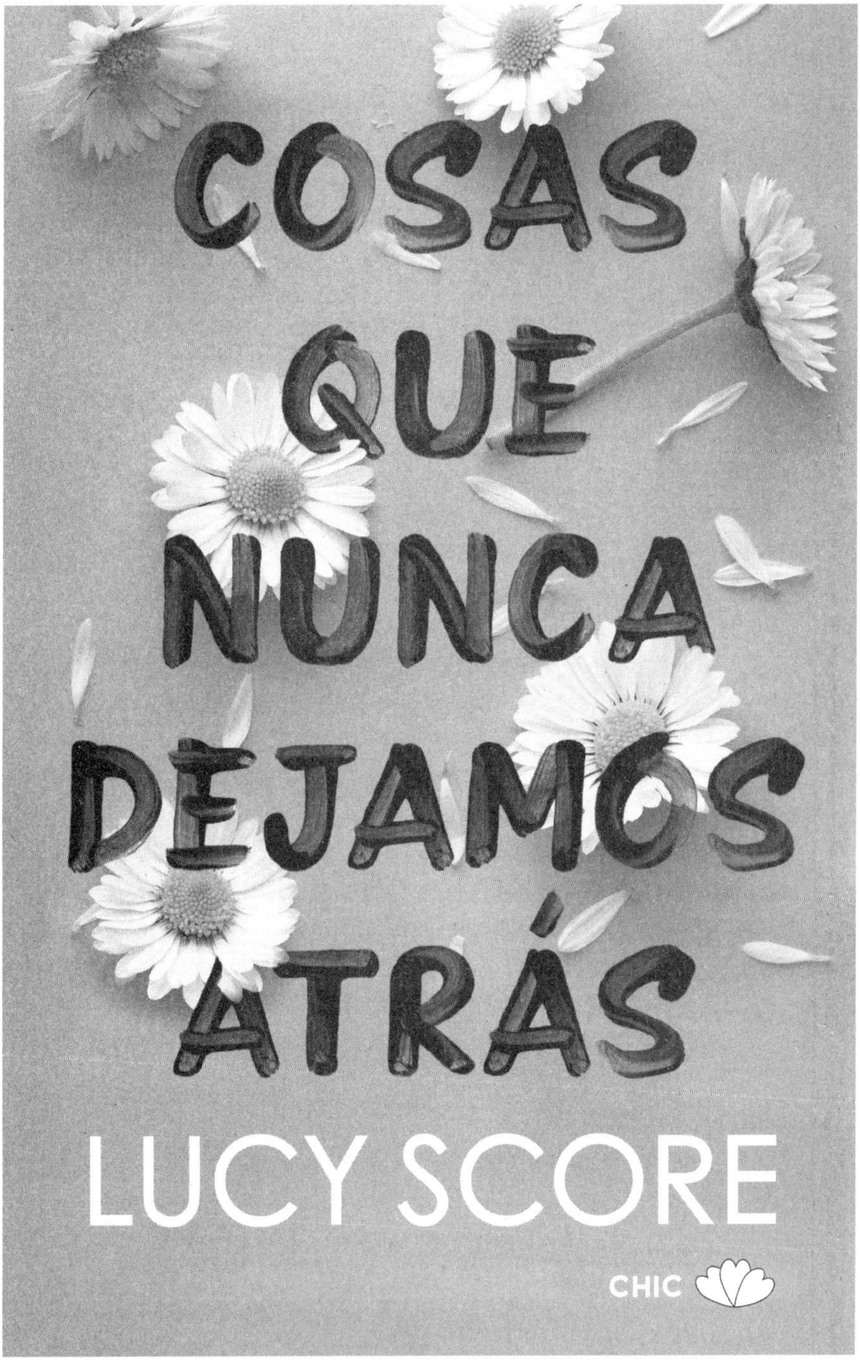
COSAS QUE NUNCA DEJAMOS ATRÁS
LUCY SCORE
CHIC

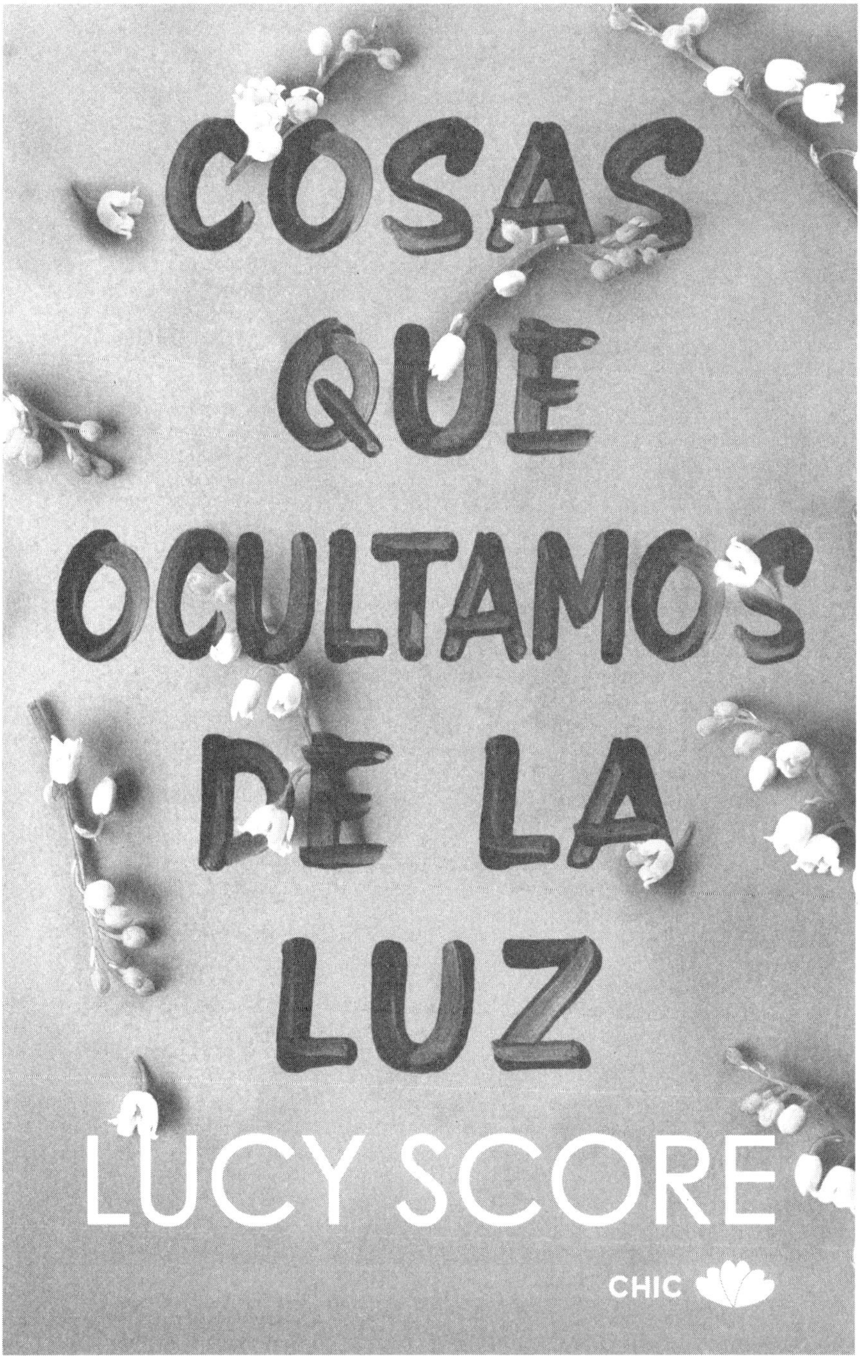
COSAS QUE OCULTAMOS DE LA LUZ
LUCY SCORE
CHIC

Chic Editorial te agradece la atención dedicada a
Cosas que dejamos en el olvido, de Lucy Score.
Esperamos que hayas disfrutado de la lectura
y te invitamos a visitarnos
en www.chiceditorial.com,
donde encontrarás más información
sobre nuestras publicaciones.

Si lo deseas, también puedes seguirnos
a través de Facebook, Twitter o Instagram
utilizando tu teléfono móvil
para leer los siguientes códigos QR: